THOMAS WILLIAM SIMPSON

Los hermanos Hancock

Traducción de Victoria Simó

punto de lectura

Título: Los hermanos Hancock
Título original: *The Hancock Boys*
Traducción: Victoria Simó

Barquillo, 21. 28004 Madrid (España) www.puntodelectura.com

ISBN: 84-663-0674-9
Depósito legal: M-11.162-2002
Impreso en España – Printed in Spain

Diseño de colección: Ignacio Ballesteros

Impreso por Mateu Cromo, S.A.

Advertencia

Tiene usted en sus manos un libro de amor y lujuria, claridad y confusión, codicia e infidelidad, homicidio y quizás, incluso, fratricidio.

No es apto para aprensivos o personas de naturaleza delicada.

Personajes importantes

(Más o menos por orden de aparición)

John Hancock	escritor
Will Hancock	escritor
Frank Hagstrom	abogado
Nicky Pegg	niñera
Sylvia Gierek	ama de llaves
Clara Dare Hancock	marchante
Sir Rodney Byrnes	pretendiente
Thomas Young	viajero
Babe Overton	actriz
Gerdy MacDaniel	psiquiatra
Leland Fisher	editor
Rafe Paquita	pescador
William Hancock	padre
Lenore Hancock	madre
Director Masters	director de escuela
Linda Carson	amiga de la familia
Zelda Cosgrove	profesora universitaria
Charles Dare	marchante
Anita Dare	marchante
Al *el Sabueso* Brown	detective privado
Hillary Fisher	vamp
Dicky Cosgrove	psicópata
Florence Baker	estudiante profesional
Maxwell Edison	abogado

Y el señor le dijo a Caín: ¿Dónde está Abel, tu hermano? Y Caín contestó: No lo sé. ¿Acaso soy el guardián de mi hermano?

GÉNESIS 4,9

PRÓLOGO

27 DE ABRIL DE 1984

Los Ángeles, California

Hancock tenía un problema con Hagstrom. Un problema gordo. Llevaba meses buscando un modo de resolverlo y por fin, tras muchas excusas y mucho remoloncar, había llegado el momento de tomar cartas en el asunto.

Salió del motel de mala muerte donde se hospedaba, cerca de Sunset Boulevard, y montó en su vieja bicicleta Schwinn de diez marchas. Vestía pantalón corto, zapatillas deportivas, una camiseta gris y unos guantes de nailon ajustados. También llevaba a la espalda una pequeña mochila de piel en cuyo interior había un martillo de mecánico, un punzón para hielo y un 38 especial envuelto con una de esas toallas de motel pequeñas y finas.

Ni siquiera la propia madre de Hancock, Lenore, si aún hubiese estado viva, habría reconocido a su hijo. Se había teñido el pelo, castaño claro, de un rubio apagado, operación que había llevado a cabo él mismo en el lavamanos del cuarto de baño del motel. Llevaba un bigote falso del mismo color sobre el labio superior. Unas gafas de sol espejadas le ocultaban los ojos, de un azul intenso. Sin embargo, ni siquiera disfrazado tenía Hancock el aspecto de un joven que se propone cometer un asesinato.

Cruzó Hollywood Boulevard, torció hacia abajo y enfiló hacia las colinas. Estaba dando un rodeo para despistar, serpenteando por avenidas tan modernas como

Achilles, Hercules y Apollo. No obstante, Hancock conocía tan bien el camino que ni siquiera tenía que mirar los nombres de las calles, lo cual constituía una suerte para él, porque el recién llegado podía perderse fácilmente por Hollywood Hills y, una vez perdido, un agente de la ley, de patrulla por el vecindario, podía sentirse obligado a ayudar a la persona extraviada a salir de las interminables curvas, cambios de rasante y calles sin salida.

Un policía era justo lo último que Hancock necesitaba.

Sus muslos y pantorrillas parecían de acero de tanto que había andado en bicicleta desde su llegada a California. Ni siquiera las cuestas más empinadas presentaban problemas. Enfiló Laurel Canyon Boulevard hasta alcanzar Mulholland Drive. Un brusco giro a la izquierda en Mulholland y de repente le quedaba poco más de un kilómetro por delante. Había poco tráfico y empezaba a anochecer. Iba muy bien de tiempo. Justo como estaba previsto.

Debajo, se veía Beverly Hills y la ciudad de Los Ángeles, cubiertas por una neblina tóxica de un tono anaranjado. La polución le impedía divisar Santa Mónica y, más allá, el Pacífico, vasto y gris. De todos modos, no tenía tiempo de admirar el paisaje. Siguió pedaleando; sus fuertes piernas semejaban un par de pistones y el corazón bombeaba con furia, al ritmo de sus deseos homicidas.

Costaba creer que Hancock fuese un asesino. Aquel muchacho bien parecido, blanco, de clase media, procedente del este, educado en Harvard, con toda la vida por delante, como en cualquier película romántica de Hollywood... Y entonces, se preguntarán, ¿a qué viene todo esto? ¿Por qué el 38 especial, el punzón para hielo y el martillo de mecánico?

Nada más dejar atrás el Fryman Canyon Overlook, Hancock giró a la izquierda en Mulholland en dirección a Allenwood. Después, otro giro rápido a la izquierda hacia Edwin Drive, que quedaba cortada unos cientos de metros más allá. Hancock se internó en la última avenida a la derecha. La Schwinn traqueteó por un tramo de adoquines decorativos, pero éstos pronto cedieron el paso a un suave macadán. A unos treinta metros de la casa, abandonó la avenida para internarse en una zona de árboles y matas. Se apeó, dejó la bici tirada detrás de un rododendro y se acercó a pie a la vivienda.

La casa era una construcción achaparrada de diseño contemporáneo, hecha de secoya y cristal, con vistas panorámicas al valle que se extendía abajo. Hancock observó y aguardó mientras caía la noche y millones de luces se encendían por todo el valle.

No había coches en la avenida de entrada. Cuando el ocaso cedió el paso a la noche, se asomó al garaje y vio el T-Bird *vintage* de su padre y el kilométrico Lincoln de Hagstrom. El Mustang de Babe Overton no estaba. En consecuencia, había muchas posibilidades de que Hagstrom se hallara dentro. A solas.

Despacio, Hancock se puso a rodear la casa. Cuando llegó a la ventana del despacho de Hagstrom, situado en la esquina derecha trasera, procuró por todos los medios no ser descubierto. La lámpara del escritorio estaba encendida y había papeles desparramados sobre la mesa; el maletín de abogado yacía abierto sobre la alfombra, pero no se veía a Hagstrom por ninguna parte.

Tampoco estaba en el dormitorio principal, ni en el estudio, ni en la cocina ni en el comedor. Maldita sea. Quizás Hagstrom hubiera salido con su rollete al fin y al cabo. No obstante, tras meses de vigilancia, Hancock y su hermano sabían que Hagstrom raramente, por no decir nunca, salía de casa sin coger o bien el T-Bird o bien el Lincoln.

Construida casi por entero de cristal, la parte delantera de la casa daba al valle de Angels. Hancock y su hermano llevaban más de un año planeando el ataque. Se habían producido muchas demoras y contratiempos. El asesinato, al fin y al cabo, constituía un paso descomunal y terrible, un acto sin vuelta atrás que estaba muy lejos de responder a un capricho. De repente, en aquel preciso instante, a Hancock le dio un vuelco el corazón, y temió ser incapaz de seguir con aquello.

Se quedó allí, preguntándose qué hacer, pensando que quizá fuera mejor desistir, notando el sudor en las axilas aunque empezaba a refrescar. Decidió llamar a su hermano al Este, repitiéndose una y otra vez que la responsabilidad volvía a recaer sobre sus hombros. No podía hacer el trabajo. No podía seguir adelante.

Sin embargo, sucedió algo bastante curioso. Algunos dirían que el Destino intervino en las vidas de John y Will Hancock.

Cuando miró por los grandes ventanales, Hancock vio a Frank Hagstrom de pie sobre una silla de madera colocada encima de una mesa baja de cristal, delante del sofá de la sala.

Aquella tarde, más temprano, Frank Hagstrom había lanzado un trozo de cuerda de cáñamo muy resistente por encima de una de las vigas descubiertas que atravesaban el techo de cuatro metros de alto, había atado un extremo a la viga y había hecho un nudo corredizo en el otro extremo. Había cogido una silla del comedor, la había colocado sobre la mesa baja y se había subido a ella. Pocos minutos después, con la cuerda en la mano pero incapaz de ahorcarse, había vuelto a bajar.

Angustiado por diversos asuntos sentimentales, financieros y legales, Frank, por lo general un individuo extremadamente fuerte y decidido, se había pasado un par de horas subiendo y bajando de aquella horca improvisada. Acababa de subir quizá por décima vez cuando Hancock llegó sin avisar a la vieja casa de sus padres dispuesto a meterle una bala entre los ojos al abogado.

Observó que Hagstrom volvía a bajar de la silla y a continuación subía de nuevo, sólo para descender una vez más. Hancock no tenía ni idea de por qué Hagstrom estaba pensando en suicidarse. Si hubiera leído con regularidad la sección metropolitana del *Times* de Los Ángeles, se lo habría imaginado. A lo largo de las últimas semanas, habían aparecido bastantes noticias donde se mencionaba la presunta implicación de Frank Hagstrom en diversas actividades turbias relacionadas con una serie de individuos indeseables. Sin embargo, los periódicos sólo habían tocado el tema de pasada. Frank Hagstrom, toda una personalidad en la ciudad y uno de los abogados más solicitados del condado de Los Ángeles, estaba en apuros. Graves apuros. Había robado a los clientes equivocados, perdido los casos equivocados y se había asociado con quien no debía.

Hancock y su hermano eran sólo dos más de los muchos que andaban detrás de Frank.

Hancock estuvo observándolo al menos media hora. Al final concluyó que Frank Hagstrom no tenía agallas para ahorcarse y decidió entrar y echarle una mano para que hiciera realidad sus deseos suicidas.

Antes, no obstante, Hancock tenía que colarse en la casa y resolver ciertos asuntos pendientes, de tipo familiar...

PRIMERA PARTE

6 DE JUNIO DE 1999

Domingo por la mañana.
Boston, Massachusetts

Resulta que dos agentes de policía se presentan en casa de John Hancock, situada en Louisburg Square, en el barrio de Beacon Hill, de Boston. Quieren hablar con el señor Hancock.

Nicky, la niñera adolescente, procedente de Yorkshire, abre la puerta principal y mira con desdén a los dos agentes cuando éstos se identifican.

—Lo siento, pero el señor Hancock está trabajando, y cuando está trabajando no permite que se lo moleste.

Los polis intercambian miradas de contrariedad. Uno dice:

—Será un momento, señorita. ¿Por qué no avisa al señor Hancock que la policía pregunta por él?

Nicky tiene órdenes concretas: nada de interrupciones. Fue lo primero que le dijeron ocho meses atrás, cuando entró a trabajar para los Hancock.

—Sería mejor que volvieran esta tarde —responde—. O quizá que llamaran primero y pidieran una cita.

—Lo siento, guapa —interviene el otro agente—, pero no vamos a volver esta tarde y, desde luego, no vamos a llamar por teléfono para pedir ninguna cita. Hemos venido a resolver un asunto policial urgente. Ahora corre y dile a Hancock que queremos verlo antes de que te empapelemos por obstrucción a la autoridad.

Nicky, de diecinueve años, fulmina al oficial con la mirada.

—Veré si puede recibirles.

A continuación, les cierra la puerta en las narices. Los agentes se miran y menean la cabeza.

—Cómo se las gasta la putita, ¿eh?

—Sí, vaya zorra; pero de ahora en adelante, Joey, quiero que me dejes hablar a mí. No te lo tomes a mal, pero parecías un matón. Mira que decirle que no vamos a volver y que no vamos a llamar por teléfono para pedir ninguna cita. Si queremos salirnos con la nuestra, tendremos que hacerlo mejor.

—Eh, Moe, mira, me ha parecido que tenía que darle caña. ¿No te ha gustado lo de «obstrucción a la autoridad»?

—Sí, Joey, ha estado bien. Tú eres mi as en la manga. De modo que cuando Hancock salga, te quedas quietecito y te comportas como un poli.

Nicky se dirige a la cocina y conecta el intercomunicador para hablar con la segunda planta.

John Hancock, perdido en alguna vorágine novelesca, salta prácticamente en su butaca de piel cuando oye el zumbido del intercomunicador. Estaba muy lejos de allí, inmerso en la psique depravada de su retorcido protagonista.

El telefonillo está colgado en la pared, junto a la puerta. Aprieta el botón.

—Mejor que sea importante, Nick. Fuego. Inundaciones en el Charles. Bárbaros en la puerta.

—Es la policía, señor.

—¿La policía? Eso es peor que los bárbaros. ¿Qué quieren?

—Hablar con usted, señor.

—Deben de querer dinero. Para su fundación de viudas y huérfanos. Es una manera de estafar sutil y, supongo, legal.

—¿Estafar, señor?

—Da igual, Nick. Diles que bajaré enseguida.

John Hancock atraviesa el despacho hasta el ventanal que da al frente y descorre la fina cortina de algodón. En la plaza, no se ve el coche patrulla por ninguna parte. Deben de haber usado uno de la secreta, piensa. Quizás ese Chevy Caprice aparcado en Pinckney.

Hancock vuelve a su escritorio y echa un vistazo a su producción de esa mañana: cuatro páginas y media garabateadas a toda prisa en un cuaderno. A diferencia de su hermano, que prefiere trabajar directamente en el teclado, Hancock siempre ha escrito los borradores a mano. Le gusta la desenfrenada espontaneidad de la pluma viajando a toda prisa por el papel. Pero sabe que el viajar de la pluma ha terminado por esta mañana. Ha perdido la concentración.

Al bajar por las escaleras, Hancock se detiene en la primera planta delante del dormitorio principal, una acogedora suite decorada con muebles de cerezo. Echa un rápido vistazo al espejo y decide que los pantalones cortos y la camiseta tal vez no sean lo ideal para causar buena impresión. Saca unos vaqueros limpios y un jersey de algodón.

Hancock mide uno ochenta y nueve. Su hermano uno noventa exactamente. Al año que viene, ambos cumplirán cuarenta, pero apurando un poco podrían tener treinta y cinco, quizás incluso treinta y tres. Pesan ochenta kilos y ochenta y uno respectivamente, todo fibra.

Dado que le gusta dedicar el mínimo tiempo posible al aseo personal, Hancock lleva el pelo, castaño claro, muy corto. Lavado, secado con toalla y listo. Por necesidad, su hermano Will lleva el pelo exactamente igual.

Hancock se dirige a la planta baja. Abre la puerta principal. Los dos oficiales de la policía de Boston parecen un poco molestos. Seguramente porque les han hecho esperar. Hancock sonríe y los invita a entrar.

Se quedan de pie en el vestíbulo, una estancia amplia y lujosa, con una araña de cristal y varios óleos originales, incluido un pequeño Monet que representa a un chico pescando en un puente. Los policías no reparan en él. No entienden de arte.

Joey y Moe muestran sus placas. Hancock les echa un vistazo rápido e indiferente. No tiene ningún motivo para pensar que aquellos tipos no sean lo que dicen ser.

—Éste es el agente Connor —dice Moe—. Yo soy el agente Raymond.

Hancock sacude las manos en un gesto exagerado. Le encanta agitar las manos.

—¿Qué puedo hacer por una pareja de los grandes hombres de Boston en esta maravillosa mañana de primavera?

Moe, haciendo un poco de aspaviento, consulta su libreta de notas.

—Usted es el señor John Hancock. ¿No es así?

—Sí, así es.

El policía hojea la libreta.

—Señor Hancock —dice—, hemos venido porque se ha denunciado una desaparición.

—¿Una desaparición? ¿Quién ha desaparecido? —John entorna los ojos con expresión de alarma—. ¿No hablarán de los niños, verdad? Los niños no han desaparecido.

—¿Los niños, señor?

—Mis hijos. No han desaparecido, ¿verdad? Los he llevado a la Iglesia del Adviento hace una hora más o menos para que asistieran a la catequesis. Debería haber asistido a misa, pero, bueno, tenía trabajo.

—No hemos venido por sus hijos, señor.

—Vaya, qué alivio. ¿Por quién han venido entonces?

Moe vuelve a consultar su libreta.

—¿Tiene un hermano, señor? ¿Un tal William Larson Hancock?

Hancock contiene el aliento. Después responde:

—Pues sí... pero... —Inspira con fuerza—. Perdóneme, agente, pero ¿quién ha desaparecido exactamente?

La dcnuncia dice que su hermano Will ha desaparecido.

Hancock se queda mirando a los dos policías.

—Me están tomando el pelo. O sea, esto es una broma. ¿No? ¿Les envía Lee Fisher?

—No es ninguna broma, señor. Lo siento, pero no sé quién es Lee Fisher.

—Leland Fisher, mi editor. Es muy aficionado a gastar bromas. A veces...

—Esto no es una broma, señor.

Hancock ya se ha dado cuenta. Tarda un instante en ordenar sus ideas. Después pregunta:

—¿Me pueden decir quién ha presentado la denuncia?

Joey, a pesar de la advertencia de Moe, da un paso adelante y espeta:

—No juegue con nosotros, señor Hancock. ¿Sabe algo en relación con el paradero de su hermano o no?

Hancock se frota la frente. No quiere parecer impaciente.

—Sé muchas cosas —le dice al agente Connor. Luego, dirigiéndose al agente Raymond, añade—: Me gustaría saber quién presentó la denuncia.

Moe vuelve a consultar su libreta.

—Creo que fue su esposa, señor.

—¿Mi esposa?

—¿Su esposa es Clara Dare Hancock?

—Sí.

—¿Está la señora Hancock en casa, señor? Quizá podríamos hablar con ella también.

—Está en Londres. —Hancock nota que la cabeza le empieza a dar vueltas. Se esfuerza por conservar la calma—. Por negocios. Se marchó ayer.

—Ya veo.

—No tengo ni idea de por qué mi esposa puede haber denunciado la desaparición de mi hermano —dice Hancock— . ¿Saben cuándo presentó la denuncia?

Moe vuelve a mirar la libreta. En realidad, no hay nada apuntado en ella, al menos nada relacionado con el asunto de Hancock. Sólo algunas instrucciones para llegar a la casa de Louisburg Square y una breve lista de las cosas que su novia, muy mandona, le ordenó que comprara en el supermercado antes de volver a casa. Mortadela, por el amor de Dios, y chisitos de queso. Si vuelve a hacer bocadillos de mortadela para cenar, la mato.

—La denuncia tiene fecha del viernes, señor. Pudo ser presentada entonces, o quizás el día anterior. Yo no la recogí, de modo que no tengo modo de saberlo. Nuestro trabajo es hacer el seguimiento, ver qué podemos averiguar.

En el rostro de Hancock, por lo general tranquilo y despreocupado, se lee la confusión y una buena dosis de ansiedad. Asiente.

—Ya veo.

—Entonces —exige Joey, cansado de su papel—, ¿va a ayudarnos o qué? Si sabe dónde está su hermano, todo se aclarará enseguida.

Hancock vuelve a inspirar con fuerza y dice:

—Odio decirles esto, agentes, pero mi hermano Will lleva muerto casi veinte años. Murió en un accidente de buceo en la costa de Belice en 1982.

Después de enterarse del fallecimiento trágico y prematuro de Will Hancock, Joey y Moe no se entretienen por más tiempo allí. No les pagan para eso. De modo que murmuran unas disculpas confusas y se largan a toda prisa. Hancock, aún de pie en la entrada, advierte que no se dirigen hacia el Caprice azul oscuro, sino al Ford Mustang rojo camión de bomberos que está aparcado un poco más arriba. No es el típico coche de la pasma, piensa, pero quizás hoy en día los policías conducen su propio automóvil. ¿Por qué no? Sin embargo, saca un bolígrafo del bolsillo y coge un trozo de papel de la mesa del vestíbulo. Uno de los tipos, casi seguro, se llamaba Raymond. El nombre del otro no lo recuerda bien, Connolly, Carver o algo así, irlandés, en cualquier caso. Aunque por su modo de hablar parecía italiano. De Brooklyn.

Hancock anota los nombres, se mete el papel en el bolsillo y se dirige al fondo de la casa en busca de Nicky. Encuentra a la niñera en la cocina, tomando un té con Sylvia, la cocinera y ama de llaves.

—Ah —dice—, aquí están dos de las mujeres que más aprecio en el mundo. —A continuación, como tiene por costumbre, cita a Shakespeare—: «El hombre que tiene lengua no es un hombre si con la lengua no puede vencer a una mujer.»

Nicky, sin saber muy bien cómo tomárselo, se ruboriza. Sylvia frunce el ceño. Pero está fingiendo. Por dentro sucumbe a los encantos del señor Hancock. Es un juego: el americano, despreocupado de broma fácil y sonrisa diabólica y la europea del este, reprimida, adusta, silenciosa y pronta al reproche. Sin embargo, Hancock se pregunta a menudo si Sylvia está al corriente de la verdad, si ha descubierto la farsa descomunal.

—¿Sabemos algo de la jefa? —pregunta—. ¿Ha llamado?

Nicky sacude la cabeza.

—Yo no he hablado con la señora Hancock, señor.

Sylvia vuelve a fruncir el ceño. No llega a responder. La misma pregunta, a su modo de ver, constituye un insulto.

—Nunca dejaría de informarle de una llamada personal. —Su inglés es lento y formal, pero de pronunciación perfecta—. Sobre todo, de una llamada de la señora Hancock.

Hancock mira a la cocinera polaca con una sonrisa.

—Ah, Sylvia, habría sido usted un general magnífico. Si hubiera estado al mando en la frontera, los nazis nunca habrían cruzado el Oder. —Hace una reverencia a las damas—. Y ahora, si me perdonan, trataré de sacar algo de trabajo para que podamos pagar las facturas y no caigamos en las garras de la pobreza. —Se dirige hacia la escalera trasera, pero se detiene en el primer peldaño—. ¿Vas a ir tú a buscar a los niños, Nick, o voy yo?

—Iré yo, señor.

Hancock asiente.

—Mándalos arriba cuando lleguéis, ¿quieres? Tenemos que ir a sitios juntos, hacer cosas juntos, jugar juntos...

John se retira al despacho de la segunda planta. Intenta volver a trabajar en la última novela Hancock, pero la inesperada llegada de los policías le ha sorbido todos los jugos creativos del cerebro.

Así que se pone a andar. Arriba y abajo por el gran despacho. Rodeado de todas las necesidades y lujos de la vida de escritor: bolígrafos, lápices, ordenadores, impresoras, enciclopedias, mapas, una diana en la puerta, un *putter* y un montón de pelotas de golf, un fax, un archivador de roble, un grueso diccionario colocado en un atril con ruedas (abierto, aunque Hancock no le presta atención, por la página donde aparece la entrada «fratricidio»), memos pegados por todas partes y papel, toneladas de papel, papel en blanco, papel escrito y amarillento, papel cubierto de palabras, frases e historias. Y los libros, estantes llenos de ellos, de todas clases: novelas, biografías, históricos, científicos, libros de viajes, libros de política y de guerra, libros sobre cultivo y sobre cría de animales. Libros del suelo al techo. Libros que contienen todo el conocimiento del mundo.

Entre todas esas cosas, Hancock pasea. Y se pregunta por qué su mujer habrá llamado a la policía para denunciar la desaparición de su hermano. Es raro. Muy raro. Quiere llamarla y preguntárselo, pedirle una explicación. Varias veces se acerca al teléfono y levanta el auricular. En un par de ocasiones empieza a marcar. Una vez llega a llamar a su hotel de Londres. El Savoy, por supuesto. Para Clara, sólo lo mejor. Ella nunca se conforma con menos. Tiene una cucharilla de plata en la boca. No nació con una, pero se la ha ganado a fuerza de trabajo, constancia y engaño.

Hancock cuelga antes de que el recepcionista conteste.

Y es que a lo largo de los años ha aprendido a refrenar sus impulsos, a controlar sus emociones, a pararse a considerar la situación. Si su esposa ha llamado a la pasma, seguramente está esperando que la telefonee y le pida una explicación. Mejor no llamar, quedarse esperando, ver cómo se desarrollan los acontecimientos. Claro, podría telefonearla y no decirle nada de su breve charla con los dos polis. Obviar el tema por completo. Ver cómo maneja la situación.

Perfectamente, así la manejará. Igual que lo maneja todo. Además, Hancock sabe que en cuanto hable con ella se lo soltará todo sobre los dos polis que han pasado por casa para preguntar por su hermano Will.

Los chicos interrumpen sus cavilaciones. Armando un gran escándalo, suben por la escalera; son una pareja de bomberos que responde a una alarma de incendio. Tosiendo por el humo pero sin retroceder ante las llamas, se abren paso y no temen por sus vidas.

—¡Aquí arriba! —grita John Jr., el mayor de los dos, de seis años—. ¡Una víctima!

—¡Saquémoslo de ahí! —chilla el pequeño Willy, de cinco—. ¡Antes de que se achicharre!

Irrumpen en el despacho, arrojan a la víctima sobre la alfombra, la resucitan con sus mascarillas de oxígeno imaginarias y la empujan escaleras abajo hacia el dormitorio principal, donde el aire es fresco y no hay peligro.

Hancock los abraza con fuerza y les da las gracias por haberle salvado el pellejo. Después les tiende un pavo a cada uno por el valor y el heroísmo demostrados ante el peligro. Claro que, en realidad, los está recompensando por su arranque de creatividad. Piensa que la creatividad es el mayor don del hombre, por encima de todo lo demás, lo único que a la postre lo separa del resto de animales que vagan por el planeta en busca de alimento y refugio. Hancock alienta a sus retoños a practicar a diario.

John Jr. y el pequeño Willy cogen el dinero y echan a correr. Van directamente a su dormitorio, donde se quitan el traje del domingo y se ponen vaqueros y sudaderas.

John Jr. y Willy comparten habitación, igual que su padre y su tío la compartían en los viejos tiempos. Estos dos tal vez no sean gemelos, pero salta a la vista que son hermanos. Hasta un ciego se daría cuenta. Hancock cree que los hermanos, sobre todo cuando aún son pequeños, deben dormir juntos para crear un vínculo fraterno inquebrantable.

Guardan la ropa del domingo y salen corriendo de su habitación para reunirse con su padre, sin duda el tío más genial de su pequeño universo. Él sigue tendido en la cama, sumido nuevamente en los interrogantes relacionados con su esposa, su hermano y los dos policías.

—¡Vamos, papá! ¡Es hora de irse!

Más abrazos.

—¿Adónde vamos?

—Al parque. Dijiste que podríamos hacer volar la cometa después de la catequesis. Y jugar al escondite.

—¿Hacer volar la cometa? —se extraña papá en voz alta—. ¿Cuándo dije eso?

—El otro día... Hace un par de días.

Hancock intenta recordar. Supone que algo debió de decir.

—Tenéis razón —admite—. Dije que haríamos volar la cometa después de la catequesis. En marcha. ¿A qué estamos esperando?

Los chicos se encogen de hombros. No pierden ni un segundo más y se ponen en camino. Un trío feliz y lleno de vida.

Antes de convertirse en padre John Hancock no estaba nada seguro de querer tener hijos. Ahora esos dos chicos significan más para él que ninguna otra cosa en el mundo.

Mientras se dirige hacia la puerta trasera, John coge el teléfono móvil y se lo mete en el bolsillo del anorak. Por si lo abruma el deseo de llamar a Clara.

Domingo por la tarde.
Londres, Inglaterra

Clara Dare Hancock intimida a casi todos los hombres a causa de su belleza, su estatura, su seguridad, su encanto, su inteligencia, su dinero. Quizá, por encima de todo, su determinación. Su ambición inquebrantable. Incluso tuvo en danza a John Hancock hace unos años, antes de sucumbir a sus considerables talentos. Por supuesto, Hancock contó con cierta ayuda a la hora de seducirla. Dos contra uno no puede considerarse una lucha igualada.

Ahora, Clara se desliza majestuosamente por la suite del Savoy; amplio dormitorio, baño fastuoso, salita completa con bar y chimenea. Clara, con su uno setenta y ocho de estatura, se pasea con donaire por la suite de quinientas libras la noche: la mano izquierda en la cadera, la derecha apretada contra la oreja, hablando por un minúsculo teléfono móvil para rematar un negocio.

—Me da igual que sea domingo, Joanne. Me da igual si es el domingo de Pascua. Quiero que vayas a la galería, enciendas las luces, pongas la calefacción y hagas que barran el suelo y quiten el polvo a los muebles. —Se detiene para escuchar a la directora de la galería, la señora Joanne Smith, pero no por mucho rato—. De modo que se suponía que eso había que hacerlo mañana. ¿Y qué? En la vida hay que ser flexible, Joanne. —Se toma un momento para apartarse de la frente unos mechones de pelo corto y rubio—. Si nuestro amigo árabe quiere ver las pinturas hoy en vez de mañana, creo que deberíamos complacerlo. Al fin y al cabo, le apetece gastarse una cantidad de dinero considerable en nuestra modesta tiendecita.

Clara Dare Hancock lleva meses, casi un año, dando jabón —en sentido figurado, no literal— a ese árabe en particular. Él se las da de tipo culto, con sus dos años en un internado de Oxford y sus diez trillones en bancos suizos.

Clara sólo quiere una tajada minúscula de su fortuna, y a cambio le dará un gran Toulouse-Lautrec que representa a unas coristas de París y un Manet pequeño y sombrío que el Metropolitan desea pero le ofrece una miseria, y ella, desde luego, no está en el negocio por caridad. Quizás algún día, cuando sea vieja y canosa y esté cubierta de arrugas, a Clara le dé por la filantropía, pero por el momento no ocurre nada de eso.

De modo que transmite a Joanne, muy entendida cuando se trata de arte impresionista y postimpresionista, pero bastante inútil por lo demás, las instrucciones pertinentes. A continuación apaga el teléfono y lo arroja al sofá. Clara es alta y muy delgada, tiene unas piernas interminables y los ojos azul cielo. Cuando uno ve a Clara Dare Hancock piensa en una modelo de pasarela algo tonta, no en una mujer de negocios lista e implacable que comercia con obras de arte de carísimas.

Se pasa las manos por los lados del vestido de tela, largo hasta los tobillos, y suspira. Clara está sola en la suite, pero odia estar sola, así que hace lo que siempre ha hecho desde que, siendo sólo una niña, se quedaba a solas en casa mientras su madre se iba a limpiar suelos para ganarse la vida: una parte de su cerebro, psicológicamente torcido, finge que se encuentra en un escenario, que el público, silencioso y cautivado, contempla cada uno de sus movimientos, cada uno de sus gestos. No los decepciona. Se afloja el cinturón y se quita el vestido dejándolo caer desde los hombros. Debajo no lleva nada: ni sujetador ni medias, sólo piel blanca y suave. Tiene los pechos pequeños pero firmes y bien contorneados. A los treinta y seis años, aún conserva una cintura de avispa, aunque sus caderas son algo más anchas de lo que le gustaría, consecuencia de haber tenido dos hijos, no de comer demasiado pastel; de dos guerras virtuales en el interior de su útero. No obstante, pregúntenle y les dirá que no dudaría en volver a declarar esas guerras. Le han proporcionado las mayores victorias de su vida: John Jr. y el pequeño Willy.

Se dirige a la cama y coge el teléfono de la habitación. Conecta con el exterior, y marca el número de la casa de Beacon Hill. Sólo para saludar. Sólo para decirles a los niños que los quiere, que los echa de menos y que se muere de ganas de verlos. Ha pasado un día solamente, pero lejos de ellos le parece un mes.

Lástima que Sylvia conteste al teléfono y le diga que acaban de irse a hacer volar la cometa.

Otro suspiro, esta vez de decepción, y después:

—Por favor, dígales que he llamado, Sylvia. Y que volveré a llamar más tarde.

Sylvia le asegura que transmitirá el mensaje. Clara vuelve a suspirar. Quería oír sus vocecillas, tan llenas de asombro y entusiasmo.

Media hora más tarde, mientras Clara disfruta de un baño de burbujas con el aterciopelado jabón del Savoy en la enorme bañera, suena el teléfono. Está en un tris de no contestar, pero decide que tal vez sea su amigo árabe. De manera que saca la mano por entre las burbujas y coge el auricular de la repisa de mármol.

—¿Sí?

—¿Clare?

—Sí.

—Soy Rodney.

Como si ella no lo supiese. Ese balbuceo estirado típico de la clase alta inglesa. Casi tan engolado como el príncipe de Gales. A quien Rodney conoce, por cierto. Una más de las razones por las que Clara encuentra divertido a sir Rodney.

—Ya.

—¿Has llegado?

—Hace un instante —miente Clara. En realidad, lleva en la ciudad casi veinticuatro horas. Una eternidad, para Rodney. Por lo general, la olfatea en cualquier lugar de Europa a los pocos minutos de que ha dejado atrás la aduana.

—¿Instalándote?

Le fascina lo raramente que emplea frases completas al hablar.

—Sí —contesta—. Estoy tomando un baño tibio. Caliente, nunca. Abrasaría esta piel blanca y exquisita.

—Qué delicia.

El título de sir Rodney Byrnes se remonta a unas cuantas generaciones, a los tiempos en que Inglaterra campaba por sus respetos en África. Un antepasado de Rodney mató alegremente a una buena cantidad de paganos bantúes en nombre de la Corona, los asesinó con cañones, fusiles y venenos varios cuando lo único que tenían los paganos eran palos. Y quizás unas pocas piedras. Claro que también tenían oro y diamantes en sus montes inmaculados, y los hannoverianos, desde luego, los codiciaban. Así que Byrnes *el Viejo* ayudó a los residentes de Buckingham a hacerse con los bienes. Y como recompensa a sus esfuerzos la reina Victoria lo nombró caballero tocándole el hombro con una estúpida espada adornada y declarando que sus atrocidades eran grandes y extraordinarias hazañas para el Imperio.

Ahí tenemos a Rodney, separado por varias generaciones del botín del Continente Negro, bien entrado en los cuarenta y sin haber hecho nada en la vida. En una ocasión tuvo unos escarceos con las artes dramáticas; se las dio, por un tiempo, de shakespeariano, tanto de intelecto como de temperamento. Lástima que como actor no valiera un pimiento, aunque una vez demostró una extraña habilidad para imitar a las mujeres, tanto en la voz como en el movimiento.

No obstante, la falta de talento y ambición ha sido el menor de los problemas de Rodney. Su mayor desgracia siempre ha radicado en su romanticismo.

A diferencia de casi todos los miembros de su familia, que se casaron por la pasta sin más, Rodney siempre ha deseado encontrar el verdadero amor. También busca el dinero, claro, pero sólo si va acompañado por aquél. A lo largo de los años, ha tenido su ración de enredos amorosos, alrededor de una docena de aventuras con corazón roto incluido, pero la combinación de libras esterlinas y amor arrebatador nunca ha acabado de cuajar para él.

Hasta que una tarde bohemia, hace un año y medio más o menos, le presentaron a la señora Clara Dare Hancock, de Boston, Massachusetts. Su amor por ella fue instantáneo y duradero, sobre todo cuando el hombre descubrió que poseía prósperas galerías de arte en Boston, Londres y París. Una mujer hermosa e inteligente con dinero propio. Sólo podía ser americana.

Desde entonces, Rodney no ha dejado de perseguir a Clara. Está casada. ¿Y qué? Eso sólo confiere mayor interés a la caza.

Clara se despereza bajo las burbujas.

—Sí —le dice—. Es una delicia.

Rodney deja escapar un gemido.

—¿Te gustaría que subiera y te hiciera compañía?

—¿Subir? ¿Dónde estás?

—Pues abajo, en el vestíbulo —reconoce Rodney—. Pensé en dejarme caer por ahí.

A Clara no le sorprende que Rodney esté abajo. En realidad, lo que le sorprende es que haya tardado tanto en llamar. Y aún le sorprende más que no esté en el dormitorio, hablándole a través de la puerta del baño. Una sonrisa rápida, un apretón en el codo, y Rodney habría encandilado sin problemas a una de las camareras letonas para que sacasen la llave maestra.

—Lo siento —le dice—. No es un buen momento. Tengo una cita en menos de una hora.

—¿En la galería?

—Sí.

—¿Con el jeque ese?

El tono de Rodney destila sarcasmo. Como todos los ingleses de su nivel social, Rodney envidia y a la vez odia a los extranjeros con pasta. Sobre todo a los multimillonarios magnates del petróleo. Al fin y al cabo, no hace muchos años los ingleses tenían el control de todo ese terreno arenoso que cubre el oro negro, y ahora, un montón de pastores de camellos desharrapados controlan el petróleo, lo controlan todo, maldita sea, incluida gran parte de la City londinense.

—Me parece —dice Clara— que va a comprar el Toulouse-Lautrec. Y si todo sale bien, el Manet.

Rodney se traga una réplica sarcástica al pensar en los beneficios que cosechará Clara. Beneficios que, si él juega bien sus cartas, podrían ir a parar a sus manos.

—Eso te dejaría como nueva —comenta.

Clara no es tonta. Sabe lo que busca Rodney Byrnes. Sabe que quiere que deje a su marido, se traslade a Londres, se convierta en su amante y, al final, acepte ser su esposa. Pero nada de eso sucederá. Nunca. Le gusta Rodney, al menos como relación social. Puede ser encantador y entretenido. Conoce a todo el mundo y lo invitan a las mejores fiestas. El julio pasado, incluso la llevó a las semifinales de Wimbledon. Se sentaron juntos en el palco real, dos filas por detrás del duque y la duquesa de Kent. Tomaron fresas con crema en compañía de todos los lores y ladies. Sí, fue una velada tremendamente aburrida, pero sirvió para demostrarle a Clara el largo camino que había recorrido desde sus humildes orígenes en la pensión de un barrio obrero de Boston.

Pero ¿compartir un hogar con Rodney? Ni soñarlo. Clara ama a su familia.

Thomas Young coge un taxi en el aeropuerto de Heathrow para ir a Londres. Acaba de llegar de Edimburgo. Ha estado en las Highlands, cerca de Balmoral, pescando con mosca sábalo y salmón. En dos días y medio ha obtenido casi cuarenta piezas. Thomas pesca como nadie. Utiliza la caña como un mago la varita. Es de tacto delicado, sus manos son extraordinariamente suaves y posee una capacidad de concentración excepcional.

Ahora, a última hora de la tarde, está en Londres. Hace un día gris y espantoso. Con una llovizna intermitente. Sin embargo, Thomas lleva gafas de sol. Ray-Ban. También una gorra de béisbol con la visera de gamuza y un bigote postizo. No acarrea equipaje alguno. Ni siquiera una bolsa con una muda. Lo ha dejado todo en la habitación del hotel, cerca de Heathrow: la maleta, el talego, la caña de pescar. Thomas no tiene pensado quedarse en Londres mucho tiempo. Sólo unas horas. Después volverá al hotel. Y por la mañana temprano, a Miami. A menos que cambie de idea y vaya a Boston. Siempre existe esa posibilidad.

En los bolsillos del impermeable Thomas lleva el teléfono móvil, el busca y el pasaporte estadounidense. Lo acompañan allá donde va. Tiene que estar localizable.

En otro bolsillo lleva un trozo de alambre fino y resistente, del que se suele usar para colgar cuadros. Y en el mismo bolsillo, un pote de maquillaje negro resistente al agua, otro de maquillaje blanco y unos guantes blancos de piel, sin forro, muy suaves.

Los bolsillos de sus pantalones contienen lo habitual: cartera, llaves, calderilla y una pequeña navaja suiza. Sólo un objeto sale un poco de lo normal: una bolsa de bocadillo medio llena de un polvo blanco muy fino. No tan fino como los polvos de talco y tampoco tan blanco, sino más bien beige. Blanco sucio, digamos.

El taxi avanza despacio por Picadilly Circus. A pesar de ser un domingo lluvioso hay mucho tráfico.

—Era a South Street adonde iba, ¿verdad amigo? —pregunta el conductor.

—Sí —contesta Thomas—. En Berkeley Square me va bien.

—Perfecto, amigo. Llegaremos en un santiamén.

Al cabo de diez minutos, Thomas paga al conductor y baja del taxi. Se sube el cuello del impermeable para protegerse de la llovizna. Se dirige hacia el oeste por Hill Street. Mientras camina, se lleva la mano al bolsillo y saca sus guantes de piel nuevos. Se los enfunda; se adaptan a la perfección. Flexiona los dedos unas cuantas veces y después acelera el paso.

En la esquina de South y Waverton encuentra el número 34, correspondiente a un edificio de apartamentos antiguo y señorial con la fachada de mármol. Una docena de buzones se alinean en la pared izquierda del vestíbulo. Thomas observa los nombres de cada buzón. Ahí, en el número 402: BYRNES, R.

La puerta acristalada que separa el vestíbulo de la entrada está cerrada. Thomas vuelve a salir. La llovizna ha cedido el paso a la niebla. Camina por Waverton hasta llegar al primer callejón a mano derecha. Hacia la mitad del mismo localiza la entrada de servicio del número 34 de South Street. Nada le cierra el paso allí. Las puertas están abiertas de par en par. Entra sin demora.

Entre las latas vacías, los contadores de la luz y los utensilios de la limpieza, Thomas encuentra el ascensor de mercancías. Entra y cierra la puerta corredera. Mientras el aparato asciende lentamente, saca el teléfono móvil y marca el número del piso de Byrnes. Nadie responde. Sólo un mensaje grabado: «Le habla Rodney. Deje su mensaje o llame más tarde.»

Thomas corta la comunicación y vuelve a meterse el teléfono en el bolsillo del impermeable. El ascensor se detiene en la cuarta planta, al fondo de un largo pasillo. Allí sólo hay dos grandes pisos. Uno a la izquierda y otro a la derecha. El que queda a la derecha de Thomas es el 402.

Como quien ha hecho esa clase de cosas otras veces, Thomas saca la navaja suiza al tiempo que se acerca a la puerta del piso en cuestión. Despliega una de las varias herramientas: una hoja fina y plana con un pequeño gancho en la punta. Desliza la hoja por la cerradura. Manteniendo fijo el pomo con la mano izquierda, hurga cuidadosamente en el mecanismo de cierre usando el gancho que remata la hoja. Para sus manos suaves y sus dedos delicados, es un trabajo sencillísimo. En las yemas va notando cómo la cerradura empieza a retirarse, cómo se desliza a un lado.

Al cabo de pocos segundos está dentro del piso de Byrnes con la puerta cerrada a sus espaldas. Se toma su tiempo para inspeccionar el lugar a la luz tenue del anochecer. Se trata de un apartamento amplio y bien amueblado. Hay montones de objetos del siglo XIX, procedentes de los días en que los antepasados de Rodney saquearon el Continente Negro.

Se quita el impermeable y lo cuelga en el respaldo de una silla tallada del salón. Los guantes de piel se los deja puestos.

Se dirige a la cocina y se prepara un té. No hay modo de saber cuánto tendrá que esperar hasta que sir Rodney vuelva a casa.

Domingo por la mañana.
Los Ángeles, California

La diferencia horaria entre Londres y Los Ángeles equivale a la jornada laboral media, pero el desfase apenas si sugiere lo distintas que pueden ser esas dos ciudades habitadas principalmente por cristianos blancos anglohablantes.

Tomemos el caso de Babe Overton, por ejemplo. Babe es, y siempre lo ha sido, una chica de Los Ángeles. A los veinticinco, lo tenía todo: un aspecto estupendo de chica californiana, un cuerpo que hacía perder el sentido, un agente bien relacionado en Hollywood y una larga lista de anuncios para la televisión en su haber, de productos tan modernísimos como Pampers, Tums y Summer's Eve. Babe tenía también un papi rico que la trataba como a una princesa. El futuro, como suele decirse, le sonreía.

Una década y media más tarde, sin embargo, Babe ya no tiene un aspecto tan lozano ni tan chic. Los últimos quince años han sido duros. Su vida no ha tomado el rumbo que ella esperaba.

Podríamos afirmar, sin temor a equivocarnos, que la vida de Babe ha sido una dura batalla desde que su amante, el poderoso abogado de Los Ángeles Frank Hagstrom, se suicidó en pleno apogeo de la era Reagan. Tras la muerte de Frank, la depresión, el estrés, el fracaso y un exceso de sol californiano envejecieron prematuramente a Babe. Su piel, antes suave y maravillosa, tiene ahora el aspecto y el tacto del cuero, por no mencionar las patas de gallo y la boca arrugada como un abanico oriental. Si se la mira de cerca, no obstante, aún es posible encontrar vestigios de la belleza juvenil que fuera en su día: los ojos color esmeralda, los labios llenos, los pómulos altos. Babe tenía un rostro que la cámara adoraba. Parecía sana y sexy al mismo tiempo.

En fin, un mal paso y su vida se fue al garete. La tragedia se abatió sobre ella y la arrastró al fondo de un pozo emocional.

Claro que esto, al fin y al cabo, es Los Ángeles. En Los Ángeles es posible buscar ayuda para los males físicos y mentales a cualquier hora del día o de la noche. Sí, claro, es domingo, las cinco de la mañana, ocho horas por detrás de la hora de Greenwich. ¿Y qué? La comecocos de Babe está disponible. Gerdy MacDaniel se declara dispuesta a escuchar y a aconsejar durante las veinticuatro horas al día, los trescientos sesenta y cinco días del año. No cree en el calendario gregoriano. El implacable ciclo de los días, las semanas y los meses le parece opresivo y retentivo. El calendario, y el reloj son, según la filosofía de Gerdy, las dos muestras más agobiantes de la necesidad del hombre de controlar la naturaleza. Gerdy prefiere dejarse llevar, así que echa una cabezada de una hora aquí y allá, cada vez que los psicológicamente afectados se toman un respiro. Duerme en el diván de los pacientes, y allí mismo toma lo que pide por teléfono, sobre todo tisanas y pitas integrales rellenas de raíces, humus y tabule.

Gerdy casi nunca sale de su despacho. Ya ni siquiera tiene apartamento. Está convencida de que la suya es una vida muy equilibrada y satisfactoria. Le gusta ayudar a la gente, más que nada porque, gracias a sus extrañas horas de consulta y a sus excentricidades domésticas, se ha convertido en la comecocos favorita de gran parte de la plana mayor hollywodiense.

Hace años que Babe es paciente de Gerdy. Esta mañana, Babe piensa por millonésima vez en la muerte de su amante, Frank, ocurrida tanto tiempo atrás. La psiquiatra finge escucharla, pero se ha acostumbrado a dormitar cuando a sus pacientes les da por repetirse. Gerdy sabe que los angelinos adoran las reposiciones. Vuelven sobre los mismos episodios de sus vidas, al modo de *Seinfeld*, una y otra vez. Es como si soñaran en tener su propia serie de televisión. Algún día, Gerdy escribirá un libro sobre este fenómeno.

—... Pero, de verdad, doctora Gerdy —dice Babe—, no creo que Frank se suicidase. No creo que se ahorcase, para nada.

—Ya hemos hablado de eso muchas veces, Babe. ¿Por qué de repente vuelves a insistir en ello?

—Porque —contesta Babe— el hombre tenía mucha vida por delante. Tenía su trabajo, sus hijos, y me tenía a mí. Me amaba. Me idolatraba.

—Sí, Babe, ya lo sé —dice Gerdy, haciendo un esfuerzo para que su voz no delate la exasperación que siente. Así es como está haciendo una fortuna: a razón de uno y medio de los grandes por cincuenta minutos, y no creáis que no mira el reloj cuando el diván está ocupado. La historia de la New Age tiene sus límites—. Frank te quería. Le importabas mucho. Sin embargo, no podemos obviar el hecho de que tenía problemas. Graves problemas. El tipo de problemas que llevan a la gente a la desesperación. Frank tenía problemas legales, conyugales, financieros, problemas con...

—Sí —la interrumpe Babe—, todo eso ya lo sé. Pero me quería. Me amaba. Cuando consiguiera el divorcio iba a casarse conmigo. Iba a convertirme en una estrella. Teníamos todo el futuro planeado.

—Ya lo sé, Babe —dice la psiquiatra en tono paciente, aunque le gustaría golpear a esa mujer en la cabeza por llevar tantos años viviendo desesperadamente en el pasado—. Y sé cómo te sientes. Pero hemos hablado de esto muchas veces, y en todas hemos llegado a la conclusión de que Frank no veía solución a sus problemas. Buscaba una vía de escape y decidió huir quitándose la vida.

—¡No! —grita Babe—. Eso ya no me lo trago. Tal vez quisiera escapar, pero él no se habría matado. Habría ido a buscarme y habríamos huido a México o al sur de Francia. No me habría dejado. De ese modo, no.

Gerdy suspira; no puede evitarlo.

—De verdad, no me gusta oírte hablar así, Babe; y menos después de todo el tiempo que hemos pasado juntas. Pensaba que habíamos progresado. Pensaba...

—¿Y qué me dice de la cámara? —suelta Babe.

—¿La cámara?

—Sí, la cámara de Frank. Su Minolta.

—¿Qué pasa con la cámara?

—No estaba. Había desaparecido. ¿Y el vómito?

—¿El vómito?

—Sí —insiste Babe—. El vómito. El vómito en el suelo. ¿No recuerda que la policía encontró restos de vómito en la alfombra, debajo de donde se supone que Frank se ahorcó?

—Sí, pero...

—No concordaba con lo que Frank tenía en el estómago. Era el vómito de otra persona, doctora Gerdy. Yo creo que era el vómito de la persona que mató...

—¡Babe! —Gerdy grita el nombre de su paciente en un intento por impedir que la situación se le vaya de las manos.

Babe, sobresaltada, se disculpa.

—Lo siento. No quería exaltarme tanto.

—No pasa nada, Babe. Es sólo que no me gusta verte tan angustiada.

—Ya sé que no le gusta, doctora Gerdy. Pero llevo varios días pensando en la cámara y en el vómito, y me parece que sé de quién era ese vómito de la alfombra. Creo que sé quién mató a Frank.

Gerdy piensa que necesita unas largas vacaciones en Bali.

—¿Quién, Babe? Dime quién mató a Frank.

A lo largo de los años, la colección de sospechosos había sido considerable.

—Los Hancock.

—¿Los Hancock?

Babe asiente con la cabeza.

—Los chicos que perdieron a sus padres en aquel accidente en la autopista. Frank se ocupó del testamento.

Gerdy vuelve a suspirar. No puede creer hasta qué punto se ha extraviado su paciente.

—Sí —admite—, recuerdo a los Hancock. Me hablaste de ellos hace años. Había dos, por lo que recuerdo. Gemelos. Se enfadaron con Frank porque fue él quien les dijo que no quedaba nada del patrimonio de sus padres.

—Sí —dice Babe—. Exacto.

—¿Y por eso crees que lo mataron? —pregunta Gerdy.

—Estoy segura de que lo hicieron. Recuerdo que una vez vinieron a casa de Frank y lo amenazaron.

—¿Lo amenazaron?

—Sí, doctora Gerdy, lo amenazaron. Con lastimarlo físicamente. E incluso con matarlo. Dios, estoy segura de que los Hancock mataron a Frank. O al menos uno de ellos lo hizo. No lo recuerdo muy bien, pero me parece que uno de los Hancock murió en algún tipo de accidente. Se ahogó o algo así. No estoy segura. Pero el otro vive en Boston. Es escritor, un novelista. Lo sé. Lo he comprobado. Lo he comprobado todo.

Gerdy no lee novelas ni va al cine. Ya oye bastantes fantasías a lo largo del día.

—¿En Boston?

—Sí, en Boston.

El arranque de Babe ha alarmado a la doctora sólo a medias. Tras diecisiete años en el oficio, ya ha visto y oído de todo. Allí mismo, en su consulta, ha presenciado cómo algunos pacientes se convertían en Jesús de Nazaret, en Adolf Hitler, en Barney Rubble, en Claus von Bulow o en el Gigante Verde. Ha visto pacientes que pateaban los muebles o daban puñetazos a las paredes, que gritaban hasta quedarse sin voz o que lloraban hasta agotar las lágrimas. Una mujer histérica que despotrica contra los improbables asesinos de su amante, muerto mucho tiempo atrás, es algo que prácticamente le entra por un oído y le sale por el otro. Algún día, está segura, todos ellos aparecerán en el libro.

Mira de soslayo por encima del hombro de Babe hacia el pequeño reloj que hay medio escondido entre un par de libros de la estantería. Gracias a Dios, piensa, sólo faltan siete minutos para que se vaya.

Sábado por la mañana.
Boston, Massachusetts

Rara vez se ve a Leland Bernard Fisher en Boston los fines de semana, pero la noche anterior tuvo una celebración por todo lo alto en sus oficinas de Beacon Street. Con eso de que es el centenario de la Boston Press, las fiestas han proliferado. Denle a Leland un motivo para acudir a una fiesta y seguro que pone todo su empeño en ir, y lleva así desde hace más de tres décadas. A muchos de los que conocen a Leland les parece increíble que la vida siga corriendo por sus venas y sus arterias. Últimamente casi todo se reduce a empinar el codo y fumar un poco de hierba, pero el pasado estuvo plagado de pastillas, coca y ácido. Leland lleva abusando desde la adolescencia.

Ayer por la noche arrancó con un par de Chablis, pero conforme el bullicio de la fiesta fue creciendo, también aumentó la necesidad de Leland de colocarse. De modo que optó por el Jägermeister, media docena de chupitos de ese brebaje dulce, viscoso y con sabor a regaliz; seguramente más. Muchos más, a juzgar por los latidos sordos que le martillean la frente, el sabor amargo en la lengua hinchada y las náuseas que le suben a la garganta, señal todo ello de que se excedió con el Meister. Leland conoce bien los crueles síntomas del exceso.

Pero, por el amor de Dios, ¿cómo no iba a pasarse un poco? Hace unos días se enteró de que el cabrón de John Hancock se está tirando a su mujer. De que se la cepilla en el asiento trasero de su propio Bentley *vinta-*

ge. Al menos, eso parecía en las fotos. Es cierto que aquellas ampliaciones de veinte por veintiocho, tomadas por Al *el Sabueso* Brown, se veían borrosas y desenfocadas, pero maldita sea, a Leland desde luego le pareció reconocer el mete y saca de siempre. Claro, Al estaba a dos manzanas de distancia cuando sacó las instantáneas valiéndose de un teleobjetivo. Y sí, el parabrisas trasero del Bentley es de cristal ahumado, a fin de preservar la intimidad de lo que está sucediendo en su espacioso interior. Pero en una foto el encantador dúo aparece sentado en el suave asiento de piel, y en la siguiente han desaparecido hacia el amplio y mullido suelo alfombrado. Pocas instantáneas más tarde, hace su aparición Hancock, apeándose del coche, sonriendo como un gato de Cheshire y con la mano en la cremallera. O eso le pareció a Leland cuando estudió las ampliaciones con la lupa que le proporcionó Al.

Y ahí estaba de nuevo Hancock la noche anterior, esbelto y bien parecido, como de costumbre, vestido para dar el golpe con su vaporoso esmoquin de lana y seda, saliendo por la puerta de The Boston Press, con una piba espectacular, que no era su mujer, del brazo, la sonrisa pronta, compartiendo su felicidad con todo aquel que le salía al paso. Como un maldito político. «¡Leland! ¿Qué tal te va, tío?» Cinco best-séllers a cuestas y sin duda otro en camino. A menos, pensó Leland, director y editor, que me las arregle para fastidiarle la vida al muy hijo de puta.

Entonces Leland vio que la manaza de Hancock se dirigía hacia él. Hancock quería darle la mano. Le encanta estrechar manos. Siempre con un apretón poderoso, masculino. Nunca de esos que te machacan los huesos, claro, pues denotaría inseguridad, pero siempre firmes. Y sólidos. Y fuertes. Mirándote directamente a los ojos.

Mientras le estrechaba la mano con la derecha, Hancock cogió a Leland por el hombro con la izquierda. Otra costumbre molesta, coger el hombro, frotar el cuello, todo ese rollo del contacto físico. A Leland lo saca de quicio, sobre todo porque no tiene agallas para responder. Los Fisher siempre se han guardado sus manos para sí.

A continuación, faltaría más, Hancock tuvo que palparle los michelines. Un pellizco de nada, sólo para que se sepa que ambos reparan en ellos. A Leland le sobran kilos por todas partes. Hancock no tiene ni un gramo de grasa de más. Leland es bajo y gordo; Hancock, alto y delgado. Además, es quince o dieciséis centímetros más alto y, encima, escribe como los ángeles, convierte hasta la frase más sencilla en un juego malabar que deja boquiabierto al lector. A Leland, aunque ostenta el título de director y editor en jefe, le cuesta hilvanar dos frases seguidas que tengan sentido. Además, Hancock pertenece a una de las familias más antiguas y distinguidas de Boston. El Boston Tea Party, el Congreso Continental, la Declaración de Independencia y toda esa mierda de la Revolución... Como mínimo, Leland y un montón de tipos más creen que ése es el patrimonio de Hancock.

A pesar de todo ello, a Leland le cae bien Hancock. Al fin y al cabo, hace dieciocho años que es su editor. Han salido por ahí, han viajado juntos, han ido por la Gran Manzana en limusina tomando Dom Pérignon y fumando gruesos cigarros cubanos después de que Hancock entrara por primera vez en la lista de best-séllers del *Times* con su *thriller* psicológico *El asesino*. Pero tirarte a la esposa de tu amigo... Eso es pecado según los mandamientos: No te cepillarás a la mujer de tu colega. Y si te la cepillas, prepárate a pagar las consecuencias, tío. Prepárate a encontrarte con tu Creador. Leland no es un tipo violento, pero ahora mismo, si tuviera ocasión, no se lo pensaría dos veces a la hora de hacerle la vida imposible al susodicho escritor.

Se toma media docena de Bufferin con un vaso de zumo de tomate. Le gustaría echar las persianas y meterse en la cama unas horas más, pero el deber familiar lo llama. Le hizo una promesa a uno de sus hijos... ¿Qué hijo...? ¿De qué matrimonio...? El Jägermeister ha borrado ese detalle de su cabeza. Sea como fuere, uno de sus vástagos quería salir a navegar esta tarde. Y Leland, un capitán aceptable así como un papi concienzudo que adora a sus hijos, dijo que si soplaba el viento, los Fisher navegarían.

Así pues, Leland coge el ascensor para bajar al aparcamiento de su lujosa guarida de Back Bay. Allí abajo tiene tres vehículos: el Bentley *vintage* de 1939, un BMW 3.0csi de 1973 trucado y un Chevy Suburban. Elige el BMW, uno de sus coches favoritos de siempre. Confía en que haga el viaje al cabo tolerable. Con suerte, una vez que haya dejado atrás el tráfico del sur de Plymouth podrá acelerar a fondo. Por lo general, a Leland la velocidad lo despeja, se lleva incluso sus migrañas más espantosas.

En este preciso momento, Leland necesita tener la mente despejada. Tiene que decidir qué hacer con ese asunto de Hillary y Hancock.

Domingo por la mañana. Cayo Caulker, Belice

Rafe Paquita descansa en su choza de madera, que se alza al borde de la cala. En estos momentos, se siente furioso, deprimido y desesperado. El mes pasado su mujer lo dejó. Dijo que se iba porque siempre la trataba mal y estaba de mal humor, pero Rafe sabe que es mentira. Él conoce la verdad. Está seguro de que hay otro hombre. Un hombre al que su mujer conoce desde hace tiempo. Ahora el tipo es un pez gordo de Belize City, y allá ha ido la mujer de Rafe. Cogió a la niña y el poco dinero que tenían y se largó a la península a vivir con su madre. Pero Rafe sabe que se ve con el pez gordo. La muy puta. A la mierda. La echa de menos, claro que sí; nada le gustaría más que recuperarla, obligarla a volver a casa. O quizá no. La verdad es que no está seguro.

Rafe (pronunciado Ra-fi) se está esforzando al máximo por no pensar en su mujer en estos momentos. Tiene otros asuntos en la cabeza. Asuntos de peso. Cosas importantes. Cosas que lo cambiarán todo.

No obstante, primero tiene que ponerse al día con la lectura. Rafe aprendió a leer en esa misma choza de madera de Cayo Caulker. Durante los años transcurridos desde entonces, no ha practicado mucho. Duda que haya llegado a leer un libro completo. Unas cuantas revistas de pesca, quizá. Un periódico, de vez en cuando. Algún folleto turístico que otro, de esos que intentan engatusar a los americanos para que vayan allí y se gasten sus dólares gringos. Su permiso matrimonial. Eso sí que lo leyó. Y lo firmó. Qué gilipollas. Y la carta de su esposa, donde le decía que ya no lo quería. La leyó. Después escupió en ella y la rompió en cien pedazos.

Sí, Rafe está cabreado, pero no siempre ha sido así. A lo largo de su juventud y durante sus primeros años de madurez, fue una persona sin complicaciones, un tipo despreocupado, el típico caribeño. Tranquilo. Buen rollo.

Rafe se ganaba la vida bastante bien a costa de los turistas que buscaban sol y aguas cristalinas. Los llevaba a pescar y a bucear en su bote. Bebía cerveza y combinados de ron con ellos en los bares de la zona. Rafe sabía qué querían los blancos: un isleño tranquilo y enrollado al que pudieran llamar colega. Él les conseguía gangas, si querían, e incluso alguna mujer para pasar el rato; eso fue por los setenta y principios de los ochenta, cuando los Hancock fueron por allí. Sin embargo, los Hancock no buscaban mujeres. Buscaban algo mucho más bestia que una puta caribeña.

No obstante, aquellos días han quedado muy atrás. Cayo Caulker, hogar, en su tiempo, de más de un solitario expatriado, se limpió la cara hace mucho. Los americanos que vienen ahora tienen poco sentido de la aventura. Se traen todas las comodidades de casa (secadores, exfoliantes, lociones para el sol, etcétera) o esperan encontrarlas a un par de manzanas de su habitación de hotel provista de teléfono y televisión. «¿No hay fax? Joder, vaya mierda de sitio», oyó Rafe hace poco mientras pasaba por delante del mostrador de recepción de un hotel. Ya lo creo, ahora todos llegan a la isla con sus licencias de pesca y submarinismo. Para eso, mejor harían permaneciendo en casa y practicando surf con sus tablas virtuales.

¿Y qué queda para Rafe? No mucho. Hace unos pocos años intentó enrollarse con una pareja de ricachones, pero a éstos no les gustó su pinta. Prefieren los chicos blancos de Pensilvania y Minnesota que dedican un par de años a ver mundo antes de ponerse a trabajar en la gestoría o la constructora de papá, chicos con un doctorado en pesca con mosca o fotografía submarina.

Rafe está cabreado y en paz. Con lo de la Aldea Global. Con su mujer. Con su vida. No obstante, en este momento no puede empezar a pensar en toda esa mierda. Se pondría aún más furioso, le entrarían ganas de hacer locuras. Necesita concentrarse. Tiene que leer todos esos libros. Echar un vistazo a las revistas. Familiarizarse con su viejo camarada, John Hancock. Y con el hermano de éste. ¿Cómo se llamaba el hermano? ¿Bill? ¿Will? ¿Wally? Algo así.

Hasta hace poco, Rafe llevaba unos diez años sin pensar en John Hancock ni en su hermano. Quizá más. Sólo eran recuerdos lejanos, tan perdidos y olvidados como sus propios días de juventud, antes de que se casara, tuviera una hija y no pudiera ganarse la vida. Pero por pura casualidad la vida había dado uno de esos giros inesperados y el destino le había lanzado una baza al regazo. En cuanto esa baza se hubo aposentado, los hermanos Hancock abandonaron a toda prisa el pasado y se colocaron en el presente.

Sucedió hace unas tres semanas. Rafe estaba sentado en el vestíbulo del hotel Tropical Paradise. Le había echado el ojo a una pareja joven norteamericana que parecía algo perdida, como si necesitara los servicios de un isleño que conociera el lugar. Estaban arriba, en la habitación 29. Seguramente haciendo una siesta y fornicando, intentando que la vieja cama de hierro no chirriase demasiado.

Mientras esperaba a que bajaran, Rafe hojeaba las revistas de la mesa baja. Nada muy interesante. Un *Snoozeweek* de hacía dos meses. Un *Sport Illustrated* aún más antiguo. Un *National Geographic* de 1989. Sin embargo, junto al viejo *National Geographic*, había un libro. Un libro muy gordo con la sobrecubierta morada. En la portada, una imagen de una daga con sangre goteando. La daga captó la atención de Rafe, lo cual habría hecho que a los del departamento de diseño de The Boston Press se les cayera la baba, si se hubiesen enterado. Lo miró más de cerca. Sobre la daga, ponía: *El acuerdo*, y debajo: «Una novela de John Hancock.»

Rafe la cogió. No porque hubiera reconocido el nombre, sino porque quería saber cuánto podía pesar un libro así. No tanto como parecía. Pasó la última página, la 532. Se preguntó cuánto se tardaría en leer un libro tan largo. Demasiado, concluyó. Seguramente el resto de su maldita vida.

Sin embargo, no lo devolvió a su sitio. No, Rafe supuso que causaría una buena impresión a la pareja de americanos si, cuando entraban majestuosamente en el vestíbulo, lo veían leyendo. Le otorgaría cierta credibilidad.

Le daría el aspecto de un intelectual isleño. En fin, que Rafe siguió con el libro en la mano y fingió leer. Cuando empezó a aburrirse, le dio la vuelta al libro. Una fotografía a color del autor llenaba toda la contraportada. Rafe reconoció la cara al instante. Un poco más viejo, de eso no cabía duda, pero de todas formas estaba seguro de que era él. Al menos, uno de los dos. Habían transcurrido quince años, pero desde luego era él, uno de los hermanos, seguro.

—Joder... —masculló Rafe en el vestíbulo del hotel Tropical Paradise—. El muy cabrón.

Abrió la solapa interior y leyó, con un esfuerzo nada desdeñable, la breve biografía del autor:

John Hancock ha escrito varios best-séllers, incluidos *El asesino*, *Venganza*, *Alter ego* y *Fraternidad*. Descendiente del gran patriota americano, John Hancock, el señor Hancock vive en Boston, Massachusetts, con su mujer, la marchante Clara Dare, y sus dos hijos pequeños.

Boston, pensó Rafe, y la cabeza comenzó a darle vueltas. Bien, bien, bien, bien, bien. Empezó a concebir el plan en aquel mismo instante. Al cabo de pocos segundos empezaba a cobrar forma. Y hacia el final de la tarde, había pasado a la acción.

Rafe está ahora en posesión de una cantidad considerable de material de lectura de y sobre John Hancock. Reunir esa pequeña biblioteca le ha costado cierto tiempo, esfuerzo y dinero, pero Rafe piensa que ha sido una buena inversión. Se ha hecho con una revista *People* donde aparecen fotos de John, de Clara, de John Jr. y del pequeño Willy, todos sonrientes y relajados en su lujosa casa de Beacon Hill. El escritor en su tiempo libre. Pero mira qué alfombra, tan tupida y mullida como la melena de un león.

Rafe también tiene críticas de los libros extraídas de publicaciones como *Time*, *The Atlantic* y el *New York Times Book Review*. Ha conseguido un ejemplar de hace dos años del *Vanity Fair* con una supermodelo esquelética y casi desnuda en la portada pero más fotos de John Hancock a partir de la página 238. Rafe hace todo lo posible por leer el extenso artículo. Se salta la mayor parte. Son un montón de tonterías sobre la redacción de una novela, el argumento, el género y los personajes.

No posee tanta capacidad de concentración como para tragarse toda esa porquería. Quiere llegar a las partes suculentas, roer el hueso hasta dejarlo sin carne.

Por fin, casi al final de la página 241, junto a un anuncio enorme de un agua de colonia nueva y asexual, Calvin Klein, Rafe encuentra lo que estaba buscando. Las palabras saltan de la página y se graban en su retina: Cayo Caulker. Como era de esperar, justo allí, en blanco y negro, está la historia del hermano de John Hancock, Will, que se ahogó en la costa de Caulker debido a un accidente de buceo durante las vacaciones que los chicos tomaron en la Navidad de 1982, mientras estudiaban escritura creativa en la Universidad de Harvard.

Rafe casi espera ver su propio nombre impreso. Él estaba allí, al fin y al cabo, guiando el maldito bote, llevando a los Hancock de sima en sima. Pero de inmediato comprende que Hancock nunca habría mencionado su nombre al que escribió el artículo. Eso podría haber despertado cierta curiosidad en George, que tal vez hubiera ido a la isla y hubiese empezado a hacer preguntas, a buscar a un tipo llamado Rafe. Y eso no podía ser. Para nada. Porque existía la posibilidad de que ese Rafe contase otra historia, algo que no acabase de encajar con la versión de J. Hancock.

Interesante, piensa Rafe. Muy interesante.

Se arrellana en el asiento. Por primera vez en muchas semanas, una sonrisa aparece en su cara. Imagina un conducto, un conducto financiero, que va de Boston a Belice, una interminable fuente de combustible que satisfará sus necesidades y sus deseos. Podría arreglar su casa, comprarse una nueva, incluso, más grande y mejor. Recuperar a su mujer y a su hija. Volver a empezar.

Bastará con una simple llamada telefónica. «¿Qué tal, John? Soy tu viejo colega, Rafe Paquita, de Cayo

Caulker. ¿Te acuerdas de mí?» Ya tiene el teléfono de Hancock. Se limitó a llamar a información de Boston y, para su gran sorpresa, pocos segundos después el operador le dio el número. Así de fácil. Sin más.

Vale, piensa Rafe, llama al tipo, recuérdale a su viejo conocido y hazle saber, sutilmente, que todo depende de ellos mismos.

O quizás una llamada telefónica no sea lo más apropiado. Demasiado impersonal. Sí, algo así requiere una aparición en persona. Se trata, afrontémoslo, de un asunto delicado.

Rafe considera la situación varios minutos. Por fin, decide que lo mejor será hacer un viaje de negocios. A Boston.

Parque de Boston

La Regal Papillon, de dos metros de envergadura, planea sobre el parque de Boston. Vuela por encima de las copas de los árboles, verdes y frondosas. La enorme mariposa, con su vela de nailon y su palo de grafito, surca el cielo hacia adelante y hacia atrás. Un solo cordel de cuarenta kilos de resistencia mantiene la enorme cometa en precario contacto con la tierra.

Abajo, en una suave ladera, al otro lado de Beacon Street desde la casa del gobernador, John Hancock hace volar la Regal Papillon con la misma concentración y suavidad con que hace todo lo demás en la vida. Cuando los niños pidieron una cometa, John no se conformó con una baratija de plástico comprada en las tienduchas de Cambridge. No, hizo averiguaciones. Así se enteró de que un tipo llamado Joel Scholz fabricaba a mano unas supercometas que habían ganado un montón de concursos y premios. Papá compró una de ésas. Para los niños, sólo lo mejor. Sin embargo, la cometa era demasiado fuerte y grande para que éstos la hicieran volar. Hasta hace muy poco, todo lo que podían hacer era mirar.

La enorme cometa asciende hasta una altura de más de ochenta metros. Ofrece una resistencia tremenda. John nota que empiezan a dolerle los antebrazos y los hombros.

El pequeño Willy tira de la cazadora de su padre.

—Venga, papá, eres el único que se está divirtiendo.

—Sí —coincide John Jr.—, déjanos un poco.

—Vale, vale. Pero tenéis que cogerla fuerte. Un despiste y saldrá volando por encima del Atlántico.

—La sujetaremos bien.

—Haced turnos —los instruye—. Cuando a uno se le canse el brazo, le pasas el carrete al otro. Para eso están los hermanos.

Hancock le cede el mando a su hijo mayor. La Regal Papillon está a punto de elevar por los aires al niño de seis años. Decidido a no decepcionar a su padre, John Jr. tira hacia abajo y recupera el control.

Tras dar unas cuantas indicaciones a sus hijos, Hancock retrocede hasta un olmo majestuoso que crece a pocos metros de allí. No sólo se le han cansado los brazos, sino que lleva dando vueltas a otro asunto desde que han llegado al parque.

Satisfecho al comprobar que Willy y John Jr. se las arreglan bastante bien con la cometa, saca el teléfono móvil del bolsillo de la cazadora. Marca el número del Savoy de Londres y, cuando la telefonista contesta, pide que le pasen con la habitación de la señora Hancock.

John piensa que es el momento perfecto para llamar a su esposa. Le dirá que está en el parque con los niños, haciendo volar la cometa, disfrutando de una tarde de domingo cálida y con brisa. Como si sólo tuviera ganas de llamar, para saludarla, para que sus hijos le digan hola. Todos querían saber qué estaba haciendo mamá al otro lado del Atlántico. John no tiene la menor intención de mencionar la visita que los dos policías de Boston le hicieron por la mañana; oh, no, ni una palabra al respecto. Sólo esperará y verá si Clara se refiere al incidente, aunque sea del modo más sutil.

Por desgracia, el teléfono de la habitación de Clara suena repetidamente. Seis, ocho, diez veces, y sigue sin haber respuesta.

Hace media hora que Clara ha salido para reunirse con su amigo árabe.

—Me parece que la señora Hancock no va a contestar, señor —dice finalmente la telefonista, no sin cierta insolencia—. ¿Quiere dejarle algún mensaje?

Hancock responde que no y corta la comunicación. Mira el reloj y calcula la diferencia horaria. En Londres, es por la tarde. Quizás haya salido a cenar. Probablemente con ese gilipollas engreído de Rodney Byrnes.

A Hancock no le daría ninguna pena que ese petimetre se cayera de la torre del puente y se ahogara en las apestosas aguas del Támesis. En realidad, si nadie estuviese mirando, a Hancock no le importaría darle un empujón al muy hijo de puta.

Vuelve a meterse el móvil en el bolsillo de la cazadora y mira a los niños. Están haciendo serpentear la Regal Papillon de un lado a otro en el cielo.

Sabe que puede llamar a Clara al móvil, pero no le hace ninguna gracia. Le parece una intrusión, una invasión de su intimidad.

—¡Papá! —grita John Jr.—. Se me cansan los brazos.

—¡Sí! —exclama Willy—. ¡A mí también!

Papá sonríe y se alegra de acudir en su rescate.

—Ya me he cansado de hacer volar la cometa —dice John Jr.

—Yo también —afirma Willy—. Juguemos al escondite.

Y eso es lo que hacen en cuanto papá recoge la Regal Papillon.

Londres

El jeque de Clara quería los dos cuadros: el Toulouse-Lautrec y el pequeño y sombrío Manet. Sin embargo, como todos los hombres árabes, tenía que discutir un poco antes de cerrar el trato. Los psicólogos lo llaman «mentalidad de mercadillo». Es algo genético. Por eso se ve a tantos árabes vendiendo coches Chevrolet y Toyota.

Por desgracia para el jeque, su adversaria en esta transacción en particular tenía todos los ases en la mano. Clara no sólo poseía lo que el jeque quería, sino que su belleza arrebatadora y su enorme encanto habían hecho que al magnate del petróleo prácticamente le cayera la baba en las solapas de su traje Savile Row, ridículamente caro. En su tierra no había mujeres como Clara Dare Hancock. En su casa el jeque tenía multitud de esposas y amantes, algunas bastante atractivas, pero dado lo bien que se las ingenia esa cultura machista para oprimir a sus mujeres, todas ellas eran poco más que felpudos humanos. En cambio, irse a la cama con una mujer como Clara... Dejarla colmada y satisfecha... Oírla gritar su nombre, mientras la atrae hacia sí... «¡Abula! ¡Abula!»

El jeque daría millones por eso.

Por desgracia, no comprende que hace falta algo más que petrodólares para satisfacer los deseos físicos de una mujer. Sobre todo de una mujer como Clara.

En estos momentos, Clara tiene ganas de celebrar su éxito. ¿Por qué no? Tiene el cheque del jeque en la mano. Un millón doscientas mil libras. Ya ha calculado su comisión: casi ciento veinte mil dólares. Suficiente para pagar la factura de la suite del Savoy y, quizá, para hacer algunas compras en Picadilly. Por supuesto, la mayor parte del dinero volverá al negocio. Su mentor, el gran marchante Charles Dare, le enseñó la importancia de reinvertir, de hacer adquisiciones cuando se dispone de dinero. Gracias a ello posee un óleo de Monet, un boceto de Picasso, un Degas inacabado y otras obras de arte casi de las grandes. Todas decoran las paredes de la casa Hancock de Beacon Hill.

—Qué —le dice a la directora de la galería, Joanne Smith—, trabajar en domingo tiene sus recompensas, ¿eh?

Joanne sonríe, aunque no comparte la alegría de Clara por la venta. Le encantaba ese Manet, aunque fuese algo lúgubre. Habría preferido que hubiera ido a parar al Metropolitan, aun por menos dinero. Allí, millones de personas habrían podido admirar la pintura. Joanne sabe que ahora, en cambio, decorará algún palacio de ese jeque ignorante. Pocas personas volverán a ver el cuadro. Qué desperdicio. El dinero no significa nada para Joanne. Su comisión irá directamente a su pensión de retiro; pensión que sólo le reporta unos magros intereses cada año, debido a su empeño en invertir en temas éticos, humanos y medioambientales.

El móvil de Clara empieza a sonar. Hurga en un bolso Ferragamo grande y negro, saca el teléfono y contesta.

—¿Sí? ¿Hola?

—¿Era un árabe sonriente lo que acaba de salir de tu lugar de trabajo?

Clara se ríe.

—¿De verdad tenía una sonrisa en el rostro?

—Ya lo creo.

—Ha comprado los dos.

—Por una buena cantidad, espero.

—Se los habría dejado un poco más baratos si no nos hubiera estado desnudando con la vista a Joanne y a mí todo el tiempo que ha estado aquí.

—A mí me gustaría hacerlo con algo más que con la vista, querida.

—Ya, estoy segura de que lo harías, Rodney —dice Clara—. Los ingleses también sois unos cerdos, sólo que más educados.

—Así nos han criado.

Clara tiene la sensación de que ya ha mantenido antes esta conversación.

—¿Dónde estás? —pregunta—. Por aquí cerca, ¿no?

—Al otro lado de la calle —contesta Byrnes—. La limusina está en marcha y yo, a tu servicio.

—¿Has reservado mesa para cenar?

—A las ocho. En el Oak Room.

—Me has leído el pensamiento.

—Claro que sí, mi amor. Es una de mis mejores cualidades.

—Ya.

—Sólo quiero hacer su estancia en Londres lo más agradable posible, señora Dare.

—Señora Hancock para usted, señor Byrnes.

—Por favor —pide sir Rodney—, no me lo recuerdes.

Clara se echa a reír otra vez. La venta la ha puesto de buen humor.

—¿Tenemos tiempo de pasar por el hotel? Me gustaría cambiarme de ropa y arreglarme un poco antes de cenar.

—Tienes tiempo de sobra para arreglarte —le dice Rodney—. Todo el tiempo del mundo. Pero date prisa, el champán ya está enfriándose.

Thomas Young sigue esperando a sir Rodney Byrnes en el piso de Mayfair, en South Street. A Thomas no le importa esperar. A lo largo de los años ha desarrollado una paciencia extraordinaria, propia de un maestro zen, de un monje budista. Esta tarde, mientras esperaba, se ha tomado tres tazas del exquisito té inglés de Rodney, un par de bollos con pasas y una barrita de helado de yogur que ha encontrado en el congelador.

Ahora le parece que ha llegado el momento de prepararse para el ritual de la noche. Saca la lata de maquillaje negro y el bote de maquillaje blanco del bolsillo del impermeable y va al cuarto de baño de sir Rodney. Tras quitarse el bigote postizo, se aplica el maquillaje negro en la frente y las mejillas. Al cabo de unos minutos una capa fina le cubre toda la cara. Mientras éste se seca, se baja los pantalones y se sienta en la taza del váter. Le cuesta varios minutos y no poco esfuerzo, pero por fin consigue un mínimo movimiento intestinal.

Thomas se acerca de nuevo al lavabo y abre el bote de maquillaje blanco. Saca una pizca con la punta del dedo índice. Se lo aplica con cuidado en el párpado y la ceja derechos, y también por debajo del ojo. Pronto ha dibujado un bonito círculo blanco alrededor del ojo derecho, más o menos del tamaño de un dólar de plata.

A continuación se aplica el maquillaje en el ojo izquierdo, exactamente igual que en el derecho. Finalmente se pinta los labios, grandes y redondos.

Comprueba el resultado en el espejo. La cara negra como el azabache, los ojos blancos y grandes, la boca enorme, también blanca. Muy raro. Fantasmagórico. Vaya sorpresa se va a llevar sir Rodney.

Después viene la parte que Thomas preferiría no hacer; pero sabe que es necesaria, si quiere efectuar el ritual correctamente. Mete la mano en la taza del váter y, valiéndose de un trozo de papel higiénico, coge un pedazo pequeño de su deposición. Al igual que les sucede a prácticamente todos los norteamericanos, Thomas tiene auténtica fobia a la caca. Un montón de culturas aceptan la mierda como lo que es: desechos humanos. Sin embargo, a los norteamericanos les encanta fingir que eso no existe. Lo expulsas, tiras de la cadena y piensas en otra cosa.

En Haití la veneran. Sin duda, el pequeño ritual que Thomas está llevando a cabo esta noche tiene sus orígenes en el vudú haitiano.

De modo que coge su poquito de caca, atraviesa el sanctasanctórum de sir Rodney y abre la puerta principal unos centímetros. No hay nadie en el rellano, de modo que la abre un poco más. Se inclina y unta el final de la hoja con el excremento. Lo asalta un fuerte deseo de vomitar, pero lo vence y, una vez ha terminado, cierra la puerta, vuelve al cuarto de baño y rápidamente tira de la cadena para hacer desaparecer las pruebas. Se lava las manos con agua caliente. A conciencia. Dos veces.

Según el *boungan* (sacerdote vudú) que le vendió a Thomas un polvo zombi extraordinariamente efectivo, el excremento humano en el umbral provocará en sir Rodney graves afecciones físicas y emocionales. Sobre todo si Byrnes alberga ideas lascivas respecto a Clara, de lo cual Thomas está seguro.

Cuando Rodney se acerque a la puerta, se le acelerará el pulso, le arderá la garganta al respirar, la frente le sudará a mares y la boca se le pondrá tan seca como el desierto de Mojave.

Terminados los preparativos y dándose por satisfecho, Thomas apaga la luz del cuarto de baño y regresa a la sala. Se saca el trozo de alambre de la chaqueta y la bolsita de polvo de los pantalones. Después se acomoda en el sofá para aguardar la llegada de sir Rodney.

Los Ángeles

Cuando Babe Overton se marcha del consultorio de Gerdy MacDaniel, en Sunset Boulevard, no emprende el camino a casa. Dado que lleva casi veinticuatro horas sin dormir, debería volver a su hogar, darse una ducha caliente y, quizá, tomar un bocado. Dormir un poco.

Sin embargo, Babe resuelve no hacer nada de eso. Como vive en un país libre, puede hacer lo que quiera. Incluso si lo que se propone implica darle puerta a un ser humano.

La casa de Babe es un apartamento de dos habitaciones con un jardincito en West Hollywood. Vive allí con Mary Anne, una divorciada de cuarenta y pico que trabaja en una *boutique* de uñas y postizos situada en Rodeo Drive. Babe y Mary Anne se llevan bien, pero en realidad no son amigas. Si las cosas les hubieran ido mejor, es probable que ni siquiera se conocieran. Desde luego, no estarían viviendo juntas.

Babe ha decidido que ha llegado el momento de enfrentarse a los hermanos Hancock. De preguntarles qué saben sobre la muerte de Frank. Tal vez la doctora Gerdy no piense lo mismo, pero Babe tiene la sensación de que para sacar su vida adelante debe hacerlo. Y le parece que debe hacerlo sin tardanza, de inmediato; de otro modo, no se atreverá.

Así, en lugar de regresar a casa Babe le dice al taxista que la lleve a la estación de autocares Greyhound, la que está en Wilshire Boulevard. Babe tiene coche, pero lo ha dejado en el taller para que lo reparen. Claro que tampoco habría atravesado todo el país al volante de su pequeño Nissan si éste hubiera funcionado a la perfección. A Babe no le gusta mucho conducir. Sobre todo largas distancias. Ni de noche.

Tiene todo lo necesario para el viaje: las gafas de lectura, el dinero, la maleta y una pistola pequeña y negra. Va con ella a todas partes. Se la dio Frank Hagstrom como medida de protección hace más de quince años. Ya entonces Los Ángeles era un lugar poco seguro. Ahora, todo el mundo lo sabe, es una ciudad de mala muerte, donde la violencia, tanto por motivos raciales como económicos, está a la orden del día; un polvorín a punto de estallar por los enfrentamientos entre negros y blancos, angloamericanos y chicanos, ricos y pobres.

Babe supone que la pistola la ayudará a convencer a los Hancock de que habla en serio. Los obligará a decirle lo que quiere saber. No les disparará, siempre que accedan a contarle la verdad sobre lo que le sucedió a Frank.

Además, Babe sabe usar la pistola. Frank la llevó varias veces a la galería de tiro después de dársela. Quería que aprendiese a cargar, disparar y limpiar el arma como es debido.

Por lo general, la pistola descansa en el fondo de su gran bolso de piel. Una vez al mes, más o menos, la saca y la sostiene en la mano. Babe tiene manos pequeñas, y la pistola, corta y chata, se le adapta muy bien a la palma. Es negra, fría y bastante pesada para algo tan minúsculo. El peso le recuerda constantemente que el arma se encuentra agazapada al fondo del bolso, bajo la cartera, la polvera, el lápiz de ojos y el brillo de labios.

A veces, el peso adicional le parece una carga. En ocasiones Babe considera la idea de sacarla del bolso y guardarla en el cajón de la mesilla de noche, pero nunca lo hace. Muchos años atrás, Frank le dijo que siempre la llevara consigo. Babe sabe lo mucho que Frank se preocupaba por ella, lo mucho que la amaba, lo mucho que le importaba su seguridad. Por eso siente la necesidad de cruzar el continente y buscar algunas respuestas. Tal vez parezca una medida desesperada y fuera de lugar, pero, a pesar del tiempo transcurrido, el trágico final de Frank sigue pesando en el corazón de Babe.

Le gustaría ir en coche hasta el aeropuerto de Los Ángeles, coger un avión a Boston, llamar a la puerta de los Hancock y acabar de una vez por todas con ese asunto.

Por desgracia, le da mucho miedo volar. Una vez, hace años, fue en avión de Los Ángeles a Seattle para rodar un anuncio de Zest. Estalló una fuerte tormenta durante el vuelo. El viento zarandeaba el avión y uno de los motores dejó de funcionar. Babe estaba segura de que iba a morir. Sin embargo, el piloto hizo un aterrizaje de emergencia en una pista de las afueras de Eugene, Oregón. Nadie resultó herido, pero Babe nunca volvió a coger un avión.

Además, no es tonta. Sabe que los detectores de metal localizarían la pistola en el fondo del bolso. En la estación de autocares no hay detectores de metal.

Así que cogerá un autocar. No, no llegará a Boston en dos patadas. Seguramente tardará varios días en cruzar el país. No obstante, Babe lleva más de quince años esperando. ¿Qué importan unos cuantos días más? Tendrá tiempo para pensar, para preparar los detalles del plan, para idear el mejor modo de enfrentarse a los Hancock.

Woods Hole

Leland Fisher ha tenido suerte. Cuando ha llegado a la finca familiar de Woods Hole, situada en el extremo suroeste de Cabo Cod, ha encontrado a su hija Jaguar dormida como un tronco. Eso significaba que no tendría que salir en barco. Algo de agradecer, puesto que incluso en tierra firme Leland se siente como un marino sacudido por las olas en alta mar. Es la consecuencia de beber demasiado Jägermeister.

Jaguar es la Fisher que días atrás pidió salir a navegar con papá. Jaguar, por dar algún detalle de la fragmentada línea familiar de Leland, es el mayor de los dos hijos del segundo matrimonio de Leland. Tiene dieciséis años, a punto de cumplir los diecisiete, y a esa edad las jovencitas cambian de parecer con facilidad. El jueves Jaguar parecía tener muchas ganas de ir a pescar con su padre, pero pueden pasar un montón de cosas en la vida de una joven entre el jueves y el domingo. En el caso de Jaguar, rompió con Gary el viernes, salió con Conrad el sábado por la tarde y se pasó la noche haciendo las paces y cortando otra vez con Gary. No se fue a dormir hasta las tres y media de la mañana, de modo que ahora, domingo al mediodía, duerme como un tronco.

A Leland eso le va de maravilla. No tiene la menor intención de despertarla. Por lo que a él concierne, puede dormir hasta el lunes por la mañana. No molestar a las esposas y a los niños que duermen ha sido el lema de Leland durante dos matrimonios y el doble de hijos. Leland es aficionado a contarle a la gente que sería rico si no fuera por todas las pensiones alimenticias y manutención de hijos que le toca pagar. No obstante ello, anda bien de dinero. Es dueño del lujoso apartamento de Back Bay, con vistas al río Charles. Posee también la finca del cabo, con la gran casa principal y las dos cabañas al borde de Vineyard Sound. Además, tiene el chalé en la estación de esquí de Sun Valley. Leland odia esquiar. Dice que es porque hay que pasar un montón de tiempo de pie con los pies metidos en unas botas incomodísimas y soportar un frío de muerte y vientos helados, pero en realidad lo detesta porque nunca ha llegado a pillarle el truco.

Pese a su actitud hacia ese deporte, Leland conserva el chalé en la estación de esquí a causa de Bernard. Bernard es su hijo mayor, uno de los tres que tuvo con su primera esposa, muerta mucho tiempo atrás. Bernard, que parece destinado a no dar pie con bola, vive en el chalé. Esquía, pesca y hace el vago. Leland envidia a su hijo, porque éste carece de conciencia. Exprime la vaca familiar sin experimentar la menor punzada de culpa. Como sería de esperar, su madre no era judía, sino que pertenecía a alguna iglesia protestante, aunque no practicaba. A diferencia de su hijo mayor, Leland siempre ha llevado a cuestas enormes cantidades de remordimientos, producto del viejo sentimiento de culpabilidad judío, lo cual es de agradecer, porque si la culpa no lo hubiera devuelto al redil, haría años que la habría palmado. La bebida y las drogas seguramente habrían acabado con él antes de que hubiese cumplido los treinta.

Ahora Leland está sentado en el patio trasero de la casa. Se está bien ahí fuera, bajo el fuerte sol del final de la primavera. Al otro lado de la gran extensión de césped divisa las aguas tranquilas de Vineyard Sound. No sopla mucho viento. Mal día para navegar, pero la claridad es increíble, y la visibilidad total. Puede ver con facilidad los riscos blancos de Martha's Vineyard, al sur de West Chop.

Más cerca, a un brazo de donde está sentado, sobre la mesa del desayuno, ve el Bloody Mary, el *New York Times* del domingo y la nota que le ha dejado su esposa; la que hace cuatro, Hillary Vandermeer Fisher. Sí, otra gentil. La tercera. Llámenlo debilidad. Ésta, además, desciende de holandeses y alemanes. Es guapa y, al menos en apariencia, tiene buen carácter. Claro que si se rasca un poco aparecerá una cría obstinada e intratable. Y si se la acorrala, tan desagradable como un alambre de espinos. Sin embargo, desde el día que se casaron Leland ha albergado la esperanza de que sea la última de la lista. La última y la mejor mujer de su vida. Y de pronto, cuando menos lo esperaba, esa relación absurda con Hancock.

Querido B:

Salgo a dar una vuelta. No estaba segura de cuándo vendrías. Y aunque lo hubiera estado. Volveré a última hora de la tarde. Los niños están con Lois.

Con cariño, un beso,

H.

¿A dar una vuelta? ¿Con quién? Eso es lo que quiere saber Leland. ¿Ha salido con Hancock? ¿A meterse en alguna habitación de hotel? Sólo de pensarlo, Leland se pone enfermo. No se puede decir que él haya sido el marido más fiel del mundo. Con el paso de los años, su proporción de daño conyugal no ha sido nada despreciable. Pero, Dios, esto es distinto. O tal vez no. Quizá sea el karma, mal karma, que vuelve para hacerle pagar sus culpas, para darle a probar su propia medicina.

Dios mío, piensa Leland, tendré que meditarlo. Quizá no se trate de algo tan sencillo como pensaba al principio. Quizás haya llegado el momento de pagar por todos mis pecados.

La Lois de la nota es la niñera de los Fisher. Ella se ha encargado, prácticamente sola, de la crianza de los dos Fisher pequeños, Annie, de cuatro años, y Becky, de tres. Hillary, la madre de esas dos niñas encantadoras, está demasiado ocupada para prodigar cuidados maternales. Tiene compras que hacer, comidas a las que asistir y partidas de tenis que jugar. Y fiestas, montones de fiestas: reuniones, cócteles, veladas benéficas.

Hillary casi nunca tiene tiempo para los niños y nunca ha tenido tiempo para su marido. Sin embargo, reflexiona Leland sin poder quitarse de la cabeza la idea de la infidelidad, encuentra tiempo para joder con ese maldito cabrón desagradecido de Hancock. Leland piensa en todas las cosas que ha hecho por Hancock a lo largo de los años. En cómo ha contribuido al éxito de todas las novelas de Hancock. En todo el dinero que ha hecho ganar al muy hijo de puta. ¿Y así se lo agradece?

Se golpea un lado de la cabeza. Hillary y Hancock, ¡Dios! ¡Vaya follón! ¿Significa eso que tendré que volver a divorciarme? ¿Por cuarta vez? No creo que pueda soportarlo. Prefiero morirme.

Leland se pregunta si debería tomar represalias. Quizá contactar con ese matón de la mafia cuya biografía publicó el año pasado. Pagarle cincuenta de los grandes para que le rompa las piernas a Hancock y, a lo mejor, le corte la polla. Puf, cuando estás celoso te vuelves loco. Los celos pueden ser el catalizador de muchos actos violentos y depravados.

No obstante, Leland no va a contratar a ningún matón. Salta a la vista. En esencia es una persona buena y capaz de perdonar. Como todos los que deambulamos por el planeta, él alberga en su interior una mezcla de bien y mal, de blanco y negro, de bondad y malicia. Es capaz de adoptar gatos perdidos y hambrientos, pero también fue capaz de ponerle el ojo morado a su segunda esposa durante una acalorada discusión tras una noche de alcohol y drogas ilegales.

Leland, con esas fotografías que Al *el Sabueso* Brown sacó a Hillary y a Hancock grabadas en la mente, suspira y apura el resto del Bloody Mary. Ya no tiene temblores. En realidad, ahora, con varios gramos de vodka circulando por su torrente sanguíneo, se encuentra bastante bien. Un traguito más dentro de un rato y estará como nuevo.

Coge la edición dominical del *New York Times*. Entera, los veinte kilos. Busca el suplemento literario y lo saca. Intenta leer la noticia de la portada, un extenso comentario de un libro nuevo sobre el medio ambiente que desde hace poco llena los expositores. Lo intenta, pero no lo consigue. Pierde la concentración una y otra vez, y su atención se desvía principalmente hacia su esposa.

De todos modos, a Leland le importa una mierda el medio ambiente. Cuando nadie mira, tira botellas de cristal, latas de aluminio y envases de plástico con el resto de la basura. Sabe que con seis mil millones de personas en el planeta y unos millones más que llegarán antes de que acabe la semana, al medio ambiente, por muchos libros que escribamos, latas que reciclemos, reglas y leyes que aprobemos, le van a dar por culo por todas partes.

De modo que Leland da la vuelta al suplemento literario para echar un vistazo a las listas de libros más vendidos de tapa dura y blanda, ficción y no ficción. Sólo un título de The Boston Press: en el número once de la lista de ficción en cartoné está *El acuerdo*.

La existencia del libro complica aún más el ya difícil dilema emocional de Leland. Si Hancock tiene una aventura con su esposa, a él no le queda más remedio que poner fin a la relación editor-escritor. La asociación de Hancock con The Boston Press tendrá que terminar. No hay otra salida. Veinte años al garete por veinte segundos en el asiento trasero.

Por otra parte, sabe que si se deshace de Hancock los libros de contabilidad se resentirán. El hombre gana más dinero para The Boston Press que ningún otro escritor al que hayan contratado. Y que nadie vaya a pensar que los jefazos, allá en la Gran Manzana, no son conscientes de ello. Van a coger un buen cabreo si Leland da pasaporte a Hancock. A los jefazos les importan un comino las indiscreciones de Jonh Hancock o los sentimientos heridos de Leland Fisher. Sólo saben que los libros de aquél ponen el jamón en la mesa. *El acuerdo* alcanzó el número seis a las pocas semanas de su aparición, y habría llegado aún más alto y vendido más ejemplares de no haber sido porque los megaescritores (King, Grisham, Steel) tenían copados los primeros puestos.

Hace unos años, bien lo sabe Leland, Hancock habría podido lanzarse al estrellato máximo, pero no quiso renunciar por completo a sus inquietudes literarias. En esencia, rehusaba contar la misma historia una y otra vez con ligeras variaciones en el elenco de personajes. Lo normal era que ocuparan los primeros puestos aquellos autores que estaban dispuestos a vender el alma al diablo, a escribir con un estilo cobarde y sin alma, a aferrarse a las líneas argumentales probadas y demostradas. Leland siempre había respetado a Hancock por no venderse, por conservar al menos una pizca de su dignidad literaria.

—Pero ¿dónde diablos —se dice en voz alta— está su dignidad cuando se la mete a mi esposa? Pensaba que era mi amigo, mi camarada. Claro que quizás esté equivocado. Tal vez todo resulte ser un malentendido. O sea, en realidad esas fotos no prueban nada.

Leland suspira y se restriega los ojos. Hace lo posible por convencerse de que sólo es su imaginación desbocada. Su mujer le ha sido fiel. Su viejo amigo no se la ha jugado.

Decide tomarse otro Bloody Mary. Quizá llamar a Al *el Sabueso* Brown y decirle que redoble esfuerzos. Que averigüe toda la verdad, y pronto.

De camino a la cocina, Leland recuerda un pequeño consejo que su abuelo, Aaron Fisher, le dio una vez: «Nunca tomes decisiones difíciles en domingo, Lee. Ni en ningún otro día de la semana.»

Cayo Caulker

Rafe no alberga sentimientos de culpabilidad. Ni tampoco le da miedo ir en avión. Sin embargo, tiene un pequeño problema: el dinero; o más bien, en su caso, una grave carencia de éste. Rafe llamó a Continental Airlines: ochocientos cuarenta y seis pavos, de Belize City a Boston. Y eso comprando el billete con dos semanas de anticipación y quedándose a dormir el sábado por la noche. ¿Dónde iba a dormir?, se preguntó. ¿En casa de Hancock?

Rafe no quiere esperar dos semanas. Le gustaría salir cuanto antes. No obstante, un vuelo regular, sin ninguna restricción, le costaría casi mil trescientos dólares. Una menudencia, supone, si consigue llegar hasta Hancock, poner en práctica su plan de extorsión, hacer que los verdes fluyan hacia el sur.

Sin embargo, ¿dónde y cómo se va a hacer con los verdes? Ésa es la gran cuestión. Rafe sabe que, a veces, hay que gastar dinero para conseguir más dinero. Comprende la necesidad de arriesgar un capital. No obstante, no le apetece buscar un socio. Este trabajo prefiere hacerlo en solitario.

Duda que pueda reunir trescientos dólares, y mucho menos mil trescientos. No ha tenido trescientos pavos juntos desde la locura de la coca en los ochenta, cuando podías comprar un gramo por cincuenta, cortarlo con maicena y vender los dos gramos resultantes a cien cada uno.

En realidad, Rafe sólo tiene una baza: su barco. El único problema es que la mitad del mismo pertenece a su esposa. No puede venderlo sin el permiso de ésta. Y precisamente ahora, ella ni siquiera le habla. Aun así, quizá pudiera venderlo, conseguir la pasta de Hancock y pagárselo. Algo así.

Todo es tan complicado, maldita sea. Sin embargo, una cosa es segura: para hacerse con la pasta tiene que viajar a Boston, y para llegar allí necesita dinero. Llámenlo el dilema personal de Rafe.

Aparta el ejemplar de *El acuerdo* de John Hancock, que todavía no ha leído, abre la puerta de la choza y sale a la brillante luz del sol de un domingo por la tarde. Fuera, el sol pica más que una guindilla. Es como meterse en un maldito horno. A veces Rafe piensa que Cayo Caulker debe de ser el sitio más caluroso del mundo. Está harto de pasar calor todo el tiempo. De caminar despacio para no sudar. De tener que hacer lo posible en todo momento por mantenerse al resguardo de ese sol infernal.

Piensa que quizá compre un billete a Boston sólo de ida. Se quedará un tiempo en Nueva Inglaterra. Donde hace frío. Donde nieva. Rafe nunca ha visto nieve, nunca ha visto hielo, salvo en un vaso de whisky. Volverá ataviado con un traje elegante y zapatos nuevos. Causará buena impresión a su esposa. Se la llevará a Estados Unidos, junto con su hija. Podría ponerse a trabajar de agente inmobiliario. O de agente de bolsa. Vivirán felices por siempre.

Pero por el momento sólo puede corretear de palmera en palmera para librarse del sol. Se muere de ganas de llegar a Boston, de visitar a Hancock. Para hacerlo, tiene que vender el barco. No hay otra solución. Vender el barco o sudar hasta morir. Venderlo o perder a su familia. Perderlo todo. Sin embargo, ha de mantener la calma. No puede venderlo al primer comprador que aparezca, sino a alguien que no le haga un millón de preguntas, que no pregone a los cuatro vientos que Rafe acaba de cambiar por dinero su última pertenencia. Nadie debe enterarse de la venta. Como tampoco nadie debe saber que se va a Boston.

Quizá, piensa, no debería ir a Boston. No directamente. Tal vez fuera mejor viajar, pongamos, a Nueva York, y allí coger un tren o un autocar a Boston. De ese modo no dejaría ninguna pista.

Rafe sonríe. Se felicita por haber pensado con frialdad, por no haber dejado cabos sueltos.

Sabe que si consigue llegar hasta Hancock, todos sus problemas desaparecerán, se desvanecerán, sí señor.

John Hancock, ajeno a las muchas mentes interesadas en alterar su destino, pega las diminutas tejas de madera en el tejado del parque de bomberos. Las vigas no son mucho más grandes que su uña. El parque es del tamaño aproximado de una lavadora. Tiene puertas y ventanas que se abren y se cierran. En la primera planta hay literas, donde duermen los bomberos entre incendio e incendio. Tiene un poste por donde se dejan caer los bomberos cuando suena la alarma. Y camiones de bomberos, muchos, aparcados en el garaje de la planta baja.

El parque casi está terminado. Faltan las tejas y la pintura exterior. Will, en el papel de John, lo empezó en invierno, pero pronto perdió interés y dejó a John la tarea de acabar de construirlo. A John no le importa; disfruta trabajando con las manos, construyendo cosas para los chicos. Le gusta, sobre todo, cuando está escribiendo y se queda trabado en la historia, cuando el argumento empieza a derrumbarse a su alrededor. A menudo se retira allí, al sótano, coge un martillo o una sierra y le da vueltas al problema. Las herramientas ocupan sus manos y le ayudan a disipar algo de la energía física acumulada, mientras que su cerebro trabaja con los personajes y el argumento. Hoy, sin embargo, no le está dando vueltas al nuevo libro; está pensando en su hermano, en su esposa y en esos dos policías.

Decide que ya ha pegado suficientes tejas en miniatura por un día. El deseo de llamar a Clara lo asalta de nuevo, así que devuelve las cosas a su sitio, apaga las luces y sube por las escaleras. Al pasar junto a la sala ve a John Jr. y al pequeño Willy sentados delante del televisor entretenidos con un videojuego. Se queda en el umbral, mirándolos. La mera visión de esos niños le aporta una profunda alegría. John sabe que el trabajo más importante que tiene en el mundo es asegurarse de que esos dos pequeños sean felices y estén a salvo.

Al final, da media vuelta. Vuelve al vestíbulo y sube al segundo piso.

Pasan un poco de las cuatro, según el reloj de pared de su despacho. Eso significa que en Londres deben de ser alrededor de las nueve. Hancock se dirige a su escritorio, se sienta en el borde de éste, coge el teléfono y marca.

—Buenas noches. Hotel Savoy. Alice al aparato. ¿Con qué habitación quiere hablar?

—Con la de la señora Hancock, por favor.

—Un momento, señor.

En la suite de la señora Hancock el teléfono suena una y otra vez. Nadie contesta. Hancock cuelga antes de que Alice recoja otra vez la llamada. Sabe que es estúpido, inseguro e inmaduro por su parte, pero le da mucha rabia no encontrar a su mujer en la habitación. Sobre todo por la noche.

Vuelve a enfrentarse a la cuestión que se le ha planteado antes, mientras sus hijos hacían volar la cometa: llamar o no llamar al móvil.

Decide llamar. Después decide no llamar. Por lo general, un domingo a última hora de la tarde, si hubiera querido llamar se habría limitado a marcar. Sin darle importancia. Habría llamado para charlar y quizá les habría dicho a los niños que se pusieran. Sin embargo, esta vez no se trata de una llamada como tantas. Sobre todo después de la visita de esos policías, que se han presentado sin avisar, diciendo que su esposa había denunciado la desaparición de su hermano. Su hermano, muerto hace tantos años. No, por mucho esfuerzo de imaginación que haga, no es la típica llamada del domingo por la tarde.

Aun así, inspira profundamente y marca el número del móvil de Clara. La línea hace una serie de ruidos electrónicos mientras los satélites y las torres de señales ejecutan sus compases digitales. Después, al cabo de un momento de pura magia moderna, el teléfono de Clara empieza a sonar.

Suena en el interior del bolso Ferragamo negro de Clara, que reposa en una silla vacía, entre ella y Rodney Byrnes. Están sentados a una de las mejores mesas del Oak Room, en el interior del exquisito hotel Le Méridien, situado en Picadilly. Rodeados de arañas de cristal, tallas sobredoradas y jarrones chinos rebosantes de flores frescas de primavera, acaban de empezar el aperitivo: un plato de ostras poché en una delicada salsa de vino tinto, que comparten.

Con el tenedor apuntando a la boca, Rodney frunce el ceño al oír el teléfono.

—Espero que no sea tu amigo árabe.

Clara, a quien le dan igual las ostras pero adora como las presenta el chef, alarga la mano hacia el bolso.

—Seguro que es Hancock deseando oír la encantadora voz de su esposa.

Rodney pone los ojos en blanco y abre una ostra. Habría preferido que fuera el árabe.

Clara conecta el teléfono, mira el número que aparece en la pantalla y sonríe.

—Tal como imaginaba. —Aprieta el botón de respuesta—. Hola, señor Hancock —dice con voz cantarina.

—Hola, señora Hancock.

—Empezaba a pensar que nunca llamarías.

Rodney suspira y se mete un par de ostras más en la boca. Son tan sosas que igual podría estar comiendo barritas de pescado congelado untadas con mantequilla.

—He llamado al hotel un par de veces —dice Hancock—, pero no me has contestado.

—Ha sido un día ajetreado.

—¿Y dónde estás ahora?

Claro que sí, piensa Clara, ése es mi chico. Siempre directo al grano.

—Hora de cenar —contesta—. Estamos en el Oak Room.

—¿Estamos? ¿Tú y el árabe forrado?

—Oh, no —responde Clara—. He terminado con él.

—¿Y cómo ha ido?

—Ha comprado el Manet y el Toulouse-Lautrec.

—¿En serio?

Clara es toda sonrisas.

—Y tan en serio.

—¿Así que al final lo has pescado?

—Sí. Después de luchar un poco.

—Felicidades, nena. Desde luego, ha sido todo un triunfo.

Hancock sabe que su esposa llevaba un año o más engatusando al árabe. Ha salido con él a cenar y a tomar vino, le ha enseñado pinturas de Nueva York, Londres, París e incluso de Oriente Próximo. Claro que, al fin y al cabo, así es Clara: ambiciosa, persuasiva e increíblemente tenaz. Nunca se rinde.

—Y me parece que todos los implicados se han ido contentos —dice ella—: el comprador, el vendedor y, sinceramente tuya, la intermediaria.

—Ojalá estuviera allí para poder celebrarlo contigo.

—A mí también me gustaría, ya lo sabes.

—Y si no soy yo, jovencita, ¿quién es? Sé que odias las celebraciones a solas.

—Sir Rodney, claro.

—Por Dios, Clara. ¿Esa comadreja no tiene ninguna madriguera donde meterse?

—Venga, Hancock, no seas malo. Se porta como un perfecto caballero.

Rodney engulle las ostras a una velocidad que la mayoría de los hombres reservan para los cacahuetes salados.

—¿Dónde? —pregunta Hancock—. ¿Me has dicho dónde?

—En el Oak Room. En Le Méridien.

—¿Con champán? —Hancock sabe que a Clara le encanta el champán.

—Claro.

A John se le contrae la parte baja de la espalda. ¿Y quién no se pondría nervioso si su mujer estuviera bebiendo champán en uno de los restaurantes más chics de Londres con un cerdo hijo de papá que no tiene nada mejor que hacer que andar detrás de mujeres casadas?

—Bueno, cariño, te aseguro que tu plan me vuelve loco.

—Sólo estoy cenando, Hancock. No empieces con tus berrinches.

John sabe, claro, que no es él quien se vuelve loco de celos; ese honor le corresponde a Will. Pero es que Will es John. A veces. La mitad del año. Mes sí y mes no.

—No te preocupes, nena. Es sólo que me gustaría estar en su lugar.

—Y a mí también que estuvieras.

—¿Y cómo está sir Rodney?

—Muy bien. ¿Quieres saludarlo?

—No —contesta Hancock al instante—, no quiero. —Sin embargo, se lo piensa mejor—. Bueno, vale, pásame con él.

Clara tapa el micrófono y le dice a Rodney:

—Quiere decirte hola.

Rodney pone mala cara.

—¿A mí? No lo dirás en serio.

—Pues sí.

De mala gana, Rodney coge el teléfono.

—Sí, hola, Hancock, viejo amigo. ¿Eres tú? ¿Llamas desde Estados Unidos? Eso está lejísimos, ¿eh?

Clara pone los ojos en blanco y hurga en una de las ostras. Demasiado carnosa, piensa, y en lugar de comérsela toma un sorbo de champán.

Rodney sigue parloteando.

—¿Y qué, viejo amigo, cómo está saliendo el nuevo libro?

—No me vengas con esa mierda, tío —replica Hancock—. Si hay algo que odie más que la cerveza caliente es que me peguen el rollo.

Rodney, que no quiere que Clara se de cuenta de lo que le están diciendo, sonríe.

—Venga, Hancock, no creo que...

—Mira, Byrnes —lo interrumpe John—. Confío en mi esposa, pero jamás se me pasaría por la cabeza confiar en ti. Así que hazte un favor a ti mismo y mantén tus asquerosas manitas inglesas bien lejos de ella. Tócala, aunque sea una vez, y te desfiguraré la cara de tal modo que ni tu propia madre te reconocerá. Ahora vete a mear o lo que sea para que pueda hablar con Clara en privado.

Rodney, aturdido y rojo como la grana tras el ataque, le devuelve el teléfono a Clara sin pronunciar siquiera un principio de protesta.

—¿Qué te ha dicho? —pregunta ella volviendo a cubrir el micrófono.

Rodney sacude la cabeza, pero al fin se las arregla para musitar:

—Usando un lenguaje bastante pintoresco, me ha dicho que mantenga las manos alejadas de ti.

Clara suelta una carcajada.

—Hancock tiene bastante desarrollado el sentido de la propiedad. Y —añade— de vez en cuando da muy buenos consejos.

Rodney suspira y asiente. No era ésta la noche que había planeado.

—Te voy a dejar un momento. Tengo que hacer un par de llamadas.

Cuando Rodney se marcha, Clara vuelve al teléfono.

—Lo has conseguido, Hancock. Has hecho que se vaya.

—Buen viaje.

—Sólo espero que vuelva y pague la cuenta.

—Yo pagaré la maldita cuenta.

—¿Puede saberse qué te ha sacado tanto de tus casillas? Salta a la vista que es algo más que Rodney Byrnes.

—¿Cómo lo sabes?

—Intuición femenina. Más siete años de matrimonio.

—Quizá sea la comezón de los siete años.

Clara suelta otra de sus carcajadas musicales.

—No te preocupes, cariño. Aún te puedo rascar.

—¿Te acuestas con Rodney Byrnes?

—¿Eso es lo que crees?

—Contesta a mi pregunta.

—Maldita sea, Hancock, ya sabes que la respuesta a eso es un rotundo no. Ahora dime qué te ha puesto de tan mal humor.

—Es un gilipollas. Perseguir a una mujer casada como un maldito perro sin castrar...

—Lo cual me recuerda —dice Clara, haciendo caso omiso de los celos de su esposo—, que nuestros hijos han expresado el deseo de tener un perrito. Me estaba preguntando qué pensabas hacer.

—Mañana, después del colegio, vamos a mirar goldens.

—¿Golden retrievers?

—Sí.

—Caray, esos dos saben camelarse a su padre. No lo comprarás hasta que yo llegue a casa, ¿eh?

—Claro que no. ¿Y qué pasa con Byrnes?

—¿Qué pasa con él? Es inofensivo. Y conoce al príncipe de Gales. Y a un montón de tontainas más, ricos y con aires de grandeza. Lo cual me va muy bien para el negocio. Venga, dime, ¿qué te preocupa en realidad?

Hancock sabía que se daría cuenta. Siempre se da cuenta. Tiene un sexto sentido. A menudo sabe que algo lo intranquiliza antes incluso que él. Así pues, ¿debería hablarle de los dos pasmas que se han presentado en casa y pedirle una explicación por haber denunciado la desaparición de su hermano? ¿O debería tomárselo con calma, postergar el tema un poco más, aguardar a ver si ella dice algo al respecto?

—Todo va bien —responde—. Es sólo que te echo de menos. Y también los niños.

—Yo también os echo de menos a todos. Antes he llamado. ¿Os lo ha dicho Sylvia?

—En cuanto hemos entrado por la puerta.

—¿John está mejor del resfriado?

—Está perfectamente. No tiene nada, sólo la nariz tapada. Te preocupas demasiado. ¿Quieres hablar con ellos?

—Pensaba llamarlos cuando volviera al hotel. Hablaré con ellos antes de que se vayan a la cama. Ahora prefiero hablar sólo contigo.

Al hacer este último comentario, Clara habla más bajo y en un tono más seductor, y no creáis que Hancock no lo advierte.

—Y dime —pregunta ella—, ¿qué más has hecho hoy?

¿Se trata de una pregunta inocente o una incisión exploratoria?, piensa Hancock.

—Esta mañana he trabajado un poco en el nuevo libro.

—¿Y cómo ha ido?

Hancock escoge las palabras con cuidado.

—Me ha fallado un poco la concentración.

—¿Ah, sí? ¿Por qué?

Tiene ganas de decirle exactamente por qué. Quiere soltárselo de una vez. Sin embargo, contesta:

—Demasiadas interrupciones.

—¿De verdad? ¿Como cuáles?

—Lo de siempre. Los niños estaban revoltosos.

—¿Han ido a la catequesis?

—Sí, claro. Yo los he llevado. Nicky ha ido a buscarlos.

—¿Y aun así no has podido trabajar?

—No mucho.

—¿Por qué? ¿Qué hacía que no pudieras concentrarte?

Hancock ha alargado el juego demasiado. Lleva todo el día esperando y ahora necesita entrar en materia.

—La pasma ha estado aquí.

—¿La policía?

—Eso es. La policía.

—¿Y qué querían?

«Sabes exactamente lo que querían», se siente tentado de responder, pero consigue contenerse. Sólo quiere poner el tema de la visita en el tapete. El motivo ya es otro cantar.

—Pues lo que quieren siempre: dinero —contesta.

—¿Dinero?

—Iban pidiendo donativos. Por lo visto hay un plan en marcha para que la pasma vaya en bicis de montaña. Quieren que los contribuyentes, ya bastante exprimidos, los ayuden a comprarlas.

—Ya —dice Clara. Y al cabo de un momento—: ¿Entonces no ha pasado nada?

—¿Nada? —pregunta Hancock—. ¿Como qué?

—No lo sé. Normalmente la policía se presenta en tu casa cuando ha pasado algo.

—Sí —concede Hancock—, supongo que sí.

—Pero ¿no ha pasado nada?

—Creo que no.

—¿Por qué estás tan raro? ¿Va todo bien o no?

—Todo va bien.

Hancock ya ha comprendido que su esposa no va a sacar el tema de la denuncia. Al menos no directamente. Estupendo. Entonces él también lo dejará estar. De momento.

—¿Y cuándo vuelves a casa?

La pregunta obliga a Clara a hacer una larga pausa. Por fin suspira y dice:

—Podría volver el martes como muy pronto. El jueves a más tardar. Tendría que pasar por París. Sólo para asegurarme de que todo va bien.

—Entonces, ¿entre el martes y el jueves?

—Eso es. Pero primero debería ir a Nueva York.

—¿A Nueva York? ¿Y eso?

—A lo mejor se sabe algo de la nueva galería. Puede que todo se esté arreglando al fin. Te lo diré mañana. A lo mejor nos podríamos encontrar allí y pasar la noche juntos.

Hancock nota que algunas de sus sospechas se esfuman.

—Me gusta la idea.

—A mí también. No lo pensemos más. Quedamos en que irás a buscarme a Nueva York el martes o el miércoles por la noche.

—Ya estoy impaciente por que llegue el día.

Expresan su mutuo cariño y se despiden después de que Clara promete llamar a los chicos al cabo de unas horas.

Hancock cuelga el auricular. Inspira hondo varias veces más mientras intenta extraer un sentido a los distintos hilos de la conversación. ¿Ha llamado Clara a la policía o no? Y si la ha llamado, ¿por qué? ¿Qué la ha llevado a hacerlo? ¿No será todo, en conjunto, una amenaza velada, algún tipo de aviso? Siempre es posible, claro está, que no fuera Clara quien llamó a la policía, sino otra persona. Pero ¿quién? Y ¿por qué? Demasiadas preguntas, maldita sea. Hancock disfruta con los buenos misterios, pero no cuando son a su costa.

Tal vez fuese una buena idea confeccionar una lista de posibles sospechosos encabezada por el nombre de su esposa. Al menos por ahora.

No obstante, antes de hacerlo debería llamar a la granja de Berkshires, al norte de Stockbridge. A ver si consigue que le conteste alguien. Si no, tendrá que dejar un mensaje. No puede limitarse a no dar importancia a la visita de los polis, como si nunca hubiese sucedido. Resulta demasiado inquietante. Y hay demasiado en juego.

Rodney Byrnes vuelve a la mesa antes incluso de que Clara haya metido el teléfono móvil en el bolso. Ha estado espiando entre bastidores; demasiado caballero para volver, pero demasiado granuja para no escuchar a hurtadillas.

—Y qué —le sonsaca—, ¿todo amor y dulzura entre tú y tu codicioso escritorzuelo?

—¿Estás siendo cínico, señor Byrnes —inquiere Clara—, o sólo maleducado?

—Ninguna de las dos cosas —responde Rodney—. Me limitaba a preguntar.

—Tú nunca te limitas a preguntar, Rodney. Pero la respuesta a tu pregunta es sí, todo amor y dulzura.

—No hay problemas en casa, pues. —Rodney separa la silla, coge la servilleta de lino y se sienta.

Clara se queda mirándolo.

—¿Por qué iba a haber problemas?

—Por nada.

—¿Tenías la esperanza de que hubiese problemas?

—Por supuesto que no.

—No me lo creo ni por un segundo, señor Byrnes. Creo que te encantaría ver cómo se cuecen los problemas en mi frente doméstico.

—¿Y ahora quién se pone cínico, señora Dare?

Clara se ríe al tiempo que empuja unas hierbas decorativas a un lado del plato.

—No me pongo cínica. Sólo sé que sería de tu entero gusto que dejara a Hancock, me trasladara a Europa y cohabitara contigo en diversos hoteles, antiguos y fastuosos, donde jugaríamos, practicaríamos sexo y haríamos más o menos lo que quisiésemos.

—A mí me parece un estilo de vida alucinante.

—Estoy segura de que sí. Perseguidos por la prensa del corazón, fotografiados por Annie Leibowitz, entrevistados por Dominick Dunne. Claro que, para realzar mi reputación como la marchante del nuevo milenio, de vez en cuando tendríamos que recurrir a ardides realmente apabullantes.

—¿Como nadar desnudos en el Támesis?

—Está demasiado contaminado.

—A lo mejor podríamos tirarnos en paracaídas desde la torre Eiffel.

—Odio las alturas.

—Un romance apasionado entonces. Como John y Yoko.

—No me gustan los copiones.

Rodney, que no es el tipo más imaginativo de Londres, necesita unos cuantos segundos más para sacarse otro ardid publicitario de la manga.

—¡Ya lo tengo! Allá donde vayamos, haremos una fiesta. Una fiesta por todo lo alto. Sólo invitaremos a los mejores, a los más brillantes.

—Me encantan las fiestas.

A Clara le gustan esos juegos. Toda su vida ha sido una soñadora.

—Esta noche —contesta—. ¿Por qué no esta noche?

—Pues claro, esta noche. Hagamos la lista de invitados.

Sí, Clara adora fantasear. Al fin y al cabo, si se casó con Hancock fue porque le encantan las fantasías. Y tiene la intención, muy pronto, dentro de sólo unos días, de aumentar esa fantasía, de hacerla brillar aún más.

Clara mira a Rodney, sentado frente a ella. Sonríe y dice:

—Una idea preciosa, sir Rodney, pero, verás, tengo que pensar en mis hijos.

—¿Tus hijos?

—Sí, mis hijos. No puedo abandonarlos. Me necesitan y, desde luego, yo los necesito a ellos. Los quiero con locura.

—Bueno —dice Rodney, pensando en esa curiosa costumbre americana—, quizá podrían visitarnos un fin de semana sí y otro no.

Clara se lleva unos berros a la boca y mastica despacio. Piensa en la escena que tendrá lugar en Nueva York dentro de unos días: la conmoción y la sorpresa. Sólo debe asegurarse de que su mejor amiga, Linda Carson, saca a los niños de Boston y los lleva a New Hampshire. Sanos y salvos.

—¿Clara?

Clara oye su nombre. Alza la vista y ve a Rodney.

—¿Sí?

—¿Has oído lo que he dicho?

—Oh, Rodney, no sé si lo he oído o no. Lamento muchísimo decepcionarte. Eres muy divertido, ¿sabes?, tremendamente divertido, pero has de entenderlo: tú y yo sólo vamos a ser amigos. Tengo otra vida, que no guarda ninguna relación contigo. Mi vida de verdad. Una vida que me gusta. No me importa poner un poco celoso a mi marido, pero ni por un instante he pensado en llegar más lejos.

California y Belice

Babe Overton lleva mucho, mucho tiempo sin llevar la vida que le gusta. Amaba a Frank y adoraba el espectáculo. Le encantaba ser actriz, aunque sólo actuara en anuncios tontos de champú. A Babe le volvía loca salir por la tele, ir a la playa, a cenar y a bailar. Ya casi nunca hace nada de eso. Ahora prácticamente lo único que hace es trabajar, ir al cine y volver a casa a dormir. Va de compras, a la tintorería y a ver a la doctora Gerdy. A tomar algo de vez en cuando, si algún hombre la invita. Claro que los hombres suelen estar casados y sólo buscan echar una canita al aire. O bien acaban de divorciarse y son incapaces de hablar de nada que no sea su ex esposa. O intentan meterle mano después del primer whisky. O le preguntan si alguna vez lo ha hecho con otra mujer. O sólo son raros.

Babe se siente como si se le hubiera presentado una oportunidad de ser feliz y, sin tener ella la culpa, se la hubieran arrebatado. Mírenla, sentada en el autocar. Hacia la mitad del pasillo, a la derecha. En un asiento de ventanilla. Se la ve algo cansada, por la falta de sueño, pero la envuelve un aire de dulzura, de timidez. También de cierta tristeza. Se le nota en la mirada. Si estableces contacto visual con ella, al caminar por el pasillo, tal vez no te obsequie con una gran sonrisa, pero tampoco fruncirá el ceño y bajará la mirada.

Podría pasar por una mujer de cuarenta y un años que viaja a Sacramento para ver a su madre enferma.

Sin embargo, no es así; Babe se dirige a un lugar mucho más alejado. Va a hacer todo el trayecto, a atravesar el país en el «viaje especial por ciento sesenta y nueve dólares» de Los Ángeles a Boston en cuatro días y medio. Aún lleva la pistola en el bolso, pero en realidad no tiene intención de cometer un asesinato.

Mientras el autocar avanza hacia el este a través del desierto de California, Babe intenta pensar en sí misma como en una empresaria moderna que se dispone a emprender un viaje de negocios por la costa Este. Software. Quizá productos farmacéuticos. Ropa de estar por casa. Sea cual sea la vocación escogida, tiene que ver con Boston y, antes de llegar, debe trazar un plan de ataque. ¿Qué va a decir? ¿Cómo va a comportarse? ¿Debe ir directa al grano o actuar de manera sutil y complaciente con respecto al asunto, fingiendo que sólo trata de curar una vieja herida?

Es de esperar que, tras los años transcurridos, logren hablar tranquilamente de lo sucedido en el Mulholland Drive de Hollywood Hill. Hablar como adultos. Llegar a alguna clase de entendimiento, de reconciliación.

La situación de Babe es la misma por la que hemos pasado muchos de nosotros en diversos momentos de nuestras vidas: se siente herida, dolorida, insegura, dubitativa, desgarrada por un pasado malogrado. Por muy cursi que les suene a los duros y a los muy jóvenes. Babe necesita un desenlace.

El problema es que, si no lo consigue, si no encuentra alguna respuesta, podría perder la cabeza. No es una persona violenta; seguramente es la persona menos violenta de esta sociedad bárbara, pero incluso las personas por lo general pasivas, cuando se hallan al borde de la desesperación son capaces de enceguecerse y matar. Sucede constantemente. Lean los periódicos. Miren las noticias. Asómense a la ventana.

A Rafe le gustaría matar a alguien.

—Lo siento, señor —dice la voz al otro lado de la línea telefónica—. Para salir de Belize City e ir a Nueva York tendrá que esperar hasta el miércoles, como muy pronto.

—Quiero viajar mañana.

—Como ya le he dicho, señor, ese vuelo está completo.

—Sí, sí —dice Rafe—. Ya lo he oído. ¿De modo que el miércoles como muy pronto?

—Sí, señor. —La voz carece de inflexiones. Bien podría estar generada por ordenador—. ¿Quiere hacer una reserva para el vuelo del miércoles?

Rafe, tan impaciente que iría andando, se lo piensa, pero sólo por un instante.

—Sí —responde—, quiero hacer una reserva.

—¿Y cómo pagará, señor?

—En efectivo —contesta. Siempre que esos dos gringos con los que ha quedado más tarde aparezcan con la pasta que le ofrecieron por el barco.

—Necesitaré una tarjeta de crédito para expedir su billete, señor.

A Rafe no lo han llamado tantas veces señor en toda su vida.

—No tengo una maldita tarjeta de crédito.

La voz no vacila en absoluto.

—Podríamos hacer la reserva y usted podría acudir al aeropuerto y recoger el billete.

—Tardaré todo el día en llegar al aeropuerto.

—Entonces, quizás, a través de un agente de viajes.

Rafe recuerda de pronto que hay una agente de viajes en Cayo Caulker. Una canadiense que fue allí de vacaciones hace más o menos un año para bucear y tomar el sol y nunca volvió a casa. Matilda, se llama. Primero abrió un garito de compraventa de caracolas, después una tienda de pendientes y por fin una agencia de viajes. Una tía rara. Pequeña y maciza. Tan ancha como larga. Pero simpática. «Ser feliz es estar vivo» estampó en todas sus gorras y camisetas. Conoce a todo el mundo y le encanta hablar. De hecho es una charlatana de marca mayor. Rafe sabe que si le compra el billete a Estados Unidos a Matilda, al cabo de una hora no habrá nadie en Cayo Caulker que no se haya enterado. Sin embargo, si quiere marcharse el miércoles, no le queda más remedio.

Cuando Rafe cierra el trato con el agente de la compañía de aviación, en la improvisada oficina de la cabina telefónica de la trastienda del Bar & Grill de Jackie, sale al porche delantero con su cerveza en la mano. Se sienta a la sombra del toldo e intenta no sudar. Última hora de la tarde, el momento más caluroso del día. El sol lleva horas abatiéndose sobre la isla, abrasando cuanto abarca la vista.

Rafe se termina la cerveza y pide otra. Jackie, el propietario, barman, camarero y cocinero, reemplaza la botella vacía por una llena.

—Qué pasa, tío —suelta—, me han dicho que vendes tu barco.

—Dios —murmura Rafe—, alguien debería declarar esta isla zona de cotillas por excelencia.

—¿Entonces es verdad, tío?

Jackie lleva rastas y una barbita de chivo. Procede de Atlanta, donde una vez soñó con hacer predicciones a cinco días vista en el Canal del Tiempo.

—No —responde Rafe—. Todo eso son chorradas.

Jackie se ríe. Tiene la mejor y más brillante dentadura de la isla, el resultado de una excelente higiene dental en su juventud.

—¿Qué vas a hacer con la pasta, Raff? ¿Dársela a la parienta?

—Vete a tomar por culo —le espeta Rafe, y apura la cerveza helada de un largo trago.

Jackie sigue riendo.

—A lo mejor quieres abrir un casino. Ser el Dan Trump de Cayo Caulker.

Rafe decide guardar silencio. Abandona el refugio del porche y sale al espantoso calor de última hora de la tarde. El sol lo abrasa de inmediato. Mientras, a sus espaldas, Jackie no para de reír.

Deja que se rían, piensa Rafe. Que se rían cuanto quieran. Yo reiré el último.

¿Quién sabe? Quizá sí. Su apuesta está en Estados Unidos. Un tío con mucha pasta. Un tío bien situado.

Leland y Jaguar

Tras el tercer Bloody Mary, Leland Fisher llama a John Hancock. Por desgracia, comunica. Hancock está enfrascado en una llamada internacional, a Londres. Leland sigue intentándolo de todos modos. Le ha costado seis gramos de vodka reunir el valor necesario para telefonearle.

Odia la señal de línea ocupada. Le parece enojosa, un obstáculo a la gratificación instantánea. No puede creer que Hancock no tenga llamada en espera. Sin embargo, ya lo ha discutido con su autor estrella y, por lo visto, Hancock considera la llamada en espera una intrusión telefónica grosera y odiosa.

Leland pulsa la tecla de rellamada por décima vez como mínimo. La línea sigue ocupada. ¡Será hijo de puta! ¿Con quién puede estar hablando el muy ligón?

Claro que la pregunta que importa es: ¿por qué Leland quiere hablar con Hancock justo ahora? ¿Qué piensa que va a conseguir con eso? Cree, sinceramente, que una vez que Hancock conteste tendrá la sangre fría de preguntarle a su megaescritor si se está tirando a su mujer. Sin embargo, hay muchas probabilidades de que no se atreva. La verdad es que no anda sobrado de sentido común. En el fondo es un rajado, no tiene agallas, sobre todo cuando se trata de asuntos personales. Sin embargo, nadie le prohíbe dárselas de duro. Leland es un experto al respecto.

Pulsa una vez más la tecla de rellamada y, de nuevo, oye la maldita señal de comunicando. Igual podría ser la voz aterciopelada de Hancock repitiendo una y otra vez: «Leland es un gilipollas, Leland es un gilipollas, Leland es un gilipollas.»

—¡Maldita sea!

Cuelga con un golpe.

—¿A qué viene eso, papá?

Alza la vista hacia la terraza de su refugio de Woods Hole. Su hija, Jaguar, la que supuestamente tenía que llevar a navegar, está de pie en el vano de la puerta, pálida, adormilada y, piensa papi, con el aspecto algo anoréxico de siempre. Jaguar mide alrededor de uno sesenta y pesa unos cuarenta kilos, eso vestida y cargada con monedas de cuarto de dólar para la máquina de cigarrillos. No lleva nada encima salvo una camiseta que le llega hasta la mitad del muslo, delgado como un lápiz. En el pecho, en letras rojas, la camiseta tiene una leyenda que reza: DESAFÍAME Y LO HARÉ.

Genial, piensa Leland mirándola fijamente.

—Estás demasiado delgada. ¿Comes alguna vez?

Jaguar bosteza.

—Cuanto menos comas, más vivirás. Ése es mi lema.

—Qué bien —dice Leland, que intenta tratar a sus hijos como a personas de verdad, aunque rara vez lo consigue—. ¿Por qué no pruebas con éste? No comas nada, haz una cara espantosa, muere joven.

—¿Estás diciendo que tengo una cara espantosa?

Le ha tendido una trampa, y Leland lo sabe.

—Estoy diciendo que podrías poner un poco más de carne alrededor de tus huesos.

—No como carne.

—¿Y qué comes?

—No me vengas con rollos, papá.

Leland suspira, coge el teléfono, pulsa la tecla de rellamada, oye la señal de comunicando y cuelga.

—¿Acabas de levantarte? —pregunta a su hija en un claro tono de confrontación.

Jaguar piensa en dar media vuelta y marcharse de allí, pero rara vez disfruta del lujo de estar a solas con papá.

—Ha sido una noche larga.

—Son las cuatro y media de la tarde.

—¿Ah, sí? ¿Y qué? ¿Nunca pasaste toda la noche despierto y después dormiste todo el día cuando tenías mi edad?

—No —miente Leland.

—Anda ya, papá. Es para cagarse las mentiras que cuentan los padres sobre su pasado.

—¿Es necesario que hables así? —pregunta Leland mientras vuelve a pulsar la tecla de rellamada. La línea sigue ocupada—. ¿Cuánto tiempo se va a pasar hablando, joder?

—¿Es necesario que hables así?

Niños, piensa Leland. Es sorprendente que haya tantos. Si no fuera por la fuerza del deseo de copular...

—Lo siento.

—¿Cuánto tiempo se va a pasar hablando quién?

—¿Qué?

—¿A quién intentas llamar?

—A nadie.

Leland vuelve a marcar.

Jaguar suspira, se lo queda mirando, se lleva la mano derecha a la cadera, da unos pasos y dice:

—Estoy embarazada.

—¿Qué?

—Ya me has oído. Estoy esperando un niño.

Leland cuelga el auricular.

—No es verdad.

—Sí que lo es.

—No digas tonterías.

—Estoy embarazada, papá, y no sé quién es el padre, pero estoy segura de que no es judío. Creo que es negro, o quizá portorriqueño. Además, estoy enganchada al crack.

—La semana pasada era la heroína.

—Pues esta semana es el crack.

Leland se pregunta si de haberse quedado soltero y célibe la felicidad le habría sonreído.

—Quizá necesites tres sesiones a la semana con ese psiquiatra en vez de dos —le dice a su esquelética hija.

Ahora Jaguar se siente un poco mejor.

—¿Para llevarme bien con esta familia? —Suspira—. Tendría que ir cada día.

—¿Qué le pasa a esta familia? —pregunta Leland—. Me ocupo muy bien de ella. A nadie le falta de nada.

—Excepto amor, paz y comprensión.

—Oh, Dios.

—Papá, despierta. Esta familia es, o sea, totalmente disfuncional. Tengo una madre, un padre, tres madrastras, dos padrastros, tres hermanastras, dos herma...

Leland intenta seguir las cuentas.

—Espera un momento. ¿Tu madre ha vuelto a casarse?

—Dios, papá, eso fue el otoño pasado.

—¿El otoño pasado?

Jaguar vuelve a suspirar.

—Eres patético.

—Ah, sí —dice Leland sin mucha seguridad—. Casi se me había olvidado.

En realidad no guarda ningún recuerdo del tercer matrimonio de su segunda esposa. Sin embargo, no conseguirá nada reconociéndolo ante Jaguar. Vuelve a mirar a su hija, que ahora ha salido a la terraza. Hace un medio giro con una especie de pirueta. De pequeña, soñaba con ser bailarina. Leland soñaba con jugar en la posición de Yaz a la izquierda del campo de béisbol de Fenway Park, hacer calentamiento bajo el Monstruo Verde, prepararse para coger las pelotas altas y descalificar a los bateadores contrarios. Por desgracia, era miope y no podía sacarla del cuadro, ni siquiera cuando los padres de los otros chicos sacaban con la mano por debajo del hombro. Jaguar nunca tuvo ni la coordinación ni la energía necesarias para el ballet. Aun así, los sueños se resisten a morir. Leland tiene un palco detrás del banquillo de los Bosox. Asiste a veinte o treinta partidos al año. Se limita a sentarse allí con una cerveza y a soñar.

Jaguar sigue con sus piruetas. Últimamente, recuerda Leland, ha estado hablando de hacerse escritora. O no, quizá psicoanalista. O tal vez fuera uno de sus otros hijos. A veces se hace un lío, pero es comprensible en un hombre con ocho hijos.

—Ven aquí —le dice a Jaguar en un tono imperioso y seductor.

A falta de pocos meses para cumplir diecisiete años, Jaguar se ha pasado buena parte de su vida tratando de llamar la atención. Para cuando llegó al mundo sus padres ya iban a pelea diaria. Antes de que cumpliera tres años, había estallado un holocausto matrimonial en toda regla. A los cinco tenía dos casas, dos dormitorios, dos colecciones de juguetes y demasiados adultos desconocidos usando el cuarto de baño. A los nueve tenías dos madres, dos padres y, al menos a su entender, unos cuantos hermanastros muy raros.

Leland se sienta más al borde del mullido asiento. Jaguar se acomoda en su fofo regazo. No pesa nada, piensa él, es como una pluma. La anorexia vuelve a saltar a su pensamiento; o quizás esa otra, la que padecía la princesa muerta. Bulimia. Piensa que sería una buena idea hablarlo con la madre de Jaguar. ¿O no se hablan últimamente? Otro pequeño detalle que no consigue recordar. Algunas de sus ex esposas le hablan, otras no. Depende, principalmente, de si están satisfechas con la cuantía de los cheques que reciben de su contable al principio de cada mes. Casi nunca lo están.

—Así que piensas que somos una familia de lo más disfuncional, ¿eh, Jag?

Ella lo mira y alza al cielo los ojos oscuros.

—¿Disfuncional? Papá, sé realista. Somos, o sea, mucho más que disfuncionales. Podríamos servir de inspiración a una epopeya de Tolstoi. O a un libro-testimonio de Pat Conroy.

—Pat escribe sobre la angustia sureña. Eso es harina de otro costal.

—Vale, entonces necesitamos un escritor que pueda abordar el tema de los judíos del noroeste.

—Quizá John Updike.

—Updike no es judío, papá.

—Ya lo sé, pero...

—Además, a Updike le habría ido mejor si hubiera resuelto sus problemas sexuales.

Leland piensa que su hija no carece de razón, pero le ofrece otro punto de vista.

—Si no hubiera tenido problemas sexuales quizá no habría escrito nada en absoluto.

—¿Entonces crees que el arte es el modo de que se valen las personas atormentadas para expulsar sus demonios?

Adolescentes, piensa Leland, pero dice:

—Creo que todos tenemos problemas y cosas que nos atormentan. Los artistas y los escritores entran en contacto con los suyos y, si son buenos, nos ayudan a entrar en contacto con los nuestros.

—¿Y eso lo justifica?

—No lo sé. No creo que el arte necesite justificaciones.

—Todo necesita justificaciones. La naturaleza, el cálculo, el amor.

De repente, a Leland, se le encoge el corazón. Podrían ser los primeros síntomas de un infarto, pero no lo son. Se trata de una cuestión entre padre e hija. Leland es un tipo muy emotivo y sentimental. Ahí está, con su hija adolescente, que ya casi se ha convertido en una mujer, sentada en el regazo, y no puede creer lo rápido que ha crecido. Se diría que sólo hace unas semanas que le enseñó a caminar. A hablar. A escribir «plátano». Ahora, como por ensalmo, está hablando de arte, de amor, de la vida. Con una intimidad que difícilmente volverán a compartir. Diablos, sabe que lo ha estropeado todo. Como con Hillary. Si hubiera sido mejor marido, mejor compañero, ella nunca habría estado en la parte trasera del Bentley con Hancock.

Unas lágrimas asoman a los ojos hinchados de Leland.

—Te quiero, Jag —le dice a su hija, con la esperanza de que a ésta no le importe el repentino cambio de tema. Aprieta el escuálido cuerpo y añade—: Sabes que te quiero, ¿verdad?

A ella no le molesta que cambie de tema. Sin embargo, es una adolescente, y los adolescentes deben demostrar frialdad y mantener las distancias en cualquier circunstancia.

—Por supuesto, papá —le dice—, ya sé que me quieres. —A continuación, en un momento de debilidad, añade—: Yo también te quiero. —Antes de que su padre se ponga a llorar a moco tendido, agrega una breve posdata—: Claro que el amor está sobrevalorado. Lo único que te jode la vida más que el amor —apunta Jaguar Fisher, de dieciséis años— es la codicia.

—Por favor, no digas palabrotas, Jag.

—¿Por qué? Joder sólo es un verbo. Un verbo terminado en «er». No es muy distinto de querer, saber o poder.

—Bueno —dice el padre, que seguramente ha usado la palabra seis o siete mil veces a lo largo de los años, quizá más—, yo creo que es muy distinto. Me parece que...

Suena el timbre de la puerta principal. Jaguar abandona de un salto el regazo de su padre y vuelve a entrar en la casa.

—Debe de ser Rob.

—¿Rob? ¿Quién es Rob?

—Rob MacDonald... o Macomber... o Magoo —responde Jaguar mientras se dirige hacia la puerta principal—. Algo así. Lo conocí ayer por la noche.

—¿Ayer por la noche?

El timbre vuelve a sonar. Leland se da cuenta al instante de que ese Rob es un tipo impaciente, seguramente un eyaculador precoz. La mayoría de los adolescentes lo son.

Jaguar grita desde el vestíbulo.

—Estaremos en mi habitación, papá. Haz lo posible por no molestarnos, ¿vale?

Leland, aturullado y aún abrumado por la emoción de haber tenido a su niña en el regazo, piensa en lo que suele pasar en un dormitorio y exclama:

—¡Nada de sexo, Jaguar! ¿Me oyes? ¡Eres demasiado joven para acostarte con un chico!

Jaguar se echa a reír.

Leland se frota los ojos y coge el Bloody Mary. Se queda mirando el vaso y se reta a sí mismo a no llevárselo a los labios. No es ningún idiota. Sabe hasta qué punto la bebida le ha jodido la vida, tanto como para arruinarle sus numerosos matrimonios. Quizá, piensa, si lograra dejar de beber de una vez por todas, conseguiría arreglar las cosas con Hillary. No obstante, primero debe averiguar qué hay entre Hillary y Hancock. Coge el teléfono y pulsa la tecla de rellamada. Comunicando.

—¡Dios! —masculla Leland, y vacía el vaso.

Si hubiera llamado dos minutos antes, la línea habría estado libre. Eso habría sido justo después de que Hancock dejara de hablar con su esposa y poco antes de que marcara el número de la vieja granja de piedra situada en Berkshires, al norte de Stockbridge. En el momento en que Leland ha vuelto a llamar, Hancock estaba ocupado con una nueva llamada, aunque bastante breve.

Ahora, sin embargo, Leland se ha cansado de intentarlo. Supone que Hancock estará charlando con Hillary, decidiendo cuándo y dónde llevarán a cabo su próxima orgía. La idea saca a Leland de quicio. Nota una sensación en la boca del estómago, entre angustia y pánico. Piensa que será mejor volver a contratar a Al *el Sabueso* Brown, decirle que consiga algo, que averigüe qué está pasando en realidad.

Leland coge el teléfono y marca el número de Al Brown en Brooklyn. Esa línea sí está libre. Completamente. El hombre sólo está pasando el rato y tomando una cerveza, viendo como los Bosox pierden con los Cleveland. Contesta a la segunda llamada.

Por fin, piensa Leland. Vamos progresando.

«Ha llamado a las oficinas de Viajes de Aventura. Sentimos no estar aquí en este momento para atender su llamada. Seguramente hemos salido a buscar nuevos y emocionantes destinos para su próximo viaje.

»Por favor, deje su nombre y número de teléfono si desea que un ser humano le devuelva la llamada. Si quiere un folleto de la empresa, deje su nombre y dirección y se lo enviaremos lo antes posible.

»Gracias por llamar a Viajes de Aventura.»

Un poco largo, piensa Hancock, aunque grabó el mensaje él mismo, con la voz una pizca distorsionada; pero cuela.

Tras la señal, deja un mensaje.

—Jefferson. Adams. Creo que sería buena idea ponernos en contacto. Mejor lo antes posible. No es que nos enfrentemos a una crisis en toda regla, pero merece nuestra atención. ¿Qué le dijo el duque de Anjou al rey Carlos? «No pierda tiempo, señor. Los retrasos tienen desenlaces peligrosos.» Son exactamente mis sentimientos.

Hancock cuelga el auricular. Se queda de pie y empieza a pasear de una lado a otro por la oficina del segundo piso de la casa de Beacon Hill. En realidad, lo único que puede hacer ahora es aguardar a que Jefferson le devuelva la llamada.

Mientras espera, le gustaría echar un vistazo a ese libro que encontró la semana pasada en la biblioteca sobre la psicología del genocida, pero ese asunto de la denuncia acapara por completo su atención. La nueva novela de Hancock, la que está escribiendo y aún no tiene título, presenta a un psicópata, un blanco anglosajón de buena familia, que la tiene tomada con varios grupos étnicos a los que considera culpables de estar destruyendo los cimientos de la vida norteamericana.

Lleva meses leyendo todo el material que cae en sus manos sobre el asesinato a gran escala. Hoy, sin embargo, no va a leer. Hoy está demasiado preocupado.

Interrumpe el paseo el tiempo suficiente para buscar la palabra en el *Webster's New Universal Unabridged Dictionary*, que descansa en una mesa para él solo, en medio de la habitación. El diccionario está abierto por la página 729. En la columna izquierda, arriba de todo, hay otra palabra: **fratricidio** *n.* El acto de asesinar al propio hermano. [Latín *fraticidium*, de *frater* (hermano) y *cidium*, asesinato, de *caedere*, matar.]

Pero Hancock no se detiene a leer la definición. Pasa las páginas hasta llegar a la 764. La lee por encima y encuentra: **genocidio** *n.* La aniquilación sistemática y planeada de un grupo racial, político o cultural. [Griego *Genos* (raza) + *cidium.*]

Lee la definición tres o cuatro veces. La ha leído al menos cien veces desde que empezó a trabajar en el nuevo libro. Sin embargo, esta noche apenas retiene las palabras. Asuntos mucho más personales le impiden pensar en eso.

Reanuda el paseo. Piensa en llamar a los policías. ¿De qué circunscripción dijeron que eran? Quizás no lo dijeron. No lo recuerda, y eso le da rabia. Normalmente lo recuerda todo, hasta el último detalle. Es un observador consumado.

Hancock piensa que sería buena idea llamar a la comisaría de la zona, tratar de obtener algo más de información sobre la denuncia de la desaparición. ¿Quién atendió la llamada? ¿A qué hora tuvo lugar, exactamente? ¿Cuáles fueron las palabras precisas del denunciante? ¿Seguro que se trataba de una mujer, o podría haber sido un hombre?

No, lo mejor será hablar primero con Jefferson. Conocer sus impresiones.

Vuelve al escritorio y coge el teléfono una vez más. Trata de recordar el número del busca de memoria. Se trata de un número 800, accesible desde prácticamente cualquier lugar del mundo, lo cual, dada su línea de trabajo y sus circunstancias domésticas, bastante delicadas, resulta muy útil.

Marca el número y sigue las instrucciones. Aprieta el número de respuesta seguido de la tecla correspondiente. Después cuelga.

Continúa paseándose. No hay modo de saber adónde irá a parar el mensaje. Habían hablado de un viaje a los Alpes, pero a ese lado del Atlántico ha hecho frío y ha llovido. Banff, en las Rocosas canadienses, era otra posibilidad. Al parecer, el esquí con helicóptero en los glaciares del norte del lago Louise seguía siendo posible en los picos más altos. Y no es que Jefferson sea un esquiador aficionado a la nieve en polvo de alta montaña. Prefiere los terrenos suaves y preparados. Las locuras se las deja a Adams.

Cada mes, Viajes de Aventura emprende una salida de seis a dieciséis días a alguna parte del mundo. A veces se trata de viajes organizados, pero casi siempre son excursiones en solitario, llevadas a cabo por Jefferson o por Adams alternativamente, con destino desconocido hasta el momento de comprar el billete. Del relato del viaje queda constancia impresa a través de la hoja informativa mensual de Viajes de Aventura.

Hancock, creador y cofundador de Viajes de Aventura, prosigue con sus paseos. Quiere hablar con su compañero, y quiere hacerlo CUANTO ANTES. No es un hombre paciente. Al igual que a Leland Fisher, le gustan las gratificaciones inmediatas. Sólo hace seis u ocho horas que los polis han llamado a su puerta, pero Hancock quiere ver resuelto el misterio que han llevado a su casa. Ahora.

Sabe que hay otro modo de contactar con Jefferson: el teléfono móvil de Viajes de Aventura. No obstante, es demasiado fácil interceptar y seguir la pista de las llamadas hechas a un móvil. No son nada seguras. Por eso hace mucho tiempo que Adams y Jefferson impusieron limitaciones estrictas al uso de su teléfono móvil A.T.E.: sólo negocios, nada de asuntos personales. A menos, claro está, que se trate de una emergencia; una emergencia de verdad. Algo que tenga que ver con Clara o con los niños.

Hancock debe admitir que en estos momentos las situación no puede calificarse de emergencia. Una amenaza a la seguridad no justifica la llamada. Al menos por el momento.

Thomas Young, todavía sentado en el sofá de sir Rodney, oye que su busca empieza a sonar en el interior de su impermeable, que ha dejado en una silla de madera, al otro lado de la habitación. No se molesta en recuperar el mensaje. Sólo una persona en todo el mundo conoce el número.

Abajo, sir Rodney Byrnes, con paso apenas vacilante, entra en el vestíbulo, saca las llaves con torpeza y abre la puerta principal del número 36 de South Street. Rodney ha bebido demasiado y, además, se siente muy desgraciado tras el rechazo de que ha sido objeto por parte de Clara. No es que la negativa vaya a poner fin a sus intentos, pero ha sido un duro golpe para su ego, frágil de por sí.

Sube al ascensor a trompicones. Le laten las sienes. El viaje hasta el cuarto piso lo marea. Tanto champán le ha revuelto el estómago y tiene la boca pastosa y con mal sabor.

Las puertas del ascensor se abren. Sale al pasillo y al instante percible el horrible olor de las heces. No puede evitarlo. Se inclina y vomita en la exquisita alfombra de lana, a menos de metro y medio de la puerta de su hogar.

Han pintado la puerta de rojo. A la luz tenue, Rodney no ve los excrementos con que han embadurnado la parte inferior de la madera. Cubierto de un sudor frío, con el corazón latiéndole a toda velocidad, vuelve a manosear las llaves hasta que por fin encuentra la que busca, la mete como puede en la cerradura, abre la puerta, entra tambaleándose y de inmediato vuelve a vomitar. Esta vez encima de una talla africana única que algún antepasado suyo se trajo del continente negro tras la guerra de los Boers.

Moqueando, con los ojos llorosos, el aliento apestando a champán y a vómito, Rodney se bambolea hasta la sala y enciende la luz. Al principio no da crédito a sus ojos. Ni siquiera acierta a comprender lo que ve. Ahí. Sentado tranquilamente en el sofá. ¿Un hombre? ¿Una bestia? ¿Una alucinación? Rodney piensa que quizá debería gritar, pero todo cuanto consigue emitir es un débil chillido.

—Por el amor de Dios, ¿quién diablos eres? ¿Qué demonios quieres?

Thomas Young, aún con la cara pintada de negro, se pone de pie y atraviesa la habitación. Ahora Rodney está demasiado perplejo para moverse. Thomas levanta la mano izquierda, con la palma vuelta hacia arriba, algo curvada. En la mano hay un montón de polvo vudú, de un marrón sucio. Coloca la mano muy cerca de la cara de Rodney, que lo mira atónito. Sopla el polvo en dirección a la boca y la nariz del inglés. Éste retrocede al instante.

Thomas Young desconoce los ingredientes exactos de ese polvo. Varias veces ha preguntado de qué está compuesto a los sacerdotes vudú que conoce en Haití, pero sólo le han dado respuestas vagas y desconcertantes. «Raíces de árbol de sasafrás molidas; tierra del cementerio; huesos de hombre muerto.»

Thomas sabe que también hay un componente químico en la mezcla. Tetrodotoxina. Se extrae de diversas especies de peces globo y también de una variedad de tritones de tierra caribeños. Es un agente muy potente y potencialmente mortal. Thomas no tiene una idea precisa de cómo funciona en polvo, pero ha visto, con sus propios ojos, lo que hace. El polvo es la realidad farmacológica que se oculta tras el zombi haitiano, el muerto viviente del rústico folclore de esa isla extraña y misteriosa.

Haga lo que haga el polvo, el efecto sobre sir Rodney Byrnes es instantáneo.

Tras estornudar cuatro o cinco veces, intentar farfullar un par de obscenidades, notar que su cuerpo empieza a entumecerse y sufrir una serie de convulsiones, Rodney cae redondo al suelo.

Thomas lo arrastra y lo sube al sofá. La cabeza de Rodney cae sobre su hombro derecho.

—Ahora, sir Byrnes —musita Thomas—, intenta no resistirte. Te he administrado una medicina para que estés tranquilo. No te he dado mucha, pero hará que los minutos siguientes sean mucho más soportables.

Thomas encaja un cojín entre la cabeza y el hombro de Rodney para que se siente más erguido. El polvo zombi lo ha paralizado casi por completo. Tiene los ojos abiertos. Todavía ve, respira y oye, pero no puede moverse. Su sistema nervioso prácticamente ha dejado de funcionar. Sin embargo, Rodney parece muy asustado. Una pequeña línea de vómito corre por la comisura de sus labios hasta la barbilla.

—No voy a torturarte, Rodney —dice Thomas Young—, así que no te preocupes por el sufrimiento. Odio ver sufrir a la gente. He tenido mi ración de sufrimiento a lo largo de los años y sé que no es muy divertido. No me gusta infligirlo a los demás. En realidad, soy un alma caritativa, un hombre que intenta delimitar las diferencias entre lo correcto y lo incorrecto, lo que está bien y lo que está mal.

Rodney emite unos sonidos profundos y guturales, pero el polvo le ha arrebatado la capacidad del habla.

—Chist —dice Thomas, y aprieta el dedo índice contra los labios paralizados de Rodney—. No tienes ninguna necesidad de hablar. Déjate llevar. Explora tu interior. Reza una plegaria.

Thomas coge de la mesita de caoba el trozo de alambre para colgar cuadros. Se enrolla los extremos en las palmas de las manos. Da un tirón para tensarlo.

—Verás, Rodney, algunas personas piensan que es pecado codiciar a la mujer del prójimo. Yo soy una de esas personas. Y sé que has cometido ese pecado. Dudo mucho que hayas llegado a poseerla, porque sé, sin lugar a dudas, que se trata de una mujer buena y virtuosa, que ama a su marido y a sus hijos. Pero su bondad natural no te exime de culpa ni de tus repugnantes ideas.

Thomas hace chasquear el alambre junto al oído de Rodney. Se inclina y aprieta la nariz contra la de éste, que gime. Thomas aprieta más fuerte. A continuación, presiona toda la cara contra el rostro de Rodney: los labios, las mejillas, los ojos, las orejas. Las dos caras ruedan juntas hacia un lado y hacia el otro. Pronto Rodney también tiene la cara negra.

A continuación, Thomas retrocede un palmo y escupe directamente al rostro de Rodney. Todo forma parte del rito vudú. Son actos útiles y necesarios para ahuyentar a los espíritus malignos que se agazapan en el interior y alrededor de Rodney Byrnes, para matar la lujuria que éste ha alimentado hacia Clara Dare Hancock.

—Sir Rodney —dice Thomas, desenrollando el alambre de su palma derecha y pasando luego, suavemente la mano enguantada por la cara negra y húmeda de Rodney—, ahora estás limpio. Eres libre. El marido de la mujer que has codiciado te ha limpiado. Eres puro y estás listo para viajar a un mundo menos libidinoso.

Thomas frota el cuello y los hombros de sir Rodney. Nota que el pretendiente de Clara se relaja. Vuelve a coger el alambre y lo enrolla en torno a la mano derecha.

Sin perder un segundo, rodea el cuello de Rodney con el alambre. Lo estira para tensarlo. No demasiado, sólo lo suficiente para interrumpir el flujo de oxígeno a los pulmones. Lo suficiente para interrumpir el flujo de sangre al cerebro. Lo suficiente para que sir Rodney Byrnes sienta el horror de su vida inútil.

Cumplida la tarea, Thomas pasa los minutos siguientes haciendo desaparecer las pruebas de su breve visita al piso 402 del 36 de South Street. Lo elimina todo salvo los excrementos de la puerta. La caca la deja. Mantendrá a raya a los intrusos.

Poco después, vuelve a estar en la calle, caminando hacia Berkeley Square. Con la cara limpia, el bigote postizo otra vez en su lugar. Se ha puesto la gorra forrada de piel y el impermeable. No necesita las gafas de sol ni subirse el cuello del abrigo. La llovizna ha cesado. El cielo nocturno empieza a aclararse.

Antes de parar un taxi recorre andando todo el camino hasta Piccadilly Circus. Le sienta bien caminar, estirar las piernas, sacarse de los pulmones el olor del miedo de sir Byrnes.

De modo que camina, y pronto sus pensamientos empiezan a divagar. Mañana, a esta misma hora, estará en las Bahamas, en Exuma, instalado en el hotel Paz y Abundancia, preparado para enfrentarse al pez zorro. Claro que en algún momento tendrá que llamar a su hermano, averiguar qué le preocupa.

Sí, si alguien mirara de cerca a Thomas Young creería estar viendo a John Hancock. Sin embargo, no estaría viendo a John, sino a Will Hancock. William Larson Hancock. Viajando, como hacen cuando están metidos en el asunto de Viajes de Aventura, bajo el nombre de Thomas Young.

Ya no hay ningún Will Hancock. Sólo está John; dos, en realidad. Son absoluta y totalmente idénticos, los hermanos Hancock, físicamente iguales hasta en el tamaño de los pies, el color de los ojos, la forma de las orejas y la blancura de los dientes.

Sus gestos también son del todo idénticos, así como su manera de asentir, de reír, de suspirar, de gesticular cuando cuentan algo. Vistos el uno al lado del otro (aunque hace muchos, muchos años que es casi imposible que algo semejante ocurra en público), tal vez se puedan distinguir algunas pequeñas diferencias, pero en cuanto existe la mínima distancia entre ellos se convierten, por arte de magia, en la misma persona: John Hancock.

Sin embargo, no se llamen a engaño, como les ha pasado a tantos; los hermanos Hancock, John y Will, no podrían ser más distintos.

VIEJAS HISTORIAS

Feliz Navidad

A finales del otoño de 1982, los hermanos Hancock, ambos en la flor de la vida, eran unos estudiantes de veintidós años apuntados al programa de escritura creativa de la Universidad de Harvard, en Cambridge, Massachusetts. Las vacaciones estaban a la vuelta de la esquina y John y Will decidieron que necesitaban un descanso. Con mamá y papá muertos y ningún familiar al que visitar, escogieron para su escapada un destino de clima cálido.

El día de Navidad tomaron el avión a Belice. Pasaron la Nochebuena en un hotel de mala muerte de Cockburn Street, en Belize City. Cucarachas del tamaño de ratones se pasaron toda la noche saliendo y entrando de la cañería de un lavabo asqueroso.

Entonces, como ahora, Belize City no era más que una miserable población del Tercer Mundo con unas cincuenta mil almas, la mayoría sumidas en la pobreza. Construida originariamente como asentamiento temporal para los europeos que habían ido a saquear la caoba de los bosques, la ciudad siguió creciendo y nunca dejó de hacerlo. No obstante, los hermanos Hancock acababan de escapar de la vida urbana, y no les apetecía quedarse allí más tiempo del necesario.

Nada más levantarse, se dirigieron a las playas de la isla. En aquellos tiempos, la mayor parte de los barcos de turistas se iban derechitos a San Pedro o a Cayo Ambergris, a unas sesenta millas al noreste de Belize City.

Sin embargo, San Pedro estaba lleno de trasnochados hippies norteamericanos que fumaban hierba, bebían tequila barato y llevaban el pelo a lo rasta. Lo hermanos Hancock podían ver lo mismo en Cambridge Common. De modo que por la tarde cogieron una langostera que se dirigía a Cayo Caulker.

La minúscula isla y su decadente poblado no prometían gran cosa en términos de diversión, así que los Hancock se llevaron algunas emociones consigo. Sólo pasaron cuarenta y ocho horas en Cayo Caulker, pero su breve estancia daría que hablar a los isleños durante meses. Incluso años.

Los Hancock cogieron una habitación de la primera planta de la Casa de Huéspedes de Cayo Caulker, una pensión de dos plantas. Aquella tarde fueron a nadar a The Cut, un canal muy estrecho que había dejado a su paso el huracán Hattie, en el 61. Allí conocieron a Rafe Paquita, que entonces sólo tenía dieciocho años. Era un nativo sonriente y soltero que prometió ocuparse de todas sus necesidades por una tarifa muy reducida y les aseguró que podía enseñarles los mejores bares y restaurantes de la isla. (Lo que no era mucho decir, si pensamos que en la isla sólo había un puñado de cada cosa.) También podía llevarlos a navegar, a pescar y a bucear.

—En serio —les dijo a los hermanos Hancock—, tengo muy buenas relaciones. —A continuación, tras sonreírles durante al menos treinta segundos, añadió—: Y aunque veo dos, puesto que parecéis el mismo os cobraré como si fueseis uno. ¿Qué os parece el trato?

—Eso dependerá de cuánto cobres por uno —contestó John, el lince para los negocios.

Aquella noche, tras dar cuenta de un par de langostas cada uno, pequeñas pero sabrosas, los hermanos

Hancock le pagaron a Rafe unas cuantas cervezas en el bar del hotel Paradise. El tipo parecía inofensivo y, además, decía que tenía un barco y equipos de buceo.

—Mañana —les dijo—, os llevaré al arrecife. La famosa barrera de arrecifes de Belice. El arrecife más largo del mundo. Os haré conocer los mejores lugares para bucear: Sponge Avenue, Mackered Hole, George Cut. Lo vais a pasar de maravilla.

Los hermanos Hancock miraron la cara siempre sonriente de Rafe, con sus dientes amarillentos y manchados, los ojos rojizos y la piel morena y moteada.

—¿Sabéis bucear, no? ¿Sabéis manejar el equipo?

—Desde luego —lo tranquilizó John—, sabemos manejar el equipo.

Los hermanos Hancock tenían sendos carnés de submarinistas. Cuando sus padres, William y Lenore, aún vivían, la familia había hecho un cursillo antes de viajar a los cayos de Florida. Habían buceado todos juntos en el Parque Estatal del Arrecife de Coral John Pennekamp. Sin embargo, una año más tarde, el flamante Cadillac Eldorado de William y Lenore chocó contra el remolque de un camión. Aquel accidente pondría fin a las vacaciones familiares. Los hermanos Hancock no habían vuelto a bucear desde entonces.

A las nueve de la mañana, estaban en el agua, sin Rafe.

—Rafe no bucea —fue toda la explicación que dio a los hermanos—. Rafe se queda arriba. Vigilando el barco.

La verdad es que, aunque hubiera querido, no habría podido bajar; tenía cuatro depósitos de oxígeno pero sólo dos reguladores, dos máscaras, dos cinturones lastrados y dos juegos de aletas. Así, tras volver a familiarizarse con el equipo de submarinismo, los Hancock se dejaron caer al agua cristalina y cálida color turquesa por la borda del antiguo ballenero de Rafe. El sol calentaba con fuerza; allí no necesitaban trajes para el agua, guantes ni botines. El Caribe parecía una enorme bañera de agua salada.

Rafe había anclado al borde del arrecife, a media milla más o menos de la costa sur de la isla. Los hermanos pasaron una hora en las aguas someras contemplando los peces de colores que salían disparados entre los macizos de coral. Will rara vez se atrevía a bajar más de un metro. Nadaba en círculos, temiendo que alguna criatura acuática de gran tamaño estuviera acechándolo por detrás del hombro. John bajaba a mayor profundidad y se alejaba más. Siempre había sido el hermano atrevido, el que aceptaba retos y se saltaba las reglas. Will lo seguía, por lo general de mala gana.

Cuando quedaba poco aire en los depósitos, los hermanos Hancock salieron a la superficie y nadaron hacia el barco, donde estaba sentado Rafe fumando un canuto y aguardando pacientemente.

—¡Eh, tíos! Se está fresco ahí abajo, ¿eh? ¿Habéis visto esa gran barracuda que se ha acercado a vosotros hace un rato?

Will no había visto la barracuda. De lo contrario, habría regresado al barco en menos que canta un gallo.

Rafe guió el barco por el norte de la isla para que los hermanos pudieran echar un vistazo al North Cut. Mientras remontaban lentamente la costa oeste de Cayo Caulker, Rafe señaló otras zonas de buceo.

—Debajo de nosotros —dijo— hay todo un laberinto de cuevas que atraviesa el coral. Por ahí se ve toda clase de peces. Barracudas. A veces tiburones. Entran siguiendo a los peces. Es un sitio ideal para bucear, aunque un poco peligroso, con todas esas entradas y salidas.

Es fácil perderse, quedarse sin aire, dejarse llevar por el pánico y ahogarse. Hace falta un guía, pero ese guía no seré yo.

A John le atraía la idea de investigar las cuevas submarinas. Imaginaba la fuerza con que el corazón le martillearía en el pecho mientras se deslizaba por una grieta del coral. Will dijo que prefería mantenerse alejado de cualquier caverna. Sufría de claustrofobia.

En su segunda inmersión en North Cut, los hermanos Hancock se llevaron un buen susto.

Rafe les había asegurado que casi nunca se veían tiburones por allí.

—Morenas y barracudas, sí, pero los tiburones muy de vez en cuando.

Bueno, pues los hermanos Hancock vieron uno, y de los grandes.

—De dos metros y medio —insistiría John más tarde.

—Tres o más —lo corregiría Will, ya de regreso en el pequeño barco de Rafe, sano y salvo.

Ambos coincidieron en que se trataba de un tiburón martillo, una de las criaturas de aspecto más espeluznante del mar, con su cabeza enorme y rectangular y unos ojos situados a ambos extremos de la misma, como un par de reflectores.

Will no estaría a más de seis metros de la superficie cuando apareció el tiburón. John, para disgusto de su hermano, había pasado por debajo de una escarpada pared de coral para echar un vistazo a unos peces limón. Había bajado veinte o veinticinco metros. Will quería que permaneciesen el uno cerca del otro, pero ni en sueños pensaba bajar tanto. Afirmaba que a tanta profundidad le dolían los oídos, cuando el auténtico culpable era el miedo.

A medio camino entre los hermanos el arrecife presentaba una abertura por la que desfilaban constantemente peces grandes en ambas direcciones. Will los veía con total nitidez a través del agua clara: peces mosaico, meros, besugos. Intentó llamar la atención de su hermano, para que pudiera compartir el panorama con él, pero John tenía la mirada fija en aquellos peces limón.

De repente, pasó un cardumen, buscando a toda prisa la protección del arrecife. El banco atrajo la atención de John. Los hermanos no tardaron en averiguar el motivo de tanto apremio: un gran tiburón martillo había salido a buscar comida. Por desgracia, el tiburón no cabía por la grieta. Se detuvo a pocos centímetros del coral, agitó las enormes aletas y cambió de dirección. Al cabo de un momento tenía aquel cuerpo enorme y letal apuntando a John, que lo miraba con los ojos como platos.

Will gritó, pero, como es natural, nada salió de su boca, salvo el regulador. Tragó una buena cantidad de agua y empezó a sofocarse. Se puso a agitar los brazos y las piernas. El movimiento, repentino e inesperado, debió de distraer al tiburón, porque una décima de segundo más tarde de embestir con su enorme y horrorosa cabeza el cráneo de John, viró y se dirigió hacia el mar abierto.

Aquella noche, aún nerviosos y exaltados por el encuentro con el tiburón martillo, los hermanos Hancock dieron cuenta de cantidades ingentes de alcohol en el bar de Syd, situado en la ensenada. Hablaron del tiburón durante tanto tiempo y con tal lujo de detalles que incluso Rafe, gran amante de las copas gratis y la verborrea, acabó por aburrirse y se marchó a casa. John y

Will apenas repararon en su ausencia. La media noche llegó y pasó, y ellos seguían ahí cotorreando.

Alrededor de la una, debido al exceso de priva y a aquel escarceo con la muerte, su charla adquirió un tono marcadamente taciturno.

—Dios —se lamentó Will—, ¿y si ese horrible hijo de puta te hubiera arrancado la cabeza de un bocado?

—Me habría convertido en un espantajo ensangrentado, hermanito. Pasto para los peces.

Apuraron sendos chupitos.

—Y entonces —preguntó Will—, ¿qué habría sido de mí?

—Hermanito, creo que te habrías quedado huérfano de padre, de madre y de hermano.

—No podemos permitir que eso suceda —declaró Will—. Ni ahora ni nunca.

John, inmortal como sólo puede serlo un chico de veintidós años, se encogió de hombros y sentenció:

—Nunca sucederá.

Sin embargo, ambos meditaron sobre la idea de la muerte durante varios minutos, la triste realidad de que uno de ellos podía morir en cualquier momento. No se trataba de una perspectiva alentadora. No sólo eran unos gemelos huérfanos, sino que desde el momento de su concepción casi nunca habían estado separados. Unas pocas horas, un día o dos, pero, en conjunto, los hermanos Hancock, hasta aquel momento, habían vivido como una sola y armoniosa unidad.

Pidieron otra ronda de bebidas: chupitos de whisky y cervezas.

No solían emborracharse, en especial Will, pero aquella noche iba a ser excepcional en muchos sentidos.

Debió de ser después del sexto o el séptimo chupito de ron cuando a John lo asaltó una repentina y profunda inspiración. Como casi siempre suele suceder en tales casos, en ese momento no tenía ni idea de que un sencillo comentario iba a cambiar su vida y la de su hermano para siempre.

—¿Sabes? —murmuró con la cara medio enterrada en la jarra de cerveza—, desde luego no sería nada divertido que uno de los dos muriera, pero sería genial que uno de los dos fingiera estar muerto.

—¿Qué has dicho?

—Si uno de los dos fingiera estar muerto... pero en realidad estuviera, ya sabes, vivo.

Will, cogido por sorpresa, se frotó los ojos, ya irritados.

—No te pillo.

—Como si me muriera, pero no me muero. Piensa en las posibilidades que eso nos abriría.

—Estás borracho —exclamó Will—. No sé de qué va ese parloteo. Y tú tampoco.

—Estoy hablando de posibilidades, hermanito.

El cerebro de John se había disparado.

—¿Qué posibilidades?

—Somos gemelos, ¿no?

—Eso tengo entendido.

—Y somos idénticos.

—Sólo en apariencia —contestó Will, únicamente para picar a su hermano.

—Es verdad —admitió John—, pero absolutamente idénticos en cuanto a aspecto físico.

—Sólo en un noventa y nueve por ciento.

—Noventa y nueve coma noventa y nueve.

—Sí, ¿y?

—Pues que a eso voy.

—Aún estoy esperando oír adónde quieres ir a parar.

John echó una mirada larga y pausada alrededor. Los pocos clientes que quedaban iban todos bien cargados y estaban ensimismados en su propios planes. El barman se había escabullido a la parte trasera a fumarse un canuto.

—De acuerdo —dijo John, inclinándose para acercarse más a su hermano—. A eso voy. Digamos que ese espantoso tiburón martillo me ha partido en dos, pero en realidad no lo ha hecho.

—¿En realidad no lo ha hecho?

—Eso es.

—¿No te ha partido en dos?

—No. Me ha partido en dos, pero en realidad no, y tú sales a la superficie aterrorizado y hecho polvo, y enseguida empiezas a decirle a la gente que un tiburón de mierda acaba de zamparse a tu hermano.

—¿Aunque ese tiburón de mierda no se haya comido a nadie?

—Correcto.

—Vale. ¿Y entonces qué?

—Entonces fingimos que he muerto.

—¿Fingimos que has muerto?

—Ya lo vas pillando, hermanito.

Will notaba cómo el alcohol jugaba con sus células cerebrales, provocándole no pocos daños.

—Vale, estás muerto. Pero en realidad no lo estás. ¿Y qué sacamos con eso?

John suspiró y sacudió la cabeza.

—Caray, hermanito, a ver si lo captas de una vez. Piensa en todas las posibilidades que eso nos ofrece. ¿Siempre tengo que ser yo el que aporte la chispa de inspiración a este dúo?

—Yo no diría siempre.

John volvió a suspirar.

—Vale —explicó—, entonces yo estoy muerto y tú no.

—Tú estás muerto y yo no.

—Muy bien. Yo estoy muerto y tú no.

—¿Y?

—Y tú vuelves a Cambridge. Estudias, te lamentas, lloras en el hombro de Zelda, vas a clase, haces lo que sueles hacer normalmente.

Will empezaba a comprender el sentido de la fantasía de su hermano.

—¿Mientras qué? —quiso saber—. ¿Mientras tú, fingiendo estar muerto, haces el vago aquí en Belice, tomando el sol y ligando con las chicas?

John sonrió.

—Ésas son sólo algunas de las posibilidades.

—Pues será mejor que me digas otra. ¿Qué saco yo con todo eso?

—Diablos, nos turnaremos para tomar el sol y ligar con las chicas. Eso sacas tú. Primero serás el tipo responsable y trabajador que saca adelante nuestra carrera universitaria y literaria. Después, al cabo de un mes o dos, intercambiamos el papel. Te tocará a ti ser el hedonista o el cazador de tiburones o lo que quieras. Eso es lo bueno del asunto, Will: haces lo que te dé la gana. No hay límites. No hay restricciones. Estás muerto, al fin y al cabo.

—Pensaba que eras tú el que estaba muerto.

—Nos turnaremos para estar muertos.

—Sí, pero se supone que es John quien está muerto, no Will.

—Quien sea. Tú. Yo. Uno de los dos.

—Tú.

—Vale —dijo John—, yo.

Will asintió mientras hacía esfuerzos por representarse la escena mentalmente.

—¿De verdad crees que nos saldremos con la nuestra?

—Tan seguro como que me llamo John Hancock. No tenemos más familia. Nadie llorará nuestra muerte. Nadie armará jaleo. Sólo tú y yo.

—Suena bien.

—Joder, suena de maravilla. Lo mejor de ambos mundos. Además, con uno de los dos muerto, podemos cancelar la mitad de nuestras deudas, miles de dólares en préstamos estudiantiles pendientes que el cabrón de Hagstrom nos impuso. No pueden pedirle dinero a un cadáver.

Will asintió. Sus ebrios mecanismos mentales empezaban a reaccionar.

—¿Y qué pasa con la literatura?

John se encogió de hombros.

—¿Qué?

—¿Seguiremos escribiendo en equipo?

—Claro.

—Tenemos que seguir escribiendo en equipo.

—Sin duda.

—O sea, ahí está nuestro futuro.

—Desde luego.

A esas alturas, el alcohol ya había infundido valor a Will, que por fin empezaba a captar las posibilidades.

—Haremos realidad nuestras fantasías al mismo tiempo que trabajamos para alcanzar el éxito y perseguimos lo que ambicionamos...

John asintió con entusiasmo, aunque el éxito y la ambición eran funciones secundarias en su ecuación filosófica, le interesaba, sobre todo, pasarlo bien. Sin tardanza. De inmediato.

—Lo has pillado, hermanito. Has dado con el quid de la cuestión.

Estar muerto y gozar de absoluta libertad a la tierna e inocente edad de veintidós años... Los hermanos Hancock no consideraron ni por un instante las consecuencias y repercusiones de su alocada fantasía. Eso habría sido un jarro de agua fría. En aquellos momentos, estaban demasiado borrachos de alcohol y futuro para poner los pies en el suelo.

Además, John tenía en mente una posibilidad más, una enorme, una monstruosa. Seguramente la madre de todas las posibilidades. Se la había guardado en la manga, por si Will no se dejaba convencer.

Se echó hacia adelante para acercarse aún más a su hermano.

—Hagstrom —susurró al oído de Will.

—¿Hagstrom? ¿Qué pasa con él?

—Piénsalo.

—Estoy pensando.

—Si uno de nosotros muere, pero en realidad no muere, ¿en qué situación queda Hagstrom?

Will captó al instante el razonamiento de su hermano. Una sonrisa diabólica asomo a sus ojos y a su boca.

—Creo que Hagstrom queda en mala posición.

—Ya lo creo, hermanito. Es imposible que uno de nosotros esté en dos sitios al mismo tiempo.

Por la mañana temprano, tras haber permanecido casi toda la noche despiertos, planeando y conspirando, los hermanos Hancock fueron a buscar a Rafe. No había ninguna duda al respecto: para que su plan funcionase, necesitaban un cómplice.

Lo encontraron dormido como un tronco en su hamaca, que colgaba en el porche de la choza, abajo, en el puerto.

John lo zarandeó.

—Rafe. Despierta.

El otro se revolvió pero no abrió los ojos.

John volvió a sacudirlo.

—Rafe, ¿te quieres ganar quinientos pavos en metálico por un par de horas de trabajo?

Eso lo despabiló de golpe. Bajó de la hamaca y escuchó el plan; al menos los someros detalles que los hermanos Hancock estaban dispuestos a proporcionarle.

—Y eso —preguntó—, ¿queréis hacerlo para gastarle una broma a alguien o qué?

—Una broma —contestó John—, eso es. Una broma pesada.

Rafe se echó a reír. Le encantaban las bromas pesadas y alucinó con el plan de los hermanos. Si se lo hubieran pedido, seguramente les habría ayudado a llevarlo a cabo gratis. No obstante, el dinero tampoco le venía mal.

—Por quinientos en metálico —les aseguró—, os ayudaré a desaparecer a los dos.

—No es necesario —le dijo John—. Con uno bastará.

Rafe y Will fueron a preparar el barco mientras John volvía a toda prisa a su habitación para recoger unas cuantas cosas. Se las arreglaría con unos Levi's desteñidos y dos camisetas, además del bañador y la camiseta que ya llevaba puestos. Metió las otras prendas de cualquier manera en una bolsa de plástico. Supuso que sería mejor dejar la maleta y el resto de sus pertenencias personales, por si alguien acudía más tarde a investigar.

De camino a la puerta, John vio los dos pasaportes verdes de Estados Unidos abandonados sobre el escritorio: uno le pertenecía a él, el otro a su hermano. Reparó de repente en que no habían discutido ese detalle. Al principio de su charla de la noche anterior, John había dado a entender que sería él quien moriría, quien tendría que desaparecer. Sin embargo, no habían decidido nada definitivo respecto a qué nombre quedaría fuera de circulación.

¿Quién, exactamente, iba a fallecer?

Allí de pie, con un pasaporte en cada mano, John comprendió que la decisión dependía de él. Si cogía su pasaporte, Will volvería a Estados Unidos como William Larson Hancock y sería ese nombre el que sobreviviría. En cambio, si cogía el pasaporte de Will, su hermano no tendría más remedio que regresar a Estados Unidos como John David Hancock.

John se quedó allí un minuto largo, meditándolo, sopesando los pros y los contras. Se sentía dividido ante el terrible dilema moral. Sabía por instinto que ése era uno de esos momentos decisivos que podían cambiar para siempre, y seguramente cambiarían, el rumbo de la vida de un hombre. En ese caso, de dos hombres.

Lo más justo habría sido coger los dos pasaportes y discutir la situación con Will, desde luego, pero entonces habría tenido que renunciar a ejercer el control de la situación. Así, al final, más por vanidad que por otra cosa, y plenamente consciente de que esa decisión podría regresar un día para rendirle cuentas, John volvió a dejar su propio pasaporte en el escritorio. Simplemente, no podía matarse. El nombre, se dijo para justificarse, era un clásico americano: John Hancock. Sería un crimen renunciar a él.

De modo que para salvar su nombre, y su vida, John metió el pasaporte de Will en la bolsa de plástico junto con la ropa. A continuación, tomada la decisión, dio media vuelta y se apresuró a salir. Encontró a Will y a Rafe en el puerto. Habían llenado el depósito de gasolina del destartalado ballenero de Rafe.

—¿Todo listo? —preguntó John, a quien la impaciencia ante la gran aventura que tenían por delante eclipsaba cualquier sentimiento de culpa.

Will asintió, pero sin mucho entusiasmo. La duda y la reticencia empezaban a ensombrecer la euforia semialcohólica de la noche anterior.

El trío subió a bordo. Anduvieron revolviendo el equipo de buceo durante unos minutos para que los que pasaban por ahí supusiesen que iban a sumergirse otra vez. Después soltaron las amarras y se alejaron del puerto.

Sólo cuando llegaron a mar abierto Rafe enfiló hacia el norte, en dirección a Cayo Ambergris. Los hermanos Hancock iban sentados en la proa, entre los aparejos de buceo y un bidón adicional de gasolina. Repasaron nuevamente el plan, pero fue John quien más habló. Los detalles eran claros y sencillos. Lo único que necesitaban, insistió, era un poco de suerte y mucho valor.

El barco pasó por delante de San Pedro sin reducir la marcha. En un principio, los hermanos habían planeado que John desembarcase en San Pedro y volviese andando a Belize City, pero a Rafe se le había ocurrido una idea mejor.

—Alguien podría vernos en los muelles de San Pedro —dijo—, y no es conveniente que os vean juntos, porque eso dificultaría todo el plan.

—¿Y qué propones? —preguntaron los hermanos.

—México.

De modo que siguieron hacia el norte bordeando la costa este de Cayo Ambergris. Transcurrida una media hora, Rafe señaló hacia el oeste y gritó por encima del silbido del motor:

—¡Allí! ¡México!

—¿Estás seguro? —quiso saber John.

—¡Ya lo creo, tío!

John se volvió hacia Will.

—Casi ha llegado el momento, hermanito. ¿Estás listo?

Will inspiró hondo. No estaba listo, en absoluto. Los efectos del alcohol que había bebido la noche anterior hacía rato que se habían disipado. En esos momentos se sentía tan sobrio como nunca había estado en su vida. Se moría de ganas de gritarle a John que el plan era absurdo, estúpido, una locura. Habría dado cualquier cosa por mandarlo todo a paseo, sólo que no se atrevía a decírselo a su hermano. No quería que lo considerara miedoso y pusilánime.

John le apretó el hombro.

—No estarás dudando de mí, ¿eh, hermanito?

Will sintió miedo y turbación; sin embargo, a los veintidós años era aún demasiado joven e inexperto para captar en toda su magnitud las consecuencias de lo que estaban a punto de hacer.

Will hizo acopio de valor y respondió, con la voz más firme de que fue capaz:

—Estoy listo. No voy a echarme atrás. ¿Qué me dices de ti?

—Ya me conoces, hermanito. Siempre a punto para un poco de diversión.

Will contuvo las ganas de vomitar.

—Bien.

—Los próximas días —añadió John—, te tocará hacer una representación digna de un rey.

—Por eso tú te vas y yo me quedo —replicó Will—. Siempre he sido mejor actor.

John sonrió. Le concedería eso a su hermano. No había ni tiempo ni necesidad de discutirlo en ese momento. Tal vez Will fuese mejor actor, pero era él quien tenía los cojones necesarios para cruzar México y entrar en Estados Unidos de matute. Estaba claro que a Will le faltaban arrestos para esa clase de cosas, lo cual era la verdadera razón de que John se fuese y Will se quedara.

—Bueno —dijo John—. ¿Todos listos?

Will se sujetó contra el mamparo mientras el barco cabeceaba por la rompiente.

—Todo a punto.

Rafe acercó la embarcación a la orilla. Hasta donde alcanzaba la vista, no había nada salvo playa desierta y mar abierto. Rafe paró el motor.

—¿México? —volvió a preguntar John.

—México —le aseguró Rafe—. Ve por la playa hacia el norte. Camina tres o cuatro kilómetros, hasta que llegues a un pueblo. Pide que te lleven por la costa hasta Majahual. Desde allí ve al norte hasta Cancún o al oeste hacia Chetumal. En cualquiera de los dos sitios encontrarás un autocar que te llevará a Ciudad de México. O a donde quieras ir.

John se levantó. El barco se sacudió con las olas. Tuvo que aferrarse al brazo de Will para no perder el equilibrio. Llevaba puestas unas gafas de sol de aviador y una gorra de los Red Sox de Boston calada hasta las cejas. Había llegado el momento de sacar el tema del pasaporte. Tenía que rendir cuentas a su hermano. No podía dejar el asunto pendiente. Abrió la bolsa de plástico y rebuscó entre las cuatro cosas del interior.

—Es hora de irse —anunció Rafe—. Éste no es el sitio ideal para que te pille una patrulla costera mexicana.

John sacó el pasaporte y lo sostuvo en alto para que todos lo vieran.

—Menos mal —dijo con la mentira en ciernes como veneno en los labios—. Por un instante he pensado que había olvidado este pequeño detalle.

—¿Para qué necesitas eso? —preguntó Will—. La idea es cruzar la frontera de matute, para que no quede registrada tu entrada en Estados Unidos.

—Ya lo sé —contestó John—. Es sólo por si me pillan. Será mejor que tenga los papeles.

Will asintió.

—Tienes razón. Por si acaso. Buena idea.

Fue entonces cuando John abrió el pasaporte y fingió examinar el contenido.

—Vaya, mierda —murmuró con la expresión teñida de enfado postizo.

—¿Qué pasa?

—Antes —mintió John—, en la habitación, he cogido mi pasaporte del escritorio al salir. Al menos, pensaba que era el mío.

—¿Y?

—Debo de haber cogido el tuyo por error.

Will no captó de inmediato el significado de aquellas palabras.

—¿Y qué? Me lo devuelves y ya está.

—No puedo —dijo John.

—¿Por qué?

—Te lo he dicho hace un momento: lo necesito por si me pillan en la frontera.

Al ver que John tenía razón, Will asintió, pero al cabo de un instante entornó los ojos y se quedó de piedra. Acababa de comprenderlo. Estaba claro. Eso significaba que tendría que volver a Estados Unidos como John Hancock y, por lo tanto, él, Will Hancock, sería el hermano muerto.

—No podemos esperar más —oyó decir a Rafe—. Baja ahora mismo del barco o volveremos todos juntos a Caulker.

Durante toda su vida, Will había confiado en su hermano gemelo, había dado por supuesta su buena fe, sin recelo alguno. No tenía por qué ser de otro modo: siempre se habían dicho la verdad. Siempre habían formado un equipo: los hermanos Hancock contra el mundo. Sin embargo, de repente Will se sorprendió a sí mismo preguntándose si John habría cambiado los pasaportes a propósito.

Lo asaltó una oleada de miedo y duda.

Pero ¿qué podía decir? No tenía pruebas. Claro que no tenía pruebas. No había pruebas que valieran. John jamás le mentiría. Ni soñarlo. Eran hermanos. Había sucedido tal como John había dicho. Se trataba de una confusión. Una maldita y estúpida confusión. ¿Y qué? Al fin y al cabo, sólo era un nombre.

No obstante, era probable que en aquel momento se hubiera abierto una grieta, por delgada que fuese, en el sólido muro de granito que constituía el cimiento de la relación entre los dos hermanos.

Will notó que John le apretaba el hombro y a continuación lo abrazaba.

—Allá vamos, hermanito. Es hora de divertirse un poco.

Will tragó saliva y asintió.

Tras eso, John se bajó del barco y vadeó la orilla cálida. No quería demorarse más. Había llegado el momento de actuar, de desaparecer.

Will quería decir algo, lo que fuese, pero Rafe puso el motor en marcha.

—¡Houston! —le gritó John a su hermano—. ¡El aeropuerto Marriott! ¡Estaré allí dentro de cuatro o cinco días!

Will empezó a contestar, pero el ruido del motor al acelerar ahogó sus palabras. El pequeño barco dio media vuelta y se abrió paso entre las olas. Se volvió para saludar, pero John había echado a correr por la playa. Rápido y con energía. Todo lo que vio Will fue la espalda de su hermano.

Tal vez parezca exagerado, pero el robo en el Watergate y la posterior maniobra de encubrimiento de Richard Milhous Nixon afectó profundamente a los hermanos Hancock. Sucedió del siguiente modo: el equipo de ladrones cubanos del astuto Dick fue pillado en el acto, Dick intentó esconder todo el desastre debajo de la alfombra del Despacho Oval y la alfombra fue arrancada de debajo de sus pies inflamados por la flebitis. Dick, como sabe cualquier colegial, tuvo que tirar la toalla, y así le pasó todos los poderes a ese burro secundón, Gerald Rudolph Ford. Gerry pronto perdonó a Dick por sus pecados contra la Constitución. Fue ese perdón lo que puso en marcha acontecimientos que tuvieron un impacto directo sobre los hermanos Hancock, John y Will, apenas unos adolescentes en aquella época.

¿Recuerdan a Squeaky Fromme, la joven *groupie* de Charles Manson que intentó dejar fuera de juego a Gerry Ford cuando éste estaba de campaña electoral por el gran estado de California?

Bueno, pocos minutos después de que Squeaky apretara el gatillo del arma (muy parecida, por cierto, a la que Babe Overton guarda en el bolso), que llevaba oculta hasta ese momento, los chicos de la Associated Press ya habían hecho circular la noticia por todo el país. Las primeras informaciones, como es natural, fueron muy exageradas. La primicia de la muerte de Gerry, como la de la victoria de Dewey, fue algo prematura. Squeaky no llegó a disparar. De todos modos, si hubiera disparado, Gerry habría vivido para contarles la historia a sus nietos. La recámara, como descubrirían las autoridades más tarde, estaba completamente vacía. Ni una sola bala se ocultaba allí dentro. Sin embargo, los asesinatos constituyen una noticia de primera magnitud. Los tipos de la tele y de la radio, siempre buscando motivos para interrumpir la regularidad de la parrilla de programación, se dieron un festín.

Las noticias interrumpieron una pieza *funky* de Dave Brubeck que sonaba en el flamante Cadillac Eldorado de 1975 perteneciente a William y Lenore Hancock. De hecho, el coche era tan nuevo que William y Lenore volvían a casa procedentes del concesionario cuando la solemne voz del locutor crepitó en los altavoces.

«¡El presidente de Estados Unidos ha recibido un disparo! Repito: ¡el presidente de Estados Unidos ha recibido un disparo!»

William y Lenore cambiaron miradas de sorpresa y consternación. Sólo unas noches antes les habían presentado al presidente y a su encantadora esposa, Betty, en una cena de recaudación de fondos para el Partido Republicano a razón de mil dólares por barba. William y Lenore eran republicanos hasta la médula. La noticia de que habían disparado contra el presidente los perturbó enormemente.

Tan perturbado estaba William que alargó la mano al instante para subir el volumen de la radio de su Eldorado recién estrenado. Por desgracia, el hombre aún no estaba familiarizado con la ergonomía de su nuevo cochazo. Tuvo que apartar la mirada de la calzada durante unas milésimas de segundo para encontrar el mando. Unas milésimas de segundo pueden equivaler a una eternidad en la transitada autopista de San Diego cuando incluso los motoristas que van por el carril lento pasan zumbando a ciento treinta kilómetros por hora.

Nadie lo sabe con seguridad, pero es bastante probable que allí, en la autopista de San Diego, en ese preciso instante, un montón de conductores alargara la mano para subir el volumen de la radio. Todos querían saber más del primer presidente que había recibido un disparo desde lo de JFK. La curiosidad generalizada provocó un despiste masivo en aquel tramo de autopista.

A la mañana siguiente la noticia apareció en la primera página del *Los Angeles Times*. Justo debajo de la crónica sobre el intento de asesinato del presidente. Gerry estaba otra vez en marcha, de maravilla, como una lechuga. Lástima que algún fotógrafo con buenos reflejos había captado una instantánea del presidente justo después de que Squeaky intentara agredirlo. Gerry tenía un aspecto espeluznante en aquella foto, como si acabara de machacarlo toda la defensa de los Buckeyes de Ohio.

Por desgracia, William no tuvo tanta suerte cuando buscaba los mandos de la radio. No atinó a ver las luces rojas del freno del camión que circulaba, imponente, pocos metros por delante. Para no comerse a los coches que tenía ante sí, el conductor del camión, profesional experimentado, había reducido de cien a veinte kilómetros por hora, accionando con fuerza el enorme juego de frenos de aire. William debería haber hecho lo mismo, pero sin apenas reducir la velocidad, con los ojos puestos en otra parte, se deslizó bajo la parte trasera de aquel camión pesado y poco elevado, cargado con varias toneladas de bañadores y camisetas sin mangas.

En el periódico aparecía una foto del Cadillac aplastado. En el pie de la misma se explicaba lo que les había sucedido a los ocupantes: habían sido decapitados. Como suena. William y Lenore Hancock, amados padres de John y Will Hancock: decapitados.

Pensar que, entretanto, el astuto Dick, exiliado en Key Biscayne, en la costa sur de Florida, despotricaba contra los medios de comunicación liberales que lo habían derribado y se echaba un vaso tras otro de bourbon al coleto con su buen colega Bebe sin tener ni idea del desastre que había provocado indirectamente.

Y sigue habiendo despistados entre nosotros que no creen en la interconexión kármica del universo.

Aquel mismo día, más tarde, avisaron a los hermanos Hancock, de quince años, internos en un colegio de la costa Este y que a la sazón dormitaban en una conferencia de Historia Americana sobre las causas de la guerra civil, de que se presentaran en el despacho del director. La orden los despabiló al instante. Como es lógico, no tenían la menor idea de que sus padres acababan de morir. Sólo sabían que era el tercer día de clase del curso y que ya estaban aburridos e inquietos. Claro que un tira y afloja con el director Masters... Caray, eso sí que podía alegrarles el día.

El director era un caballero panzudo, pesado y con triple papada a quien no se había visto sonreír desde hacía una eternidad. Viejo, gruñón y amargado, al director Masters no le caían bien los hermanos Hancock. Prefería los jóvenes que estudiaban de firme y respetaban la disciplina, que mantenían la boca cerrada hasta que se les ordenaba que hablasen. Los Hancock no cumplían con ninguno de esos requisitos. Sobre todo el caradura de John Hancock. Quienquiera que fuese de los dos. El director Masters era incapaz de distinguirlos.

De no ser por unos cuantos hechos indiscutibles, haría tiempo que habría mandado a los Hancock a freír espárragos. Entre dichos hechos, estaban los siguientes: ambos eran estudiantes de matrícula de honor. Ambos se habían saltado ya un año académico entero, y seguramente se saltarían otro si se lo ponían fácil. Ambos, de hecho, eran candidatos perfectos para el programa de admisión prematura de la Universidad de Harvard. Capitaneaban al alimón tanto el equipo de fútbol como el de tenis. Gracias a su facilidad de palabra, el equipo de debate de la escuela había superado a los colegios privados de Nueva Inglaterra. Además, estaba su padre, William Hancock. William no sólo pagaba la pensión, la habitación y la matrícula de sus hijos puntualmente; también hacía muchas y generosas donaciones a la fundación de ex alumnos cada año. Cosa rara, William Hancock no era un ex alumno. William Hancock, o eso decían los rumores, ni siquiera se había graduado en la escuela superior. Dado su fuerte acento de Europa del este, saltaba a la vista que no había nacido ni se había criado en América. En cuanto adónde había conseguido el apellido Hancock, nadie lo sabía con certeza.

Sin embargo, William Hancock acababa de morir, al igual que su esposa, y le había tocado al director Masters el marrón de transmitir a su revoltosa descendencia la trágica noticia.

Pregunta: ¿proporcionaría cierto placer perverso al desagradable y malhumorado director decirles a los Hancock que sus padres habían fallecido decapitados? Quizá sí. El director Masters, como muchos de nosotros, tenía una vena cruel enterrada en un lugar no muy profundo de su psique. Hombre que antaño soñaba con dirigir su magnífica oratoria a masas aduladoras, detestaba a los jóvenes que disfrutaban de la vida en exceso o que tenían demasiada confianza en sí mismos. Los hermanos Hancock podían presumir de ambas cosas. Calladamente, aguardaba con impaciencia el día en que se hicieran mayores y tuvieran que cargar con un mal matrimonio, un mal trabajo, una barriga prominente y muchas deudas. Una buena dosis de fracaso barrería esas sonrisas petulantes de sus rostros.

Los hermanos Hancock llamaron a la puerta del despacho del director, situada en la planta baja de Picton Hall. En realidad, no se limitaron a llamar, sino que su repiqueteo reproducía los primeros compases de la sintonía de *Bonanza*. Después, antes de que el director tuviera tiempo de contestar, entraron, con la esperanza, sin duda, de pillarlo enfrascado en alguna actividad comprometida; quizás hurgándose la nariz, oliéndose las axilas o tocándose los genitales. Ya en el despacho, se pusieron de inmediato en posición de firmes y saludaron:

—¡J. y J. Hancock a sus órdenes, señor!

El director Masters suspiró con tanta fuerza que le temblaron los carrillos. Después se cogió al enorme escritorio de roble y levantó su pesada humanidad de la butaca de piel.

—Sentaos, chicos.

—Nosotros no hemos sido, señor Masters. Sea lo que sea, nosotros no hemos sido.

En circunstancias normales, el director habría recibido semejante comentario con un contundente «¡Callad y sentaos!», pero ese día los abordó con más delicadeza.

—No habéis hecho nada —les aseguró.

—¿Así que sólo nos ha llamado para charlar? —preguntó John.

—¿Para tomar té y unos bollos? —apuntó Will, siempre el más ingenioso de los dos, pero también el más callado, y nunca el primero en hacerse el gracioso.

—Hoy no, chicos. Me temo que tengo malas noticias. Odio tener que ser yo quien os lo diga —anunció entonces—, pero vuestros padres han tenido un accidente.

—¿Un accidente? —preguntó Will.

—¿Qué clase de accidente? —preguntó John.

—Un accidente de coche —contestó el director.

Los hermanos Hancock se miraron el uno al otro. Después, John preguntó:

—Pero no les ha pasado nada, ¿verdad? Están bien, ¿no?

Los pensamientos y las emociones del director eran un torbellino. Quería comportarse como una figura paterna fuerte y compasiva, y al tiempo deseaba ver a esos dos advenedizos arrastrarse por el suelo.

—Me temo que no están bien —les dijo—. En realidad, vuestros padres han muerto.

Ya lo había soltado. A lo bruto. Como una bofetada en la cara.

Los hermanos Hancock, que prácticamente nunca se habían enfrentado a una mala noticia de ningún tipo, no captaron de inmediato toda la magnitud de aquel anuncio. Hubieron de pasar un par de segundos antes de que la terrible palabra calara en su entendimiento.

—¿Qué? —murmuró uno de ellos.

—¿Han muerto? —preguntó el otro—. ¿Qué significa que han muerto?

El director les había informado de lo sucedido con cierta tosquedad, pero tras aquel golpe verbal, cruel y demoledor, el antiguo maestro recuperó el control de sí mismo. Se apresuró a enfrentar la situación con la combinación apropiada de pesar y urbanidad que la tragedia requería. Incluso se las arregló para darles a ambos un abrazo casi de corazón.

Aquella bestia primordial, bicéfala, hecha de bien y mal, en libertad otra vez.

Los hermanos Hancock, como incluso los más despiadados de entre nosotros podrán imaginar, estaban destrozados. De ser los reyes del mambo habían pasado en un abrir y cerrar de ojos a convertirse en unos desgraciados. Un segundo antes estaban en la cima del mundo, gastando bromas y fanfarroneando, y al segundo siguiente se encontraban enterrados bajo montones de dolor, confusión y pesar. Era el primer golpe cruel de su vida. Hasta entonces, todo había sido de mentira.

Will fue el primero en derrumbarse. En cuanto comprendió que aquello no era una broma de mal gusto, se echó a llorar. ¿Su madre, muerta? ¿Fallecida en un accidente de automóvil? Imposible. La había visto la semana anterior. Ella los había llevado, a John y a él, al colegio. Le había dado dos besos en las mejillas, le había pasado los dedos por el pelo, le había dicho que lo quería, que fuera un buen chico, que no siempre tenía que seguir el mal ejemplo de su hermano, tan revoltoso. Fue la última vez que la vio y, en aquellos momentos, con las lágrimas corriéndole por las mejillas, comprendió que nunca volvería a verla.

Will lloró a lágrima viva.

John también, pero al mismo tiempo quería respuestas. Quería saber dónde, cuándo y cómo.

—¿Cómo es posible, maldita sea? ¿Cómo ha podido pasar algo así?

El director, lamentándolo sinceramente, sintiendo el dolor y la profundidad intolerable de la pérdida que aquellos gemelos acababan de sufrir, deseaba con todas sus fuerzas darles algunas respuestas sabias y reconfortantes. Sin embargo, llevaba ya mucho corrido y sabía que en ocasiones como ésa no había respuestas que valieran. Sólo tópicos. Seguidos del caos emocional.

Los hermanos Hancock fueron en avión a su casa de Los Ángeles para asistir al doble funeral. Los ataúdes, como es natural, estaban cerrados. El empleado de pompas fúnebres había hecho lo posible para coser las cabezas a los cuerpos, pero lo posible no bastaba ni de lejos. El remiendo hecho a la madre en particular no la favorecía en nada. El borde inferior trasero de aquel camión de remolque bajo le había producido un corte muy feo.

John y Will, esforzándose por contener las lágrimas, anduvieron por la funeraria Gray, de Westwod, saludando a los visitantes y recibiendo las condolencias de éstos. Tenían la sensación de que la gran mayoría de los que entraban y salían de la sala repleta de flores eran unos completos desconocidos. Y con razón: los hermanos Hancock casi no conocían a nadie en Los Ángeles. No sólo iban al colegio en el Este, sino que solían pasar las vacaciones de verano en diversos campamentos de aventura y deportivos diseminados por todo el país. Seguramente no pasaban ni diez días al año en la casa de secoya y cristal de Mulholland Drive.

Además, no tenían familia. No había más hermanos Hancock, ni primos, ni tías, ni tíos, ni abuelos. Su madre era de Lorain, Ohio, pero se había criado con una tía en Nueva Jersey, porque sus padres se habían unido a un grupo que adoraba las pirámides en el que no admitían niños. Habían dejado a la pequeña Lenore en Ho-ho-kus, o eso decía la trágica historia, y se habían largado a Guatemala o a Nicaragua, donde se vestían con taparrabos de cáñamo y collares de cuentas en forma de pirámide. Nunca se volvió a saber nada de ellos.

Lenore Larson, una chica inteligente y dulce pero bastante seria, consiguió entrar en la Universidad Rutgers gracias a una beca de estudios. Se especializó en Relaciones Internacionales y, después de graduarse, entró a trabajar en la Oficina de Inmigración del Departamento de Interior. Pasaba los días detrás de una mesa escritorio expandiendo la población de Estados Unidos con gentes procedentes de lugares tan diversos como Lituania, Chile o Camerún.

En 1957 conoció a un alemán del Este que pedía asilo político. Sólo sabía decir unas cuantas frases sueltas en inglés, aprendidas, según le dijo, «de las películas de Hollywood». Afirmó que le encantaban el cine y América.

—En América —insistió—, tengo libertad para expresarme y ganar dólares. Montones de dólares.

Lenore ya había oído eso antes. Lo había oído con tanta frecuencia y precisión como se oye el cuco en un reloj suizo. Todo el mundo quería ir a América y ser libre en «la tierra de la abundancia». Libre y rico. Lenore no podía culparlos por sus deseos. Cualquier otro lugar del planeta no tardaba en verse infestado de asesinatos masivos y déspotas de mirada lunática que se hacían pasar por reformadores socialistas o salvadores comunistas.

El joven de Alemania Oriental era alto, de porte erguido y, consideró Lenore, increíblemente guapo. También, pensó, un poco flaco, casi demacrado, pero nada que unos buenos guisos de carne con patatas no pudieran arreglar. Dijo que había estudiado para ser actor, pero que en la República Democrática Alemana los actores estaban considerados poco más interesantes que un perro enfermo, de modo que trabajaba de obrero en una fábrica de paraguas de Berlín Este por unos pocos marcos.

La broma del joven sobre los perros enfermos y los actores hizo sonreír a Lenore. Parecía un hombre agradable. No obstante, el nombre llamaba más la atención que una sirena de alarma. No tenía más remedio que poner al corriente a sus superiores acerca del apellido.

Allí, en los papeles, escrito con letras mayúsculas, ponía: WILHELM FRANZ GOERING. Resultaba imposible pasarlo por alto.

—El apellido —intentó tranquilizar a Lenore—, no hay que preocuparse por el apellido. Es horroroso, pero no tengo ninguna relación con Hermann, el psicópata nazi Luftwaffe Reichmarschall responsable de tantos asesinatos durante la guerra. Goering es como Smith o Jones aquí en Estados Unidos.

Quizás no exactamente.

—No pasa nada —murmuró Lenore, creyéndole sobre todo porque tenía una mirada sincera, clara y azul.

Pese a todo, Wilhelm Franz Goering fue detenido mientras la Oficina de Inmigración comprobaba su historia. Estados Unidos no tenía intención de dejar entrar en el país a criminales de guerra nazis.

Bueno, quizás de vez en cuando.

Así pues, Wilhelm pasó seis semanas en la cárcel, aunque lo llamaban «internamiento preventivo». Lenore, por razones que ella misma no acababa de comprender, lo visitaba varias veces a la semana. En una ocasión, vio al llegar que Wilhelm tenía en la mano una copia de la Declaración de Independencia. Era una reproducción del original, impresa en un papel de carta grueso y pesado.

—«Defendemos lo obvio de estas afirmaciones —recitó Wilhelm. Su inglés mejoraba día a día—, que todos los hombres han sido creados iguales...» Por el momento, sólo me he aprendido hasta aquí —le dijo—, pero he decidido aprenderme toda la declaración de memoria. Así seré mejor americano.

Lenore le aseguró que ya se sabía más de la declaración que la mayoría de los norteamericanos.

—También he tomado una decisión más importante —añadió él—. Necesito un nombre nuevo. El nombre que tengo no es de buena calidad. Necesito un buen nombre americano. Después de pensarlo mucho, he escogido éste. —Señaló con orgullo el nombre garabateado con trazos gruesos en el pesado papel de la Declaración de Independencia—. Adopto este nombre como mi nombre americano —le informó—. El que está escrito más grande. Aquí, el primero de todos. Hancock, me dicen que se pronuncia. John Hancock.

Aquí, en la Tierra de la Libertad, es posible hacer esa clase de cosas. Das un paso adelante y adoptas el nombre que te da la gana. Al cabo de unos días o de unas semanas, todo el mundo creerá que es tu verdadero nombre. Los norteamericanos tienen muy poca memoria.

Para cuando Wilhelm Franz Goering cambió legalmente su apellido por el de Hancock, había decidido llamarse William en lugar de John porque todo el mundo lo llamaba tanto de ese modo como Wilhelm, incluida su prometida, Lenore. El nombre, pensó, no importaba mucho; estaba encantado de haberse librado al fin del apellido Goering, y eufórico al comprobar que nadie de la Oficina de Inmigración había descubierto el lejano parentesco que le unía a Hermann e*l Carnicero*. William no creía que tuviera que sufrir sólo porque el árbol genealógico de su familia hubiera dado una manzana podrida. Siete semanas después de que se conocieran, Lenore se casó con él en el Ayuntamiento de Nueva York. A continuación, durante cuatro días maravillosos, pasaron la luna de miel en la costa de Jersey, paseando por los malecones y dedicando el resto del tiempo a conocerse físicamente.

Tras la luna de miel se fueron a vivir a un pequeño apartamento del East Village. Lenore siguió trabajando en la Oficina de Inmigración, mientras que William intentó hacer realidad su sueño de convertirse en actor. Llegó a Broadway al cabo de pocos meses, cuando encontró un trabajo de acomodador en el viejo teatro Majestic de la calle Cuarenta y Cuatro. Tenía que repartir carteles, barrer colillas e indicar dónde estaban los servicios de señoras y caballeros. Sin embargo, lo despidieron al cabo de tres semanas, cuando varios ricachones, tras oír el fuerte acento alemán de William, se quejaron al director del teatro del «nazi ario que se agazapaba en el vestíbulo».

A finales del verano de 1959 Lenore quedó embarazada. Por aquel entonces William ya estaba dedicándose a las ventas. Le gustaba su trabajo, que le proporcionaba gran autonomía y gracias al cual conocía gente nueva a diario. Además, como era el vendedor de paraguas más alto de toda la zona de Times Square, le iba muy bien. La ventaja de estatura le permitía sostener los paraguas mucho más arriba que los otros vendedores cada vez que la amenaza inminente de lluvia se cernía sobre la Gran Manzana. Los días pasados por agua llegaba a vender hasta treinta paraguas. Como los ofrecía a dos pavos y los compraba, al por mayor, a uno, reunía a duras penas un pequeño sueldo. Sin embargo, William no había escapado de la Alemania Oriental comunista y había viajado hasta Norteamérica para reunir dinero a duras penas. Había viajado a Norteamérica para ser rico, famoso y libre. Además, tenía su orgullo, y un niño en camino.

Una noche, sentado en el apartamento con Lenore, jugueteando con un paraguas que se había negado a abrirse en mitad de un chaparrón, William Hancock experimentó una pequeña pero profunda epifanía. Se volvió hacia su esposa, que estaba en el sofá tejiendo unos peúcos de color rosa (Lenore estaba segura de que la prominencia creciente de su barriga contenía una niña, dulce y con buenos modales).

—¿Sabes, Len? —dijo William, que había progresado enormemente con el inglés—, los productos que se fabrican en Alemania del Este suelen ser muy malos. Penosos. Bombillas que se funden la primera vez que las enciendes. Martillos que se parten por la mitad al primer clavo que clavas. Perchas de metal tan delgado que se doblan en cuanto intentas colgar el abrigo...

—Los trabajadores de los países comunistas —contestó Lenore mientras tejía como una posesa— tienen poca o ninguna motivación para fabricar buenos productos. Si les dieran la oportunidad de obtener algún beneficio podrían fabricar las mejores perchas del mundo.

—Es verdad —admitió William, que en esa primera fase del matrimonio le daba la razón a su mujer en todo. La idolatraba, la consideraba su salvadora. Ella le había proporcionado un refugio seguro y lleno de amor en América.

—Es el sistema —añadió ella, sin dejar de entrechocar las agujas—, no los trabajadores. La gente es igual en todas partes.

William asintió. Concedió a la declaración de su esposa un largo y respetuoso silencio antes de explicar el verdadero significado de su epifanía.

—Hace más de dos años que aterricé en este país, y sólo he encontrado un producto que en Alemania del Este se fabrica mejor.

Lenore apartó la vista de los peúcos con la frente levemente fruncida. Estaban en los cincuenta, al fin y al cabo. Incluso en el East Village era bastante infrecuente oír algo positivo sobre aquellos terribles comunistas.

—¿Ah, sí? ¿Y qué es?

—¡Los paraguas! —exclamó William—. Estos paraguas son una porquería. No están bien hechos. Los fabrican para que se rompan, para que el que los compra tenga que hacerse con uno nuevo cada vez que se pone a llover.

—¿Y quieres decir —preguntó Lenore— que los comunistas fabrican paraguas mejores que los nuestros?

—Mucho mejores. Y también más prácticos. —William sostuvo en alto el que acababa de reparar—. Mira esto. —Sujetó el mango con la mano izquierda mientras con la derecha apretaba el pestillo de resorte y empujaba el anillo—. ¿Lo ves?

—¿Si veo el qué?

—¡Para abrirlo hay que usar las dos manos!

—¿Y?

—¡Que es una tontería! —William estaba entusiasmado—. En Alemania, en la fábrica donde me hicieron trabajar durante cinco largos años, fabricábamos paraguas resistentes que se podían sujetar y abrir con la misma mano. Apretabas un botón aquí, en el mango, y de repente, como por arte de magia, ¡el paraguas se abría solo! ¡Te dejaba la otra mano libre para llevar una maleta, una lata de cerveza, un niño o lo que fuera!

El ceño de Lenore desapareció en el mismo instante en que su marido pronunció la palabra «niño». De inmediato la asaltó la imagen tierna y encantadora de la familia Hancock paseando por la Quinta Avenida bajo una llovizna de verano. Llevaban los paraguas abiertos y no importaba si los habían fabricado en Alemania del Este o en Lansing del Este, Michigan.

Resultó que los paraguas que William Hancock vendía en Times Square se fabricaban al otro lado del East River, en una fábrica pequeña y algo ruinosa de Queens. El propietario de la fábrica, Golan Rubinstein, estaba viejo y artrítico, y deseaba con desesperación trasladarse a Miami Beach. Ninguno de sus hijos sentía el menor interés por los paraguas. Todos se habían dedicado a la medicina, el derecho o las piedras preciosas. Golan llevaba años intentando vender su negocio, pero nadie quería comprarlo. Hasta que llegó William Wilhelm Goering Hancock. Así, el viejo judío y el joven cabeza cuadrada, tras mucho tira y afloja, hicieron un trato.

Poco después, casi de la noche a la mañana, William Hancock vio hecho realidad su sueño de convertirse en un famoso actor y se metamorfoseó en un empresario americano de clase media, trabajador y muy ambicioso. De repente le caía bien Ike y le encantaba el plan del general del ejército de bajar los impuestos y reducir el control del Gobierno. William, por supuesto, siempre había odiado a los comunistas, pero ahora añadió a los demócratas, los liberales y cualquier tipo de parado a su lista de odiados. William Hancock había sufrido una suerte de metástasis y se había convertido en republicano hasta la médula.

Pasaba tanto tiempo en su fábrica de paraguas de Newton Creek que al final Lenore decidió dejar el apartamento de East Village y trasladarse a Queens. Así no sólo se ahorrarían el dinero del alquiler, sino que podría ver a su marido algo más que un par de horas al día.

Vivían en dos cuartos del segundo piso de la fábrica. Fue en una de esas estancias donde William Hancock diseñó el primer paraguas automático. Pidió más crédito al banco, contrató a un abogado especializado en patentes y presentó una solicitud a la Oficina de Patentes de Washington D.C. Otro inmigrante a punto de forrarse.

El mismo día que William Hancock recibió la concesión de la patente preliminar para su paraguas automático, Lenore Hancock dio a luz, no una dulce niñita, sino dos estridentes chavalotes.

Los gemelos nacieron a última hora de la tarde del 9 de mayo de 1960 en el hospital St. Vincent de Manhattan. Mamá y papá pusieron John al mayor y al pequeño, que llegó seis u ocho minutos después, William, aunque desde el principio lo llamaron Will.

Las enfermeras que estaban a cargo del nido hicieron todo lo posible para no confundir a Will y a John, pero el parecido absoluto de los niños hacía que fuese una empresa prácticamente imposible. A lo largo de la semana que los chicos pasaron en St. Vincent, se equivocaron varias veces al colocarlos en sus cunas, de modo que cuando abandonaron el hospital, uno en brazos de su madre y otro en brazos de su padre, las probabilidades de que John fuese Will y Will fuese John eran muy altas.

En el segundo piso de la fábrica de paraguas, William y Lenore llevaron a cabo una concienzuda inspección de los dos escandalosos infantes. Los colocaron el uno al lado del otro y los examinaron de la cabeza a la punta de los pies, por delante y por detrás. Inspeccionaron una y otra vez su pelo, su cara, sus brazos, su espalda, su pecho, el pequeño pene, las piernas, los pies. Incluso los estudiaron más de cerca con la lupa que William usaba para detectar defectos en los paraguas. Sin embargo, por mucho que mirasen, mamá y papá no conseguían encontrar una sola característica física que diferenciase a un niño del otro.

Lenore estaba asustada.

—¡Dios mío! ¡Tenemos un problema gordo! ¿Cómo vamos a hacer para no confundirlos?

Su marido, curda del champán barato que había bebido para celebrar la concesión de la patente y el milagroso nacimiento de sus hijos, encogió sus anchos hombros.

—Ni flores —dijo usando su expresión coloquial favorita—. ¿Importa mucho que los confundamos? O sea, ¿qué diferencia hay? El resultado va a ser el mismo.

—¡No digas tonterías! —exclamó Lenore, indignada. Su cara estaba pálida e hinchada tras su odisea de nueve meses. Si algo tenía muy claro era que nunca volvería a dar a luz—. Claro que importa. No podemos mezclarlos como si fueran calcetines de colores. Dios mío, Will, ¡son nuestros hijos! Carne de nuestra carne y sangre de nuestra sangre. ¡Son personas, hablando claro, no jerbos!

William, que en el fondo pensaba que la cuestión no tenía gran importancia, volvió a encogerse de hombros, pero como no soportaba ver a su esposa molesta con él ni por un segundo, ideó un plan rápidamente. Se sacó un rotulador negro del bolsillo de la camisa y trazó una X en la planta del pie derecho de John. O al menos creía que se trataba de John.

—Ya está —le dijo a su mujer—. Por el momento marcaremos a John con una X. Más adelante, cuando sus mentes y sus cuerpos empiecen a desarrollarse, encontraremos otras maneras de distinguirlos.

SEGUNDA PARTE

7 DE JUNIO DE 1999

Ronda del lunes por la mañana

Madrugada en la costa Este. Antes del alba. Un montón de fantasmas pululan por el dormitorio de John Hancock en la lujosa casa de Beacon Hill. Podría tratarse de una fiesta. Una reunión típicamente bostoniana. William y Lenore Hancock, con la cabeza bajo el brazo, flotan por la habitación presas de un estupor cósmico. Tras todos los años transcurridos, aún no tienen ni idea de qué les pasó en la autopista de San Diego.

También está su abogado, Frank Hagstrom, allí, colgando del techo, con una soga alrededor del cuello. No para de amenazarlo, de decirle que será mejor que lo suelte en ese mismo instante. Cuanto más se alarga el cuello de Frank, más aguda se hace su voz. Cada vez recuerda más a una hiena chirriante.

Zelda se encuentra también allí. Zelda Cosgrove, asesora literaria de los hermanos Hancock. La hermana mayor de Dicky *el Loco* Cosgrove, que pronto hará aparición. Zelda, que en paz descanse, murió en el 86. Asesinada. A sangre fría. Hancock sólo fue considerado sospechoso. No por mucho tiempo.

Así que la habitación está bastante llena de gente, pero a Hancock no le importa. Las aglomeraciones no le molestan en absoluto. De todas formas, es hora de levantarse y ponerse en marcha. Echa a un lado las sábanas y abandona la cama. Sabe que su hermano está a punto de llamar. Lo presiente. Es el pálpito típico de los gemelos. John se pone unos pantalones de chándal y sube hasta su despacho del segundo piso.

Su hermano Will se sienta en la cabina telefónica de la terminal internacional del aeropuerto de Heathrow, situado en las afueras de Londres. Acaba de facturar el equipaje para el vuelo a Miami. Hoy Thomas Young viajará en primera clase, en el asiento 9 B.

Coge el teléfono y empieza a marcar.

John se acerca a su escritorio y abre el último cajón de la derecha. En el mismo, hay un teléfono, un viejo modelo Princess azul celeste. Nada de inalámbricos ni de teléfonos móviles. Nada de desvío de llamadas ni de llamada en espera ni de identificación de la llamada. Ni siquiera un botón de rellamada. Sólo un viejo teléfono, simple y básico. O al menos eso parece.

Levanta el auricular, marca una larga secuencia de números y vuelve a colgar. La secuencia numérica es un código de acceso que pone el teléfono en funcionamiento. Sin ese código, el aparato parece y actúa como un viejo teléfono guardado en el fondo de un cajón.

En cuanto John cuelga el auricular, el teléfono suena. No le sorprende. Descuelga y pregunta:

—¿Jefferson?

—¿Adams?

—¿Es seguro?

—Creo que sí. ¿Qué pasa?

—Te mandé un mensaje ayer. Esperaba que me llamaras por la noche.

—Lo hice —miente Will—. Estarías en la cama o tendrías el teléfono desconectado.

—Esperé hasta después de medianoche.

—Te llamé hacia la una.

—Bueno —dice John, que no quiere que la conversación vaya por esos derroteros—, de acuerdo.

—¿Y qué pasa?

John no pierde el tiempo.

—Ayer vino la poli.

—¿La poli? —Will parece sorprendido—. ¿Qué querían?

—Dijeron que habían denunciado tu desaparición.

—¿La desaparición de quién? ¿La tuya o la mía?

—La tuya.

—Es bastante improbable que un muerto desaparezca, ¿no te parece?

—A mí, sí —admite John—, pero afirmaron que habían denunciado la desaparición del señor Will Hancock.

—Qué raro. ¿Quién iba a denunciar algo así?

—Clara.

—¿Clara?

—Eso dijo la pasma. Que la señora Clara Dare Hancock había denunciado la desaparición de Will Hancock.

Will vuelve a titubear y dice:

—No lo entiendo.

—Yo tampoco. Por eso te he llamado.

—¿Y qué más dijeron los polis?

—Poca cosa. Les dije que habías muerto. Hacía tiempo. Casi veinte años. Parecieron muy confusos.

—Me lo imagino. ¿Has hablado con Clara?

—La llamé a Londres. Estaba con ese asno de Byrnes.

—Byrnes, ¿eh?

—Salieron a cenar juntos.

—Es inofensivo.

—¿Eso crees?

—Desde luego —responde Will—. Es el pastor inglés de Clara. Su mascota cuando está en el extranjero.

No debes preocuparte por él. Ahora dime qué te dijo ella.

John piensa que su hermano se toma con mucha calma lo de Byrnes. Will no suele reaccionar así con las cosas o las personas que conciernen a su esposa.

Normalmente, empieza a despotricar. Se trata de un hombre controlador y posesivo. Por el momento, sin embargo, John no insiste al respecto. Vuelve encantado al tema principal.

—No dijo gran cosa —contesta—. Si fue ella quien denunció la desaparición, no hizo la mínima mención.

—¿No le preguntaste?

—Directamente, no, pero le di la oportunidad de decir algo.

—¿Y qué crees? ¿Piensas que está jugando con nosotros?

—¿Quién sabe? Ambos sabemos que siempre ha sido una posibilidad.

—Quizá —murmura Will— no fue Clara quien presentó la denuncia.

—La idea se me ha pasado por la cabeza.

—Tal vez haya sido uno de nuestros lectores —dice Will—. Alguien que lee las novelas. Que ha leído todos los artículos sobre John Hancock. Tal vez algún lector haya atado cabos y haya deducido que el gemelo, en realidad, no se ahogó en Belice. Recuerda, hermanito, que el cuerpo, mi cuerpo, nunca apareció.

A John le da dentera oír que su hermano lo llama «hermanito».

—En realidad —dice—, he confeccionado una lista. Llámala una lista de sospechosos, o algo así. Gente que podría haber llamado a la policía.

—¿Lista de sospechosos? Dios, John, empiezas a hablar como un paranoico. ¿A quién has puesto en la lista?

—Clara es la primera. Y Byrnes está justo debajo.

—¿Byrnes? —pregunta Will—. ¿Por qué Byrnes?

—Porque es un hijo de puta y se quiere tirar a Clara.

—Venga, John, Byrnes es un alfeñique y un cobarde. Además, es imposible que se le ocurriera que tu difunto hermano, muerto hace tanto tiempo, podría estar vivo.

—Hace un tiempo te ponías como una fiera cuando hablabas del viejo Rodney Byrnes —apunta John—. Tan furioso como para cortarle el pescuezo. Parece que has cambiado de idea. ¿Me estás diciendo que no vale la pena preocuparse por él?

Will carraspea. No ve necesidad de mencionar su breve visita al piso de Byrnes ni el polvo zombi para el ritual vudú.

—Es un mierda, hermanito. Desde luego, no vale la pena preocuparse por él. ¿Y quién más hay en tu lista de sospechosos?

John siente curiosidad acerca del cambio de actitud de Will respecto de Byrnes, pero decide guardársela para sí. Al menos por el momento.

—Bien —dice—. Me he preguntado lo siguiente: ¿quién sabe, con toda seguridad, que los gemelos están vivos?

—Es una lista muy corta.

—Exacto. Sólo tú, yo y nuestro viejo camarada de Belice, Rafe.

—¡Rafe, Dios mío! Un fantasma del pasado. Por lo que recuerdo, el rasta Rafe no era lo bastante listo ni para lavarse los dientes, y mucho menos para denunciar una desaparición.

—No sé —replica John— si es lo bastante listo o no, pero lo he puesto en la lista.

—Diría que Rafe está muy cogido por los pelos, pero de acuerdo, no hace falta tacharlo. ¿Alguien más?

—En cuanto a gente que sabe con certeza que estás vivo, nadie más.

Will guarda silencio por un instante y dice:

—Olvidas al hermano de Zelda Cosgrove.

—¿Dicky *el Loco*?

—Sí.

—Ya he pensado en él —dice John—, pero no sabe que estás vivo. Puede suponerlo, pero no lo sabe seguro. Además, sigue en el manicomio.

—Tal vez Dicky siga en el manicomio, pero eso no le impide coger el teléfono y llamar a la pasma. Por lo que yo sé, hasta los locos con papeles pueden usar el teléfono.

—Vale —concede John—, lo pondré en la lista, aunque me parece una pérdida de tiempo. ¿Quién más?

—¿Qué me dices de Leland?

—¿Leland? No hablarás en serio.

—Ríete si quieres, pero Fisher lleva años pensando que yo podría estar vivo. Siempre me he preguntado si Zelda le metería la idea en la cabeza antes de que se la cargaran.

John no quiere pensar en el ataque que sufrió Zelda Cosgrove, ni en la posibilidad de que fuera Will el responsable, de modo que se apresura a proseguir con la conversación.

—¿Estás diciendo que el amigo Leland tal vez llamase a la pasma sólo para ver por dónde soplaba el viento?

—¿Por qué no? —dice Will pensando en la voluptuosa mujer del editor.

—Ni hablar —replica John—. Pero si quieres que ponga a Fisher en la lista, lo pongo.

—Me da igual si lo pones en la lista o no —contesta Will—. De todas formas, no sé para qué sirve esa lista. Les dijiste a los polis que yo estaba muerto. Se fueron. Seguramente todo acabará ahí.

—No sé por qué, pero no lo creo.

—Sea como sea, no podemos hacer gran cosa. Aparte de esperar a que nuestro sospechoso haga el siguiente movimiento.

—O nuestra sospechosa.

—Lo que sea.

John se lo piensa un momento.

—De acuerdo. Supongo que tienes razón.

—¿Me puedo ir ya?

—¿Dónde estás?

—En Exuma —miente Will.

—¿Pescando el zorro?

—En este preciso instante, no. —Will ya ha decidido no contarle a John lo de su viaje a Escocia y la posterior visita de un día a Londres. Sólo tenía que ocuparse de unos asuntillos. No hay motivo para explicarle todos los detalles.

—Llámame mañana —dice John—. A la misma hora.

—Si no, te llamo el miércoles.

—Intenta llamarme mañana. Mientras tanto, veré qué más puedo averiguar de esta historia de la desaparición.

—Que no cunda el pánico, hermanito —dice Will—. Estoy seguro de que, pase lo que pase, saldremos adelante.

Tras despedirse de su hermano, John Hancock se vuelve a la cama. La conversación no ha disminuido demasiado su nerviosismo por el tema de la denuncia. Si acaso, está aún más tenso. Will no sólo no ha concedido ninguna importancia al asunto de la policía, sino que su actitud displicente hacia Rodney Byrnes no encaja con su carácter desconfiado y celoso.

No obstante, en este preciso instante John no tiene tiempo de cavilar sobre los posibles motivos. John Jr. y el pequeño Willy entran corriendo en la habitación y saltan a la cama para su acurruque matutino. Casi cada mañana los niños se meten en la cama, se deslizan entre las sábanas como un par de perritos de la pradera que escarbaran la tierra y al final se quedan quietos, uno a la derecha de papá, el otro a la izquierda.

Esta mañana, sólo saben decir dos palabras:

—¡Golden retriever! ¡Golden retriever!

Nicky rescata a papá cuando aparece en el vano de la puerta y les dice a los niños que ya es hora de prepararse para ir al colegio. La niñera no tiene que repetirlo. Nicky es más estricta de lo que hacen creer su dulzura y su actitud recatada.

El teléfono suena pocos segundos después de que los niños salgan atropelladamente de la habitación. Sabiendo que Sylvia estará ocupada con el desayuno, John levanta el auricular en la esperanza de que sea Clara. Llamó ayer por la noche para hablar con los niños, pero quizás haya tenido ganas de volver a telefonear por la mañana. No sería raro.

—¿Hola?

—¿Hancock?

—¿Sí?

—Soy Fisher.

—¡Lee! Diablos, ¿cómo estás? —John echa un vistazo al reloj: las siete cincuenta y seis—. Dios mío, Lee, no son ni las ocho. ¿Va todo bien? Más o menos a esta hora sueles irte a dormir.

A pesar de que pronto tendrá que empezar a odiar a John Hancock, el buen humor contagioso de éste arranca una sonrisa a Leland Fisher.

—Arriba a las ocho —contesta recurriendo a la vieja broma que ambos comparten— y a trabajar.

—Eso me has dicho siempre, Lee.

—He estado pensando en cambiarlo a las nueve.

—Buena idea. Mejor a las diez. ¿Qué diablos? ¿Alguna ley dice que tenga que ser a las ocho?

—A mí me parece bien el mediodía.

John se echa a reír. Le cae bien Leland, y no sólo porque es su editor y su principal fuente de ingresos.

—Lee, la última vez que te vi estabas como una cuba.

—¿El sábado por la noche?

—Creo que sí.

—Le di demasiado al Jägermeister.

—Ya me lo imagino. ¿Cómo te encontrabas ayer, cuando te levantaste?

Leland no puede creer que esté manteniendo la típica conversación con su escritor. Bromeando y tirándose pullas. Había esperado algo muy distinto.

—Como un muerto resucitado —contesta—. De modo que lo mitigué con un par de Bloody Maries.

—Qué bien.

—Funcionó.

—Eh, no te quiero echar sermones, Lee, pero deberías cuidarte el hígado.

—Que se joda mi hígado. Ya me compraré otro.

Leland, que sigue en su casa de Woods Hole, se pasea de un lado a otro por la sala, con el teléfono inalámbrico apretado contra la oreja. Todos los demás siguen durmiendo: Hillary, Jaguar, Lois, las chiquitinas. Bueno, quizá ya no sean tan chiquitinas, pero aún son las niñitas de Leland. Hillary llegó a casa ayer por la noche hacia las siete y dijo que había estado en Chatham, en un acto benéfico para salvar las playas. La velada que siguió fue bastante tranquila. Nada de discusiones ni de acusaciones. Tampoco intimidad ni actividad carnal. Leland se moría por preguntarle a su esposa por Hancock, pero no tuvo agallas.

Finalmente, tras una noche muy mala, ha hecho de tripas corazón y ha llamado a Hancock. Sin embargo, ahora que lo tiene al teléfono, como de costumbre, se lo toma todo a la ligera, Leland no tiene ni idea de qué decir. Quizá podría preguntarle algo como: «¿Y qué, Hancock, cómo fue el paseo en la parte trasera de mi Bentley? ¿Lo bastante suave para tu culo calentorro?»

No obstante, Leland siempre ha sido incapaz de plantear preguntas groseras, de modo que se conforma con una aproximación más sutil.

—¿Y qué, John, quién era esa tía buena con la que ibas el sábado por la noche?

—¿La morenita? Era mona, ¿eh?

—Bastante. Y joven.

—No tan joven como crees, Lee, pero bastante.

—¿Y quién es? —pregunta Leland.

—Se llama Linda.

—¿Clara sabe algo de Linda?

—¡Leland! ¿Estás sugiriendo que le pongo los cuernos a la señora Hancock?

Varias réplicas ponzoñosas saltan a la mente del editor, pero se conforma con una respuesta insulsa y llena de impotencia.

—Todos abandonamos el redil de vez en cuando.

—Sí, todos, Lee, pero este toro no. Tengo la novilla mejor y más hermosa del prado. Sería de idiotas bramar siquiera a otras vacas.

—¿Y quién es Linda? —insiste Leland, pensando mientras tanto que Hancock es un mentiroso con mucha labia.

—Linda es la mejor amiga de Clara. Lo ha sido desde que nos casamos. Me sorprende que no la hubieras visto antes.

—¿Y ella era tu cita del sábado por la noche?

—Algo así. Verás, Clara fue a Londres a trapichearle unos Picassos o unos Pisarros a un potentado árabe con demasiados petrodólares. Me iba a quedar solo en la juerga del centenario de la Boston Press. Así que Clara, que siempre piensa en su chico, me arregló una cita con Linda.

—Clara debe de confiar mucho en ti.

—Y además es lo bastante lista para mandarme con su amiga en lugar de dejar toda la velada al azar.

—Entonces, ¿tu relación con Clara es sólida?

—Totalmente —contesta Hancock—. Como una roca. —Y añade—: Ya sé que es un tema muy personal para estas horas de la mañana, Lee, pero ya que estamos en ello, ¿qué tal tu relación con Hillary?

«Genial —querría decir Leland—, hasta que empezasteis a follar en el asiento trasero de mi Bentley.»

En lugar de eso, opta por el remedo.

—Oh, como una roca.

John, tumbado en la cama, otra vez con el pensamiento en otra parte, piensa de repente que tal vez Will tenga razón: quizá Lee Fisher sea un buen candidato para la lista de sospechosos. El tipo está comportándose de una manera muy rara. Haber llamado tan temprano, por ejemplo. Durante los casi veinte años que hace que se conocen, Leland, que John sepa, nunca ha llamado antes del mediodía. Además, es la primera vez que le hace preguntas íntimas sobre su relación con Clara. Es raro. Muy raro. Durante las últimas veinticuatro horas todo ha sido muy raro.

—¿Y qué, Lee, estás en la ciudad?

—No, estoy fuera, en el cabo. Pero voy a ir esta mañana, más tarde.

—Hay que trabajar, ¿eh, Lee?

Leland opta por hacer caso omiso del sarcasmo de Hancock. El corazón ya le late a toda velocidad; un poco más y le fallarán las piernas a causa de una insuficiencia cardíaca. Quiere desprenderse de esa carga, preguntarle a Hancock si tiene una aventura con Hillary, averiguar si su cuarto matrimonio está realmente en peligro, si el divorcio planea otra vez sobre el nublado horizonte.

—¿Por qué no comemos juntos? —pregunta de repente.

—¿Comer?

—¿Sí?

—¿Cuándo? —inquiere John—. ¿Hoy?

—¿Por qué no?

Ahora John sabe a ciencia cierta que Leland lleva algo entre manos. Su editor no sólo rara vez llama antes del mediodía, y nunca en lunes, sino que ¿llamar y quedar para comer el mismo día? Jamás ha sucedido. Algo pasa, está claro. La cuestión es: ¿tiene algo que ver con los polis que se presentaron en su casa?

—Sí, ¿por qué no? —contesta John—. A mí me va bien hoy.

La razón principal por la que Leland quiere ir a comer es para ganar algo de tiempo y dejar las preguntas directas para más tarde.

—De acuerdo —dice—. ¿A las dos?

—Perfecto. A las dos.

—Reservaré una mesa.

—¿Seguro que quieres quedar hoy, Lee? Normalmente dedicas el lunes a R & R.

—No, hoy me va muy bien. Ven a buscarme a la oficina hacia la una y media.

Leland cuelga el auricular sin molestarse en decir adiós.

John oye el chasquido, aún con el auricular en la oreja. Suspira, sacude la cabeza y cuelga. Está claro que Leland Fisher debe pasar a formar parte de la lista de sospechosos, piensa.

Dos segundos más tarde, los chicos vuelven a entrar en el dormitorio, armando un gran escándalo.

—¡Golden retriever! —gritan—. ¡Golden retriever!

Saltan encima de papá. Es casi la hora de que vayan al colegio. Abrazos y besos antes de partir.

Igual que John Hancock, Al *el Sabueso* Brown se ha levantado antes que el sol. Está sentado en su monovolumen, en Louisburg Square, enfrente de la casa de Hancock. Es un vehículo muy bonito, familiar, último modelo, lo mejor en su estilo. Al pagó treinta de los grandes por él. Después, otros diez de los grandes para acondicionarlo. Se pasa muchas horas vigilando. Seguramente es la parte más importante de su trabajo, casi tanto como tratar de cobrar los servicios prestados. Algunos días Al llega a pasar veinte horas en su monovolumen esperando a que alguien haga algo de lo que otra persona quiere estar informada.

A Al se le dan bien las esperas largas. Antes había trabajado para el *National Enquirer*, viajando por todo el mundo en busca de los ricos y famosos. Su objetivo era cazar a Madonna en pelotas, a lady Di dándose el lote con el jardinero real o a Liz Taylor zampándose un cubo del pollo supercrujiente del Kentucky Fried Chicken. Un trabajo muy noble, sí señor. Muy trascendente para la sociedad y de esos que proporcionan satisfacción personal. El tipo de cosa que puede llevarte a ganar el premio Pulitzer como reportero gráfico.

Un día, mientras estaba en Boston persiguiendo a un miembro del clan Kennedy, Al conoció a la mujer de sus sueños. La mujer se enamoró de él, pero le dijo, con mucha dulzura y sin presionarlo en absoluto, que no quería casarse con un tipo que se pasaba diez meses al año de un lado a otro sacando fotos a personalidades públicas en actos privados.

De modo que Al dejó el trabajo, se casó y fundó un hogar en las afueras de Beantown. Su nueva esposa tenía un buen trabajo, excelentemente remunerado, en una de las principales empresas de informática. Al se pasó un par de meses pensando qué hacer en esa reciente etapa de su vida. Se metió en la investigación privada por casualidad, cuando un vecino pasó por su casa para pedir un poco de *whisky sour*. El vecino acabó quedándose una hora y un par de whiskies con soda. Durante la visita, vio la gran colección de material fotográfico de Al, incluidos algunos teleobjetivos muy potentes. Después de la segunda copa, el vecino le preguntó si quería ganar algo de dinero haciendo un poco de espionaje. Por lo visto, sospechaba que su esposa andaba metida en chanchullos sexuales poco claros. Al se lo pensó, y al día siguiente, tras negociar la tarifa, se convirtió en detective. Aquel primer trabajo de vigilancia lo llevó a cabo desde las ventanas de su casa. Sin lugar a dudas, la mujer de su vecino se estaba beneficiando al cartero. Y al transportista de UPS. Y al de Federal Express. Se trataba de una ninfómana con una marcada preferencia por los chicos de reparto. Al consiguió las pruebas con la Nikon y se las enseñó al vecino. Éste le pagó ciento cincuenta pavos y después le propinó a su esposa una paliza de muerte. Esto último hizo que Al se sintiera mal, pero supuso que el tipo habría acabado por enterarse de todos modos. Lo más importante es que le gustó el trabajo. Solicitó un permiso para trabajar dentro de la legalidad y el resto, como suele decirse, es historia.

Ahora Al está sentado y observa la puerta principal de la casa de Hancock. Su lente de quinientos milímetros reposa en el asiento del acompañante. El cliente lo llamó ayer a última hora de la noche y le dijo que quería más pruebas de la infidelidad. Pruebas concretas. Se refería a unas fotografías donde se viese, incuestionablemente, a la esposa del cliente y a John Hancock en pleno encuentro sexual.

Para entretenerse mientras está de vigilancia, a Al *el Sabueso* le gusta escuchar libros grabados en cintas. Esta mañana está escuchando *El acuerdo*, de John Hancock, leído por el propio autor. Hombre poco dado a la lectura, le parece un libro divertido. En poco más de treinta palabras, es la historia de una mujer que quiere divorciarse de un marido que la controla y maltrata. Por desgracia, él no es de los que se divorcian, y está dispuesto a matarla antes que dejarla marchar.

Tan enfrascado está Al en el retorcido argumento, que tarda un poco en advertir que la puerta principal de la casa se abre. Afortunadamente, los rápidos movimientos de los chicos que cruzan el umbral y bajan por los peldaños de ladrillo saltando llaman la atención de Al. Ve a Hancock de pie en la entrada, agitando el brazo y gritando:

—¡Que tengáis un buen día, chicos! ¡Os veré por la tarde!

Al apaga el reproductor de casetes y coge la Nikon. Aplica el ojo al visor y toma varias instantáneas de John Jr., Willy y Nicky, la niñera, mientras cruzan la verja de hierro y se dirigen hacia el norte, en dirección contraria a la plaza.

No hay ninguna necesidad de hacer esas fotos a los niños, ya lo sabe, pero las saca de todos modos. Cuando su cliente empiece a lamentarse por la factura servirán para demostrar las horas que ha pasado trabajando. Por el momento, el señor Leland Fisher no ha puesto muchas objeciones, pero rara vez lo hacen mientras la investigación está en curso. Más tarde, cuando ya tienen lo que querían, los honorarios de Al les parecen, de repente, un poco excesivos. Lo han dejado colgado un montón de veces, por eso siempre conserva los negativos.

Deja la Nikon. Tranquilo al comprobar que Hancock está en la casa, Al se zampa un donut glaseado, se bebe un café tibio, pone en marcha el casete y se dispone a oír quién gana en ese juego del ratón y el gato. Ha escuchado suficientes historias de suspense para saber que será la mujer. A diferencia de lo que sucede en la vida real, en las novelas, sobre todo en los best-séllers, el bueno (o la mujer) siempre pilla al malo y se marcha con el botín y con un premio por haber defendido la moral. Le gustaría ver salir victorioso al malo, aunque sólo fuera una vez.

Rafe

Esta mañana, Rafe está vigilando un poco por su cuenta. Sólo que él no se esconde en ningún monovolumen pijo; está oculto detrás de un eucalipto, quizás el árbol más alto de Cayo Caulker. A Rafe le encanta el olor a eucalipto, fuerte, acre y dulce al mismo tiempo. Es el olor que más le gusta del mundo.

En este momento, Rafe está esperando a Matilda, la canadiense trasplantada que tiene la tienda de pendientes, compraventa de caracolas y «viajes a los confines de la tierra», situada en Main Street. Rafe sabe que Matilda abre y cierra según le viene en gana, a veces a las nueve, a veces a mediodía, eso cuando abre. En ocasiones Matilda desaparece durante varios días seguidos. Normalmente se dirige al continente, a visitar, pongamos por caso, la ruinas mayas. Sin embargo, eso no es del todo exacto. En el continente, Matilda acude a citas. Citas secretas. En lugares misteriosos.

Cuando está en Cayo Caulker, nunca lleva zapatos. Le gusta contarle a la gente que en Canadá, país frío donde los haya, siempre tenía que llevarlos, normalmente heredados de una hermana mayor, motivo por el cual nunca se le ajustaban bien y siempre le hacían daño.

Sólo hay algo que no encaja: Matilda es hija única. Además, no se crió en Canadá, sino en Michigan, una pequeña ciudad junto al lago del mismo nombre. Asistió a la Universidad de Michigan en Ann Argor. Igual que Gerry Ford. El trabajo de licenciatura en Estudios Internacionales lo hizo en la Universidad Duke, en Carolina del Norte. Ahora trabaja para la DEA. Es agente de campo. Secreto.

Rafe no sabe nada de eso. Sólo sabe que tiene los bolsillos repletos de dinero y que si no se compra un billete de avión a Estados Unidos lo antes posible empezará a pulirse la pasta en pasatiempos más frívolos.

Igual que Al, Rafe entretiene la espera dándose el lujo de leer un poco de la prosa de Hancock. También tiene un ejemplar de *El acuerdo*. Sólo que el suyo es de tapa dura. Ha leído las primeras diez páginas como unas seis veces, pero no acaba de captar el sentido. Bueno, hay un marido que pega a una tía delgada y muy guapa vestida con bata de seda. Eso Rafe lo pilla. Pero mientras recibe la paliza, a la tía le da por reflexionar. Como para sí, entre golpe y golpe. Son todos esos pensamientos lo que Rafe no acaba de entender. Además, le hace pensar en su propia esposa, a quien golpeó una vez, durante una discusión, en la mandíbula. Claro que ella es una tía dura. Le devolvió el puñetazo sin pensárselo. Le puso el ojo morado.

Rafe maldice, cierra el libro y lo arroja al suelo. El maldito libro le trae a la mente un montón de cosas en las que preferiría no pensar. Una de ellas, desde luego, es su esposa. Que quizás esté acostada, desnuda, con otro tipo. Justo ahora no es momento para darle vueltas a toda esa mierda. Lo pone malo. Podría llevarlo a hacer alguna gilipollez.

Vuelve a mirar si ha llegado Matilda y comprueba el contenido de sus bolsillos por tricentésima vez esta mañana. El fajo sigue ahí. Plegado en dos y sujeto con una goma: dos mil pavos. En realidad, cincuenta menos tras la juerga de ayer por la noche: cerveza, ron y hierba. La ruina de más de un isleño. Aun así, le quedan mil novecientos cincuenta. En billetes de cien y de cincuenta. Verdes americanos. Así le pagaron el barco los dos gringuitos. A tocateja. Uno de los gringos debía de llevar diez de los grandes encima. Separó catorce billetes de cien y doce de cincuenta del rollo como quien se dispone a pagar un chupito de tequila y una cola de langosta. Dijo que su colega y él querían pescar un poco. Por Rafe que diga lo que quiera, pero él sabe la verdad. No, ese par de panolis se proponen algo más. Los últimos años ha circulado mucha droga por Cayo Caulker. Es un negocio muy provechoso, lo sabe bien. Claro que también es fácil acabar en la cárcel de Belize City por su culpa. Un lugar poco recomendable para un par de panolis gringos.

Sin embargo, por Rafe se pueden ir los dos al carajo. Ha conseguido la pasta y pronto conseguirá el billete a Estados Unidos. Después, tras una breve visita a su amigo John Hancock, tendrá en sus manos el billete al paraíso.

John y Rodney

Hancock no llega a ninguna parte con su lista de sospechosos, y para colmo no consigue escribir nada. Will puede decirle que no se coma el coco todas las veces que quiera, pero se lo está comiendo. Primero, esos polis que aparecen de repente, después Clara haciéndose la loca, a continuación Will y su actitud indiferente, y por último Lee Fisher, Dios mío, que lo llama prácticamente al alba. En lunes.

De modo que telefonea a la comisaría de la zona, le dice a la chica que contesta que no se trata de una emergencia y, como era de esperar, le piden que aguarde. Pasan siete minutos antes de que un sargento de guardia tosco y malhumorado se ponga al aparato.

—Hola —dice John de buenas maneras—, me llamo John Hancok.

Al instante, el sargento, un duro irlandés que lleva dieciocho años en el oficio y ha oído bromas de todos los colores, dice:

—Ya, y yo soy Benjamin Franklin. ¿En qué puedo ayudarle?

John piensa en cómo darle un corte, pero opta por dejarlo correr. Hace años aprendió que lo único que funcionaba con los agentes de la ley era una educación extrema. Necesitan controlarlo todo. De modo que le explica tranquilamente lo de los dos agentes que fueron a verlo el domingo por la mañana y añade:

—Me gustaría volver a hablar con ellos. Que me dieran más información sobre la denuncia de la desaparición.

El sargento de guardia pregunta:

—¿Nombres?

Aún no está del todo convencido de que ese Hancock no sea un tarado.

—Uno se llamaba Raymond.

—¿De apellido?

—Sí. Y el otro Collins. O quizá Connor. Algo así.

El sargento tarda menos de un segundo en contestar.

—No eran de esta comisaría.

—¿Ninguno de los dos?

—Ninguno. Aquí no hay ningún Raymond, ni Collins, ni Connor. Ni de uniforme ni arriba con los detectives. Tengo un agente O'Connor.

—A lo mejor era él.

—A lo mejor. Si uno de sus visitantes llevaba sostén.

John suelta una risilla y pregunta:

—¿Y cómo podría localizarlos?

—Llame a la central. Hable con personal. Seguro que lo ayudarán.

—¿Y qué me dice de la denuncia?

—En eso no puedo ayudarle, amigo. Aquí no llevamos desapariciones. Pertenece a otro departamento.

Antes de que el sargento cuelgue, John se las arregla para sacarle los números que necesita. Prueba con todos, uno por uno. No obtiene ningún resultado. Nadie del Departamento de Policía de Boston puede confirmarle que se haya notificado la desaparición de un tal señor Will Hancock. Tampoco hay ningún documento ni denuncia presentada por una tal señora Clara D. Hancock. Lo que es aún más inquietante: no hay un solo policía en todo el cuerpo apellidado Raymond. Hay uno llamado Connor, pero es un novato de la zona sur.

John hace un par de llamadas más. Descubre que los policías secretos de Boston no conducen sus propios vehículos, y menos aún un Ford Mustang color rojo sangre. John se maldice por no haber anotado el número de matrícula de ese coche.

Se pasea por su despacho, tenso y desesperado.

Normalmente, si no da con la solución a un problema al cabo de un par de minutos, se lo deja a su hermano. Siempre lo hace cuando están escribiendo una novela. A John le gusta la libertad y la creatividad del primer borrador. Los detalles, el trabajo pesado y las puñetas editoriales son para Will.

Piensa en llamar al móvil de Viajes de Aventura, pero decide que será mejor usar el busca. Aún no se trata de una verdadera emergencia.

Sin embargo, antes de que John coja el auricular y marque el 800, el teléfono suena. El lío se convierte en un embrollo.

—¿Diga?

—¿Hancock?

—Al aparato.

—¡Cabrón! ¡Hijo de puta!

—¿Quién es?

—¿Quién diablos crees que soy? ¡Debería denunciarte! ¡Debería matarte! ¡Asesinarte! ¡Exterminarte!

John, aturdido ante el ataque verbal, al fin cree reconocer la voz del que le grita.

—¿Byrnes?

—¡Eso es, cabrón! ¡Rodney Byrnes! No tengo ni idea de qué le dijiste a ese bicho raro que me soplase en la cara, pero casi me muero. Tengo el estómago hecho polvo, una migraña y la boca como si un montón de pequeños roedores corriesen por dentro.

—A mí me parece que tienes la gripe, Byrnes. Te

recomiendo tres aspirinas, dos vasos grandes de agua y directo a la cama.

—¡Vete a la mierda, Hancock! ¿Me oyes? ¡Vete a la... mierda!

—Te oigo, Byrnes. Pero en serio, viejo amigo, no tengo la menor idea de por qué estás despotricando. No tengo nada que ver con ningún bicho raro soplándote algo en la cara.

—¡Mentiroso! ¡Cabrón de mierda, embustero apestoso! ¡Tú pagaste a alguien para que me hiciera esto, Hancock! ¿Me oyes? ¡Tú le pagaste!

Byrnes cuelga el auricular con un fuerte golpe.

Juventud

A pesar de que William y Lenore no podían distinguir a sus hijos, entre John y Will empezaron a apreciarse sutiles diferencias a edad muy temprana. Por ejemplo, John, cuya coordinación era un poco mejor, aprendió a andar un par de días antes que Will, pero éste, siempre más cerebral, pronunció su primera frase completa una semana, aproximadamente, antes que John.

Sin embargo, hacia la época en que empezaron a ir a la guardería, ambos se habían convertido ya en unos expertos en hacerse pasar por el otro. La única persona que podía distinguirlos con poco margen de error era su madre, e incluso ella tenía problemas de vez en cuando.

Los pequeños John y Will se divertían induciendo al mundo exterior a la confusión respecto a sus verdaderas identidades. Ensayaban un mismo modo de andar, un mismo modo de hablar, de reír, de contestar al teléfono, de comer los cereales y atarse los cordones de los zapatos. Años más tarde perfeccionarían al máximo su gestualización, pero ya a la edad de seis años se habían convertido en unos imitadores consumados. En una milésima de segundo, John se podía transformar en Will y Will en John.

Por qué exactamente practicaban este truco sería difícil de decir. Seguramente por diversión. Juegos de niños y demás payasadas.

Conforme la familia fue ascendiendo de forma inexorable en la escala social, los gemelos se fueron volviendo cada vez más parecidos. El paraguas de William Hancock resultó todo un éxito. La fábrica de Queens no daba abasto. Los vendían por cientos y por miles. La Compañía de Paraguas Hancock tenía ya un pequeño equipo de vendedores recorriendo el país en un intento por colocar un paraguas Hancock en las manos de cualquier americano que cualquier día pudiese enfrentarse a la lluvia, el granizo o la nieve. William trabajaba en su producto sin descanso, lo que no le impedía tener planes, grandes planes, de expandir el negocio y fabricar gorros, guantes y botas de goma.

—América —les decía William a sus hijos— es de lejos la nación más consumista que el mundo ha conocido.

Cuando John y Will llegaron a quinto, habían sido educados en colegios de New Rochelle, Chappagua y Greenwich, Connecticut. Allá donde iban, sobresalían. Ambos obtuvieron un resultado del noventa y siete por ciento en el examen de aptitudes básicas. En realidad, Will llegó al noventa y nueve por ciento.

En los exámenes, los chicos mostraban una extraña predisposición a fallar las mismas preguntas. De hecho, esta tendencia era tan marcada que los profesores a menudo los obligaban a repetir los exámenes para averiguar si habían copiado, sometidos a una atenta vigilancia. Daba igual, el resultado siempre era el mismo: si Will se equivocaba en el problema número seis, John fallaba el mismo problema.

Los deportes se les daban igual de bien. Por lo general, corrían más rápido, saltaban más alto y lanzaban más lejos que sus compañeros de clase. Podían hacer más flexiones y más abdominales. Los profesores, los entrenadores y los directores elogiaban con entusiasmo sus muchos talentos.

William y Lenore se enteraron de que los hermanos gemelos rara vez destacaban tanto. La mayor parte de las veces apenas sobrepasaban la inteligencia media, y si se daba el caso, por lo general era sólo uno el afortunado, mientras que el otro quedaba muy rezagado.

Sí, las alabanzas fluían como el agua por el Niágara. Llegaban durante las entrevistas con los profesores, en llamadas telefónicas y en forma de notas al final de los informes de calificaciones trimestrales.

No obstante, todos aquellos elogios, sin excepción, iban acompañados de una advertencia: «John y Will son unos estudiantes aventajados, señora Hancock. Jamás, en toda mi carrera de profesor, he visto unos alumnos tan inteligentes. Sin embargo, son de armas tomar. Traviesos. Les encanta armar líos y crear problemas. No digo que tengan mala idea, sólo que son revoltosos. Muy revoltosos.» O cosas como: «Quiero que sepa, señora Hancock, que es un placer enseñar a sus hijos. Ambos han alcanzado un nivel de aptitud muy por encima del que corresponde a su edad. No obstante, son difíciles de controlar. O hacen las cosas a su manera o no las hacen.» O también: «Tienen ustedes un par de muchachos estupendos y bien desarrollados. Unos chicos excelentes. Aprenden rápido. Son muy inteligentes. Agudos como estiletes. Sobre todo John. Al menos, creo que se trata de John. Ése es el problema, ¿saben? Resulta imposible diferenciarlos.»

William y Lenore sólo podían limitarse a asentir. Conocían de sobra las dificultades. También sabían que servía de bien poco o de nada echarles sermones, darles una paliza o castigarlos de un modo u otro. John y Will eran buenos chicos, tenían buenos modales y un excelente temperamento. Rara vez se mostraban bruscos o contestaban mal. No obstante, al fin y al cabo, se trataba de dos hermanos gemelos. Se movían al son de un tambor que nadie más podía oír. Actuaban como una sola persona; una persona con dos cabezas, dos cuerpos y el increíble poder de estar en dos sitios al mismo tiempo. Además, por encima de todo, se profesaban una lealtad inquebrantable.

En sexto curso, el director de Greenwich, un tipo altísimo y con malas pulgas llamado señor Lowell, decidió cortar por lo sano y separar a los chicos poniéndolos en clases distintas. John y Will se quejaron amargamente a su madre de la medida adoptada. Lenore los escuchó, pero no movió un dedo. En realidad, les dijo, tal vez fuese para bien.

Los chicos no opinaban lo mismo, pero nada podían hacer; después de todo, eran sólo unos niños de doce años. Durante un par de semanas anduvieron por ahí alicaídos, encorvados, deprimidos. Era la primera vez en sus vidas que los separaban.

John fue el primero en reaccionar.

—Esto está bien —le dijo a su hermano en el dormitorio—. Sí, es perfecto. Piénsalo.

—No hace falta que lo piense —contestó Will—. A mí me parece una mierda.

—No, escucha, lo hemos mirado desde un punto de vista incorrecto. Tenemos que considerarlo parte del juego.

—¿De qué juego?

—El juego «nosotros contra ellos».

Will, inseguro, preguntó:

—¿Nosotros contra ellos?

John obsequió a Will con su sonrisa más maliciosa.

—Mañana me haré pasar por ti en la clase de la señorita Hirsch, y tú te harás pasar por mí en la clase de la señorita Wyatt.

—¿Eh?

—Intercambiaremos el puesto.

—¿Crees que está bien hacer eso? —preguntó Will, dubitativo.

—¿Si está bien? ¡Claro que está bien! Todo lo que queramos hacer, hermanito, está bien. Sólo tenemos que salirnos con la nuestra. Si nos salimos con la nuestra, está bien.

—No me llames hermanito. Sólo eres algo así como tres minutos mayor que yo, y soy tan alto como tú.

—Tienes razón, eres tan alto como yo. Medimos exactamente lo mismo. Ahora veamos si podemos convencer a la gente de que somos exactamente la misma persona. A ver lo buenos que somos en realidad.

—¿Lo buenos que somos en qué?

—En hacernos pasar por el otro.

Will, con la duda dibujada en su joven entrecejo, empezó a ceder despacio ante la fuerza de convicción de su hermano.

—¿De verdad crees que está bien?

—Desde luego —le aseguró John.

Will inspiró hondo y dijo:

—De acuerdo, pero primero tengo que saber unas cuantas cosas.

—¿Como qué?

—Como dónde te sientas en clase. ¿Levantas la mano o contestas sin más? ¿Al lado de quién te sientas? ¿Qué deberes te han puesto? Cosas así.

—Ah, vale —dijo John—. Bien pensado.

Desde el principio John fue el hombre de ideas, el que aportaba la inspiración. Will estaba mejor dotado para rellenar los blancos, ocuparse de los detalles, asegurarse de que tenían las espaldas cubiertas. Lo mismo sucedería cuando empezaran a escribir novelas, y aún más después, cuando decidieran vivir como una sola persona.

Se quedaron despiertos hasta bien entrada la noche haciendo planes. Dibujaron sus respectivas aulas. Se interrogaron mutuamente sobre los asientos que ocupaban. Se pusieron al corriente sobre sus profesores. Hicieron los deberes del otro e intercambiaron las camas.

—Eh —dijo John cuando al fin apoyaron la cabeza en la almohada, alrededor de las cuatro y media—, todo sea por la causa.

—Eso es —repuso Will—, por la causa.

Sin embargo, no estaba muy seguro de a qué «causa» se refería su hermano.

Cuando Lenore los despertó a las siete y media, sólo habían dormido unas pocas horas. Daba igual. Estaban deseando poner manos a la obra. Engulleron las tostadas, el zumo y los cereales, le dieron a su madre un beso de despedida y corrieron hacia la parada del autobús.

Durante toda la semana, John hizo de Will y Will hizo de John. Después, a la semana siguiente, cada cual volvió a ocupar su lugar. Practicaron el mismo juego durante todo el año, una semana sí y una no. Nadie sospechó nada. Las diferencias de personalidad y de aptitudes afloraban de vez en cuando, pero no tanto como para que alguien se diese cuenta. John era de natural más fanfarrón y extrovertido, siempre dispuesto a hablar cuando el profesor preguntaba a la clase. Will era algo más reservado. Tanto sus preguntas como sus respuestas solían ser algo más profundas que las de su hermano. Sin embargo, como los muchachos intercambiaban el papel con estricta regularidad, nadie llegó a advertir aquellas nimias diferencias.

Los profesores, acostumbrados a un comportamiento errático por parte de los adolescentes varones, atribuían esas fluctuaciones sin importancia a los días buenos y malos, a la falta de sueño, a variaciones en la alimentación o a un cambio de humor. Si algún profesor sospechaba alguna vez que Will quizá fuese John o viceversa, se limitaban a desechar sus dudas; tenían otros veintidós niños a los que atender. ¿Por qué preocuparse por los hermanos Hancock? Eran excelentes estudiantes. Trimestre tras trimestre obtenían un boletín de calificaciones impecable. Sí, les gustaba armar jaleo de vez en cuando, pero todo el mundo estaba de acuerdo en que no eran malos chicos, sólo un poco revoltosos y en exceso enérgicos...

John y el doctor Pastilla

En este momento, John Hancock, un hombre de cuarenta años con carrera, mujer e hijos, no puede dejar de pasear de un lado a otro por el despacho que comparte con su hermano. En realidad, nunca han estado los dos a la vez en la misma habitación, eso sería demasiado arriesgado, pero de todos modos el espacio y su contenido pertenece a ambos. No obstante, si Will se encontrara allí ahora, no estaría paseando, sino sentado al escritorio, en silencio, dejando que fuera la mente, no el cuerpo, la que hiciese el trabajo. Cuando escriben un libro, John garabatea con furia escena tras escena, casi sin detenerse a considerar la continuidad o el enfoque. Eso es trabajo de Will. Coge las escenas de John y, con paciencia, las convierte en algo plausible y coherente. Sin embargo, últimamente Will no ha hecho gran cosa en lo que a escritura o corrección se refiere. John lo ha interrogado varias veces al respecto, pero Will se limita a responder que es una etapa y que ya pasará.

En estos instantes, John tampoco escribe mucho. Está demasiado nervioso para trabajar.

Se acerca una vez más al escritorio donde está el cuaderno. Repasa una vez más la breve lista de sospechosos:

HANCOCK, CLARA
BYRNES, RODNEY
RAFE?
COSGROVE, DICKY
FISHER, LELAND

Dedica un par de minutos a considerar a quién más puede incluir en la lista. Le vienen unos cuantos nombres a la cabeza, pero no vale la pena anotarlos.

Fija la vista en el nombre COSGROVE, DICKY. Empieza a evocar su rostro. Han pasado más de doce años. Un muchacho alto y delgado, de poco más de veinte años en aquel entonces. Viejas marcas de acné en las mejillas chupadas. Diez años largos más joven que su hermana Zelda. Muy inteligente. Tenía un C.I. altísimo. Una mirada rara, no obstante. Unos ojos pavorosos. Violento de vez en cuando. Normalmente contra sí mismo. De los que se golpean la cabeza contra la pared. Unos berrinches muy desagradables. Automutilación. Al final los médicos lo catalogaron de maníaco depresivo. Añadieron esquizofrenia, como si se les hubiera ocurrido después.

Hancock recuerda distintos medicamentos que mantenían al chico más o menos estable: litio, Valium, Thoracina. Pero cuando la hermana de Dicky, Zelda, fue asesinada, aquél se desmoronó. Dependía totalmente de ella, tanto financiera como emocionalmente, y su muerte violenta lo arrojó directo al abismo. Se le metió en la cabeza que Hancock había sido el responsable. Durante varias semanas, anduvo por Cambridge diciéndole a quien quisiera escucharlo que John Hancock había asesinado a su hermana. Siguió insistiendo en ello aun después de que Hancock demostrara que ni siquiera había estado en Massachussets el día en que Zelda había muerto en su apartamento de Cambridge. Hancock tenía una coartada irrefutable y ningún móvil.

Sin embargo, Dicky no se dejó convencer. Insistió en que Hancock había asesinado a su hermana. Y si no había sido John, había sido su hermano, Will Hancock. Todas las partes implicadas le explicaron a Dicky que era imposible. John Hancock había asistido a una convención de escritores en Boulder, Colorado, y Will Hancock estaba muerto. Los muertos no comenten asesinato.

Dicky no quiso escuchar. Siguió lanzando sus acusaciones. Poco después, demostró que estaba completamente grillado, sin discusión. Atacó a John Hancock cuando éste salía del teatro Hasty Pudding, en Harvard Square. Se lanzó contra él e intentó clavarle en mitad del corazón un precioso abrecartas de plata decorado con una cabeza de león.

Sólo la oportuna aparición de Mac Oosterhaus, defensa izquierdo del equipo de fútbol, salvó a Hancock de un enfrentamiento fatal. Mac, ciento veinte kilos de fuerza bruta, levantó en volandas al escuálido Dicky y, tras arrancarle el abrecartas de la mano, lo lanzó a Holyoke Street como si fuera un saco de cebollas.

Por aquel acto homicida, las autoridades internaron a Dicky *el Loco* en el manicomio de Great Barrington y tiraron la llave.

Qué mala pata, al menos para los Hancock, que alguien la encontrara y decidiese soltar a Dicky.

Hace un año más o menos, se instauró en el hospital psiquiátrico un nuevo régimen caracterizado por unas tendencias extremadamente liberales en lo referente al uso de agentes nuevos y muy eficaces para alterar el comportamiento de maníacos y psicóticos. Al final le echaron un vistazo al paciente núm. 637, Cosgrove, Richard E. Se enteraron de que el señor Cosgrove se había pasado años arrastrando los pies por las salas al ritmo del Haldol. Más muerto que vivo, Dicky apenas recordaba su nombre.

De hecho casi no conseguía recordar lo que había sucedido el minuto anterior.

Aquel nuevo equipo de expendedores de drogas consideró el estado de Dicky del todo inaceptable. Interrumpieron el tratamiento con Haldol y le prescribieron una dieta estricta de Librium y Prozac. Durante diez o doce semanas, tontearon con las dosis. Hasta que, quién lo iba a decir, empezó a surgir un hombre nuevo. Tranquilo. Feliz. Sonriente. Un hombre dispuesto a dejar atrás su volátil pasado y reinsertarse en la sociedad con todo el descaro.

Apenas hace cinco minutos que John está hablando con el director operativo del nuevo programa de Great Barrington cuando ya se ha enterado de toda la historia de la extraordinaria, casi mágica, vuelta a la realidad de Cosgrove, Richard E.

—¿Qué me está diciendo? —pregunta Hancock, cuando el torrente de jerga psiquiátrica se corta al fin—. ¿Que Dicky Cosgrove anda suelto?

—Exactamente, señor. El señor Cosgrove, tras un concienzudo examen, fue dado de alta el 15 de abril de este año. Todo el equipo, por unanimidad, convino en que doce años y nueve meses de encierro eran más que suficiente.

Casi trece años, piensa Hancock. Dios.

—Dígame, doctor, ¿tiene idea de por qué ese puto chalado estuvo en su corral todos estos años? Le diré por qué: porque intentó ensartarme con un abrecartas.

—«Puto chalado» no es una manera demasiado constructiva de describir a un hombre que padece una enfermedad mental, señor. Comprendo su inquietud, pero quizás...

—¿Inquietud? Es un loco y quiero saber por qué diablos lo han dejado salir. Sobre todo, sin avisarme. El muy hijo de puta podría estar apuñalándome en este mismo instante y yo...

—Señor, no estamos obligados a informar, ni a usted ni a nadie, de la salida del señor Cosgrove. No es una amenaza ni para usted ni para ninguna otra persona. Créame, hace veintiséis años que me dedico a esto. Sé cuándo un paciente puede considerarse rehabilitado.

—¡Rehabilitado! ¡Vaya gilipollez! Dígame, doctor, ¿qué tengo que hacer cuando el señor Rehabilitado venga a por mí? O aún peor, cuando vaya a por mi familia. ¿Tiene usted hijos, doctor?

—No, señor, no tengo.

—¿No? Pues yo sí. Dos. Y son niños pequeños. Con tanto sentido común como un cachorro de un mes. Aún confían en el mundo. ¿Qué harán cuando ese chiflado se acerque a ellos atiborrado de esa droga moderna con que lo están alimentando y empiece a meterse con ellos? ¿Y si...?

—Eso es muy improbable, por no decir imposible. El señor Cosgrove ha expresado una y otra vez su profundo arrepentimiento por los problemas que le causó en unos momentos en que sufría un intenso dolor por la pérdida de su hermana.

—¿Sabe que piensa que maté a su hermana?

—Lo pensaba, señor Hancock. Ya no lo piensa.

—¿Eso le ha dicho?

—Sí, así es.

—¿Y usted le cree?

—Sí.

—Entonces está usted tan loco como él.

—Ya veo que está usted muy disgustado, señor, de modo que no me ofenderé. Sólo le diré que, en mi opinión, no tiene motivo para preocuparse por los problemas que, según usted, pueda causarle el señor Cosgrove. Estoy seguro, al ciento por ciento, que su camino y el del señor Cosgrove no volverán a cruzarse a menos que se produzca una extraña coincidencia.

—Una extraña coincidencia, ¿eh? —Hancock se está hartando de extrañas coincidencias. Primero los polis. Después Clara. Luego Will. A continuación Leland. Ahora ese loquero diciéndole que Dicky Cosgrove está en la calle. Seguramente ahí fuera, en Louisburg Square. Con algún tipo de arma encima.

—Tranquilícese, señor Hancock —oye decir al doctor—. Supone un peligro muchísimo mayor para usted el conducir por la ciudad que el que el señor Cosgrove sea de nuevo un hombre libre.

—Sí, muy bien, doctor, me tranquilizaré. En cuanto me diga por dónde anda Dicky últimamente.

—Me temo que no tengo la menor idea. El señor Cosgrove ha sido dado de alta y es un ciudadano de Estados Unidos de América como cualquier otro. No tiene ninguna obligación de informarme de su paradero, ni a mí ni a nadie. Es libre de ir y venir como le plazca.

—Genial —contesta Hancock—. ¡Cojonudo! En este preciso instante, estoy orgulloso de ser americano. Y le diré una cosa: si Dicky Cosgrove sale de la cloaca y se mete conmigo o con mi familia, puede estar seguro de que voy a presentarme allí a pedirle cuentas, doctor.

—¿Eso es una amenaza, señor?

Hancock cuelga el auricular sin contestar.

El psiquiatra suspira. Hombre de psicología compleja, cuando esta conversación en particular concluye lo asaltan dos pensamientos diametralmente opuestos. Por una parte, piensa que al inestable señor Hancock le sentaría muy bien una terapia con drogas interactivas. Un par de miligramos de Prozac con el café de la mañana reduciría sus tendencias agresivas. Por otra, quizá sería más divertido que Cosgrove, Richard E. fuera a buscar a ese cerdo malhablado y le hiciera saltar unos cuantos dientes.

¿Y dónde está Dicky? ¿Cuáles son las intenciones de este hombre libre?

La primera pregunta no supone un problema. El paradero de un hombre, mientras no tenga un hermano gemelo, suele ser bastante fácil de averiguar.

En cambio, la segunda pregunta entra en un terreno mucho más resbaladizo.

Penetrar en las intenciones de un hombre es un asunto muy peliagudo. Sobre todo si se tiene en cuenta con qué poca frecuencia un hombre conoce de verdad sus propias intenciones, y mucho menos las de otra persona. Las intenciones del hombre son tan volubles como el viento. Cambian cada vez que se peina, cada vez que ve a una mujer guapa, cada vez que se pone las gafas de sol y se cree, tal vez, el tipo más interesante del mundo.

¿Las intenciones de Dicky? ¡Vaya pregunta!

Sin embargo, basta echar un vistazo alrededor para encontrar al señor Cosgrove. El hombre no trata de ocultarse. En este momento está sentado en la sala principal de la biblioteca pública de Boston, en Copley Square. Durante las últimas tres semanas, mientras la biblioteca ha estado abierta, Dicky ha pasado allí casi hasta el último segundo. Exactamente el tiempo que lleva en Boston. La lectura escogida, que esconde cada noche al fondo de las estanterías, es la obra completa de John Hancock, cuyas novelas y relatos Dicky ha leído y releído una y otra vez. No obstante, sabe —en realidad está completamente seguro— que las novelas y los relatos no fueron escritos sólo por John, sino por el equipo Hancock y Hancock, John y Will. Su certeza reside en el hecho de que su hermana compartió con él un gran secreto algunos meses antes de su muerte.

—Te voy a contar una cosa, Dicky —le dijo—, pero tiene que quedar entre nosotros. No puede salir de esta habitación.

(Se refería a la sala de su pequeño apartamento de Berkeley Street, justo pasado el patio de Harvard. La misma habitación donde fue asesinada.)

—No hay problema, Zelda —dijo Dicky, asintiendo enérgicamente—. No saldrá de esta habitación.

—Se trata de John y Will Hancock.

—¿Qué pasa con ellos?

—Creo que los dos siguen vivos.

Justo tres meses después de dicha declaración, Zelda murió. Ahora, trece años más tarde, Dicky quiere vengarse. Olviden lo que le dijo al doctor Pastilla en el manicomio de Great Barrington. Fueron un montón de mentiras. El doctor Pastilla y el equipo de psicognomos oyeron de boca de él lo necesario para poder librarse del Haldol y escapar de los confines de aquel maldito psiquiátrico. En cuanto le quitaron la Thorazina y el Haldol y su cerebro volvió a funcionar, Dicky consideró la situación y empezó a urdir su historia del pesar, el arrepentimiento y la redención. Convenció al doctor Pastilla de que en realidad era un buen chico que había perdido la cabeza durante un tiempo y de que con un poco de paciencia, comprensión y, por supuesto, los agentes químicos adecuados, volvería a ser un ciudadano responsable e incluso productivo.

Desgraciamente, Dicky tiró los frascos de Librium y Prozac por la ventana del autocar cuando iba por la autopista de Stockbridge a Boston. Por eso en estos momentos, sentado en la sala de lectura de la biblioteca pública tiene todo el aire de un auténtico pirado. Sólo con mirarlo uno advierte que no está en sus cabales. La sala de lectura se encuentra atestada, pero Dicky tiene una mesa grande para él solo. A nadie se le ocurriría sentarse cerca de ese tipo. Está sudando, huele mal y tiene esa mirada extraviada que recuerda a la gente que el mundo a menudo es un lugar inseguro e inhóspito en el que más vale vigilar por dónde vas.

Incluso el personal de la biblioteca, acostumbrado al desfile diario de personajes sórdidos y gente sin hogar que arrastran los pies por los pasillos, ha intercambiado susurros sobre «el apestoso con pinta de loco de la sala de lectura». Les gustaría prohibirle la entrada, pero hay leyes contra las expulsión de los locos hediondos y hoscos de los locales públicos. Agradezcamos al sindicato de libertades civiles esos pilares de la legislación. Mientras no murmure demasiado alto, propine puntapiés a los otros ususarios o haga sus necesidades en un rincón no tienen más remedio que dejar a Dicky en paz. Al fin y al cabo, todo hombre está en su derecho de apestar si quiere.

Dicky ni siquiera es consciente de lo mal que huele. Ni del aire hostil que desprende. No, él está totalmente absorto en su misión. Ni siquiera tiene tiempo de ponerse una camiseta limpia.

Además, una cosa hay que decir en su favor. Cualquiera que haya contado la cantidad de horas que ha pasado en esa mesa las semanas pasadas sabe que se trata de un trabajador diligente e incansable. Todos sabemos que en América se aplaude el trabajo duro, y a menudo se recompensa. Tal vez un trabajo cuyo objetivo sea el asesinato no goce de la mayor simpatía, es verdad, pero nadie ha descubierto aún que Dicky tiene en mente matar a alguien. Ni siquiera el propio Dicky se ha dado cuenta.

Babe

Babe Overton mira por la ventanilla del Greyhound, que acelera mientras ella come cacahuetes M&M, los cuales, sin embargo, no suelen formar parte de su dieta.

Hace un par de horas, cuando el autobús ha parado en el minúsculo pueblo de Thoreau, Nuevo México, Babe se ha levantado del asiento para estirar las piernas. Llevaba ciento cincuenta kilómetros o más soñando con un gran vaso de zumo de naranja bien frío y un bollo caliente de salvado. Sin embargo, cuando ha entrado en el pringoso Deli-Mart junto a la polvorienta gasolinera que hace también de terminal de autocares, se ha llevado una decepción. Un chaparrón primaveral muy fuerte azotó Thoreau hace un par de días y dejó al pequeño poblado sin electricidad a causa de un generador averiado. Así pues, el zumo frío y la pasta caliente quedaban descartados. Babe ha tenido que conformarse con un refresco natural de lima-limón y dos bolsas de cacahuetes M&M una pizca derretidos.

Ahora, de nuevo en ruta, mientras las ruedas del gran Greyhound giran rumbo al este, Babe se pregunta si lloverá en Beantown. Nunca ha estado allí, no tiene ni idea de por qué la llaman Boston Beantown, en realidad no sabe nada de la ciudad, sólo que espera encontrarse con mucha lluvia y, quizá, niebla. Lo más probable es que la imagen que Babe tiene de la cuna de la libertad proceda de una película que vio hace algunos años donde aparecía Paul Newman haciendo de abogado borracho y venido a menos que se dedicaba a perseguir ambulancias y que al final, por supuesto, lo arreglaba todo, conseguía a la chica y preservaba la justicia y el modo de vida americano. Babe recuerda que en aquella película llovía mucho, o quizás a Paul le pareciese que quedaba bien llevar una gabardina vieja con el cuello subido.

Comoquiera que sea, Babe cree que sería buena idea comprarse un paraguas y tal vez un impermeable antes de llegar a Boston. Hace años que no tiene impermeable ni paraguas. En Los Ángeles no llueve.

El recuerdo de Los Ángeles la lleva a pensar en Mary Ann, su compañera de piso. Debería haberla llamado, debería haberle dicho que no se inquietara, que en un par de semanas estaría de regreso. Babe sabe que Mary Ann a veces se preocupa por ella. También ella se preocupa por Mary Ann. Piensa que sale con chicos que no le convienen. Chicos que la utilizan y la dejan. Chicos que quieren putas, no amantes. Chicos que quieren madres, no esposas. Intenta decírselo, pero Mary Ann se echa a reír y enciende otro cigarrillo.

De todos modos, Babe debería llamar. También necesita conseguir algo de comida decente. Y el paraguas, no te olvides del paraguas. Y el impermeable.

Toma nota mental de arreglar todos esos pequeños detalles. Después cierra los ojos, apoya la cabeza contra la ventanilla y se duerme.

Momentos después, ya sea en sueños, ya conscientemente, Babe de repente imagina a una niña llamada Mary Ann que se ve sorprendida por la lluvia y coge el autocar. Se sienta en el asiento vacío que hay junto a ella. Resulta ser la niña que Babe perdió mucho tiempo atrás, la hija que nunca tuvo con Frank Hagstrom. Le seca el pelo a la pequeña con una toalla y le pone un vestido de tirantes nuevo, idéntico al que ella misma lleva.

La fantasía se desvanece de inmediato, pero no antes de que algunas lágrimas asomen a los ojos de Babe y corran por sus mejillas.

Louisburg Square

Hoy no llueve en Beantown. Cielo azul, hierba verde, árboles y plantas floreciendo por doquier. Lástima que el escritor de suspense psicológico Hancock, por lo general un agudo observador del orden natural, apenas se fije en el espléndido paisaje urbano. Está demasiado absorto buscando aquel Ford Mustang rojo. Pequeñas oleadas de ansiedad le recorren la columna vertebral. No ve el Mustang, de modo que escudriña con desconfianza todos y cada uno de los vehículos aparcados en Louisburg Square. Muchos le resultan familiares. Los ve ahí estacionados cada día. El sedán Mercedes azul. El Miata negro con el capó de color tostado. El Jeep Cherokee Limited. No obstante, la mayor parte le resultan desconocidos. Como ese viejo Audi 100, o ese Lincoln Continental. Está casi seguro de que los polis del otro día se ocultan en uno de esos coches. La cuestión es: ¿está Dicky *el Loco* ahí sentado con ellos? ¿O quizás en alguno de los otros, mirando y aguardando? ¿Cuántas personas distintas, se pregunta John, van detrás de él?

Apenas repara en el monovolumen aparcado en la calle, unas puertas más abajo. Media docena de vehículos similares deben de salpicar la plaza esta tarde de lunes, cada cual más anodino que el anterior. Hancock no ve razón para mirarlos dos veces. Piensa que esas ridículas cajas con ruedas sólo las conducen madres aturulladas cargadas con niños, compras y un amplio surtido de prendas de deporte mugrientas. Es imposible que los tipos que quieren buscarle las cosquillas y seguramente hacerle daño conduzcan un monovolumen.

Al *el Sabueso* Brown, sentado en el suyo, sumerge un donut en su taza de café. Al no es tonto. Sabe lo que piensa la gente de los monovolúmenes. Por eso se lo compró, en lugar de decidirse por un vehículo normal. Las furgonetas grandes, al menos a ojos de la ley y de casi todo el mundo, transportan bandidos, trabajadores de la construcción y drogadictos. Son inútiles para el trabajo de vigilancia. Demasiado llamativas.

Al deja el donut por un momento y echa un vistazo a la casa de Hancock. Al instante divisa a éste en la ventana del segundo piso. Supone que el escritor ha dejado de dar vueltas a las palabras por unos instantes para echar un rápido vistazo a la primavera. Claro, Al no sabe nada de los dos detectives que visitaron ayer a Hancock. Ni de la denuncia de desaparición. Ni de Clara. Ni de Will. Ni de Rafe. Ni de Babe. Ni de Dicky. No sabe nada de todo eso. Cree que John Hancock sólo es un tipo que tiene una aventura con la esposa de su cliente. El pan nuestro de cada día de la investigación privada. Al maneja a diario a esa tontería de la infidelidad. Probablemente el noventa por ciento de su negocio consiste en espiar para maridos y mujeres que piensan que sus parejas han dejado el gallinero para echar un polvo fuera de horas.

John ve a un hombre de aspecto sospechoso en la acera. Es un tipo alto y desgarbado, y parece demasiado interesado en su casa. El tipo se para, toca la verja de entrada y se queda mirando la puerta principal. John retrocede y se esconde detrás de las cortinas de encaje. Al cabo de un momento, vuelve a mirar a hurtadillas. Está claro, el intruso remolonea, con la mirada fija en la puerta.

Dios, se pregunta John forzando la vista para ver mejor, ¿podría ser él? ¿Podría ser Dicky *el Loco*?

Con el corazón desbocado, se las ingenia para mirar más de cerca. Desde luego, la estatura coincide, y también la escualidez, pero la cara... desde ahí es difícil de decir.... Podría ser él... o quizá no. Hace demasiado tiempo. Trece años, por el amor de Dios.

De repente, el hombre desgarbado se saca un mapa del bolsillo trasero y lo examina durante más de un minuto. Tanto John Hancock como Al *el Sabueso* Brown lo observan atentamente.

¿Qué diablos está mirando?, piensa Hancock.

El hombre alto y flaco asiente. Después pliega el mapa, vuelve a guardárselo en el bolsillo y echa a andar sin más.

Es entonces cuando John lo comprende. Suspira y se golpea con los nudillos a un lado de la cabeza.

—Maldita sea —dice dirigiéndose a las paredes—, sólo era un turista. Un forastero. Probablemente un aspirante a escritor buscando la casa de Louisa May Alcott al otro lado de la plaza.

Clara

Cuando se marcha del Savoy, Clara Dare Hancock se lleva con ella a la señora Joanne Smith, la directora de su galería de Londres. Esperaba que sir Rodney Byrnes la acompañara también, pero parecía molesto cuando lo ha llamado antes para ver si pensaba ir. Cuando ha dicho: «No, gracias, creo que no», con una vocecilla chillona, Clara ha contestado: *«C'est la vie»*, y ha colgado.

Rodney no ha pronunciado una palabra acerca del intruso de ayer por la noche. No ha tenido agallas.

El séquito de Clara está formado también por un chico y una chica jóvenes y guapos cuyos nombres ha olvidado pero que trabajan a tiempo parcial en la galería. La pareja tiene una pinta interesante y chic; anillos de oro y de plata les adornan sus orejas, su nariz y sus labios. Por eso precisamente los ha invitado. Le gusta la frescura que la juventud proporciona a su entorno.

A Clara le encantan esas escenas: el caos, la confusión, las maletas desparramadas por el vestíbulo, los botones y el conserje arrastrándose prácticamente a sus pies, las miradas furtivas de los otros huéspedes, sobre todo de los hombres. Nota que la miran, preguntándose quién es y dónde la han visto antes. ¿En el cine, quizás? ¿En la televisión? ¿En las revistas de moda?

Clara, con una sonrisa petulante en su cara tersa y bonita, cruza despacio el exquisito vestíbulo de mármol. La cabeza alta, la mirada fija al frente. Se aparta unos mechones de cabello corto y rubio de los ojos, con suavidad. Incluso este movimiento, en apariencia insignificante, es ejecutado con perfección estudiada.

La teoría de Clara es la siguiente: si vas a molestarte en cruzar una habitación, ¿por qué no pasarlo bien?

Instantes más tarde, las puertas giratorias absorben a Clara, que con sus piernas largas y esbeltas sube a la limusina que aguarda en marcha junto al bordillo.

No siempre ha sido así para la señora Clara Dare Hancock. Cuando apareció en escena siendo sólo una muchacha no había cucharillas de plata que llevarse a la boca. Al contrario, Clara creció en la pobreza, prácticamente en la indigencia. El pasado de esta chica está plagado de tiempos difíciles.

El padre y la madre de Clara

En verano de 1963, una compañía de actores llegó a Boston para representar a Shakespeare en uno de los campus del *college* de la zona. Una noche, al finalizar la representación, varios actores fueron a beber unas copas a un bar situado cerca de la Universidad del Norte. Uno de los actores era un joven guapo y con mucha labia llamado Rudy (Rudolph) Mooch. Mooch era su nombre auténtico, pero algunos años antes, tras decidir que quería ser actor, lo había cambiado por el de Turk Daniels. Le pareció que ese alias viril y bohemio impresionaría más cuando llegase a Hollywood. (Algo que, por cierto, acabó por conseguir. Participó en más de veinte películas, casi siempre haciendo de vaquero o de gángster en filmes del Oeste y de tiros.)

En fin, que Turk en realidad era Rudy, pero aquella noche en el pub Murphy de Huntingdon le dijo al bombón del reservado de la esquina que se llamaba Bertram Rose, una pequeña variación del nombre del pillo al que había representado en la función de la noche de *A buen fin no hay mal principio*: Beltrán, conde del Rosellón.

El bombón era Patricia Breen McGuire, pero todo el mundo la llamaba Patsy. Patsy era una irlandesa alta, guapa y basta que vivía con su padre en una casa adosada de Fullerton, a un largo tiro de pelota de Fenway Park, sede de los Red Sox de Boston. Shea McGuire trabajaba de jefe del equipo de mantenimiento de la

Universidad de Boston. Hacía poco le había encontrado un empleo a su hija, fregando los pasillos y quitando el polvo de las clases. A Patsy, como es natural, no le gustaba el trabajo y siempre se estaba quejando, pero no le hacía ascos al dinero. Solía fundirse la paga en un peregrinaje de bar universitario en bar universitario que efectuaba varias noches a la semana con un grupo de amigos que conservaba desde el colegio.

Aquella fría noche de invierno, Patsy dejó que Bertram («llámame Bert») alias Turk alias Rudy la invitara a una copa. Aquella chica no bebía cerveza ni vino. Le chiflaba el whisky. El whisky irlandés. Bushmill's, muchas gracias. Estupendo. En un vaso pequeño. Tal como lo bebía su padre. Y el padre de éste. Y el padre del padre de éste.

Bert le hizo unas cuantas bromas, le arrancó unas risas, le pagó otra copa, se sentó a su lado en aquel reservado estrecho, con los muslos y los hombros en contacto. Después llevó a cabo una jugada maestra al decirle a Patsy que era «muy interesante» y que si sabía de algún sitio donde pudieran tomar una taza de café y seguir charlando. Claro, dijo Patsy.

Acabaron en un restaurante de los que abren toda la noche situado en The Fenway, donde Bert alias Turk alias Rudy demostró que sabía hablar. Ya lo creo que sí; aquella noche le contó un cuento de los que hacen historia. Mucho más gordo de lo que Patsy podía afrontar, y eso que Patsy, aunque sólo tenía diecinueve años, los había oído de todos los colores. A las guapas suele pasarles.

A Bert le costó tres días (noches, en realidad) convencer a Patsy de que subiera a su habitación del hotel Lenox, en Boylston. Típico hotelucho de mala muerte cuyos días gloriosos han quedado muy atrás, no por eso dejó de impresionar a la joven Patsy McGuire. Al fin y al cabo, nunca antes había pasado una noche en un hotel. Y cuando Bert ordenó fresas y champán al servicio de habitación, casi se desmaya. Claro que en realidad no se desmayó. Patsy jamás había hecho algo así. Patsy se consideraba demasiado dura y experimentada para desmayarse. Pero estaba muy impresionada. Tanto que a mitad de la botella de champán se quitó la blusa. Poco después, sin embargo, perdió el sentido.

Fueron necesarias unas cuantas visitas más, pero al final Bert alias Turk alias Rudy le quitó a Patsy toda la ropa. No estaba precisamente sobria cuando él llevó a cabo aquella hazaña mágica. Delgada y fibrosa, como pronto sería su hija, Patsy había estado desnuda con chicos otras veces. Sin embargo, sólo se trataba de chicos. Bertram, como a ella le gustaba llamarlo, era un hombre.

Patsy y Bertram practicaron el sexo aquella noche. Sexo del bueno, la verdad, pese a los temores católicos de la chica. En realidad, practicaron el sexo cada noche de las siguientes catorce, exactamente el número de funciones que le quedaban a Bertram en Beantown. Después, la mañana siguiente a la decimocuarta, Bert alias Turk alias Rudy hizo las maletas y se largó del Lenox sin molestarse en decirle a Patsy ni una palabra. Se sintió un poco culpable, pero no demasiado. Además, la compañía tenía un contrato en la Gran Manzana. Rudy poseía una regla inviolable: jamás poner la vida personal por delante de la profesional. Si la gente, en especial del género femenino, se lo tomaba a mal, bueno, peor para ellos.

Patsy maldijo, gritó y pateó la pared cuando el chaval granujiento del mostrador de recepción le informó de que todos los actores habían pagado la cuenta aquella mañana. Ya era bastante malo que Bert se hubiese ido... pero marcharse sin despedirse siquiera lo convertía, a los ojos irlandeses de Patsy, en un cobarde asqueroso de la peor especie.

En fin, todo aquel sexo sin protección tuvo sus consecuencias. A finales de la primavera, cuando ya hacía más de tres meses que Rudy se había largado, el plano vientre de Patsy empezó a hincharse. No cabía duda al respecto: Bertram había volado de Beantown, pero había dejado un poco de él allí.

Shea McGuire echó a su hija de casa cuando ésta le dijo que estaba embarazada. Encima, para demostrarle a aquella «zorrilla» que Dios castiga a los pecadores, empleó sus influencias en el sindicato para que la despidieran del trabajo. Un acto poco gentil por parte de un padre, pero que quede dicho que Shea McGuire vivió aún dieciséis años y en todo ese tiempo no experimentó ni un solo día de paz. Sufrió de lo lindo por su actitud egoísta y mojigata.

¿Y adónde fue a parar Patsy? No con su madre, que había muerto de leucemia cuando ella sólo tenía once años. Ni a casa de sus tíos o de sus abuelos, que o bien estaban muertos o moribundos en el Viejo Continente, o bien adolecían del mismo sentimiento de superioridad moral que su papi.

No, Patsy sólo podía contar consigo misma. No obstante, era una chica fuerte e independiente, capaz de salir adelante. Encontró una pensión barata junto al río Charles, en Cambridge, encontró un trabajo limpiando aulas en Radcliffe y encontró una comadrona joven dispuesta a ayudarla con el embarazo a un precio razonable.

La pequeña Jane McGuire, bautizada así por su difunta abuela por parte de madre, llegó al mundo un día muy interesante: el 22 de noviembre de 1963.

Mamá Patsy llegó al Mass General, sintiendo contracciones con una frecuencia incesante, justo cuando por el hospital empezó a correr la voz de que habían disparado al presidente.

Alrededor de una hora más tarde, Walter Cronkite anunció solemnemente a la nación que el presidente John Fitzgerald Kennedy había muerto. Hizo el anuncio justo en el mismo instante en que Jane McGuire, quien diecisiete años más tarde se cambiaría el nombre por el de Clara Dare, llegó a un mundo que, en un instante, había cambiado para siempre.

John y Hillary

Muy poca gente conoce la historia del linaje de Clara. Ella prefiere la línea ancestral que se sacó de la manga tras cambiarse el apellido por el de Dare. Clara ha pasado la mayor parte de las últimas dos décadas tratando de enterrar su pasado.

Hancock conoce la mayor parte de la historia, aunque no toda. Queda un dato por aquí y un detalle por allá que Clara prefiere llevarse a la tumba. Sin embargo, su marido esta al corriente de la suficiente cantidad de secretos para respetarla aún más. Proceder de tan humildes orígenes, haber sido criada sin padre, no haber tenido la oportunidad de ir a la universidad... fueron obstáculos, bien lo sabe, ya de por sí difíciles de salvar. No obstante, haber llegado tan lejos y, además, haber sido capaz de asegurarse las cosas que realmente importan en la vida —buena salud, una familia estupenda, capacidad de riesgo—, son las cualidades por las que John ama a su esposa con una devoción absoluta e imperecedera.

A diario sufre por haberla engañado, años atrás, de manera tan brutal y premeditada. Y saber que sigue engañándola no hace sino acrecentar su dolor. Se trata de un problema para el cual no ve solución posible. Se ha convertido en la mayor cruz que se ve obligado a acarrear.

No obstante, en estos momentos, John tiene un problema más inmediato entre manos. Se encuentra de pie ante el intercomunicador de su despacho.

—¿Estás absolutamente segura de que dijo llamarse Fisher?

—Sí, señor —contesta Nicky—. Hillary Fisher.

—¿Y está en la puerta principal?

—Sí, señor. Decidida a verlo como sea.

John no tiene ni idea de por qué Hillary Fisher quiere verlo. Conoce a Hillary, desde luego, pero no muy bien. De los cócteles y cosas así. A Hancock no le cae mal, aunque siempre le ha parecido un poco mandona e hiperactiva. Nunca ha creído que la cuarta esposa de Leland llegara a ser la última.

—Será mejor que la hagas pasar a la sala —le indica a Nicky—. Enseguida bajo.

John apaga el intercomunicador. No puede dejar a Hillary ahí abajo. Sería de mala educación. No obstante, tendrá que deshacerse de ella cuanto antes. Debe marcharse dentro de poco para comer con su esposo.

Mientras tanto, al otro lado de la calle, Al *el Sabueso* Brown intenta apaciguar su acelerado corazón mientras manipula a velocidad de vértigo el obturador de su Nikon. Hace tan sólo unos minutos, sentado tras el volante de su monovolumen, escuchando la narración de Hancock de *El acuerdo*, el Sabueso ha estado a punto de quedarse dormido.

No porque no le gustase la historia, sino porque se ha pasado más de seis horas sin hacer prácticamente nada. Estaba aburrido. Por suerte, no echó una cabezada, porque de repente el gran Bentley azul giró por Pinckeney y aparcó en doble fila delante de la casa de Hancock. Al apenas dio crédito a sus ojos adormilados. Sobre todo cuando la esposa de su cliente se apeó, se alisó una falda de ante bastante corta y después, con su naricilla respingona apuntando al cielo, echó a andar decidida hacia la puerta principal de Hancock.

De los nervios, Al derramó el café.

—Mierda.

De inmediato, como un gato al acecho de una víctima desprevenida, cogió su Nikon, equipada con la lente de largo alcance de quinientos milímetros, y empezó a disparar. ¡Bum! ¡Bum! ¡Bum! Tres disparos antes de que el objetivo llegara a la verja. Tres más antes de que alcanzara la puerta principal. Dos más mientras Nicky abría la puerta. Media docena más mientras las dos mujeres hablaban, no muy amigablemente.

Ahora el resto del carrete, mientras la esposa del cliente aguarda allí, con expresión adusta y los brazos cruzados, es de suponer que aguardando a Hancock.

Sin embargo, cuando la puerta vuelve a abrirse, no es Hancock, sino la niñera otra vez. Hace pasar a la señora Fisher. El Sabueso toma una instantánea de ésta cruzando el umbral. La puerta se cierra. Con el corazón latiendo a mil por hora, Al vuelve a cargar. En este trabajo abundan las largas esperas, pero cuando empieza la acción es rápida y frenética.

Hillary Fisher taconea con sus caros Punchini negros en el parqué de la sala de Hancock. Hija única, siempre ha creído que el poderoso sol sale y se pone a sus pies. Pobres de aquellos hombres que, sin saberlo, entren en el torbellino de su mundo. Y, la verdad, no han sido pocos. Hillary hace mucho que se mueve con imprudente abandono por el Reino de la Sexualidad. Siempre, desde la adolescencia, ha disfrutado con el sexo. Sobre todo con el sexo rápido. Cuanto más rápido, mejor.

De joven, Hillary se sometía a un riguroso entrenamiento de gimnasia. Se le daban particularmente bien las barras asimétricas y los ejercicios de suelo. Ahora, a los treinta y tres, conserva muchos de sus mejores movimientos. Es baja (uno sesenta), delgada (cuarenta y cinco kilos), ágil y flexible. Perfecta para hacerlo en el asiento trasero de un Bentley.

Tap, tap... Mientras taconea con sus zapatos italianos hechos a mano, piensa en fumarse un cigarrillo. Necesita un cigarrillo. No, no lo necesita. Sí, lo necesita. No, no lo necesita. Sí. No. Claro que sí. Pero, maldita sea, no se lo va a fumar. Ni hablar. Lo dejó hace seis meses. Claro que un par de veces a la semana, fuma hasta hartarse. Como una chimenea. Media cajetilla de Winston en diez minutos. Después no prueba ni uno en una semana.

Leland es su segundo marido y, seguramente, no el último. Al primero, un constructor de Lexington, lo volvió loco de remate. Sin duda hará lo mismo con Leland. Ya le está pasando. Claro que Leland nunca debería haberla convertido en su esposa, para empezar. Se casó con ella porque por entonces, hace casi seis años, él tenía cuarenta y cuatro y ella sólo veintisiete. Dios, tanta juventud y energía debieron de deslumbrarlo. Además de un apetito sexual como él nunca antes había visto.

En este momento John Hancock baja por la escalera principal, no tan alegremente como de costumbre, atraviesa el vestíbulo y entra en la sala. Una estancia formal, llena de antigüedades fabricadas en arce que datan de mediados del siglo XVIII; la familia no suele usar la estancia excepto cuando tienen visitas.

—¡Hillary! —exclama en un tono amistoso, sobre todo para que lo oigan Sylvia y Nicky, que sin duda remolonean tras la puerta de la cocina—, ¡qué sorpresa tan agradable! ¿Qué tal estás? ¿Y cómo está Leland?

Hillary lo mira de mala manera pero, gracias a Dios, es lo bastante lista para participar de la pequeña comedia. Ella también tiene servicio doméstico y sabe que pueden hablar más de la cuenta.

—Muy bien —responde con una sonrisa falsa—, y Leland también está muy bien, gracias.

John, sin comprender por qué se muestra tan perturbada, sonríe.

—¿Y a qué debo el placer de esta inesperada visita?

Otra sonrisa.

—Oh, estaba por aquí cerca y se me ha ocurrido pasar a saludarte.

—Sí, bueno, muy amable de tu parte.

Charlan un poco de nimiedades. Hay cierta tensión. Sylvia, sin que se lo pidan, trae café. Se demora un momento, fulmina con la mirada, sólo un instante, a esa otra mujer y por fin se marcha.

John sirve el café. Mientras lo hace, Hillary atraviesa la habitación y sin molestarse en disimular cierra las puertas dobles que dan al vestíbulo. No lo hace de un portazo, pero cualquiera que estuviera tanto en la planta baja como en el primer piso captaría la idea.

John intenta calmarse y levanta una taza.

—¿Crema y azúcar?

Hillary lo mira de mala manera.

—Debo de haberte llamado diez veces durante la última hora. Esa maldita criada tuya no ha querido avisarte.

Ah, piensa John, por eso Sylvia parecía a punto de matarla. Sylvia es muy posesiva.

—Lo siento, Hillary. Es culpa mía. Tanto el ama de llaves como la niñera tienen órdenes estrictas de no molestarme cuando estoy trabajando. Escribir es un asunto delicado, ¿sabes? Hace falta intimidad.

A Hillary la tiene sin cuidado.

—Le he dicho que era importante.

«Todo el mundo le dice lo mismo», le habría contestado él, pero se calla por delicadeza. Hancock no tiene ni idea de por qué la señora Fisher está tan enfadada, pero supone que si espera el tiempo suficiente se lo dirá.

—Estoy seguro de que es muy importante —dice en tono compungido y sincero—. ¿Por qué no nos sentamos y me cuentas qué te tiene tan preocupada?

—No tengo ganas de sentarme.

John asiente.

—Vale, nos quedaremos de pie.

—Es Leland.

—¿Qué pasa con Leland?

—Creo que lo sabe. O al menos lo sospecha.

—¿Qué sospecha?

Hillary frunce el ceño.

—Se comporta de una manera rara. No me habla. No me toca. Por lo general no me quita esas manos gordezuelas de encima. Me soba tanto que me siento como una maldita fruta.

Es genial enterarse de esas cosas, piensa Hancock, pero dice:

—Quizás esté enfadado por algo.

La voz de Hillary se eleva otro octavo.

—Estoy segura de que sospecha algo, maldita sea. Eso es lo que intento decirte. Lo sabe.

—¿Sabe el qué?

—Oh, Dios, Hancok, no seas gilipollas. Sabe que te acuestas conmigo.

John está a punto de escupir el café que tiene en la boca. Entonces, en un instante de lucidez absoluta, ve claras dos cosas: Will debe de estar acostándose con Hillary y Leland debe de haberlo averiguado. ¡Dios! ¿En qué diablos está pensando Will para enredarse con la esposa de su editor?

—Maldita sea, Hancock, ¿me oyes?

John se las arregla para asentir y recobrar la compostura.

—Sí... sí... te he oído. Sólo estaba tratando de pensar.

—¡No tenemos tiempo de pensar!

John se dice que seguramente tendrá que romperle una pierna a Will. O algo peor. No puede creer que haya hecho una cosa tan estúpida y egoísta, y tan cerca de casa.

—Ahora escúchame un momento —le pide a Hillary—. ¿Qué crees que sabe Leland en realidad?

Hillary se encoge de hombros con impaciencia.

—No sé qué sabe exactamente, pero algo sabe. Además, ayer por la noche y esta mañana ha sacado tu nombre a colación sin venir a cuento.

—¿Mi nombre?

—Eso es. Tu nombre.

—Mala señal.

—Sí, mala señal.

John suspira.

—¿Y qué vamos a hacer?

Hillary cruza la habitación y se planta delante de Hancock. Le coge las partes íntimas y se las aprieta.

—¿Qué tal un polvete? Ayuda a aliviar la tensión.

John retrocede.

—Me parece que no, Hillary. No es el momento. Ni el lugar.

Una buena decisión por su parte, porque cualquiera que estuviese mirando por las ventanas de la sala vería a un tipo saliendo de un monovolumen cargado con una Nikon y una lente telescópica muy larga.

Sí, señor, el Sabueso se ha puesto en movimiento, con precaución, pero con la esperanza de hacerse con unas cuantas instantáneas de interior.

—Paparruchas —lo tienta Hillary.

—Venga, Hillary —dice Hancock, intentando tranquilizarla, esforzándose por mantener la situación bajo control—, es sólo que no creo que debamos hacer ninguna tontería.

—Te estás poniendo pesado, Hancock.

—Sólo soy realista. Lo más inteligente sería dejar que las cosas se enfríen... al menos por un tiempo. Darle a Leland la oportunidad de tranquilizarse.

Hillary suelta un suspiro largo y sonoro.

—Vale, dejaremos que las cosas se enfríen por un tiempo, si eso es lo que quieres. Pero primero tienes que follarme como nunca, aquí mismo, en este sofá tan cómodo.

—Hillary, en serio. Mis hijos pronto volverán del colegio. Por el amor de Dios, me siento en este sofá con mi mujer.

—Bueno, de repente nos volvemos quisquillosos. No te preocupaba tanto tu vida doméstica cuando me violaste en el asiento trasero del Bentley.

—¿Te violé? —Hancock empieza a comprender—. Es una forma curiosa de denominarlo. Quizá sea mejor que nos calmemos e intentemos ser razonables.

—Eso es absurdo, John. Ambos sabemos que no soy una mujer razonable.

John suspira con fuerza. Sabe lo importante que es manejar la situación con delicadeza. Un pequeño desliz y podrían surgir todo tipo de problemas, aún más insalvables. Desde luego, va a castrar a Will. En cuanto le ponga las manos encima.

—Me parece que deberíamos vernos más tarde —le dice.

—¿Cómo de tarde?

—Por la tarde.

—Ya es por la tarde.

—Lo sé, pero he quedado para comer con Leland a las dos.

—¿Para qué?

—Negocios, querida. Al fin y al cabo, es mi editor y corrector.

—Lo que tú digas. ¿A qué hora? ¿Y dónde?

—Pongamos a las cinco. En el centro. Delante de los jardines públicos.

—Te recogeré en el cruce de Commonwealth y Arlington. Justo delante de esa estatua grande de George Washington.

John piensa que ya casi la ha sacado de casa.

—A las cinco delante de la estatua.

Hillary da un paso y vuelve a apretarle las pelotas.

—No llegues tarde, chiquitín. Y no te olvides de traer esto.

John consigue esbozar una sonrisa mientras Hillary se vuelve, atraviesa la sala contoneándose y empuja las puertas con un ademán exagerado.

—Y, ejem —añade al salir al vestíbulo—, dale un gran beso a Leland de mi parte.

Al *el Sabueso* Brown, haciendo lo posible por parecer un turista cualquiera, ve que la esposa de su cliente sale majestuosamente por la puerta principal de Hancock. Sin la protección del monovolumen no puede empezar a disparar fotos sin más. Tiene que representar el papel. Ya no es un sórdido *paparazzo* ni Hillary Fisher una *femme fatale* famosa. Sin embargo, lleva mucho tiempo fotografiando gente. Se las arregla para hacer un par de fotos mientras ella vuelve a meterse en el Bentley aparcado en doble fila y acelera por aquella vieja calle de adoquines y asfalto.

John Hancock, de pie ante uno de los ventanales que van del suelo al techo de su sala, también mira partir el Bentley. Su mirada vaga por la plaza. Justo entonces, divisa al hombre al otro lado de la calle. El tipo con la cámara.

—¡Dios! —exclama, extrañado—. ¿Qué diablos es eso?

El tipo hace una foto al Bentley que se aleja a toda velocidad. Un instante después, se vuelve con indiferencia, como si aquel bonito sedán inglés no tuviese mayor interés para él. Hancock observa con los ojos entornados que el tipo cruza la plaza, se detiene ante la estatua de piedra de Cristóbal Colón, se queda mirando al viejo marino, encuentra el ángulo adecuado y le hace una foto.

John suspira. Sólo es un turista más. Los hay a montones en Beacon Hill en esta época del año. A veces piensa que debería trasladarse con su familia a las afueras. Quizás al campo. A la vieja granja próxima a Stockbridge.

Piensa en Will. Esta vez su hermano ha llegado demasiado lejos. Mucho más allá del límite. Ya es bastante malo que tenga líos de faldas cuando sale de viaje con Viajes de Aventura, pero este enredo ya es demasiado. Totalmente inaceptable.

John se aleja de la ventana. La penetrante mirada de Sylvia, que está de pie al final del vestíbulo, lo frena, pero no cree que pararse vaya a ser de mucha ayuda, de modo que finge no verla y sigue hasta su refugio del segundo piso.

La vida, piensa, se está complicando.

Rafe y Matilda

En este mismo instante, sentado frente a Matilda, la agente de viajes-tratante de caracolas-perforadora de orejas, Rafe no podría estar más de acuerdo.

—¿Te vas a Estados Unidos, eh? ¿Por negocios o por placer? ¿Cuánto tiempo te quedarás allí? ¿Necesitas un coche? ¿Reserva de hotel? ¿Te alojarás en la casa de algún amigo?

Y bla, bla, bla, bla, bla.

«Métete en tus asuntos, Tilly», querría decirle Rafe pero, como es lógico, se muerde la lengua. Sigue sonriendo y contando mentiras, que versan sobre todo acerca de su hermanastro, afincado en Nueva Jersey, que se está muriendo de una enfermedad rara; Rafe tiene que acudir cuanto antes para darle sangre o el pobre la palmará. Sabe que al anochecer todo Cayo Caulker estará al corriente del cuento de su hermanastro, pero algo tiene que decirle a la blanca.

Rafe no puede creer que Matilda viva allí en el trópico y siga tan blanca, la tía. Pura blancura. Como una maldita sábana de hotel. Como la maldita nieve. Rafe sólo ha visto la nieve en fotos, pero se la puede imaginar.

—Vale —dice ella sin desviar la mirada de la pantalla de su ordenador—, no puedo encontrarte nada para Nueva York hasta el jueves. Y los únicos asientos que quedan en ese vuelo son..., bueno, carísimos. Pero si esperas hasta la semana que viene puedo buscarte una tarifa con descuento.

—Imposible. No puedo esperar tanto. El pobre habrá muerto para entonces.

—Ya veo —dice Matilda, que no cree ni una palabra de toda esa historia de la enfermedad del hermanastro—. ¿Qué me dices de esto? Puedo conseguirte una plaza en el vuelo de mañana a Houston y un enlace con Chicago. El miércoles por la mañana vuelas a Nueva York. Y todo eso por la mitad de lo que pagarías en un vuelo directo.

—¿Cuánto?

—Seis cincuenta.

A Rafe le gusta cómo suena la cifra. Le quedará un buen fajo en el bolsillo.

—¿Y saldría mañana?

Matilda asiente.

—A última hora de la mañana.

Rafe se lo piensa durante unos diez segundos.

—Resérvalo.

Al instante, la mujer se pone a teclear.

—¿Cómo vas a pagar?

—En metálico.

Matilda mira a Rafe de soslayo. Lo sabe todo acerca de él. Sabe que es un vago, aunque es verdad que la mayoría de los que pueblan la isla lo son. Sobre todo los hombres. Parecen leones en la sabana: sólo salen para comer y fornicar. Éste no es mucho peor que el resto.

—Dime, Rafe, sé que tienes muchas preocupaciones, con tu hemanastro enfermo y todo eso, pero ¿te interesaría ganar algo de dinero?

—¿Ganar algo de dinero? ¿Cómo?

—No sería gran cosa. En realidad, sólo cargar con una bolsa más.

—¿Una bolsa más?

—Y bastante pequeña.

Dios, piensa Rafe, no es posible que esté oyendo esto. ¿Matilda pasando droga? ¿Quién se lo iba a imaginar?

Se inclina hacia adelante.

—¿De qué tamaño estamos hablando exactamente, cielo?

La mujer se encoge de hombros.

—Seguramente podrías llevarla en el bolsillo. Si no quisieras llevarla, podrías tragártela antes de pasar la aduana.

—O introducírmela por el recto.

Matilda sonríe.

—Lo que se te ocurra.

—¿Y qué gano yo?

—Cinco mil.

—No es mucho. Considerando el riesgo.

—Eh, si quieres llevar una bolsa grande con mucho riesgo, podría conseguirte veinticinco.

—¿Veinticinco de los grandes?

—Sin problemas.

—¿Te refieres a una bolsa grande, como una de mano?

—Exacto.

Rafe se lo piensa. Quince segundos.

—Mejor pruebo con la pequeña, por ser la primera vez. ¿Adónde he de llevarla?

—¿Has dicho que tu destino final es Nueva York?

Rafe hace un esfuerzo por recordar lo que le ha dicho.

—Nueva Jersey, en realidad.

—Bien. Nueva Jersey. La bolsa va allí cerca.

—¿Adónde?

—A Nueva York.

—¿Adónde de Nueva York?

—A un bonito refugio llamado hotel Ambassador.

—¿El hotel Ambassador?

—Eso es, Rafe, el Ambassador. Pero no te preocupes, te proporcionaré todos los detalles.

Rafe ya se siente nervioso sólo de pensar en pasar droga por la frontera. No es una idea fantástica pero, Dios, sin duda sabría qué hacer con la pasta. Sobre todo si el asunto con Hancock no cuaja. Echa un vistazo a Matilda y piensa que si esa mosquita muerta de pies descalzos es una traficante de droga, estamos apañados. Hay que ver en qué mundo vivimos.

En alguna parte al otro lado del Atlántico

Will Hancock, que viaja bajo el nombre de Thomas Young, charla con la bonita azafata del vuelo con destino a Miami.

—Oye —dice por encima del zumbido de los motores—, esta tarde salgo para las Bahamas. A una pequeña isla llamada Exuma. Hotel Paz y Abundancia. Un lugar precioso junto al mar. Si tienes un permiso, podrías pasar un par de días conmigo.

La bonita azafata sonríe. Ha tenido montones de ofertas como ésa en ocasiones anteriores.

—Sería muy agradable —dice—. ¿Podría llevar a mi marido y a mi hijo?

Will sonríe a su vez y se encoge de hombros.

—¿Cuántos años tiene tu hijo?

—Siete.

—Yo tengo dos —dice Will—. Uno de cinco y uno de seis.

—Bueno, en ese caso —contesta ella— no debería andar por ahí invitando a desconocidas a unas vacaciones exóticas.

—Tienes razón —admite él—, pero mi mujer y yo pasamos tanto tiempo separados que, ya sabes, me siento solo.

La azafata, que se llama Pam y a menudo se siente sola cuando está lejos de su familia, le aprieta el brazo.

—Ya lo sé. A veces la vida es una lata.

Will asiente. Es un hombre de treinta y nueve años que ha viajado en solitario por todo el mundo y ha pasado cientos de noches en hoteles extraños, pero que a menudo se siente tan abrumado por la soledad como si fuera un niño de ocho años en su primera noche fuera de casa, en el campamento.

Pam se hace a una lado para pasar por su lado por el pasillo.

—Es hora de volver al trabajo. —Le aprieta de nuevo el brazo—. Oiga, gracias por la invitación. Parece usted una buena persona. Llame a su esposa y dígale que la echa de menos.

A Will le gustaría hacerlo, pero, por supuesto, no puede. De modo que regresa a su asiento, lo echa hacia atrás y cierra los ojos.

Will Hancock es, básicamente, un solitario. Sin embargo, como les pasa a muchos solitarios, en el fondo no le gusta estar solo. Prefiere tener gente cerca, unos cuantos conocidos, gente con la que se sienta a salvo, de confianza. Cuando está por ahí, donde lo llevan sus obligaciones para con Viajes de Aventura, libra una dura batalla entre la indiferencia y la depresión, entre la libertad física y el cautiverio emocional. Vagabundea por todo el mundo, y lleva así muchos años. Sin prácticamente ninguna preocupación. Ninguna responsabilidad que ponga trabas a su vida. Nadie le va a preguntar dónde está o qué está haciendo. No tiene nadie a quien llamar. Nadie a quien rendir cuentas. Seis veces al año, mes sí y mes no, cuatro semanas en cada ocasión, Will es libre de ir y venir como le plazca. Nada ni nadie se interpone en su camino. Dinero a espuertas y tarjetas platino en la cartera. Viajes de negocio y de placer cada día de su vida. Pescar, hacer excursiones, esquiar; lo que le venga en gana.

Sin embargo, a menudo se siente desgraciado. Preferiría estar en casa, en Boston, haciendo el amor con su esposa, criando a sus hijos, escribiendo sus libros, remando en el Charles, pero este mes no le toca. Este mes de nuevo le ha llegado el turno de hacer el truco de la desaparición. Ni llamadas, ni cartas, ni siquiera una postal desde algún puerto lejano. Ninguna broma fácil a larga distancia con Clara. Nada de charlas rápidas con los niños: buenas noches, duerme bien y sueña con los angelitos. Ninguna comunicación en absoluto hasta que acabe el mes. Hasta que cumpla otro plazo de su sentencia de por vida. Hasta que pueda volver a interpretar el papel de John Hancock.

Will no se siente con fuerzas para volver a pasar por eso. Ha pasado por eso, y por debajo de eso, y por encima y por todos los lados más veces de las que quiere recordar. Así que se queda allí sentado, volando por encima del Atlántico, y deja que sus pensamientos se pierdan en el pasado. Un pasado que se está filtrando en el presente con gran rapidez.

El internado

Verano del 72. Sala de estar de la mansión colonial de Maple Street, Greenwich, Conneticut. Mamá y papá (Lenore y William) entraron en la habitación, apagaron la televisión y preguntaron a Will y a John qué les parecería ir a un internado a partir del otoño.

A John la idea le gustó de inmediato. Le pareció que sería una gran aventura. Will no demostró tanto entusiasmo. No le hacía ninguna gracia marcharse de casa. No quería separarse de su madre.

Sin embargo, John, con su entusiasmo, ganó la partida. Como siempre.

A Lenore se le había ocurrido la idea del internado tras concluir que su marido estaba obsesionado con los traslados (cinco en menos de siete años). Seguramente el desasosiego de William procedía de su turbulenta juventud, durante la cual había tenido que huir primero de los nazis y después de aquellos comunistas tramposos y paranoicos. Lenore decidió que tanto cambio de casa y de ciudad no era saludable para sus hijos. Necesitaban una vida más estable. Por eso, a pesar de que iba a echarlos muchísimo de menos, los matriculó en un internado de primera situado en las montañas Conneticut, a una hora más o menos de casa.

Cuando consiguió quedarse unos minutos a solas con su madre, Will le suplicó que lo dejara quedarse con ella. No quería ir. Lenore consoló a su hijo que, pese a ser sólo unos minutos menor, era mucho más necesitado de afecto e inseguro, y le prometió que lo visitaría cada fin de semana. Le dijo que sería divertido, instructivo y todo un reto para él. Después, una vez que lo hubo convencido, le dijo que fuera siempre él mismo y tomara sus propias decisiones. Sabía que John tendía a dominar la relación, a controlar las emociones y las actividades. John era el capitán y Will el subordinado.

Así, Will, a pesar de sus reparos, fue al internado. En realidad no había alternativa. Tenía que ir. Si se hubiera negado, si se hubiera quedado en casa, solo, John lo habría condenado al ostracismo, y no existía nada, ni siquiera la falta de su madre, peor que eso.

El terreno del colegio, pequeño y pintoresco, con los añosos robles y los edificios cubiertos de hiedra, rebosaba belleza y sensación de seguridad. Will y John tenían una habitación para ellos solos en el primer piso de uno de los pabellones.

La hiedra crecía al otro lado de la ventana, se colaba por las rendijas de los muros de piedra.

Will se sintió en casa al instante. Lenore se había asegurado de que se llevara todas sus cosas favoritas. Tenía sus libros preferidos en los estantes, sus pósters preferidos en las paredes, sus mantas y almohadas preferidas en la cama.

Además, tenía a su hermano. A todas horas. Cada día.

Aquel invierno, William Hancock viajó a Los Ángeles para vender paraguas. Allí casi nadie tenía paraguas, pero eso no lo disuadió. Si bien pasaba casi todas sus horas de vigilia tratando de incrementar su fortuna, jamás había perdido la pasión por las películas americanas. Cuando oyó que la Warner Bros estaba planteándose realizar una nueva versión de *Cantando bajo la lluvia* con Warren Beatty en el papel que antes hiciera Gene Kelly, William hizo la maleta, cogió varios de sus paraguas último modelo y puso rumbo al Oeste.

Se pasó más de una semana intentando colarse en la productora. Quería ofrecerles el uso gratuito de los paraguas Hancock en el rodaje de la película.

William Hancock era un vendedor de primera, pero, por mucho que lo intentó, fue en balde. No le importó. Nacido y criado en Berlín, uno de los lugares más deprimentes de la tierra, se enamoró de la soleada California y de su estilo de vida, sobre todo de aquel tiempo cálido y maravilloso. Allí, en Connecticut, el invierno se demoraba con saña fría y húmeda. En cambio, en Los Ángeles el sol brillaba todos los días y no había ni una nube en el cielo.

Llamó a su esposa.

—Haz las maletas, Lenny. Nos mudamos.

—¿Nos mudamos? ¿Adónde?

—A California.

—¡California! ¿Y los niños qué?

—¿Los niños? Diablos, no les pasará nada. Están en el colegio. Déjalos tranquilos. Pueden venir al Oeste para las vacaciones de Navidad y de verano.

En el internado, los hermanos Hancock seguían cosechando éxitos en sus estudios y en los deportes. No obstante, la principal competición, tanto en la clase como en el campo de juego, era la que mantenían entre sí.

A veces la competición era mucho más denodada de lo que nadie imaginaba. De cara al exterior, John y Will constituían un frente fuerte y unido. Cuando formaban equipo se complementaban a la perfección. Todo estaba claro a la hora de enfrentarse a un adversario común: los Hancock arremetían juntos con furia concentrada.

Pero ¿qué pasaba cuando se enfrentaban el uno al otro, cara a cara? ¿Qué sucedía entonces? Sin duda existía una rivalidad entre ellos, aunque se esforzaban por reprimirla. Parecían comprender instintivamente que su supervivencia dependía de la cooperación.

La adolescencia de ambos transcurrió sin que se produjeran más que unos cuantos enfrentamientos físicos. Sin embargo, durante el puente de Acción de Gracias del segundo año de secundaria, se enzarzaron en una lucha memorable, una batalla campal, una guerra de voluntades que sacó a la superficie años de sentimientos fraternos y amargos resentimientos profundamente arraigados.

Sus compañeros se habían ido a casa por vacaciones. En principio, John y Will tenían que viajar a California, pero a última hora su padre tuvo que marcharse a México por negocios y Lenore lo acompañó. De modo que, mal que le pesase, el director Masters permitió que los hermanos Hancock se quedaran en el colegio. Durante el primer par de días prevaleció la calma. Estudiaban, iban andando a la ciudad para comer e ir al cine y pasaban muchas horas en el gimnasio jugando al baloncesto.

Aquellos partidos, uno contra uno, invariablemente se volvían violentos. Abundaban los golpes y los empujones. Estaba claro que John tenía cierta ventaja: era más rápido y lanzaba mejor. Will, sin embargo, compensaba cualquier deficiencia con su deseo casi desesperado de ganar. Tenía la capacidad de encestar a fuerza de voluntad y la resistencia para jugar hasta que el otro caía agotado.

Aquel sábado por la mañana, John empezó con un juego rápido. Encestando con tiros libres y marcando a su hermano cada vez que intentaba acercarse. John ganó los dos primeros partidos casi sin dificultad.

Jugaron al menos durante tres horas. Sin parar. No se sentaban, ni se apoyaban contra la pared, ni siquiera se llevaban las manos a las rodillas. Un montón de pasiones en ebullición empezaban a burbujear lentamente en la superficie.

Jugaron diez partidos. John ganó seis y Will, a duras penas, consiguió la victoria en los otros cuatro, en ningún caso por más de tres puntos de diferencia. Aun así, pidió una oportunidad para igualar las cosas.

John se plantó a un lado de la cancha, con las manos en jarras, respirando con fuerza.

—Eso significa al menos dos partidos y otro más si tienes tanta suerte como para ganarlos.

—Sí, ¿y?

—Que ya tengo bastante. Estoy reventado. Si esto es una guerra de desgaste, supongo que has ganado.

—Maricón.

—No me llames maricón.

—Te llamo maricón, maricón, eres un maricón.

Los hermanos Hancock podrían haberse peleado allí mismo si el viejo Ernie, el bedel, no hubiera aparecido cojeando cargado con el mocho y el cubo. No querían que Ernie se enfadase; al fin y al cabo, él era quien les dejaba entrar en el gimnasio. Cogieron sus cosas y se dirigieron al dormitorio.

Con los nervios a flor de piel, el gran enfrentamiento llegó por la noche. Como sucede en la mayor parte de las peleas entre hermanos, aquélla no estalló por un problema puntual, sino por un montón de agravios acumulados desde Dios sabe cuándo. Una sola palabra dicha en un descuido podría haberla provocado. Un paso en falso. Un estornudo. Una tos. Una mirada de reojo.

Deberían haberlo pensado dos veces, pero después de cenar sacaron el tablero de backgammon. Más competición. Puesto que en el backgammon se usa un dado, la suerte desempeña un papel primordial y la victoria a menudo es arbitraria; pero si se juega la suficiente cantidad de partidas, el mejor jugador suele prevalecer. En este caso era Will. Su cerebro llevaba a cabo los sencillos cálculos con más rapidez y con una pizca más de precisión que el de su hermano. Jugaba con implacable abandono y a una velocidad increíble. A menudo movía antes de que el dado se detuviese del todo.

John no tenía más remedio que jugar más despacio, pero si se tomaba un segundo adicional para calcular el movimiento, Will se abalanzaba sobre él diciéndole que se diese prisa, que no perdiera tiempo.

Jugaron media docena de partidas. Will las ganó todas menos dos. A John, perder le hacía tan poca gracia como a su hermano; quería ganar a toda costa. ¿Haría trampas para ganar? Will lo creía muy capaz.

A mitad de la séptima partida sonó el teléfono del pasillo. Will fue a contestar, pensando que quizás fuera su madre, pero se habían equivocado de número.

—Un hombre —le dijo a John cuando volvió a la habitación—, preguntando por el Bar and Grill de Tony.

—Nunca he oído hablar de él.

—Yo tampoco.

Will cogió el dado y lo agitó mientras miraba el tablero. Entornó los ojos.

—Eh. Espera un momento. ¿Qué es eso?

—¿Qué es el qué?

—No tenías tantas fichas en la zona de casa.

—Ya lo creo que sí.

—Ya lo creo que no.

—¿Qué es lo que estás diciendo? —preguntó John—. ¿Que he hecho trampas?

—Estoy diciendo que has movido algunas fichas mientras yo no estaba.

—¿Estás diciendo que he hecho trampas?

—Llámalo como quieras. Está claro que has movido algunas fichas para tener ventaja.

—Eres un paranoico.

—No me llames paranoico.

—¿No? ¿Y qué vas a hacer? ¿Tirarme el dado?

Aquello bastó. Prendió la mecha de Will, que le dio un puñetazo a su hermano en la mandíbula. John contraatacó a toda velocidad, apartando el tablero de backgammon de una patada. Golpeó a su hermano en el pecho con la cabeza y lo arrojó contra la pared. Will tardó un momento en recuperarse. Levantó la pierna hacia su hermano, después el brazo y los dos quedaron estrechamente entrelazados. Al cabo de un momento, cuatro brazos y cuatro piernas se agitaban frenéticos por la habitación.

La rabia y la furia tardaron quince minutos en amainar. No está mal, la verdad. Meses, seguramente años de hostilidad reprimida y todo se apagó en sólo quince minutos. Aquel cuarto de hora, no obstante, se cobró víctimas. Will se hizo un esguince en la muñeca cuando falló un gancho y estampó el puño izquierdo contra la pared. John se lastimó la rodilla cuando la abatió contra el armazón de acero de la cama en lugar de darle a la caja torácica de su hermano. Pero, vistos los resultados, la habitación salió mucho peor parada que ellos. Las lámparas estaban tiradas por el suelo. Los escritorios habían sufrido graves daños, al igual que las cómodas, las camas y las mesillas de noche. Las puertas de los armarios presentaban agujeros del tamaño de un puño y los espejos, rotos, colgaban torcidos de las paredes.

Los hermanos Hancock tardaron varias horas en recuperar el dominio de sí mismos. En cuanto la batalla hubo terminado, se fueron cada uno por su lado (John de paseo por las calles oscuras, Will a la sala del televisor, donde se quedó mirando la pantalla sin imagen). Hacia medianoche, sin embargo, volvieron a encontrarse en el campo de batalla, ahora con una bandera de tregua.

Durante toda la noche y hasta bien entrada la mañana del domingo, estuvieron trabajando de firme para reparar los daños. Sabían que por la tarde los alumnos y los profesores empezarían a llegar de las vacaciones. Bajo ningún concepto querían que se enterasen de lo que había sucedido en la habitación 226 de Buckley Hall. No les importaban los daños materiales que había sufrido la habitación, era el perjuicio que sufriría la imagen de ambos lo que más les preocupaba, la mancha que aquel destrozo dejaría en su reputación. Nadie los consideraba malos chicos, ni violentos; y nadie, si podían evitarlo, lo haría jamás. Los hermanos Hancock eran una unidad, con un solo objetivo. El mundo exterior nunca vería entre ellos más que paz y armonía.

Así, John y Will se afanaron por limpiar toda la madera astillada y el cristal roto. Tiraron las sillas y las lámparas a los cubos de basura que había detrás del gimnasio.

Para el domingo al mediodía, la habitación aún tenía mejor aspecto que antes. Nadie supo nunca lo que había pasado. Nadie llegó a sospecharlo siquiera.

John y Leland

Will Hancok se mueve en el asiento cuando oye que se acercan a Miami. Cambia de posición y se frota el cuello. Recuerda muy bien aquella pelea en la habitación 226 de Buckley Hall. La pelea y el fingimiento posterior. Sabe, aunque lleva más de dos décadas perfeccionando el arte de la negación, que gran parte de su vida ha consistido en mentiras y disimulo. Todo el concepto de los hermanos Hancock ha sido una fachada, un truco de magia, humo y espejos.

John Hancock lleva años sin pensar en aquella pelea de la habitación 226. Claro que a John nunca se le ha dado muy bien desenterrar el pasado. Ya tiene bastante con el presente. Sobre todo últimamente. Le llueven problemas por todas partes. Problemas relacionados con Will. Con Hillary Fisher. Con Rodney Byrnes. Con Dicky Cosgrove.

Sin embargo, ahora no puede pararse a pensar en todo eso. Es casi la una y media. Hora de ir a buscar a Leland. De intentar apagar ese fuego.

De camino a la puerta, John le pide a Sylvia que le diga a Nicky que se asegure de que los niños estén en casa hacia las cuatro y media.

—Quiero llevarlos al parque.

—Y a ver el cachorro —le recuerda Sylvia—. Les prometió llevarlos a ver el nuevo cachorro.

—Sí, y el cachorro.

—No hay que olvidar. Cuado se tiene niños es muy importante no olvidar.

—No te preocupes, Sylvia. No se me olvidará.

John sale a Louisburg Square, se para y echa un vistazo alrededor. No ve a Al *el Sabueso* Brown sentado en su monovolumen, no sólo porque éste tiene cristales oscuros, sino porque Al se ha agachado y lo único que asoma por encima del volante es su coronilla.

John se encamina hacia el extremo de la plaza y gira a la izquierda por Mount Vernon. Al *el Sabueso* Brown no lo sigue. Ya sabe adónde se dirige Hancock. Su cliente le ha dado instrucciones de que se tome un descanso de dos horas para comer y reanude la vigilancia hacia las tres y media junto al Ristorante Toscano, a orillas del Charles.

Hancock gira a la derecha en Walnut y tuerce hacia Beacon. Se detiene un momento para mirar por el parque público de Boston y echa a andar colina arriba hacia el edificio de la legislatura. Justo pasada Joy Street llega a las oficinas de The Boston Press. Ese edificio de ladrillos diseñado por Charles Bulfinch ha albergado la editorial desde que el bisabuelo de Leland, Isaac Fisher, la fundara en 1899.

John entra en el vestíbulo. Abunda el cerezo tallado y el mármol, pero nada llama más la atención que los libros. Hay miles de ellos. Decenas de miles. Un ejemplar de todos los libros que The Boston Press ha publicado en sus cien años de historia se exhibe en las estanterías. Los libros de Hancock también están ahí. Los siete.

John asoma la cabeza en la oficina de la recepcionista, donde la anciana señora Tellison, de quien algunos dicen que ha ocupado ese puesto desde que Isaac dirigía la empresa, lee una novela de misterio mientras espera a que suene el teléfono.

—¡Hola, señora Tellison!

La mujer, canosa y diminuta, lo mira por encima de las gafas y bizquea.

—¿Sí?

John sabe que está sorda y medio ciega, pero también sabe que Leland es demasiado blandengue para pedirle que se retire.

—Soy Hancock.

La señora Tellison recibe la información, la procesa y por fin dice:

—Ah, sí, el joven John. ¿Cómo estás?

—Muy bien, señora Tellison. ¿Está Leland?

—¿Leland? Claro, Leland. El hijo. Está arriba. Lo llamaré.

—¡No se preocupe, señora Tellison! Yo subiré.

La anciana coge el teléfono, pero el joven John ya está a medio camino del primer tramo de las amplias escaleras de mármol. Sabe dónde está el despacho de Leland. Al fin y al cabo, ya hace veinte años que va por allí. Leland compró y publicó la primera novela de John y Will, *El blues del internado*, cuando ambos estudiaban el posgrado en Harvard.

El despacho de Leland es el mismo que su padre, su abuelo y su bisabuelo ocuparon antes que él. Aquellos otros Fisher, sin embargo, dirigían la empresa realmente. Eran editores en el verdadero sentido de la palabra y se implicaban en todos los aspectos del negocio, desde la compra de originales hasta la distribución. Cuando le tocó a Leland, las cosas empezaron a cambiar. A éste no le interesaba demasiado el negocio editorial; a decir verdad, ni siquiera le apetecía ganarse la vida. Leland, nacido con la consabida cuchara de plata en la boca, no tenía necesidad de preocuparse por cosas como la vocación. Su familia tenía dinero, y relaciones. Dichas relaciones le facilitaron la entrada en la Universidad de Harvard, donde se graduó el último de su promoción.

Tras tan memorable carrera académica, Leland pasó varios años jugando a ser bohemio. Vivió un tiempo en Greenwich Willage, se casó, tuvo un par de hijos, se divorció. Volvió a casarse. Tuvo otro hijo. Volvió a divorciarse. Entonces regresó a Boston y su padre lo puso a trabajar. Pasó un par de años echando una mano como editor adjunto y ayudante del director. Ni editó ni ayudó gran cosa, pero se ganó fama de gran juerguista en los locales de moda.

En 1983, Bernard Fisher empezó a sudar a mares, se puso de pie tras su gran escritorio de caoba, perdió el conocimiento, sufrió unas cuantas convulsiones y murió.

Leland, que por entonces tenía treinta y cuatro años y cuyas costumbres no habían mejorado, tuvo que cargar con la responsabilidad. Pero lo último que quería hacer era dirigir una editorial. Así, prácticamente lo primero que hizo al subir al poder fue poner en venta The Boston Press. Al cabo de pocos días le llovieron las ofertas de las grandes editoriales de Nueva York, Londres y Alemania. The Boston Press estaba en posesión de la fórmula mágica: rentabilidad y prestigio. Tenía una reputación intachable y un fondo excelente. Leland se lo tomó con calma y al final consiguió lo que quería: muchísimos millones, cierta autonomía en la adquisición de nuevo material y seguir ocupando el despacho familiar del segundo piso durante el resto de su vida laboral. El sentimiento de culpa, como reconocía ya entonces, lo habría llevado a la tumba antes de hora si no hubiera hecho lo posible por mantener el apellido en el negocio editorial.

Ahí llega Hancock, entrando sin llamar, alto y corpulento, con una sonrisa de oreja a oreja.

—¡Lee! ¿Cómo diablos estás?

Cruza la habitación en un par de zancadas y se abalanza hacia Hancock, aunque con buenas intenciones. Le estrecha a Leland la mano gordezuela, le aprieta el cuello, le frota la cabeza; hace casi de todo menos darle un beso en los labios.

El muy cabrón se guarda eso para Hillary, piensa Leland.

A continuación cotorrean un poco, una charla simpática aunque algo forzada.

—¿Cómo van las ventas? —pregunta Hancock.

—¿De *El acuerdo*?

—Sí.

—Bajando —contesta Leland—. Pero aún van bien. Podríamos darles otro empujón si quisieras hacer promoción. Televisión, radio y esas cosas.

Los Hancock no hacen giras promocionales. Es demasiado arriesgado. Con uno de los dos deambulando por el mundo cada cierto tiempo, no les hace ninguna falta que un montón de extraños los reconozca. Perjudica las ventas, pero tienen intereses más importantes. Al menos eso es lo que se dicen mutuamente cuando comentan la cuestión. En su interior, sin embargo, a ambos les gustaría poder hacer más cosas para promocionar su trabajo.

—Me parece que no, Lee.

—Ya sabía que dirías eso, pero no perdía nada por preguntar.

—No tiene nada de malo.

Leland se encoge de hombros.

—¿Cómo va el nuevo?

Por mucho que le cabree que Hancock se acueste con su mujer, el negocio es el negocio.

—Bajando —lo remeda John—, pero aún va bien. Podríamos darle un empujón si quisieras poner más pasta...

—Muy gracioso —lo interrumpe Leland, y se vuelve hacia la provisión de botellas alineadas en la pared de su gran despacho, donde destacan el escritorio de caoba y todo un arsenal de lujosos sofás y sillas con tapizado de piel.

—¿Quieres tomar algo? ¿Cerveza? ¿Whisky?

—Es un poco pronto, Lee. Una Coca-Cola si acaso. Pensaba que íbamos a salir a comer.

—Sí, pero he llamado tarde y no me han dado reserva hasta las tres.

—¿Dónde?

—En el Toscano.

—Dios, Leland, ¿es que no comes en otro sitio?

Leland frunce el ceño. No le gusta que se metan con él.

—Como en muchos sitios.

John se acerca al gran escritorio.

—Pidamos algo y comamos aquí. Ahora que el tiempo ha mejorado, hay demasiados turistas por ahí. Diablos, hace una hora había un tipo haciendo fotos a mi casa.

Leland entorna los ojos. Se pregunta si sería Al *el Sabueso* Brown.

—¿Fotos?

John asiente.

—Como si estuviera delante de la puta Casa Blanca o algo así. ¿Qué dices? ¿Comemos aquí?

—¿Aquí?

—Sí. Pedimos algo en Rebecca, ese sitio junto al Charles. Tienen una sopa y un marisco excelentes. Te encantará.

Leland trata de buscar alguna excusa por la que deberían salir a comer, pero es demasiado tarde. Hancock ya tiene el teléfono en la mano. Se sabe el número de memoria. Clara y él a menudo piden algo en Rebecca cuando Sylvia tiene la noche libre.

Leland se acerca al mueble bar y se sirve un saludable trago de Wild Turkey con hielo. Había decidido reducir la cantidad de bebida, pero en estos momentos espera que un par de copas le den valor para decir lo que hay que decir. Hace un rato ha llamado a Al *el Sabueso* y éste le ha dicho que Hillary ha pasado por casa de Hancock. No se ha quedado mucho rato pero, maldita sea, ha ido allí como si fuera lo más normal del mundo.

—Dios, Leland —dice Hancock al colgar el auricular tras hacer el pedido—, ¿whisky a las dos de la tarde? Ya no tenemos veinte años, amigo.

—A tomar por culo. ¿Qué quieres?

—No sé. Cerveza, si la tienes fría.

Leland saca una botella helada de Samuel Adams del pequeño frigorífico.

—¿Una jarra?

—No, gracias.

Leland le tiende la cerveza y vuelve al mueble bar para servirse otro trago.

John se acerca a la ventana situada frente al escritorio de Leland. Beacon Street y casi todo el parque público de Boston se extienden ante sus ojos.

—Tienes una vista acojonante desde aquí, Lee.

—Sí, no está mal. —Leland señala hacia el oeste—. En otoño, cuando ya han caído las hojas, puedes ver hasta los jardines públicos.

—¿En serio?

Leland asiente.

—¿Sabes la estatua de George Washington?

John le echa una mirada a Leland con el rabillo del ojo.

—Sí.

—Cuando caen las hojas, se ve desde aquí. Recuerdo una tarde de hace algunos años que estaba aquí sentado emborrachándome y, lo juro por Dios, el viejo George picó espuelas y su corcel y él salieron trotando. Derechos por la Commonwealth a luchar contra los casacas rojas. Aluciné.

John se ríe, aunque en realidad no le ve la gracia. Lo que ve es a sí mismo y a Hillary quedando para verse esa tarde junto a la estatua de George. ¿Es ésta la manera, no muy sutil, de decirle que está al corriente de su cita a las cinco?, se pregunta. ¿Ha pinchado Leland los teléfonos? ¿Ha puesto micros en la casa?

—George fue un general acojonante —comenta, porque no se le ocurre otra cosa— . Digan lo que digan los revisionistas.

Leland apura el vaso.

—Leí en alguna parte que era uno de los hombres más ricos del país cuando partió a luchar en la guerra.

John no puede creer que estén hablando tranquilamente del viejo George. No tiene ninguna duda: Leland sabe lo que está pasando. Nada le gustaría más a Hancock que llevar allí a Will y echarle la bronca al muy hijo de puta delante de Leland, pero sabe que no puede ser, así que toma un trago de cerveza y sigue con el juego.

—Es que en aquellos tiempos la gente creía en algo.

—Y una mierda —le espeta Leland—. Tal como yo lo veo, Washington debió de pensar que si dejaba fuera de combate al rey haría aún más pasta.

—No estarás insinuando que a George y a sus compinches continentales les impulsaba algo más que un sincero altruismo, ¿verdad, Lee?

Leland está otra vez de cara al bar.

—Estoy sugiriendo que el hombre es básicamente un mal bicho egocéntrico, interesado ante todo en su propia supervivencia y bienestar.

Bueno, piensa Hancock, allá vamos.

Leland se sirve otra dosis generosa de whisky.

—Míranos a nosotros, por ejemplo —dice, de espaldas a Hancock—. Nos utilizamos el uno al otro para conseguir lo que queremos. Si yo no tuviera lo que tú quieres y tú no tuvieras lo que yo quiero, ahora no estaríamos aquí manteniendo esta conversación. De hecho, no tendríamos la mínima relación.

—Claro que sí, Lee. Somos amigos. Lo somos desde hace casi dos décadas. Si no quisieras publicarme más, lo entendería. No daría saltos de alegría, pero me haría a la idea y seguiríamos siendo camaradas.

Leland se bebe casi la mitad del contenido del vaso.

—Y una mierda.

—Lee, hemos pasado muchos buenos ratos juntos. No sé tú, pero yo te considero uno de mis mejores amigos.

—Los amigos no se tiran a la esposa del otro.

John se queda como si nada. Se lo estaba esperando desde que Hillary le ha cogido las partes íntimas esa misma tarde. Exhibe su mejor expresión de perplejidad y pregunta:

—¿Qué has dicho?

—Ya me has oído.

—Sí, pero no te entiendo. ¿Me estás diciendo que me acuesto con Hillary?

—No me jodas, John. Sé que te estás tirando a Hillary.

—Ah, o sea que yo me estoy tirando a Hillary pero tú no te estás tirando a Clara.

Leland, desde luego, ha pensado en el enorme placer que le proporcionaría meterse en la cama con la señora Hancock, pero en este momento no quiere distracciones.

—Os he visto juntos.

Esto, como ya sabemos, no es del todo verdad. Leland sólo ha visto fotografías.

—¿Que has visto a quién? ¿Nos has visto a Hillary y a mí? ¿Y cuándo ha sido eso, Lee?

—Da igual cuándo.

—¿Me acusas de acostarme con tu mujer, te pregunto cuándo y dices que da igual?

—Reconócelo.

—No voy a reconocer algo que no es verdad.

—Eres un puto mentiroso.

—Caray, Lee, llevas esto muy mal. —John sabe que tiene una posibilidad y ahora es tan buen momento como cualquier otro—. ¿Sabes?, le dije a Hillary que fuese con cuidado contigo.

Leland fulmina a Hancock con la mirada.

—¿Qué significa que le dijiste que fuese con cuidado conmigo?

—Le dije que eras un cretino celoso y posesivo, y que si ella y yo empezábamos a quedar a escondidas te enterarías y armarías la de Dios.

—Bueno, pues tenías toda la razón: voy a armar la de Dios.

Tal vez el plan de John no funcione, pero es el único que tiene.

—¿Sí? ¿Y no te vas a sentir como un gilipollas cuando sepas a qué vienen tantas citas secretas?

—Ya sé a qué vienen. A que no eres capaz de guardarte tu condenada polla en los pantalones.

—Leland, con tanta imaginación, deberías ser tú el que escribiera novelas. Hillary y yo no nos acostamos.

Ni siquiera se nos ha pasado por la cabeza. No te ofendas, tío, pero la verdad es que tu mujer no me interesa mucho en ese sentido. O sea, es guapa y tal, pero..., bueno, diablos, no sé. No creo que fuera una buena idea. ¿Sabes lo que quiero decir?

Leland apura el tercer vaso de Wild Turkey y echa a Hancock una larga mirada de incredulidad. Tal vez no lo haya distraído, pero está absolutamente confuso.

—¿Qué me estás diciendo? ¿Que no te acuestas con mi mujer?

—Me temo que no, amigo. Desde el día en que me casé no me he acostado con ninguna mujer que no fuera mi preciosa esposa.

—Y entonces ¿qué diablos hacíais Hillary y tú escondiéndoos por ahí?

—Vale, Lee, ya veo que tendré que decírtelo. Tu mujer se va a enfadar de lo lindo, pero te lo diré de todas formas. Te lo diré porque salta a la vista que si no te va a dar un ataque. Así que...

—¡Calla de una vez y dímelo!

—Vale, vale. Cálmate.

—¡Cálmate tú!

—¿Se te ocurre qué fecha se acerca, Lee, este verano, dentro de, digamos, cuatro o cinco semanas, alrededor del Cuatro de Julio?

Leland sigue frunciendo el ceño, pero con menos fuerza. Mantiene la boca cerrada. No pronuncia palabra.

—Ya lo sabes —continúa John—, ¿verdad?

Leland no contesta, pero el ceño se desvanece. Decide no servirse otra copa.

—Exacto. El 8 de julio. Leland se estampa de cabeza en el cinco cero. Medio siglo. Cincuenta años. Sólo pasa una vez en la vida, Lee. Hillary y yo pensamos en organizarte una fiestecita. Los dos sabemos que te encantan las fiestas. Claro que si prefieres pensar que tengo una aventura con tu esposa, muy bien, adelante, no intentaré detenerte. Tómate un par de copas más, de paso. Conviértete en un borracho broncas, chiflado y paranoico. ¿A mí qué coño me importa? Para mí no es más que una forma de pasar la tarde.

A John se le acaba la cuerda, y cuando esto sucede se pregunta cuántas veces ha tenido que encubrir a su hermano Will. Demasiadas. Demasiadas putas veces. Está harto. Harto y cansado. Poner en peligro no sólo su relación personal y profesional con Leland, sino también su matrimonio, por el amor de Dios. El matrimonio de ambos. A su familia. Seguramente la cosa más importante del mundo para John. Su mujer y sus hijos. Clara se quedaría de piedra si se enterase de aquella grotesca infidelidad. De un modo u otro, John sabe que debe hablar con su hermano.

El teléfono del escritorio de Leland suena. Con la cabeza gacha, los labios apretados, se acerca y levanta el auricular.

—¿Sí, señora Tellison?

—Hay un chico aquí, de Rebecca.

—¿Rebecca?

A Leland se le ha olvidado la comida.

—El restaurante Rebecca.

—Ah, sí —dice Leland—. Hágalo subir.

Cuelga el auricular, titubea y por fin se vuelve hacia Hancock.

—Ha llegado la comida.

John se frota las manos.

—Es la mejor noticia que he oído hoy. Tengo un hambre canina.

De repente, sir Rodney también tiene un hambre canina. Tanta que se comería un caballo. Hace más o menos una hora tenía la sensación de que no podría volver a probar bocado en su vida. Fuera lo que fuese lo que ese maníaco le sopló en la boca y en la nariz ayer por la noche, le hizo fatal a su estómago. Por no hablar del resto de su cuerpo.

Hancock ha negado saber nada al respecto, pero sir Rodney no le ha creído ni por un instante. El lunático que llevaba la cara untada con porquería negra no paraba de hablar de Clara. Está claro que lo envió Hancock.

Ahora la cuestión es: ¿qué va a hacer sir Rodney al respecto?

Ya ha decidido que no va a llamar a la policía. No le han robado nada. En el apartamento todo está bien. Salvo, claro, el estropicio de la puerta. Rodney ya lo ha limpiado, por miedo a que los vecinos piensen que practica algún tipo de fetichismo sexual raro. Teme que si le dice a la policía, o a alguien, lo que ha pasado, crean que está como un cencerro.

Desde muy pequeño a Rodney le han enseñado, por encima de todo, a guardar las apariencias.

De modo que debe encargarse él de responder. De contraatacar. Tiene varias opciones. Podría contratar a alguien para que lastimara a Hancock, pero ¿a quién? Y ¿cuánto le costaría? Rodeny es bastante agarrado.

No, no va a contratar a nadie. Tendrá que ocuparse del asunto en persona, a su manera. Si reúne el valor para hacerlo.

Por desgracia para sir Rodney, como dirían los amigos aficionados al vudú que Will tiene en Haití, ahora es un «invisible». Su cuerpo tal vez esté vivo, pero su espíritu ha muerto.

Clara está cenando en Maxim's, seguramente el restaurante más famoso de París, quizá del mundo, aunque hace muchos años que los dueños dejaron de preocuparse por la calidad de la comida. La gente acudiría aunque sirvieran comida para perro. Lo importante, al fin y al cabo, no es la comida. Lo importante es el lugar. El ambiente. Que te vean en Maxim's. Que te reconozcan. Que susurren sobre ti en las mesas vecinas.

Sin duda ésas fueron las razones que llevaron a Clara a reservar una mesa para el grupo que ahora ha aumentado a siete, a saber: el séquito de cuatro personas que se ha traído de Londres; la directora de la Galerie Dare, Jeanette Boucher; el marido calvo de ésta y el hijo artista, Gerard, que ya lleva seis años pintando pero aún no ha dejado a nadie ver su trabajo. Gerard es un muchacho guapo y delicado con ojos azules y chispeantes y, piensa Clara, expresión torturada. Hace más de dos horas que están en Maxim's y Gerard apenas ha pronunciado palabra.

Clara no ha comido prácticamente nada: unos cuantos bocados de los espárragos y el queso feta del aperitivo y dos copas de un champán exquisito.

Quizá comiese más si Hancock estuviera allí; y los chicos. Los echa mucho de menos. Daría cualquier cosa por que Hancock se encontrara ahora a su lado. Riendo y apretándole el muslo por debajo de la mesa.

Haciendo bromas subidas de tono. Practicando su espantoso francés.

Clara echa la silla hacia atrás y sonríe a sus invitados.

—Enseguida vuelvo —les dice—. Por favor, pidan el postre o más vino o lo que quieran.

Se aleja majestuosamente caminando sobre sus tacones de aguja. Mientras cruza la sala muchas cabezas se vuelven para mirarla.

Clara va al tocador de señoras y llora un poco. No gran cosa, sólo unas cuantas lagrimillas. La combinación de la expresión torturada en la cara del joven Gerard Boucher y los miles de kilómetros que la separan de su familia ha hecho estragos. A ojos del mundo, Clara es la viva imagen de la fuerza y la determinación, pero por dentro es frágil, y de vez en cuando incluso tiene miedo.

Una hora más tarde está de nuevo en el Ritz. Una habitación amplia y maravillosa con vistas a la plaza Vendôme y a los inventos más opulentos de la sociedad de consumo: grandes bancos de mármol, joyas y perfumes exóticos, ropa de diseño, galerías de antigüedades raras y arte de alto nivel, incluida la galería Dare, situada en la Rue de la Paix, al otro lado de esa plaza octogonal.

Clara mira por la ventana las luces del ocaso mientras espera que alguien coja el teléfono. Por fin contesta Sylvia, desde la cocina. La cocinera charla con la señora Hancock unos instantes, pero enseguida les pasa el auricular a los niños, que revolotean y se pelean al saber que mamá está al teléfono. El pequeño John, un año mayor y más fuerte, mantiene el auricular lejos de su hermano. El pequeño Willy no pierde tiempo. Corre a la sala de estar y coge el supletorio. Los dos hablan a un tiempo.

—¡Mamá! Tendrías que haber estado en el cole hoy. Ha sido una pasada. Ha habido una alarma de incendio, pero no un simulacro, sino un incendio de verdad. ¡Con camiones y bomberos y todo!

—¿En serio? Contadme.

Clara escucha mientras los niños le hablan con todo detalle del humo, las sirenas y las llamas que salían de la cafetería. Se lo cuentan por turnos, y Clara los alienta con alguna exclamación de incredulidad de vez en cuando. Cuanto más hablan, mejor se siente ella. La tristeza empieza a disiparse.

—¿Han podido apagar el fuego? —pregunta por fin—. ¿Ha resultado alguien herido?

—No ha habido víctimas —responde John.

—Pero —señala Will— nos han dicho que mañana llevemos comida al colegio, porque la cafetería no funcionará.

Clara sonríe y dice:

—Sylvia siempre os prepara la comida.

—Ya lo sé, pero si no lo hiciera, tendría que hacerlo.

—En eso sí que tienes razón.

—¿Cuándo vuelves a casa? —quieren saber ambos.

—Muy pronto. Pero recordad, os vais a New Hampshire con la tía Linda un par de días.

—¿Cuándo?

—El miércoles por la mañana.

—¿Y hoy qué día es?

—Lunes por la noche.

—¿Y cuándo te vamos a ver? Hace siglos que te fuiste.

—Hace dos días.

—Eso son siglos.

Las lágrimas asoman a los ojos de mamá.

—Tienes razón —dice—, son siglos. Pero volveré antes de que podáis decir «tres tristes tigres comen trigo en un trigal».

—¡Tres tristes tigres comen trigo en un trigal!

—¡Tres tristes tigres comen trigo en un trigal!

—Vale, vale. Me daré prisa. Os lo prometo. ¿Ya habéis visto el cachorro? Papá dijo que hoy ibais a ver un cachorro.

—Iremos más tarde. Estamos esperando a que papá vuelva a casa y nos lleve.

—Un Golden retriever, ¿no?

—Golden retriever —dicen los niños por turnos—. Golden retriever. Golden retriever.

Más lágrimas corren por las mejillas de mamá, pero al menos, éstas también son de alegría.

Los niños anuncian que tienen que irse. Sylvia acaba de sacar del horno las galletas que estaba cocinando.

—Os quiero —les dice Clara, pero ya se han ido. Suspira y piensa que ya ha viajado bastante. Han sido suficientes compromisos, y contradicciones. Ha llegado la hora de sentar la cabeza. Quedarse en casa. Disfrutar de los niños.

No obstante, antes tiene algo que hacer en Nueva York. La nueva galería y todo lo demás que no puede esperar más.

Se pregunta si lo que planea hacer dentro de pocos días es lo correcto. Parece lo correcto, pero tal vez no lo sea. Quizás ocasione demasiadas complicaciones. Demasiados problemas añadidos.

No, se tranquiliza a sí misma, la tristeza le está haciendo flaquear. Tiene que seguir siendo fuerte y decidida.

De modo que, aunque es tarde, Clara se pone unas mallas azul plata, unas zapatillas de deporte azules y blancas último modelo y una sudadera de un rojo desteñido con la palabra NANTUCKET escrita en el pecho. Segundos más tarde sale de la habitación y recorre el pasillo a un trote ligero.

Encuentra el lujoso gimnasio del Ritz vacío salvo por la chica que le tiende una toalla y un lobo solitario de pelo largo que, en el rincón más alejado, trabaja en el banco de pesas. Al fin y al cabo, son casi las diez de la noche de un lunes.

Hace estiramientos, monta en la bici estática, camina en la cinta, patina en el simulador de esquí de fondo. Suda, su ritmo cardíaco aumenta. No es casual que Clara tenga el cuerpo de una chica de veinte años.

El lobo solitario de pelo largo anda por allí mientras ella está de pie frente a un enorme espejo acuclillándose muy despacio, hasta abajo, con un par de mancuernas de cuatro kilos. Clara lo mira por el espejo. Piensa que va a seguir andando sin siquiera molestarse en mirar en su dirección, pero en el último segundo el hombre vuelve la cabeza y su mirada va directa a las piernas de ella y sube después hasta su bonito trasero.

Los ojos de ambos se encuentran en el espejo. Una sonrisa se dibuja en la cara atractiva y sudorosa de él.

Ah, piensa Clara, eso está mejor. Otra mirada y cae en la cuenta. Dios, es el puto Brad Pitt. Seguro.

Se las arregla para devolverle la sonrisa. Él asiente, hace ese mohín con la boca que vuelve locas a las chicas, baja la cabeza y sale.

Clara no tiene ningunas ganas de estar con Brad Pitt ni con ningún hombre que no sea su marido. Aun así, le gusta que los hombres se fijen en ella, hacer que las cabezas se vuelvan y atrapar las miradas.

La juventud de Clara

El día que la nación enterró a JFK, Patsy McGuire se llevó a su recién nacida a casa. Su hogar era una vieja pensión situada en Dectur Street, en Cambridge, a medio camino entre el MIT y Harvard. Los residentes eran sobre todo universitarios procedentes de lugares como Irán, Ghana y Singapur. Todo un popurrí. El lugar ideal para que la señorita Jane McGuire pasara sus años de formación.

Muy pronto hubo árabes, africanos y asiáticos cuidando a la pequeña mientras su madre iba a trabajar o, a veces, a divertirse. Patsy, al fin y al cabo, también era una niña. La pequeña Janey creció oyendo una docena de lenguas distintas y música de todo el mundo. Comía cocina india, francesa, japonesa, chilena... todo eso cuando aún no había cumplido cinco años. Antes de llegar a los siete había asistido a clases de administración empresarial, derecho corporativo y biología molecular, algo que siempre ocurría cuando Patsy no llegaba a casa a tiempo y al estudiante a cargo de Jane le tocaba llevarse a ésta a clase. La pequeña se quedaba sentada en silencio en aquellas aulas frescas y bien iluminadas empapándose de las vibraciones y asimilando todos y cada uno de los estímulos que el mundo tenía para ofrecer.

Corrían los años sesenta. Abundaba el estampado de cachemira, las camisetas con motivos desteñidos y la hierba en el porche delantero de aquella pensión de Decatur. Patsy, aún una jovencita pese a su temprana maternidad, llevaba trenzas y fumaba marihuana. No hacía ningún esfuerzo por esconder a su hija nada de eso. Quizás el sexo, a veces, pero no siempre. Durante casi nueve años las dos compartieron habitación.

Patsy lo hizo lo mejor que pudo. Le enseñó a su hija lo básico, que persiguiera sus sueños y fuera en pos de sus fantasías, pero que no perdiera de vista la realidad, que contemplara el mundo con una mirada clara y honesta. Pásatelo bien, pero no olvides que lo más importante es sobrevivir y, por encima de todo, no te tragues el rollo de nadie. En particular de los hombres. Utilízalos y disfruta de ellos, pero no creas ni una palabra de lo que te digan. Son unos abusones y unos quejicas, y prácticamente hasta la última palabra que sale de su boca es una mentira como una casa.

Cuando Jane tenía nueve años, su madre y ella se mudaron a lo que en tiempos había sido una mansión victoriana, compartimentada con el fin de hacer sitio para la creciente población de estudiantes y profesores. Las McGuire tenían todo el apartamento del segundo piso para ellas solas. Los techos presentaban ángulos extraños, pero disponían de su propia cocina, su propio baño y un dormitorio para cada una.

Florence Baker vivía en el primero. Era una mujer de treinta y un años que ya se había licenciado en inglés y en filosofía, había hecho un curso de posgrado de religiones del mundo y se había doctorado en estudios medievales.

Cuando Patsy y Jane se trasladaron al piso de arriba, Florence estaba estudiando arte europeo del siglo XIX en la Universidad de Boston. Enseguida se encariñó de la niña alta y delgada de nueve años con la sonrisa tímida y los ojos azul verdoso. Cuidar de ella cuando volviera a casa del colegio, le dijo Florence a Patsy, no sería un problema, sino todo un placer.

Florence era pequeña, sencilla, estudiosa y muy inteligente. De inmediato se hizo cargo de la situación de las McGuire: comprendió que se le presentaba la oportunidad de hacer algo por los demás, tras lo mucho que ella había recibido.

Pocas semanas después de que las McGuire llegaran a la casa, Florence llevó a Jane al Museo de Arte Fogg, del campus de Harvard. Jane nunca había ido a un museo, salvo la tarde en que mamá y ella entraron en el museo de Historia Afroamericana de Boston Common para refugiarse de una tormenta. Florence llevó a Jane a la galería del primer piso, donde vio, por primera vez en su corta vida, el trabajo de Monet, Renoir, Gauguin, Van Gogh, Picasso, Cézanne...

Jane, la niña más alta de su clase, iba desplazando el peso de una pierna a otra mientras observaba aquellas pinturas. Después se volvió hacia Florence y le preguntó, en tono serio y grave:

—¿Las han pintado unos niños?

Florence, sorprendida, no atinó a responder de inmediato. Volvió a mirar aquellos famosos lienzos. Por fin, una sonrisa se dibujó en su cara, por lo general seria.

—Sí —contestó—, supongo que podríamos decir que los pintaron unos niños. Niños adultos. Niños mayores capaces aún de ver el mundo con la frescura y la inocencia de la niñez.

—No sé nada de todo eso —dijo Jane—, pero me gustan. Los remolinos de colores me obligan a seguirlos con los ojos y me hacen cosquillas en la punta de los dedos. Sobre todo ése.

Señaló el autorretrato de Vincent van Gogh dedicado a Paul Gauguin.

A lo largo de los años siguientes, Florence y Jane visitaron muchos museos juntas. De vez en cuando Patsy las acompañaba, pero estar ahí plantada mirando pinturas nunca había sido su diversión favorita. Sus intereses estaban en otra parte. Un chico divertido y formal, quizá con unos cuantos billetes en el banco, constituía su objetivo principal. Sin embargo, que Janey anduviera por ahí con Flo estaba bien; Patsy lo sabía. Estaba de maravilla. Por ella no quedaría. La niña necesitaba hasta el último respiro que pudieran darle. La vida no iba a ser un camino de rosas para ella.

El Museo de Bellas Artes de Boston era el favorito de Jane. Florence y ella pasaron muchas tardes juntas allí, contemplando algunas de las grandes obras de arte. También pasaron incontables horas hablando de las pinturas y de muchas otras cosas en el jardín japonés o en el patio del museo. Cuando Jane expresaba una opinión, Florence la escuchaba atentamente. Nadie había escuchado a Jane nunca antes. La niña fue ganando confianza en sí misma.

Viajaron juntas a otras ciudades para ver los trabajos de los grandes maestros del impresionismo y el postimpresionismo. Fueron en coche a Portland, a Worcester y a Providence. Incluso fueron a Nueva York, donde pasaron tres días maravillosos en el MOMA y en el Met de la Quinta Avenida.

Se alojaron en el opulento piso que los padres de Florence tenían en la Quinta Avenida. La joven Jane McGuire no daba crédito a sus ojos: las vistas de la ciudad; los grifos de oro en los baños; el tapiz chino de seda en la pared de la sala; las alfombras afganas cubriendo los suelos; la colcha bordada de cachemir extendida en la cama; los anaqueles repletos de vino francés; los armarios llenos de alimentos exóticos; el óleo de Degas en el estudio; el boceto de Picasso en la habitación principal.

Aquella magnífica visita a Manhattan fue el primer atisbo que tuvo Jane de la buena vida. Para una niña que vivía en una pensión sin absolutamente ninguna posesión a su nombre, resultó abrumadora.

Sin embargo, no tanto como para que Jane no lo asimilara todo, como para que no absorbiera, como siempre, hasta la última gota de estímulo.

Janey McGuire, a quien sólo le faltaban cinco años para cambiarse el nombre por el de Clara Dare, volvió a Boston en busca de más. Mucho más. La niña, la joven, de repente lo quería todo.

Hillary y los hermanos Hancock

Los Hancock bajan por Beacon Hill hasta donde el terreno se vuelve llano. Llegan a Charles Street. Hancock empieza a cruzar pero John Jr. y el pequeño Will lo llaman.

—¡Eh, papá, espera! Tenemos que darnos la mano. Mamá dice que nunca crucemos la calle sin darnos la mano.

John padre vuelve al bordillo.

—Lo siento, chicos, estaba despistado. Mamá tiene toda la razón.

Coge a John Jr. de la mano izquierda y a Will de la derecha y cruza primero Charles Street y luego Beacon Street. Última hora de la tarde. Las cinco. Hay muchísimo tráfico. La gente sale de trabajar. Quieren llegar a casa.

Entre los árboles y los arbustos floridos de los jardines públicos, el ruido del tráfico cesa. Los niños echan a correr hacia la estatua de bronce de la señora Mallard y sus ocho patitos. Papá los guía hacia el principio del puente, sobre el lago, donde un centenar más de patos, gansos y cisnes nadan, gritan y graznan.

Los niños, como es natural, se paran en mitad del puente, se cogen a la barandilla, escupen al agua y miran las ondas.

—¿Por qué un escupitajo tan pequeño hace esos círculos tan grandes? —quieren saber.

—Porque vosotros queréis que los haga —responde papá.

Ellos se lo creen como si fuera el Evangelio y siguen a papá hacia el otro lado del puente igual que un par de apóstoles.

La enorme estatua ecuestre del general Washington se yergue un poco más adelante. Al verla, los dos discípulos echan a correr, se pegan a la verja de hierro que protege la base y se quedan mirando con la boca abierta a ese general inmenso y poderoso a lomos de su gallardo corcel.

John mira alrededor buscando el Bentley. No cuesta mucho distinguirlo allí, en Arlington Street, entre los Honda Civic y los Dodge Neon. Hillary ha aparcado el enorme vehículo inglés en un sitio prohibido, justo delante de la estatua. John la ve al volante, buscándolo con los ojos entornados. Parece irritada. ¿Y por qué no? Al fin y al cabo, pasan casi seis minutos de las cinco. El segundo nombre de Hillary, por lo que ha observado Hancock, bien podría ser Puntualidad.

La mujer lo ve, baja la ventanilla, saca la mano y le hace señas.

Hancock finge que acaba de verla. La saluda a su vez y se vuelve hacia sus hijos.

—Mirad, chicos, es la señora Fisher. Ya sabéis, la esposa de Leland. Acerquémonos a saludarla.

Allá van todos, directos al Bentley. Ninguno de esos dos niños tiene una pizca de tímido.

—Guau —dice John Jr.—, vaya coche.

—Sí —dice Willy—. ¿Podemos dar una vuelta?

Y eso hacen, los cuatro. Hillary supone que es el único modo de tener a Hancock en el coche. Los chicos suben en la parte de atrás, que está oscura como boca de lobo. Hancock se monta delante. Hillary acelera para separarse del bordillo, baja disparada por Arlington, gira a toda velocidad y remonta por Boylston.

El ceño de su frente y su intento de convertir el gran Bentley en un Ferrari dicen a las claras que no era eso exactamente lo que tenía pensado cuando quedaron para la tarde.

—¿Y qué? —le pregunta Hancock—. ¿Dónde están tus hijas esta tarde?

Hillary lo fulmina con la mirada y mascullа:

—Lo has hecho a propósito.

—Oye, cariño, escucha, tengo hijos. Puedes verlos por el espejo retrovisor. Cada tarde, después del colegio, hacemos algo juntos. Es parte del ritual diario. Hoy estamos dando un paseo con la señora Fisher. Más tarde vamos a mirar cachorros.

—Qué curioso.

Hillary echa un vistazo al espejo. Los niños Hancock están arrodillados en el gran asiento y miran por la ventanilla trasera. Saludan, como hacen los niños, al hombre que conduce el monovolumen de detrás; resulta que es Al *el Sabueso* Brown. Al se ha quedado un poco perdido cuando el señor Fisher y Hancock no se han presentado en el Ristorante Toscano, pero media hora después ha recuperado la pista, cuando Hancock ha salido de su casa con sus hijos y ha ido andando a los jardines públicos. Ha aparcado a un lado de la calle y ha vigilado a Hancock con los binoculares, así que cuando el trío ha subido al gran Bentley azul, ya lo tenía todo bajo control.

El Sabueso hace lo posible por hacer caso omiso de las señas que le dirigen los niños, pero ellos insisten durante tanto tiempo y con tanta determinación que al final les devuelve el saludo. Se siente como un idiota. Dios, las cosas que tengo que hacer para meterme unos pavos en el bolsillo, piensa.

Hillary se ve obligada a admitir, al menos para sí, que los hijos de Hancock son monos, pero aún está picada con el padre por haberlos llevado con él.

—Podrías haberme dicho que vendrías acompañado cuando me pediste que quedáramos a las cinco.

Al menos, piensa Hancok, no levanta la voz. De todos modos, está seguro de que sus hijos no pueden oírla, y si oyen algo, no tendrá ningún sentido para ellos.

—Entonces no sabía lo que sé ahora.

—¿Y qué sabes ahora?

—Tenías razón. Leland lo sabe. En la comida ha ido directo al grano y me ha acusado de tener un... un..., ya sabes, un asunto contigo.

La noticia extrae casi del todo el veneno de la voz de Hillary.

—¿Lo dices en broma?

John sacude la cabeza.

—Ojalá.

—¿Y qué le has dicho?

—Le he dicho que está loco.

—¿Y qué ha dicho él?

—Ha dicho que sabía que nos estábamos viendo.

—¿Y qué has contestado tú?

—He dicho que sí, que tú y yo nos habíamos visto de vez en cuando.

—No le has dicho eso.

—Sí que se lo he dicho.

—Dios mío, Hancock, ¿por qué has hecho eso?

—Le he dicho que tú y yo estábamos viéndonos para preparar la fiesta de su cumpleaños. También le he dicho que tú te enfadarías conmigo por haberme ido de la lengua, así que ya sabes el papel que has de representar si saca el tema.

—Guau —murmura Hillary—. Preparando la juerga de su cumpleaños. Eres de reflejos rápidos, Hancock, eso hay que reconocerlo. ¿Y qué ha dicho él?

—No gran cosa, la verdad. Pero a nadie le hace gracia pensar que su amigo se la está pegando con su mujer. Dale una explicación y se agarrará a ella como a un clavo ardiendo.

—Entonces, ¿te parece que te ha creído?

Por fin, piensa Hancock, el desenlace. Se encoge de hombros.

—Creo que será mejor dejar que se enfríen las cosas, Hillary, eso es lo que pienso. Piensa en lo que hemos hecho y a partir de ahí. O sea, tú tienes un marido e hijos... —Hancock vuelve los ojos hacia John Jr. y el pequeño Willy, que siguen saludando al tipo del monovolumen—. Yo tengo mujer y dos chicos estupendos. No podemos seguir con esto. Es mucho lo que hay en juego. Podríamos herir a demasiadas personas.

Hillary no es idiota. Lo que dice Hancock tiene lógica. Sabe que está en lo cierto, pero aun así no le gusta que la dejen.

—¿Y qué me estás diciendo?

«Te estoy diciendo —querría decir Hancock— que la próxima vez que vea a tu amante le voy a romper varios dientes.» En cambio, dice:

—Sólo que creo que deberíamos pensarnos muy mucho lo que estamos haciendo.

—Sólo tenemos una aventurilla, Hancock. No es como si estuviéramos pensando en deshacer nuestras familias y fugarnos a Tumbuctú.

—¿Me harías el favor de bajar la voz?

Hancock echa un vistazo a los niños.

—Entonces, ¿estás diciendo que no quieres hacerlo más?

John tiene que reprimir unas cuantas réplicas sarcásticas.

—No es que no quiera, pero creo sinceramente que debemos ser razonables al respecto.

No obstante, como Hillary le ha recordado antes, ella no es una mujer razonable. De repente se coloca junto al bordillo y clava los frenos. Los niños se estampan contra el asiento de delante.

—¡Vete a tomar por culo, Hancock! Eres un cagado de mierda. ¡Sal de mi puto coche!

Hancock ya ha salido. Ya ha abierto la portezuela trasera y se está asegurando de que John Jr. y Willy capeen el temporal. No les ha pasado nada. Están de pie y preguntándose qué ha pasado.

—Nada —responde Hancock—. Un perro ha cruzado corriendo y la señora Fisher ha tenido que frenar.

Los niños bajan del coche.

—Pero —pregunta Willy—, ¿no ha dicho una palabrota?

—Sí —contesta Hancock—, pero sólo porque el perro que ha salido corriendo la ha asustado, por eso se le ha escapado.

Los dos niños miran alrededor buscando el perro.

—¿Está bien el perro? No lo hemos atropellado ni nada, ¿verdad?

—No, el perro está bien —les dice papá—.Venga, vamos. La señora Fisher tiene otras cosas que hacer. Iremos andando desde aquí. —Cierra la portezuela trasera—. Decidle adiós a la señora Fisher.

Los niños agitan la mano.

Hillary aprieta el acelerador y, entre olor a goma quemada, se aleja.

A media manzana de allí, Al *el Sabueso* Brown observa la escena con los ojos como platos. No sabe qué hacer. Adónde ir o a quién seguir. Piensa que quizá ya ha tenido bastante por un día. Sentarse delante del televisor con unas cuantas cervezas le parece un plan estupendo.

Hancock mira alrededor para orientarse. Ve que están cerca de Massachusetts Avenue, no muy lejos de Symphony Hall. A sólo quince minutos de Gloucester Street, donde tenían que ir a ver los cachorros.

—¡Venga, chicos! —dice—. Es la hora del Golden retriever.

—¡Golden retriever! —entonan los niños—. ¡Golden retriever! ¡Golden retriever!

Echan a andar. Hancock piensa que la escena con la señora Fisher podría haber sido peor. Mucho peor. En realidad ha ido bastante bien, aunque sabe que seguramente la cosa no acaba ahí. Las relaciones sexuales rara vez terminan así como así.

No es la primera vez que Will hace ese tipo de cosas. La última, John se juró que si Will volvía a hacerlo, si alguna vez ponía la relación con Clara en peligro, rodarían cabezas. Ni en sueños puede tolerar esta clase de amenazas a su vida doméstica.

Las Bahamas

El pequeño avión de Bahamas Air sobrevuela las cristalinas aguas de color turquesa en dirección a Exuma. Por la ventanilla ovalada, Will ve la sombra del aparato.

Preguntadle a Will y os dirá que nunca debería haberse liado con Hillary Fisher. Ése es el problema: sabía que no debía, pero siguió adelante y lo hizo de todos modos. Por unos minutos de placer lo puso todo en peligro. Lo mismo cabe decir del truco de magia que le hizo a Rodney Byrnes: si hubiera soplado una pizca de polvo vudú de más, el pomposo inglés quizá la hubiese palmado. Está claro que el regulador moral de Will se ha escacharrado. No funciona. El hombre ahora vive según sus impulsos. Will se queda mirando por esa ventanilla de plástico cubierta de arañazos, el mundo que se abre abajo, esa extensión de mar sin fin. A lo largo de sus muchos desplazamientos para Viajes de Aventura durante los últimos doce años, William Hancock ha buscado lugares tan aislados como los cayos de las Bahamas. Lugares donde pudiera estar solo con su caña de pescar, sus botas de montaña, sus esquíes de fondo o su kayak. Lugares donde le fuera posible afinar sus destrezas y concentrarse sólo en el momento presente. Lugares donde pudiera vaciar la mente y apaciguar su corazón dolorido.

Will sabe que su vida está íntimamente unida a la de John. La estratagema que llevaron a cabo en Cayo

Caulker en el 82 tal vez los separase físicamente, pero en muchos sentidos los ató aún más en el plano emocional. Tras eso, no tuvieron más remedio que convertirse en un solo personaje. Un personaje, sin embargo, con un aire mucho más parecido al de John que al de Will. Sentado en aquel avión, suspendido sobre la tierra, de pronto asalta a Will toda la furia del pasado. Dos vidas, que se van plegando la una sobre la otra eterna e inexorablemente...

MÁS HISTORIAS DEL PASADO

Cada cual por su cuenta

Caribe oriental. Finales de diciembre de 1982. Will miraba desde el barco de Rafe cómo John avanzaba con dificultad entre las olas. Llegó a la orilla corriendo y no miró atrás.

Rafe, ansioso por evitar la patrulla costera mexicana, hizo girar la embarcación hacia el sur y aceleró. Era la última vez que John y Will serían vistos juntos en público.

Sin embargo, los días siguientes habría mucho que hacer. Muchos laberintos mentales. Muchos torbellinos emocionales. Muchas mentiras que contar. Una y otra vez.

Sentado a proa, Will pensaba en su hermano y en aquel maldito pasaporte. No podía evitar preguntarse por qué John había dejado su pasaporte y lo había obligado a cambiar de identidad.

John hizo exactamente lo que Rafe le había dicho: se dirigió hacia el norte. Durante gran parte de la hora siguiente estuvo caminando sobre arena fina, avanzando rápido pero no demasiado, sólo a buen paso, para no agotarse; pues, pese a lo que le había dicho Rafe, no tenía ni idea de dónde estaba o de cuánto tendría que viajar. Con todo el tiempo del mundo para llegar a Houston, suponía que bien podía hacer el camino andando, si era necesario.

El sol ascendía en lo alto. Empezó a picar y se hizo abrasador. John se quitó la ropa y se quedó en bañador. Cada media hora más o menos se daba un chapuzón en el Caribe. Haciendo el muerto y dejando volar la imaginación, se imaginaba cuánto tardaría en llegar nadando a Estados Unidos.

A última hora de la tarde llegó a la ciudad costera de Majahual. Desde allí fue en autostop hasta Chetumal, en un camión que transportaba pollos vivos. El camión entró en la plaza del pueblo poco después del ocaso.

Los temores abrumaban a John. Se hallaba en un lugar extraño, con muy poco dinero en el bolsillo y cuatro palabras de español en la cabeza. Y solo. Su hermano, por primera vez en su vida, no se encontraba a su lado. Pese a todo, John Hancock se sentía vivo. Repleto de energía. Con los nervios a flor de piel y la adrenalina fluyendo por sus venas.

En el restaurante El Vaticano tomó una comida barata pero sabrosa que consistió en almejas asadas y tortillas de maíz. Por menos de dos pavos encontró una cama con las sábanas casi limpias en el hostal juvenil, al norte de Obregón.

John Hancock durmió como un niño.

A los habitantes de Cayo Caulker, adormilados por el cálido aire tropical, siempre les han encantado los desastres marinos. Proporciona a sus vidas, por lo general anodinas y predecibles, un toque de emoción. El asunto de los Hancock no fue una excepción.

Pocos minutos después de que Will y Rafe llegaran al muelle de la ciudad e informaran del problema, se formó una patrulla de búsqueda. Una hora más tarde, cuatro barcos y una docena de buceadores habían llegado al supuesto lugar del accidente y estaban buscando por las cavernas submarinas. Otros doce hombres aproximadamente se quedaron en los barcos para prestarles apoyo. Nadie dudó ni por un instante de la historia que contó Will Hancock. ¿Por qué iban a dudar? Al fin y al cabo, se trataba de dos hermanos, gemelos para más señas. Toda la isla los había visto juntos. El juego sucio no les cabía en la cabeza. Will incluso relató el encuentro con el enorme tiburón martillo del día anterior. Varios submarinistas asintieron al oír la información. Hacía poco ellos también habían visto tiburones grandes acechando al otro lado del arrecife.

La búsqueda prosiguió durante toda la tarde y parte de la noche. La red de cavernas era muy amplia. Los submarinistas rastrearon la zona despacio, a conciencia. Pronto convinieron en que el gemelo debía de haberse desorientado bajo el agua y, tras perderse, se había quedado sin aire y se había ahogado. No existía otra explicación posible. Los submarinistas sólo estaban allí buscando el cadáver, con la esperanza de encontrarlo y sacarlo para darle un funeral digno.

Como es lógico, no encontraron el cadáver. Al caer la noche, el equipo de rescate se rindió y volvió al pueblo. Will, el afligido hermano, les dio las gracias a todos por haberlo intentado. Varios submarinistas le aseguraron que reanudarían la búsqueda por la mañana.

Aquella noche, a diferencia de su hermano, Will Hancock no durmió como un niño. De hecho, apenas pegó ojo.

John Hancock, en el papel del presunto difunto Will Hancock, se despertó al alba sin saber muy bien dónde estaba. Miró instintivamente alrededor buscando a su hermano. Fue entonces cuando recordó el plan.

Tomó un autocar atestado que escupía humo a borbotones con dirección a Villahermosa y diversos pueblos del oeste. El vehículo nunca parecía sobrepasar los treinta kilómetros por hora. En Catazajá, al oeste del río San Pedro, se estropeó. Primero el chófer afirmó que estaría reparado en una hora, después que en dos y por último que habría que esperar a la mañana siguiente.

John encontró un hotel barato en las afueras del pueblo. La habitación estaba sucia y llena de cucarachas muertas. Abajo, en el polvoriento comedor, tomó arroz con judías y tortas de maíz. La comida era rancia y no sabía a nada; la cerveza caliente no le quitó la sed.

En suma, aquel segundo día de libertad no había resultado un éxito precisamente, pero a John le importaba un comino. Su padre le había enseñado que nunca había que dar explicaciones ni quejarse; sólo seguir adelante con todas las fuerzas.

Durante todo el día siguiente los submarinistas estuvieron buscando al Hancock desaparecido. Will empezaba a sentirse un poco culpable por robarles tanto tiempo.

—No te preocupes —le dijo Rafe—. No tienen nada mejor que hacer.

Will suspiró. Se preguntó dónde se encontraría su hermano y qué estaría haciendo.

Por fin, a última hora de la tarde, la flotilla de barquitas abandonó la búsqueda. Will soltó un suspiro de alivio. Se fue derechito a la habitación de la pensión, donde permaneció recluido hasta la mañana siguiente.

Por la mañana, John cogió un viejo autocar diésel que se dirigía por la costa hacia Veracruz. El vehículo se paraba en cada cruce de la carretera, pero él apenas reparó en la lentitud de la marcha. Se sentía como si el tiempo fuera suyo. Se acomodó en la última fila con una botella grande de cerveza y se hizo amigo de todos los que se sentaron junto a él. Les enseñó a dos adolescentes a decir, despacio pero en un inglés perfecto: «Quiero vivir en Estados Unidos y convertirme en un millonario gordo y vago.»

Compartió la cerveza con un hombre mayor con pinta de haber vivido mucho, quien le dijo, en una mezcla de inglés y español, que en Veracruz estaban las putas más feas del mundo, aquejadas de una enfermedad venérea que hacía que la polla se te pudriera y cayese.

La tercera tarde tras la desaparición de su hermano, Will Hancock tuvo que declarar ante dos hombres que llegaron a Cayo Caulker procedentes de Belice. Uno era un funcionario del gobierno, el otro una especie de agente de la ley. Como Will técnicamente era John, tuvo que explicar con cierto detalle su propia muerte a los dos agentes. Los primeros minutos se sintió terriblemente incómodo en el papel, pero pronto sus increíbles aptitudes para contar historias se impusieron. Utilizó su capacidad narrativa para dibujar una vívida estampa submarina en honor de aquellos dos tipos sombríos con los trajes mojados de sudor. Se aseguró de mencionar el tiburón.

Los hombres escucharon, asintieron y tomaron algunas notas. Sobrios y formales, ninguno de ambos lo acompañó en el sentimiento ni antes, ni durante, ni después de la declaración de Will. Cuando se fueron, Will se preguntó en voz alta si habrían creído su historia.

—Claro que se la han creído —lo tranquilizó Rafe—. La has contado emocionado y sin titubear. Además, a esos pavos les importa un carajo. Sólo es mierda burocrática. Formularios que rellenar. Otro gringo se ahoga en el mar. ¿Y qué? ¿A quién le importa? Ha estado bien que les hablaras del tiburón martillo. Lo pondrán en el informe y a nadie le extrañará que el cuerpo no aparezca.

Will asintió. Así eran las cosas: la gente supondría que se lo había comido un tiburón. Vaya final.

Quería marcharse de la isla. Quería hacer las maletas y volver a casa en aquel mismo instante. No obstante, tenía que seguir el plan, y éste requería que se quedara en Cayo Caulker otras veinticuatro horas, por si aparecía el cadáver de su hermano. Quedaría raro que se marchase tan pronto.

¿Y qué hizo Will el resto del día? Básicamente esconderse en su habitación de la pensión Cayo Caulker. En varias ocasiones se volvió a mirar el pasaporte verde que yacía sobre la cómoda. El pasaporte con el nombre de su hermano. Cada vez que Will lo abría para mirarlo, la cara de John, esa cara tan parecida a la suya, le devolvía una sonrisa. Pero a Will la foto no le arrancaba la más leve sonrisa. Haber dejado su propio pasaporte, se preguntó, ¿había sido un simple descuido o una maniobra premeditada?

Will no estaba seguro de llegar a saber la verdad algún día.

John siguió el consejo del hombre mayor con quien había compartido la cerveza y se mantuvo lejos de las putas de Veracruz. En realidad, decidió mantenerse alejado de la misma Veracruz, y cogió el primer autocar hacia el norte, en dirección a Tampico.

Resultó ser una decisión afortunada, porque en ese autobús John conoció a Felipe Álvarez. Felipe era un mexicano pequeño y bravucón que afirmaba haberse colado de matute en Estados Unidos cincuenta y seis veces en un año sin que lo pillaran. Felipe también afirmaba que tenía una esposa en Cuernavaca y otra al otro lado de la frontera, en San Antonio. Por si fuera poco, afirmaba tener nueve hijos y un Chrysler New Yorker que dejaba en San Antonio porque en México los recambios eran muy caros.

John, que de vez en cuando también contaba trolas, ni creyó ni dejó de creer las historias de Felipe, pero prestó atención cuando éste le explicó con mucho detalle cómo, dónde y cuándo cruzar el río Grande sin ser descubierto por la recelosa guardia fronteriza.

Justo antes de que el autocar llegara a la estación de Guadalupe, John preguntó qué posibilidad había de hacerse con un arma.

—No hay problema —repuso Felipe—. Te encontraremos alguna cosa.

—Nada espectacular —aclaró John.

—No, claro —contestó el otro—. Sólo algo pequeño y sencillo, por si surgen complicaciones.

John sonrió.

—Exacto.

Will siguió el plan al pie de la letra. A última hora de la mañana del cuarto día siguiente a su propia muerte, hizo las maletas y le pagó a Rafe quinientos dólares. Incluso le dio una propina de cincuenta pavos por un trabajo bien hecho.

Rafe sonrió y se metió el dinero en el bolsillo de los pantalones cortos.

—Que os lo paséis bien —dijo— haciendo lo que quiera que pretendáis hacer con uno muerto y uno vivo. Pasad algún día por Cayo Caulker para saludar a Rafe.

—Desde luego que sí —contestó Will mientras para sí deseaba no tener que volver a poner los ojos en aquel hombre jamás en la vida.

Los deseos están bien, pero rara vez bastan. Rafe, su cómplice, formaba ahora parte de sus vidas. Para siempre.

Aquella noche Will se inscribió en el registro del hotel Bliss de Water Street, en Belize City. Se tomó dos tragos de tequila antes de llamar a Zelda Cosgrove a Cambridge.

Una y otra vez se recordaba a sí mismo que ya no era Will sino John Hancock.

Por fin, hacia el décimo timbrazo, la mujer respondió.

—¿Sí?

—¿Zelda?

—¿Sí?

Parecía faltarle el aliento.

—Soy... —A pesar de sus recordatorios, estuvo a punto de decir Will—. Soy John.

Hablaba con voz baja y apagada. Al fin y al cabo, acababa de perder a su hermano.

—¡John! —la voz de Zelda se animó al instante—. ¿Cómo te encuentras?

—Bien, supongo. Estaba a punto de colgar. Pensaba que no estabas en casa.

—Dicky y yo acabamos de llegar. ¿Dónde estás? ¿Ya has vuelto?

—No —contestó Will—. Sigo en Belice.

—Supongo que me llamas para decirme que Will y tú estáis hartos del frío y de esos cascarrabias bostonianos y que os mudáis a los trópicos.

Will, en el papel de John, se armó de valor.
—No es nada tan banal, me temo.
—¿No?
—Hemos tenido problemas.
—¿Qué clase de problemas? —preguntó—. ¿Problemas de dinero? Si se trata de eso, cariño, te sugiero que llames a vuestro editor, Lee Fisher, no a mí. Yo sólo soy vuestra asesora. Una modesta profesora de literatura.
—No tiene que ver con el dinero, Zelda, sino con... —Will estuvo a punto de decir John. Debía llevar cuidado. Mucho cuidado—. Con...Will.
—No me digas que se ha enamorado de alguna exótica princesa maya.
—No.
—¿Qué ocurre, John? Estás raro... No pareces tú.
—Ha muerto, Zelda. Will ha muerto.
Ya estaba. Ya lo había dicho.
—¿Qué? ¿Cómo que ha muerto?
Will volvió a contar la historia del tiburón martillo y de las cavernas submarinas, tal como la había ensayado con John.
—No he podido encontrarlo —dijo con voz entrecortada y lágrimas auténticas corriéndole por las mejillas—. Debió de perderse... Se quedaría sin aire...
Zelda escuchaba de pie en su minúscula cocina. Por un instante pensó que John le estaba gastando una de sus bromas de mal gusto; pero no, en su voz se traslucía el dolor.
—Dios mío, John —consiguió decir cuando él hubo acabado el relato—. No sé qué decir. Lo siento mucho. Es horrible. ¿Estás bien? ¿Qué puedo hacer? ¿Quieres que me reúna contigo? Podría coger un avión mañana a primera hora.

Will, haciendo de John, le dijo a Zelda que, dentro de lo que cabía, estaba bien. Le dio las gracias por ofrecerse a ir, pero añadió que tenía pensado coger un avión a Houston a la tarde siguiente e ir a Boston al otro día.

—Ya veo —dijo Zelda—. Dime cuándo llegas en cuanto lo sepas e iré a buscarte a Logan.

Will no quería que fuera a buscarlo, así que dijo:

—Te llamaré.

—No te olvides.

—Claro que no.

Se produjo un breve silencio antes de que Zelda preguntase:

—¿Y el cuerpo de Will?

—¿Por qué?

—¿Habrá algún problema en traerlo a Estados Unidos, para enterrarlo aquí?

Will, en el papel de John, se ahogó en lágrimas.

—No habrá entierro, Zelda.

—¿Por qué no?

Will no contestó de inmediato. Pensaba que lo que iba a decir a continuación exigía una pausa larga y dramática.

—Porque no hemos podido encontrar su cuerpo. —Will exhaló un profundo suspiro—. Creemos que a Will se lo comieron los tiburones. Los tiburones martillo.

John cruzó el río Grande al amparo de la oscuridad bajo una luna casi llena con frecuencia ensombrecida por unas nubes altas y rápidas. Tenía la ropa de recambio, la cartera y el pasaporte de su hermano envueltos en su querida bolsa de plástico, que había metido dentro de otra y ésta de una tercera.

Las bolsas de plástico también envolvían otro objeto de cierto interés, agazapado en la entrepierna de los arrugados pantalones caqui de John: una 38 especial con veinticuatro balas comprada a un amigo de Felipe por ciento veinticinco dólares americanos en una bodega de Guadalupe.

John, como Will, entró en el río Grande una mañana gélida, una hora antes del alba.

—El mejor momento —le había dicho Felipe—. El turno de noche está hecho polvo y los chicos de la mañana aún no han llegado.

La travesía fue bastante bien al principio; el agua apenas le cubría las rodillas. A un tercio del camino, el río Grande, conocido al lado sur de la frontera como el río Bravo, empezó a ganar profundidad. Ya le llegaba a la mitad del muslo y pronto alcanzó la cintura. Al poco John descubrió que el agua le tapaba el pecho y se acercaba al cuello. Momentos después, dejó de hacer fondo y tuvo que nadar. Aferrando con fuerza sus bolsas de plástico, puso rumbo a Estados Unidos. Como su padre antes que él, estaba escapando de forma clandestina.

No tardó mucho en tener el espeso y viscoso barro de Tejas a los pies. No quería pisarlo, de modo que siguió nadando hasta que el agua sólo tenía unos pocos centímetros de profundidad. Se puso en pie, pero de inmediato se hundió en el fondo blando. Remontó la rivera con dificultad, en busca de tierra seca. Por dos veces resbaló y cayó, enlodándose de pies a cabeza.

Cuando al fin logró trepar por el terraplén, John Hancock tenía barro por todas partes, incluidos los ojos y las orejas, y el alba se acercaba rápidamente. Ya se veía el reflejo anaranjado en el horizonte. Si la patrulla fronteriza lo descubría, pensaría al instante que acababa de entrar en Estados Unidos en circunstancias sospechosas.

¿Y qué hizo John en el papel de Will? Echó a andar hacia el norte, alejándose del río Grande todo lo deprisa que se lo permitían sus pies embarrados. Mientras el sol ascendía despacio en el cielo azul, atravesó algunas tierras de labranza cenagosas. El lodo que le cubría los brazos, las piernas y la ropa fue secándose.

Para cuando llegó a una carretera asfaltada el sol ya calentaba con fuerza. A lo lejos, a su izquierda, vio lo que parecía una pequeña aldea. Se dirigió hacia allí.

Dreamland, Tejas, tenía carteles en inglés, una gasolinera Texaco, una tienda de donuts y no mucho más. John se lavó en los servicios de la gasolinera y a continuación cruzó la calle para beberse dos tazas de café y comerse media docena de donuts. Cuando se estaba terminando el último, relleno de crema, un camión de la Texaco se detuvo para rellenar los tanques subterráneos. John pagó la cuenta y se acercó a buen paso para hablar con el conductor.

Media hora más tarde, se encontraba en la interestatal viajando hacia el norte, en dirección a Houston, en el asiento del acompañante de un camión de dieciocho ruedas.

Will, como John, también se dirigía a Houston. Salió de Belice a primera hora de la tarde y un par de horas más tarde se encontraba en el aeropuerto de Houston. Cuando presentó el pasaporte de su hermano se sentía nervioso, asustado y culpable.

El agente hojeó el pasaporte. Se detuvo un momento para observar la fotografía; a continuación alzó la vista y miró a Will. Éste hizo lo posible por parecer frío e indiferente, como su hermano.

El agente de aduanas volvió a mirar el pasaporte:

—¿Algo que declarar, señor Hancock?

Will estaba tan concentrado en su frialdad e indiferencia que no lo oyó.

—¿Perdón?

El agente alzó la vista y volvió a preguntar.

—¿Algo que declarar?

—No. Nada en absoluto.

El agente de aduanas mantuvo la mirada fija en el señor Hancock varios segundos. Como si estuviera pensándose si mandar registrarlo. Pero la cola era larga y seguía creciendo. Inspiró con gesto de irritación, tendió el pasaporte a Hancock con brusquedad y gritó:

—¡El siguiente!

Will, a salvo en suelo estadounidense, se internó en la terminal atestada. Notaba que el miedo le corría por las venas, pero lo había conseguido, había cumplido con su parte del trato.

Tomó un vuelo al aeropuerto Marriott y alquiló una habitación a nombre de su hermano. Se duchó y se afeitó. Vio la televisión, pidió una hamburguesa al servicio de habitación y esperó. Esperó a que llegara su hermano, o al menos a que lo llamase.

Mientras esperaba, sus pensamientos empezaron a divagar por todo su mapa de carreteras personal: hasta su madre y su padre y el horrible accidente, pasando por todos los buenos ratos que habían vivido en familia, por el dinero que su padre había ganado y que ese chorizo de Frank Hagstrom había robado, por Hagstrom viviendo en la bonita casa familiar de las colinas de Hollywood, hasta todas las mentiras y los engaños de los que Hagstrom se había valido los últimos seis años.

Oh, sí, el gran Frank Hagstrom estaba muy presente en el pensamiento de Will Hancock cuando justo después de las diez de la noche llamaron a la puerta. Se levantó de la cama de un salto, cruzó corriendo la habitación y abrió la puerta.

Ahí estaba John radiante como un niño, o todavía más, con una amplia sonrisa en la cara.

—Eh, hermanito. Lo has conseguido.

Los Hancock se abrazaron y después se pasaron varias horas relatándose hasta prácticamente el último segundo transcurrido desde que se habían separado en la costa de México. Había mucho que contar. Aquellos cinco días y medio habían sido, con mucho, la separación más larga en toda su joven vida.

Poco se imaginaban lo que les esperaba.

Justo antes de que llegara a la parte del cruce del río Grande, John sacó la 38 especial.

—¿Para qué diablos es eso? —quiso saber Will.

—Para nuestro amigo.

—¿A quién te refieres?

—¿Tú qué crees?

—¿Al gran Frank? —preguntó Will en voz baja.

—Ya lo creo.

—Dios. ¿Le vamos a pegar un tiro a Frank?

—A menos que tengas una idea mejor.

—Supongo que no me había parado a pensar en el método.

—Bueno, pues yo sí, y creo que lo mejor es liquidar de un tiro a ese hijo de puta como si fuera un perro. Entrar en su casa una noche, llevarnos unas cuantas cosas para que parezca un robo y disparar al muy cabrón. Dejarlo tieso como un palo.

—Suena un poco brutal.

—Es brutal. Eso está claro.

—¿Crees que tendremos valor para hacerlo?

John se encogió de hombros.

—Muy buena pregunta, hermanito. En teoría, será coser y cantar. En la práctica, no tengo ni idea de si seré capaz de apretar el gatillo.

Will asintió.

—Ya sé lo que quieres decir. Yo no creo que pueda hacerlo.

—Tú no vas a hacerlo, hermanito —lo tranquilizó John—. Lo haré yo. Al fin y al cabo, fue idea mía. Es mi responsabilidad. Quiero que vuelvas a Boston, arregles las cosas, prepares nuestra coartada y hables con Zelda, con Leland y con quien haga falta. Yo visitaré a Hagstrom. Quitaré del medio a ese cabrón.

Will tragó saliva con dificultad al imaginarse a su hermano disparando a Frank Hagstrom.

—¿Estás seguro?

John asintió.

—Completamente.

Estuvieron hablando del asunto durante más de una hora. Permanecieron levantados hasta muy tarde. John lo haría, pero ¿cuándo? ¿Enseguida? ¿O sería mejor esperar un tiempo, dejar pasar unas semanas o unos meses, esperar a que la muerte de Will no estuviera tan caliente?

Por fin, cuando eran ya más de la una de la madrugada, agotados de los largos viajes y de hacer tantos planes, los hermanos Hancock apagaron la luz y se dieron las buenas noches.

Pasaron quince minutos tumbados en la oscuridad de aquella habitación de hotel, cada uno en un lado de la cama de matrimonio. Sólo se oía el sonido rítmico de sus respiraciones.

Will rompió el silencio.

—¿John?

—¿Sí?

—Hay una cosa que debo preguntarte.

—Adelante.

—No me gusta nada hacerlo, pero, bueno, no me lo quito de la cabeza.

—Pregunta.

—Ese lío que te hiciste con los pasaportes en la pensión de Cayo Caulker...

John, que había empezado a cabecear, se despertó por completo. Llevaba días esperando aquella pregunta, en realidad desde que se había bajado del barco de Rafe.

—¿Sí?

—¿Lo hiciste a propósito?

—¿Que si hice a propósito el qué?

La pregunta proporcionaba a John un segundo para prepararse.

—Ya sabes, llevarte el mío y dejar el tuyo.

John tardó unos segundos en contestar. No quería que la respuesta sonase forzada o ensayada.

—¡Dios mío, hermanito! Claro que no lo hice a propósito. ¿Estás loco? Sabes que nunca haría algo así.

—Sí —dijo Will—. Ya lo sé.

El tono de su voz daba a entender que la respuesta lo tranquilizaba, pero cualquiera que hubiese tenido el poder de penetrar con la vista en la oscuridad habría observado un rostro atormentado por la duda, el miedo y la sospecha.

Huérfanos

John y Will Hancock conocieron a Frank Hagstrom cuando viajaron a California después de que sus padres murieran en aquel espantoso accidente en la autopista de San Diego. Frank fue a buscarlos al aeropuerto y los llevó a la casa de secoya y cristal de Hollywood Hills. Aquella primera noche incluso se quedó en la casa con ellos y los trató como a sus propios hijos. Por la mañana, los acompañó al funeral, que se celebró en la casa de pompas fúnebres Gray, de Westwood. Permaneció a su lado mientras ellos se secaban las lágrimas derramadas en memoria de sus queridos padres, fallecidos de forma tan repentina.

El resto de la silenciosa concurrencia, sentada en sillas metálicas plegables, estaba compuesto principalmente de mexicanos que hablaban poco o nada inglés. Trabajaban en la fábrica de paraguas de William Hancock en Glendale, y sólo unos pocos tenían permiso de residencia. Habían acudido a presentar sus respetos a su jefe y también a averiguar si la fábrica seguiría abierta y podrían conservar sus empleos. Claro, les disgustaba que aquél y su esposa hubieran sido decapitados, pero, bueno, la vida continúa. Aquellos mexicanos, que trampeaban de letra en letra, aún tenían plazos del coche de segunda mano por pagar, una mesa a la que había que llevar un plato de judías e hijos que necesitaban inyecciones para la difteria y la tosferina.

Poco se imaginaban, sin embargo, que la fábrica de paraguas Hancock estaba a punto de trasladarse a México. Cuando su Eldorado se estrelló en la autopista, William Hancock llevaba un año, más o menos, preparando el traslado. Resultaba mucho más rentable fabricar los paraguas en México y después importarlos a las ciudades lluviosas de Estados Unidos y Canadá.

Una empresa que hacía mobiliario de oficina estaba en tratos para comprar la fábrica. Sin embargo, cuando William perdió la cabeza Frank Hagstrom rompió el contrato. Vendió la fábrica a un tipo llamado Stanley, de Hermosa Beach, que quería derribarla para poner el topless más grande de California. Stanley le pagó en efectivo y Frank se llevó una cantidad de dinero considerable. Dinero que en realidad pertenecía a Will y John Hancock.

Tras el funeral, Frank condujo a los dos jóvenes al crematorio de Santa Monica. Parece ser que en su testamento William y Lenore habían pedido que los incinerasen. Consideraban absurdo que en unos cadáveres en cajas de madera se gastasen un dineral.

—Cuando muramos —les habían dicho a su buen amigo y abogado de la familia—, que nuestros hijos tiren las cenizas en las azules aguas del Pacífico, al ocaso.

Así, avanzada la tarde, los chicos bajaron al embarcadero de Santa Mónica cargados con dos pequeñas urnas de latón. Había unas cuantas personas por el muelle aguardando la puesta de sol. John y Will lo pasaron mal buscando un lugar tranquilo para ellos solos, pero al final lo encontraron, detrás de un puesto de helados abandonado.

Abrieron las urnas y se dispusieron a arrojar las cenizas a las olas que se arremolinaban en torno a los pilares oscuros que sostenían el muelle. Murmuraron unas oraciones y más lágrimas cayeron de sus ojos. Cualquiera que hubiera visto a aquellos adolescentes haciendo frente a solas a ese traumático episodio de sus jóvenes vidas, habría dudado de que hubiese justicia en el mundo.

De pronto, como para demostrar la locura de Dios, justo cuando los hermanos Hancock volcaban las urnas se levantó una brisa en el Pacífico y las cenizas de sus padres se dispersaron, yendo a parar a sus caras y el suelo del muelle. Frenéticos, los gemelos se arrodillaron a toda prisa y se pusieron a amontonarlas para tirarlas al mar.

A la mañana siguiente, tenían una cita con el señor Hagstrom en las lujosas oficinas de éste, en Wilshire Boulevard, Beverly Hills. Frank tenía un despacho enorme con un escritorio de teca descomunal y asientos de piel de primera calidad. Su diploma de la UCLA colgaba en la pared entre fotografías de estrellas del deporte y políticos famosos. Frank era un pez gordo en Los Ángeles. Como abogado le había ido muy bien. Era el mandamás del bufete de Hagstrom, Hays, Bennett, Barlow y Lunt. Él cortaba el bacalao.

Que nadie se equivoque, Frank era un hombre grande, alto y fuerte. Aunque por aquella época rondaba la cincuentena, seguía en forma; cuatro o cinco kilos de sobrepeso, como mucho. Había hecho deporte toda la vida, aunque hacía poco le había dado por el golf, una actividad pausada que requería poco o ningún ejercicio. Los clubs exclusivos donde Frank lanzaba la pelota, iba a buscarla y la colaba en el hoyo exigían que los golfistas recorrieran el campo en carrito para no entorpecer el juego. Difícil lo tenía para forzar la vieja máquina tras el volante de un carrito de golf.

Frank llevaba veintidós años casado y era padre de tres hijas adolescentes. Los Hagstrom constituían una familia feliz, o al menos esa impresión daban al mundo. Claro que el mundo rara vez sabe lo que realmente pasa de puertas adentro. En este caso, dosis diarias de maltrato psicológico y, de vez en cuando, incluso físico.

Frank tenía muchos clientes ricos y famosos. También llevaba casos de oficio para los pobres y oprimidos. Daba generosos donativos a una gran variedad de obras sociales. Cada año trabajaba como voluntario en el desfile de la Rose Bowl. Era un ciudadano ejemplar.

Lástima que también fuese un mentiroso, un estafador y un tramposo.

—Y qué —quiso saber Frank cuando todos se hubieron acomodado en su ostentoso despacho—, ¿cómo fue en Santa Monica?

Había adoptado un tono solemne y sincero.

John y Will se encogieron de hombros. Estaban bastante deprimidos, sobre todo Will. La realidad de la muerte de sus padres se mostraba al fin en toda su brutalidad. Los hermanos Hancock se habían convertido en huérfanos. Todo lo que hicieran, cada decisión que tomaran, escogieran el rumbo que escogiesen estaría modelado y marcado por aquella tragedia que había tenido por escenario la autopista de San Diego.

—No muy bien —le dijeron al señor Hagstrom, en quien confiaban a ciegas.

—¿No? ¿Qué ocurrió?

Le contaron que se había levantado viento y las cenizas habían volado por todas partes. Will se echó a llorar y poco después su hermano hizo lo propio.

Frank Hagstrom aguardó con paciencia a que los chicos se calmasen. Una parte de él quería abofetearlos para hacerlos callar. La otra los habría abrazado para darles consuelo. No hizo ninguna de esas cosas. Estuvo todo el rato inspeccionando su agenda y tendiéndoles pañuelos de papel.

—Bueno, chicos —dijo—, ya sé que estáis pasando momentos difíciles, pero tenemos que resolver unas cuantas cosas. Soy consciente de que nada de lo que diga hoy aquí cambiará lo que les ha pasado a vuestros padres. Sin embargo, puedo hacer algo por aliviar vuestra carga.

Frank caminaba despacio por su despacho mientras hablaba. Se aseguraba de mirarlos a los ojos y apretarles el hombro con sus manazas en un gesto tranquilizador. Lo único que puso en solfa su actuación fue la imposibilidad de distinguir a los hijos de William Hancock. Eran idénticos en todo, desde el arco de las cejas hasta la longitud de las uñas. Frank no tenía ni idea de quién era cuál. La paradoja lo desconcertaba. ¿Y qué hizo? Como todo abogado que se precie, dejó sus dudas a un lado y se concentró en la victoria.

—En primer lugar —dijo—, quiero que sepáis que vuestro padre y yo éramos como hermanos. Era un hombre estupendo: decente y trabajador. Una de las personas más honradas que he conocido. Habría hecho lo que fuera por ayudar a un amigo. Y eso es exactamente lo que pienso hacer por sus hijos. De modo que siempre que uno de los dos necesite algo, lo que sea, llamadme, y lo arreglaré. Estoy a vuestra disposición, chicos. Contad conmigo.

»En segundo lugar, no quiero que os preocupéis por el dinero. Voy a daros algo para vuestros gastos hasta que todo el asunto se haya aclarado. Tal vez tardemos un poco debido a... bueno, a lo repentino de esta terrible situación. Pero creedme, es mejor tomarse un poco más de tiempo y asegurarse de que las cosas se hacen como Dios manda.

»Supongo que vuestra habitación, pensión y matrícula están pagadas para el resto del año. En cuanto al año que viene, tampoco habrá problema. Y por lo que respecta a la universidad, bueno, vuestro padre me dijo que los dos teníais los ojos puestos en Harvard. Creo que incluso mencionó algo sobre una admisión anticipada debido a las excelencias de vuestro expediente académico. Buen trabajo.

»Creo que podemos confiar en que todo el lío se habrá aclarado mucho antes de que sea necesario pagar la matrícula de la universidad.

—¿Qué lío? —quiso saber John.

—Bueno, las complejidades del patrimonio de vuestros padres.

John, cabizbajo, asintió. Lo mismo hizo Will.

—Como abogado de vuestros padres, al igual que albacea —prosiguió Frank—, forma parte de mi responsabilidad asegurarme de que su testamento se ejecuta correctamente.

—¿Cree que habrá problemas? —preguntó Will.

—Debe de estar especificado en el testamento de nuestro padre —apuntó John.

Unos chicos listos, pensó Frank. Llevaba oyendo hablar de aquellos chicos y de su rendimiento superior en los estudios y en el deporte desde que conocía a William Hancock. Frank no esperaba que aquel pequeño desfalco fuera un paseo por el parque, ni mucho menos.

—En realidad, John... ¿Tú eres John, verdad?

John y Will intercambiaron una mirada. Una sombra de sonrisa, la primera en varios días, pasó entre ambos.

—Yo soy Will. Él es John.

—Lo siento. Cuesta distinguiros.

—Lo sabemos.

Frank captó una nota de orgullo en aquella afirmación. Saltaba a la vista que formaban un equipo. De nada servía ahí el «divídelos y los conquistarás». Tendría que andar con cuidado.

—La verdad —continuó— es que la última voluntad y el testamento de vuestro padre adolecían de cierta irregularidad en el infortunado momento de... En el momento del accidente.

—¿Cierta irregularidad?

Frank no tenía ni idea de por qué había usado esa expresión. Desde luego, no se trataba de un término legal. Detestaba reconocerlo, pero aquellos gemelos, idénticos como dos gotas de agua, provocaban irregularidades en él.

—Sí, bueno, su testamento había sufrido algunos cambios. Nada importante, ya me entendéis. Nada que afecte al grueso de su patrimonio, que, a su muerte, estaba previsto que fuera a parar directamente a vuestra madre. Pero me temo que la situación es un poco peliaguda, porque vuestra madre no llegó a redactar testamento.

—¿Y qué significa eso? ¿Qué va a pasar?

Esa clase de preguntas hacía que Frank se sintiera mejor. Le encantaba conocer respuestas que los otros desconocían. Controlar era una de sus actividades favoritas en la vida.

—Es de esperar que no pase nada. El testamento de vuestro padre consigna con toda claridad que la mayor parte de su patrimonio iría a vuestras manos en caso de que sobreviviese a vuestra madre. Como no hay más hijos, estoy seguro de que el tribunal hallará un modo de legar los bienes.

—La verdad es que no quiero seguir hablando de esto —lo interrumpió John. Toda aquella charla sobre muerte, dinero, últimas voluntades y testamentos empezaba a pesarle.

—Yo tampoco —dijo Will.

—Lo entiendo perfectamente —aceptó Frank Hagstrom—. Ya habrá tiempo para solucionar los asuntos financieros. Sólo quería aseguraros que todo está bajo control. Los próximos meses sin duda van a ser duros para vosotros, pero creo que si volvéis al colegio, trabajáis de firme y os preparáis para el futuro, entre los dos superaréis la tragedia. Y recordad —añadió—, siempre os tendréis el uno al otro.

A los hermanos Hancock les gustó cómo sonaba aquello. Se levantaron, le estrecharon la mano al bondadoso señor Hagstrom, le dieron las gracias por su ayuda y se marcharon.

Ya en la calle, mientras esperaban un taxi que los llevara a la casa de Hollywood Hills, Will se volvió hacia John y dijo:

—El señor Hagstrom parece un tipo honrado.

—Sí.

—¿Crees que podemos fiarnos de él?

—Papá se fiaba.

—Es verdad.

—No creo que nos engañe.

—Ni hablar. Era amigo de papá. Además, mamá y papá han muerto. Ningún abogado engañaría a unos chicos cuyos padres acaban de morir decapitados en un accidente de coche.

—Tienes razón. Se portará bien.

—Yo creo que sí. De todas formas, todo está por escrito.

—Exacto. Es muy difícil cambiar un testamento.

No tan difícil, chavales.

Pasó el año escolar y pronto llegó otro. Hagstrom pagó la habitación, la pensión y la matrícula después de que los chicos firmaran una nota en la que se comprometían a devolver el dinero cuando les hubieran liquidado los bienes. Ignoraban el motivo por el cual esto aún no había ocurrido, pero tenían muchas otras cosas en las que pensar. Como sus solicitudes de ingreso en Harvard para el otoño siguiente. Siendo los primeros de la clase, no habría problema en que los aceptasen.

Un día de la primavera del 77, justo un mes antes de la graduación, les llegó una carta de la oficina del administrador de Harvard. La carta contenía información concerniente a su ingreso en septiembre, y también una factura por la habitación, pensión y matrícula. Ascendía a 7.665 dólares. Cada uno. Lo que hacía un bonito total de 15.330 dólares.

—¿Cómo vamos a pagar eso?

—No tengo ni la menor idea. Será mejor que llamemos al señor Hagtrom.

Telefonearon a Frank a su despacho. Tras un rato de espera, les dijeron que el señor Hagstrom estaba en el juzgado y que no podían localizarle. La secretaria les aseguró que los llamaría más tarde. No llamó, y tuvieron que volver a telefonear. Varias veces. Pasó casi toda la semana antes de que por fin consiguieran hablar con él.

—¿John? ¿O eres Will? Siento el retraso. Estos días he tenido un montón de cosas entre manos. He entrado y salido de los juzgados más veces de las que puedo contar. ¿Qué puedo hacer por ti?

—Bueno —contestó Will—, mi hermano y yo nos preguntábamos cómo irían las cosas con el patrimonio de nuestros padres. Ha pasado mucho tiempo, casi un año y medio.

—Eso no es tanto tiempo —contestó Frank—. Ejecutar un testamento requiere tiempo y mucha paciencia. Demasiado tiempo y demasiada paciencia, me parece a mí. A veces pienso que los tribunales no comprenden que hay personas de verdad con problemas reales detrás de todo ese papeleo. Pero te lo aseguro, hijo, estoy haciendo todo lo posible.

Will no tenía ningún motivo para dudar de él.

—Ya lo sé, pero acabamos de recibir una factura.

—¿Qué factura? Mía no.

Frank lo dijo en un tono educado, pero estaba claro que se sentía ofendido.

—No. De Harvard.

—¿De la Universidad de Harvard?

—Sí. Quieren cobrar lo del año que viene.

Frank no contestó de inmediato. Su cerebro de abogado repasaba a toda prisa algunos datos, algunas posibilidades.

—Muy bien. Envíame la factura. Yo me haré cargo.

—Pero...

—Pero nada. Os dije que no os preocuparais.

Los chicos hablaron del tema cuando Will hubo colgado el auricular. John estaba seguro de que Hagstrom pagaría la factura. Su hermano no tanto.

—¿Y si no la paga?

—Ha dicho que lo hará.

—Pero ¿y si no lo hace?

—Caray, hermanito, tienes que aprender a tomarte las cosas con calma.

Dos semanas más tarde, mientras John se duchaba, Will, preocupado por la matrícula de la universidad, llamó a Cambridge. Frank Hagstrom había pagado la factura, las dos facturas, puntualmente, sí, señor.

Aquel verano, después de graduarse, los chicos fueron a California. En realidad no sabían a qué otro sitio ir. Al menos allí tenían un lugar donde quedarse, la casa de Edwin Drive en Hollywood Hills, y un coche para ellos. Sin embargo, cuando entraron en el garaje no encontraron más que unas cuantas herramientas de jardinería y una mancha de aceite en el suelo, donde solía estar el viejo T-Bird: el orgullo y la alegría de su padre.

Los chicos se quedaron allí plantados, estupefactos. No podían creer que el coche hubiese desaparecido.

—¿Dónde está?

—No lo sé. ¿Crees que lo habrán robado?

—No parece que haya entrado nadie.

—Quizá tendríamos que llamar a la policía.

—Primero llamemos al señor Hagstrom. Quizás él sepa algo.

Frank lo sabía todo acerca del T-Bird. Lo tenía aparcado en el garaje de debajo de la oficina.

—Ah, sí, yo tengo el pequeñín ahora.

—¿Cómo que lo tiene?

—Exacto. Lo uso para ir al despacho un día sí y otro no. Se turna con mi Vette del 63.

—Pero ¿cómo...?

—Oye, lo siento mucho. Tendría que habértelo dicho. Se me fue de la cabeza. Tu viejo y yo teníamos un acuerdo: si yo me iba antes, se quedaba el Vette. Si él se iba antes, yo me quedaba el T-Bird. Está todo por escrito, firmado y sellado, si quieres verlo.

—No —dijo Will, dándose por satisfecho, aunque decepcionado—. No hace falta que nos lo enseñe. Pero hemos venido a pasar el verano. ¿Cómo nos moveremos de un lado a otro?

—Deja que haga algunas llamadas —propuso el abogado a Will—. Creo que encontraré algo para vosotros.

—Será hijo de puta —mascculló John al enterarse de la noticia—. Quizá vaya siendo hora de que dejemos de confiar en él.

Antes de que acabara el día los hermanos Hancock corrían por Los Ángeles en un VW Escarabajo descapotable del 68 con radio AM. No era un T-Bird del 59 exactamente, pero al menos rodaba. Frank les dio dinero para gasolina, víveres y diversión.

John y Will pasaron casi todo el verano entrenando. Ambos querían ser jugadores titulares del equipo de fútbol de primer año, en Harvard. Se acostaban pronto, hacían pesas, pedaleaban kilómetros y kilómetros por los montes de Hollywood y practicaban en los campos de entrenamiento de la UCLA. John esperaba jugar de *quarterback*. Will quería jugar de extremo y coger los pases de John.

A finales de agosto, unos días antes de volver al Este, recibieron una llamada de Frank Hagstrom. Preguntaba si podían pasar por su oficina aquella mañana.

—Tengo algunas noticias sobre el testamento.

Los chicos, como es natural, supusieron que el abogado al fin lo había arreglado todo y que una buena cantidad de dinero los estaba esperando. Calculaban que su padre debía de haberles dejado al menos un par de millones de dólares. Quizá más. En realidad no tenían ni idea, pero incluso después de pagar los impuestos sucesorios tendrían dinero suficiente para mantenerse durante los años universitarios e incluso, tal vez, durante los estudios de posgrado. Mamá tenía la esperanza de que fueran médicos. Papá, ingenieros o abogados.

—¿Y qué, chicos? —quiso saber Frank Hagstrom—, ¿habéis pasado un buen verano?

Ellos asintieron desde sus butacas de piel, ante el gran escritorio de teca.

Frank los miró atentamente.

—Decidme una cosa —preguntó—. ¿Cómo diablos os distingue la gente?

Los hermanos Hancock soltaron una risita. Justo lo que Frank, el rey de la manipulación, quería que hicieran. Había estudiado y perfeccionado el arte de hacer que la gente se sintiera cómoda, de hacerle bajar la guardia.

—Gemelos. Seguro que gastáis unas bromas de muerte.

—Nosotros no —dijo John.

—Somos buenos chicos —apuntó Will.

Frank asintió con gesto de complicidad y se inclinó sobre el escritorio.

—Mirad, chicos, tengo que hablaros claro. No es momento de andarse con miramientos. No me gusta nada mandaros así a la universidad pero, bueno, qué le vamos a hacer. Si vamos a llevarlo adelante, hay que empezar cuanto antes.

—¿Qué problema hay? —inquirió John.

—¿Qué problema hay? —repitió el abogado a modo de pregunta retórica—. Pues ésa, hijo, es una pregunta excelente, y supongo que la respuesta, en una palabra, sería deudas. —Deletreó la palabra al tiempo que echaba la silla hacia atrás. Puso su gran cuerpo en movimiento y empezó a pasearse por su amplio despacho con vistas a Beverly Hills y las pendientes del Los Angeles Country Club—. Vuestro padre y vuestra madre, Dios los tenga en su seno, contrajeron demasiadas deudas.

—¡Demasiadas deudas! —exclamó John, enfadado—. Imposible. Nuestro padre era el tipo más conservador del país. Nunca pidió dinero prestado. ¿Cómo iba a endeudarse?

Frank se encogió de hombros.

—Tu padre era un empresario, y muy bueno. Estoy seguro de que, de haber vivido, habría salido del atolladero y habría llegado a hacer cosas aún más grandes y mejores.

—¿Qué atolladero? ¿De qué está hablando?

—Supongo que ambos oiríais hablar del asunto de México.

Los Hancock se miraron.

—¿El asunto de México? —murmuró John—. No sé nada de eso.

Frank suspiró y sacudió la cabeza. Parecía sinceramente consternado, aunque por dentro se estaba divirtiendo de lo lindo.

—Dios mío, ¿por dónde empezar?... Mirad, vuestro viejo era un hombre ambicioso. Quería ser rico.

—Era rico.

—Sólo relativamente. En muchos lugares del país, vuestro padre habría sido el hombre más rico de la ciudad, pero aquí, en Los Ángeles, sólo era un tipo más con pasta. Y él no quería sólo un trozo del pastel, lo quería enterito.

—Sabemos que estaba ampliando el negocio —reconoció Will.

—A lo grande —dijo Hagstrom—, y seguramente más rápido de lo que habría debido. Requiere tiempo, agallas, energía y mucha suerte hacer dinero a los niveles que pretendía tu padre, y por desgracia estaba atravesando una racha de mala suerte, económicamente hablando, cuando su Cadillac se empotró contra el remolque de aquel camión.

Todos se tomaron unos instantes para recordar.

—Entonces, ¿de qué mala suerte económica estamos hablando? —inquirió John—. El negocio iba viento en popa. Al menos, eso nos dijo siempre papá.

Hagstrom se encogió de hombros.

—¿Qué puedo decir? He echado un vistazo a los libros. Está ahí, tan claro como el día: la deuda se acumulaba rápidamente. Tu padre estaba trasladando toda la manufacturación a México. Todo: paraguas, guantes, sombreros, botas... Semejante maniobra requiere grandes sumas de dinero. Mucha gente, incluido yo, le aconsejó que no lo hiciera, pero él creía que a largo plazo le reportaría millones, y quizás tuviera razón. Sin embargo, a corto plazo, salía mucho más dinero del que entraba. Tal vez tu padre fuese un conservador, pero apostó y perdió. En el momento de su muerte tenía créditos por pagar por valor de más de dos millones de dólares.

A los chicos les hizo falta un par de minutos para asimilar la noticia. Mientras meditaban sobre ella, el Gran Frank volvió a su escritorio. Los había hundido, pero no quería dejarlos fuera de juego. Aún no. Era demasiado pronto para eso. Sabía que cuando las personas sienten que han tocado fondo, que no tienen nada que perder, a menudo se comportan de manera impredecible. Había llegado el momento de darles un respiro.

—Quizá no sea tan terrible como parece —prosiguió—. He tenido a una persona trabajando día y noche en esto, durante todo el verano. Cree que el valor de los bienes podría sobrepasar el de los créditos pendientes.

Los chicos volvieron a respirar.

—¿Cuándo sabremos algo?

—Me temo que aún tardaremos un poco.

—¿Cuánto?

—Es difícil de calcular. Varios meses, como mínimo. No sólo nos enfrentamos a una sucesión tremendamente compleja, sino también con un gobierno extranjero que tal vez no esté dispuesto a colaborar.

—¿México?

—Exacto. Una buena parte del dinero que tu padre pidió prestado se lo dejó el Banco Nacional de México. Se trataba de un crédito especial del gobierno mexicano para animar a las empresas norteamericanas a establecerse al sur de la frontera. Eso sin duda complicará las cosas. No obstante, confiad en mí —se apresuró a añadir Frank—. Tengo la situación bajo control.

—Eso está muy bien, señor Hagstrom —dijo John sin que su tono dejase traslucir la creciente inseguridad que sentía—, pero ¿qué vamos a hacer hasta que se aclare todo el lío? Ninguno de los dos tiene dinero, y en menos de una semana empezamos las clases.

—Lo arreglaremos de un modo u otro. Antes de que os vayáis al Este os entregaré un par de miles de dólares a cada uno, y si necesitáis más, quiero que me llaméis. No dudéis en llamarme.

Will tenía mala cara. El color había desaparecido de su rostro.

—Pero ¿seguro que cree que todo saldrá bien? Quiero decir, ¿seguro que queda algo para la universidad y...?

—Por supuesto.

A Frank le encantaba esa expresión: por supuesto. Siempre conseguía tranquilizar a sus clientes.

Will, que seguía confiando en él, asintió.

—Una cosa: antes de que os vayáis —añadió Frank, hiperconcentrado—, necesito que me firméis unos cuantos papeles. Tomaos todo el tiempo que necesitéis para leerlos. No dicen nada demasiado interesante, pero echadles un vistazo de todos modos. En resumen, dicen que me autorizáis para actuar en vuestro nombre.

Ya hace tiempo que lo hago, pero creo que ayudaría a agilizar las cosas.

Lo que más deseaban los hermanos era agilizar las cosas. Por eso, tras echar un vistazo por encima a los farragosos documentos legales que tenían delante, firmaron, con tinta, allí donde el grueso índice de Frank les señaló.

TERCERA PARTE

8 DE JUNIO DE 1999

Ronda del sábado por la mañana

Will Hancock se levanta temprano esta mañana, antes del alba, en su habitación del hotel Paz y Abundancia de la pequeña isla de Exuma, en las Bahamas. No lo hace por gusto, sino porque toda la noche ha estado soñando con Frank Hagstrom. En casi todas las pesadillas éste colgaba del techo, muerto, pero en otras muchas aparecía fresco como una rosa y se dedicaba a esparcir sus asquerosas mentiras a los cuatro vientos con su verborrea legal. A lo largo de los años Will se ha esforzado al máximo por creer que el muy cabrón se lo merecía, pero a menudo los remordimientos le impiden conciliar el sueño. De modo que se levanta y, cuando asoman las primeras luces, le paga cincuenta pavos a un pescador nativo para que le haga de guía por la costa de la isla Stocking, una delgada lengua de tierra en forma de anzuelo. Arriban a un muelle de madera muy largo situado en la costa oeste de la isla. Will coge su equipo de pesca y echa a andar por un estrecho sendero hecho de coral triturado y arena, que va a dar a una playa llana y desierta. Allá a lo lejos, el sol, enorme y anaranjado, se levanta por encima del plácido Atlántico. Will alza la vista y después la baja hacia el largo tramo de arena blanca. No ve a nadie, ni un alma. Sabe que, al menos durante unas horas, puede ser él mismo. Él y el zorro.

Will se siente de maravilla. Prefiere la soledad. A diferencia de su hermano, nunca ha sido un hombre gregario. Muchas veces, cuando representaba el papel de John Hancock, no tenía más remedio que adoptar la actitud de éste, todo simpatía. Pero no le sale de manera natural. Claro que después de tantos años careciendo de una identidad sólida, ya casi no sabe qué le sale de manera natural y qué no. Tiene que lidiar a diario con sus emociones y manías. Como le sucede en casa. Sabe que su hermano nunca les grita a los niños, nunca les da un cachete, hagan lo que hagan y por muy mal que se porten. Will, en cambio, cree en la disciplina. Cree en la utilidad de una palmadita de vez en cuando. Sin embargo, debe ir con cuidado. Debe seguir las reglas de John. Todo ha de regirse por las reglas de John.

Will suspira. No le apetece pensar en toda esa mierda. No en este momento. No en esta hermosa playa con el pez banana mordiendo el anzuelo. Sabe que sólo tiene esa mañana para pescar. En principio había pensado quedarse en las Bahamas hasta el jueves o el viernes, pero la noche pasada, incapaz de dormir, decidió volver a Estados Unidos a última hora de la tarde. Hacia la noche estaría de regreso en Massachusetts, en el escondrijo de Berkshires. Lleva tiempo queriendo hacer ciertos cambios, y ha llegado el momento de empezar.

Su hermano John empieza a despertarse, pero sin muchas cosas en la cabeza aparte de sus hijos. En la penumbra que precede al alba, cruza la habitación y recorre el pasillo sin encender ninguna luz. Tras haber vivido casi siete años en la casa de la ciudad, se conoce el camino de memoria.

Se asoma a la habitación de John Jr. y el pequeño Willy. Ambos duermen a pierna suelta. John sonríe y vuelve a la cama. Considera la idea de llamar a su mujer. La echa de menos, y daría lo que fuera por tenerla junto a él, entre las sábanas.

Mira la hora en el reloj de la mesilla de noche. Poco más de las cinco. Las diez, en Londres. Las diez o las once en París. Clara quizás esté levantada, aunque es poco probable. Mejor esperar, llamar más tarde. Una vez decidido, John se acurruca de lado, ahueca la almohada y se dispone a dormir un poco más.

Clara no habría contestado aunque Hancock hubiera llamado. Tiene desconectados el móvil y el teléfono de la habitación del Ritz. Se fue a dormir alrededor de la una y media sin la menor intención de despertarse antes del mediodía.

Tras volver del gimnasio, se duchó, se lavó el pelo y se tumbó a leer una novela hasta que le pesaron los párpados. Clara lee todos los libros de Hancock, pero prefiere las novelas románticas, las historias ligeras repletas de pasión, donde las cosas acaban arreglándose para la protagonista. Los libros de Hancock son siniestros y terroríficos. Si los lee tarde por la noche a veces le cuesta dormir.

¿Quién más se levanta a esta hora intempestiva de la mañana? ¿Rafe? Ni soñarlo. Rafe duerme como un tronco en su habitación del hotel de Belize City. Es el mismo hotelucho de Cockburn Street en el que los hermanos Hancock se hospedaron en su primera visita a la ciudad, el día de Navidad del 82.

Rafe llegó de Cayo Caulker ayer por la noche para asegurarse de no perder el avión con destino a Houston, la puerta de entrada a Estados Unidos. Con la bolsa de coca bien guardada en el talego, ha pedido que lo despierten a las ocho.

¿Y Babe? ¿Dónde apoya la cabeza la señorita Overton a esta hora fría y oscura? De noche, los Greyhound de trayecto nacional son muy regulares. Cada pocas horas paran a repostar y cambiar de conductor, pero por lo demás se limitan a seguir avanzando por la carretera.

Ahora Babe está a unos setenta kilómetros de la ciudad de Oklahoma. El rumor de los neumáticos sobre el asfalto y el balanceo constante del gran autocar le ha inducido el sueño. Sólo un par de cosas incomodan a Babe. La primera es la pistola fría, negra y chata que lleva enterrada en el fondo del bolso. Nota su presión en la cadera y de vez en cuando se despierta a medias para cambiar de posición, en un intento por acabar con esa molestia vaga.

El segundo motivo de malestar, esta vez de orden mental, es la novela que ha dejado en el asiento contiguo. Se trata de un best-séller de terror psicológico que compró en un puesto de revistas a las afueras de Amarillo, en Tejas. En la portada aparece un hacha medieval goteando sangre. Sobre el hacha, en letras rojo sangre, está el título: VENGANZA. Debajo, en el mismo color, aparece el nombre del autor: JOHN HANCOCK. En realidad, el título, y también buena parte del argumento, se le ocurrió al coautor, Will Hancock, presuntamente muerto. Publicada en el 92, fue el segundo best-séller de los hermanos.

Lo que le inquieta de la novela es el tema del argumento. Trata de un abogado deshonesto que le saca a una mujer una herencia considerable después de que el pastoso de su marido muere pilotando su jet privado.

La viuda acaba por desquiciarse, tortura al abogado con la colección de armas medievales de su difunto marido y al final lo mata de una manera espantosa. Sin embargo, Babe aún no ha llegado tan lejos. Sólo ha leído hasta la página cuarenta y siete.

¿Y qué ha sido de la psicoterapeuta de Babe, de Gerdy MacDaniel, allá en Los Ángeles? ¿Está despierta? Claro que sí. Atendiendo a una paciente, una joven actriz neurótica y anoréxica a quien todos hemos visto muchas veces en la pantalla grande. La muchacha, tan dulce en otro tiempo, está ahora despotricando contra todo, desde la explotación del Dalai Lama hasta el asqueroso sirope que le han servido en el desayuno, cuando rodaba su última película de época, *Estragos*, basada más o menos en *Cumbres borrascosas*, de Emily Jane Brontë. En la película, la actriz tenía que representar una escena de desnudo con Heathcliff, pero el director ha pedido una doble debido a las costillas protuberantes y al pecho, prácticamente cóncavo, de su primera actriz. Temía que el público pensase que Heathcliff estaba haciendo el amor con un cadáver.

Gerdy disimula un bostezo. La actriz la aburre hasta decir basta. Hace muchas horas, mientras se echaba una siesta entre dos visitas, Gerdy ha estado pensando en Babe. Ayer por la tarde, la compañera de piso de Babe, Mary Ann, la llamó para preguntarle si aquélla había ido a verla hacía poco. Gerdy comprendió de inmediato que Babe no había vuelto a casa tras la sesión del domingo por la mañana. Justo antes de que la actriz anoréxica llegara, Gerdy ha llamado a Babe y le ha dejado un mensaje en el contestador automático, pidiéndole que, por favor, la llamara.

Está preocupada por Babe, preocupada por que a la pobre mujer, tan angustiada, se le ocurra hacer alguna tontería. La gente, Gerdy lo sabe bien, sobre todo aquellos que padecen por el pasado, a menudo llegan al límite.

Leland Fisher y su encantadora esposa Hillary duermen a pierna suelta en su cama de dos por dos, en su casa de Back Bay, mientras una grabación imita el rumor constante de las olas chocando contra el dormitorio. No hace muchas horas, Leland y Hillary han hecho el amor. No ha sido nada del otro mundo, pero les ha proporcionado un mínimo de consuelo y satisfacción.

Después del sexo, Hillary le ha dicho a Leland que le gustaría hacer un viaje.

Leland, receloso pero saciado, ha preguntado:

—¿Adónde quieres ir?

—Oh, no lo sé. ¿Qué te parece Nueva York? Podríamos alojarnos en una suite del Ambassador, ver un espectáculo, salir de compras...

Y alejarnos todo lo posible de Hancock por unos días, ha pensado Leland.

—A Nueva York, ¿por qué no? Mañana tengo algunas cosas que hacer en el despacho, pero podríamos coger el tren el miércoles.

Hillary abraza a su maridito.

—Yo me ocuparé de todo.

Al *el Sabueso* Brown esta tumbado en la cama, leyendo a la luz tenue de su lámpara de noche. El libro es un volumen grande y pesado que contiene las fotografías en blanco y negro más famosas de Edward Weston.

De joven, Al soñaba con convertirse en otro Weston, Ansel Adams o Walker Evans. Sin embargo, un día se sorprendió a sí mismo siguiendo a Michael Jackson al servicio de caballeros del aeropuerto Kennedy y sacándole una foto mientras hacía sus necesidades. Allí y entonces, Al decidió mandar a paseo sus sueños de gloria.

A su lado, su esposa duerme a pierna suelta. Apenas ha pasado una mala noche en toda su vida.

Poca gente puede decir lo mismo.

Dicky Cosgrove aún no se ha ido a la cama. A veces piensa que nunca volverá a dormir. ¿Qué gracia tiene dormir? El sueño es para los débiles y los enfermizos.

Cuanto menos duerme y más se aleja de la plétora de psicofármaco del doctor Pastillas, más chiflado se vuelve Dicky *el Loco*. En estos momentos, las cuatro de la mañana, vaga por el South End de Boston —que no es el lugar más seguro del mundo ni siquiera a plena luz del día— buscando a alguien, a cualquiera, que le venda un rifle, una pistola o un arma de fuego cualquiera. Lo que sea, mientras dispare balas que perforen a los Hancock.

Ayer por la noche, sentado a su mesa de la biblioteca pública de Boston, Dicky tomó una decisión: les pegaría un tiro a los hermanos Hancock. A los dos. Los mataría.

Sólo hay un problema: necesita un arma. Sin ella no puede hacer nada. Sin embargo, conseguirla no es cosa fácil. Especialmente en Massachusetts, uno de los estados en que la legislación es más restrictiva en lo que a armas se refiere. Afortunadamente, porque en este caso quizás esa lesgislación salve unas pocas vidas. Tal vez.

Mírenlo. Andando por East Newton Street. Paseando por las aceras resquebrajadas, preguntando al primer pobre borracho o triste mendigo que le sale al paso si tiene alguna arma para venderle. Mendigando pistolas. Es irreal.

Lástima que huela tan mal y tenga una pinta tan rara que hasta los borrachines y los majaretas echan a correr cuando se acerca.

—¡Maldito hijo de puta cabrón de mierda! —grita Dicky en la esquina de Newton y Washington—. ¡Necesito una pistola! ¡Soy americano! ¡Tengo derecho a llevar armas!

Pero nadie, ni siquiera el negro con perilla y dientes de oro que maneja el cotarro allí en Franklin Square le vendería un arma a ese lunático. El negro, conocido en la zona como Moisés, puede conseguir de todo al instante: heroína, coca, speed, revólveres Magnum o Colt, fusiles AK-47, granadas de mano e incluso minas terrestres. Tú se lo pides y Moisés te lo trae. Lo llaman así porque él ha escrito, y hace respetar, los dos mandamientos del vecindario: 1) No circulará nada a menos que Moisés lo diga; y 2) Moisés se quedará con un cincuenta por ciento de todo lo que circule ¿entendido?

Lleva una media hora observando a ese «puto majareta blanco» a través de unos prismáticos de visión nocturna. Por fin, le dice a su lugarteniente, Stick:

—Stick, saca a ese soplapollas del vecindario. Ese puto majareta blanco va a meternos a todos en un lío como siga gritando como un puerco.

Stick, uno noventa y dos de estatura, unos sesenta y cinco kilos de peso cuando va equipado, asiente y se pone en marcha sin pronunciar palabra. Siempre hace exactamente lo que Moisés le ordena.

Él y un par de hermanos se acercan a Dicky en el gran Lincoln del primero, lo hacen subir al asiento trasero y lo vapulean un poco. Nada exagerado. Lo suficiente para captar su atención, para hacerlo callar. Lo llevan a las afueras, a Arlington, donde reducen a quince o veinte kilómetros por hora y lo empujan al exterior.

Dicky, maldiciendo a sus abuelas y dando vueltas de campana, va rebotando hasta que una señal de stop lo detiene.

Dicky y Zelda

Dicky Cosgrove sufrió un par de golpes duros en la infancia, de eso no cabe duda. Su madre murió en un insólito accidente antes de que él cumpliera tres años.

Alocada y original, Meg Carter-Cosgrove era aficionada a los pasatiempos temerarios. Tras dar a luz a su segundo hijo, volvió a hacer paracaidismo, pues afirmaba que la emoción del salto la hacía sentir más viva que practicar el sexo. Una espectacular tarde de primavera saltó del avión y empezó a caer. A medio camino, tiró del cordón para abrir el paracaídas, pero éste se enredó y no se desplegó. Meg aterrizó en un maizal de Vermont con un exceso de velocidad de doscientos cincuenta kilómetros por hora.

Bob Cosgrove, el padre de Dicky, se tomó muy mal la muerte de su esposa. Ella era el amor de su vida, la gasolina que mantenía su motor en marcha. Tras su muerte, se volvió apático, depresivo y distante.

La crianza de Dicky quedó más o menos en manos de su hermana Zelda. Apenas una adolescente en aquella época, Zelda lo hizo lo mejor que pudo, pero durante unos cuantos años después de la muerte de su madre no logró evitar que el viejo Bob zurrara al pequeño Dicky cada vez que éste se ponía a llorar o a lamentarse de la ausencia de su mamá. Muchas veces Bob le propinaba un revés y de vez en cuando le atizaba con el puño. En realidad, lo hacía más a menudo de lo que nadie en la familia quería reconocer o recordar. En aquella época no había ningún Departamento de Asistencia Familiar y de Infancia para proteger a los niños, de modo que Dicky recibió las palizas sin que el resto del mundo se enterara.

Al final, Bob superó su pena, conoció a otra mujer y rehízo su vida, pero todo eso sucedió un poco tarde para Dicky. El daño ya estaba hecho.

En suma, un mapa genético algo defectuoso, algún problema químico y un par de golpes duros en la infancia dejaron maltrecha la psique de Dicky. Éste tenía un coeficiente intelectual privilegiado, era capaz de resolver problemas matemáticos increíblemente complejos. Lástima que nunca pudiera llegar a la raíz de sus problemas emocionales.

Su hermana Zelda también tenía unos cuantos problemas. Por cierto, Zelda no era su nombre de nacimiento. Sus padres le habían puesto Gretchen, en memoria de la querida abuela Cosgrove. Sin embargo, poco después de la súbita defunción de su madre, Gretchen leyó *El gran Gatsby* y todo cuanto había escrito Scott Fitzgerald. La adolescente pronto se vio inmersa en una gran fantasía fitzgeraldiana, hasta el punto de que insistía a la gente en que la llamaran Zelda, el nombre de la bonita y rubia esposa de aquél.

Cuando cumplió los dieciocho años, Gretchen se había cambiado legalmente su nombre por el de Zelda. En el momento de su muerte, acaecida una década y media más tarde, la señorita Cosgrove aún seguía totalmente absorta con Scott y Zelda Fitzgerald.

A lo largo de la veintena y ya cumplida la treintena llevó el pelo teñido de rubio platino y cortado al estilo de los locos años veinte: corto, a lo chico. Hablaba con afectación, fumaba los cigarrillos con largos filtros de plástico y de sus labios no salía una frase que no pudiera ser clasificada entre los diez comentarios más ingeniosos del mundo.

Sin embargo, a pesar de sus excentricidades, Zelda era brillante, tanto como su hermano Dicky. Su talento se hacía notar en el ámbito del lenguaje, mientras que Dicky destacaba con los números y las ecuaciones. Si Zelda hubiera poseído aptitudes para encadenar las palabras en el papel habría escrito unas novelas extraordinarias. No obstante, era demasiado lineal. Lo suyo fue, desde muy temprana edad, el mundo académico. Había leído, al menos dos veces, todas las novelas de cierta importancia que habían sido publicadas, y podía comentarlas con agudeza, inteligencia y perspicacia. Discutir, pongamos por caso, la estructura narrativa de *Beowulf*, las connotaciones freudianas de *Madame Bovary* o el impulso psicológico de *Lolita* con Zelda Cosgrove resultaba, en el mejor de los casos, exasperante y, en el peor, intelectualmente extenuante. Zelda se conocía al dedillo los argumentos, los personajes, los escenarios y los temas principales y secundarios de cualquier obra literaria desde *Los cuentos de Canterbury* hasta *Trampa 22*.

Sólo tenía veintiocho años cuando los hermanos Hancock, recién llegados a Harvard, la conocieron. En aquel entonces ella ya había hecho el posgrado en la Universidad de Vermont y el doctorado en Columbia. Su siguiente objetivo era una cátedra en la de Crimson.

Harvard

Los hermanos Hancock sólo tenían diecisiete años cuando llegaron a Harvard, en el otoño del 77. Tardaron un par de meses en adaptarse; al principio, las inmensas dimensiones de la universidad les parecían desalentadoras, casi amenazadoras. Para colmo, aquello era Harvard. El mero sonido de la palabra evocaba imágenes de Thoreau y Emerson, T. S. Eliot y Oliver Wendell Holmes, Teddy y Franklin Roosevelt, y John Kennedy. Se trataba de territorio sagrado. Los primeros días, iban por el campus con la boca abierta y los ojos como platos.

De repente, hacia Halloween, sin que los gemelos hicieran nada por provocarlo, empezó a circular el rumor de que eran descendientes directos de aquel famoso graduado en Harvard y eminente firmante de la Declaración de Independencia, John Hancock. El chisme procuró a los chicos reconocimiento y prestigio instantáneos. Se convirtieron en dos celebridades. Súbitamente, sus compañeros los miraban con reverencia. Más de una vez oyeron susurrar a su paso:

—¿Ves a esos chicos? Son los Hancock. Algo así como los tataratataratataratataranietos de John Hancock.

Sus esfuerzos por desmentir aquel parentesco resultaron inútiles. En realidad, no hicieron sino aumentar su categoría de Alumnos de Harvad Muy Importantes. Negando la relación con el prócer, los hermanos Hancock demostraban su modestia y su buena educación, y en esa universidad la buena educación, esto es, el más puro protestantismo, era, por mucho que pareciese lo contrario, un epíteto muy codiciado.

El equipo de fútbol de primero decidió ponerlos como extremos debido a su velocidad y agilidad. Lástima que los equivalentes de Princeton, Brown y Yale casi nunca lanzasen la pelota. Con cuatro juegos ofensivos de cada cinco, aquellas otras universidades de la Ivy League solían llevar el balón o bien directamente al medio o bien a placaje. Ese modo de jugar tedioso y conservador reflejaba perfectamente la filosofía de las instituciones: no correr riesgos, aferrarse a la pelota, aferrarse a la estrategia, no moverse del centro del campo. Los hermanos Hancock entraban poco en acción. Antes del fin de la temporada estaban aburridos como ostras.

Poco después descubrieron el teatro. Aprendieron a actuar como los pájaros a volar. Al fin y al cabo, llevaban interpretando el papel del otro prácticamente desde que estaban en el vientre de su madre. De repente, se les presentaba la oportunidad de representar una amplia variedad de papeles en infinidad de obras distintas. John y Will actuaron en muchos de los clásicos: hicieron de Eduardo y Edmundo en *El rey Lear*, de Oliverio y Orlando en *A vuestro gusto*, de Jack Worthing y Algernon Moncrieff en *La importancia de llamarse Ernesto*. Se intercambiaban los papeles a placer, a veces incluso de un acto al otro. En el primero, John hacía de Eduardo y Will de Edmundo. En el segundo, intercambiaban los papeles. Nadie se daba cuenta.

Por lo menos, eso pensaban ellos. Sin embargo, una noche, tras una representación delirante e imprecisa de *Muerte de un viajante*, Zelda Cosgrove acudió a los camerinos para felicitar a los chicos por el buen trabajo.

Aquel semestre, Zelda les daba clases de escritura creativa centrada en el relato corto. Desde el primer día se había sentido interesada por el rotundo parecido de los gemelos, por su perfecta simetría y la sensación que transmitían de ser absolutamente inseparables. A partir de entonces, los observó de cerca.

—Los hermanos Hancock haciendo de los hermanos Loman —dijo arrastrando las palabras, en un tono bajo y ronco y un cigarrillo aún sin encender al final de una larga pitillera de plástico, entre el pulgar y el índice de la mano derecha—. Qué gracioso.

Zelda calló un instante para que uno de los dos chicos le ofreciera fuego. Por desgracia, ninguno llevaba cerillas. No fumaban. No obstante, de aquel día en adelante, ambos se cuidarían de llevar sendas cajas de cerillas en el bolsillo.

La locura de los hermanos Hancock por Zelda empezó el día de orientación para los estudiantes de primero. La mujer había dado la cara por el Departamento de Lengua, y los chicos se apuntaron al instante en su curso de escritura creativa, no porque les interesase especialmente la asignatura, sino porque sentían un vivo interés en Zelda. Su atractivo rostro, pálido y empolvado, su poderosa mística femenina, su sexualidad, su aire coqueto y seguro; todos esos ingredientes hacían hervir la sangre de un adolescente. Y allí la tenían en aquel preciso instante, alabando su actuación.

—Entonces —preguntó John—, ¿le ha gustado la obra?

—No demasiado —contestó Zelda—. Miller me parece insoportablemente melancólico, sus personajes principales deprimentes y sus diálogos deslavazados e insípidos. Como es lógico, se trata de la obra más importante del siglo XX.

Hasta un chimpancé habría captado el sarcasmo.

Los chicos procuraron que no les cayera la baba y se las arreglaron para soltar una risita.

—Sin embargo —añadió ella—, vosotros dos me habéis encantado.

—¿En serio?

Parecían un par de cachorritos esperando unas palmaditas en la cabeza.

—Ya lo creo. Sobre todo el modo en que os turnabais para representar el papel del hermano Biff, mucho más suculento.

Los hermanos Hancock intercambiaron una mirada casi imperceptible.

—¿Que qué?

—Vuestra inversión de papeles me ha parecido tan... No sé... —Zelda siguió moviendo en el aire su cigarrillo sin encender—. Tan sutil y divertida. Y, por supuesto, tan llena de generosidad.

Los gemelos no sabían qué hacer, no se les ocurría nada que decir. ¿Debían guardar silencio? ¿Negarlo? ¿Fingir que no tenían ni idea de lo que estaba hablando?

Un revuelo eufórico se desató en la zona de los camerinos. Los actores y sus séquitos andaban por allí, riendo y comentando la actuación. Los hermanos Hancock, incapaces de hablar, rogaron al cielo que nadie hubiera oído los comentarios de Zelda.

Nadie había oído una palabra, pero Zelda aún no había terminado.

—Generosa —explicó, como si ellos le hubieran preguntado—, porque es evidente que a uno de los dos, no sé a cuál, lo eligieron en un principio para interpretar a Biff, pero quienquiera que fuese, decidió compartir el papel con su hermano gemelo. O quizá no tomara ninguna decisión. A lo mejor lo compartís todo. ¿Eh? —Se quedó esperando una respuesta; con sus enormes ojos verdes, controlaba a los chicos sin problemas.

John, por fin, consiguió articular palabra.

—Señorita Cosgrove —consiguió murmurar—, se lo aseguro, nosotros nunca...

Zelda se le rió en la cara.

—Ahórratelo, Hancock. Conmigo tu secreto está a salvo.

—¿Secreto?

—Oh, me encantan los buenos secretos —les aseguró—. Adoro los secretos. Los secretos hacen que la vida valga la pena. ¿Cómo nos divertiríamos, si no fuera por los secretos? Y, de todos modos, he venido aquí esta noche con la intención de entender algunas cosas, y desde luego he entendido más de una.

—¿Entender?

—De vuestra escritura.

—¿De nuestra escritura?

—Desde que presentasteis los primeros relatos a principios del semestre he estado pensando en ellos. Me preguntaba si eran intentos en solitario o en colaboración. Ahora veo que, casi con toda seguridad, se trata de colaboraciones. Sin duda es esa dualidad la que hace los relatos tan compactos, mágicos y entretenidos. Decidme, ¿lo hacéis todo juntos? ¿Os divertís juntos? ¿Os ducháis juntos? ¿Os afeitáis juntos? ¿Cagáis juntos? ¿Incluso folláis juntos? ¿U os turnáis para follaros a la misma mujer? Por supuesto, haciéndole creer a la pobre que sólo está jodiendo con uno de los dos. A las mujeres, como tal vez hayáis notado, o tal vez no, les gusta tener un único propietario.

A continuación, dejando a los hermanos Hancock tan impresionados como pretendía, Zelda sonrió, dio media vuelta y se alejó pavoneándose en busca de alguien que le diera fuego.

John y Will, deslumbrados y sexualmente excitados, la observaron alejarse hacia la multitud. Pasó un buen rato antes de que pudieran hablar.

Poco después de la aparición de Zelda entre bastidores, los hermanos Hancock decidieron preguntarle si quería ser su consejera académica. Ambos afirmaban que la elección se debía al vivo interés que ella demostraba en sus progresos, pero la verdad es que estaban locos por la elegante, vacilona y deslumbrante señorita Cosgrove.

Su primer consejero fue un caballero anciano y sucio llamado Richard «llamadme Rick» Whorlman. Rick llevaba enseñando literatura inglesa en Harvard desde los días de Milton y Dryden, y por mucho que intentase parecer interesante y enrollado, era calvo, aburrido y su aliento olía tan mal como para hacer retroceder asqueado a un estudiante muy acatarrado. También tenía la irritante costumbre de preguntar a los chicos, cada vez que los veía, cuándo pensaban escoger la asignatura principal, cuál sería y qué pensaban hacer exactamente el resto de la vida.

Pero a los hermanos Hancock no se les daba bien definirse, y así sería siempre. Querían hacer una docena de cosas distintas, seguir un centenar de caminos divergentes. ¿Y qué le decían al doctor Rick Whorlman? Pues nada en absoluto; cada vez que lo veían por el campus salían corriendo en la dirección opuesta. Como es natural, se deshicieron de él en cuanto Zelda se puso al alcance.

Zelda no les preguntó qué iban a ser de mayores; no, Zelda se lo dijo.

—No tengo ninguna duda —declaró— de que los dos habéis nacido para ser escritores.

—¿Escritores? —preguntó John.

—Escritores —contestó Zelda.

—¿Qué clase de escritores? —quiso saber Will.

—Escritores de ficción —respondió ella—. Novelistas.

—¿Novelistas? ¿Quieres decir como James Joyce y Stephen King?

Zelda los obsequió con su sonrisa más encantadora.

—Sí —dijo—, exactamente. Una combinación de Joyce y King. Me encanta.

—Pero para ser novelistas nos falta lo principal.

—Sabéis escribir.

—Eso se aprende en primero, pero no tenemos ni idea de qué escribir.

—Por supuesto que tenéis idea —les aseguró—. Escribid lo que queráis. Eso es algo que surge de manera natural.

—Pero, maldita sea —protestó John—, escribir no es algo a lo que uno pueda dedicarse de mayor. No es un medio de vida.

—Papá y mamá querían que hiciéramos carrera —apuntó Will—. Que tuviéramos una profesión. Como doctores o abogados.

Zelda estaba sentada al escritorio metálico de su atestado despacho, en el primer piso del Boylston Hall. Había libros apilados por todas partes. Cientos de libros, miles de libros, libros en cartoné, libros en rústica, libros viejos y libros nuevos. Se inclinó hacia adelante y, con su penetrante mirada, captó toda la atención de los gemelos. El que éstos la deseasen físicamente hacía que le resultase fácil dominarlos mentalmente.

—Una profesión no es más que una vocación con relevancia social —les dijo—. Os lo aseguro, la creación de una ficción literaria consistente tiene toda la relevancia social que cualquier mamá o papá pueda desear.

—Sí, pero...

—Escuchadme —ordenó—. He leído de todo: genial, bueno, malo y espantoso. Y os diré una cosa: a lo largo de los años, sólo un puñado de escritores han alcanzado la grandeza: Shakespeare, Cervantes, Dostoievski... Uno entre un millón. Uno entre mil millones. Eso se debe a que la escritura creativa, esto es escribir lo que sale del alma, emigra al cerebro y sale por la punta de los dedos, requiere una amplia gama de dones y capacidades. Es tremendamente raro que la combinación necesaria se dé en un individuo aislado. Puede que un escritor tenga una imaginación arrolladora pero carezca de habilidad para construir un relato consistente. Otro escritor puede tener increíbles facultades para construir un argumento y sin embargo carecer de la mínima gracia para crear personajes intensos y creíbles. Los escritores fracasan por muchos motivos: estupidez, alcoholismo, pobreza, abundancia, relaciones de mierda, falta de autodisciplina, problemas con...

—Vale, pero...

—¡Silencio! —gritó Zelda—. No me interrumpas. Nunca. —Era de esa clase de chicas—. Vosotros dos, escribiendo juntos, en equipo, seguramente reunís todos los ingredientes necesarios para la creación de una prosa extraordinaria. No tengo ni idea de quién aporta qué a la mezcla, pero de momento no creo que importe mucho. Lo que importa hoy por hoy es el resultado: una mezcla exquisita de energía dirigida y locura controlada. En este estadio, aún se parece mucho a una pintura primitiva, pero sin duda los elementos esenciales están ahí.

En ese momento Zelda pareció perder impulso pero los chicos, escamados, decidieron no arriesgarse a interrumpirla. Como era de esperar, tras un breve descanso aún tenía cosas que decir.

—Decidme, ¿cómo lo hacéis?

—¿Cómo hacemos el qué? —preguntó John.

—Escribir como magos.

Will se encogió de hombros.

—No lo sé. Sencillamente lo hacemos.

—¿Y por qué lo hacéis juntos?

—¿Por qué? —preguntaron.

—Sí. ¿Por qué en colaboración?

—Bueno, es fácil —contestó John—. Para acabar antes los deberes y poder ir por ahí a gandulear.

—Por lo general —apuntó Will—, John escribe el primer borrador y yo lo arreglo.

Zelda sabía que ahí había más de lo que los chicos querían revelarle, pero esa respuesta de perdonavidas no la sorprendió. Había esperado algo peor. Tipo Mozart soltando risillas tontas y persiguiendo a su hermana pequeña alrededor del clavicémbalo mientras componía maravillosas sinfonías a la tierna edad de ocho años.

John y Dicky

En este preciso instante, John no está escribiendo gran cosa. Lo ha intentado a primera hora de la mañana, pero lo ha dejado en cuanto ha oído que los niños se despertaban. Han desayunado juntos y han hablado del Golden retriever. Sí, el Golden retriever. Ayer por la noche, los niños estuvieron cogiendo en brazos a los cachorros de cinco meses durante más de una hora. Como es natural querían los cinco, pero papá dijo que ni hablar. Sin embargo, al final cedió y consintió en que se quedaran con uno. John sabía que a su hermano no le haría ninguna gracia (a Will nunca le han gustado mucho los perros) pero mala suerte; a John le encanta hacer felices a sus hijos.

Después de desayunar, ha llevado a los niños al colegio. Por el camino han estado discutiendo el nombre.

—Bill.

—Bob.

—Brutus.

—Walter.

—Wolf.

—Wiggles.

Hay tiempo de sobra para decidirlo.

John les ha dicho adiós con la mano en la puerta del colegio. Desde entonces, ha caminado mucho. Sólo es media mañana y acaba de terminar la Senda de la Libertad, una ruta turística que pasa por los lugares históricos de Boston. Hoy, caminando por el sitio de la matanza de Boston, ha pasado por delante de la casa de Paul Revere, se ha detenido por un momento ante la Old North Church, ha cruzado la bahía de Boston por el puente de Charlestown y ha subido a lo alto del monumento Bunker Hill, hasta la cima de Breed's Hill, donde en junio de 1775 los rebeldes vencieron a los casacas rojas.

A John le gusta verse como parte de la historia. Ha llegado a considerar como cierta la fantasía de que su antepasado presidió el Congreso Continental y estampó con valentía su firma en la Declaración de Independencia.

La relación con Hermann Goering está olvidada; ese detalle familiar no tiene cabida en la realidad de John. Su vida es, como siempre ha sido, una ficción y una maraña de engaños y distorsiones. En este preciso instante, mientras su cerebro procesa lo sucedido los últimos días, se pregunta, sólo por un instante, si todos esos engaños y distorsiones le pasarán factura al fin. Si su suerte se habrá agotado.

Sigue dándole vueltas a la lista de sospechosos. Los nombres se le aparecen ante los ojos, uno tras otro, como un desfile infinito de posibilidades.

HANCOCK, CLARA
BYRNES, RODNEY
RAFE?
COSGROVE, DICKY
FISHER, LELAND

Casi ningún nombre de la lista lo asusta. Desde luego, Clara no. Sin embargo, John sabe que quedará hecho polvo si su mujer, enterada de la verdad, se dispone a tomar cartas en el asunto, quizás a poner fin al matrimonio. Quizá John no pudiera soportarlo.

Byrnes no le da miedo. Rafe tampoco. Leland tampoco. Leland puede ponerse enfermo de celos si piensa que su mujer y su escritor de mayor éxito han tenido una aventura a sus espaldas, pero es un osito de peluche. El pobre perdería los papeles y se echaría a llorar antes que cometer un acto violento.

No, el único nombre de la lista que asusta a John es Dicky Cosgrove. John no tiene ni idea de lo que podría hacer Dicky *el Loco*. Llámalo miedo, instinto o intuición, pero John nota la presencia de Dicky. Sabe que anda por ahí fuera, bastante cerca. Cada vez más.

En realidad, físicamente, Dicky no está tan cerca. Aún no.

Se ha tomado un descanso para visitar la escena del crimen. Como Hancock, Dicky ha caminado mucho las últimas horas.

Después de que lo tiraran del Lincoln de Stick, ha ido andando de Arlington a Cambridge. Aparte de algunos chichones y magulladuras, ha salido prácticamente ileso de su choque contra el asfalto de Medford Street.

Ahora está delante del edificio de apartamentos de Berkeley Street, donde vivía su hermana Zelda cuando la asesinaron. La puerta de entrada de la casa de tres pisos, construida en ladrillo, está cerrada. Dicky quiere subir, llegar hasta el apartamento 4D, al final del pasillo, entrar, ver si la sangre de su hermana aún mancha las alfombras y los suelos de madera.

Sin embargo, no hay nadie por allí para abrirle la puerta. No sólo apesta y tiene pinta de loco, sino que lleva las manos y la cara manchadas de sangre. Tiene la ropa hecha jirones, consecuencia directa de haber hecho enfadar al señor Moisés de Franklin Square.

Un coche patrulla llega al edificio de apartamentos. Un agente se apea y le pide algún documento de identificación. Dicky le tiende su carné de conducir de Massachusetts, recién sacado, un detalle del doctor Pastillas de Great Barrington como parte del programa de reinserción.

El poli echa un vistazo al carné y después a Dicky. Olisquea un poco y dice:

—¿Puedo preguntarle qué hace aquí, señor Cosgrove?

—Esperando a mi hermana —contesta Dicky *el Loco*, como si fuera la persona más cuerda del mundo—. Vive aquí. En el cuarto piso. —Señala con el pulgar.

—¿No está en casa en este momento?

—No, señor. Aún no. Pero no tardará en llegar.

—¿Y qué le ha pasado?

Dicky se mira la ropa.

—Ah, esto. Ayer por la noche me atracaron.

—¿Le atracaron? ¿Dónde?

—En Boston. Pero estoy bien. De verdad. No quiero presentar una denuncia ni nada. Sólo llevaba unos dólares encima.

La radio crepita en el coche patrulla. Se necesitan agentes de inmediato en Brattle Street. Un incidente doméstico. Con disparos. Hay problemas por todas partes.

El policía le devuelve a Dicky el carné de conducir.

—Le recomiendo que se lave un poco, señor Cosgrove. Una ducha y ropa limpia. Está asustando a los vecinos.

—Muy bien —dice Dicky—. Lo haré.

El agente vuelve a subir al coche, pone en marcha la sirena y se aleja a toda velocidad. Qué poco se imagina el policía que acaba de dejar suelto a un maníaco homicida en potencia. Y que el consejo desinteresado que le ha dado bien puede tener múltiples y violentas consecuencias.

Por primera vez en varias semanas, Dicky se da cuenta de que va zarrapastroso y desprende un hedor terrible. Decide solucionarlo de inmediato.

Pesca

Will Hancock está de pie en las aguas cálidas de la isla Stocking, en las Bahamas. Sumergido hasta la cintura, empuña la caña de grafito del nueve. Una y otra vez, lanza el sedal, que dibuja un arco en el aire y se sumerge con suavidad. Un pequeño pez banana pasa de largo, indiferente. Will recoge el sedal y vuelve a lanzarlo. A la luz deslumbrante de última hora de la mañana, esos peces plateados y fibrosos no suelen picar, pero Will no ceja en su empeño.

Hace un rato, ha pescado uno de esos asustadizos peces de roca: uno pequeño, de un kilo, que se ha rendido sin luchar. La captura no le ha producido satisfacción alguna, pero la ha llevado a cabo de todos modos. Will, como mínimo, es de ideas fijas.

Cambiar de caña, cambiar de carrete, cambiar de anzuelo; en eso consiste la pesca con caña. Hace falta paciencia, y Will tiene paciencia de sobra, para dar y vender. Se puede pasar horas pescando en las mismas aguas, colocando tranquilamente un anzuelo tras otro hasta encontrar el que el pez acaba por morder. Su hermano John, en cambio, si en alguna ocasión alguien logra convencerlo de que coja una caña, lanzará como loco unas cuantas veces, y si no consigue nada se pondrá a hacer otra cosa. Lograr que un pez muerda un anzuelo y pelear con él en el agua no coincide con la idea que John tiene de la diversión. Él prefiere actividades más emocionantes: ir en bici, hacer *rafting*, esquiar, escalar. Will prefiere pescar, cazar, caminar por la montaña.

Will recoge el sedal y recuerda por segunda vez en menos de cuarenta y ocho horas el día en que se convirtió en John Hancock. Hace casi veinte años, la mitad de su vida prácticamente, pero apenas pasa un día sin que piense en lo que pasó con aquellos pasaportes, allá en Cayo Caulker.

Will mira fijamente las cristalinas aguas color turquesa y allí, cerca de la orilla, a menos de diez metros de donde está, divisa un pez banana, con sus escamas plateadas rutilando bajo el brillante sol tropical. Sin perder la calma, Will se dispone a lanzar. El pez avanza despacio. Está buscando comida. Will echa la caña hacia atrás y lanza justo delante del pez, que pica, se vuelve y echa a nadar hacia el mar abierto. Will lo deja hacer. No hay necesidad de impedírselo. Quiere jugar con él, como un gato que acorrala a un ratón. El gato dejará que el ratón busque refugio, pero en el último segundo lo empujará otra vez al centro de la habitación. Will hace lo mismo. Deja que el pez huya unas cuantas veces, pero en cada ocasión recoge el sedal para que la caza vuelva a empezar. A Will le encanta este juego, le divierte muchísimo.

La batalla dura seis o siete minutos como mucho. El pez, fuerte y buen luchador, se agota enseguida. Will lo atrae hacia sí para echarle un vistazo. Un macho de tres kilos en plena forma. No está mal, para un pez, aunque poco podía hacer contra un hombre de ochenta y cinco kilos armado de caña, sedal y un gran cerebro.

Con cuidado, porque los peces banana tienen dientes, Will le saca el anzuelo y lo devuelve al mar. Como es natural, no lo quiere. Los peces banana son buenos para luchar, pero espantosos para comer.

Satisfecho, incluso pletórico, Will decide tomarse un descanso. Se sienta en la playa y se come un bocadillo de ternera. Contempla el horizonte. Hermoso, piensa. Espectacular. Le gustaría llevar allí a su mujer y a sus hijos algún día. Algún día, cuando pueda dejar atrás todo este engaño, toda esta confusión y soledad.

Will es un pescador tranquilo y paciente, igual que es un hombre tranquilo y paciente. Sin embargo, su infinita paciencia tiene otra cara, posiblemente más oscura. Los depredadores también son pacientes. Los halcones y los búhos, los leones y los leopardos, las arañas y los escorpiones pueden pasar horas, incluso días agazapados, acechando a la presa. Tranquila, sigilosa, implacablemente... aguardan. De repente, llegado el momento, atacan.

Comunicaciones

En este preciso instante, Rafe Paquita está en el lavabo del Boeing 737 que vuela a nueve mil metros de altura. Tiene un bote de vaselina en una mano y una bolsa de plástico con doscientos cincuenta gramos de cocaína pura en la otra.

El 737 está iniciando el último descenso hacia el aeropuerto de Houston. Sabe que tiene que escamotear esa bolsa de droga antes de pasar por la aduana. Limitarse a esconderla en el fondo de su talego no servirá de nada, de modo que se baja los calzoncillos, inspira hondo un par de veces, se lubrifica y hace lo que tiene que hacer.

Rafe sabe, o al menos lo cree, que si quiere recuperar a su mujer y a su hija tiene que meter la droga en Estados Unidos, entregarla en el hotel Ambassador de Nueva York y, a continuación, desplazarse a Boston para mantener una breve charla con el señor John Hancock.

Una vez hecho eso podrá relajarse, tomarse las cosas con calma, disfrutar de la vida.

Hablando del Ambassador, la señora Hillary Fisher está telefoneando a ese hotel en este mismo instante, haciendo reservas para las noches del miércoles y el jueves. Cuando los Fisher van a Nueva York, siempre se alojan en el Ambassador. Por lo general en una suite con vistas a Central Park. Hillary no está muy segura de querer ir a Nueva York. Por lo menos, no con Leland. Es verdad que ayer por la noche se puso mona y cachonda con él, pero la realidad es que necesita alejarse de Boston unos días. Alejarse de Hancock. Pensar cómo va a vengarse de él exactamente por el modo tan cruel en que cortó ayer con ella. Mientras, la Quinta Avenida estará a sólo un paseo de allí, de modo que puede comprar mientras maquina.

Leland puede pagar la factura. Está sentado en su despacho de Beacon Hill tratando de decidir si llama o no a Al *el Sabueso* para decirle que deje de vigilar a John Hancock. Está bastante convencido de que su paranoia respecto de la infidelidad de su mujer era infundada. Decide llamar a Al, oír las últimas noticias y después, según como sea el informe, despedirlo.

El Sabueso está observando la casa de Hancock, en Beacon Hill, a la espera de que Hancock haga la primera aparición del día. Esta mañana ha llegado tarde y se ha perdido la salida de Hancock a las ocho con John Jr. y el pequeño Willy. Así que se ha pasado todo el tiempo en su monovolumen bebiendo café y pensando que Hancock está dentro, trabajando tal vez en su siguiente psicothriller.

De repente, sin embargo, Hancock aparece andando por Louisburg Square. Cruza la verja de hierro forjado y sube los peldaños hacia la puerta principal. Ha olvidado la llave y golpea con fuerza el pomo de bronce, un par de veces.

—Maldita sea —murmura Al a la vez que coge su Nikon—, ¿dónde ha estado?

De pronto suena el teléfono móvil.

—Dios. Una mañana de lo más tranquilo y ahora todo el mundo se pone en marcha. —Conecta el teléfono y responde—. ¿Diga?

—Soy Fisher.

—¿Sí, señor?

—Sólo quería saber cómo va todo.

—Estoy en casa de Hancock, señor. Hay cierta actividad. Lo llamaré más tarde.

—Estoy en la oficina.

—Bien.

Al vuelve a coger la Nikon. Consigue sacar una foto o dos antes de que Hancock desaparezca por la puerta principal.

—Hola, Nick —le dice John a la niñera—. ¿Ha pasado algo emocionante en mi ausencia?

La pobre Nicky sacude la cabeza. Hace rato, cuando el señor Hancock se ha ido para llevar a los chicos al colegio, le ha dicho que volvería al cabo de unos minutos, y ha estado ausente cuatro horas. Sin embargo, tras ocho meses trabajando en la casa, Nicky ha acabado por acostumbrarse a esa clase de cosas. Le cae bien el señor Hancock y le gusta trabajar para él. Es divertido y correcto y le da mucho tiempo libre. No obstante, es raro, eso está claro. Y excéntrico. Y despistado. Olvida las citas, no se acuerda de devolver las llamadas ni de dónde ha dejado las llaves o la chaqueta. A veces hasta se olvida de lo que ha hecho por la mañana. Nicky se ha dado cuenta de que su mujer y sus hijos apenas reparan en esos lapsus de memoria. Supone que todo ello se debe a que es escritor. Quizás los escritores sean raros, excéntricos y despistados por naturaleza.

O quizás, Nicky, haya dos señores Hancock, y tal vez uno de ellos no siempre sepa dónde ha dejado las llaves el otro.

—¿Y qué, Nick? —pregunta Hancock—. ¿Ha llamado alguien?

—La señora Hancock. Hace un rato. Ha pedido que la llame. Está en el Ritz, en París. —Nicky se saca un trozo de papel del bolsillo—. Aquí tiene el número.

Hancock lo coge y sube al piso de arriba.

—Gracias, Nick. Ahora mismo la llamo.

Al pulsa los números de la línea directa de Leland, y éste contesta al teléfono.

—¿Sí?

—Soy Brown.

—¿Qué pasa? Ha dicho que había movimiento.

—Sí, señor —añade—. Hancock ha aparecido justo cuando usted ha llamado.

—¿Ha aparecido? ¿Dónde estaba?

—No lo sé.

—¿Qué significa que no lo sabe? Por el amor de Dios, hombre, le pago para que lo sepa.

—He llegado a las siete menos diez —miente Al—. Salvo por los dos niños, que han salido a las ocho para ir al colegio, no ha habido movimiento.

—¿Me está diciendo que Hancock ha estado fuera desde antes de las siete pero que no sabe dónde?

—Eso es, señor. —Al cree que es mejor mentir; si lo despiden ahora tendrá problemas para cobrar el resto de la factura—. A menos que se haya ido más tarde y haya salido por la puerta de atrás.

Leland suspira con fuerza y se dice que será mejor que ese mamón siga vigilando.

—No vuelva a perderlo de vista, maldita sea —gruñe, y cuelga el auricular.

Al suspira también y se come otro donut.

Otra llamada, otra conexión.

—¿Sí?

—Hola, soy yo.

—Hola, tú.

—Me han dicho que has llamado.

—Sí.

—Debes de echarme de menos.

—Ya lo creo —dice Clara con su voz más seductora.

—¿Y cuándo vas a volver? Necesito que me hagan mimos.

—Eso suena bien.

—Entonces, ¿cuándo vuelves?

—Dentro de un par de días, pero primero tengo que ir a Nueva York.

—¿Por la nueva galería?

—Sí —responde Clara—. Creo que por fin hemos ultimado los detalles.

John lo sabe todo sobre la nueva galería. Lleva más de un año oyendo hablar de ella.

La cuarta galería de Clara, en la Gran Manzana. Justo en el centro del centro.

A un paso de Tiffany's. Sin embargo, ha sido un contrato muy complejo. Clara precisó varios socios debido al tremendo gasto que supone operar en Manhattan. Ahora parece que por fin se ha cerrado el trato.

—Entonces mañana te vas a Nueva York. ¿Vas a hospedarte en el Ambassador?

—Claro.

—¿Y qué pasa con nuestra pequeña cita? ¿Sigue en pie?

—Por supuesto.

—¿Con o sin los niños?

—Los niños se van mañana por la mañana con Linda —contesta Clara.

—¿Se van adónde con qué Linda?

—¿Con qué Linda? Linda Carson. Mi mejor amiga. La misma Linda que llevaste a la fiesta de Leland el sábado por la noche. La misma Linda que nos presentó hace años.

—No te hagas la graciosa, querida. Es sólo que por un momento no sabía de qué hablabas. ¿Y adónde se va Linda con nuestros hijos?

—De verdad, Hancock, tienes menos memoria que un gusano. Se van a New Hampshire.

—¿A New Hampshire?

—A la cabaña de Linda en las Montañas Blancas. Ya te lo había dicho.

—Seguro que sí. Recuérdamelo.

—Sólo estarán un par de días. Van a abrir la cabaña para el verano, airearla y pasear un poco. No te viene de nuevo.

Hancock intenta recordar. No puede, pero sabe que de vez en cuando se le olvida alguna cosa. También es posible que Clara se lo dijera a Will y que Will olvidara contárselo antes de que intercambiaran el puesto la semana pasada. Es un pequeño problema que los hermanos llevan años sorteando.

—Seguro que no —dice John, y a continuación pregunta—: ¿Y van a faltar a la escuela?

—Sólo un par de días; y créeme, con Linda aprenderán mucho más que con los profesores.

—¿Los niños ya lo saben?

—Claro que lo saben. Les pregunté si querían ir. Les encanta subir allí. ¿No te acuerdas de lo bien que nos lo pasamos el verano pasado?

La verdad es que Hancock no se acuerda. Estaba escalando en los Alpes.

Aquella semana era Will quien se encontraba de servicio.

—Sí, claro —dice—, claro que me acuerdo.

—Se lo pasarán muy bien —le asegura Clara—. Linda los quiere mucho. Es lo más parecido a un tía de verdad que tienen.

—No me quejo. Me encanta que toda mi familia me abandone. Que me deje completamente solo.

—Pobrecito.

Hancock suspira y pregunta:

—¿Cuándo pasará a recogerlos Linda?

—Durante la mañana, así que no los lleves al colegio.

—Muy bien.

—Y cuando se hayan ido, pillas el primer vuelo a Nueva York y te reúnes conmigo.

—Me parece un plan perfecto.

—Así podrás venir a la rueda de prensa.

—¿Qué rueda de prensa?

—El jueves. Para anunciar la inauguración de la nueva galería.

—Publicidad gratis.

—Exacto.

John y Clara ultiman unos cuantos detalles más y cuelgan. Clara está tranquila al ver cómo las piezas del puzzle van encajando. Siempre ha sido una maquinadora de primera. Como su asalto a las vidas públicas y privadas de Charles y Anita Dare. Aquello fue una obra de arte, prácticamente una obra maestra de investigación, planificación y ejecución.

Charles, Anita y Clara Dare

El día después de que Clara Dare, entonces conocida como Jane McGuire, se graduara en la Escuela Superior de Cambridge, en junio de 1981, la madre de Jane, Patsy, y el nuevo novio de Patsy, Guy, le regalaron un cheque por valor de cinco mil dólares. Casi todo era dinero de Guy, que había ganado jugando a hockey semiprofesional en Boston y Montreal. Guy quería irse a vivir a México y deseaba que Patsy lo acompañara. Patsy también quería ir, pero no estaba segura de dejar sola a su pequeña. Sólo que Jane ya no era tan pequeña. Había crecido hasta alcanzar el metro setenta y ocho, toda piernas y carnes prietas.

—Ya casi tienes dieciocho años —le dijo Patsy a su hija—. Es hora de que sigas tu propio camino.

—Estos cinco mil pavos —apuntó Guy, que a los treinta y ocho años ya tenía la dentadura postiza— te facilitarán las cosas. Cuando mi viejo me echó de casa, a los diecisiete años o así, yo no tenía nada, sólo la ropa que llevaba puesta y un par de patines.

No era del todo verdad, pero daba el pego.

Así que Patsy y Guy se fueron a Cabo San Lucas, de Baja, y Jane alquiló un apartamento de dos habitaciones cerca del Museo de Bellas Artes. Aunque su amiga y mentora artística, Florence Baker, había partido a Boston hacía mucho para estudiar cultura amerindia en Albuquerque, Nuevo México, Jane seguía visitando el museo al menos una vez a la semana.

Jane encontró un trabajo de camarera, pero se pasaba la mayor parte del tiempo paseando por la ciudad, fantaseando sobre la fama y la riqueza y sobre cómo hacerse con ambas. Le gustaba especialmente Newbury Street, la versión bostoniana de la Quinta Avenida de Nueva York o de Rodeo Drive de Los Ángeles. Fue paseando por Newbury Street una maravillosa tarde de la primavera del 82 cuando Jane, mirando los escaparates de las boutiques de moda y de las galerías de arte, tuvo de repente un momento de pura inspiración.

Allí y en aquel mismo instante empezó a urdir su plan.

No sería una tarea fácil. Requería trabajar de firme, muchas horas. Sin embargo, estaba acostumbrada a trabajar de firme, durante muchas horas. En el instituto, antes de que se convirtiese en una belleza alta y elegante, los chicos la llamaban Jane *la Plana*. Y si a una la llaman Jane *la Plana* aprende a trabajar de firme.

Transcurrieron seis meses antes de que creyera que había llegado el momento de dar un paso. Para entonces, se había reinventado a sí misma por completo. Había pasado repentinamente de tener dieciocho años a tener veintiuno. Su currículum incluía un año en la Sorbona y experiencia laboral en galerías de Londres y Miami Beach. Tenía un nuevo vestuario, no muy surtido, pero con dos o tres vestidos a la que se consideraba última moda para una joven metida en el mundo del arte. Cambió el peinado por otro corto y chic, también a la última moda. Tenía el bolso apropiado, los zapatos apropiados y los pendientes apropiados. Había dado con el *look* en *Vogue* y lo había buscado en las mejores boutiques de Boston. También tenía un nuevo nombre. Lo había adoptado legalmente y así aparecía en su carné de conducir: Clara Dare.

¿Por qué Clara Dare? Porque Charles y Anita Dare poseían una de las galerías de arte más exclusivas de Newbury Street. Jane, ahora Clara, lo sabía todo acerca de los Dare. Se había cuidado de averiguar hasta el último detalle. Charles tenía setenta y un años, Anita, sesenta y nueve. Llevaban cuarenta y seis años casados, y cuarenta y cinco en el negocio del arte. Poseían galerías en Boston, Londres y París y tenían montones de dinero aparte de montones de pinturas valiosas. Y lo mejor de todo, al menos bajo el punto de vista de Jane: no tenían hijos. Ni nietos. Su único hijo, David, había muerto en 1969 de una sobredosis de heroína. De eso hacía muchos años, pero aún no se habían recuperado del todo de la muerte de David.

Jane lo tenía todo controlado cuando cruzó la puerta de la galería Dare situada en la esquina de Newbury y Exeter, una cálida tarde de otoño. Sabía, por ejemplo, que Charles estaría solo en la galería. Era lunes, y los lunes por la tarde Anita siempre se marchaba de la galería y caminaba hasta un salón muy exclusivo de Marlborough Street para marcarse el pelo y hacerse la manicura.

Jane, ahora Clara, se había puesto muy guapa. Despampanante. Muy elegante. Una mirada con el rabillo del ojo de esos ojos de setenta y un años y el viejo Charles Dare le habría dado todo cuanto poseía a esa joven belleza de breve falda de cuero negro antes de que ella llegara a abrir la boca.

La joven sonrió y cerró la puerta.

—Me alegro tanto de que tengan abierto —dijo, discreta y refinada.

—Oh, sí —contestó Charles—, tenemos abierto. Casi siempre tenemos abierto. Si no al público, mediante cita previa.

Jane, ahora Clara, asintió.

—He visto el nombre en el escaparate y he querido entrar a saludar.

Avanzó moviéndose con soltura sobre sus tacones altos por aquel espacio amplio y bien iluminado. En las paredes destacaban las pinturas, la mayoría óleos, algunos de pintores muy famosos, pero nada se interponía entre Charles Dare y Clara. Nada salvo cincuenta y pico años y el montón de mentiras que estaba a punto de soltar Jane McGuire como el Nilo inundando sus orillas.

Hacia la mitad de la sala, Clara se detuvo y se fijó en el Degas que había colgado en la pared, a su izquierda.

—¡Dios mío, mira eso! *El encuentro*. Lo pintó bastante al comienzo de su carrera, ¿verdad? A principios de la década de los sesenta. Es magnífico. Ya se aprecia hacia dónde se dirigía. Supongo que esta pintura estaría en un museo.

Charles, impresionado, contestó:

—No, lo adquirimos el año pasado de una colección privada de Luxemburgo, pero tiene toda la razón respecto a la fecha. De 1864, para ser exactos.

Clara asintió. Conocía la fecha exacta, pero precisar demasiado habría sido exagerado. Oh, sí, lo sabía todo acerca de la pintura. De hecho, había recogido información de muchos de los cuadros expuestos en la galería Dare. Hacía más o menos un mes, había curioseado por allí ataviada con vaqueros, gafas oscuras y una gorra de béisbol.

—De modo que conoce usted a Degas, ¿eh? —dijo Charles.

—Me encantan sus pinceladas. La verdad, no creo que nadie haya manejado el pincel mejor que él.

Arrebatadora, pensó Charles, y amante del arte, por si fuera poco.

Y una Dare, estaba a punto de averiguar Charles. Al menos en el papel.

Clara tendió la mano.

—Me llamo Clara —dijo, por primera vez en su vida—. Clara Dare.

Le gustaba el movimiento de su lengua al pronunciarlo.

—¿Dare? —contestó Charles—. ¿De verdad?

—Sí. He visto el nombre de su galería y no he podido evitar entrar a saludar. No es un apellido corriente. No lo oyes a menudo.

Aquella tarde Clara hizo bastante más que saludar. Al final se quedó una hora. Casi dos. Charles le ofreció una taza de té. Hablaron de arte y de Clara. Ella tenía toda la historia a punto. Nacida en Nueva York. Criada en Nueva York, Florida y Ginebra. Su padre se había dedicado al mercado de bonos y acciones. Su madre había sido la coleccionista y aficionada al arte. Muy entendida. Sobre todo de los impresionistas. Su obra favorita había sido la de Frédéric Bazille, pero claro, aquel francotirador prusiano lo había matado de un disparo en el pecho antes de que diera lo mejor de sí. Una pérdida terrible para el mundo del arte. En cuanto a su padre, bueno, hizo unas cuantas inversiones desafortunadas, se arruinó y se quitó la vida con un sable. Su madre había vuelto a casarse y a la sazón llevaba una vida tranquila en la isla de Wight.

Charles Dare, un caballero de Boston hecho y derecho, se creyó hasta la última palabra de lo que le contó aquella jovencita encantadora. Hombre íntegro y educado, que siempre decía la verdad, Charles creía prácticamente todo lo que le decían; y se sintió sinceramente conmovido cuando Clara le habló, con lágrimas en los ojos, del fallecimiento prematuro de su padre.

—Pobrecita. Debieron de ser unos momentos terribles para ti.

—Sí —le aseguró ella—. Fue lo peor que me ha pasado nunca.

Entonces Charles, sorprendiéndose a sí mismo, le contó a Clara lo de la muerte de su propio hijo, David, historia que ella, por supuesto, ya conocía. Sólo que no lo dejó entrever.

Charles, por lo general reservado y emocionalmente espartano, derramó a su vez unas cuantas lágrimas. Clara le cogió la mano y se la apretó; el vínculo estaba sellado.

Antes de marcharse, Clara le dijo a Charles que le gustaría mucho conocer a su esposa. A él le pareció una idea excelente. De hecho, en un arrebato emocional que ni siquiera Clara había esperado, la invitó a cenar. Lo hizo de un modo totalmente desinteresado, convencido de que a Anita le gustaría volver a tener a una persona joven en casa.

La mansión era la de Beacon Hill, situada en Louisburg Square. Los Dare vivían allí desde hacía décadas. Así, unos días más tarde, Jane, como Clara, cruzó la puerta principal de aquella casa por primera vez. Se presentó ante Anita Dare de una forma muy distinta de la que había ofrecido ante Charles. La falda corta y los tacones altos habían desaparecido, reemplazados por un recatado vestido gris y unos mocasines de cordones.

Las dos mujeres simpatizaron al instante, aunque por motivos algo distintos. Clara se convirtió de inmediato en la nieta que Anita nunca tuvo.

Los Dare le ofrecieron a Clara un trabajo en la galería sin que ella tuviera siquiera que pedirlo. Como buenos yanquis, no le pagaban mucho, pero Clara habría trabajado gratis. Aquello que deseaba, lo que llevaba meses soñando, era meter un pie en la puerta de la galería Dare y ahora, de repente, tenía todo el cuerpo dentro.

Cualquier cosa que necesitasen, Clara lo hacía. Les enviaba cartas, les llevaba café, embalaba y desembalaba, servía cócteles en las inauguraciones, colgaba pinturas. En ningún momento había pensado que el viaje sería gratuito, sólo quería un empujón, una oportunidad.

Conforme pasaron los meses, y después los años, los Dare, que iban envejeciendo y empezaban a considerar la idea de retirarse, le fueron dando a Clara más responsabilidad. Tal como ella había esperado, empezaron a tratarla como un miembro de la familia. Iba a cenar a su casa varias veces a la semana. Charles y Anita hablaban tranquilamente en su presencia de asuntos tanto profesionales como personales. La invitaban a ir con ellos de vacaciones y a los acontecimientos de cierta importancia, como cumpleaños y aniversarios. La enviaron a Europa para que echara un vistazo a las galerías de Londres y París. Confiaban en sus opiniones respecto a la compra y venta de pinturas. Además, le presentaron a las personas influyentes de la sociedad bostoniana, le conseguían invitaciones para los principales eventos sociales, etcétera.

Sí, Clara estaba dentro. Su sueño se había cumplido y nunca, ni por un momento, sintió la menor punzada de remordimiento por el engaño infligido a aquellos ancianos y generosos artífices de su buena suerte. Ellos la habían ayudado a saltar de la pobreza a la fortuna. A cambio, ella les había entregado su juventud y su amor. Una transacción totalmente equitativa.

El plan de Rafe para saltar de la pobreza a la fortuna se las está haciendo pasar moradas. Si lograra encontrar el servicio de caballeros entraría, haría de vientre y tiraría la coca al retrete. No obstante, quiere la pasta, el resto del dinero que conseguirá cuando entregue la mercancía a su contacto del hotel Ambassador, de Nueva York. Pero ¿y si lo pillan? ¿Y si lo trincan allí mismo, en el aeropuerto intercontinental de Houston? Lo meterán en la cárcel y tirarán la llave al váter.

El gentío sigue avanzando, lo empujan cada vez más cerca de donde los adustos y lúgubres agentes de inmigración hacen su trabajo. Rafe nota que le gruñen las tripas.

Busca con la mirada un servicio de caballeros, no ve ninguno, piensa en preguntar, decide que no es conveniente. Mala idea, Rafe. Muy mala. Tranquilízate. No te pongas nervioso. Es fácil de decir, pero difícil de hacer cuando el sudor te cae por la frente y llevas casi un cuarto de kilo de coca oculto en el cuerpo.

Ya está en la cola, avanzando, rápido, demasiado rápido. Quizá debería echar a correr. Pero ¿adónde iría? ¿Hasta dónde llegaría? Está justo detrás de la anciana con su nieto. Quizá su bisnieto. ¿Cómo diablos lo sabe? Maldita sea, ¿qué demonios importa? Venga, Dios, enróllate. Ayúdame con esto. Sácame de este lío y te seguiré hasta el fin del mundo. Lo prometo. Lo juro por lo que más quiero. Y si no que me muera.

Oh, Jesús, allá vamos.

El agente de inmigración echa un vistazo a Rafe y dice:

—¿El pasaporte, señor?

Rafe, haciendo lo posible para no temblar ni sudar, le tiende su pasaporte de Belice. Ningún problema hasta aquí. Los papeles están en orden. A Estados Unidos no les importa que Rafe venga de visita; lo único que no quieren es que meta cocaína en el país y se la venda a escolares inocentes.

—¿Es un viaje de negocios, señor Paquita?

—No, señor. Vengo a visitar a mi hermano. Vive en Nueva Jersey y está muy enfermo.

El agente ni cree ni deja de creer la historia de Rafe Paquita.

—Ya veo. ¿Y dónde va a hospedarse en Nueva Jersey, señor?

—En la ciudad de Jersey, señor. Uno cuatro seis ocho tres de Lafayette Street. Apartamento dos E.

Rafe no es un completo idiota; ha consultado un mapa antes de inventar la historia.

—¿Dos E?

—Sí, señor.

—¿Lleva algún producto agrícola, señor Paquita?

—No, señor.

—¿Algún arma de fuego?

—No, señor.

—¿Contrabando de algún tipo?

—No, señor.

—¿Drogas ilegales?

—No, señor.

—¿Marihuana? ¿Heroína? ¿Cocaína?

Un silencio mínimo y, enseguida:

—No, señor. No llevo nada, señor.

—¿Cuánto tiempo piensa quedarse en Estados Unidos?

—Una semana o dos, señor, dependiendo de la salud de mi hermano.

—Pensaba que había dicho que la enferma era su madre.

—No, señor. Mi hermano. Leucemia.

El oficial de aduana llama a su ayudante, quien inspecciona el talego de Rafe. Allí no hay nada salvo una muda, utensilios de afeitar, un cepillo de dientes, una novela de John Hancock y un pequeño cocodrilo de trapo que ha comprado en el aeropuerto de Belize City.

—Para mi sobrina —explica a los agentes.

El ayudante saca una navaja de bolsillo y corta la costura del cocodrilo de trapo. Nada, sólo periódico arrugado. Hacen unos muñecos de trapo muy baratos, allá en Belize City.

Rafe suda mientras aprieta con fuerza los músculos del esfínter para no cagar la cocaína en sus pantalones.

—Sígame, señor Paquita.

Lo sigue, pero ya se está imaginando el final de la historia: la cárcel. La trena. Veinte años de prisión. Trabajos forzados. ¿Y todo por qué? ¿Por cinco mil miserables dólares?

«¡La llevo en el culo! —se siente impulsado a confesar, a gritar a pleno pulmón—. ¡La llevo en el culo!»

Sin embargo, por increíble que parezca, no le miran el culo. Le miran todo lo demás, pero el culo no. Lo dejan marchar, seguir su camino.

Más tarde, mientras espera el vuelo a Chicago, Rafe revive la escena en la sala de inspección una y otra vez. Los dos tipos de aduanas pidiéndole que se desnude, revisándole los bolsillos, cortando la suela de sus zapatos, inspeccionándole la garganta y las orejas con una linterna. De repente, han llamado al que hacía la inspección, y no ha vuelto.

Sin duda se trataba de alguien del Departamento Antidrogas que ha llamado a los de aduanas. «Dejad que Paquita se vaya. Ya lo tenemos controlado.» Unos minutos más tarde, le han dicho que se vistiera y él ha obedecido. Visto y no visto. Al cabo de un minuto o así salía al vestíbulo.

En una gran pancarta roja, blanca y negra ha leído: ¡BIENVENIDO A ESTADOS UNIDOS, RAFE PAQUITA! ¡BIENVENIDO AL HOGAR DE LOS VALIENTES Y A LA TIERRA DE LOS HOMBRES LIBRES!

Bueno, quizás no, pero como si lo hubiera leído.

Dicky

Ninguna pancarta azul da la bienvenida a Dicky Cosgrove cuando sube con dificultad por la escalinata de la casa de huéspedes donde se hospeda en Cambridge. No, no es la misma casa de huéspedes en la que Patsy McGuire y su hija Jane vivieron hace treinta años, pero sí muy parecida, y en la misma calle.

Los rumores son ciertos: el mundo es un pañuelo.

Sube por las escaleras y franquea la puerta. Está en el primer piso. Un precioso estudio. Psicópata Central. Un colchón raído en el suelo, sin sábanas. Un par de lámparas sin pantalla, también en el suelo. Un pequeño televisor en blanco y negro (¿aún fabrican teles en blanco y negro?) colocado sobre una caja de cartón, con una percha desplegada como antena. Ropa y zapatos tirados por los rincones, todo sucio y apestando a sudor. Unas cuantas revistas de porno duro alrededor del colchón, con muchas páginas arrancadas y pegadas.

A un lado, la mugrienta cocina. Allí no hay nada salvo unas latas de cocido de ternera Dinty Moore. Por lo general Dicky ni siquiera se molesta en calentarlas. Abre la tapa y lo engulle directamente.

Al otro lado, el cuarto de baño. Mejor ni acercarse. Hace más de una semana que el retrete no funciona.

En la puerta de la calle del 2B bien podría haber un cartel que rezase: ¡CUIDADO! HAY UN PSICÓPATA DENTRO.

Un psicópata con una obsesión. ¿O suena redundante? Dicky está lanzado. Directo a la ducha, verde y pringosa de moho. Tendría que desinfectarse, pero se conforma con mucha agua caliente y la mayor parte de una pastilla grande de jabón Zest. Se limpia lo que el jabón da de sí. Incluso se saca la cera de los oídos y se quita la roña de las uñas de las manos y los pies. Se lava la cabeza tres veces. Permanece en la ducha hasta que el agua sale tibia.

A continuación le toca el turno a la barba. Se afeita con una Bic desechable hasta dejarse la barbilla y las mejillas suaves como el culito de un bebé. A continuación hace aparecer un cepillo de dientes y un tubo aplanado de Crest. Saca un poco de pasta y se lava tres veces esos dientes roñosos.

Se viste con la ropa más limpia que puede encontrar. No, no muy limpia; en realidad está bastante asquerosa, pero tendrá que apañarse con eso hasta que compre prendas nuevas. Un par de miradas torvas al espejo agrietado del lavabo y allá va Dicky, a comerse el mundo.

Ha caminado más de setenta kilómetros en las últimas veinticuatro horas, pero echa a andar otra vez. Pearl Street arriba, hacia Massachusetts Avenue, y abajo por el corazón de Cambridge, hasta la zona de oficinas de Harvard Square. Sabe que allí encontrará todo lo que necesita.

En el Gap de Brattle Street se compra dos pantalones azules, tres camisetas del mismo color y dos americanas. El azul le hace sentir a salvo. Y poderoso, vaya usted a saber por qué. Sale del Gap ataviado con pantalones nuevos, camiseta nueva y zapatos nuevos. La ropa vieja la deja en el probador. El resto de lo que ha comprado lo lleva en una bolsa de plástico de Gap, debajo del brazo.

Próxima parada: Le Foot Sportif, en Auburn. Dicky se prueba varios pares de zapatillas de deporte último modelo. Zapatillas con un fin. Zapatillas con una actitud. Zapatillas de tenis. Zapatillas de baloncesto. Zapatillas para correr. Zapatillas para andar. Dicky alucina con la enorme variedad de estilos y colores.

Lástima que la vendedora, una chica con el cabello teñido de verde y un *piercing* en el labio inferior, no tiene ni idea de que está vendiéndole zapatillas a un psicópata.

Por fin, Dicky escoge unas Nike chillonas, azules y blancas, especiales para pista de tenis de tierra batida. El lema publicitario de Nike, escrito en la caja, lo dice todo: «Sencillamente, hazlo.»

Exactamente lo que Dicky se propone.

También se compra dos pares de calcetines limpios. Azules. Con un par de estos últimos puestos y sus flamantes zapatillas deportivas, sale de Le Foot Sportif sintiéndose extraordinariamente ligero.

Siguiente parada: la librería Globe de Church Street. Dicky divisa de inmediato el expositor del tamaño de un hombre. Se trata de un enorme artilugio de cartón coloreado y troquelado con una maldita reproducción de John Hancock casi a tamaño real sonriendo a los compradores del libro. Junto a esa monstruosidad de cartel, cincuenta ejemplares de la nueva novela de suspense de Hancock: *El acuerdo*. A Dicky le gustaría escupir a la enorme foto, echar un gargajo en los ojos de Hancock, pero eso llamaría la atención, algo que de ningún modo desea hacer. Así que coge un ejemplar del libro y se dirige hacia el fondo de la tienda, donde tienen las ediciones en rústica.

En «Acción y misterio» localiza la sección de Hancock. Como se trata de un escritor autóctono y graduado en Harvard, en las librerías de Cambridge le conceden un lugar de honor. La Globe vende bien los primeros títulos de Hancock. Dicky coge uno de cada, seis libros de bolsillo en total, incluido *El asesino*, una historia en la que, según Dicky, los hermanos Hancock asesinaban a un personaje que era él mismo. Razón de más para acabar con sus asquerosas, apestosas, conspiradoras y asesinas personas.

El joven de la caja registradora sonríe complacido a Dicky cuando ve el montón de libros de Hancock.

—Debe de ser usted un gran admirador.

Dicky le devuelve la sonrisa, tan amable como el que más.

—Espero que me los firme.

¿No compró ese loco hijo de puta que mató a Lennon junto al edificio Dakota todos los discos de los Beatles antes de meterle un par de balas a John en el pecho? ¿Cómo se llamaba aquel tarado? Es difícil recordar los pequeños detalles.

Da igual. Siguiente parada de Dicky: gafas de sol, en Dunster. Necesita unas gafas de sol. No para protegerse de la luz, sino para ocultar los ojos. No quiere que la gente trate de leer en ellos lo que se propone hacer.

Se prueba doce modelos distintos. Por fin se queda con unas bastante tradicionales, de carey. Paga, se las pone y sale de la tienda pavoneándose. En la calle otra vez. No os lo perdáis. Ahora Dicky podría pasar sin problemas por un profesor de Harvard aficionado al jazz contemporáneo y capaz de hacer unos cuantos buenos saques en el club de tenis Baren, al otro lado del Charles. Va hecho un figurín, con su ropa Gap. Y no huele nada.

Su siguiente parada, sin embargo, adolece del penetrante aroma del desvarío: Cuchillería Colonial, en

Holyoke, a pocos pasos de donde, hace muchos años, Mac Oosterhaus, de los Crimson de Harvard, le quitó a Dicky aquel abrecartas de plata para a continuación levantar al chico a pulso y arrojarlo a la calle.

Cuchillería Colonial vende abrecartas, pero también una variada gama de instrumentos punzantes y letales. Y es que Dicky, después de su encontronazo con Moisés y Stick, ha pensado que conseguir una pistola en esta ciudad es muy complicado. Diablos, en realidad ni siquiera quiere volver a usar un arma de fuego. Es demasiado impersonal. Están bien para los asesinatos indiscriminados y los actos de terrorismo internacional, pero le parecen inapropiadas para llevar a cabo una venganza personal. Las venganzas requieren proximidad. La víctima debería ser capaz de notar tu aliento, de ver el odio en tus ojos. En una casa cualquiera hay montones de artículos de uso cotidiano que se pueden usar para lastimar al otro: una sartén de hierro, una pala, un pico, incluso una barra de cortina o un ladrillo. No obstante, Dicky cree que los cuchillos se adaptan mejor a sus necesidades y a su personalidad. Abastecedor de los compradores de cuchillos más exigentes, Cuchillería Colonial vende las mejores marcas de Europa: Henckels, Sabatier, Wüsthof-Trident. Dicky se queda mirando la vasta exposición de artilugios para cortar.

—¿En qué puedo servirle, señor? —pregunta la dependienta, una mujer rechoncha que tendría la misma edad que la madre de Dicky si el paracaídas de ésta se hubiera abierto años atrás en aquel maizal de Vermont.

—Oh —responde Dicky—, sólo estaba curioseando. Mi mujer está al otro lado de la calle, comprando Dios sabe qué. He preferido quitarme de en medio.

La mujer rechoncha sonríe. Vende cuchillos para poder mandar a su hijo a la facultad de Medicina.

Cuando no vende cuchillos hace ganchillo y habla por teléfono.

—Hace bien. Si quiere ver algo, dígamelo.

Dicky contesta que así lo hará y se la queda mirando mientras ella se aleja contoneándose junto al mostrador para atender a otro cliente. Enseguida devuelve la vista a las brillantes hojas del interior de la vitrina. Se fija primero en los pequeños: los pelalegumbres, los mondadores, los escoplos; después en los medianos: los cuchillos de cocina, los de sierra, los de pescado; y, por fin, los grandes: los de cortar el jamón, los de salmón, los de carnicero. Se le empieza a hacer la boca agua. Un hilillo de baba le cae por la barbilla y gotea en la tapa de cristal de la vitrina. Mientras se la seca con el puño de la nueva chaqueta azul, Dicky se imagina que transforma a los Hancock en filetes, los deshuesa, los corta en lonchas, los pica, les troncha los dedos y después las manos y los pies con uno de esos cuchillos de carnicero.

Justo entonces, al fondo de la vitrina, ve algo especial, y comprende de inmediato, instintivamente, que es eso lo que quiere. Eso es lo que necesita.

Llama a Rechoncha y le pregunta si le puede echar un vistazo.

—Claro, señor. —Hace girar la llave y abre la puerta—. Ya no hay mucha gente que las use, pero los que lo hacen afirman que este modelo en particular tiene la hoja más fina y afilada del mundo.

Coge el instrumento y se lo tiende a Dicky.

A él le encanta la sensación que produce el tenerlo en la mano. El tamaño. El peso. El suave mango de hueso tallado. La hoja plegable. Es un objeto de belleza exquisita.

—Es una auténtica Solingen, señor. Hecha en Alemania. A mano, con los mejores materiales.

—Sí —dice Dicky con aire soñador—. Estoy seguro.

Abre la hoja y pasa el pulgar a lo largo del borde. No por el borde, sino a lo largo. Si lo pasara por el borde se haría un tajo profundo y sanguinolento.

—Cuidado, señor, es muy cortante. Mucho más que las hojas de afeitar industriales que se compran en cualquier droguería.

—Sí —vuelve a murmurar Dicky—. Sin duda. —A continuación, recuperando el dominio de sí e imitando lo mejor posible las maneras indiferentes de la clase media, añade—: ¿Sabe, señora?, siempre he querido afeitarme con navaja. Creo que me la quedaré.

Rechoncha vuelve a sonreír. Está encantada de hacer una venta.

De nuevo en la calle, con su nueva navaja en su funda de tela, Dicky siente la dicha del consumidor satisfecho. Comprar tiene su encanto, está claro.

Thomas Young enseña el pasaporte al agente de aduana del aeropuerto internacional de Miami. Éste comprueba la fotografía y mira al señor Young. Idénticos.

—¿Algo que declarar, señor Young?

Will Hancock niega con la cabeza.

—No, señor.

El agente estampa el sello en el pasaporte y le indica con un gesto que pase.

Will recorre la terminal a grandes zancadas. Se pregunta si el señor Thomas Young acaba de hacer su último viaje al extranjero. Antes de retirar el equipaje, encuentra una zona relativamente tranquila con un teléfono público. Marca el número de la casa de Beacon Hill. Contesta Sylvia.

—Residencia del señor Hancock.

—Sí, hola —dice Will disimulando la voz—. Leland Fisher al habla. ¿Se puede poner el señor Hancock?

—Un momento, por favor, señor Fisher. Seguro que sí.

Sylvia avisa a Hancock por el intercomunicador.

—Le llama el señor Fisher, señor.

John, que ha reanudado sus paseos por el despacho, coge el teléfono. Espera que Leland no tenga más pruebas con que acusarlo.

—Hola, Lee.

Will espera a que Sylvia cuelgue y dice:

—La línea no funciona bien.

La conexión se interrumpe, pero John ha captado el mensaje. Abre el cajón del fondo del escritorio, saca el teléfono azul modelo Princess, marca el código de acceso y conecta el timbre. Diez segundos después, suena.

—¿Jefferson?

—¿Adams?

—¿Estamos seguros?

—Creo que sí.

—¿Qué pasa?

—Tenemos que hablar —dice Will.

—Tienes toda la razón, ya lo creo que sí —dice John—. ¿Dónde estás?

—En el fuerte Ticonderoga —miente Will. Es el nombre en clave para la vieja granja de Berkshires, en las afueras de Stockbridge.

A John le sorprende que Will esté allí.

—No sabía que fueras a volver tan pronto.

—Ya, bueno —dice Will—. He estado pensando en esa denuncia de desaparición y he creído que debíamos hablar. Ponernos a trabajar juntos y averiguar qué pasa.

—Una idea excelente —responde John, furioso, aunque procura que no se le note—, pero primero será mejor que me digas qué coño has estado haciendo.

—¿A qué te refieres?

John está bastante seguro de que haría mejor manteniendo la boca cerrada, pero ahora que tiene a Will al teléfono no puede contenerse.

—¿Qué tal si empezamos por lo de Hillary Fisher?

—¿Hillary Fisher? ¿Qué pasa con ella?

—¿Cómo que qué pasa con ella? Te la estás tirando, por el amor de Dios.

Will se echa a reír.

—Oficialmente, eres tú quien se la está tirando.

—¿Y qué demonios significa eso?

—Significa que Hillary cree que se lo hace contigo, no conmigo. Ya me entiendes.

—Oh, claro que te entiendo —dice John—. Y no me hace ninguna gracia.

Will vuelve a reír.

—Era una broma, hermanito.

—Sí, claro, una broma. Muy divertido. Pues me he deshecho de ella. He arreglado tu desaguisado. Otra vez. Ahora haz un favor a todos los implicados y manténte alejado de ella.

—¿O qué?

John finge no haberlo oído.

—Por Dios, Will, ¿cómo te dio por tirártela, para empezar? Es horrorosa.

—Como ya te he dicho —contesta Will, disfrutando con el enfrentamiento—, eras tú el que se la tiraba, no yo. Estoy muerto, ¿recuerdas?

John, harto ya, decide cambiar de tema.

—Me mentiste.

—¿Cuándo?

—Cuando me dijiste que estabas en las Bahamas.

—Y una mierda te mentí. He estado en Exuma hasta esta mañana.

—No sé si estabas allí esta mañana, pero la otra noche estabas en Londres.

Esta vez Will no se ríe.

—Qué dices.

—No me jodas, Will.

—No te estoy jodiendo.

—Me parece que sí, y me parece que deberías recordar que estamos juntos en esto.

—Tienes toda la razón. Como guisantes en la vaina. Desde hace casi cuarenta años.

—Exacto. De modo que es un poco tarde para empezar a mentirnos.

—Eh, oye —dice Will—, no sé tú, pero yo estoy poniendo toda la carne en el asador. Te lo aseguro. Estoy dispuesto a hacer cualquier cosa con tal de mantener a flote el barco Hancock.

A John le parece advertir cierto desvarío en el tono de Will. Inspira profundamente.

—Vale. Pues dime lo que le hiciste a Byrnes.

Will ya se lo esperaba.

—Le sugerí que haría bien reconsiderando sus sentimientos para con Clara.

—Por lo que me dijo, juraría que estuviste a punto de matarlo.

—¿Has hablado con él?

—Me llamó.

—Entonces parece que no lo maté, pero podría haberlo hecho. Sin problemas.

John nota que su hermano empieza a perder el control. Hillary. Byrnes. ¿Qué será lo siguiente?

—Entonces, ¿estás en la granja?

—Claro.

—¿Y crees que debería ir?

—Sí, lo creo. Como ya te he dicho, hemos de hablar del asunto de la denuncia.

—Tienes razón —admite John—. Hemos de hablar.

—Pues venga.

—¿Esta noche?

—Sería mejor que vinieras mañana —propone Will—. Después de dejar a los niños en el colegio.

—Mañana no van al colegio.

—¿Por qué no?

—Se van a New Hampshire con Linda Carson. Se te olvidó decírmelo.

—Es la primera vez que oigo hablar de eso.

—¿Clara no te lo dijo?

—No.

—¿Seguro?

—Completamente.

John le da vueltas al dato.

—Quizá me lo dijo a mí y se me olvidó.

—¿Y qué van a hacer en New Hampshire?

—Nada en especial, supongo.

John no se había parado a pensar en el motivo por el cual iban a New Hampshire.

—¿Y Clara?

—¿Qué pasa con ella?

—¿Los acompaña?

John titubea. Decide no mencionar la cita en el Ambassador de Nueva York.

—No lo sé.

—¿Cómo que no lo sabes?

—Dios, Will, decidamos de una vez qué vamos a hacer.

—Vas a venir para que hablemos de por qué de repente he pasado de ser un muerto a ser un desaparecido.

—Vale. Mañana. A última hora de la mañana.

John supone que puede pasar unas horas con Will y después ir en coche a Nueva York y reunirse con Clara.

—¿A última hora de la mañana?

—Eso es.

—Te veo entonces —dice Will—. Conduce con cuidado. Y recuerda, si mueres en un accidente de coche, estoy jodido —añade, y cuelga.

John separa el auricular de la oreja y se lo queda mirando varios segundos. Los pensamientos se le arremolinan en la mente. Está muy confundido. Entonces se le ocurre una idea. Pulsa la tecla de llamada y marca el *69, pero en lugar del último número para llamar a la casa, le sale el contestador automático: «Lo sentimos. Se desconoce el último número que llamó a su línea. Por favor, cuelgue ahora.»

—¡Mierda! —exclama a la vez que cuelga el auricular.

Un segundo más tarde vuelve a levantarlo. Marca el número de la granja de Stockbridge. El teléfono suena una y otra vez pero Will no contesta. Después del quinto timbrazo, oye su propia voz en el contestador:

—Ha llamado usted a Viajes de Aventura...

John cuelga otra vez.

—¿Dónde diablos está? —pregunta a la oficina vacía—. ¿Y qué demonios está tramando?

Menos de un minuto después, vuelve a sonar el teléfono de la casa. Sylvia contesta desde la cocina. Tiene el auricular en la mano izquierda y un gran cuchillo de carnicero en la derecha. Ha estado cortando verduras para el pisto de la noche. Polaca de nacimiento y temperamento, Sylvia, sin embargo, es capaz de preparar delicias culinarias de todo el mundo.

Tras escuchar a la persona que le habla al otro lado, vuelve a dirigirse al intercomunicador.

—Siento molestarle, señor Hancock, pero hay una señora al teléfono que insiste mucho en hablar con usted.

A John no le importa la interrupción. De todas formas, no estaba trabajando. Sólo estaba sentado al escritorio, cavilando sobre su hermano, su esposa, sus hijos, mientras hacía garabatos en un trozo de papel. Una y otra vez, en bonitas letras cúbicas, ha escrito: DULCE NOCHE DEL MIÉRCOLES, HOTEL AMBASSADOR, NUEVA YORK, N.Y... DULCE NOCHE DEL MIÉRCOLES, HOTEL AMBASSADOR, NUEVA YORK, N.Y...

—¿Que insiste mucho, dices? ¿Quién es, Sylvia? Espero que no sea la señora Fisher.

—No, señor. No es esa señora. Ésta creo que se llama Daniel. Gerd Daniel.

—¿Gerd Daniel? ¿Quién diablos es?

—No lo sé, señor. Llama de California. ¿Le digo que no está?

—No, Sylvia, será mejor que vea qué quiere.

Hancock coge el teléfono.

—John Hancock al habla.

—Sí, hola. ¿Es el señor John Hancock? ¿El escritor?

—¿Quién llama, por favor?

—Sí, lo siento. Soy la doctora MacDaniel, una psiquiatra de Los Ángeles, California. Tengo una paciente llamada Babe Overton.

—Sí. ¿Y?

—No quiero parecerle brusca, señor, pero antes de decir nada más me gustaría estar segura de que estoy hablando con el John Hancock que busco. Me resultaría muy embarazoso equivocarme de persona.

Sí, Gerdy, sería muy embarazoso, pero no tengas miedo, estás hablando con el John Hancock que buscas, como los dos pronto deducirán, cuando relacionen a Babe con John y Frank Hagstrom.

—Dios —dice John—, ya recuerdo a Babe. Una chica muy guapa. Nunca entendí por qué salía con ese viejo pedorro de Frank. Qué desperdicio.

—No quiero asustarle, señor Hancock, pero Babe no está bien. Lleva mucho tiempo bastante mal.

—Lamento oírlo, pero ¿qué tiene que ver eso conmigo?

—Bueno, tengo razones para pensar que ha deducido que usted y/o su hermano son los responsables de la muerte del señor Hagstrom.

—¿Que qué?

Pero a Hancock no le hace falta preguntar. Ha oído con toda claridad la respuesta de Gerdy.

—Se ha convencido a sí misma —continúa Gerdy— de que usted mató a su amante, Frank Hagstrom, como venganza por algo que él le hizo. O que hizo a sus padres, quizás. No estoy del todo segura de los detalles.

Dios, piensa Hancock, otro tarado que va detrás de mí. Quizá fuese Babe Overton quien denunció la desaparición. Los polis dijeron que había sido una mujer, aunque también hay muchas posibilidades de que no fueran polis.

—Bueno, vamos a hablar claro. ¿Cree que Babe se propone acabar conmigo?

—Yo no llegaría tan lejos.

—¿Y cómo de lejos llegaría?

—Diría que es posible que le haga una visita.

—¿Eso le dijo? ¿Qué iba a hacerme una visita?

—No, no con esas palabras exactamente. Pero llevo mucho tiempo trabajando en esto, señor Hancock. Sé cuando alguien está a punto de desmoronarse.

—¿Y piensa que Babe se ha desmoronado? ¿Cree que puede recurrir a la violencia?

Gerdy titubea, suspira y después responde:

—Babe Overton es capaz de tener ideas violentas, pero no creo que llegue a cometer actos violentos.

—¿Y por qué ha llamado?

—La prudencia nunca está de más.

—Entonces, cree que debería llevar cuidado.

Otro suspiro de Gerdy.

—Babe no me devuelve las llamadas. Su compañera de piso no sabe nada de ella desde el sábado por la noche. Supongo que existe la posibilidad de que esté en Boston o de camino hacia allí.

—¿Supone?

—No suelo ser alarmista, señor Hancock, y en este caso espero haber metido la pata hasta el fondo, pero la última vez que vi a Babe la encontré completamente deshecha. También sabía dónde vivía usted.

—Bueno, eso no suena nada bien.

—Pensé que debía saberlo.

—Claro.

—Sólo quiero ayudarle.

—Claro que sí.

Hancock suspira y se frota los ojos. Gerdy y él hablan de la situación unos cuantos minutos más. La doctora le asegura que lo llamará en cuanto sepa algo de Babe. Hasta entonces, ambos convienen en que lo mejor para Hancock será mantenerse alerta y llevar un poco de cuidado.

La fase de «demostrádmelo»

Pobre Babe. Mira que hablar así de ella. Una mujer que en otro tiempo tuvo una vida tan plena y feliz, unas reservas tan grandes de fuerzas y entusiasmo.

Mírenla ahora. Sentada en ese autocar ruidoso y demasiado refrigerado. Sin un solo amigo en el mundo. Demacrada, con la mirada triste y un rictus en la boca.

Gerdy piensa que Babe está resuelta a cometer un asesinato, y ahora Hancock seguramente también lo piensa. Tiene una pistola. Sin embargo, las probabilidades de que Babe llegue a usar esa pistola, por muchos malos pensamientos que hayan cruzado por su mente, son más o menos las mismas que las probabilidades de que un asteroide choque contra la Tierra antes de que termine el milenio. La posibilidad existe, sí, pero es muy remota.

Babe sólo es una mujer triste y deshecha. Mirad alrededor. Las veréis por todas partes. En los centros comerciales. En las calles. En los aeropuertos. En las estaciones de autocar. Algunas lo disimulan mejor que otras, y Babe no lo disimula muy bien. Tiene la mirada triste y perdida.

Si al menos encontrara un amante. Un hombre bueno y decente. Alguien que la llevara al cine y a cenar, y a pasear por Sunset Boulevard al anochecer. Alguien que le regalara flores y bombones, que le hiciera el amor por la mañana y antes de irse a dormir. Alguien que se casara con ella, le diera hijos y cortara el césped el domingo después de ir a la iglesia.

Pobre Babe. No hay nada más triste que una mujer de mediana edad cansada y sola en un autocar Greyhound a unos setenta kilómetros al oeste de St. Louis, Misuri.

En cuanto a John Hancock, allí está, al consabido borde del colapso, añadiendo el nombre de Babe Overton a la lista de sospechosos.

Frank y Babe

Tras su primer año en Harvard, John y Will viajaron a California para comprobar el estado de las propiedades de sus padres. El viaje fue mal desde el principio. Los problemas empezaron en cuanto llegaron a la preciosa casa de Hollywood Hills. Cuando intentaron abrir la puerta, no pudieron.

Tras tocar el timbre y llamar a la puerta por espacio de un minuto, ésta se abrió y en el vano apareció una mujer que todo cuanto llevaba encima era un *négligé* negro y una esclava fina de oro. Tenía un cuerpo de ánfora, una melena rubia que le llegaba a los hombros y una cara bonita, del tipo suave y agradable que se ve en los anuncios de pasta de dientes. Parecía fresca e inocente, más o menos con los mismos años de experiencia en la tierra que John y Will Hancock.

—Eh, nena —dijo una voz conocida desde alguna parte de la casa—. Me ha parecido que llamaba alguien.

—Claro que te lo ha parecido, cabeza de chorlito. Y es mono —añadió la rubita dirigiendo una sonrisa sugestiva a los gemelos—. Los dos son monos.

—¿Qué has dicho?

—He dicho que tenemos compañía.

Los hermanos Hancock y la joven se quedaron allí, con la puerta de por medio, mirándose durante treinta o cuarenta segundos. Will quería preguntarle qué diablos hacía en su casa pero su belleza y el *négligé* lo habían dejado sin habla.

En aquel momento, ataviado con calzoncillos rojos y una camiseta con cuello de pico, el gran Frank Hagstrom apareció dándose aires en el vestíbulo. Sin embargo, apenas atisbó a los chicos dejó de pavonearse al instante. Se quedó paralizado. Abrió los ojos como platos. Tenía el aspecto de un conejo deslumbrado por los faros de un coche.

No obstante, tras muchos años mintiendo y escabulléndose de situaciones difíciles había aprendido a capear el temporal.

—Eh, chicos —dijo con todo el aplomo de un gancho directo a la nariz—, ¿cómo va eso?

Los hermanos Hancock lo fulminaron con la mirada.

Frank recurrió a su amiguita, pensando que su presencia podría quitar hierro a la situación.

—¿Ya habéis conocido a la señorita Overton? Will, ésta es Babe Overton. Babe, estos dos chicos tan guapos son los hermanos Hancock. John y Will. No me preguntes cuál es cuál. Soy incapaz de distinguirlos.

Babe sonrió. Inocente como un corderito, no tenía ni idea de lo que estaba pasando.

Los hermanos Hancock le sonrieron a su vez, pero siguieron mirando a Hagstrom de mala manera.

En ese momento, John Hancock, a quien no le gustaba nada la pinta que tenía aquello, pasó rozando a la rubita, le dio a Frank un ligero empujón y entró a grandes zancadas en el amplio salón de techos altos y la pared de cristal con vistas a la contaminada ciudad de Los Ángeles. Su hermano Will lo siguió de cerca.

El salón estaba atestado de cajas de mudanza y muebles tapados con fundas. Los hermanos Hancock, con los brazos en jarras, aguardaron una explicación.

Frank, sin ponerse colorado de bochorno y acostumbrado a atacar primero, pasó directamente a la ofensiva.

—Siento que os hayáis tenido que enterar así, chicos. Tenía una carta en...

—¿Que nos hayamos tenido que enterar así de qué? —preguntó John.

—De lo de la casa —repuso Frank—. Tenía una carta en el despacho. Lista para enviar. En el mundillo legal, te pasas un montón de tiempo esperando y de repente las cosas se precipitan.

—¿De qué cosas estamos hablando, Frank?

Era la primera vez que John llamaba así a Frank.

Frank siguió parloteando como sólo un abogado que cobra por segundo trabajado puede parlotear, aunque todo quedaba reducido a un punto bastante obvio: Hagstrom había pasado a ser el propietario de la casa de Edwin Drive, allá en Hollywood Hills. Las cerraduras, las vistas y las arañas de cristal eran suyas. Todo era suyo.

Sólo hacía un par de días que se había mudado. Con su T-Bird del 59, sus libros de derecho y su seductora amiguita Babe. Porque Babe era seductora en aquellos días, sí, señor. Nada que ver con la mujer triste y cansada que va en el autocar Greyhound.

Todos los muebles y la mayor parte de las cajas de cartón pertenecían a ella. Unas cuantas eran de Frank, pero no muchas. El abogado se había deshecho de casi todo, incluidos su esposa, sus hijos y su premio de Ciudadano Destacado del Año. Lo plantó todo poco después de conocer a Babe. Una sesión en la piltra con la señorita Overton, de veintipocos, y aquella vocecilla chillona de hombre de mediana edad ya no paró de gritar en la cabeza de Frank: «¡Cuanto más joven mejor,

Frank! ¡A por la medalla de oro! ¡Cuanto más joven mejor, Frank! ¡A por la medalla de oro!»

Frank, que rondaba los cincuenta, fue a por la medalla de oro, sin pensárselo.

En cuanto a la casa, bueno, todo era absolutamente legal; legal pero de una desvergüenza que tiraba de espaldas. Hacía cuatro años, desde que William y Lenore habían perdido la cabeza, que nadie pagaba la hipoteca de la casa. Frank, como es lógico, lo sabía, pero prefirió no hacer nada al respecto. Nada, claro, salvo agazaparse y esperar, como una pantera al acecho de una presa desprevenida. Justo antes de que el banco se pusiera en marcha para el embargo final, Frank salió a escena con su cuenta secreta y compró la casa por cuatro chavos.

—La casa se iba a perder, fuera como fuese —explicó Frank con los brazos cruzados—. Yo sólo vi la oportunidad y la aproveché.

—¡Una oportunidad, ja! —gritó John, a punto de estallar de rabia después de oír las justificaciones del abogado. En aquellos tiempos, John era, con mucho, el más vehemente de los dos, el que perdía los nervios con mayor facilidad. Enseguida arremetió contra Hagstrom.

—Bueno, a lo mejor yo veo una oportunidad de machacarte los sesos.

Un viejo profesor de Derecho le había dicho en cierta ocasión a Frank: «Nunca, bajo ninguna circunstancia, te eches atrás. Si retrocedes, aunque sólo sea un paso, estás acabado. Has perdido.» De modo que Frank se mantuvo en sus trece.

—Tranquilízate, hijo. Dudo que machacarme los sesos vaya a servirte de mucho.

—A ti tampoco te serviría de mucho.

Will cogió a su hermano por el brazo.

—Cálmate, John. Pegarle a ese hijo de puta no va a servir de nada.

El bueno de Will. Siempre sereno. Siempre razonable.

John apartó el brazo y acercó la cara a la de Hagstrom hasta casi tocarlo.

—Ahora entiendo lo que has estado haciendo todos estos años. Dejándonos secos, sin prisa pero sin pausa. Arrastrando el nombre de nuestro padre por el fango. Diciéndonos que estaba arruinado y endeudado. Mentiroso hijo de puta. Me las vas a pagar. ¿Me oyes? Me las vas a pagar. Ahora estás aquí, pero créeme, tus días están contados. —Se volvió hacia su hermano—. Míralo, Will. Parece vivo, pero no lo está. Es hombre muerto.

Will no respondió. Rara vez perdía los papeles. Ni siquiera en las situaciones más tensas. Claro que eso cambiaría. Más tarde.

Frank tragó saliva. A continuación hinchó el pecho y dijo:

—¿Eso es una amenaza?

—Que te jodan.

—¿Que me jodan?

—Eso es, tío: que te jodan. Y también te puedes considerar despedido. A partir de este momento, ya no eres nuestro abogado. Ya nos has jodido bastante.

Frank se recuperó muy bien. Incluso esbozó una sonrisa descarada.

—Pero hijo mío, nunca he sido vuestro abogado. Era el abogado de vuestro padre.

—Lo que te convertía en nuestro abogado a su muerte.

—Lo siento —contestó Hagstrom—, pero no es verdad. Soy el albacea de los bienes de tu padre. Así lo especificó él en su testamento. Y, como albacea, estoy haciendo todo lo que está en mi mano por cumplir sus deseos.

—¡Y una mierda!

Frank se encogió de hombros.

—Lamento que pienses eso, hijo.

John hubiera querido fulminar a Frank con la mirada, pero los abogados tienen la piel muy dura; no se chamuscan fácilmente.

—Larguémonos de aquí —le dijo a su hermano—. No puedo soportar el hedor.

Sin embargo, Will aún no estaba del todo listo para marcharse. Se volvió hacia Hagstrom y, con tanta tranquilidad como le fue posible, haciendo cuanto estaba a su alcance por apaciguar su agitado corazón y sus airados pensamientos, preguntó:

—¿Dónde están todas las cosas que había aquí? ¿Los muebles, la ropa y los cuadros?

—Está todo guardado —le aseguró Frank—. A buen recaudo. ¿Por qué no llamáis a la oficina mañana? Hablad con mi secretaria. Ella os dará los detalles.

—¡Queremos saberlos ahora! —exigió John.

—No es el momento —dijo Hagstrom—. Mejor mañana.

—¡A tomar por el culo, mañana!

Hagstrom retrocedió un paso. Había llegado el momento de reducir las posibilidades de un enfrentamiento físico.

—Tranquilícese, señor Hancock. Y vigile su lengua; está en presencia de una dama.

Babe permanecía a un lado, observando el drama que se desarrollaba ante sus ojos como si no fuera más que su culebrón favorito del mediodía. Jamás, ni en sueños más descabellados, habría imaginado que aquella escena suponía el principio del fin de su maravillosa vida.

—¡Y una mierda, una dama! —gritó John—. No es ninguna dama.

Will llevó la mano al hombro de su hermano.

—Venga, John, vámonos de aquí antes de que las cosas se pongan feas.

John asintió, pero no se movió.

Hagstrom, el muy cobarde, en lugar de defender el honor de Babe, tuvo la desfachatez de decir:

—Quiero que sepáis lo mal que me siento con todo esto.

John farfulló un par de obscenidades y clavó la punta del dedo índice en el pecho del abogado.

—Como ya te he dicho, considérate hombre muerto.

—Escucha, hijo —contestó Frank, ahora gélido como un témpano de hielo—, entiendo cómo te sientes. Esto no ha sido fácil para ti, ni para ninguno de los que apreciábamos a tu padre y a tu madre, pero creo que debo decirte esto: ando algo apurado de dinero en estos momentos, con lo del divorcio, la compra de esta casa y todo eso. Me parece que si queréis seguir estudiando será mejor que pidáis alguna beca u os busquéis un trabajo de media jornada. Me sabría muy mal que vuestra educación en Harvard se fuera a tomar viento por culpa de este lío.

Maxwell Edison

Los hermanos Hancock no volvieron al Este con el rabo entre las piernas. Antes de regresar a Cambridge, contrataron un nuevo abogado. Encontraron el nombre en las páginas amarillas del área de Los Ángeles. En el epígrafe había, literalmente, cientos de abogados. Más que médicos. Más que productores de cine. ¿Cuál escoger? ¿En cuál confiar? John y Will no tenían ni idea. Debían limitarse a adivinar y fiarse del destino. Revisaron los anuncios y la larga lista de nombres de arriba abajo. Tras casi una hora, ambos se detuvieron en seco ante el mismo nombre: Edison, Maxwell, abogado. Boulevard Wilshire. Santa Monica. 555-9989.

Marcaron el número de Max de inmediato.

Los hermanos Hancock estaban locos por los Beatles en esa época. Tenían todos sus discos y los habían escuchado cientos de veces. Su álbum favorito era *Abbey Road*, y una de las canciones preferidas de éste, «Maxwell's Silver Hammer», protagonizada por un gamberro psicótico, Maxwell Edison.

¿Alguien puede imaginarse un modo mejor de escoger «a pito pito» un abogado?

Max accedió a ver a los chicos ese mismo día. Las oficinas de Maxwell Edison del Boulevard Wilshire no tenían un aspecto tan imponente como el pomposo espacio ocupado por Hagstrom, Hays, Bennett, Barlow y Lunt de Beverly Hills. Max era un lobo solitario que compartía secretaria con otros tres lobos solitarios.

Desde la ventana de su despacho se veía una tienda de recambios para coches. Sin embargo, John y Will no advirtieron nada de eso. Sabían, por el nombre, que Max era su hombre. Era joven, enrollado, iba bien vestido y estaba deseando trabajar para ellos. ¿Qué importaba que el título, colgado entre las sombras al fondo de su despacho lúgubre y polvoriento, le hubiera sido concedido por la facultad de Derecho de Podunk, de Podunk del Este, Illinois?

Max escuchó atentamente mientras los chicos le narraban su drama con pelos y señales. Asentía y tomaba notas. Cuando hubieron acabado, Max les aseguró que haría cuanto estuviese en su mano por limpiar el buen nombre de su padre y recuperar los bienes de la familia.

John y Will le dieron las gracias, con una expresión solemne en sus rostros idénticos. Después volvieron al Este pensando que Maxwell Edison resolvería todos sus problemas legales y financieros.

Sería injusto acusar a Maxwell Edison de ser un abogado corrupto más. El hombre poseía ciertos principios. Sin embargo, como todos nosotros, también tenía facturas que pagar y deseos que cumplir. De modo que cuando el gran Frank Hagstrom le ofreció un generoso estipendio sólo por mantener la boca cerrada, Max consideró seriamente la idea de coserse los labios.

Claro que eso fue después. Al principio, Max tenía intención de ayudar a los hermanos Hancock. Lo deseaba por tres razones: para hacerse con una buena suma cuando hubiera recuperado el patrimonio, para enfrentarse al poderoso abogado de Los Ángeles Frank Hagstrom y, por último, para satisfacer las necesidades de sus clientes dando lo mejor de sí.

Maxwell Edison pasó varias semanas, incluso meses, estudiando el asunto. Confeccionó un grueso expediente lleno de datos fascinantes. Datos sobre William y Lenore Hancock. Datos sobre la fábrica de paraguas de aquél. Datos sobre Frank Hagstrom. Por fin, cuando creyó que había reunido munición suficiente, concertó una cita para ver al señor Hagstrom en su oficina de Beverly Hills. Le hicieron esperar una semana.

A la hora acordada, Max entró en el enorme despacho del abogado ataviado con su mejor traje. Se sentía como si al fin le hubiera llegado el gran momento. Su momento de gloria.

—Siéntese —dijo Frank. Lo aguardaba sentado a su gran escritorio; se le veía alto, poderoso, todo un abogado. No se molestó en levantarse.

Max se acomodó en una pequeña silla de madera a la que le habían recortado las patas varios centímetros. Se trataba de un asiento especial que Frank reservaba para ocasiones especiales. Ocasiones como aquélla, en las que deseaba dominar por completo a su adversario.

—¿En qué puedo ayudarle, señor...? —Frank echó un vistazo a sus notas—. ¿Señor Edison? ¿Alguna relación con Thomas Alva?

Hagstrom obsequió a Max con la más encantadora de sus sonrisas.

Max, que de repente se sentía pequeño e intimidado, contestó:

—Nos gusta pensar que existe un parentesco lejano.

—Genial —contestó Frank, y continuó—: Por lo que dice, representa usted a John y a Will Hancock ahora. Haciendo de mercenario, ¿eh, Max?

Max no era un ingenuo. Sabía lo que estaba pasando ahí. Así que inspiró hondo y le dijo a Hagstrom que los chicos lo habían contratado para que averiguase por qué estaban tardando tanto en arreglar la sucesión de

William y Lenore Hancock. Frank escuchó atentamente mientras Max le largaba la perorata sobre el T-bird del 59, la casa de Hollywood Hills y la fortuna que William Hancock había hecho con los paraguas.

El abogado lo oía sin pronunciar palabra. Dejó hablar a aquel pobre bocazas como si oyera llover.

Por fin, cuando a Max se le acabó la cuerda, Frank revolvió los papeles que tenía en el escritorio, carraspeó y preguntó:

—Dígame, Max... ¿Le importa que le llame Max? ¿Alguna vez ha trabajado en una sucesión?

—Me he ocupado de unos cuantos testamentos.

—Testamentos. Excelente. ¿Alguna vez ha sido albacea?

Max sacudió la cabeza.

—No.

—Bien, dígame una cosa, Max: ¿tiene la menor idea de la cantidad de dificultades que conlleva poner en orden un patrimonio de millones de dólares cuando los autores desaparecen —Frank Hagstrom hizo chasquear los dedos—, así, sin más?

El chasquido resonó en el gran despacho.

Max intentaba no revolverse en aquella silla minúscula, pero no podía evitar estirar el cuello para aliviar la tensión de los músculos. Empezaba a tener la sensación de que quizás había sobrestimado sus posibilidades, de que se había internado en aguas demasiado profundas para él.

—Sé que requiere tiempo.

—Ya lo creo que requiere tiempo.

—Sí, pero eso no quita que ya hayan pasado cuatro años desde que los hermanos Hancock perdieron a sus padres en aquel terrible accidente de tráfico.

—¿Y cree que cuatro años es mucho tiempo?

—Bueno, creo que...

—Conozco casos que han tardado veinte años en resolverse. Cinco años no es ninguna exageración.

Max se aflojó el nudo de la corbata. De repente hacía calor allí, como si el aire acondicionado no funcionara bien.

—Mire, Frank, señor Hagstrom, yo no quiero decir que...

Frank levantó la mano y Max calló en seco.

—No perdamos el tiempo, hijo. Tengo cosas que hacer y supongo que usted también. Por ahí nunca me va a coger, ni en un millón de años. No porque haya nada donde agarrarse, pero conociendo la situación financiera de esos gemelos, estoy casi seguro de que usted accedió a ayudarlos basándose en una contingencia. No tienen dónde caerse muertos. Así que le sugiero que usted y yo hagamos un trato.

—¿Un trato?

—Eso es. Algo muy sencillo. Se lo diré una vez, y sólo una. Se trata de lo siguiente: yo le paso algunos casos civiles. Nada muy complicado. Usted me los factura a la tarifa que le parezca justa. Se supone que yo le pago en concepto de asesoramiento legal. A cambio, basta con que tranquilice a esos chicos. Dígales que todo va bien.

Max tenía las axilas y la frente sudorosas. (En realidad, Frank había subido el termostato a treinta y cinco grados.)

—No sé... —murmuró Max—. No me parece ético.

Frank no perdió ni un segundo. Atacó con fuerza. Era un experto en el arte de atacar en el momento adecuado.

—¡No me venga con el rollo de la ética, Edison! ¿Le parece ético por su parte entrar aquí dándose aires y ponerse a acusarme a mí, Frank Hagstrom, pilar de la comunidad legal de Los Ángeles, de manipular el patrimonio de un cliente? He tenido la paciencia de concederle la oportunidad de hablar, señor, pero ahora está agotando mi paciencia. ¡Ha agotado mi paciencia!

A esas alturas, Maxwell Edison era poco más que un manojo de nervios y tics.

—No... Yo... Permita que me disculpe... Sólo quería...

—¡Me importa un bledo lo que usted quisiese! Ya he oído bastante. Ahora tengo trabajo que hacer. Trabajo de verdad. Le sugiero que acepte el trato, Edison. Es lo mejor que puede hacer para salir de este lío.

Fue entonces cuando Maxwell Edison, con un montón de pagos pendientes de su Targa 911 de segunda mano, decidió que nada le convenía más que coserse los labios.

El escondrijo Hancock

El pequeño Willy y John Jr. están deseando oír un cuento antes de irse a dormir, así que papá interrumpe sus incursiones en el pasado, mete a los niños en cama y les cuenta una historia brutal de caballeros, dragones y damiselas en apuros. No tiene mucho argumento, ni continuidad (ésos no son los fuertes de John), pero sí mucha sangre, vísceras y besos para los buenos.

Cuando la historia se va acabando y los niños empiezan a adormilarse, los pensamientos de John vuelven a aquel buscón que se hacía llamar abogado, Maxwell Edison. Durante casi dos años, Max estuvo llamándolos cada tres meses y diciéndoles que estaba investigando a Frank Hagstrom y no descubría nada fuera de lo normal ni desde luego, nada ilegal.

Poco se imaginaba John que Max se las estaba jugando.

Will, sin embargo, sí lo sospechaba. Varias veces le propuso a su hermano despedir a Max y contratar a otra persona, pero John pensaba que el abogado estaba haciendo un buen trabajo. Además, lo estaba haciendo gratis.

Oh, sí, Will se acuerda perfectamente. Se acuerda de todo. Hasta el último detalle. Como del cambio de pasaportes en Cayo Caulker, y de John repitiendo que se desharía de Hagstrom, pero nunca lo hizo. Y de cómo John afirmaba en que sólo le interesaba compartir a Clara un par de años. Tras eso se quitaría de en medio y buscaría pastos más verdes. ¿Cuánto hacía ya de aquello? ¿Siete años? ¿Ocho? Demasiados, eso estaba claro.

Will sale de la autopista en su gran BMW 750il (su hermano John tiene uno exactamente igual) y pone rumbo al suroeste por la carretera 102. Will ha retirado el BMW del aparcamiento de larga estancia del Aeropuerto Internacional de Logan hace sólo un par de horas.

Avanza despacio por la pequeña ciudad de Stockbridge. Hace ya casi una década que Stockbridge es el hogar de los chicos, aparte de la casa de la ciudad. Cuando no están en Boston o viajando por ahí para Viajes de Aventura, se recluyen en ese pacífico pueblo de Nueva Inglaterra, con su museo Norman Rockwell y su anticuada tienda de objetos varios. Will pasa por delante de la posada del León Rojo a la izquierda y junto a la iglesia episcopal de San Pablo a la derecha. No se detiene. Cruza todo el pueblo y enfila hacia el campo.

A unos tres kilómetros al norte de Stockbridge tuerce a la derecha por Church Street. Un kilómetro más tarde vuelve a girar a la derecha por Old Meeting House Road, una carretera de grava, sucia y estrecha, que sube en una cuesta empinada hacia las montañas. En lo alto de la tercera subida, Will gira hacia una avenida de piedra protegida a ambos lados por un seto alto de forsitia. Los arbustos frondosos ocultan el camino de miradas indiscretas. Lo último que quieren los hermanos Hancock son miradas indiscretas.

El camino serpentea a lo largo de treinta o cuarenta metros por un bosquecillo de arces, al final del cual se alza el escondrijo donde un hermano se oculta del mundo mientras el otro interpreta el papel de John Hancock: escritor, padre, marido y buen ciudadano en todos los sentidos. Allí arriba, en la vieja alquería, enclavados en las sinuosas Berkshires del oeste de Massachusetts, a un millón de kilómetros de Boston, John y Will interpretan su vida dual.

Compraron la casa y las cinco hectáreas de terreno privado por una bicoca hace algunos años, cuando su tercera novela, *El asesino*, llegó a la lista de best-séllers. Era una ruina inhabitable, pero poco a poco le habían devuelto la forma, en su mayor parte con sus propias manos y su propio sudor. Ahora poseen una granja de piedra y cemento, casi completamente restaurada, de doscientos cincuenta años de antigüedad, donde pueden escribir, descansar y planear los viajes de la agencia. Nadie más en todo el mundo sabe que son dueños de ese lugar. Es su pequeño secreto.

La casa está cubierta de hiedra y tiene un tejado de pizarra azul. Alrededor hay arriates y macizos, la mayoría de los cuales están volviendo a brotar tras el largo invierno de Nueva Inglaterra.

La noche tarda en caer en este atardecer de finales de la primavera. Son casi las nueve, pero Will aún puede ver el viejo granero de madera donde guardan las herramientas para el jardín y el césped y sus lujosos coches alemanes cuando hace mal tiempo. Hace años que Will piensa en hacer un estudio privado para él en el granero, pero hasta ahora la cosa ha quedado en un proyecto. Si todo va como él espera en las próximas de veinticuatro a cuarenta y ocho horas, no tendrá necesidad de un estudio privado.

Entre la casa y el granero se alza la tercera y última construcción de la propiedad: un edificio achaparrado de piedra con un tejado de pizarra muy puntiagudo. En la parte delantera del mismo, un tramo de escaleras conduce directamente a la tierra. En la parte trasera, una rampa de asfalto va a parar a una gran puerta de madera. Antes de que existiera la refrigeración, los granjeros usaban esa especie de búnker para almacenar hielo, tubérculos, patatas o lo que quisieran preservar.

Últimamente, Will ha pasado bastante tiempo en ese viejo sótano-despensa. Cree haber encontrado otro uso, más contemporáneo, para ese espacio subterráneo.

En estos momentos se apea del BMW, mira tranquilamente alrededor y echa a andar hacia la casa por el camino de ladrillos. Algún día espera llevar a Clara y a los niños allí. A éstos les encantaría, está seguro. Hay muchísimo espacio para correr. Entra en la granja por la puerta principal, una entrada ancha pero bastante baja que obliga a ambos hermanos a agacharse cada vez que la cruzan. Todas las puertas de la casa son chatas, algo atribuible, sin duda, a que los americanos eran bastante más bajos antes de la guerra de la independencia.

La granja es pequeña, no tendrá más de cuatrocientos metros cuadrados, pero al hacer las reformas los chicos tiraron paredes y abrieron las minúsculas habitaciones coloniales. La planta baja es un espacio único, muy amplio, con zonas para cocinar, comer, leer y escribir. En medio de la habitación hay una gran estufa de leña, hecha de hierro forjado. El piso de arriba cuenta con un gran desván para dormir y un baño de lo más moderno, con jacuzzi y todo.

En la esquina que recibe más sol de la mañana, los chicos han montado su oficina. Hay un gran escritorio de madera contra la ventana en saliente y varias mesas en torno a él. En estas mesas están los aparatos electrónicos: ordenador, impresora, escáner, fax, módem, teléfono, contestador automático e incluso una radio de onda corta. Es el cuartel general corporativo de Viajes de Aventura. Amontonados por todas partes se ven libros de viajes, guías y folletos de todo el mundo.

El indicador digital del contestador automático indica que hay veintiún mensajes. Will decide que se ocupará de ellos más tarde, o quizá ni siquiera se ocupe de ellos. Nunca. Tal vez haya llegado la hora de mandar a paseo Viajes de Aventura. Will está cansado y harto de viajar. Tiene ganas de quedarse en casa.

Aun así, piensa que será mejor escucharlos. Tal vez haya alguno de John. Claro que primero necesita una copa. Se dirige al bar y se sirve una bien fuerte.

Con la bebida en la mano, vuelve al escritorio y aprieta el botón de escucha.

«Sí, hola, me llamo Lee Brush. Me interesaría recibir su boletín. Mi número de teléfono es el 973-555-7819. Mi dirección es...»

«Soy Peter Christopher. Me gustaría suscribirme a su boletín. Mi número de teléfono es 908...»

«Sí, soy Steve French. Me interesaría hacer un viaje a...»

Y siguen zumbando, uno tras otro. Will se sirve otro whisky y escucha las voces sin llegar a oír lo que dicen.

Chicago

Rafe tampoco oye gran cosa. Sólo un zumbido constante de estática. Está flotando como una cometa mientras vaga por el aeropuerto internacional Chicago O'Hare.

En el vuelo desde Houston se ha pasado casi media hora en el lavabo intentando sacarse la bolsa de cocaína del recto. Cuando por fin lo ha conseguido, ha pensado que meterse un tirito le iría bien para sosegar sus nervios destrozados.

Bueno, como sabe cualquiera que ha esnifado cocaína alguna vez, una raya a menudo lleva a otra raya, y ésta a otra. Así es la coca. Para cuando ha llegado a Chicago, se había metido por la nariz media docena de rayas largas y gruesas.

Ahora se siente bien. Luce una sonrisa de oreja a oreja. El mundo pasa ante él a cámara lenta. Tranquilo, tío. Le apetece oír algo de música y quizá bailar un poco. Mover la cabeza, sacudir las caderas, deslizar los pies. Rafe se dirige hacia la salida en busca de un taxi que lo lleve a la ciudad.

Su avión sale temprano hacia la Gran Manzana, pero al diablo con las seis y media de la mañana. Cogerá otro avión más tarde, o un tren; o un autocar. Verá un poco de Estados Unidos. Tranquilo, colega. Hancock no se va a ir a ninguna parte, está seguro. En cuanto a la cita con el magnate de la droga en el Chase, el bar del hotel Ambassador, eso no será hasta el jueves hacia el mediodía. Tiene mucho tiempo para salir de fiesta.

Todo el tiempo del mundo.

Rafe empuja la puerta giratoria y sale a la cálida noche de Chicago. Se siente flotar, como si caminara sobre un colchón de aire.

Abre la portezuela trasera de un taxi amarillo.

—Al centro, compadre —le dice al taxista, un afable hindú que se crió en Bombay—. A alguna parte con reggae, baile y montones de pavas negras.

—Oh, sí, baile —dice el conductor echando un vistazo a Rafe por el espejo retrovisor—. Te llevaré a un baile.

Frank solía llevar a Babe a bailar. De hecho, iba a llevarla a bailar la noche en que murió. Tenían una cita. A las diez. Lástima que Frank no apareciera.

Babe había tenido un rodaje aquel día. En un estudio de Burbank. Para Prell, o quizá para Head & Shoulders. Era uno de esos productos para el pelo. No había tantos, en aquellos tiempos.

Acabó tarde de trabajar y los productores llevaron la cena al estudio. Babe llamó a Frank. Acordaron que se encontrarían en el Roxbury para tomar una copa y dar unos pasos por la pista.

—Adiós, nena.

—Adiós, cariño. Te veo luego.

Fueron sus últimas palabras.

Babe esperó en el Roxbury de Sunset Boulevard hasta las once y cuarto. Llamó un par de veces a la casa de Hollywood Hills, pero Frank no contestó. No podía contestar; estaba atado.

Volvió a casa finalmente alrededor de medianoche y se encontró a Frank colgado del techo de la sala.

Ahora puede verlo otra vez. Lo ve en la oscuridad del otro lado de la ventanilla del autocar Greyhound. Allí colgado, en la sala. Tieso, pálido como un fantasma y muerto. Después ve a los hermanos Hancock. A los dos. John y Will. De pie, profiriendo amenazas. Amenazando con hacerle daño a Frank. Amenazando con matarlo.

«Estás muerto. ¿Me oyes? Muerto.»

Oh, sí, Babe lo oye todo y lo ve todo. Las lágrimas se desbordan de sus ojos tristes y corren por sus mejillas. Busca el tacto de la pistola que lleva en el fondo del bolso. Vuelve a mirar por la ventanilla y ve una señal a un lado de la autopista interestatal: CHICAGO 400 KILÓMETROS.

Jefferson y Adams

John les da a los niños un beso de buenas noches. Ya están profundamente dormidos. Se retira en silencio, apaga la luz y cierra la puerta, pero no del todo. Sabe que a los niños les gusta que la deje entornada para poder ver el pasillo si se despiertan por la noche.

Sube por las escaleras que llevan al segundo piso. Coge el teléfono y marca el número de Stockbridge. Espera a que el mensaje, su mensaje, acabe y dice:

—Eh, Jefferson, si estás ahí, contesta. Tengo algo que decirte.

Will, con otro whisky con hielo en la mano, vacila pero responde.

—¿Adams?

—Sí.

—Aún vas a venir mañana, ¿no?

—Ahí estaré, pero hace un rato ha surgido otro imprevisto del que he creído mejor informarte.

—¿Qué?

—Me ha llamado una psiquiatra de Los Ángeles.

John le cuenta su conversación con Gerdy MacDaniel.

—Dios —dice Will—. Ya me acuerdo de Babe Overton. Una chica preciosa. Los dos estábamos locos por ella.

—Sí, bueno —dice John—, esa doctora MacDaniel no cree que Babe vaya a recurrir a la violencia, pero de todos modos piensa que deberíamos andarnos con ojo.

—Entonces, ¿es peligrosa o qué?

—No lo sé, pero quizás ella ande detrás de esa denuncia.

—¿Eso crees? —pregunta Will, con un buen colocón tras varias copas de whisky.

—Quién diablos sabe —dice John—. Yo ya no sé qué pensar.

—¿Por qué no te vienes aquí y pensamos qué hacer con todo este lío?

—Tienes voz de haber estado bebiendo —señala John.

—Sólo un par de tragos.

John decide no insistir, pero sabe que Will ha estado bebiendo mucho en casa últimamente, y eso es malo.

—Como ya te he dicho, llegaré a última hora de la mañana.

Se despiden y cuelgan.

John suspira y vuelve a pensar en la bebida. Sabe que antes su hermano bebía muy poco, pero últimamente mama como un condenado.

Will apura el whisky. Se pregunta qué aspecto tendrá Babe Overton en la actualidad. Sin embargo, pensar en Babe le lleva a Frank, a quien prefiere no recordar, de modo que se dirige al bar y se sirve otro trago.

Después regresa al escritorio y pone nuevamente en marcha el contestador automático. La larga lista de mensajes se sigue desgranando. Hasta ahora, casi todos han sido de lo más normal.

Ha llegado al número catorce. Número quince. Dieciséis. Will apenas oye una palabra de lo que dicen. Nada salvo voces lejanas. Está sentado al escritorio, con los ojos entrecerrados, esperando que el whisky lo mande a dormir. Lo mande a la tierra de nunca jamás.

Diecisiete. Dieciocho. Diecinueve.

Entonces, como si viniera de muy lejos, de las vastas y extrañas profundidades del contestador automático, oye una voz conocida. Una voz muy conocida. Una voz que acaba con la borrachera de Will Hancock al instante.

«Sí, hola, un amigo mío me ha dado vuestro nombre y número de teléfono. Me gustaría llevar a mi familia de vacaciones en julio o agosto. Mi marido y mis dos hijos. Escandinavia suena divertido, pero la verdad es que me gustaría oír algunas sugerencias. También necesito un guía, alguien que organice el viaje, que nos lleve de la mano para que nosotros podamos limitarnos a relajarnos y disfrutar.

»Me han hablado muy bien de vosotros, así que espero que os pongáis en contacto conmigo lo antes posible. Me llamo Clara Dare Hancock. Podéis llamarme a Boston, al 617-555-9917. Por desgracia, no me encontraréis allí hasta el viernes o el sábado. Sería mucho mejor que me llamarais al hotel Ambassador de Nueva York, a cualquier hora a partir de, digamos, las dos de la tarde del miércoles. Así podremos empezar a planear algo de inmediato. Detesto postergar las cosas, ¿vosotros no?

»De modo que, de nuevo, soy Clara Dare Hancock. Creo que el número del Ambassador es el 212-994-4000. Mejor aún, si estáis en Nueva York, pasad a verme por el hotel. En realidad, eso es lo que deberíamos hacer. El Ambassador está en la Quinta Avenida con la calle Sesenta y tres, cerca de la esquina sureste de Central Park. *Ciao.*»

Will, levantado a medias de la silla, respirando entrecortadamente, vomita en las grandes tablas de pino del suelo. Se le conoce por vomitar cuando las cosas se ponen feas.

[illegible]

[illegible]

[illegible]

[illegible]

[illegible]

MÁS VIEJAS HISTORIAS

Ceremonia de graduación

Los hermanos Hancock se graduaron en la Universidad de Harvard en una tarde de primavera hermosa y prometedora a principios de junio de 1981. El campus de Harvard estaba maravilloso en aquella tarde primaveral: el sol brillaba con fuerza, las plantas florecían, los pájaros trinaban y las togas encarnadas de los graduados ondeaban a la suave brisa. El lugar estaba abarrotado de padres y abuelos sonrientes, hermanos y hermanas, tíos y tías. Podías ver la alegría y el orgullo flotando como halos sobre las cabezas de aquellos eufóricos familiares. Harvard, al fin y al cabo, estaba a punto de celebrar la ceremonia de graduación número trescientos cuarenta.

Los Hancock, sin embargo, no tenían a nadie entre el público; a nadie salvo a su tutora Zelda Cosgrove y a un puñado de profesores que los habían instruido y animado a lo largo de sus estudios. Hacía poco que habían cumplido los veintiuno, pero se sentían más huérfanos que nunca.

Tal vez hayamos dramatizado demasiado. Los chicos tenían un lugar donde ir, a un tiro de piedra del campus de Harvard, en Prescott Street. El piso de arriba de aquella vieja casa adosada con la pintura exterior descascarillada y el porche combado tal vez no fuese la mejor pensión del mundo, pero era cómoda y barata y, por primera vez en su vida, John y Will tenían un dormitorio para cada uno.

Tras mucho discutir qué hacer a continuación con sus vidas, los chicos habían decidido quedarse en Harvard e inscribirse en un máster de escritura creativa. En principio se trataba de algo que les había propuesto la profesora Cosgrove, quien quería mantener a los Hancock dentro de su ámbito de influencia más inmediato. Zelda temía que si emprendían el vuelo ya nunca pudiera hacerlos volver al nido.

John había rehusado la idea de quedarse en Cambridge después de la graduación. Le parecía que cuatro años en aquel ambiente eran suficientes para cualquiera. Quería marcharse, aclarar sus ideas y ver mundo.

—Al diablo —le dijo a su hermano—. Me da igual si acabamos siendo escritores, médicos o mecánicos de bicicleta. Para nosotros ha llegado el momento de salir y ver mundo.

—Estoy de acuerdo —convino Will, aunque la idea de renunciar a la seguridad de la comunidad de Cambridge le producía sentimientos contradictorios—, pero tenemos un pequeño problema.

—¿Cuál es?

—El dinero.

—¿El dinero?

—Estamos sin blanca. De hecho, estamos endeudados. Debemos cerca de veinticinco mil dólares, de los créditos de estudios.

—Gracias a ese hijo de puta de Hagstrom... Si ese cabrón no nos hubiera estafado, ahora podríamos ir a pasar el verano en Europa.

—¿Sí? —preguntó Will.

—Ya lo creo que sí. Pero no te preocupes, hermanito. Iremos a Europa y al último rincón del planeta. Tú espera y verás.

La idea de Viajes de Aventura ya empezaba a cobrar forma en la imaginación furtiva e incansable de John.

Aquel verano, los chicos no llegaron más lejos del Baxter State Park, en Maine, donde pasaron una semana de acampada, y sólo porque dedicaron junio, julio y casi todo agosto a hacer chapuzas para la universidad, como pintar dormitorios, limpiar canalones, cortar la hierba y podar los setos.

Incluso cuando se reanudaron las clases en primavera tuvieron que seguir trabajando para abonar las facturas. Tenían un alquiler que pagar, comida y libros que comprar, necesitaban ropa que ponerse.

Mientras tanto, casi a diario, la profesora Zelda Cosgrove les recordaba que había llegado el momento de empezar una novela, de dar el primer salto hacia la carrera literaria.

—¿Y cuándo se supone que vamos a escribir esa estúpida novela? —era la invariable pregunta de John.

—Eso depende de vosotros —contestaba siempre Zelda—. Ayn Rand escribió *El manantial* por las noches, al mismo tiempo que criaba a sus hijos y trabajaba a jornada completa.

—Ayn gili Rand.

—Muy bien —replicó Zelda—, desperdiciad vuestro talento. Id a jugar a baloncesto. Salid por ahí de juerga, a beber y a ligar. Me importa un comino. Pero no me vengáis con esas excusas baratas de que no tenéis tiempo. Uno tiene tiempo si lo busca.

Por lo general, John se marchaba exasperado durante las diatribas de Zelda. No le aceptaba bien las críticas. Will, sin embargo, solía quedarse un rato más. Un día le preguntó:

—Digamos que empezamos una novela. ¿De qué irá? ¿Cómo empezará?

Will llevaba meses intentando empezar una historia. No se lo había dicho a nadie, pero había trabajado en ello cada minuto libre. Por desgracia, no tenía una imaginación tan fértil como la de John. Le costaba crear algo de la nada. John podía llenar una hoja tras otra sin detenerse a coger aliento, pero Will temía la página en blanco. Su habilidad entraba en juego cuando su hermano ya había aportado el primer borrador, la chispa de inspiración.

En cuanto a Zelda, llevaba mucho tiempo pensando en la primera novela de los Hancock.

—Trata de dos chicos adolescentes que están en un internado —le dijo a Will—. En realidad, son gemelos. Pierden a sus padres y tienen que salir adelante por sus propios medios.

Will asimiló las palabras y volvió al trabajo; pero no podía hacerlo. Página tras página tras página, la cosa no cuajaba. Rompía las hojas en pedazos y las tiraba a la basura.

John también estaba trabajando en el primer borrador, a escondidas, sin que su hermano ni Zelda ni nadie lo supiese. El reto de Zelda había hecho mella en él. John quería demostrar que era capaz de hacerlo.

Empezó una noche de otoño que no podía dormir. La historia, al principio, era un relato breve para una de sus clases, pero fue creciendo, capítulo a capítulo. Pasó casi un mes antes de que admitiera ante sí mismo que las setenta y cinco páginas que había escrito constituían el principio de una novela de verdad. Trabajaba cada noche, a veces —a lo señora Rand— hasta altas horas de la madrugada. La idea de que aquélla era su vía de escape lo mantenía despierto. Si escribía una novela y la vendía, podría pagar las deudas y marcharse de Cambridge, escapar, a donde le diese la gana, a Caracas o a Katmandú. Eso era lo que quería hacer John Hancock: lanzarse a la carretera, ver mundo, vivir a salto de mata.

Sin embargo, una cosa estaba clara: el argumento empezaba a hacer aguas, los personajes se estaban desdibujando. Necesitaba la colaboración de Will, y pronto.

Los chicos celebraron la cena de Acción de Gracias en el apartamento de Zelda, en Berkeley Street. Después de la comida, John sacó dos copias de su original mecanografiado, cuya extensión era para entonces de cien páginas. Tendió una a su hermano y otra a Zelda.

Ambos se quedaron bastante sorprendidos.

—Leedlo cuando tengáis tiempo —pidió— y decidme qué pensáis.

Zelda sonrió, se levantó y se dirigió hacia su dormitorio. Justo antes de cerrar la puerta dijo:

—No vayáis a ninguna parte hasta que vuelva.

Se quedó en su habitación más de una hora. A Will no le hacía gracia leer el manuscrito en presencia de su hermano, de modo que puso la tele y vio cómo los Lions de Detroit derrotaban a los Eagles de Filadelfia.

Un par de veces oyeron a Zelda reír en voz alta.

Cuando volvió, fue directa al grano.

—Es buena. Falta acabar de redondearla, pero has escrito unas cuantas escenas muy divertidas. —Miró a John directamente a los ojos—. Quiero que sigas trabajando hasta que hayas terminado el primer borrador. No te preocupes por los detalles. Ya los sacaremos. —A continuación se volvió hacia Will—. Tendrás que leerte esas páginas dos o tres veces de arriba abajo. Hazte con la historia, con lo que tu hermano está tratando de decir. Después vuelve a la primera página y empieza a darle tu toque especial. —Zelda, hecha un manojo de nervios, no dejaba de pasearse por la pequeña habitación—. Si consigo que no os disperséis y se nos ocurre un final, estoy segura de que conseguiremos despertar cierto interés.

John, como un perrito contento, sonrió y movió la cola.

Will, molesto porque su hermano hubiera mantenido en secreto la existencia del manuscrito todas esas semanas, no parecía tan complacido. De todos modos, volvió a casa aquella noche y puso manos a la obra, tal como la buena profesora le había ordenado.

John y Will estuvieron trabajando en la novela todo el invierno y parte de la primavera. Zelda supervisaba sus progresos con el apasionamiento de un zelote. Celebraban una reunión semanal para comentar el argumento y resolver los problemas que se hubieran presentado. John se saltaba aquellas reuniones con frecuencia. Decía que el tiempo estaba mejor aprovechado si lo dedicaba a escribir, aunque por lo general se iba a beber o a jugar al billar mientras Will y Zelda estudiaban minuciosamente el manuscrito.

En realidad, no importaba que faltase a aquellas reuniones. John proporcionaba la chispa y era Will quien se ocupaba de que el motor funcionase, quien cambiaba el aceite y cumplía con el plan de mantenimiento. Bajo la astuta supervisión de Zelda, hacía que la historia fuera saliendo de los cilindros.

A finales de marzo de 1982, satisfecha con la primera mitad del manuscrito, Zelda fue a ver al señor Leland

Fisher. Leland aún no estaba al mando de la editorial familiar, The Boston Press, pero ocupaba una pequeña oficina en aquel precioso edificio de piedra rojiza situado en Beacon Street, junto al parque de Boston.

Leland hacía más o menos lo que le venía en gana, convencido, por encima de todo, de la importancia de emborracharse y colocarse al menos una vez al día. No obstante, oficialmente era editor de The Boston Press y tenía poder para comprar libros y publicarlos. En realidad, su padre, en un acto de flagrante nepotismo, lo animaba a hacerlo.

Zelda lo sabía, y es que ella lo sabía todo. Además, conocía a todo el mundo. Hacía años que conocía a Leland Fisher y al padre de éste, y lo que es más importante: sabía que a Leland le gustaría la novela de los Hancock. Sabía que le encantaría el título: *El blues del internado*. Leland también había sido un niño bien de internado. De modo que le arrojó el manuscrito en el escritorio, se inclinó para que el otro pudiera atisbar su seno voluptuoso y le pidió que echara un vistazo.

—¿A éstos? —preguntó Leland, señalando los pechos de Zelda.

—No, Leland —contestó ella, repiqueteando con el dedo encima del manuscrito—, a esto.

—¿Y qué es esto, querida? No se tratará de otra de esas novelas deprimentes de tus colegas sesudos y taciturnos del otro lado del Charles, ¿verdad?

—En realidad, creo que la encontrarás bastante divertida, quizás incluso conmovedora.

Leland se echó hacia atrás fingiendo horror.

—Odio la ternura.

—No, no es verdad. Sólo te gusta aparentar que la odias.

Leland miró fijamente a Zelda con expresión de deseo.

—Si la leo, ¿te acostarás conmigo?

—Ni lo sueñes.

—¿Ni siquiera si te ofrezco un millón de dólares por publicarla?

—Ni siquiera entonces.

Leland se enfurruñó, pero leyó el manuscrito de todos modos. Lo leyó cinco veces a lo largo de los días siguientes. La primera vez borracho, después sobrio, la vez siguiente colocado, después borracho otra vez y por último sobrio de nuevo. En todas las ocasiones, rió a más no poder.

—Dios —le dijo a Zelda—, es divertidísima.

—¿Te gusta?

—¿Que si me gusta? Me encanta. Este tipo sabe escribir muy bien. ¿Quién es?

—Quiénes son —puntualizó Zelda—. Son dos, en realidad. Hermanos. Gemelos. Los Hancock. No tienen ningún parentesco con John Hancock, aunque intentarán hacerte creer lo contrario. Siempre están mintiendo. Son un par de capullos. Perdieron a sus padres cuando eran pequeños. Psicológicamente, están fatal.

—Pero saben escribir.

—Oh, sí, ya lo creo. Y no te lo pierdas.

—¿El qué?

—Sólo tienen veintiún años. Cumplirán veintidós dentro de un par de meses.

—Caray —dijo Leland, y se agachó hacia el mini bar que tenía en el cajón inferior, a mano derecha de su escritorio—. Necesito una copa.

—Y qué —preguntó Zelda—, ¿vas a comprarla? ¿Quieres publicarla?

Leland se sirvió un bourbon con agua.

—¿Cuál es el trato, Zelda? ¿Eres su agente? ¿Su mentora? ¿Qué sacas tú con esto?

—Yo no saco nada, Leland. Nada en absoluto. Salvo la pura dicha de ver cómo una prosa excepcional llega a manos del gran público.

Leland bebió un sorbo.

—¿Sabes, Zelda? Me da cien patadas negociar con un alma tan generosa y sincera. La cosa pierde todo su encanto.

—Lo siento, cariño, intentaré comportarme como una bruja.

Leland rió y dio otro sorbo.

—¿Y cuándo veré el resto?

—No tardarás mucho —contestó Zelda—. Durante el verano.

—Escriben rápido, ¿eh?

—Ya lo creo, muy rápido. Siempre que consigas atarlos a la silla.

—¿Así que también eres su madre?

—Algo así. Bueno, ¿qué me dices de un adelanto, Leland?

El editor pensó que sería mejor no redactar un contrato aún. Mejor ver el producto acabado y entonces hacer una oferta. No obstante, les dio a los chicos cinco mil dólares de su bolsillo para ayudarlos a acabar la novela. La única condición era que fuese el primero a quien le ofrecieran el manuscrito completo.

John y Will siguieron trabajando en el libro toda la primavera y parte del verano. Incluso utilizaron algo del dinero que Leland les había dado para alquilar una casa en Martha's Vineyard durante un par de semanas, a finales de julio. Fue allí, en una casita de campo con los muros cubiertos de musgo, a las afueras de Chilmark, donde hicieron los últimos retoques al manuscrito.

John pensaba que la novela los liberaría. Will, que era sólo el principio. Aquél quería dejar el máster y echarse a la carretera; éste prefería quedarse en la escuela.

Zelda, por supuesto, secundó a Will. Tras leer el manuscrito entero, le preguntó a John:

—¿Qué prisa hay? Estoy segura de que Leland lo comprará, pero no por mucho dinero. Se trata de una primera novela. Debéis tener paciencia.

Leland compró la novela por quince de los grandes; la suma no estaba mal para un primer trabajo. Sin embargo, John esperaba más, mucho más.

Will, en cambio, estaba satisfecho. Pensaba que debían empezar el siguiente libro cuanto antes.

John tenía otros planes. Había empleado mucho tiempo y energías en *El blues del internado*. Deseaba volver a jugar al cróquet, a beber cerveza y a perseguir a las chicas.

Will intentó empezar el segundo libro por su cuenta, pero, como de costumbre, sin resultado. Necesitaba que su hermano aportase la primera chispa de inspiración. La página en blanco le provocaba dolor de cabeza y acidez de estómago.

Empezaron el segundo año del máster con una promesa de Leland Fisher de publicar *El blues del internado* al otoño siguiente. El editor, en realidad, hubiera preferido publicarla en primavera, pero Zelda se sentó en su regazo, apretó los pechos contra él y le pidió que por favor esperara unos meses. Sabía que John estaba impaciente, y no quería que él o su hermano la dejaran colgada en cualquier momento. La profesora Cosgrove deseaba su parte de gloria cuando los elogios y los premios empezasen a llegar; y llegarían, si conseguía mantenerlos a raya. Ya había puesto en marcha la campaña publicitaria.

El blues del internado no era una novela larga. No pasaba de las setenta y cinco mil palabras. La acción se desarrollaba en un único escenario: Canterbury Prep. Era un internado pequeño y privado situado en la falda de las montañas, en el oeste de Conneticut. Tenía vastos jardines, árboles añosos y viejos edificios cubiertos de hiedra. En los catálogos de las escuelas privadas, Canterbury Prep se definía a sí misma como «una escuela para niños bien y gente estirada». Todo el mundo era bienvenido a Canterbury Prep, siempre que fuera «blanco, rico y razonablemente protestante».

—Educamos esnobs —solía decir el director a los padres de posibles alumnos.

Canterbury Prep, al menos a primera vista, parecía la típica escuela conservadora donde se preparaba a los pequeños caballeros y las pequeñas damas de los pijos para universidades como Harvard, Radcliffe, Smith, Princeton y Yale. Allí, todo el mundo tenía unos modales exquisitos. Rara vez se pronunciaba una palabra grosera. El lema de la escuela, «verdad, sinceridad, respeto», adornaba el escudo dorado sobre la entrada al vestíbulo principal. Claro que no todo era lo que parecía. Si rascabas un poco, toda aquella verdad, sinceridad y respeto empezaban a rezumar una viscosa sangre azul.

Zelda, promotora incansable, ensalzaba *El blues del internado* como una obra maestra comparable a *El guardián entre el centeno* y *A este lado del paraíso*. Tal vez exagerase un poco, pero los chicos habían escrito un relato vívido y mordaz. Se las habían arreglado para poner el dinero, los modales y la moralidad encima de la mesa y machacarlos a conciencia con su ingenio juvenil y sus actitudes irreverentes.

Sin embargo, todo cuanto podían hacer a partir de aquel momento era esperar. Esperar a que Leland publicara la novela. Esperar a las críticas. Esperar a ver si alguien la compraba. Esperar a ver si a alguien le gustaba. Esperar, esperar y esperar.

Una carta y una llamada telefónica

Mientras esperaban, la carta, el cheque y la factura por los servicios prestados, llegó en el correo. Fue pocas semanas antes de la Navidad de 1982.

Queridos John y Will:

Espero de corazón que al recibo de esta carta los dos estéis bien. Sé que hace mucho de la última vez que hablamos. Mis más sinceras disculpas por haber dejado pasar tanto tiempo.

Como seguramente habréis supuesto por el desproporcionado retraso, ha sido muy difícil saldar el patrimonio de vuestros padres. El bufete ha gastado enormes cantidades de dinero tratando de poner orden en el tema del negocio de vuestro padre. Las inversiones que hizo en México han resultado especialmente engorrosas. Sin embargo, me complace informaros de que el asunto por fin ha sido resuelto.

Durante mucho tiempo, creí que, llegados al final, la cosa quedaría mucho peor de como ha resultado. Hasta el mes pasado temí que no pudiera enviaros ni un centavo. Sin embargo, os adjunto un cheque por valor de 17.753,13 dólares. No es un dineral, ya lo sé, pero es mejor que nada. Además, sin duda os alegraréis mucho de saber que los créditos de vuestros padres han sido completamente saldados.

Con una pequeña excepción. Hago esto muy a mí pesar, pero creo que, de todos modos, debo adjuntaros una factura por los servicios legales que os han prestado Hagstrom, Hays, Bennett, Barlow y Lunt. Quiero que sepáis, sin embargo, que no tengo intención de cobrarla hasta el día en que las finanzas de ambos se hayan recuperado. La suma, 46.850, 68 dólares, sólo representa una pequeña parte de lo que el bufete ha invertido para saldar el patrimonio. Sólo el año pasado me pasé dos meses en México trabajando. No obstante, tengo una responsabilidad paternal para con vosotros, de modo que no deseo cargaros con deudas adicionales.

Por favor, no dejéis de poneros en contacto conmigo en cualquier momento si puedo seros de ayuda en el futuro. Feliz Navidad y que el Señor esté con vosotros en estos días dichosos.

Muy atentamente,

FRANK HAGSTROM

—¿Te lo puedes creer? ¡Será hijo de puta! —exclamó John agitando la carta en el aire.

—¡Qué caradura!

—¡Dos meses en México!

—¡A nuestra costa!

—¡Lo mataré!

—Yo te ayudaré.

—Papá querría que lo matásemos.

—¡Deberíamos arrancarle la puta cabeza!

Los dos días siguientes, los hermanos Hancock anduvieron por Cambridge rabiando y muriéndose de ganas de ensañarse con el cadáver de Frank Hagstrom. No tenían ni idea de cuánto dinero les había robado, pero no les costaba figurarse que había sido una cifra nada despreciable.

¡Diecisiete mil dólares! No podían creer que después de tantos años hubiesen acabado por embolsarse sólo diecisiete mil miserables dólares. Esperaban recibir millones.

Un par de semanas más tarde, el primer día de invierno, un acontecimiento siempre frío y triste en Boston, John Hancock, incapaz de enfrentarse a la deprimente perspectiva de pasar las vacaciones de Navidad y Año Nuevo en su apartamento de mala muerte congelándose el culo, pasó por una agencia de viajes de Bow Street y compró dos billetes a Belice con salida el día de Navidad, por la mañana temprano. Hacía años que quería ir a Belice y, maldita sea, había llegado el momento.

Will protestó, pero no demasiado. No sólo necesitaba vacaciones sino que sabía que nada detendría a su hermano.

En Nochebuena tomaron unas copas con Zelda y Leland. Brindaron por el éxito de *El blues del internado* y por todos los proyectos futuros. Alrededor de las diez, John dijo que tenían que marcharse a casa a hacer el equipaje. Zelda les dio un beso de despedida y les pidió, con actitud maternal, que por favor la llamaran para decirle que estaban bien.

Cuando los hermanos Hancock entraron en el apartamento, el teléfono estaba sonando. Will contestó.

—¿Diga?

—¿Señor Hancock?

—¿Sí?

—¿Hablo con John o con Will?

La voz sonaba lenta y pastosa.

—¿Quién lo pregunta?

—Edison... Maxwell Edison... ¿Me recuerda?

—Claro que le recuerdo —contestó Will. Tapó el auricular y le susurró a su hermano—: Es aquel abogado que hace un par de años contratamos en Los Ángeles para que investigase a Hagstrom. Maxwell Edison.

—¿Qué diablos quiere? —preguntó John—. No me digas que también pretende robarnos. Ese cabrón no hizo una mierda por nosotros. Se limitó a asegurarnos que todo iba bien y al final nos dijo más o menos que nos perdiésemos.

—Intenté decirte eso mismo hace un año y medio.

—No me sermonees —gruñó John, y añadió—: Averigua qué quiere.

—Creo que está borracho.

—Espera, cogeré el otro teléfono.

John se dirigió a su dormitorio y levantó el auricular del supletorio.

—Tenía ganas de llamaros —farfulló Maxwell Edison— y... y.... y desearos a ti y a tu hermano unas Navidades muy felices. Y deciros que... que todo lo que os conté... el año pasado... de que Frank Hagstrom... era un tipo legal..., de que todo iba de maravilla..., bueno, era mentira. ¡Una asquerosa mentira!

—¿Mentira? —preguntó Will.

—Mentira —repitió Max—. Diría que dos millones... Quizás incluso tres mi...

—¿Dos millones de qué, Max? —lo interrumpió John.

—¡De dólares! —gritó Maxwell Edison—. ¡Dos millones de dólares!

Max se había puesto hasta las cejas, ya lo creo. Su nivel de alcohol estaba por las nubes. Toda aquella bebida había traído consigo un sentimiento de culpabilidad considerable. Sentado a solas en su apartamento en Nochebuena, a Max lo había asaltado de repente un deseo casi desesperado de limpiar su triste conciencia. Poco después, había marcado el número de los Hancock.

—¡Robados! Como lo oís... ¡Estafados!... ¡Malversados!... ¡Y nadie lo sabrá nunca! Ese Frank Hagstrom, ese jodido zorro... ¡es un tipo muy taimado! ¡Nunca dio un paso..., ni el menor movimiento..., sin borrar las huellas que dejaba!

Los hermanos Hancock intentaron hacer preguntas. Trataron por todos los medios de arrancarle información, de sacarle más detalles, de averiguar cuánto dinero exactamente les había robado Frank Hagstrom. Estuvieron agobiando a Max durante más de veinte minutos.

Lástima que Max se hubiese ventilado casi una botella de Jimmy Bean. El whisky había convertido su cerebro y su lengua en una masa pastosa. Sólo podía balbucear, y pronto perdió toda coherencia. Después dejó caer el auricular al suelo. Los chicos aún lo oían gimotear y farfullar al fondo, pero parecía más un animal rabioso que un miembro del colegio de abogados.

Colgaron y terminaron de hacer las maletas. No podían quitarse de la cabeza la cifra de tres millones de dólares y el buen nombre de su padre.

Pocos días después, Will moría ahogado en la costa de Cayo Caulker. Pasto para los peces.

Al menos eso fue lo que John Hancock, que en realidad era Will Hancock, le dijo a la gente.

Clara conoce a los hermanos Hancock

Ateneo de Boston. Finales de junio de 1991. Ocho años y medio después de aquella llamada de Maxwell Edison. Casi ocho años y medio después de la «muerte» de Will Hancock. Ocho años después de la publicación de *El blues del internado*. Una bochornosa noche de verano. Una cena para los administradores de la biblioteca. Los organizadores invitaron a John Hancock porque era un escritor autóctono con un libro nuevo a la venta.

Estaba allí de pie, en el elegante Bow Room del Ateneo, firmando ejemplares de *El asesino* y bebiendo un martini no muy seco cuando hizo aparición aquella rubia alta y hermosa con las piernas más largas que John había visto jamás. En el rostro lucía esa expresión una pizca irritada que él había visto en muchas caras de mujeres guapas. Siempre había supuesto que quizás se debiera a que les molestaba el que todos los hombres las mirasen y abordasen a cada momento.

Fue eso más o menos lo que hizo John Hancock durante el resto de la noche, aunque sin resultados.

No obstante, un par de semanas más tarde, gracias a la ayuda de una amiga común, Linda Carson, John llamó a la señora Dare y la invitó a cenar. Ella quiso darle largas, pero al final accedió.

Tras preguntarse una y otra vez adónde llevarla, John finalmente se decidió por el Library Grill, situado en la esquina de Beacon y Brimmer. Resultó una elección excelente. La comida era sabrosa, el ambiente agradable y discreto, y las vistas de los jardines públicos excelentes en aquella noche ventosa de julio.

Pero lo mejor de todo fue que John hizo reír a Clara, algo no muy fácil para él: tuvo que gastarle tres o cuatro bromas antes de dar con una que Clara encontrase divertida.

Después de cenar dieron un paseo por los jardines públicos. No se tomaron la mano, ni tampoco se besaron cuando John la acompañó hasta la puerta de un edificio de apartamentos situado en Commonwealth Avenue. No obstante, Clara, para su propia sorpresa, dijo:

—La semana que viene se inaugura una exposición de Van Gogh en el Museo de Bellas Artes. ¿Te gustaría ir?

Claro que John quería ir. Ya estaba enamorado de la cabeza a los pies. Habría seguido a Clara a cualquier parte. Incluso a un museo a mirar cuadros; probablemente una de las cosas que menos le gustaba hacer.

—Sería estupendo —repuso—. Me encanta Van Gogh.

En realidad, no le gustaba. John conocía la obra de Van Gogh y le sorprendía que el tipo se hubiera hecho tan famoso.

Cosas del destino, la mañana de la inauguración John tenía que salir hacia Alaska con Viajes de Aventura. El día antes de partir, le contó a Will lo de Clara Dare y la visita al museo. Había dudado en pedirle a Will que lo suplantara, pero al final pensó que causaría una impresión excelente, con todos sus conocimientos sobre el arte y los artistas.

De mala gana, Will accedió a ir a la inaguración con la última amiga de su hermano. No era muy aficionado a las grandes fiestas ni a las aglomeraciones. Tampoco le volvía loco salir con las novias de su hermano. John y él tenían gustos muy distintos en lo que a mujeres se refería: a John le gustaban guapas y con las piernas largas; Will pedía algo más profundo.

Sin embargo, Will Hancock se enamoró de Clara Dare en cuanto posó los ojos en ella. Una sola mirada le bastó para querer casarse con ella y pasar el resto de la vida a su lado.

Clara llevaba un vestido de color perla que se ceñía a su cuerpo esbelto como un guante ajustado. Ella lo tomó del brazo y franquearon la suntuosa entrada del Museo de Bellas Artes. Will se sintió como si estuviera en la entrega de los Oscar. Los hombres llevaban pajarita; las mujeres vestidos de diseño y montones de joyas. Por lo general, Will se mantenía al margen de aquel tipo de acontecimientos, pero de repente, con la maravillosa Clara Dare del brazo, se habría comido el mundo.

Will estaba interpretando el papel de John Hancock, claro, un papel que, a esas alturas, llevaba casi una década perfeccionando. Sin embargo, lo interpretaba hasta cierto punto. Tenía su propia personalidad, diferenciada, y rehusaba enterrarla por completo. De modo que, para todos los que trataban a John Hancock, era un hecho indiscutible que se trataba de una persona difícil de conocer, un hombre complejo, propenso a actitudes y humores muy diversos que iban desde una alegría discreta hasta una introspección sombría. Un día podía saludarte con gran efusión y al siguiente pasar por tu lado sin saludarte. Algunas personas lo calificaban de esnob, pero la mayoría lo consideraba simplemente excéntrico.

Nadie sabía, por supuesto, que era, en realidad, dos personas.

Aquella noche en el Museo de Bellas Artes, Will, en el papel de John, no hizo bromas pero causó una impresión estupenda y duradera en la señora Dare. Will había prestado atención en las clases de Apreciación Artística a las que había asistido en la universidad. Podía hablar de la obra de Van Gogh con inteligencia y perspicacia. El que, como a su hermano, Van Gogh le pareciese algo sobrevalorado no salió en ningún momento de sus labios. Will se daba cuenta de que la encantadora señora Dare adoraba al loco artista holandés y ni por un instante se le pasó por la cabeza sostener lo contrario. Hacía mucho que se había convertido en un mentiroso consumado.

Clara y él recorrieron la exposición deteniéndose en casi todos los lienzos para admirarlos y comentarlos. A ella le impactó profundamente su conocimiento de las fechas y su comprensión del movimiento posimpresionista. Will estaba igual de impresionado con su pareja. No sólo tenía un físico abrumador sino que fue una interlocutora digna en su disertación sobre la pintura de finales del siglo XIX.

La mayoría de las mujeres con las que John había quedado y que después le había pasado a Will para que las pusiese a prueba, eran enanas intelectuales, apenas capaces de captar los sofismas narrativos de la película de Hollywood más elemental. En cambio Clara, como Will advirtió al instante, lo tenía todo: belleza, cerebro y clase. Will no habría creído ni en sueños que Clara había crecido como una McGuire normal y corriente, en una pensión de mala muerte de la zona sórdida de Cambridge.

Era tan improbable, desde luego, como que el inteligentísimo y sensible John Hancock fuera en realidad

Will Hancock haciendo de su hermano, y que Clara tuviese, a la sazón, dos pretendientes chalados por ella al precio de uno.

Empezaba a fraguarse un romance.

Más tarde, aquella misma noche, Will, en el papel de John, no sólo cogió la mano de la señora Dare sino que compartió con ésta un beso largo y algo solemne en el porche de casa de ella, y eso fue antes de que lo invitara a tomar la última copa.

No pasó nada en el apartamento aquella noche, salvo unos cuantos besos más y algunos abrazos de pie. Sin embargo, quedaron en volver a verse, y pronto, antes de que Will, en el papel de John, se marchase.

John fue el primero en hacer el amor con Clara, pero sólo cuando ya llevaban saliendo casi dos meses. Ella no entregaba su cuerpo con facilidad, lo que otorgó mayor dulzura al momento cuando al fin lo hizo.

Él actuó con suavidad y tranquilidad, algo poco frecuente, ya que por lo general le preocupaban mucho más sus propios deseos y necesidades físicas que los de la mujer que yacía a su lado. Decía y hacía lo que había que decir y hacer, pero aparte de eso su propia satisfacción estaba por delante. No fue así cuando se acostó con Clara. Atribuídselo al amor. No cabía duda de que, por primera vez en su vida de adulto, John estaba enamorado. El amor cambia a los hombres, y cuando éstos se enamoran, hacen el amor de un modo muy distinto de cuando sólo se trata de una aventura sexual. Las necesidades y los deseos de la mujer son lo primero. Sólo si ella halla satisfacción encuentra él satisfacción. Así sucedió con John y Clara.

Y así sucedió también, más tarde, con Will, en el papel de John, y Clara.

Ambas parejas hicieron temblar el mundo.

—Es perfecta —le dijo Will a John.

—Roza la perfección —convino John.

—Es lista.

—Y maravillosa.

—Y divertida.

—Y sexy.

—Podría ser ella, John.

—Tienes razón —asintió su hermano—. Creo que sí.

—La quiero.

—Yo también.

Will suspiró.

—¿Y qué vamos a hacer?

John se encogió de hombros.

—La verdad es que sólo hay una solución, hermanito.

Will se lo pensó y frunció el entrecejo.

—No, no podemos.

—Sí que podemos.

—Dios, John, es malsano. La sola idea es malsana.

—Juntos podemos hacerla feliz, y ser felices nosotros, de paso. El mejor de todos los mundos posibles.

—Está mal.

—A la mierda si está mal, hermanito. ¿Quién dice qué está bien y qué está mal? Yo digo que para nosotros está bien. Para los tres.

Will no parecía nada convencido. Había hecho cosas malas en la vida. Algunas terribles. Pero aquello, potencialmente, podía ser lo peor de todo. Sacudió la cabeza.

—Mira, a lo mejor dice que no y entonces no tendrás que preocuparte por eso.

—Pero ¿y si dice que sí?

—Si dice que sí, tiraremos adelante.

—Pero —dijo Will en poco más que un susurro—, no estoy seguro de querer compartirla. La quiero toda para mí.

—No es sólo tuya, hermanito. Es nuestra.

—Ya lo sé, pero...

—Escucha, Will, tú me conoces, no creo que esto me dure más de un par de años; después puedes quedártela a tiempo completo.

Will escudriñó a su hermano con los ojos entornados. No había olvidado, ni por un segundo, la jugada del pasaporte. Tampoco había olvidado lo de Hagstrom; Will también le echaba la culpa de eso a su hermano.

—¿Me lo juras por Dios, John? ¿Juras que después de un par de años te retirarás?

—Ya me conoces, hermanito. Me aburro con facilidad.

—Pero ¿y si no?

—Por Dios, Will, ¿no puedes arriesgarte por una vez?

Will puso mala cara, pero después de hablarlo unos cuantos días más, decidieron tirar adelante.

John, como acto de conciliación, le propuso a Will hacer la propuesta de casamiento.

Volvían a encontrarse en el Library Grill, en la misma mesa con vistas a los jardines públicos. Sólo que esa vez, Will, en el papel de John, estaba sentado en el asiento que había ocupado éste hacía menos de nueve meses.

Su hermano también se encontraba en el restaurante, sentado en el bar, vestido con ropas idénticas a las de Will, hasta con calzoncillos y calcetines del mismo color.

Sin embargo, llevaba gafas de montura metálica y barba postiza. Bebía un Dewar's con hielo, lo mismo que Will, mientras seguía la acción con el rabillo del ojo.

Will esperó hasta que hubieron pedido el postre. Bueno, hasta que él hubo pedido el postre. Ella nunca tomaba postre, aunque siempre quería probar un par de bocados del suyo. Esa noche fue *mousse* de chocolate, el favorito de Clara.

Con el corazón a mil y las manos pegajosas, Will buscó en el bolsillo de la chaqueta el anillo de compromiso, una bonita sortija de oro con un diamante engarzado que a él y a su hermano les había costado unos cuantos de los grandes.

—¿Clara?

—¿Sí, John?

—He estado... Bueno, he estado pensando...

—¿En qué?

Will lo tenía todo preparado. Sabía exactamente lo que quería decir. Sin embargo, de repente, no encontraba las palabras para expresarlo. No era que tuviese dudas, sino más bien terror al rechazo.

Pasaron un par de minutos. Al final, Clara se disculpó, se levantó y se dirigió al servicio de señoras.

Will aguardó hasta perderla de vista y después salió disparado hacia el bar.

—¿Qué ha pasado? —preguntó John—. ¿Qué ha dicho?

—No ha dicho nada. No se lo he pedido. No he podido. Tendrás que hacerlo tú.

John no perdió ni un segundo. Se bajó del taburete y le hizo gestos a Will de que lo siguiera hasta el servicio de caballeros. Una vez dentro, se quitó la barba postiza y las gafas.

—Ponte esto —le dijo a Will— y dame el anillo.

Will, con la frente perlada de sudor, le tendió el anillo y aceptó el disfraz.

—¿Lo harás?

—No tengas miedo, hermanito —repuso John con una sonrisa. Estuvo toqueteándose el pelo y la cara alrededor de un minuto. Después, con el anillo en el bolsillo de la chaqueta, se dirigió a la mesa de la ventana. Clara, famosa por sus largas ausencias en el tocador, aún no había vuelto. John se tomó la *mousse* de su hermano. Echó un vistazo al bar. Ahí estaba Will, con la barba y las gafas, tomándose el Dewar's con agua.

Cuando Clara regresó, John se levantó y le apartó la silla.

—Empezaba a pensar que te habías ido a casa.

Ella se inclinó hacia adelante y le dio un pellizco en la mejilla. Lo miró de un modo extraño, pero se recuperó enseguida y contestó:

—Qué chico más raro.

John la obsequió con su sonrisa más infantil y dijo:

—Estaba pensando si...

—¿Sí?

—¿Quieres casarte conmigo?

Clara, perpleja ante la pregunta, respiró hondo e inquirió:

—¿Qué?

John sacó el anillo, lo sujetó entre el pulgar y el índice y dijo:

—Mira, ya sabes que estoy loco por ti. Perdidamente enamorado. Y tú aseguras que me encuentras encantador. A lo mejor nunca encuentras a otro chico capaz de hacerte eso. ¿Qué dices? ¿Qué te parece si nos marcamos una boda?

Clara, que rara vez se quedaba sin palabras, miraba a Hancock con la boca abierta. Pasaron varios segundos antes de que preguntara:

—¿Casarnos?

—Eso es, nena. Casarnos. El santo sacramento.

—Dios...

John se inclinó hacia adelante y la tomó de la mano.

—¿Por qué no probamos cómo te queda esto?

Clara volvió a respirar hondo y tendió la mano. Hancock le puso la sortija en el dedo. Le sentaba de maravilla; ajustada pero no demasiado apretada.

Will, observando a hurtadillas, no cabía en sí de gozo al ver el anillo deslizarse por el dedo de Clara, pero también estaba muy enfadado y molesto por no haber sido él quien se lo ponía...

CUARTA PARTE

9 DE JUNIO DE 1999

Ronda del miércoles por la mañana

Como en otros tantos amaneceres, Clara, John y Will Hancock se sorprenden a sí mismos recordando aquellos primeros días de romance.

Incluso Clara ha madrugado esta mañana. Se ha levantado a las siete y media, hora de París. Ha salido del Ritz y ha subido a la limusina a las nueve. A las diez ha llegado a la terminal de Air France del Charles de Gaulle. A bordo del Concorde a las once. En el aire a las once y media.

Ahora, sobrevolando el Atlántico a la velocidad del sonido, Clara echa el asiento hacia atrás y apoya la cabeza contra una delgada almohada de algodón. Se mueve un poco en el asiento para ponerse cómoda. Es un asiento duro y más bien pequeño, a pesar de que viaja en primera clase. Es el precio que hay que pagar por la velocidad, se recuerda Clara.

Sus pensamientos han viajado hacia atrás, pero por ahora ya tiene bastante de tiempos pasados. Cierra los ojos y respira despacio y con regularidad. Le sentaría bien echar una pequeña siesta antes de llegar a Nueva York. Sin duda va a ser un día largo. Y mañana también. Tiene muchas cosas que hacer mañana, sí, señor. No obstante, confía en su plan. Lo ha meditado largo y tendido, y ha llegado el momento de llevarlo a la práctica. Esperar más sería una tontería e incluso una actitud egoísta de su parte.

John Hancock ha pasado despierto casi toda la noche, dando vueltas en la cama, pensando, intentando poner en orden las ideas. Ponte en marcha, sal hacia Stockbridge ahora mismo, no deja de repetirse. Sin embargo, es duro abandonar la cama cuando fuera aún es oscuro, cuando hay tanto silencio en la casa y se está tan calentito debajo de las sábanas.

Piensa en sus primeras noches con Clara. Unas veladas increíbles. Las mejores de su vida. Daría lo que fuera por tenerla ahora a su lado. Se quedaría en la cama con ella toda la mañana y parte de la tarde, si lograra convencerla de que no se levantase. Clara nunca se queda mucho tiempo quieta. Siempre está en movimiento. Incluso haciendo el amor no para de moverse. Cambia constatemente de posición. Arriba. Abajo. De lado. De rodillas. Otra vez arriba. Es como hacerlo con un tornado. No obstante, preguntadle a John y os dirá que no haría el amor con nadie más en el mundo que con Clara. Aún lo excita y estimula tanto como la primera vez que hicieron el amor, hace ocho años.

El gemelo Will tampoco consigue dormir. Se pasea por la planta baja de la vieja alquería situada al norte de Stockbridge. Él también está pensando en aquellos primeros días, semanas y meses con Clara.

No obstante, piensa también en muchas otras cosas. Falta poco para que amanezca, y Will ha pasado despierto toda la noche. Ni siquiera se ha molestado en irse a la cama. Hace horas ya sabía que acostarse sería inútil. De modo que ha tenido tiempo de sobra para pensar en todo. Ha ido y ha vuelto por las avenidas principales de su vida tres o cuatro veces.

Ayer por la noche, después de vomitar, Will se rehízo el tiempo suficiente para volver a escuchar aquel mensaje de Clara. Lo escuchó aun una tercera vez; y una cuarta; y una quinta, atento a cada sutil matiz de su voz, a cada inflexión, cada entonación. Intentó discernir lo que ella sabía y lo que no. Todo a partir de aquel mensaje de sesenta segundos. ¿Era posible que no estuviese al corriente de nada? ¿Había sido la llamada a Viajes de Aventura una simple coincidencia?

Will no lo cree. Ni por un instante. Piensa que Clara está enterada. De todo.

Para empezar, el mensaje sonaba artificial. Will no podía imaginar a Clara pronunciando aquellas palabras. Esa parte de: «... Unas buenas vacaciones de verano en julio y agosto. Mi marido y mis dos hijos pequeños.» Ni soñarlo. Clara no habla así. Lo mismo que cuando decía: «... Que nos coja de la mano para que podamos relajarnos y disfrutar.» Clara no deja que nadie la coja de la mano. Es obstinada e independiente hasta el final. No obstante, quizá lo peor de todo fuera aquel lío, hacia el final, cuando decía: «O mejor aún, si estáis en Nueva York, pasad por el hotel a verme.» Genial. Como si fuera a dejar una invitación a un completo desconocido en un contestador automático. ¿Y la despedida? *«Ciao.»* Will no recuerda que su esposa haya empleado antes esa expresión, jamás en la vida.

No, lo sabe. Seguro que lo sabe. Lo ha averiguado de algún modo. Ha descubierto el maldito embrollo. Tras todos estos años, el colosal engaño ha salido a la luz.

Pero ¿cómo? Will no para de preguntárselo. ¿Cómo lo ha averiguado? ¿Quién se lo ha dicho? ¿Se lo habrá dicho John? Y si ha sido él, ¿por qué? ¿Qué diablos traman? ¿Están juntos en esto? ¿Contra él?

Will, aquejado de una paranoia galopante, ve sombras por todas partes.

Hace sólo unas horas Will creía tenerlo todo atado y bien atado. Tenía a su hermano muerto de miedo y un plan para hacerse con el control de su vida. Ahora, en cambio...

Intenta tranquilizarse, inspira hondo varias veces. Hay que tomar alguna decisión, emprender algunas acciones, y pronto, muy pronto. Sabe que, en las horas y días siguientes, tendrá que andarse con mucho ojo.

De modo que apenas ha amanecido, pero John, Will y Clara ya están despiertos y en plena actividad. ¿Y qué ha sido de sus amigos y enemigos? ¿Qué están haciendo a estas horas intempestivas?

Leland duerme a pierna suelta en su guarida de Back Bay. A su lado, Hillary, su esposa, también duerme. Ayer por la noche volvieron a hacer el amor. Hillary no llegó al orgasmo, pero fingió uno pequeño para que Leland dejara de intentarlo. Después permaneció tumbada y más o menos tomó la decisión de hacer saber de algún modo a la esposa de Hancock, esa zorra esnob de Clara Dare, que su marido era un cabrón mujeriego. Aún no había pensado cómo le haría llegar la noticia, pero estaba segura de que antes de que volvieran de Nueva York se le ocurriría algo.

Leland y ella se van a la Gran Manzana dentro de unas horas. Han puesto el despertador a las ocho y cuarto. Tienen que coger el tren de las diez en South Station. Leland viaja en tren siempre que puede. Desde niño sufre pesadillas recurrentes en las que perece en un terrible accidente de avión.

Babe, como ya sabemos, se niega a subir a un avión. No vuela bajo ninguna circunstancia. Por eso, en estos instantes está dormitando en el vestíbulo de la estación de autocares Greyhound de West Harrison Street, en Chicago, Illinois.

El autocar procedente de Sant Louis ha llegado antes del alba. Babe podría haberse quedado a bordo y haber seguido hasta Nueva York y Boston.

Sin embargo, ha encontrado un autocar directo a la Gran Manzana que salía a las nueve y ha decidido esperar. Hasta entonces, dormita en una silla de plástico con la cabeza apoyada en el hombro, el bolso de piel en el regazo y la maleta a los pies.

Su triste vida está a punto de cambiar, pero no como ella espera. Oh, no; están a punto de pasarle cosas que jamás habría imaginado, ni en sus fantasías más delirantes.

No muy lejos de la estación de autocares Greyhound, Rafe duerme el sueño de los muertos. De los muertos de cocaína. Ayer tuvo una noche de las que hacen época. Su primera y única noche en Chicago, e hizo de todo: sexo, drogas y rock & roll. Bueno, en realidad no fue rock & roll lo que oyó en el Cotton Club, sino rhythm & blues. Rhythm & blues del bueno, y allá fue Rafe, recién llegado de Cayo Caulker, en un taxi amarillo y entrando por la puerta principal. Flotando todo el tiempo. Tarareando las líneas de bajo y los punteados de la guitarra eléctrica.

No le costó hacer amigos. Al fin y al cabo, el hombre tenía una sonrisa simpática, un trato fácil y el típico buen rollo caribeño. Ah, sí, y una bolsa bastante grande de farlopa, que se hizo algo más pequeña a medida que fue avanzando la noche. Sus nuevos amigos no dejaban de llevarlo a los servicios, de hombres y de mujeres, donde lo invitaban a hacer ofrendas de paz. Algo así como Lewis y Clark cuando fueron al Oeste. Sólo que en vez de baratijas y tabaco, Rafe cortaba gruesas rayas de cocaína en lavamanos blancos de porcelana. «Snif, snif», hacían los nativos. Al final, Wanda acudió a su rescate. Wanda June. Una nena joven y dulce de color chocolate, que mientras acariciaba la entrepierna de Rafe le susurró al oído:

—Venga, cariño, vámonos juntos de viaje.

Lo hicieron. Salieron por la puerta principal y, aunque parezca increíble, se metieron directos en un taxi que, cosas de la vida, conducía un viejo amigo de Rafe, un hindú de Bombay.

—Al Regency Internacional —ordenó Wanda a la vez que acariciaba a Rafe entre los muslos.

El caribeño gimió y se preguntó por qué había tardado tanto en ir a América.

El Regency Internacional se erguía, viejo y decrépito, a un par de kilómetros al sur de Michigan. En sus buenos tiempos había sido un hotel bastante famoso. Los demócratas celebraron un par de convenciones allí en la primera mitad del siglo. Ahora el lugar atrae a una gente bastante más dejada.

Rafe sacó su fajo de billetes, pagó la habitación y allá fueron, en un viejo y chirriante ascensor y por un largo pasillo con el papel pelado y la alfombra gastada. Él ni siquiera se dio cuenta. Llevaba en mente placeres más carnales.

Wanda no lo decepcionó. Tenía a Rafe desnudo y cachondo en aquel colchón combado de matrimonio pocos segundos después de que hubieron entrado en la habitación 636. Las sábanas estaban algo húmedas, probablemente porque no habían arreglado muy bien la habitación después de que la última pareja la abandonara, pocas horas antes.

Wanda tuvo que esforzarse bastante con Rafe. El tipo había esnifado un montón de cocaína y bebido grandes cantidades de tequila.

—¿Qué pasa, cariño? —le dijo en tono arrullador—. ¿No quieres a Wanda?

Rafe gruñó, gimió y por fin se corrió. Poco después perdió el conocimiento.

—Dios —murmuró Wanda a la vez que se levantaba con cuidado de aquella cama pegajosa—. Debería haber hecho caso a mi madre y haber seguido estudiando.

Hurgó en los bolsillos de Rafe y encontró enseguida el fajo de billetes. Parecía considerable, tanto a la vista como al tacto. Se vistió y se metió el fajo en las medias. Rafe se agitó. «Hora de largarse», pensó Wanda, y salió por la puerta de la 636.

El viejo amigo hindú de Rafe la esperaba al volante de su taxi amarillo, delante del Regency Internacional.

—¿Tienes el dinero? —le preguntó.

Wanda le tendió el fajo.

—Parece un buen pellizco.

El tipo de Bombay encendió la luz del techo y contó el dinero.

—Dos mil setecientos sesenta y dos dólares. —Sonrió.

—Muy, pero que muy bien, Wanda. ¿Y la cocaína?

Wanda se dio una palmada en la cabeza.

—Dios, se me ha olvidado. Empezaba a despertarse y me he largado a toda prisa.

El hindú volvió y abofeteó a Wanda con fuerza.

—Estúpida zorra.

Más bien habría que decir «estúpido Rafe». Desplumado en su primera noche en Estados Unidos, y por un par de aficionados. Esperad a que despierte de su cuelgue de coca y se dé cuenta de lo que ha sucedido. ¿No se va a sentir como un zopenco?

Vendió su barco por dos de los grandes. Matilda le dio dos mil quinientos como anticipo por pasar la coca. Se ventiló casi mil quinientos en los billetes de avión y en gastos varios. Después deja que Wanda June le robe otros dos mil setencientos directamente del bolsillo. Lo que significa que, de repente, su capital asciende a unos trescientos dólares. Exactamente trescientos, en realidad. Al menos fue lo bastante listo para meterse tres billetes de cien dólares en la punta del zapato izquierdo antes de dejar su choza de Cayo Caulker.

Bien hecho, Rafe.

No obstante, tiene problemas aún mayores que la escasez de dinero. Sólo le queda la mitad de la cocaína, y eso no hará muy feliz a su contacto del hotel Ambassador.

Por ahora, sin embargo, Rafe duerme ajeno a la agitación del mundo que se extiende más allá de las deslucidas paredes de la habitación 636 del Regency Internacional, Chicago, Illinois.

Quien también duerme a esta hora temprana, lo creáis o no, es Dicky Cosgrove. Se dejó caer en su mugriento colchón ayer por la noche al volver de su parranda por las tiendas. Como se sentía algo cansado, pensó que bien podía cerrar los ojos y echar una cabezadita. Rehacerse. No obstante, Dicky estaba mucho más que cansado. El tipo estaba, mental y físicamente hecho polvo, agotado; no le quedaba gasolina en el depósito.

Pese a todo, aún puede soñar; y sueña, vívidamente y en colores. Dicky también sueña con el mundo real; al menos, tan real como su cerebro retorcido alcanza a percibirlo.

Esta mañana ha soñado con la muerte de su hermana Zelda; con su versión de la muerte, al menos. Todo empieza con una conversación entre ambos, en la cual ella le dice que cree que los hermanos Hancock siguen vivos, los dos. Después las cosas se precipitan un par de meses hacia adelante y ahí está uno de los gemelos, no sabría asegurar cuál, llamando a la puerta del apartamento de ella, en Berkeley Street. Zelda abre la puerta, sonríe a Hancock, lo invita a entrar. Claro que lo invita a entrar. Son amigos. Se sientan a la mesa de la cocina, comparten una tetera, hablan del nuevo libro. Será el tercero de Hancock, y ha empezado a escribirlo hace poco. No tendrá nada que ver con los dos primeros. Será más una novela de suspense psicológico con muchas peripecias, mucha emoción. Crimen, sexo y violencia. Hancock ha dicho basta al rollo literario. Es demasiado difícil de escribir y nadie lee los libros a excepción de unos cuantos críticos pedantes y malhumorados que invariablemente se los cargan.

Zelda, sin embargo, no está nada contenta con la decisión. Quiere que Hancock escriba literatura, no porquería para el consumo de las masas. Discuten. Hancock insiste en que la decisión ya está tomada. Zelda dice que no, que aún no se ha dicho la última palabra. Hancock replica que sí, que ya se ha dicho. La mujer dice que está al corriente de un par de secretos y que los revelará si Hancock insiste en escribir libros de usar y tirar. ¿Qué clase de secretos?, pregunta Hancock.

—Secretos sobre tu hermano y tú —responde Zelda—. Sé que los dos estáis vivos. Lo veo en vuestros textos. Ninguno de los dos es capaz de escribir tan bien sin ayuda del otro. Solos, no sois nada.

Hancock se pone furioso y le dice a Zelda que está loca. Cierra de un portazo al salir.

Dicky se revuelve, agita las piernas, vuelve a soñar.

Han pasado algunos días. Hancock regresa al apartamento de Zelda. Pero ¿qué Hancock? Que cada cual lo adivine.

Llama otra vez a la puerta. De nuevo Zelda lo hace pasar. En esta ocasión, Hancock lleva guantes. Guantes de conducir, de piel, aunque ni siquiera tiene coche. También lleva un tubo de hierro, bien grueso. Golpea a Zelda en la cabeza y la deja inconsciente, tendida en el suelo, con el cráneo fracturado.

Dicky se mueve, se agita, intenta salvar a su hermana; pero es tarde, demasiado tarde.

Cumplida la misión, dejándolo todo manchado de la sangre de Zelda, Hancock se va.

O al menos así sucede en los sueños de Dicky. A lo largo de los años, lo ha soñado mil veces o más. En su sueño ve a Hancock salir del apartamento de su hermana y recorrer tranquilamente el pasillo, tan satisfecho como un gatito bien alimentado.

La visión de su hermana allí tendida, en medio de un charco de sangre, despierta por completo a Dicky, que, como el rayo, se levanta del colchón mugriento echando fuego por los ojos. Echa un vistazo al reloj que tiene junto al hornillo. Son casi las siete y veinte. De la mañana. Y es miércoles.

—¡Joder! —exclama Dicky. Quería consumar la venganza ayer por la noche. En las horas oscuras y silenciosas que preceden al alba. Ahora se retuerce las manos mientras reformula el plan.

Momentos después, se pone en marcha. Se ducha y se afeita, se lava los dientes, hace lo posible por tener buen aspecto. Vuelve a ponerse los pantalones de algodón, la camiseta azul nueva, la americana azul nueva, los calcetines y las zapatillas deportivas. Para terminar, introduce la flamante navaja de afeitar en el bolsillo de la chaqueta. Bien escondida pero a mano.

Ayer por la mañana Al *el Sabueso* Brown metió la pata; hoy no va a permitir que le pase lo mismo. Ha aparcado el monovolumen hacia las seis y media. Ahora son casi las siete y media y, por el momento, no se ve actividad en casa de los Hancock. Ha visto encenderse alguna luz que otra, pero nadie ha entrado ni salido todavía. Supone que alrededor de las ocho y cuarto los niños saldrán para ir al colegio. No cree que vaya a pasar mucho más hasta entonces y, seguramente, tampoco sucederá gran cosa después. Al menos eso espera. Ha quedado con su esposa en el Starbucks de Charles Street. Ayer por la noche pensaron que estaría bien verse media hora o así para tomar una taza de té y un bollo.

Irá para allá a las nueve más o menos; volverá hacia las nueve y media, las diez menos cuarto como máximo. Confía en no perderse nada interesante.

Beacon Hill

John Hancock, duchado, afeitado y ataviado con unos bonitos pantalones caqui y un jersey de algodón color crema, entra en la cocina.

Sylvia está ajetreada preparando café y galletas. A los niños les encantan las galletas calientes con crema.

—Buenos días, Sylvia.

—Buenos días, señor Hancock.

—¿Está listo el café?

—Le faltan dos minutos.

Todas las mañanas Sylvia prepara el café exactamente del mismo modo.

Muele seis cucharadas de granos colombianos y lo echa en la cafetera francesa. En el recipiente de cristal vierte medio litro de agua hirviendo. Deja que el agua se mezcle con el café durante seis minutos. Ni un segundo más ni uno menos. Transcurridos los seis minutos, empuja el émbolo, separa los posos del agua y ya está: un perfecto café recién hecho.

John aguarda el visto bueno y después se sirve una taza. Mientras añade un poco de azúcar dice:

—Estaré fuera casi todo el día, Sylvia. En realidad, volveré mañana. De modo que, si quieres, tómate el día libre.

Sylvia no tiene pelos en la lengua. Saca las galletas del horno y le pregunta al señor Hancock:

—No irá a salir con esa señora Fisher, ¿verdad? No es una buena mujer. Y tampoco es bueno para la señora Hancock que usted vaya con ella.

John casi se atraganta con su exquisito café colombiano.

—Tranquilízate, Sylvia —consigue decir—. La señora Fisher sólo es la esposa de mi editor. Eres muy desconfiada. Debe de ser porque te criaste en un país comunista.

—No —replica Sylvia—. No es por los comunistas. Es por haber aprendido muy pronto que los hombres mienten y engañan. Usted quizá no lo sabe, pero yo de joven era muy guapa. Los hombres mentían y engañaban sin parar para conseguir lo que querían de mi cuerpo. No se puede confiar en los hombres. Ni en Polonia ni en América ni en ninguna parte.

John apura la taza y la deja sobre el mármol.

—Bueno, eso no lo sé, Sylvia. Yo sólo sé que para mí eres la única mujer. —La rodea con un brazo y la estrecha—. Tú y, por supuesto, la señora Hancock.

No obstante, en ese mismo instante se sorprende a sí mismo preguntándose si puede confiar en su hermano.

Sylvia sonríe y se ablanda un poquito, pero se recupera de inmediato:

—Usted hace burla de todo —dice—. Toda la vida es un gran juego. Una gran broma. Pero debería saberlo mejor que nadie. Su esposa es una mujer estupenda. No hay muchas mujeres tan buenas. Debería amarla y respetarla más.

—Venga, Sylvia, ya sabes que amo y respeto a la señora Hancock más que a nadie en el mundo. En cuanto a otras mujeres, no ha habido ninguna en mi vida desde que puse los ojos en Clara.

Antes de que Sylvia pueda contestar, John Jr. y el pequeño Willy bajan corriendo por las escaleras y entran en la cocina.

—¡Huelo a galletas! —gritan al unísono—. ¡A galletas con crema! —Devoran sendas galletas empapadas en crema de leche y preguntan—: ¿Cuándo viene Linda? ¿Ya ha llegado? ¿Ya es la hora de ir a New Hampshire?

—Aún no —responde papá—, pero falta muy poco. —A continuación, les suelta un breve sermón sobre la importancia de ser educado y ser cuidadoso cuando no estás en casa—. No queremos que ninguno de los dos se lastime, de modo que pensad un poco antes de actuar.

A Linda se le ha hecho un poco tarde. En este momento está cruzando el puente Longfellow, procedente de Cambridge, en su camioneta Volvo. Está repasando las cosas que tiene que hacer antes de marcharse de la ciudad y poner rumbo al norte en dirección a New Hampshire: recoger a los niños, poner gasolina, comprar unos panecillos y fruta para el viaje.

Será mejor recoger a John y a Willy al final. Ya pasarán bastante rato sentados en el coche.

¿Quién más está en el puente Longfellow esta mañana para cruzar el Charles de Cambridge rumbo a Boston? Ni más ni menos que el señor Richard Cosgrove. Dicky no va motorizado, de modo que lo cruza a pie. Linda pasa zumbando por su lado al volante del Volvo. Ni siquiera le echa una mirada; no puede saber si es Dicky o el sultán de Brunei.

El puente Longfellow, llamado así en honor al poeta Henry Wadsworth, no siempre se ha conocido por ese nombre. Sólo ponen tu nombre a las cosas cuando te mueres.

Dicky se detiene unos segundos en mitad del puente para contemplar el grupo de casas elegantes que se yerguen a lo lejos, en las colinas. Sabe que Hancock vive allí.

—Aunque no por mucho tiempo —dice en voz alta, y una brisa cálida se lleva sus palabras.

Dicky llega a Cambridge Street. Mira alrededor, con un nudo en el estómago. Sí, tiene los nervios destrozados, pero también está muerto de hambre. Necesita comida. Allí, en la acera de enfrente, hay una de esas cafeterías grasientas. Cruza la calle sin molestarse en mirar a los lados. Suenan las bocinas, los frenos chirrían. Dicky se sube el cuello de la americana y echa a correr. Entra en la cafetería y se sienta a la barra.

La camarera, mascando chicle, se acerca con una cafetera:

—¿Café?

Dicky sacude la cabeza.

—Quiero cuatro huevos fritos, poco hechos, cuatro rebanadas de pan blanco, patatas fritas y un batido de chocolate.

La camarera hace un globo con el chicle y lo hace estallar. Se vuelve hacia la cocina y murmura:

—Que usted tenga también un buen día, amigo.

Dicky no la oye. Está ensimismado en su mundo.

Al Brown también está absorto en sus cosas. El sabueso no aparta la vista de la puerta principal de Hancock. Ha pasado la hora a la que los niños suelen salir para ir al colegio, pero aún no han dado señales de vida. Piensa que tal vez estén enfermos, o quizá sea día de fiesta y Al haya olvidado cuál.

Echa un vistazo al reloj: las 8.51. Tiene que ir a reunirse con su esposa enseguida. Dentro de un minuto o así.

Un coche se detiene delante de la casa. Es uno de esos Volvo cuadrados. Sale una mujer. Al no la reconoce, pero es guapa, con una cabellera color caoba. Coge la cámara y hace un par de fotos.

La mujer ha llegado a la mitad del pasillo exterior cuando la puerta se abre y los dos niños Hancock salen corriendo. Prácticamente se arrojan en sus brazos. Al ha visto fotografías de Clara Dare Hancock, cuyo cabello es corto y rubio, y está claro que no se trata de ella.

A continuación sale Hancock. Lleva dos mochilas pequeñas en las manos. Tras darle un beso en la mejilla a la mujer, momento que Al capta con la cámara, ambos charlan un poco mientras los niños corren como indios a su alrededor.

La cocinera y la niñera se reúnen con ellos. Más besos y abrazos para papá. Grandes abrazos y besos extra. A continuación bajan por el sendero de ladrillos, cruzan la verja de hierro y suben al asiento trasero de la furgoneta.

Hancock le da a la mujer otro beso en la mejilla y ella sube al vehículo. El motor se enciende y el trío emprende la marcha.

¿Adónde y por qué? Al no tiene ni idea. En este preciso instante, además, le trae sin cuidado. Sólo quiere largarse de allí y pasar un rato con su esposa.

Así, en cuanto Hancock, la cocinera y la niñera vuelven a entrar en la casa, Al pone en marcha el monovolumen y se dirige al Starbucks.

De regreso en casa, Hancock tampoco pierde mucho tiempo. Les dice a Sylvia y a Nicky que llamará más tarde, y que tiene pensado ir a Nueva York para reunirse con la señora Hancock. Después coge las llaves del BMW, que cuelgan de un gancho junto a la puerta trasera, pero se detiene y vuelve a considerarlo. Hace un hermoso día de primavera. Le gustaría conducir con las ventanillas bajadas. Le gusta oír el silbido del aire en el interior del coche, poner la radio a todo volumen. Sin embargo, las del BMW no funcionan bien. La mitad de las veces que aprieta el botón, no bajan, y cuando lo hacen le resulta imposible subirlas de nuevo.

De modo que deja las llaves en el gancho y coge las del Mercedes ML320 SUV que Clara se compró hace unos meses. Hancock sólo ha tenido ocasión de conducirlo unas pocas veces, para recoger a los niños.

Sale por la puerta trasera y cruza el patio para dirigirse al garaje adosado a la parte de atrás. Abre la portezuela y se sube al ML320. Pone marcha atrás, cierra el garaje y pronto está en camino, cruzando Louisburg Square y bajando por Pinckney.

A mitad de la pendiente, en la esquina de Pinckney y West Cedar, Hancock frena para que un peatón cruce la calle. Buenos frenos, piensa, suaves y firmes.

El peatón no es otro que Richard Cosgrove, que remonta la cuesta en dirección a la casa de Hancock tras su parada en ruta para tomar huevos fritos y un batido de chocolate. Ni siquiera ve el Mercedes-Benz que baja por Pinckney. No, Dicky sigue inmerso en su mundo, en sus ideas homicidas.

Hancock llega al final de Pinckney, gira a la izquierda y pasa por delante del Starbucks, donde Al *el Sabueso* está sentado a una mesa con vistas a la calle en compañía de su encantadora y acicalada esposa.

Café

—Me gustan esos nuevos Mercedes —le dice Al a su esposa mientras se toma un Guatemalan Hazelnut Latte—. Quizá cambie el monovolumen por uno de ésos.

—A mí no me gustan —dice su esposa—. Hacen la insignia de la rejilla demasiado grande. Es como si fueras diciendo: «¡Mirad lo que tengo!».

Al sabe que su mujer tiene razón y que nunca se comprará un Mercedes. Alarga la mano para cogerle un trozo de cruasán de chocolate. Ella sonríe y le da una palmada en la mano.

Mientras tanto, Hancock, feliz al volante de su Mercedes deportivo, se detiene sólo el tiempo suficiente para comprarse un café para el camino. Después saca un billete en el peaje de Mass Pike y acelera por la autopista, nervioso ante el inmediato encuentro con Will. Intenta no pensar mucho en ello. Sólo espera que a su hermano no se le hayan fundido los plomos del todo.

Clara se toma el café a trece mil metros de altura. Le gusta solo, con sacarina Equal. En Air France no tienen Equal. Tienen esa cosa asquerosa del paquete rosa. Clara, no obstante, lo sabe por experiencia y siempre lleva varios paquetes de Equal en el bolso. Es una mujer prevenida.

Leland y Hillary toman café en la cafetería de la estación de South Street, en Boston. Ninguno de los dos dice gran cosa. No suelen hablar mucho a primera hora de la mañana.

La mujer vestida con traje sastre de Jones New York que está sentada a la mesa contigua lee un ejemplar de *El acuerdo*, de John Hancock. Tanto Leland como Hillary reparan en ese pequeño detalle, pero ninguno lo menciona.

Babe se toma el café de la mañana en una máquina expendedora de la estación de autocares Greyhound de Chicago. Mete cuatro monedas de un cuarto de dólar, aprieta el botón de café con crema desnatada y azúcar y mira cómo la taza cae por el dosificador y se llena con una mezcla acuosa y humeante que apenas parece café.

Babe se lo bebe de todos modos. A continuación se dirige hacia el autocar con destino a Nueva York.

Rafe le pide un café largo, solo, y cuatro sobres de azúcar a una mujer lo bastante mayor para ser su madre. En el transcurso de la hora que lleva despierto ha adivinado exactamente lo que sucedió ayer por la noche. Sabe que esa zorra pervertida llamada Wanda le robó la pasta, pero, gracias a Dios, no cogió la bolsa de cocaína. Ni los tres billetes de cien dólares que escondió en la punta del zapato.

Eso sí, ayer voló al menos la mitad de la bolsa de coca y Rafe es lo bastante listo para saber que tendrá problemas cuando se reúna con el contacto en la Gran Manzana, pero ya se le ocurrirá algo. Siempre se puede contar un cuento y tiene hasta mañana al mediodía para inventarse uno.

Como un modo de celebrar su llegada a la ciudad de Hancock, Rafe se compra dos donuts de crema. Después sale del Dunkin' Donuts y remonta Harrison en dirección a la estación de autocares. Ha llamado desde el hotel y ha averiguado que a las nueve en punto salía uno directo a Nueva York.

La navaja de afeitar

Media mañana en Beantown. Allá va Dicky, como un joven ejecutivo cualquiera que se ha tomado el miércoles libre para hacer unas compras y algunos recados. Tuerce por Pinckney hacia Louisburg Square. Abre la verja de hierro de la casa de Hancock como si lo hubiera hecho cien veces antes. Mil veces. Y lo ha hecho. En su imaginación.

Sube por la escalinata que conduce a la puerta y llama al timbre. Ni una sola duda, ni la mínima vacilación asalta su pensamiento. Una mujer joven abre la puerta, sólo unos centímetros, lo que da de sí la cadena de acero atornillada a la hoja y al marco. Al fin y al cabo, están en una gran ciudad. Hay mucho crimen, mucho loco suelto. Toda precaución es poca.

—¿Sí? ¿En qué puedo ayudarle?

Inglesa, piensa Dicky. Debe de ser la pequeña ninfómana que se ocupa de los niños.

Sonríe.

—Buenos días, señorita. Me llamo Dave. Dave Wilson. Soy vendedor de libros de la zona de Boston. Estaba buscando al señor John Hancock.

En circunstancias normales, Nicky se habría limitado a decir que el señor Hancock no está en casa, pero los Hancock ya no quieren que diga eso. Últimamente ha habido problemas en el vecindario, robos a plena luz del día. De modo que ahora, sobre todo cuando los niños están en casa y los padres han salido, Nicky debe decir: «El señor Hancock no puede atenderle en este momento.»

—Sólo será un minuto —insiste Dicky—. Tengo unos ejemplares de las estupendas novelas del señor Hancock que me gustaría que me firmase. —Le enseña a la jovencita inglesa la bolsa llena de libros—. Una cliente mía es coleccionista y me ha suplicado que le consiguiera la firma del señor Hancock.

Nicky no tiene miedo de ese hombre bien peinado y de bastante buen aspecto que ha llamado a la puerta.

—Podría dejarme los libros y yo le pediría al señor Hancock que los firmase más tarde. Estoy segura de que lo hará. Usted podría volver a recogerlos esta tarde o mañana.

Dicky asiente, pero deja que una expresión de decepción asome a su cara.

—¿No podría pedírselo ahora? —Dicky nota que el sudor comienza a humedecer sus axilas. Lo que de verdad quiere hacer es empujar la puerta con el hombro.

Mira por dónde, ahí está Al *el Sabueso*, girando por Charles y subiendo por Pinckney, tras tomar el café con su esposa.

—Creo que será mejor que me los deje —dice Nicky—. Al señor Hancock no le gusta que lo molesten.

Dicky sonríe.

—Está escribiendo, ¿eh?

—Algo así.

—Muy bien, entonces se los dejaré. —Dicky advierte que no hay espacio suficiente para pasar la bolsa de libros por el hueco de la puerta. Esa tontaina inglesa tendrá que quitar la cadena.

—Un momento —le dice Nicky. Cierra la puerta.

Al deja atrás Pinckney y se adentra en el extremo más alejado de Louisburg Square. Rodea la plaza despacio, buscando un lugar donde aparcar.

Nicky suelta la cadena y vuelve a abrir la puerta, pero no del todo. Sólo lo suficiente para que el señor Wilson pueda tenderle la bolsa de libros.

Dicky lo hace, aún con la sonrisa en los labios.

—Es muy amable de su parte, señorita. Muchas gracias.

Al ve un sitio no muy lejos de la casa de Hancock. Pasa por delante, da marcha atrás y ejecuta una hábil maniobra de aparcamiento en paralelo.

Mientras lo hace, Dicky se pone en movimiento. En cuanto Nicky coge la bolsa de libros, la agarra por la muñeca. Ella intenta liberarse, pero es demasiado tarde. Dicky ya la tiene; empuja la puerta con el pie y rápidamente se cuela dentro.

La puerta se cierra con llave pocos segundos después de que Al apague el motor del monovolumen, coja la Nikon y fije la vista en la casa de Hancock. El Sabueso sólo se ha ausentado menos de una hora, pero se lo ha perdido todo.

Dicky no pierde el tiempo. Le tapa la boca a Nicky con la mano y la arrastra a la sala. Ella patea, lo araña e intenta gritar, pero es en vano. Él la coge por el pelo y le golpea la cabeza contra el suelo de madera. Ella se desvanece y Dicky la arrastra detrás del sofá, para ocultarla a la vista.

—¡Nicky! —grita Sylvia desde la cocina.

Dicky se queda paralizado.

—¡Nicky! ¿Han llamado a la puerta?

Sylvia ya está en el pasillo y se acerca al vestíbulo. Dicky cruza la sala sin hacer ruido y se esconde detrás de la puerta. Se saca la navaja de afeitar del bolsillo y abre la hoja.

Sylvia entra en la sala.

—¿Nicky?

Dicky cierra la puerta, coge a Sylvia por el brazo, se lo retuerce y lleva la reluciente navaja a su garganta.

—Te recomiendo que no hagas el menor ruido.

Sylvia ya ha pasado miedo otras veces. En Polonia.

—Suélteme. ¿Quién es usted? ¿Qué quiere?

Dicky le retuerce el brazo con más fuerza.

—No quiero hacerte daño. Sólo dime dónde está Hancock.

—El señor Hancock no está en casa.

—Y una mierda. ¿Dónde está? ¿En la cocina? ¿En el piso de arriba? —Le retuerce el brazo aún más, como si pretendiera romperle los huesos—. ¿Dónde?

Sylvia hace una mueca.

—Le digo que se ha ido. Hace sólo media hora. Menos. Diez minutos.

—Mientes.

De pequeña, Sylvia vio torturar y apalear a gente hasta la muerte. No sabe quién es ese hombre ni qué quiere, pero puede sentir su brutalidad y oler su locura.

—No miento —le dice—. El señor Hancock pasará el día fuera de casa.

Dicky no le cree, pero pregunta de todos modos:

—¿Adónde ha ido?

—No lo ha dicho. Nunca lo dice. Sólo se va.

Detrás del sofá, Nicky gime.

Sylvia intenta desasirse.

Dicky, liberando su furia tanto tiempo reprimida, desliza la afiladísima hoja de la navaja de afeitar por el cuello de la pobre Sylvia, de derecha a izquierda, seccionándole la yugular. De sus labios escapa poco más que un quejido. La sangre mana a borbotones y salpica hasta el centro de la habitación, mientras el corazón sigue bombeando.

Dicky, asqueado por el líquido oscuro, afloja el abrazo.

Mientras la vida se le escapa por momentos, Sylvia se vuelve hacia su asesino. Este simple movimiento hace que un chorro de sangre empape la nueva americana azul de Dicky, así como su cara y sus manos. Él la empuja hacia atrás y ella cae sobre la exquisita alfombra persa; la sangre sigue brotando de la herida abierta cada vez que le late el corazón.

Nicky vuelve a gemir.

Dicky se acerca a ella. La muchacha tiene los ojos abiertos de par en par y él no puede soportar su mirada. Se agacha y, sin dudarlo un instante, hunde la hoja ensangrentada en la preciosa garganta de Nicky. Pobre chica. Ni siquiera era lo bastante mayor para haber conocido el amor de un hombre.

Dicky limpia la hoja de la navaja en la blusa blanca de seda de la joven. Después se levanta y sale de la sala de estar cerrando la puerta a sus espaldas.

Se queda varios segundos en el vestíbulo, aguzando el oído. Dos seres humanos han muerto repentinamente y en la casa no se oye el menor ruido. Se han cometido dos asesinatos brutales y absurdos pero el reloj del mundo sigue marchando.

Dicky revisa la planta baja, navaja en ristre. Mira en el comedor, en el cuarto de estar, en la cocina. Ni rastro de Hancock.

Sube por las escaleras alfombradas, de dos en dos. Una a una registra todas las habitaciones; incluso mira en los armarios y debajo de las camas. Hancock podría estar escondido en cualquier parte, piensa.

En la habitación de matrimonio ve la cama deshecha y, en la cómoda, fotos de Hancock, Clara y los niños.

La puerta que conduce al segundo piso está cerrada, pero no con llave. Allá va Dicky, pisando con suavidad para que no crujan los peldaños. Sin embargo, ni siquiera arriba, en el despacho, encuentra rastro alguno del hombre al que busca.

Suena el teléfono. Otra vez. Una tercera. Al cuarto timbrazo, el contestador automático se dispara. El mensaje lo han grabado John Jr. y el pequeño Willy hace poco.

—Hola. En este momento no estamos en casa. Por favor, díganos quién es y cuál es su número de teléfono y le llamaremos.

A continuación se oye la voz de Clara Dare Hancock, que llama desde el aeropuerto Kennedy:

«Eh, ¿dónde está todo el mundo? ¿Ya os habéis levantado y os habéis ido, tan pronto? Sólo quería saludar a los niños antes de que se marcharan con Linda. Y John, quería decirte que ya he llegado y que enseguida iré para el hotel. Quizá ya estés viniendo hacia aquí. Eso espero. Si no, date prisa. Cenaremos juntos y después, ya veremos. Os quiero a todos. Adiós.»

El teléfono enmudece. Dicky no ha movido ni un músculo desde que ha empezado a sonar. Se queda completamente inmóvil varios segundos más. Después se dirige hacia el escritorio de Hancock. Quiere volver a escuchar el mensaje. No obstante, en medio del escritorio encuentra un bloc de papel. En la primera página, descubre los garabatos que hizo Hancock ayer por la noche: DULCE NOCHE DEL MIÉRCOLES, HOTEL AMBASSADOR, NUEVA YORK, N.Y... DULCE NOCHE DEL MIÉRCOLES, HOTEL AMBASSADOR, NUEVA YORK, N.Y...

Ha oído hablar del Ambassador. Es un sitio muy pijo situado cerca de Central Park, en Manhattan.

Vuelve a bajar por las escaleras. No dedica ni un solo pensamiento a los dos cuerpos que yacen en la sala. ¿Por qué iba a hacerlo? Según su percepción enferma y retorcida del mundo, la gente muere porque sí a todas horas. Su madre. Su hermana. ¿Qué hicieron de malo para que la muerte se las llevara en la flor de la vida? Preguntadle a Dicky y os dirá que nada de nada.

En fin, que dos personas se han interpuesto en su camino y ahora están muertas. Mala suerte.

Tiene que ponerse en marcha. Hay cosas que hacer. Más gente que matar. Primero, no obstante, ha de llegar a Nueva York, al hotel Ambassador. Hoy mismo. Esta noche. Enseguida. Pero ¿cómo llegar allí? ¿En avión? ¿En tren? ¿En autocar? ¿En coche?

Dicky se dirige a la cocina y sale por la puerta trasera. Cruza el patio hacia el garaje adosado y mira a través de la polvorienta ventana. Allí hay un automóvil, una preciosidad plateada, un vehículo importado de lujo. Abre la pesada puerta del garaje y se acerca al coche. Lástima, el BMW está cerrado.

No tarda mucho en encontrar las llaves. Están en la cocina, colgadas de un gancho. Las coge, localiza la bolsa con los libros y la de ropa y se dispone a partir. Antes, sin embargo, se quita la americana ensangrentada sin molestarse en desabrocharla, luego la camiseta y a continuación los pantalones. Casi desnudo, se lava en el fregadero de la cocina. Prácticamente se da un baño, tratando de quitarse toda la sangre y la porquería. Se seca, empleando para ello la mitad del rollo de papel de cocina. Después, sin molestarse en arreglar el estropicio, se pone ropa limpia y se dirige al garaje.

Sale a Louisburg Square en marcha atrás, a una velocidad bastante excesiva. A continuación mete la primera y derrapa hacia Pinckney.

Al *el Sabueso* Brown observa esta partida precipitada con una extrañeza considerable. ¿Adónde va Hancock con tanta prisa en su gran sedán alemán?, se pregunta. Consciente que así lo querría el señor Fisher, Al pone en marcha el monovolumen y sigue al BMW a una distancia prudencial.

El Sabueso aún no lo sabe, pero no va a poder cenar en casa.

Clara y Linda

El día después de que John Hancock le propusiera matrimonio a Clara Dare, ésta invitó a su amiga Linda Carson a desayunar.

—Me ha pedido que me case con él.

—¿Qué? ¿Quién?

—¿Hancock?

—¿En serio?

—Y tan en serio.

—¿Cuándo?

—Ayer por la noche.

—Dios mío.

Clara y Linda estaban sentadas en la galería del apartamento de Clara, con vistas al Charles. Hacía una mañana maravillosa, cálida y soleada. Los pájaros cantaban, las nubes se deslizaban en lo alto y las chicas, que habían renunciado al café hacía poco, bebían una clase extraña de té de hierbas con ginseng y raíz de jengibre.

—¿Y qué? —le preguntó Linda a Clara—. ¿Qué le has dicho?

—Le he dicho que sí.

Linda no podía creer lo que estaba oyendo.

—¡Sólo hace poco más de seis meses que lo conoces!

—Casi nueve, en realidad.

—Aun así, no es suficiente.

—Lo suficiente para saber que es el hombre de mi vida.

—Quizá, pero...

—¿No te parece bien?

Linda, aún pasmada ante la súbita noticia, tardó un instante en responder.

—¿Si me parece bien? Claro que me parece bien. Sólo que lo encuentro tan raro. Tengo la sensación de que era la semana pasada cuando intentaba convencerte de que salieras con él. Y ahora me dices que te casas.

Clara era toda sonrisas.

—Una locura, ¿eh?

—Una auténtica locura. Sobre todo viniendo de una mujer que lleva años repitiendo que no se conformará con un solo hombre. Que un hombre no sería capaz de satisfacer todas sus necesidades.

Clara, sin dejar de sonreír, dio un sorbo al té. Una buena taza de café de Colombia sabría muchísimo mejor.

—¿Quién dice que me estoy conformando con un hombre? —preguntó con toda inocencia.

Linda escudriñó a su amiga con los ojos entornados.

—Bueno, cariño, si vas a casarte...

Otro sorbo de aquel té espantoso y Clara preguntó:

—¿Quieres que te cuente un pequeño secreto?

—¿Un secreto? Claro.

—Muy suculento.

—¿Cómo de suculento?

—Como el que más.

—Soy capaz de guardarlo.

Clara la obsequió con su sonrisa más perversa.

—Gemelos.

—¿Gemelos?

—Eso es.

—¿El qué?

—Son dos.

—¿Dos?

—Dos.

Linda no entendía nada de nada.

—Pero ¿quiénes?

—John Hancock. En realidad son dos.

—¿De qué diablos estás hablando?

Clara tuvo que explicárselo. Con cierto detalle. Le llevó su tiempo. Al final, las dos amigas prepararon café y se bebieron toda la cafetera, aunque, en realidad, todo se reducía a lo siguiente. Al cabo de un mes de conocer a John Hancock, la señora Clara Darc empezó a notar algo raro. La curiosidad pronto la impulsó a contratar un detective privado. No, no era Al *el Sabueso* Brown. Éste se llamaba Pete, y vigiló a Jonh Hancock día y noche durante más de dos semanas. Al final lo siguió hasta la vieja casa de Stockbridge, donde se hizo con todo un carrete extralargo de fotografías de los hermanos Hancock, juntos, en el jardín delantero. Fotografías que, después de todos estos años, Clara aún conserva en su poder. En este mismo instante, por cierto, las lleva encima, en su bolso de Ferragamo. En aquel entonces, al ver las fotografías por primera vez, Clara, como es fácil de imaginar, se asustó y montó en cólera. ¿Quién habría reaccionado de otro modo? Qué cara más dura, la de aquellos dos sinvergüenzas. Utilizarla de ese modo tan infame. Turnarse con ella, por el amor de Dios. Acostarse con ella. Era terrible. Inconcebible. Merecían la muerte.

Durante varios días se negó a ver a John Hancock e incluso a contestar sus llamadas. Las llamadas de ambos. Y que nadie se equivoque, telefoneaban a diario. Varias veces. Estaban enamorados de ella, al fin y al cabo. Ambos. No obstante, Clara nunca les dejó entrever, ni por un segundo, que estaba al corriente de que eran dos.

Clara quería verlos muertos o, si eso no era posible, en la cárcel. Pero ¿acusados de qué? ¿De hacerse pasar por el otro? Bueno, pues que no fuesen a la cárcel. Los lastimaría. Los golpearía. Los dejaría lisiados. Amoratados y ensangrentados.

Sin embargo, por raro que parezca, pasó algún tiempo —unos cuantos días, una semana, casi dos semanas— y Clara empezó a echarlos de menos. A ambos. Por primera vez en su vida experimentó ese sentimiento de pérdida y soledad que sólo los enamorados experimentan cuando se ven separados de su pareja.

¿Y qué hizo la estoica y fuerte Clara? Llamó a Jonn Hancock por teléfono y le preguntó si quería ir a verla.

Claro que quería. No había pasado ni una hora cuando llamó a la puerta, aunque aquel día no fue John quien se presentó, sino Will en el papel de éste. John estaba de camino a Chile para escalar los Andes.

A Clara le daba igual que fuera Will en el papel de John o el mismo John. Los añoraba y los amaba a los dos. El enfado había desaparecido; lo habían barrido las alas de la pasión y del suspense emocional. Dos por el precio de uno. Qué tentador.

Toda la idea, por extraña que fuese, le encantaba. Sobre todo si se tenía en cuenta que había recuperado el control. El pequeño secreto de los hermanos se había convertido en su pequeño secreto.

Linda Carson, que conduce su Volvo a noventa kilómetros por hora, una velocidad agradable y segura, cruza la frontera de Massachusetts para internarse en el estado de New Hampshire. El pequeño Willy y John Jr.

van sentados detrás. Todos llevan el cinturón de seguridad puesto. *Charlotte's Web*, de E. B. White, retumba en los altavoces. John Jr. se revuelve inquieto. Willy está tranquilo, con las manos cruzadas en el regazo. Los dos sonríen, son un par de niños felices. Hermanos, no cabe duda; aunque, en realidad, sólo son medio hermanos. La misma mamá y papás distintos. Claro que, genéticamente hablando, sus papás son casi el mismo.

Linda los vigila solícitamente. Siempre lo ha hecho. Hace años descubrió que no podía tener hijos. Ha sido una cruz difícil de sobrellevar, pero al menos tiene a John Jr. y a Willy. Los quiere como si fueran suyos.

Hoy, sin embargo, está un poco preocupada con el plan de Clara. Preocupada porque teme que pueda ocasionar algún daño emocional a los niños. Clara, no obstante, es una mujer de voluntad inquebrantable, Linda lo sabe bien. Una vez ha decidido proceder de cierta manera, casi nunca cambia de parecer.

Su insensata decisión de casarse con los hermanos Hancock sigue siendo para Linda el ejemplo supremo de la capacidad de Clara para trazar un plan y aferrarse a él hasta el amargo final.

Tras escuchar a su mejor amiga aquella mañana de hace casi ocho años, Linda le formuló unas cuantas preguntas básicas:

—Entonces, ¿lo dices en serio? ¿De verdad vas a casarte con él? ¿Con ellos? ¿Con los dos?

—Eso es —contestó Clara—. Es exactamente lo que voy a hacer.

—¿Y no vas a decirles nada?

—¿Decirles el qué? ¿Que sé que son dos? ¿Que sé que han estado engañándome? ¿Que sé que quieren darme gato por liebre?

—Sí, todo eso.

Clara sacudió la cabeza.

—Desde luego que no.

—Pero Clara —insistió Linda—, eso es una locura. Digno de alguien que está para que lo encierren. No se puede vivir así.

—No es ninguna locura. ¿Y por qué no iba a poder vivir así? Decirles que lo sé sería absurdo. Lo estropearía todo. Acabaría con toda la diversión. Con toda la aventura. Para mí es mucho mejor saberlo, y para ellos, no saber que lo sé.

Linda, que se dirige hacia el sur de Manchester por la interestatal 93, sacude la cabeza mientras recuerda la conversación. De algún modo, Clara se las ha arreglado para que funcione, eso debe reconocerlo. Ha sacado adelante su extraño y sin duda ilegal matrimonio, ha dado a luz a dos niños preciosos, ha creado un hogar maravilloso para su familia y, de paso, ha ganado dinero a espuertas.

Ahora, sin embargo, rodeada de éxito y buena suerte, Clara, como siempre, quiere más.

Linda suspira. Sabe que, a pesar de todos sus temores y objeciones, ayudará y apoyará a su mejor amiga hasta el final.

Frank Hagstrom se ahorca

Hace ya más de quince años que Hancock estaba fuera de aquella casa de cristal y secoya en lo alto de Hollywood Hills mirando cómo Hagstrom subía y bajaba de la mesa del café. Al final, llegó a la conclusión de que el gran Frank no tenía agallas para ahorcarse. De modo que decidió colarse en la antigua casa de sus padres y hacerle una visita a aquel abogado apestoso, ladrón y mentiroso. Echarle una mano al muy hijo de puta.

Antes, no obstante, Hancock tenía que entrar en la casa. Ningún problema. Con sigilo, se puso a buscar una puerta abierta. Todas estaban cerradas, de modo que abrió la mochila y sacó el punzón y el martillo de carpintero. La puerta que daba a la cocina parecía bastante fácil de forzar. En silencio, hizo palanca con el martillo hasta que el cerrojo cedió y la puerta se abrió. A continuación regresó a la ventana delantera para echar un vistazo a Hagstrom, quien, vestido de punta en blanco, como de costumbre, con su traje a medida y sus brillantes zapatos negros con flecos y punteras, seguía jugueteando con la muerte.

Al poco rato, el gran Frank se dispuso a hacer otro intento en su improvisado cadalso. En cuanto empezó el ascenso, Hancock corrió a la puerta de la cocina, la empujó y entró en silencio en la casa. La puerta no hizo el menor ruido, como así tampoco Hancock al avanzar por el suelo embaldosado. (Eran unas baldosas preciosas que su madre había escogido a juego con los armarios de cerezo claro y los mármoles rosados.)

Delante de la puerta que conducía a la sala, sacó la 38 especial que Felipe Álvarez le había proporcionado a su hermano en México. Se detuvo y respiró hondo un par de veces. Allí, a menos de tres metros, estaba Hagstrom, en precario equilibrio sobre la silla encaramada a la mesa baja de cristal, con una expresión penosa en su cara de mentiroso y tramposo. Completamente absorto en sus desgracias, Hagstrom ni vio ni oyó a Will Hancock.

Will se quedó allí preguntándose qué hacer. Tenía dos opciones: seguir adelante o marcharse. Sabía que la retirada era el camino más fácil. Desde hacía más de un año, cuando, supuestamente, se había ahogado en Cayo Caulker, John y él se turnaban en vigilar a Hagstrom. Sin embargo, ninguno de los dos había reunido el valor suficiene para cargárselo. En aquel momento, de repente, Will tenía una excelente oportunidad de llevar a cabo el trabajo. Bastaba con que entrase ahí y apartase de un puntapié la silla a la que Hagstrom se había subido.

Claro que si lo hacía, si lo mataba, su destino estaba sentenciado. Nunca podría recuperar su vida. En aquellos momentos, quince meses después de haber fingido su propia muerte, Will sabía que aún podía reaparecer y declarar ante todo el que quisiera escucharle que todo había sido un error desafortunado. Era probable incluso que la historia proporcionase alguna publicidad a su primer novela, *El blues del internado*, muy elogiada pero de ventas escasas.

Por otra parte, asesinar a Hagstrom perpetuaría la actual situación. Will tendría que turnarse en el papel de John Hancock eternamente.

¿Qué hacer?, se preguntaba Will. ¿Merece tantas molestias este hijo de puta?

Al final, varias razones hicieron que se decidiera a entrar en aquella sala. Entró para vengar a su madre y a su padre muertos. Tal vez Hagstrom no los había matado, pero sin duda había arrastrado sus nombres y su reputación por el fango. Entró a causa del dinero. Por los tres millones de dólares que Hagstrom les había robado a él y a su hermano. Entró porque el destino parecía empujarlo en esa dirección. Pero la razón principal que lo llevó a entrar fue su hermano John. Will quería demostrarle que era capaz de ocuparse de aquel problema, que tenía el valor suficiente para llevar a cabo la ejecución. John siempre estaba diciendo que sería él quien mataría a Hancock, pero Will ya no creía que se atreviera.

De modo que apuntó con la 38 especial al indeciso suicida y dijo:

—Hola, Frank.

El gran Frank, turbado al verse descubierto en una situación tan comprometida, estuvo a punto de perder el equilibrio y derribar la silla. De haberlo hecho, se habría colgado allí mismo, en aquel momento. Sin embargo, consiguió ganar unos instantes.

—¿Qué coño haces en mi casa?

El gran Frank intentaba hacerse el duro.

—Ésta es mi casa, Frank. La casa de mi familia. Tú la robaste.

—Y una mierda. Lárgate de aquí. No estoy de humor para visitas.

—Ya lo veo, Frank. ¿Has tenido un mal día?

—Que te jodan, Hancock.

Frank levantó los brazos para quitarse la soga del cuello.

Will dio un paso adelante y le hundió la pistola en la entrepierna.

—Baja las manos, Frank, o te vuelo los testículos.

Hagstrom dejó caer las manos. Estaba tan pálido que ya parecía muerto.

—¿Qué diablos quieres?

—Te quiero a ti, Frank.

—Tú y el resto de esta espantosa ciudad... ¿Qué vas a hacer, Hancock? ¿Dispararme?

—Me lo estoy pensando.

—No tienes huevos para pegarme un tiro.

—A lo mejor no hace falta que te dispare, Frank. Quizá basta con que te dé un empujoncito.

Para demostrárselo, Will tendió la mano izquierda y apretó el estómago del gran Frank que hizo un esfuerzo para no perder el equilibrio.

Will sonrió. A pesar de todas sus dudas, se estaba divirtiendo. Le gustaba la sensación de controlar el destino de otro ser humano. La vida y la muerte. Hacía que se sintiese poderoso.

—¿A qué viene todo esto, Hancock? Es por la pasta, ¿eh? ¿Estás enfadado por lo de la pasta?

—¿Tienes una cámara, Frank? Quiero hacer unas fotos.

—¿Fotos? ¿De qué?

—De ti. En esta posición humillante.

—Que te jodan, Hancock.

—Eso ya lo has dicho, Frank. Venga, ¿dónde está la cámara?

—En el dormitorio. Encima de la cómoda.

Will retrocedió hacia la puerta del dormitorio sin apartar los ojos ni la pistola del abogado. Cuando llegó al umbral, echó un rápido vistazo al interior. Allí estaba, en la cómoda, junto a la cartera de Frank y sus gemelos de oro macizo, una Minolta de 35 mm. La cogió y volvió a la sala. Hagstrom no había movido ni un músculo.

Will comprobó que la cámara tuviera carrete. Estaba cargada y aún le quedaban varias fotos.

—Muy bien, Frank —dijo Will—. Sólo quiero unas cuantas fotos donde se te vea ahí de pie con la soga alrededor del cuello. Después, si quieres, te dejo bajar. Las fotos serán el precio que tendrás que pagar por que te deje con vida.

—Vete al infierno.

—Sé bueno, Frank. Hazlo por mí.

Will hablaba en tono firme. No sólo eso; se lo veía tranquilo, y seguro también. A lo mejor era capaz de hacerlo. Tal vez el asesinato no fuese para tanto, después de todo. Sabía que John lo había intentado, pero no había podido. John no tenía agallas. Era un bocazas. Todo dependía de Will. Él era el escogido.

Primero, no obstante, tenía que hacer las fotos. Para demostrarle a su hermano que había estado allí.

—Vale —dijo Frank—, saca tus malditas fotos, pero date prisa.

—No te pongas nervioso, Frank. Tómatelo con calma. Ajústate la soga. Quiero que las fotografías parezcan auténticas.

—Treinta segundos —le advirtió el abogado—. Te doy treinta segundos para hacer las fotos. Pero primero quiero que te apartes. Al menos tres metros.

Will, obediente, se retiró hasta el centro del amplio salón.

Frank respiró hondo y se colocó la soga contra la manzana de Adán. La sensación le puso los pelos de punta.

—¿Estás listo, Frank?

—Haz las malditas fotos.

Will se llevó la cámara al ojo.

—Muy bien, Frank... Sonríe.

—¡Que te jodan!

Will apretó el disparador.

—Ya tienes una —declaró Frank.

Will se desplazó en busca de otro ángulo. A esas alturas, la cordura y la realidad, habían abandonado su conciencia.

—¡Venga, maldita sea! Saca la foto.

—Tranquilo, Frank. No hay que meter prisas a un artista.

—Hazlo de una vez.

Will volvió a disparar la cámara.

—Ya tienes dos. Una más y se acabó.

—Vale —dijo Will—, pero ésta que sea buena de verdad.

Se iba moviendo por la habitación, en círculo, acercándose cada vez más a Hagstrom mientras lo miraba por el visor.

Frank hacía lo posible por no quitar el ojo al joven Hancock, pero éste no se quedaba quieto.

—¡Saca la puta fotografía!

Will se colocó detrás de Hagstrom. Notaba la adrenalina correr por las venas, los instintos desatados.

—¡Dónde diablos estás, Hancock!

—Aquí, a tu lado, Frank.

Will cogió la silla por el respaldo y la sacudió un poco. Estaba al borde del precipicio, metido de lleno en el Corredor de la Locura.

—¡Qué mierda...!

La voz de Hagstrom empezaba a sonar chillona.

Will se rió y volvió a sacudir la silla.

—¿Aún te diviertes, Frankie?

—¡Maldito seas, Hancock!

Hagstrom, aterrorizado, empezaba a perder el equilibrio. Las rodillas se le doblaron y la soga se tensó.

En este punto, las cosas aún podrían haber ido de otro modo. Will podría haber evitado que Frank cayera y, de paso, haber salvado su propia vida, al menos su cordura. Tal vez podría haberse limitado a mirar, con la esperanza de que Frank cayera.

Sin embargo, en el acto más audaz y malvado de su vida, decidió tomar cartas en el asunto. Ser firme.

Arrancó la silla de debajo de los pies del gran Frank, que soltó un grito y cayó al instante.

De repente, a sólo quince o veinte centímetros de la mesa de cristal, se detuvo en seco con una sacudida y se quedó allí colgado, agitando las piernas y estirando los pies en un intento desesperado de alcanzar como fuera una superficie horizontal. Aquellos quince o veinte centímetros lo mismo podrían haber sido un kilómetro.

A continuación, Frank trató de coger la cuerda con las manos para paliar la tensión de su cuello estirado. Presa de un éxtasis asesino, Will subió de un salto a la mesa baja y le sujetó las manos a la espalda.

—Tranquilo, Frank —le dijo en tono de consuelo—. No te resistas más. Todo ha terminado.

Frank pretendió contestar, pero de sus labios no salió una sola palabra.

—Esto no es para tanto, Frank. Sólo estás recibiendo lo que te mereces.

Incapaz de respirar, agotando el último soplo de vida, Frank pronto se quedó sin energías. Los brazos, y después las piernas, colgaron laxos.

Will aguardó un par de minutos más, por si acaso. Después, por fin, bajó de la mesa de café. Alzó la vista y vio el cuerpo de Frank Hagstrom, que se columpiaba despacio en medio del salón.

Notó que algo se le removía en la boca del estómago. Antes de que pudiera echar a andar hacia el lavabo o el fregadero de la cocina, se encontró doblado en dos y vomitando encima de la lujosa y espesa alfombra.

No sería la última vez que Will vomitaría cuando las cosas se pusiesen feas.

Acorralado

Will volvería a vomitar en el apartamento de Zelda Cosgrove, un par de años después, en junio de 1986; nunca soportó la visión de la sangre. Lo mismo le sucedió ayer por la noche, al oír la voz de su mujer en el contestador automático de Viajes de Aventura.

Escucha una vez más el mensaje de Clara. Varias veces más. El mensaje del infierno, lo llama. Un mensaje venido de la nada y que podría cambiarlo todo.

En este momento, Will no está muy seguro de qué hacer o qué medidas tomar. De repente, las cuatro paredes de la vieja granja de Stockbridge se le antojan a una celda. Se siente acorralado, como un animal enjaulado. La cabeza le da vueltas, sus pensamientos son un torbellino confuso.

John, bien lo sabe, no tardará en llegar en busca de respuestas.

Se pasea diez minutos y después coge el teléfono. Marca el número 800 que Clara dejó en el mensaje.

Tras varios pitidos, una mujer contesta.

—Buenos días, hotel Ambassador. ¿En qué puedo ayudarle?

—Sí, Clara Dare Hancock, por favor.

—¿Número de habitación?

—No lo sé.

La operadora busca la información en su terminal de ordenador.

—Lo siento, señor. La señora Hancock aún no se ha registrado.

—Pero ¿ha hecho una reserva?

—Sí, señor. Ha reservado una suite para esta noche y mañana por la noche.

—Ya. ¿Tiene idea de cuándo está previsto que llegue?

—Durante la tarde, señor. Si quiere que lo llame, estaré encantada de dejarle un mensaje.

—No es necesario —responde Will Hancock, y cuelga.

Escucha el mensaje de Clara por última vez, pero en esta ocasión apenas oye esas palabras de mal agüero. Está concentrado en otros asuntos.

Cuando el mensaje termina, aprieta el botón de borrado. No hay ninguna necesidad de que nadie oiga el mensaje. Sobre todo John. Claro que tampoco tendrá muchas oportunidades de hacerlo.

Babe y Rafe

En el autocar Greyhound, a algo más de trescientos kilómetros al este de Chicago, Rafe hace lo que puede por sobrellevar el encierro forzoso. No habría sido un buen tripulante de submarinos. Le gusta el aire fresco, los espacios abiertos.

¿Y qué hace? Se levanta del asiento, situado casi al fondo del vehículo y camina hacia el frente. Intercambia saludos matutinos con el conductor, Fred, un tipo bonachón de Dayton, Ohio, que había conducido el autocar de un grupo de rock llamado Blister. Los llevó por todo el país, le dice a Rafe, mientras ellos se chutaban heroína y se tiraban a chicas escuálidas y blancas de ojos oscuros que no parecían lo bastante mayores para tener el período.

Rafe, que ya ha oído bastante, se vuelve y regresa a su asiento. A medio camino ve a una rubia bastante guapa que viaja sola. Advierte que está absorta en un libro de tapa blanda. Cuando pasa por su lado, ella ni siquiera levanta la vista. Lástima, porque le gustaría obsequiarla con su mejor sonrisa, quizás ocupar el asiento libre que hay junto a ella, charlar un par de horas. Le ayudaría a matar el tiempo en la larga tirada que queda hasta llegar a Nueva York.

Rafe casi ha llegado a su asiento cuando se enciende una luz en su cabeza: ¡el libro! Retrocede hasta el lugar donde la rubia está leyendo. Desde luego que sí, es una novela de Hancock: *Venganza*.

Camina hasta su sitio y coge su novela de John Hancock: *El acuerdo*.

Regresa al centro del autocar.

—Eh —dice, con su mejor sonrisa—, siento molestarla, pero, bueno, estaba pensando si también usted sería una fan.

A modo de explicación, sostiene en alto su ejemplar de *El acuerdo*.

Babe, sumida en su propio mundo, tarda varios segundos en comprender de qué le están hablando. Excepto para preguntar dónde está el servicio de señoras o para pedir comida, no le ha dirigido la palabra a nadie desde que salió de la consulta de la doctora Gerdy, hace tres días.

—¿Una fan? —Babe levanta la vista hacia aquel hombre sonriente—. Ah, una fan, ya veo. No, lo leo sólo para pasar el rato. —Baja los ojos rápidamente.

Una tímida, piensa Rafe, que lleva veinticinco años perfeccionado estrategias con chicas blancas de vacaciones.

—Me ha hecho gracia —dice mientras discurre cómo enfocar el asunto—, porque, bueno, soy un viejo amigo suyo.

Al oír esto, Babe pone la antena al instante. Por lo general, no traba conversaciones con extraños, sobre todo si son hombres, pero bien puede hacer una excepción con un viejo amigo de John Hancock.

—¿Usted también es escritor ? —pregunta.

—En realidad, no —contesta Rafe—. Soy..., eh... Tengo un hotel en Belice.

—¿Belice? Eso está en Centroamérica.

—Centroamérica, eso es. Mi hotel está en el Caribe.

—¿El Caribe?

Rafe asiente.

—En una pequeña isla llamada Cayo Caulker.

—Es usted dueño de un hotel en una isla tropical. Suena maravilloso.

—Es un lugar modesto, pero muy bonito. Un trocito de paraíso en la Tierra.

—Lo supongo.

—Los Hancock fueron mis huéspedes. Varias veces.

Babe vuelve a poner la antena.

—¿Los Hancock? ¿Se refiere al escritor y a su esposa?

—En realidad —dice Rafe, en un instante de inocencia casi divina—, al escritor y a su hermano.

—¿Su hermano? —inquiere Babe, que trata de ocultar su pasmo con mediocres resultados.

—Sí, bueno, fue hace muchos años —responde Rafe.

Babe prácticamente tiene que abofetearse para recuperar la compostura. Apenas por un segundo, se pregunta si ese hombre negro es real.

Rafe es tan real como el que más, y ahora que tiene la conversación en marcha no piensa dejarla escapar. Se desliza en el asiento vacío y añade:

—Digámoslo así: John Hancock tenía un hermano. Un hermano gemelo. Will Hancock. Pero murió. En Cayo Caulker. Buceando. Yo estaba allí cuando sucedió.

Dios mío, piensa Babe, entonces la historia de la muerte de Will Hancock es verdad. Todo este tiempo he pensado que se trataba de una mentira. Pensaba que estaba vivo y que había matado a Frank. Y ahora, como salido de la nada, aparece este hombre y me dice lo contrario.

Rafe, totalmente ajeno al interés que la rubia tiene en los hermanos Hancock, juega su siguiente baza.

—Voy a Nueva York por negocios —dice—. Negocios del hotel. Al Ambassador de Central Park. —Supone que eso impresiona bastante—. Después —agrega—, iré a Boston. Para ver, lo crea o no, a John Hancock. —Da unos golpecitos a la tapa del libro—. Me pareció que sería mejor leer esto antes de llegar.

Babe, aún recuperándose de esta explosión de realidad, pregunta:

—¿A John Hancock? ¿De verdad? ¿Va a verlo?

—Sí. —A continuación, con la típica indiferencia caribeña, Rafe añade—: Puede acompañarme, si quiere.

Babe no tiene la costumbre de aceptar invitaciones de hombres negros desconocidos. Sin embargo, un encuentro cara a cara con John Hancock...

—Bueno, en realidad yo también voy a Boston.

—Pues acompáñeme cuando vaya a ver a Hancock. Sólo estaré unas horas en Nueva York. Después, directo a Boston. Debería conocerlos. Son unos chicos estupendos.

A Babe le da vueltas la cabeza. Quizá no le he entendido bien, piensa. Todo esto está sucediendo tan rápido.

—¿Unos chicos estupendos? Creí que había dicho que uno estaba muerto.

Rafe se inclina hacia ella. Es un experto en fingir complicidad.

—¿Le gustaría oír un pequeño secreto?

—¿Un secreto?

Rafe sonríe.

—Sí. Un secreto.

—¿Sobre John Hancock?

Él asiente.

—Me encantan los buenos secretos —susurra Babe en tono conspirador.

Rafe, con la cara a pocos centímetros de esa rubia tan guapa, pregunta:

—¿Y cómo se le da guardar secretos?

Ella sonríe de corazón.

—Muy bien.

Él, pensando que si juega bien sus cartas tal vez llegue a algo con la rubita, se pone a contar, por primera vez en su vida, su gran secreto. Durante todo el trayecto por Indiana y la mayor parte de Ohio, Rafe desgrana la historia de una muerte orquestada en la costa de Cayo Caulker, al oeste del Caribe. De un Hancock muerto que no está muerto en absoluto. Cuanto más fantasea Rafe con llevarse a la cama a la rubia, más detalles desembucha.

Babe, como es natural, no puede dar crédito a sus oídos. Llega a pensar que Dios debe de haber enviado a ese hombre, Rafe, para transmitirle su mensaje. El mensaje de que, tal como ha sospechado tanto tiempo, los dos Hancock están vivos.

Un buen golpe

John Hancock aparca el Mercedes delante de la vieja granja. Se apea y echa a andar por el camino de piedras.

La puerta se abre y Will sale al porche. Allí está, con vaqueros y un jersey de algodón color arena, exactamente la misma combinación que lleva John. Ninguno de los dos hermanos parece sorprendido por la similitud del atuendo.

Se dan la mano y después, con reservas, un abrazo.

—¿Los niños están bien? —pregunta Will.

John asiente.

—Se han ido con Linda hace un par de horas.

—¿Hacia New Hampshire?

—Eso es.

Will empieza a decir algo, pero se detiene. Suspira. El suspiro no tranquiliza a John. Todo lo contrario.

—Bueno —dice John.

—Bueno —dice Will.

Otro silencio.

—¿Por qué no vamos dentro? —propone John.

—Prefiero quedarme aquí —responde Will. Al cabo de un momento, añade—: Hace un día precioso.

—Sí —dice John—. Precioso.

Will abandona el porche y sale al camino. John mira alrededor, la hierba recién brotada y las plantas en flor.

—Este lugar tiene un aspecto estupendo.

—Siempre lo tiene en esta época del año —dice Will.

Vale, piensa John, es hora de entrar en materia.

—He estado pensando en esos polis —dice—, y no creo que fueran polis, para nada.

Will se inclina y arranca un diente de león de raíz.

—¿No?

—Creo que sólo se hacían pasar por polis.

—¿Por qué iban a hacer eso?

John se encoge de hombros.

—No lo sé. ¿A ti se te ocurre algo?

—No, la verdad —contesta Will.

—Muy bien. —John se esfuerza por tranquilizarse—. He venido hasta aquí para hablar de la situación, así que al menos intentémoslo.

—Hablaremos de todo —dice Will—, pero tómatelo con calma. No tengas prisa.

—No tengo prisa. Tengo todo el día.

—Bien, entonces acompáñame. Quiero enseñarte la glicina que crece en el granero. Está a punto de florecer.

Will se vuelve y echa a andar.

John titubea, pero lo sigue. Le importa un comino la glicina.

A Will también. En mitad del jardín, se detiene. John se para a su lado. Recuerda que en los viejos tiempos se pasaban horas hablando. Hablaban de todo, de todas las cosas habidas y por haber. Ahora sólo mantienen charlas rápidas, de cinco minutos a lo sumo, sobre Clara y los niños, como mucho sobre el último libro que están escribiendo o sobre el nuevo contrato con Lee Fisher.

De repente, John piensa que todo el asunto es muy triste, penoso, en realidad. Casi trágico.

En ese momento, como si le hubieran dado entrada, Will, que ha decidido llevar adelante su plan pese al mensaje de Clara, dice:

—Tienes razón, hermanito, no eran polis.

—¿Eh? ¿Cómo lo sabes?

—Porque yo los envié.

—¿Qué significa que tú los enviaste? ¿Por qué?

—Esos falsos polis eran heraldos, John. Heraldos del cambio.

Tranquilo, se dice John. No te pongas nervioso. Esto no te coge del todo desprevenido. Está seguro de que puede hablar con su hermano sea cual sea la locura que se le ha metido en la cabeza.

—¿De qué clase de cambios estamos hablando?

—Bueno, hermanito —dice Will—. Debes saberlo. Ya casi lo tengo.

—¿Tienes el qué?

—¡Esto! Todo. El control de la situación.

—Sé que a veces es duro para ti, cuando te toca viajar...

—Y cuando me toca quedarme en casa haciéndome pasar por ti. Estoy harto. Ya tengo bastante.

—Vale. Te escucho. ¿Y qué crees que deberíamos hacer?

—Tal como yo lo veo, me has jodido varias veces, a conciencia. La primera, desde luego, en Cayo Caulker, cuando robaste mi pasaporte. La segunda, cuando me dejaste la tarea de cargarme a Hagstrom porque tú estabas cagado. Y la tercera, quizá la peor, cuando me mentiste sobre el tiempo que pensabas quedarte con Clara.

Si algo ha aprendido John con el tiempo es a no responder enseguida cuando los ánimos están exaltados. Will nunca había sacado todo a relucir de manera tan clara y directa. A lo largo de los años, todo ha estado bajo la superficie, reprimido, insinuado pero nunca manifestado claramente. John está seguro de que esto no es una buena señal.

Tiene toda la razón: no lo es. Will lleva meses, años incluso, urdiendo su plan. Ha llegado el momento de ponerlo en práctica. De repente se ha complicado un poco, con eso de que probablemente Clara sepa la verdad, pero Will se ha dicho que cada cosa a su tiempo.

—Mira, Will —dice John—. Ya veo que estás enfadado y que te sientes herido, pero hemos de hablar de esto. Ese asunto del pasaporte... Te lo dije entonces y te lo repito ahora: no fue otra cosa que una confusión.

—Y una mierda.

—Y no quieras echarme la culpa de lo de Hagstrom. Lo mataste tú, a sangre fría.

—Porque tú querías que lo hiciera.

—No, no es verdad, Will. Yo no quería que ninguno de los dos lo matara. En el fondo, nunca pensé que lo haríamos. Estaba enfadado y era emocionante pensar que podíamos hacerlo. Comportarse como chicos malos, ya sabes.

—Que te jodan, John. Fuiste demasiado cobarde para matarlo.

—Lo que tu digas, Will. Si quieres echarme la culpa por lo de Hagstrom, no puedo evitarlo. Pero ¿qué me dices de Zelda? ¿Por qué la mataste? Era nuestra amiga, por el amor de Dios.

—Yo no la maté.

—La mataste. Igual que mataste a Hagstrom. Intenté creer que no habías sido tú. Durante mucho tiempo casi llegué a convencerme, pero en el fondo de mi corazón sabía, que la habías matado cuando ella te amenazó con contarle a todo el mundo que los dos estábamos vivos.

—Lo hice para protegernos —confiesa Will—. Para protegerte.

—De eso, nada, Will. Lo hiciste para protegerte a ti. Porque habías matado a Hagstrom y temías que si Zelda levantaba la liebre te pescaran.

—¡No!

—Sí.

—¡Maldita sea, John! De todas formas, deberías haberme dejado a Clara. Prometiste que lo harías.

—Tienes razón, Will, lo prometí. Y lo siento. Pero las promesas no siempre pueden cumplirse. Amo a Clara y amo a esos niños. ¿Cómo iba a dejarlos en tus manos? Estás mal de la cabeza, Will. Mira lo que le hiciste a Rodney Byrnes hace unos días. Y esa aventura absurda con Hillary Fisher. Por Dios, Will, eres autodestructivo. Vas a destruirlo todo.

Will ya ha oído bastante.

—He tomado algunas decisiones —le dice a su hermano—. Decisiones sobre el futuro.

John respira hondo.

—¿Como cuál?

—Como ésta.

Nada más decirlo, Will, que está a pocos pasos de su hermano, le da un rodillazo a éste en la entrepierna. John no lo ha visto venir, pero desde luego lo ha notado: los testículos se le suben al estómago y el aire se le escapa de los pulmones. Emite un grito apagado a la vez que se dobla en dos, tanto de dolor como para protegerse de otros posibles golpes.

Sin embargo, el golpe siguiente no viene de abajo, sino de arriba. Will entrelaza las manos con fuerza y las deja caer sobre la nuca de su hermano, que cae despatarrado en la hierba.

El ataque no ha tenido nada de improvisado. Will ha salido de la granja sabiendo exactamente lo que tenía y lo que quería hacer.

Ahora se inclina sobre John y le sopla un montoncito de polvo vudú en la boca y en la nariz. No mucho; algo así como la mitad de lo que le sopló a sir Rodney hace unos días, pero lo suficiente para dejarlo más o menos inanimado durante las horas siguientes. Con un poco de polvo vudú se obtienen grandes resultados.

Seguro de que John no intentará enredarlo ni opondrá resistencia ni tratará de escapar, Will se dirige al granero y coge la gran carretilla que utilizan para transportar tierra y piedras por la propiedad. Sin sentirse culpable en absoluto por lo que le ha hecho a su hermano, acerca la carretilla al cuerpo inerte de éste y se dispone a cargarlo.

Con cuidado, empuja la carretilla por la rampa de asfalto que conduce al sótano despensa y a través de la amplia entrada. Ha bajado hace una hora, tras asegurarse de que todo estuviera en orden para la estancia de su hermano, y ha dejado la puerta premeditadamente abierta.

La despensa no conserva muchos vestigios de lo que fue en otro tiempo, cuando los granjeros almacenaban las patatas, las verduras y la sidra fermentada para los largos inviernos de Nueva Inglaterra. Las paredes de piedra y el suelo de tierra han desaparecido. Nada de oscuridad ni de aire frío. Will ha hecho algunos cambios. Quizá no tantos como le habría gustado, pero el tiempo apremiaba, de modo que habrá que conformarse con eso. El suelo ha sido cubierto con losas de cemento y una moqueta barata cubre el hormigón. Una pared de mampostería bloquea las viejas piedras. Aunque hay electricidad, carece de corriente y calefacción. Will quería instalarlas pero ha tenido que llevar su plan a la práctica un poco antes de lo previsto.

El lugar mide unos seis metros por seis. Básicamente, se trata de una gran estancia con una cocina separada por un mostrador de formica sobre un par de caballetes. La cocina dispone de una pequeña nevera, una tostadora y un hornillo eléctrico.

El resto del espacio está vacío salvo por un sofá cama, un par de sillas de madera y una mesa, también de madera. Sobre esta última hay un ordenador Apple parecido a los que tienen en la granja y en el despacho de Beacon Hill.

No es precisamente una suite de lujo del Ambassador, pero, al menos por el momento, es lo máximo que Will puede hacer por su hermano. Al fin y al cabo, el sentido del juego ha cambiado. Will está bastante seguro de que las cosas nunca volverán a ser igual. Ahora John es su prisionero, y así seguirá hasta que se le ocurra qué hacer con él a continuación. Cuando consiga averiguar qué sabe Clara exactamente.

Will deja a John en el suelo, en medio de la habitación. Después lo arrastra hasta el sofá y le coloca una almohada debajo de la cabeza para que esté más cómodo.

John gime y gruñe. Empieza a recuperarse del golpe. Sin embargo, aún sigue bajo los efectos del polvo vudú.

—No pasa nada —le dice Will—. Sólo has sufrido una mala caída. Descansa.

John ni siquiera intenta responder. Tampoco habría podido aunque hubiera querido; el polvo vudú le ha arrebatado temporalmente la capacidad del habla y el control de los músculos. Además, le duele todo el cuerpo. Su memoria está confusa. Recuerda haber conducido el Mercedes hacia el oeste por la ronda Mass. Haber atravesado Sotckbridge. Haber girado por la avenida de entrada. Haberse apeado del coche. Haber visto a Will en la puerta. Un abrazo y algo de charla. Acusaciones y argumentos de defensa. Y después haber caído. O eso cree, pero no está seguro...

A lo lejos, oye la voz de su hermano.

—Descansa. Dentro de un par de horas te sentirás mejor.

John piensa que debería responder, pero la boca no le obedece. Se siente paralizado y dolorido. Lo que más le apetece es descansar, dormir y, transcurridos unos segundos, eso es exactamente lo que hace.

Will lo examina. Está respirando y tiene el pulso lento pero regular. Dentro de unas horas se sentirá como nuevo; relativamente como nuevo.

Después comprueba la puerta que conduce a la escalera. Es nueva, gruesa y muy resistente. Se cierra desde fuera, con una cerradura y dos cerrojos industriales. Para abrirla haría falta un cartucho de dinamita.

Will vuelve y sale por la puerta grande y recia que conduce a la rampa de asfalto. Sale, la cierra, hace girar la llave y pasa los dos flamantes cerrojos de acero.

Gasolina

Linda Carson se detiene en la interestatal 93, cerca de Plymouth, New Hampshire. El Volvo necesita gasolina y los chicos quieren ir al servicio.

Decide llamar a John Hancock para informarle de que los niños están bien. Marca el número de la casa de Boston. Nadie contesta. Nadie puede contestar. Unos se han ido y otros han muerto.

Suena el pitido del contestador automático:

—John, hola, soy Linda. Ya sé que sólo hace unas horas que hemos salido, pero sólo quería decirte que todo va bien. Llegaremos a la cabaña dentro de una hora, más o menos. Allí no hay teléfono, pero puedes llamar a mi móvil si quieres hablar con los niños. Ya hablaremos más tarde. Adiós.

El pequeño Willy y John Jr. vuelven de su excursión a los servicios. Por el camino han saqueado las máquinas expendedoras. Llevan en las manos latas de Coca-Cola, tabletas Hershey y bolsitas de galletas con chocolate Famous Amos. A Linda, que no es muy partidaria de la comida basura, no le hacen mucha gracia las compras, pero cuando los niños le tienden una bolsa de galletas sólo atina a decir gracias.

Linda adora a esos niños. Los quiere como si fueran suyos.

Vuelven a subir al Volvo y pone rumbo al norte, hacia las montañas Blancas.

Al necesita cargar gasolina. Está enfadado consigo mismo por no haber llenado el depósito ayer, cuando volvía a casa del trabajo. Ahora está al oeste de New London, Connecticut, y a punto de quedarse sin una gota de combustible. Lleva casi tres horas siguiendo a ese gran BMW. Hancock casi no para en las señales de stop, sólo reduce y sigue adelante. Conduce como un maníaco. Zigzagueando por los carriles. A ciento treinta, después a noventa, después a ciento veinte. Una conducción irregular y a ratos imprudente. Al las ha pasado moradas para no perder el contacto visual.

El Sabueso ha llamado a Leland Fisher varias veces para mantenerlo al corriente de la situación. Sabe que Fisher está camino de Nueva York, pero por el momento sólo ha conseguido dejarle mensajes en el buzón de voz.

De repente, cerca de Lyme, Connecticut, empiezan a pasar cosas. El gran BMW deja la autopista. Al lo sigue. El otro entra en una gasolinera Mobil. Al se mete en una Exon, al otro lado de la calzada.

—Lleno —le dice al empleado—. Hasta los topes.

El empleado de la gasolinera, un adolescente resentido con el pelo largo teñido de rojo y una camiseta de los Grateful Dead, que ha dejado los estudios hace poco, sacude la cabeza al oír la petición de Al y se concentra en el surtidor. Odia a todo el mundo mayor de veinte años.

A Al le trae sin cuidado. Se conforma con oír el ruido de la súper llenando su depósito.

Al otro lado de la calle, Dicky *el Loco* no consigue bajar la ventanilla del BMW. Eso lo irrita sobremanera. Maldice, abre la puerta un par de centímetros y le gruñe al empleado de la gasolinera:

—Lleno.

Éste, un maestro retirado que el año pasado comprendió que los ahorros de toda su vida y la pensión juntos no le daban para llegar a fin de mes, se esfuerza por sonreír y dice:

—Sí, señor. ¿Pagará en metálico o con tarjeta?

Dicky lo mira de mala manera.

—En metálico —responde, y cierra la portezuela con un golpe.

El empleado está acostumbrado a esta clase de comportamiento agresivo, típico de adolescentes. Enseñó ciencias y matemáticas a niños de séptimo y octavo durante treinta y dos años.

Al mira por la ventanilla del monovolumen, pero la distancia y el fuerte sol del mediodía le impiden ver que no es John Hancock quien está al volante del BMW. En ese momento, suena su móvil.

—Brown al habla.

—Soy Fisher —dice Leland en voz baja desde su propio móvil—. ¿Qué pasa?

—Señor Fisher, gracias por llamar.

—Estoy en el tren. Llegando a Nueva York. Mi mujer ha ido al lavabo, pero volverá en cualquier momento. Sólo tengo un minuto.

Rápidamente, Al pone a Leland al corriente de su persecución por Boston y, después, por la interestatal 95.

—Dios —gruñe Leland—. ¿Se dirigirá a Manhattan el muy hijo de puta?

—Es posible, señor —contesta Al—. Calculo que ahora estamos a unas tres horas de la ciudad.

Leland suspira. Pobre. Ayer por la noche se prometió que no tomaría ni una sola copa durante aquella pequeña escapada a la Gran Manzana, pero ahora daría lo que fuese por un whisky de malta o un Bloody Mary.

—Vale —le dice a Al—, no lo pierda de vista, y asegúrese de mantenerme informado. Estaré en el hotel Ambassador, Quinta Avenida esquina con la Sesenta y Tres. Quizás mi mujer le haya dicho a Hancock que nos hospedaríamos en el Ambassador y el muy cabrón haya decidido coger el coche y hacerle una visita.

—Quizás.

—Ahí viene. Tengo que dejarlo.

La comunicación se corta.

Al apaga el teléfono y mira por la ventanilla. El gran BMW está saliendo de la gasolinera y remonta la rampa hacia la I-95 en dirección sur.

El Sabueso paga al hosco adolescente y lo sigue. Como mínimo, supone, esa pequeña escapada le proporcionará una historia magnífica que contarle a su esposa.

El expreso Greyhound entra en la estación de autocares de Angola, Indiana, situada cerca de la frontera entre Indiana y Ohio. Es hora de poner gasolina y cambiar de conductor. Babe y Rafe apenas se dan cuenta de que el vehículo se ha detenido. Están absortos en la conversación, compartiendo secretos, contándose mentiras. Rafe ha hecho reír a Babe varias veces. En un par de ocasiones, ella ha llegado a coquetear, algo que llevaba años sin hacer. De hecho, había empezado a pensar que nunca volvería a hacerlo.

Rafe ha dejado a un lado la historia de los Hancock. Ya volverá a echar mano de ella si la necesita, pero ahora Babe se lo está pasando en grande con los relatos de todos los personajes curiosos que viven en Cayo Caulker. Rafe le ha hablado de Matilda, de Jackie el del Bar & Grill y de muchos otros, algunos de los cuales existen y otros que se ha sacado de la manga.

Le gusta la sonrisa de Babe. Se da cuenta de que lleva mucho tiempo sin sonreír lo suficiente. Es mayor de lo que le había parecido al principio, con la piel algo ajada y patas de gallo, pero sigue siendo una mujer guapa y se lo está pasando muy bien charlando con ella. Desde luego, es mejor que estar a solas pensando en lo que puede suceder cuando entregue esa bolsa de coca medio vacía.

Babe también está disfrutando del viaje, ahora que tiene a alguien con quien hablar. En realidad, es como la mayoría de nosotros: aislada a menudo pero casi nunca feliz de estarlo. Apenas ha pasado una idea desagradable o negativa por su cabeza desde que Rafe se ha sentado a su lado. Para colmo, lo más increíble de todo: el tipo conoce a los Hancock. A los dos. A John y a Will.

Babe ya se imagina a sí misma, si todo va bien, sentada en la casa de Hancock, en Boston, mañana por la noche. Entrará majestuosamente cogida del brazo de Rafe, le estrechará la mano a Hancock, se acomodará en la sala de estar. En cierto momento de la conversación, preguntará como quien no quiere la cosa: «Y qué, John, ¿me recuerdas? Soy Babe Overton. La prometida de Frank Hagstrom. ¿Está tu hermano por aquí? Me gustaría tener una charla con los dos.»

Will Hancock no está pensando en Babe Overton, sino en Dicky Cosgrove. Piensa en él porque justo enfrente de la gasolinera Amoco, donde está llenando el depósito del BMW, hay un indicador del Centro Psiquiátrico Great Barrington.

—¿Sí, señor? —pregunta el encargado, que en este caso también es el propietario—. ¿Qué puedo hacer hoy por usted?

—Llénelo con súper —responde Will—. ¿Y podría, por favor, comprobar el aceite?

—Claro.

—Gracias.

Lenore les enseñó a los chicos a decir siempre gracias y por favor.

Will se queda mirando el cartel del centro psiquiátrico. Sacude la cabeza. Hace tantos años de aquello, y Dicky *el Loco* siempre ha estado allí, a pocos kilómetros. De la vieja granja de las afueras de Stockbridge hasta las puertas de entrada del Centro Psiquiátrico de Great Barrington no debe de haber más de veinte kilómetros. Unos quince o veinte minutos. Sin embargo, ninguno de los hermanos Hancock ha hecho nunca una visita a Dicky. Algo incomprensible, considerando las circunstancias.

No obstante, Will piensa en Dicky mientras la gasolina entra en el depósito de su 750il. Pronto se pone a pensar también en Zelda. La amaba. Fue el primer gran amor de su vida. Estuvo a punto de morir también cuando ella murió. Bueno, cuando la asesinaron. Fue inevitable, eso es verdad. Sabía demasiado y estaba exigiendo demasiado. Sin embargo, Will no quiere pensar en ello, de modo que vuelve a repasar su plan. Su nuevo plan. Una versión del antiguo con algunos cambios de última hora.

Tiene la cabeza hecha un lío, los pensamientos empañados por un pasado estropeado y un futuro incierto. Su plan era quitar de en medio a John, así de simple. Convertirse en el único John Hancock. Sin embargo, ahora se ha producido un fallo técnico, y a Will no le gustan los fallos técnicos.

Suspira y se restrega los ojos. Después paga la gasolina, sale de la gasolinera y pone rumbo al suroeste por la autopista 23. Pronto llegará a la carretera estatal de Tatonic y se desviará hacia el sur en dirección a Nueva York. Si se da prisa, quizá consiga llegar al hotel Ambassador en menos de dos horas.

Primeras llegadas

La limusina de Clara cruza la entrada del hotel Ambassador, en la calle Sesenta y Tres. El portero, ataviado con el uniforme gris de rebordes dorados, abre la puerta del vehículo. Clara se apea, descansada y radiante. Sería imposible calificar de excelente a casi ninguno de los grandes hoteles de Nueva York, pero el Ambassador se acerca mucho. El vestíbulo, sencillo pero elegante, da la bienvenida a Clara cuando ésta entra por las puertas giratorias. Un enorme jarrón con flores frescas adorna la mesa redonda que se yergue en el centro del amplio espacio. Clara se registra y el jefe de recepción, un hombre de modales impecables y sonrisa reluciente, la conduce a su suite del decimocuarto piso mientras, con las manos cruzadas a la espalda, le asegura que si necesita algo, lo que sea, sólo tiene que pedirlo.

Le muestra la suite: la sala con el gran televisor y el bar bien surtido; el dormitorio con la cama de matrimonio cubierta con una preciosa colcha de encaje; y el lujoso baño, con jacuzzi y bidé.

El botones le trae el equipaje y lo coloca todo a un lado con discreción. Muy profesional. Muy educado. Clara les da a ambos generosas propinas. A continuación pone manos a la obra. Pasa unas dos horas al teléfono, organizando, hablando y confirmando citas.

Llama al conserje para asegurarse de que tiene una sala reservada para la rueda de prensa de mañana a mediodía. Después llama a su relaciones públicas a fin de confirmar que los periodistas adecuados han sido informados del acontecimiento. Por último, satisfecha sólo a medias, llama a tres o cuatro críticos de arte que conoce. Clara cree en la máxima según la cual uno no debe dejar en otras manos lo que quiera ver bien hecho.

Mientras Clara hace sus llamadas, Leland y Hillary Fisher cruzan la entrada de la Quinta Avenida en un taxi amarillo. A Leland no le gusta mucho el Ambassador. Prefiere el Regency, de Park Avenue, pero si se quedaran en el Regency y las cosas no fueran a la perfección, Hillary no pararía de refunfuñar y quejarse. No habría un momento de paz, y eso es lo último que Leland necesita.

En estos momentos, lo único que desea es pasar un par de días tranquilos, pero ese asunto de Hancock viajando hacia el sur por la I-95 ha disparado su presión sanguínea. Por otra parte, el Ambassador, eso tiene que admitirlo, cuenta con un bar excelente. El Chase es un salón espacioso con las paredes cubiertas de grabados de escenas de caza. Caballos y zorros decoran los ceniceros, las cajas de cerillas y los posavasos. A Leland siempre le ha gustado el Chase. Tiene intención de dejarse caer por el bar en cuanto Hillary se ponga en camino hacia Tiffany's y Bergdorf's.

Primero, sin embargo, deberá resolver algunos problemillas referentes a la habitación. Justo la clase de cosas que hacen que Leland prefiera que se queden en el Regency.

Por lo visto, Hillary había pedido una suite con vistas a Central Park, pero no llamó hasta ayer para hacer la reserva y el hotel está atestado. De modo que han de elegir entre habitaciones con vistas o suites sin vistas.

Hillary oye eso y de inmediato se pone a chillarle al jefe de recepción y después al director de plantas. Por fin, cuando Leland prácticamente ha desaparecido detrás de su maleta, su encantadora esposa se conforma con una habitación con vistas situada en el decimocuarto piso. La habitación 1466.

Justo enfrente de la suite de Hancock.

Enterrado

John está un poco mareado. Muy mareado, en realidad. Como en los viejos tiempos, cuando la noche anterior había fumado y bebido demasiado. Sin embargo, aquellos días quedaron atrás. Ahora John es un padre de familia. Uno de primera. Salvo por el pequeño detalle de que comparte sus deberes domésticos con el psicópata de su hermano.

El polvo vudú provoca a corto plazo ciertos trastornos en la memoria, así que John ha tenido algunos problemas para recordar lo sucedido nada más apearse del Mercedes. Está bastante seguro de que ha sufrido algún tipo de enfrentamiento con Will, pero el motivo y las consecuencias del mismo se han borrado de su memoria.

Le duele la nuca, el cuello y los testículos. John está empezando a pensar que Will debe de haberle propinado un rodillazo en la ingle y después un golpe en la nuca. O eso, o lo ha atropellado un camión.

Se pone de pie, pero el mareo lo obliga a volver a sentarse enseguida. Tras unos segundos, intenta incorporarse otra vez. Mira alrededor, se esfuerza por orientarse. Nada de lo que ve le resulta familiar.

Le pica la nariz. Se la rasca y, al retirar el dedo, ve en la yema restos de un polvo blanco. John, confuso, lo examina con atención. Entonces se hace la luz en su mente. ¡El polvo vudú! Will lo ha dejado inconsciente con el polvo vudú. ¡Dios mío!

John inspira hondo varias veces, hace una cuantas flexiones, camina por la habitación con paso inestable. Ahora sabe por qué Rodney Byrnes estaba tan cabreado cuando llamó el otro día.

El mareo vuelve, y John se sienta de nuevo en el sofá. Observa los objetos que lo rodean. El mobiliario sigue sin resultarle familiar. Es muy espartano; sólo un sofá, un par de sillas, una mesa y una especie de cocina pequeña en el extremo más alejado de la habitación.

Pero ¿dónde estoy?, se pregunta.

Otra mirada alrededor y se da cuenta de que la habitación no tiene ventanas. Ni una. La única luz procede de un par de bombillas desnudas que cuelgan del techo. El ambiente en la estancia es sombrío y cargado. Terriblemente húmedo. Como si estuviera bajo tierra.

Se obliga a levantarse y se dirige hacia la puerta pequeña que hay en un extremo de la habitación. Está cerrada con llave. Toquetea el pomo, pero la puerta no se abre. Tira de él, lo sacude, incluso le da una patada, pero sólo consigue hacerse daño en el pie. La puerta no se mueve.

La sangre se le sube a la cabeza. Por un par de segundos, piensa que va a desmayarse. Pero se agarra al pomo, intenta tranquilizarse y aguarda a que el mareo remita. A continuación se vuelve y anda despacio hacia la puerta grande del otro extremo de la habitación.

Mientras camina, lo comprende todo. ¡Se trata de la puerta del viejo sótano despensa que hay junto a la granja! El «búnker», lo llamaban Will y él desde que compraron la propiedad en los años ochenta.

El pánico se apodera al instante de John, que se abalanza hacia la puerta, agarra la manilla y le propina un tirón seco. Es inútil. La puerta no cede. Está cerrada. Por fuera, comprende de inmediato.

Al instante vislumbra la escena con toda claridad. Will debe de haberle golpeado en el jardín y lo ha arrastrado hasta el viejo sótano despensa. Lo ha enterrado vivo.

Mareado, John vuelve a sentarse. No puede creer lo estúpido y descuidado que ha sido al meterse en la trampa que le ha tendido su hermano. Las señales de la creciente locura de Will saltaban a la vista. John sabe que debería haber respondido de una forma mucho más contundente a la situación. Sin embargo, la lucidez a posteriori es una virtud del todo inútil. Lo único que puede hacer ahora es tratar de salir de ahí.

Se levanta y se acerca a la puerta más cercana. Toquetea el pomo. Lo golpea con los puños y lo patea con los pies. La puerta no cede ni un milímetro.

Exhausto, se deja caer en el suelo. ¿Qué está tramando Will?, se pregunta. ¿Cuál es su plan? ¿Planea tenerlo encerrado ahí abajo para siempre? ¿O le tiene reservada alguna otra sorpresa? ¿La muerte, quizá? John sabe muy bien que Will ya ha asesinado antes. Al menos dos veces.

Tiene que escapar. Pero ¿cómo? No hay ninguna salida.

Se levanta y camina despacio hacia la mesa. Se sienta en la silla y enciende el ordenador Macintosh. Un equipo muy bueno. Parecido al que tienen en la granja.

El ordenador se inicializa y varios iconos aparecen en la pantalla. Uno grande, justo en el medio, llama la atención de John al instante. Es un documento de Word, titulado «Memorándum de W. a J.».

John hace un doble clic en el ratón y el documento empieza a abrirse. Mientras lo hace, John suspira y se frota los ojos. No puede creer que se haya puesto a sí mismo en una situación tan vulnerable y comprometida.

¿Qué se propone?, se pregunta. ¿Qué piensa hacer con Clara? ¿Y con los niños?

Lee lo siguiente:

Querido John:

Si estás leyendo esto, supongo que te encuentras bien dentro de lo que cabe. A estas alturas, ya habrás intentado abrir las puertas y habrás deducido unas cuantas cosas. Yo siempre he sido el más astuto, pero tú tampoco eres ningún tonto.

Lamento todo esto. De verdad. Pero ¿qué puede hacer un hermano desgraciado? ¿Quedarse de brazos cruzados mientras tú conspiras contra él?

Tenía que encerrarte ahí abajo porque no puedo deshacerme de ti. Eres mi hermano, al fin y al cabo. Mi hermano gemelo. El fratricidio queda fuera de toda consideración. Al menos por el momento.

Además, está la cuestión de los libros. Pese a los años transcurridos, nos necesitamos el uno al otro para escribirlos.

De modo que tendrás que quedarte ahí por un tiempo y arreglártelas lo mejor que puedas. Me fue imposible acabar de acondicionar el sitio (la falta de sanitarios es un problema urgente), pero en los días y semanas próximos te conseguiré un televisor y algunos aparatos de gimnasia; haremos el lugar un poco más confortable.

Intenta no enfadarte por esto, John. Considéralo la fase siguiente de nuestras vidas. En esta nueva fase, yo me divertiré más que tú y tendré más libertad, pero de este modo quizá las cosas queden un poco más igualadas.

No te agobies por la soledad. Pasaré a verte muy pronto. Lo prometo.

Con cariño,

WILL

John lee el escrito por segunda vez. Lo que más le asusta es la naturalidad con que está formulado, como si la situación fuera de lo más normal. Está claro que Will se ha vuelto loco de atar, pero se comporta como si sólo hubiera ido a la tienda de la esquina a comprar el periódico y tomar una taza de café.

Sudando la gota gorda, nota que el corazón le golpea con fuerza las paredes de la cavidad torácica y el sudor le baja por la espalda.

Ataque al Big Mac

Al *el Sabueso* Brown también ha empezado a sudar. Todo por culpa de ese café. Lleva los últimos treinta o cuarenta kilómetros considerando muy en serio la idea de orinarse en los pantalones. Si tuviera un par limpio para mudarse, lo haría sin pensarlo dos veces.

Allá delante, al fin... El intermitente derecho del BMW de John Hancock se enciende y se apaga.

Sí, Dicky también tiene ganas de ir al lavabo. Además, se muere por un par de Big Macs. Lleva catorce años sin atravesar los arcos dorados.

De todas formas, ni el lavabo ni el Big Mac constituyen la razón principal de que Dicky decida dejar la autopista pocos kilómetros al oeste de New Haven. No, el verdadero motivo es ese monovolumen que no desaparece de su espejo retrovisor. Lo ha visto en Boston, en Rhode Island y cuando se ha parado a reponer gasolina. Y lo está viendo ahora. De modo que Dicky toma el desvío y, claro, el monovolumen también. Entra en el McDonald's y la furgoneta hace lo propio. Se dirige al aparcamiento trasero y estaciona el BMW.

Sin tener en cuenta ninguna de las técnicas elementales de la vigilancia, Al aparca, apaga el motor y literalemente sale disparado en dirección al restaurante. En la esquina derecha de la parte trasera, ve el indicador del servicio de caballeros. Se encamina hacia allí lo más rápidamente posible. Ajeno a todo, empieza a bajarse la cremallera y casi se exhibe ante un grupo de jóvenes americanos que haraganean por ahí. No obstante, entra por la puerta sin más percance y se planta ante el urinario. Nada en toda su vida le ha parecido tan delicioso como la dicha y la satisfacción que siente cuando al fin el chorro empieza a caer.

Tarda más de un minuto en vaciar la vejiga por completo. Casi dos minutos. Como si no fuera a acabar nunca. Una mezcla de placer y alivio le hace gemir.

Un niño con la boca manchada de ketchup y mostaza se lo queda mirando como si Al fuese un pirado. Los niños de hoy en día saben reconocer a un pirado en cuanto lo ven. Aparecen a todas horas en la televisión. Pirados que hacen estallar aviones, que bombardean edificios, que disparan a los niños en el patio del colegio.

Este niño, sin embargo, se equivoca. Al no es un pirado. El pirado está en el restaurante. En este momento, Dicky está pagando tres Big Macs, dos raciones grandes de patatas fritas y dos batidos de chocolate. Le encanta el batido de chocolate.

Después de pagar, se coloca a un lado para esperar a que el tipo del monovolumen salga del servicio.

El Sabueso no tarda en aparecer. Echa un vistazo alrededor. Como ya sabemos, está buscando a John Hancock y, al no verlo, sale del local. Divisa el gran BMW aparcado, no muy lejos de su vehículo. No hay rastro de Hancock dentro del coche, de modo que Al vuelve a entrar para pedir su comida. Mientras el BMW esté ahí fuera, sabe que Hancock no puede andar lejos.

La mujer de Al desaprueba los McDonald's. «Grasa, sodio y lucro», dice siempre cuando su marido propone que entren a tomar una hamburguesa. De modo que cuando Al se atiborra de comida basura lo hace a escondidas. Como hoy. Al igual que Dicky *el Loco*, se decide por el Big Mac. Un par.

Dicky lo observa todo desde su compartimiento situado en un lado del restaurante. Come sin quitarle ojo al tipo tirando a calvo y con cierto sobrepeso que conduce el monovolumen. Hace unos minutos, se ha quedado mirando a Dicky, pero enseguida ha desviado la vista. No parecía interesado en él. En cambio, le interesa muchísimo el coche de Hancock. Lleva horas siguiendo al BMW. ¿Qué está pasando?, se pregunta Dicky. ¿Creerá que está siguiendo a Hancock? Desde luego, es una posibilidad. Pero ¿quién es? Y ¿qué diablos quiere?

Dicky deja a un lado la hamburguesa y se dirige al lavabo a descargar.

Al paga la comida y coge unas cuantas servilletas. Mientras tanto, no deja de buscar a Hancock con la mirada, pero no lo ve por ninguna parte. Maldita sea. Decide volver al coche, comerse las hamburguesas y aguardar el regreso de Hancock.

Dicky sale del servicio justo a tiempo de ver al tipo del monovolumen abandonar el restaurante. Lo ve subir al vehículo y cerrar la puerta. Pero no pone el motor en marcha. Se queda allí sentado, comiendo.

Dicky se desplaza a otro compartimiento desde donde puede vigilar el monovolumen. Se bebe uno de los batidos y abre el segundo Big Mac.

Al come y vigila.

Pasa media hora. Y otra media. Al no deja de preguntarse qué le habrá pasado a Hancock. Es raro. Muy raro.

Dicky, ansioso por llegar a Nueva York y matar a Hancock, pide un tercer batido y se dice a sí mismo que debe conservar la calma.

Leland Fisher está sentado a una mesa del Chase. Da sorbos a un Chivas y contempla los cuadros de jinetes persiguiendo zorros. Qué pasatiempo más estúpido, piensa.

Lleva allí sentado una hora más o menos, desde que Hillary se ha ido de compras. Leland odia las compras, pero le encantan los bares. Va por su tercer Chivas doble.

La camarera, con su breve vestido negro, pasa por allí y le sonríe.

—¿Otro Chivas, señor?

Leland le devuelve la sonrisa. La infidelidad es algo tan sencillo; sobre todo si es mental. Leland siempre ha pensado que las estadísticas sobre maridos y mujeres que cometen infidelidades son muy exageradas. En su opinión, la mayoría de los engaños tienen lugar en la azotea. Es decir en el cerebro. La imaginación despierta el deseo y la lascivia. Como ahora. Su cerebro no tiene ningún problema en invitar a esa camarera a su habitación, en cruzar el umbral con ella en brazos, en revolcarse en esa cama de matrimonio. Podrían meterse y salir de ella antes de que Hillary cruzase siquiera la puerta principal del Saks de la Quinta Avenida.

Claro que de pensar y fantasear a llevarlo a la práctica hay un abismo, bien lo sabe Leland. Y eso precisamente cree que hacen la mayoría de maridos y mujeres: fantasear.

Salvo su esposa. Ella hace algo más. Ella y ese hijo de puta de John Hancock.

Justo en ese momento, con el rabillo del ojo, Leland ve a su viejo amigo. Allí, en el pasillo. Pasando por delante de la entrada del Chase. Tarda un par de segundos en asimilar la aparición.

Se pone de pie, cruza el bar y sale al pasillo.

—John —lo llama.

No obstante, es demasiado tarde. Hancock entra en el ascensor y las puertas se cierran.

Leland vuelve a su mesa a toda prisa y coge el teléfono móvil. Marca el número de Al *el Sabueso* Brown. La camarera le trae el cuarto Chivas. Él le da las gracias y, con todos sus pensamientos carnales ya convertidos en historia, bebe un trago.

Al contesta al teléfono.

—Hola.

—Soy Fisher.

—¿Sí, señor?

—¿Dónde está?

—En New Haven, señor.

—¿Connecticut?

—Sí, señor.

—¿Y por qué diablos Hancock está aquí en el hotel? Pensaba que usted estaba siguiéndolo.

—Y estoy siguiéndolo, señor. Desde hace cuatro horas. Ahora estamos en el McDonald's de la interestatal 95.

—¿Lo está viendo?

—Bueno, no —reconoce Al—, pero veo su BMW. Estoy aparcado casi al lado, esperando a que vuelva.

—¿Cuánto rato lleva ahí?

—No lo sé. Una hora quizás.

—¡Gilipollas! —grita Leland—. Hancock no está en New Haven. Está aquí, en Nueva York. En el hotel Ambassador. Acabo de verlo con mis propios ojos.

Al no acaba de creérselo, pero se recuerda que el cliente siempre tiene razón.

—Si usted lo dice, señor... Pero no entiendo cómo ha podido hacer todo el camino hasta Nueva York en tan poco tiempo.

Leland suspira. Quizá no haya sido Hancock el que ha subido a ese ascensor, aunque se le parecía mucho.

—Vale —le dice a Al—, pues encuéntrelo y asegúrese de identificarlo. En cuanto lo haya hecho, llámeme, y que sea pronto.

Leland desconecta el móvil y bebe otro trago de Chivas.

El Sabueso, aturullado, desconecta su teléfono. A continuación corre hacia el McDonald's.

Dicky no ha apartado los ojos del monovolumen ni un solo instante. Ahora observa cómo el tipo que lo conduce vuelve al restaurante, se queda en la entrada e inspecciona la multitud.

Dios, se pregunta *el Sabueso*, ¿dónde se habrá metido? Pensando que quizá se encuentre en el servicio de caballeros, se dirige hacia allí.

Dicky no vacila. Se pone de pie y echa a andar en cuanto el hombre rechoncho pasa junto a su mesa. Cruza la puerta y atraviesa el aparcamiento.

El Sabueso registra los lavabos de hombres. Ni rastro de Hancock. De todos modos, aprovecha para vaciar una vez más la vejiga. Sería una tontería volver a encontrarse en la misma situación cuando se ponga otra vez en marcha.

En el camino de regreso al aparcamiento, se compra otra hamburguesa. La idea de llamar al señor Fisher y decirle que Hancock se las ha ingeniado para escabullirse le da hambre.

Leland ya se ha olvidado de Al. Acaba de ir al mostrador de recepción, donde ha descubierto que los Hancock están registrados en el hotel. Desde ese mismo día. La señora Clara Dare Hancock había reservado la habitación. Pero John también está ahí. Leland lo ha visto con sus propios ojos.

Al igual que los Fisher, los Hancock se alojan en el decimocuarto piso. Suite 1424.

Leland ha vuelto a su mesa, donde considera la idea de pedir un quinto Chivas. Entonces suena su teléfono móvil.

—¿Sí?

—Señor Fisher. Soy Al Brown.

—Bien.

—Lo siento, señor, no hay rastro de Hancock. El coche está aquí, pero él se las ha arreglado para darme esquinazo. Quizá con un taxi o algo. —Al vuelve a estar al volante de su monovolumen, con el teléfono en una mano y una hamburguesa en la otra.

—Ya se lo había dicho, capullo —le espeta Leland—, Hancock no está en New Haven. Está en Nueva York.

—En el hotel Ambassador.

—Como lo oye.

—Caray.

—Qué coño —masculla Leland—. ¡Está usted despedido!

Tras ese anuncio, desconecta el teléfono.

Al suspira.

—Maldita sea —dice en voz alta—. Ahora nunca podré cobrar este trabajo.

Una milésima de segundo más tarde, dos fuertes manos lo cogen por el cuello y lo arrastran por encima del asiento hasta la parte trasera de su monovolumen. Al, más sorprendido de lo que jamás ha estado en su vida, lucha por desasirse, pero Dicky es muy fuerte y está muy loco. Sus dedos se hunden cada vez más en el cuello de Al, asfixiándolo. Pronto, Al nota que no puede respirar y poco después pierde la conciencia. Un par de minutos más tarde, *el Sabueso* está muerto. Tieso como un palo. La tercera víctima de Dicky. Hasta ahora.

Dicky tiende el cuerpo de Al en el suelo, detrás de los asientos delanteros, y lo cubre con una bonita manta a cuadros. Es la manta de excursión de la señora Brown, la que usan cuando van al campo las cálidas tardes de verano.

Después, Dicky se apea del vehículo y cruza el aparcamiento hacia el BMW. Saca sus pertenencias, incluida la bolsa de la ropa y la que contiene las novelas de Hancock. Cierra el coche, vuelve al monovolumen y se sienta al volante. No encuentra las llaves, de modo que pasa a los asientos traseros, hurga en los bolsillos del cadáver y no sólo encuentra las llaves sino también la cartera.

Unos minutos más tarde, de vuelta a la I-95, rumbo a Nueva York y al hotel Ambassador, Dicky *el Loco* Cosgrove examina a conciencia la abultada cartera de Al *el Sabueso* Brown.

Will y Clara

Will ha viajado de Stockbridge a Nueva York en tiempo récord, pero ahora que ha llegado se ha puesto nervioso de repente. No las tiene todas consigo. Hace sólo un par de horas ha encerrado a su propio hermano en el sótano. Ahora no se siente del todo bien ni del todo seguro con la maniobra. Si a él le pasa algo, John se quedará atrapado ahí abajo. Para siempre. Podría morir de hambre. De sed. A menos, claro, que idee algún modo de escapar. Will sabe que su hermano es un hombre con muchos recursos. Incluso es posible que ya haya salido de ahí y esté de camino hacia la Gran Manzana.

Así, presa de sus sentimientos contradictorios, pensando que quizá debería haberse limitado a atestar el golpe definitivo a su hermano, haberlo enterrado detrás del granero, Will llama con suavidad a la puerta de la suite 1424.

Dentro, Clara acaba de terminar sus llamadas. Se ha bañado y se ha puesto unos tejanos y un jersey de cuello alto de seda, negro y ajustado. Los golpes en la puerta no la cogen por sorpresa.

Sonríe. Lleva bastante tiempo deseando que llegue este momento.

Mientras tiende la mano, fina y encantadora, hacia el pomo de latón de la puerta, pregunta:

—¿Quién es?

—Tu querido esposo —es la respuesta.

—¿Cuál? —pregunta Clara a la vez que hace girar el pomo y abre.

Todas las sospechas y paranoias de Will vuelven a cobrar vida en el momento en que oye esa única e inocente pregunta. Aun así, logra parecer confuso cuando inquiere:

—Lo siento, nena, ¿qué has dicho?

Clara le sonríe, lo coge por el cinturón y lo arrastra al interior de la habitación.

—He dicho: «¿Por qué has tardado tanto en llegar? Llevo horas esperando.»

Will, inquieto, se las ingenia para esbozar una sonrisa.

—Había mucho tráfico.

Clara mira a su marido. Tiene que reconocerlo: aun después de tantos años le cuesta muchísimo distinguirlos cuando los ve así, vestidos. El observador casual jamás, ni en un millón de años, adivinaría que hay dos Hancock. Clara, sin embargo, no es un observador casual. Lleva en esto mucho tiempo, y en un sentido bastante íntimo. Comprendió que no estaba saliendo con un John Hancock sino con dos en cuanto el sexo entró a formar parte de su relación. Los cuerpos de sus dos amantes eran apenas una pizca distintos. Al igual que sus técnicas. John es un poco más musculoso, sobre todo en el pecho, y siempre se ha mostrado más agresivo en la cama. Prefiere instigar, controlar y dominar la situación. Will tiende a dejar que Clara marque el ritmo y las posiciones. La combinación perfecta para una mujer que se aburre fácilmente y es difícil de satisfacer.

Claro que tras todo este tiempo a ella no le hace falta tener a los Hancock desnudos y retozando para distinguirlos. Le basta con mirarles a los ojos. Los ojos de John conservan la juventud. Los cuarenta se ciernen en un horizonte cercano, pero sus ojos aún relucen con vigor y entusiasmo. Los ojos de Will, en cambio, han perdido algo de esa vitalidad, se han vuelto más serios, pero también más maduros. Los años, así como el inmenso engaño que juntos han orquestado, han pasado mucha más factura a Will que a John. Y ésa es una de las razones por las que Clara ha decidido poner fin a la farsa. Ama a sus dos esposos por igual, los adora. Le han proporcionado mucha felicidad y emoción. No quiere ver sufrir a ninguno de los dos.

Como es natural, no sabe que Will ha cometido un asesinato. Dos, en realidad. Ni que si un buen psiquiatra lo sometiese a examen sin duda lo catalogaría de psicópata con todas las de la ley.

Clara conduce a Will de la sala al dormitorio. Él, cada vez más nervioso, quisiera saber qué trama su esposa, pero nunca ha podido resistirse a su atractivo sexual.

Pronto están en la cama, besándose y abrazándose, arrancándose mutuamente los tejanos y los jerséis. Como los hermanos Hancock sólo pasan la mitad del tiempo con Clara, siempre arden de deseo y pasión. Nunca lo hacen por cumplir, y ésta no es una excepción.

En medio de la acción suena el teléfono. Ni Will ni Clara hacen el menor ademán de contestar la llamada. De todos modos, sólo es Leland Fisher, todavía en el bar, dando cuenta de otro Chivas, que llama para saludar y ver si puede averiguar qué diablos hace Hancock en Nueva York. Sin embargo, la llamada tendrá que esperar. Los Hancock están ocupados.

El teléfono vuelve a sonar. En el calor del momento, Will y Clara apenas lo oyen. Esta vez es Linda Carson, que llama desde su cabaña de las montañas Blancas. Sólo quiere decirle a Clara que ya han llegado, que los niños están bien y que se disponen a dar un paseo.

En este preciso instante, sin embargo, Clara no desea hablar con nadie de nada. Se pega a Will y empuja mientras el calor sube y su cuerpo se crispa.

Will la abraza con fuerza; por un momento se ha olvidado de todas sus paranoias y sospechas. Al poco llega su turno y no se contiene.

Después, se quedan tendidos el uno junto al otro, sin decir gran cosa, sólo volviendo la cabeza y sonriendo de vez en cuando.

Clara sabe que ésa es otra diferencia entre los dos hermanos. John suele llenarse de energía y animarse. Le gusta hacer el payaso. Poner carotas. Hablar con acentos extranjeros. Hacer reír a Clara.

A Clara le encantan las dos cosas; como reza el refrán, que ella suscribe: «En la variedad está el gusto.»

Se vuelve hacia Will.

—Te quiero. Lo sabes, ¿verdad?

—Claro que lo sé.

—Es importante que sepas que te quiero.

—Estoy de acuerdo —dice Will, algo incómodo con el tono de voz de su esposa—. Es muy importante.

—Y es igual de importante que sepas que os quiero a los dos.

—¿A los dos?

Clara hace caso omiso de la expresión de perplejidad de Will.

—Oíste mi mensaje, ¿verdad? En el contestador automático de Viajes de Aventura. ¿Has venido a ayudarme a planear mis vacaciones de verano?

Will sabe que debería habérselo imaginado. Debería haber pensado que Clara manejaría la situación a su modo absolutamente tranquilo y calculado. Primero harían el amor y después le daría la noticia. Directa al grano. Él, sin embargo, se las había ingeniado para convencerse de que Clara en realidad no estaba al corriente de la verdad. Antes de encerrar a John en el sótano, estuvo buscando argumentos para poder creer que la llamada que ella había hecho a Viajes de Aventura no era más que una coincidencia.

—¿De qué estas hablando? —pregunta él en un tono que pretende ser tranquilo.

—Sabes perfectamente de qué estoy hablando.

—¿Lo sé?

—Sí, Will, lo sabes.

Oír a alguien pronunciar su nombre después de tantos años hace que se disparen unos cuantos cohetes en el cerebro de Will. No está muy seguro de que le guste oírlo. Tal vez sea Will Hancock, pero está ahí como John Hancock. Ha sido John quien ha encerrado a su hermano en el búnker, no Will. John quien ha considerado la idea del fratricidio, no Will. Will no existe. Sólo dos John. Al menos por ahora.

Tras un silencio bastante largo, dice:

—Will es nuestro hijo, Clara. Yo soy John.

Clara baja los pies de la cama, los apoya en la alfombra y se pone en pie.

—No pensarás afrontarlo de este modo, ¿verdad?

—¿Afrontar el qué?

En realidad, Will no sabe de qué otro modo afrontarlo. Ha vivido demasiado tiempo con el engaño. Nadie, salvo su hermano, le ha llamado Will desde hace al menos veinte años.

—Mira —dice Clara al tiempo que se pone una bata de seda—. Conozco la verdad. La conozco desde el principio. Desde antes de casarme contigo. Con vosotros. Y, si quieres que sea sincera, siempre me ha sorprendido que John y tú estuvieseis convencidos de que yo no sabía que... había dos. Siempre me ha parecido un poco ofensivo. Aunque, finalmente, no hace sino demostrar la enormidad de los egos de los hermanos Hancock. Porque la verdad, Will, es que vosotros dos ni siquiera os parecéis mucho.

—Clara, ¿estás bien? ¿Te ha pasado algo que no me has contado? Ya sabes que no tengo un hermano. Sabes que murió en la costa de Belice en 1982.

Clara se ríe. Después se acerca a la cómoda, coge su peine y empieza a pasárselo por el cabello. Siempre que hace el amor termina enredado.

—La verdad, Will, estoy un poco sorprendida. Habría esperado esas negativas mezquinas de John, pero no de ti.

—Pero es que yo soy John.

—Sí, y yo soy Juana de Arco. —Clara se echa a reír otra vez—. Will, escúchame: se ha terminado. Ya no tienes que fingir que eres John. Debería ser un alivio para ti, no un motivo para seguir mintiendo. No pasa nada, no estoy enfadada. Te quiero. Os quiero a los dos. Nada va a cambiar.

—Clara —dice Will en tono paciente—, con el viaje a Europa, la nueva galería y todas tus responsabilidades has estado sometida a mucha presión. Pero, en serio, me estás asustando. ¿Por qué no te acuestas? Te traeré una toallita mojada.

La sonrisa de Clara se esfuma. En realidad, empieza a estar un poco enfadada. Se suponía que todo esto iba a ser divertido, no irritante.

—Vale, ya veo que todo esto es una pérdida de tiempo, de modo que me limitaré a decirte qué es lo que quiero. Quiero que llames a tu hermano y le digas que mueva el culo y venga al Ambassador. Ya debería estar aquí. Salta a la vista que habéis tenido unas palabras y habéis tramado alguna tontería después de deducir que vuestra estúpida mujercita por fin, después de tantos años, había descubierto el pastel.

Entonces, piensa Will, John sabe que Clara está aquí. Por supuesto que lo sabe. Clara se lo habrá dicho. Todo el asunto es un montaje. Un maldito montaje. Sólo que tengo a John encerrado en el búnker de Stockbridge. Vaya, un pequeño detalle que ni John ni Clara habían previsto.

—Mira, Clara —dice con toda la tranquilidad de que es capaz—, de verdad que no sé de qué va todo esto. A lo mejor sólo sufres estrés. Quizás...

—En realidad, amor mío —lo interrumpe Clara—, no padezco el mínimo estrés. No hay estrés que valga. Y en cuanto a de qué va todo esto, bueno, va de ti, de John y de mí. De nuestros hijos y de nuestras vidas. Verdades y mentiras. Libros, arte y Viajes de Aventura. Va de...

—¿Viajes de Aventura?

—Por el amor de Dios, Will, ¿es que no me escuchas? Lo sé todo. Siempre lo he sabido. Y no me importa. Como ya te he dicho, ni siquiera quiero que las cosas cambien. Bueno, quizás un poco. Creo que podríamos introducir algunas mejoras en nuestras vidas. Pero ya hablaremos de eso más tarde. Cuando estemos los tres juntos.

—¿Los tres?

—Will, empiezas a cansarme. En todos los años que has hecho de John, nunca me has aburrido, ni una sola vez, pero hoy estás haciendo de ti mismo, y ya estoy tan aburrida que tengo ganas de echarme a llorar.

—Lo siento —susurra Will—. Todo esto es tan raro. Quiero decir, todo esto que estás diciendo. No sé qué hacer. Creo que quizás...

Clara ya ha oído bastante. Había esperado una escena mucho más digna que aquellas negativas estúpidas e interminables.

—Will —lo interrumpe—. Cállate. Tengo cosas mejores que hacer que escuchar tu parloteo. —Se quita la bata de seda y se pone los tejanos y el jersey de cuello alto—. Tengo una reunión con mis socios en la nueva galería.

—¿Una reunión?

—Eso es. Una reunión. Estaré fuera una hora más o menos. Así tendrás tiempo para pensar en lo que te he dicho. Para ir acostumbrándote a la realidad. Para dejarte de negativas y decirle a John que venga. Tenemos cosas que hablar. Y quiero hacerlo esta noche. Mañana por la mañana como máximo. —Coge el bolso. Lo abre y saca un montoncito de fotos de diez por quince. Las arroja sobre la cama—. Mira —añade—. A lo mejor esto te ayuda a refrescar la memoria respecto a ese hermano que según tú se ahogó en la costa de Belice.

Se trata, como es de suponer, de las fotografías que Pete, el otro sabueso, sacó a los hermanos Hancock junto a la guarida de Stockbridge hace siete u ocho años.

Clara no espera a que Will las mire. Se dirige hacia la puerta, la abre y se vuelve.

—No te alteres con todo esto, Will. Hacía tiempo que se veía venir. Sólo ha llegado el momento de enfrentarnos a ello. Pero, como ya te he dicho antes, te quiero. Te quiero por ti mismo. Ya no tienes que hacer de John. Ni por un segundo.

Los ojos de ambos se encuentran. Clara sonríe, da media vuelta y se marcha.

Rumbo al Ambassador

—Buenas tardes. Reservas del hotel Ambassador. ¿Qué desea?

—Sé que es un poco precipitado, pero esperaba que tuviesen algo libre para esta noche.

—¿Esta noche, señor?

—Sí.

—¿Cuántos serían, señor?

—Sólo uno.

—Déjeme mirar.

La encargada de las reservas comprueba el cuadro de habitaciones. Sabe que el hotel tiene varias vacantes, pero la han instruido para que haga creer a los clientes de última hora que se están quedando con la única habitación disponible. De ese modo, el hotel puede cobrarles una tarifa todavía más desorbitada.

—Sí, señor —dice—, tenemos un par de habitaciones individuales aún disponibles.

—¿Podría reservarme una? Llegaré dentro de una hora más o menos.

—Desde luego, señor. Sólo necesito el número de su tarjeta de crédito para guardarle la habitación.

—Por supuesto.

—¿Puede darme su nombre primero?

—Sí. Brown. Allen Brown.

—¿Y el número de su tarjeta de crédito, señor Brown?

Dicky *el Loco* lee el número de la tarjeta Visa del difunto Al Brown. Lo hace mientras conduce el monovolumen y habla por el móvil del pobre *Sabueso*.

Sí, puede que Al haya muerto, pero su legado sigue vivo.

Varios cientos de kilómetros al oeste, el vínculo entre la señorita Babe Overton y el señor Rafe Paquita sigue creciendo. Hace sólo unos minutos, Rafe estaba toqueteando el muslo de Babe con la punta de los dedos. Ahora se encuentran al norte de Norwalk, Ohio, cerca del lugar de nacimiento de Thomas Alva Edison.

Hora a hora, minuto a minuto, a cada mentira que cuenta Rafe, su relación se hace más estrecha y profunda. Su amistad con los hermanos Hancock, su hotel caribeño de lujo, su estilo de vida relajado y próspero en los trópicos; todos esos pequeños detalles han causado una impresión considerable en Babe.

Por qué, exactamente, Rafe está viajando en un autocar público aún no ha salido a colación. Y por lo que a Rafe respecta, no saldrá. Si las cosas van bien en el hotel Ambassador mañana a mediodía, quizá Babe y él cojan una habitación y pasen unos días en la ciudad trabando un conocimiento aún más profundo.

Babe, sin embargo, no tiene ninguna intención de enrollarse con Rafe. El tipo le gusta, pero no es de esa clase de mujeres. Además, desea más que nunca llegar a Boston y mantener una breve charla con los hermanos Hancock. Está convencida de que Rafe la presentará personalmente.

En la Gran Manzana, Hillary Fisher avanza despacio por la Quinta Avenida. Va cargada con varias bolsas

(Tiffany's, Saks, Bergdorf's), pero esos pesados bultos constituyen sólo una parte de sus compras. El resto se lo llevarán directamente al hotel.

Algo en el escaparate de Diego Della Valle le llama la atención. No había salido a comprar zapatos pero, bueno, ¿por qué no echarles un vistazo? Se agacha para verlos mejor a través del cristal.

Media hora más tarde está en camino otra vez, con un par de zapatos Diego Della Valle muy caros bajo el brazo y otro recibo de American Express en el bolso.

Leland también camina de regreso al Ambassador. Tras la llamada sin respuesta a la suite de los Hancock, ha pensado que necesitaba un poco de aire fresco. Si lo que se respira en la isla de Manhattan se puede considerar aire fresco.

Ha cruzado la Quinta Avenida y ha entrado en Central Park. Ha pasado por delante de la pista de patinaje sobre hielo y ha llegado hasta el Carrousel antes de volver sobre sus pasos. Ahora está otra vez en la Quinta Avenida, caminando hacia el sur. Sabe que Hillary habrá sacado entradas para algún nuevo espectáculo de Broadway. Algo estrepitoso, irritante y horroroso, sin duda. Música ruidosa. Letras malas. Bailarines broncas dando saltos por el escenario como animales del circo.

Pues sí, Leland está de mal genio. Demasiado whisky. Va a regresar al hotel, se tragará un puñado de aspirinas y se echará una siestecita.

Clara se está tomando una Coca-Cola. No debe de beber más de una al año, y hoy le ha tocado. La ha comprado en el *delicatessen* de la esquina de Madison con la Sesenta y Nueve.

Cuando Clara ha dejado a Will en la suite 1424 en realidad no era porque tenía una reunión con sus socios de la nueva galería. Ha sido sólo una treta, una excusa para salir de la habitación, para dejar solo a Will y darle tiempo para pensar. No pensaba quedarse allí después de aquel maravilloso acto sexual discutiendo acerca de si sabía o no que tanto John como Will estaban vivos.

Ahora camina a paso vivo, cargada con los pantalones cortos, las camisetas y los zapatos nuevos para los chicos que ha comprado en la tienda Ralph Lauren de Madison, de regreso al Ambassador. Con su bolso Ferragamo y su lata de Coca-Cola.

Clara no tiene ni idea de lo que hará su marido, ahora que se ha enterado de que está al corriente de todo, pero sabe muy bien lo que va a hacer ella: nada. Al fin y al cabo, ha contribuido al engaño tanto como ellos. Sólo quiere que sepan que conoce la situación, para que sus vidas vayan aún mejor. Mejor que nunca. Para que sean más tranquilas y honestas.

Por supuesto, Clara carece de cierta información. No sabe nada de Frank ni de Zelda. Ni, por supuesto, que Will ha encerrado a John en el sótano. Está convencida de que sus maridos son grandes amigos, los mejores camaradas del mundo.

Will también se dirige al Ambassador. Después de que Clara dejara caer la bomba y se marchara de la suite 1424, Will, anonadado, se ha quedado en la habitación varios minutos examinando las fotografías. Ha pensado en seguirla y tratar de explicarse, pero sabe que a su esposa no le interesan las explicaciones. Mejor dejarla sola por el momento.

De modo que ha estado caminando y pensando, considerando la situación. Hace un rato se ha cruzado con su amante, Hillary Fisher, allí, en la Quinta Avenida. Ha caminado a un par de metros de ella, pero ni siquiera se han visto. Él estaba demasiado ocupado maquinando. Ella estaba demasiado ocupada comprando. Ninguno de los dos tenía ni el tiempo ni el humor necesarios para el amor ilícito.

Will se para a tomar una copa en un bar, enfrente de la biblioteca pública de la calle Cuarenta y Dos. Se detiene a tomar otra un poco más arriba, en el bar que hay cerca de la torre Trump.

—Whisky —le dice al camarero—. El whisky más barato y asqueroso que tenga.

Will se siente decaído y ruin, acorralado. Sólo tiene dos opciones, y ambas implican volver a Stockbridge. Hoy. Esta noche. Ahora mismo.

Opción uno: vuelve al búnker y mata a John. Le pega un tiro como a un perro viejo con la 38 especial y lo entierra detrás del granero. Limpio y sencillo. Bueno, quizás no tan sencillo, pero solucionaría las cosas. Después vuelve a Nueva York y niega con vehemencia las afirmaciones de Clara respecto a la dualidad. Sin duda le tocará vivir tiempos peliagudos durante las semanas y meses siguientes, pero al final ella lo dejará correr.

¿Seguro? Will sabe perfectamente que no. De Clara, ni soñarlo. A la hora de conseguir lo que quiere su esposa es obstinada como un terrier. Y en este momento quiere a sus dos maridos firmes delante de ella. No se conformará con otra cosa.

Lo que lleva a Will a la opción número dos. Vuelve al búnker, le explica a John lo que ha pasado y lo trae de vuelta a Nueva York, donde se enfrentan juntos con Clara. Como un equipo. Como en los viejos tiempos. Dos contra uno. Los hermanos Hancock contra el mundo.

Sin embargo, Will no ha perdido del todo el contacto con la realidad. Sabe que a John no lo va a volver loco esa posibilidad. Mucho menos después de que lo ha atacado, golpeado, drogado y arrojado a la mazmorra.

—Hijo de puta —murmura entre dientes. Se acaba ese whisky imbebible, deja algo de dinero en el mostrador y emprende el camino de regreso al hotel.

Antes de hacer nada más, se dice, debe tener otra charla con su esposa. A ver si consigue averiguar cuánto sabe en realidad y qué piensa hacer exactamente con sus conocimientos.

El búnker

John Hancock sólo lleva seis horas atrapado en la mazmorra, pero ya está empezando a desquiciarse. Hace una hora más o menos se ha magullado las manos y se ha hecho sangre golpeando la puerta para tratar de escapar. Después ha hecho astillas una de las dos sillas, al usarla una y otra vez como ariete contra la misma puerta, sin dañarla en absoluto.

John ha examinado hasta el último centímetro cuadrado de la habitación, hasta el último rincón y la última grieta, y ha concluido que no hay escapatoria posible. A no ser que prenda fuego al búnker, tendrá que quedarse allí hasta que Will, o alguien, venga y lo deje salir. Hasta que eso ocurra, la habitación es todo su universo.

Está seguro de que su hermano volverá. Es imposible que lo deje allí dentro.

Seis por cinco. John ha contado los pasos. Seis pasos largos en una dirección. Cinco en la otra. El suelo cubierto con un trozo de moqueta. Un sofá cama barato donde dormir y sentarse. Una mesa con una silla para trabajar. Un hornillo para cocinar. Y no es que Will haya dejado mucha comida. Ni bebida. Dos cajas de cereales. Una barra de pan. Una bolsa de donuts. Una docena de huevos. Una barra de mantequilla. Un litro de zumo de naranja. Dos litros de leche. Una garrafa de agua. En un día normal, John se come y se bebe todo eso antes del mediodía. ¿Cuánto tiempo se supone que debe sobrevivir con provisiones tan exiguas? ¿Dos días? ¿Tres días? ¿Una semana?

No tiene la respuesta para ninguna de esas preguntas. Sólo la esperanza de que Will recupere la cordura y recuerde que son hermanos.

Se sienta en el sofá y hunde la cabeza entre las manos. Este encierro, concluye, este confinamiento a las negras entrañas de la tierra sólo es el precio que debe pagar por sus muchos errores, por los muchos pecados que ha cometido. Por su vida egoísta de mentiras y engaños. Por lo que hizo con aquellos pasaportes en Cayo Caulker. Por haber despojado a su hermano de su identidad. Y por todo lo demás.

Es irónico, piensa, conociendo sus muchos logros en los últimos años. Sobre todo desde la llegada de John Jr. y el pequeño Willy. Ha madurado. Ha crecido. Ha rectificado sus actitudes egoístas. Se ha convertido en un adulto sensato y estable dispuesto a dar más de lo que toma. En un marido de primera y un padre cariñoso y devoto. Es irónico, en verdad; pero es que la ironía, como bien sabe John tras tantos años escribiendo, es la gran niveladora de la vida.

Se levanta y se pone a andar, pero no mucho rato. El estómago le gruñe. Tiene hambre, un hambre atroz. Devora la mitad de la bolsa de donuts y se bebe al menos un litro de leche.

Cuando al fin para a tomar aliento, da un puñetazo contra el mostrador.

—¡Maldita sea, Hancock, conténte! Podrías estar aquí —añade en un susurro— mucho, mucho tiempo.

Su pensamiento se vuelve hacia Will. Un odio profundo y súbito hacia su hermano se filtra en su alma, pero comprende, casi en el mismo instante, que su odio es una necedad. Odiar a su hermano es odiarse a sí mismo.

No, se dice, eso no es verdad. Yo no me he encerrado aquí abajo; Will me ha encerrado. Me ha hecho su prisionero. Por las buenas. Sin juicio que valga.

—¡Maldito seas, Will! —grita.

Will y Dicky

Dicky Cosgrove guía el monovolumen hasta el interior del garaje subterráneo del hotel Ambassador.

El cadáver del *Sabueso* sigue en el suelo de la parte trasera del vehículo, pero Dicky está demasiado absorto en sus deseos homicidas para pensar en ese pequeño detalle.

Estaciona junto a un BMW que parece idéntico al que ha abandonado en el aparcamiento del McDonald's de New Haven. Es del mismo año. Del mismo modelo. Del mismo color.

Dicky coge sus pertenencias, cierra el monovolumen y se dirige hacia el ascensor.

Sube a la recepción del hotel.

Es totalmente consciente de que en cualquier momento puede encontrarse cara a cara con John Hancock. O con Will Hancock, lo que hace que vaya mirando a un lado y a otro sin cesar. Hay bastante gente pululando por el vestíbulo, pero Dicky no ve a ninguno de los gemelos.

Leland Fisher pasa por su lado, pero no hay motivo para que se reconozcan; como tampoco Hillary y Dicky, cuando ésta entra en el hotel unos minutos más tarde.

En el mostrador de recepción Dicky se inscribe como Allen Brown, de Brookline, Massachusetts. El recepcionista pasa la Visa de Al por el lector de tarjetas. No hay problema. Dicky firma en la línea de puntos. El empleado no se molesta en comparar la firma de Dicky con la que aparece en el dorso de la tarjeta. En el hotel Ambassador nunca insultarían a un huésped que paga más de cuatrocientos dólares por alojarse una sola noche con una comprobación tan burda e insignificante.

—Tiene usted la habitación mil cuatrocientos setenta y dos, señor Brown. Es una habitación de no fumador con bonitas vistas al parque. Por favor, no dude en hacerme saber si podemos serle de alguna ayuda. Tenemos personal disponible las veinticuatro horas del día.

Dicky se mete la tarjeta de crédito y el recibo en el bolsillo de sus pantalones Gap.

—Muy bien —dice—. Gracias.

—¿Quiere que llame a un botones para que lo ayude con el equipaje?

—¿Equipaje? —Dicky mira alrededor. Hancock sigue sin dar señales de vida—. No... Sólo... Sólo he traído unas pocas cosas.

—Muy bien, señor. ¿Quiere que alguien lo acompañe a su habitación?

Dicky hace caso omiso de la pregunta.

—¿Podría decirme en qué habitación está John Hancock? El señor John Hancock... Tenemos... un asunto que resolver.

—Lo siento, señor Brown —contesta el recepcionista—, los números de habitación de nuestros huéspedes son confidenciales. Ya me entiende. Para proteger su intimidad.

Dicky asiente.

—Claro.

El hombre repasa la lista de huéspedes.

—Pero veo que tengo inscrita a la señora Clara Dare Hancock. ¿Quiere que llame a su habitación?

Dicky niega con un movimiento de la cabeza.

—No. Gracias. Llamaré más tarde.

—Muy bien, señor.

Justo en ese instante, Clara entra en el vestíbulo por la puerta de la calle Sesenta y Tres con su bolso Polo en la mano. Pasa por el lado de Dicky. Sus ojos incluso se encuentran una milésima de segundo, pero en ninguno de ambos se advierte el menor asomo de reconocimiento. Hasta ese momento nunca se habían visto.

Clara sigue andando, se sube al primer ascensor que acude a la llamada y pulsa el botón del decimocuarto piso.

Dicky se siente un poco desorientado ahora, un poco fuera de juego. Se dirige hacia la entrada de la calle Sesenta y Tres. A mitad de camino, se detiene y se queda mirando al frente.

—Sube a la habitación —murmura para sí—. Relájate unos minutos. Mira la televisión un rato. Date una ducha caliente.

A Will Hancock le arde el estómago a causa del matarratas que ha bebido. Aun así, decide tomarse otro, rápido, antes de subir a ver a Clara. Entra en el Chase y se sienta a una mesa del fondo, sumida en sombras.

Una camarera se acerca a él; es la misma que ha servido a Leland todas esas copas de Chivas Regal.

—¿Sí, señor? ¿En qué puedo ayudarle?

Will le echa un vistazo. Una cara bonita. Buen cuerpo.

—Whisky —le dice—. Con hielo.

—¿Alguna marca en especial, señor?

—La porquería más barata que el barman pueda encontrar.

La camarera, que nunca ha oído nada semejante, sonríe, se acerca a la barra y se lo repite al barman palabra por palabra. Ambos ríen por lo bajo.

Mientras, Dicky, que espera a que un ascensor lo lleve a su habitación, se asoma al Chase para ver si descubre a John o a Will Hancock. Su mirada vaga por el lugar y pronto repara en el hombre que está sentado a una mesa del fondo. Ya hace más de una década, pero Dicky *el Loco* Cosgrove reconoce la cara al instante. Tiene el cerebro empapelado de carteles con ese rostro.

Su primer impulso de loco furioso es abalanzarse sobre él, sacar su navaja de afeitar y rebanarle el pescuezo de oreja a oreja.

Llega el whisky de Will, quien no pierde tiempo con él. En cuanto la camarera deposita el vaso en la mesa, lo coge y apura su contenido de un trago. Ella se limita a mirarlo. No ve el día en que su marido se reciba de abogado para poder dejar ese estúpido trabajo, trasladarse a las afueras y empezar a tener niños.

—¿Otro, señor? —pregunta.

Will sacude la cabeza. Es hora de ir a ver a Clara. De hablar con ella.

—No, gracias. Póngalo en la factura de mi habitación. Suite mil cuatrocientos veinticuatro. Añada cinco pavos para usted.

—Gracias —dice la camarera, que añadirá diez.

Will se pone en pie mientras Dicky lo observa. El primero cruza el Chase y el otro retrocede dos pasos. Will sale del bar y se dirige hacia los ascensores del pasillo. Dicky se hace a un lado mientas repasa mentalmente las distintas posibilidades. Se abren las puertas de un ascensor. Will entra y Dicky se cuela tras él a toda velocidad. Las puertas se cierran.

Los dos miran hacia delante. Will está de pie detrás de Dicky, quien se muere de ganas de dar media vuelta y acuchillarlo, pero se obliga a esperar, a tener paciencia.

Hancock no tiene la menor idea de que está atrapado en un espacio de dos metros cuadrados con un psicópata homicida que lo cree culpable del asesinato de su hermana.

—¿Piso? —pregunta Dicky.

—Catorce —contesta Will.

Dicky, contento de haberse hecho con la información, pulsa el botón indicado. El ascensor empieza a subir. Dicky sigue pensando que estaría de maravilla cortarle la garganta a Hancock allí mismo. En ese mismo instante.

Sin embargo, le parece demasiado arriesgado. Demasiado engorroso. Mejor seguirlo hasta su habitación. Esperar a tener a ese cabrón asesino detrás de una puerta cerrada.

El problema, al menos para Dicky, es que emite unas vibraciones muy negativas, una energía extremadamente hostil.

Will Hancock, que ha recorrido algunos de los lugares más inseguros del planeta, ha desarrollado un instinto para advertir el peligro. Puede oler y notar la locura que rezuma ese tipo que está de pie delante de él. Tan intenso es el olor que Will llega al punto de dar dos pequeños pasos a la izquierda para observar su perfil.

Tras estudiarlo por un instante, lo identifica. El reconocimiento inunda al instante su mente y su médula espinal, y baja hasta cada una de las arterias, articulaciones y terminaciones nerviosas de su cuerpo.

El ascensor aminora la velocidad, frena, se para. Se diría que no iba a suceder, pero por fin las puertas se abren.

Ninguno de los dos pasajeros se mueve. Transcurre una eternidad. Las puertas empiezan a cerrarse.

Will se cuela por delante de su adversario, traba las puertas con el pie y sale al amplio pasillo, pero no gira hacia la suite 1424, sino hacia la izquierda. En dirección contraria a la habitación de Clara. Le parece lo más prudente.

Dicky también sale, y lo sigue.

El cerebro de Will no funciona despacio, sino a toda máquina, llevando a cabo miles de cálculos y tomando infinitas decisiones a cada segundo. ¿Tiene Dicky *el Loco* una pistola? ¿Un cuchillo, tal vez? ¿Algún otro tipo de arma? ¿Debería salir corriendo? Pero ¿hacia dónde? La señal indicaba que la salida de emergencia está al otro lado.

A unos diez metros por delante, Will ve el final del pasillo. Se le agotan las posibilidades por momentos. Sólo quedan tres o cuatro habitaciones más. Pronto no quedará ningún lugar adonde ir. Pasa por delante de la habitación 1466, la de su viejo amigo Leland Fisher. Leland, de hecho, está allí ahora, durmiendo la mona del Chivas, pero Will no lo sabe.

Dicky, a salvo en el interior de su capullo de psicópata, no ha pensado ni por un instante que lo han desenmascarado. Sólo sigue a Hancock para averiguar en qué habitación se aloja el asesino de su hermana. El hecho de que parezca ocupar una muy próxima a la suya se le antoja un regalo del Todopoderoso.

Se detiene ante la puerta de su propia habitación, la 1472. Advierte que sólo hay dos habitaciones más antes del final del pasillo: la 1474 y la 1476. Will, que por fin ha decidido qué comportamiento adoptar, para ante la habitación 1474. Se saca la tarjeta del bolsillo y la mete por la ranura. La puerta, como es natural, no se abre. Aun así, sigue intentándolo. La retuerce, la menea, intenta que funcione. Espera que alguien lo oiga en el interior de la 1474, que abra la puerta y le salve el pellejo. Pero nadie sale.

De modo que Will suspira, mira hacia el pasillo, sacude la cabeza y le dice al hombre que hay delante de la 1472:

—Maldita sea, esta tarjeta no funciona.

Dicky se encoge de hombros.

—¿Seguro que es esa habitación?

Will asiente.

—Segurísimo. La mil cuatrocientos setenta y cuatro.

Dicky vuelve a hacer un gesto de impotencia.

—En recepción deben de haberme dado una tarjeta equivocada. Supongo que tendré que bajar y pedir que me la cambien.

—Supongo que sí —dice Dicky, que abre su puerta y la empuja. Cruza el umbral y se detiene.

Will da media vuelta al instante y regresa hacia los ascensores. Tiene ganas de echar a correr, pero no quiere delatarse. Al acercarse a la habitación 1472 está seguro de que Dicky *el Loco* lo va a agarrar, lo va a arrastrar dentro y va a cerrar de un portazo.

—Perdone...

A sólo dos pasos por delante de la puerta abierta, Will se para en seco. Contiene el aliento. Muy despacio, se vuelve.

—¿Sí?

—No quiero perturbar su intimidad pero, ¿es usted, por casualidad, el escritor John Hancock?

Will considera la idea de contestar que no, pero sabe, sin ninguna duda, que Dicky ya conoce la respuesta a la pregunta.

—Sí —contesta—. Soy John Hancock.

—Me encantan sus libros —dice Dicky, convencido

de que Hancock no lo ha reconocido—. He leído todo lo que ha escrito.

—Gracias —responde Will, y a continuación hace el comentario de rigor—. Siempre está bien conocer a la gente que lee los libros de uno.

—Ahora voy por la mitad del último. *El acuerdo*. Es excelente. Me encanta. Tiene mucho suspense.

—Gracias.

—Lo tengo aquí en mi habitación. A lo mejor podría entrar, sólo un momento, y firmármelo.

—Bueno, es que... Es que...

Ni en sueños va a entrar Will en esa habitación. No si puede evitarlo. Invéntate una excusa, se ordena a sí mismo. Dile algo.

—Sólo será un momento —insiste Dicky.

—Sí, estoy seguro, pero...

Se abre la puerta de la habitación 1476. Un hombre y una mujer salen al pasillo. Una pareja mayor y bien vestida, que se dirigen a la ópera. Pasan entre Will y Dicky.

—Buenas noches —dice el caballero, un magnate tejano del petróleo.

Dicky se esfuerza por sonreír.

Will aprovecha la ocasión para poner distancia entre sí mismo y la habitación 1472. Entretanto, sigue estrujándose los sesos.

Mientras se aleja por el pasillo con el magnate y su esposa, le grita a Dicky:

—Lo siento, ahora tengo prisa. Si quiere puedo pasar más tarde. Hablaremos de los libros y firmaré todos los ejemplares que tenga.

Salta a la vista, piensa Dicky, que el muy idiota no me ha reconocido.

—Claro —dice, resignado—, sería estupendo. Vuelva esta noche. O por la mañana. Venga cuando quiera.

—Lo haré —le asegura Will—. Me encantará. Habitación mil cuatrocientos setenta y dos, ¿no?

—Eso es. Mil cuatrocientos setenta y dos. Justo al lado de la suya.

Will asiente, saluda, sonríe y se mete en el ascensor con el magnate de Tejas y su esposa. Will piensa que será buena idea mantenerse alejado de la suite 1424, la de Clara, situada al otro lado del pasillo. Llevar a Dicky hasta ese lugar en particular no traería nada bueno.

Lo que debería hacer, desde luego, es llamar a la policía, enviarla al escondrijo de Dicky *el Loco* y acabar cuanto antes con esta situación potencialmente peligrosa. Pero no, nadie va a llamar a la poli. Will tiene una idea mejor.

Dormitando

Al otro lado del decimocuarto piso, Clara se pierde toda la acción. El reloj de la repisa de nogal que hay junto a la cama marca las 6.17. Eso significa las 11.17, hora de París. No es muy tarde, pero lleva levantada desde el alba.

Se pregunta dónde estarán los hermanos Hancock. Quizá Will haya ido a buscar a John. Aún no puede creer que Will intentara negar todo el tinglado, aunque sabe que, en esas circunstancias, la negación es una reacción típica. La gente que miente detesta verse confrontada con la verdad. Sin embargo, Clara está segura de que Will acudirá. Los dos lo harán. Será mejor para ellos. No tienen muchas opciones.

Vuelve a bostezar y se sienta en el borde de la cama. Coge el teléfono para llamar a la casa de Boston. Nadie responde, sólo el contestador. Qué raro, piensa. En casa no ha habido nadie en todo el día. Ni John ni Nicky ni Sylvia.

En este momento, no obstante, está demasiado cansada para reflexionar sobre ello, de modo que deja un mensaje breve para que John la llame cuando lo oiga, y cuelga el auricular. Se pone unos tapones en los oídos, se desliza entre las sábanas y en menos que canta un gallo está dormida como un tronco.

Pasillo abajo, en la habitación 1466, Leland Fisher también duerme. Ronca bajo los efectos del whisky.

Duerme y sueña en llevarse a la cama a la encantadora Clara Dare Hancock mientras John y Hillary, encadenados, lo miran todo sin poder hacer nada.

—¡Leland!¡Leland! ¡Despierta!

Leland abre los ojos de repente. Ve a su esposa, completamente desnuda y con el pelo mojado, dando vueltas por la habitación.

—Dios —le dice Hillary—, parecía como si estuvieras a punto de tener una polución o algo así. Gemías y gruñías como un loco.

Leland no responde. Quiere seguir durmiendo.

—Si quieres ducharte y afeitàrte —continúa su mujer— será mejor que te pongas en marcha. La obra empieza a las ocho, y ya sabes que odio llegar tarde.

Él echa una ojeada a su esposa. Tiene unos pechos estupendos y unas caderas inmejorables. Lástima que sea una cerda infiel con la lengua muy larga.

Pobre Lee. Dividido entre la idea de retozar con su esposa y tirarla por la ventana.

Unas cuantas puertas más allá, Dicky Cosgrove está demasiado disparado para dormir. Descansa tumbado en la cama, todavía con la ropa y las zapatillas de tenis puestas. Éstas se le han manchado un poco de la sangre de Sylvia y Nicky, pero aún pueden pasar.

A Dicky le gustaría dormir, aunque sólo fuera relajarse un rato, pero tiene demasiadas cosas en que pensar. Como en si debería o no haber seguido a Hancock. Como en si Hancock lo habrá reconocido o no. Como en si debería o no haberle rebanado el pescuezo a ese cabrón en cuanto se le presentó la oportunidad.

En cualquier caso, por el momento ha resuelto esperar y tener paciencia. Ver si Hancock vuelve realmente. Si lo hace, bien, y si no, bueno, Dicky sólo tendrá que ir a la puerta de al lado y hacerle una visita al muy hijo de puta.

Dicky coge el teléfono y pide servicio de habitación. Un sándwich de pavo y un batido de chocolate.

—Y quizás un par de cervezas —añade antes de colgar—. Y ¡qué diablos! Tráigame una botella de bourbon. Wild Turkey.

Dicky no suele beber, pero esta noche echará un traguito. Quizás eso le calme los nervios y le ayude a relajarse.

Rafe duerme respirando con suavidad y regularidad. Tiene la cabeza apoyada en el hombro de Babe mientras ésta le frota el cuello. Babe llevaba mucho tiempo sin frotarle el cuello a un hombre.

Babe escucha el ronroneo del motor del autocar y se pregunta si habrá algún tipo de química entre ella y ese hombre negro, tan guapo y agradable, de Belice. Piensa que tal vez sí. En realidad, piensa que quizás Rafe sea la verdadera razón de que haya acabado atravesando el país en ese autocar, rumbo al este por la interestatal 76, por alguna parte de Pittsburgh, Pennsylvania.

Quizás este viaje no tenga nada que ver con los Hancock. Tal vez no se deba a ellos en absoluto, se dice. Quizás tenga que ver conmigo.

—Adelante —musita Babe casi en voz alta—. Arriésgate. No tengas miedo de apostar.

Rafe se agita, abre los ojos, la mira y sonríe. En realidad, no es tan mal chico. Sólo un niño que no ha crecido. Que ha pasado la mejor parte de su edad adulta tratando de hacerse el interesante. Babe lo sabe. Lo presiente. Comprende a Rafe muy bien, pese a que hace menos de un día que lo conoce.

Se inclina hacia adelante y los labios de ambos se rozan.

Hermanos

El tráfico de la hora punta ya había empezado a ceder para cuando Will salió del Ambassador. Ahora sube por la carretera estatal de Taconic en su BMW 750il, rumbo al norte, a una velocidad que oscila entre los ciento quince y los ciento treinta kilómetros por hora.

Tiene un plan. Un nuevo plan. Nuevo y aún mejor. Mientras conduce, reflexiona sobre los pormenores y repasa las distintas posibilidades. Todo encaja. Al menos, en su sentido de la realidad algo distorsionado. En realidad, se trata de un plan muy sencillo: llevar a John al Ambassador. Cotorrear un poco con Clara. Escuchar los reproches de ella por sus maldades y sus engaños. Después, enviar al pequeño Johnny pasillo abajo, hasta la habitación de Dicky, donde éste hará lo que le dicte su desagradable corazón. Will cree haber ideado un modo de enviar a su hermano a la habitación de ese loco psicópata sin despertar sus sospechas. Requiere un poco de picardía, pero John no tendrá por qué sospechar que se va a meter en una trampa.

Will deja atrás Taconic y se dirige por las onduladas colinas hacia el estado de Massachusetts. La parte más difícil del plan, bien lo sabe, es la que se avecina. Bajar al búnker. Disculparse. Tratar de parecer sincero. Evitar que John se ponga como una fiera. Tal vez debería llevar una pistola. La misma que John se trajo de México hace tantos años. La misma que pensaban usar para matar a Hagstrom.

No, tal vez lo de la pistola sea una mala idea. A lo mejor sólo sirve para hacer enfadar todavía más a John. Para ponerlo nervioso. Para volverlo obstinado y poco dispuesto a colaborar. Will no quiere que pase nada de eso. Lo que necesita es que John esté tranquilo y se sienta más o menos a salvo.

Al final, Will decide llevarse la pistola, pero escondida. Guardada en el bolsillo.

Respira hondo varias veces. Ha llegado el momento de dejar de pensar y empezar a actuar. Está seguro de que conseguirá engatusar a John y hacerle creer que todo va bien.

Puede que sean hermanos, pero en este momento John no siente mucho amor fraterno. Sentado en el borde de la única silla de madera que queda, aporrea con furia el teclado del ordenador. Lleva una hora o más intentando escribir una respuesta a la psicopática nota de Will. Jamás en la vida le había costado tanto hilvanar unas cuantas palabras.

Will:

Eres un hijo de puta psicópata y enfermo por haberme encerrado aquí. Si alguna vez llego a poner las manos alrededor...

Intenta terminar la frase, pero es en vano.

Por fin, harto, desiste. Se levanta y se despereza. Camina, pero no hay ningún sitio adónde ir. Nada que hacer. No hay teléfono. Ni radio. Ni televisión. Ni niños. Ni esposa. Ni siquiera hay casi comida. Ni priva. Ni una cerveza. Ni una miserable cerveza. Y no hay libros. El muy cabrón ni siquiera le ha dejado libros.

—¡Lo mataré! —exclama John dirigiéndose a las cuatro paredes—. Si alguna vez llego a poner las manos alrededor de su cuello, apretaré hasta arrancarle la vida.

No, no lo haré, piensa al cabo de un segundo. Le gritaré como loco, quizás incluso le haga sangre en el labio o le ponga un ojo morado, pero no lo mataré. Es mi hermano. Mi hermano gemelo. El marido de mi mujer. El padre de mis hijos.

Si tuviera que volver a empezar de nuevo, no haría pasar a su hermano por ese infierno. Sabe que Will nunca ha estado preparado para llevar ese estilo de vida. Se las arregló bien durante un tiempo, durante varios años incluso, pero salta a la vista que la presión lo ha vuelto loco. Hagstrom, Zelda, las mentiras y los secretos, los viajes y la soledad y, por supuesto, Clara. John sabe que Will necesita pasar con ella todo el tiempo, todos y cada uno de los días. Necesita que alguien se ocupe de él, lo ame y lo desee.

John suspira. Se frota la frente. Nota el dolor. Siente el dolor de su hermano.

Vale, muy bien, ¿y qué? ¿Qué se supone que tengo que hacer? ¿Cómo se supone que debo enfrentarme a su locura? ¿Se supone que debo ser comprensivo? ¿Olvidar y perdonar? ¿Toda esa mierda cristiana? Y cuando Will vuelva, si vuelve, ¿debo limitarme a dar un paso adelante y decir: «Will, no importa que me hayas encerrado aquí como a un perro rabioso, no pasa nada. Da igual que me hayas encerrado con muy poca comida y agua para un par de días como mucho. No hay problema, lo comprendo. Aunque no tuviera prácticamente ningún estímulo mental ni físico. En realidad no es para tanto, en serio, no te preocupes, aunque no me hayas dado explicación alguna aparte de ese puto mensaje en el ordenador. Todo tiene una razón de ser. Es totalmente comprensible. Ven aquí, hermanito. Dame un abrazo. Todo está perdonado. Al fin y al cabo, estamos juntos en esto.»?

Al menos, eso creía yo.

La llave entra en la cerradura. Alguien descorre el cerrojo.

John se queda paralizado.

Will abre la puerta y entra en el búnker con cuidado.

Frente a frente, los hermanos Hancock se miran. John y Will.

Will tiene la pistola. Ha pasado por la granja y la ha cogido de su escondrijo, en el último cajón de la cómoda. La ha llevado por si acaso. Está en el bolsillo de su chaqueta de ante. Oculta.

—Vete a la mierda —masculla John.

—Muy bien —contesta Will—. Me voy a la mierda.

—¿Te sentías culpable? ¿Por eso has vuelto?

—No, no he vuelto por eso. He vuelto porque he perdido la cabeza y ahora quiero hacer las cosas bien.

—¿Quieres hacer las cosas bien?

Will asiente.

—La he perdido por un momento, pero ya he recuperado el juicio.

—¿Por un momento? —John echa un vistazo a su Rolex—. ¿Qué tal ocho horas, veintitrés minutos y cuarenta y siete segundos?

—John, escúchame. Creí que me volvería loco. Pensaba que tú y Clara estabais confabulados contra mí.

—¿Qué? ¿Por qué pensabas eso?

—Clara dejó un mensaje en el teléfono de Viajes de Aventura. Insinuaba que sabía lo nuestro.

—¿Lo mío y tuyo?

—Eso es.

—¿Que los dos estábamos vivos?

—Exacto.

John entorna los ojos. Necesita unos pocos segundos para meditarlo. No se fía ni un pelo de su hermano.

—¿Y por eso me has atizado un garrotazo en la cabeza y me has encerrado en esta celda?

Will hace lo posible por parecer sincero.

—Como ya te he dicho, he perdido la cabeza. Tenía que averiguar qué estaba pasando, pero he vuelto en cuanto lo he sabido. Ahora creo que deberíamos superar esto.

—Superarlo, ¿eh? ¿Así sin más? ¿Olvidar lo sucedido?

—Es necesario.

—Entonces, ¿me vas a dejar salir? ¿Me vas a devolver la libertad?

—Claro.

—¿Durante cuánto tiempo?

—Para siempre.

—¿Por qué algo me dice que no es verdad?

Will empieza a impacientarse. Le gustaría volver a propinarle un golpe en la cabeza y llevárselo con sus quejas y sus lloriqueos a Manhattan, pero tiene que mantener la calma, actuar con astucia.

—Ya sé cómo te sientes, John. De verdad. Y lo lamento muchísimo. Ya verás. Te compensaré.

—¿Cómo vas a compensarme?

—¿Cómo? No lo sé. Como tú quieras.

—Quizá quiera que pases ocho o nueve horas aquí encerrado para compensarme. Solo. Para que sepas qué se siente.

Will mira alrededor, pero no ve gran cosa. Tampoco tiene muchos remordimientos por lo que ha hecho. En realidad, ningún remordimiento. Lo que de verdad querría hacer es sacar esa pistola y vaciar el cargador en el pecho de su hermano. Acabar con toda esa estúpida comedia. Y como John no se calle, como no ponga fin a su lloriqueo de niño mimado, será lo que haga.

—Claro que encerrarte a ti aquí abajo no sería lo mismo, Will —continúa John—, porque tu sabrías que yo volvería.

Will intenta quitar hierro al asunto. Se ríe y dice:

—Venga, hermanito, ya sabías que iba a volver.

—Y una mierda.

—Nunca te habría dejado aquí.

—Creo que estás enfermo, Will. Me parece que necesitas ayuda. Ayuda profesional.

Will suspira. La verdad es que no le apetece nada aguantar todo esto.

—Sí, sí, necesito ayuda, pero eso deberá esperar. En este momento tenemos un asunto pendiente.

—¿Un asunto pendiente? ¿Qué clase de asunto?

—Un par de cosas, en realidad.

Ninguno de los dos se ha movido más de un par de centímetros desde que Will ha entrado en el búnker. Los separan dos metros donde no hay nada salvo espacio vacío y un pedazo de moqueta barata.

—Podría decirse que tengo buenas y malas noticias.

—No tengo ganas de juegos, Will.

—Olvídate de los juegos, John. Sólo dime una cosa: ¿te gustaría ver *El acuerdo* convertida en una gran película de Hollywood?

—¿Ha llamado nuestro agente? ¿Nos han hecho una oferta?

—No, nuestro agente no ha llamado, pero puedo garantizarte que vamos a recibir una oferta.

—¿De quién?

«De Dicky *el Loco* Cosgrove», querría decir Will, pero en cambio dice:

—Primero deja que te cuente las malas noticias.

John da un par de pasos a la derecha, se sienta en el brazo del sofá y cruza los brazos.

—Adelante.

Will no se hace de rogar.

—Como ya te he dicho, Clara lo sabe. Lo sabe todo.

—¿Y tú cómo lo sabes?

—Porque me lo ha dicho.

—¿Cuándo te lo ha dicho?

—Hace sólo unas horas.

—¿Dónde?

—En Nueva York. En el hotel Ambassador.

John frunce el ceño.

—¿La has visto?

—Ya lo creo.

—¿Cómo sabías que estaba en el Ambassador?

—Ya te lo he dicho; dejó un mensaje en Viajes de Aventura.

—¿Qué decía en el mensaje? ¿Que estaría en el Ambassador?

—Mira —lo corta Will—, dejémonos de chorradas. Lo que importa es esto: Clara lo sabe todo sobre nosotros.

John, receloso, pregunta:

—¿Cuánto hace que lo sabe?

Will se encoge de hombros.

—Creo que desde hace bastante. Puede que años. Quizás incluso desde que nos casamos.

—Imposible.

—Lo siento, hermanito, pero me temo que sí. La dulce Clara nos ha enredado tanto como nosotros a ella.

John escucha la historia, pero no está nada seguro de creérsela. Podría ser otro de los juegos de su hermano. No obstante, después de todo lo que ha pasado los últimos días, supone que será mejor seguirle la corriente, a fin de dejarse puertas abiertas.

—¿Y qué ha dicho? —pregunta—. ¿Qué quiere?

—La verdad es que no ha dicho gran cosa —responde Will—, y no creo que quiera nada en realidad.

—Tiene que querer algo.

—Bueno, quiere que reconozcamos la verdad.

—¿Y cómo pretende que lo hagamos, exactamente? ¿Declarándolo públicamente?

—No, no creo que quiera hacerlo público. Me parece que sólo desea poner las cosas en claro.

—¿Entre los tres?

—Eso es.

—¿Sin cambiar nada más?

Will se encoge de hombros.

—Lo único que sé seguro es que quiere vernos. A los dos. Al mismo tiempo. Juntos.

—¿Dónde?

—En Nueva York. En el Ambassador.

—No podemos mostrarnos juntos.

—Tendremos que llevar cuidado. Subir a la habitación por separado.

John se toma unos segundos para meditarlo. Quizás lo que dice Will sea verdad, pero también es posible que se lo haya inventado todo.

—Ya veo —le dice a su hermano—. Ahora entiendo por qué has vuelto. Como Clara lo sabe, no puedes dejar que me pudra aquí abajo. Quiere vernos juntos, de modo que no tenías más remedio que venir y fingir...

—No —lo interrumpe Will—, no es verdad. Por el amor de Dios, John, tranquilízate. No es por eso por lo que he vuelto. He regresado porque eres mi hermano. He regresado porque he cometido un terrible error, porque...

—Eres un maldito mentiroso, Will.

John empieza a andar a un lado y a otro, intenta no hacer caso del mareo que se está apoderando de él. Poco a poco, dando un pequeño paso cada vez, acorta la distancia que lo separa de su hermano.

—No te miento —dice Will—. Te digo que he vuelto...

—¿Por qué no me cuentas lo otro? ¿Qué es eso de que quieren hacer una gran película con *El acuerdo*? Quizás esa buena noticia sirva para disipar algo de tensión aquí dentro.

Will asiente. Se alegra de desviar la conversación hacia el tema que le interesa.

—Es un tipo de DreamWorks. Se aloja en el Ambassador. He hablado con él esta tarde.

—¿De DreamWorks? ¿Quién es? ¿Cómo se llama?

—Allen Brown.

(Antes de partir hacia Stockbridge, Will ha pagado a un botones veinte pavos para averiguar el nombre del tipo que se aloja en la habitación 1472. Estaba bastante seguro de que Dicky no se habría inscrito con su propio nombre.)

—¿Qué cargo tiene? —pregunta John—. En DreamWorks hay algunos pesos pesados.

—Vicepresidente ejecutivo encargado de adquisiciones. Tiene pasta en el bolsillo.

—¿Y quiere comprar una opción a los derechos de *El acuerdo*?

—Olvídate de la opción, hermanito. Ese tío quiere quedarse con el guión.

John mira a su hermano a la vez que se acerca otro paso a él.

—¿Me tomas el pelo?

—Claro que no. Lo juro ante Dios; ese tío va a arreglarnos la vida.

—¿Y por qué ha hablado contigo? ¿Por qué no ha contactado con nuestro agente?

—Mira, John, no te pongas histérico. Ha sido un encuentro casual. Yo estaba en el bar del hotel. Tomando una copa. Él me ha reconocido y se ha acercado. Tenía un ejemplar del libro. Hemos charlado un poco.

—¿Y habéis hablado de cifras?

—Él ha empezado, pero lo he cortado. Sabía que debía hablar contigo primero. Pero tenemos que ir a verlo cuanto antes. Esta noche, a ser posible. O a primera hora de la mañana. Vuelve a Los Ángeles por la tarde.

—¿Por qué no lo llamamos ahora?

Will sacude la cabeza.

—Mejor que no. Es mejor seguir tratando con él cara a cara. Creo que deberías conocerlo. A ver qué te parece.

—Te estás tomando un montón de molestias para ser alguien que hace un rato me ha pegado un mamporro y me ha drogado.

—Mira, John, *El acuerdo* es nuestra novela, no mi novela. Así que deja a un lado el rollo de las segundas intenciones. Tienes que hablar con ese tipo. Pronto.

John, a pesar de sus sospechas, asiente. Siempre ha pensado que *El acuerdo* sería una película excelente.

—Si es legal, tienes razón, debería hablar con él.

—Ya lo creo que es legal.

—¿Y cuál es el trato?

—El trato es que volvemos al Ambassador, hablamos con Clara, la tranquilizamos, vemos qué se trae entre manos y después tú vas a hablar con ese Brown. A ver qué piensas. Está en el mismo piso que nosotros.

El cerebro de John intenta asimilarlo todo.

—¿Cómo has dicho que se llama?

—Brown. Allen Brown. De DreamWorks.

—Muy bien. Allen Brown. DreamWorks.

John siempre ha querido ver uno de sus libros convertido en una película.

—Está esperándonos —dice Will—. A ti, en realidad. A John Hancock. En la habitación mil cuatrocientos setenta y dos del hotel Ambassador.

—¿Habitación mil cuatrocientos setenta y dos?

—Eso es. Ya se estará preguntando dónde estás.

John avanza hasta quedar a un par de metros de su hermano. Sigue paseando a un lado y a otro. Clara, DreamWorks, Allen Brown; no tiene ni idea de si hay una pizca de verdad en todo ello, pero desde luego tiene la intención de averiguarlo. Y pronto. A su manera.

—¿Qué dices? —pregunta Will—. ¿Estás dispuesto a marcharte? ¿A hacer el viaje a Nueva York? —Echa un vistazo a su Rolex, idéntico al de John—. Se está haciendo tarde. Para cuando lleguemos será casi medianoche.

John decide que ha llegado el momento. Ahora o nunca.

No pierde ni un segundo. Tres o cuatro pasos rápidos y ya está encima de su hermano. Le propina un cabezazo en el plexo solar. El aire escapa silbando de los pulmones de Will. John, con la adrenalina disparada, lo empuja hasta hacerlo topar con la pared. La cabeza de éste golpea contra el muro de piedra.

Al cabo de un momento, Will cae desmayado al suelo.

John lo observa atentamente, con la respiración entrecortada. Will no mueve ni un músculo. Está inconsciente.

John no puede creer lo rápido que ha sucedido todo. Temblando, se inclina para comprobar el pulso de su hermano. Es regular y firme. Después hurga en los bolsillos de los pantalones de Will y encuentra las llaves del BMW, del Mercedes, del búnker y la tarjeta de la suite 1424. A continuación, en el de la chaqueta de ante de Will encuentra la pistola, la 38 especial que llevó al cruzar el río Grande hace tantos años.

—Dios mío, Will —le dice a su hermano inconsciente—, ¿qué pensabas hacer con esto? ¿Dispararme? —Suspira y sacude la cabeza. Vacía el cargador, se mete las balas en el bolsillo y tira el arma al suelo.

Preguntándose cómo acabará todo ese lío, John se acerca al sofá y coge una almohada. Con ella en la mano, se planta junto a su hermano. Pasan varios segundos. Toda clase de ideas fratricidas cruzan por su mente.

Sin embargo, no lleva ninguna a la práctica. En cambio, ahueca la almohada y la coloca con suavidad bajo la cabeza de su hermano. Después se incorpora y camina hacia la puerta abierta.

—Volveré, Will. Te lo aseguro.

John se vuelve y sale del búnker, cierra la puerta y pasa los dos cerrojos antes de marcharse.

John y Linda

Hace una cálida noche de finales de primavera, plácida y clara. La luna creciente brilla al oeste. John se alegra mucho de verla. Hace menos de una hora había empezado a preguntarse si volvería a contemplar la luna, las estrellas y la luz del día.

Echa una ojeada por encima del hombro hacia las escaleras de ese sótano oscuro. La idea de encerrar a su hermano no le proporciona placer ni satisfacción, pero en estos momentos, dadas las circunstancias, no sabe qué otra cosa hacer. La situación se complica por momentos. ¿Cómo voy a volver a confiar en Will?, se pregunta. Y si no puedo confiar en él, ¿cómo voy a liberarlo?

John suspira, cruza el jardín y entra en la granja. Se dirige directamente al contestador automático y pulsa la tecla para escuchar los mensajes. Nada salvo un par de recados de gente que quiere suscribirse al boletín de noticias de Viajes de Aventuras.

Levanta el auricular y marca el número de la casa de Boston. Sale el contestador.

¿Dónde están Nicky y Sylvia?, se pregunta.

Mientras marca el código para escuchar los mensajes, echa un vistazo a su Rolex: las 9.33. Qué raro, piensa, que las dos estén fuera a esta hora.

Escucha los seis mensajes. Dos de Clara. Uno de Linda Carson. Los otros tres de poca importancia. Las horas en que fueron hechas las llamadas, dispersas a lo largo del día, le obligan a pensar que Nicky y Sylvia llevan fuera desde la mañana.

Sin embargo, en este momento no tiene tiempo de preocuparse por eso. Decide llamar a Clara a y Linda desde la carretera y sale de la casa. En la avenida de entrada ve el Mercedes y el gran sedán BMW. Decide coger éste. Da más sensación de lujo.

Unos minutos después pasa por Stockbridge. Con el móvil de su hermano llama al de Linda Carson. La llamada rebota por las Berkshires y viaja a New Hampshire hasta una acogedora cabaña de madera construida a orillas de un riachuelo truchero en medio de las montañas Blancas.

Linda contesta al tercer timbrazo.

—¿Diga?

Habla bajo, como si no quisiera despertar a los niños, que duermen en el altillo.

—Linda, hola. Soy John. ¿Cómo estás?

—Muy bien.

—¿Y mis hijos?

—También muy bien.

La conexión no es ninguna maravilla. Algo entrecortada y con ruido de estática.

—Lamento haber tardado tanto en llamar —se disculpa John—. Acabo de oír el mensaje.

—No pasa nada.

—¿Los niños se lo están pasando bien?

—Ya lo creo. Hemos pasado un día genial. Veamos. Hemos ido a caminar. Después a pescar. Nos hemos dado un baño. Al menos ellos; el agua está demasiado fría para mi gusto. Después de cenar, hemos jugado al juego de los escritores.

—¿Ese con fotos de escritores en los naipes?

—El mismo. Los niños han preguntado por qué papá no aparecía en la baraja.

—Quizá sea yo quien haga la siguiente edición —dice él entre risas, pero bastante afectado por dentro al pensar que sus pequeños están ahí arriba, en las montañas.

—Se lo diré.

—A lo mejor podría hacerlo yo.

—Tendré que despertarlos. Están dormidos como troncos.

—No —dice papá—, déjalos que duerman. Ya llamaré mañana.

—Eso será mejor. Han hablado con su madre hace un rato.

—¿Clara ha llamado?

—Sí.

—Ahora me dirijo hacia Nueva York para verla.

—Me ha preguntado si sabía algo de ti.

John se pregunta si Linda sabe lo de él y Will. Clara se lo cuenta prácticamente todo a su amiga. Considera la idea de interrogar a Linda, pero decide no hacerlo. Lo oirá de labios de Clara dentro de poco.

Vuelve a decirle a Linda que llamará a los niños por la mañana. A continuación le desea buenas noches y desconecta el móvil. No llama a Clara. Será mejor hablar con ella en persona.

John y Clara

Poco antes de medianoche, cansado del largo viaje y de ese día interminable, John se dirige directamente al decimocuarto piso del hotel Ambassador. Durante todo el camino desde Stockbridge se ha estado preguntando qué le diría a Clara. ¿Cómo va a explicárselo? ¿Cómo, si es verdad que lo sabe, va a justificar el engaño?

Abre la puerta de la habitación 1424 y entra en silencio. Hay una luz encendida en la salita.

John se queda muy quieto durante varios segundos y después se acerca a la puerta del dormitorio. La abre con cuidado. Ve a Clara entre las sábanas, completamente dormida; su respiración es tranquila y regular.

Durante más de un minuto, se limita a mirarla. Está destrozado y confuso. Sin embargo, a diferencia de su hermano, John no está ahí para negar nada. Ha ido a afrontar la verdad.

Cierra la puerta, y la habitación vuelve a sumirse en la oscuridad. Se quita los pantalones y el jersey de algodón y los coloca encima de una silla. Después, sin nada encima salvo unos calzoncillos de seda, se desliza entre las sábanas y se pega contra su esposa.

Clara lanza un gemido suave.

—Hancock —pregunta con un susurro adormilado—, ¿eres tú?

—Claro que soy yo.

Clara sonríe, aunque la habitación está demasiado oscura para que John lo vea.

—¿Y cuál de los dos eres? —pregunta.

John está seguro de que ella lo sabe.

—Soy John.

—¿Seguro que no eres Will?

—No.

—Bésame —le pide ella—. Así sabré seguro cuál de los dos eres.

El gran absurdo que ha sido su vida desde que se marchó de Belice golpea a John directamente en el pecho. A pesar del dolor, hace lo que su esposa le pide. La besa en la boca.

Clara vuelve a gemir, no con tanta suavidad esta vez.

—Has dicho la verdad.

—¿Entonces sabes que soy yo?

—Claro que sé que eres tú —responde ella—. ¿De verdad creíais que besabais igual, par de bobos?

—Supongo que sí.

—En realidad, no hacéis casi nada del mismo modo.

John busca algo que decir. Todo lo que se le ocurre es:

—Increíble.

Clara se echa a reír, bosteza y pregunta:

—¿Qué hora es, John? Parece muy tarde.

—Cerca de medianoche.

—No me extraña que tenga tanto sueño. Llevo siglos despierta.

John, en cambio, nunca ha estado más despabilado.

—Clara —dice—, tenemos que hablar.

—Ya lo sé, pero ahora no, cariño. Hablaremos mañana.

—¿Mañana?

—Después de todos estos años, no vendrá de un día.

John se lo piensa un par de segundos.

—Vale —dice—. Mañana. Por la mañana. Pero quiero que sepas que lo siento. Siento haber sido tan increíblemente egoísta. Siento haber sido tan mentiroso. Siento no haberte dicho la verdad hace años. Te amo, Clara. Nunca he querido hacerte daño, ni a los niños. Sólo quería...

Clara tiende la mano y le aprieta los labios con el dedo índice.

—Chist. Está bien, mi vida. Créeme, yo también te quiero. Te adoro.

—¿De verdad?

—Claro que sí. Pero será mañana, Hancock. Hablaremos de esto mañana. Tú, yo y Will. Nuestro absurdo y demencial trío. Hablaremos de todo. Pero ahora tengo que dormir. Ya sabes cuánto necesito mis horas de sueño.

John se inclina y vuelve a besarla. Sabe que ahora los besos son mucho más importantes que las palabras.

QUINTA PARTE

10 DE JUNIO DE 1999

Times Square

Justo antes del alba, el autocar Greyhound entra en la terminal principal de Nueva York. Cuando el largo viaje llega a su fin, Babe y Rafe duermen el uno en los brazos del otro. Se revuelven despacio, se levantan y recogen sus pertenencias.

Rafe ha pasado toda la noche pensando, a una velocidad alarmante, y ha tomado unas cuantas decisiones.

Encuentran una cafetería. Está bastante vacía a esta hora temprana. Sólo hay unos cuantos individuos con mala pinta. Se acomodan en un compartimiento del fondo y la camarera les trae café.

—¿Y adónde vamos? —pregunta Babe—. ¿A qué hotel?

—Al Ambassador —contesta Rafe—. Subiendo por Central Park.

Babe da un sorbo al café. Tiene una expresión distraída y se la ve algo desaliñada tras el largo viaje.

—El hotel Ambassador. Sólo el nombre ya suena de maravilla. Es fácil imaginar un baño caliente, toallas limpias, una cama blanda y diez o doce horas de sueño muy, muy profundo.

Rafe asiente.

—Eso también suena de maravilla.

Echa azúcar en el café y toma un sorbo. Aún no se lo ha dicho a Babe, pero hace unas horas ha decidido no acercarse al Ambassador. Estar en posesión de menos de la mitad de la cocaína que le encargaron que entregase podría causarle graves problemas. Problemas muy desagradables, de hecho. Es consciente de que a la gente la matan por entregar sólo la mitad de una bolsa de cocaína. Será mejor no llevar nada, seguir hasta Boston y poner en práctica su plan de extorsión.

La verdad es que todo eso está muy bien pensado. Por un par de razones. En primer lugar tenemos a Antonio Cuervo, un importante traficante de coca de Nueva York. Ahora duerme a pierna suelta en su piso ajardinado de Brooklyn, pero tiene previsto estar hoy a mediodía en el Ambassador para recoger una alijo. Lo que Antonio no sabe es que varios agentes de la DEA también estarán allí. Esos agentes, que trabajan en colaboración con Matilda, llevan más de dos años detrás de Antonio y tienen un plan para trincarlo. En cuanto ese Rafe Paquita, de Belice, le pase la bolsa de cocaína, los chicos de la DEA caerán sobre él como moscas.

—Mira —le dice Rafe a Babe—. Tengo que hacer unas llamadas. ¿Por qué no me esperas aquí sentada tranquilamente? Come algo. Volveré enseguida.

—Aquí estaré —le asegura Babe.

—Bien.

Rafe se pone de pie, le aprieta la mano, sonríe y se marcha. Deja allí sus cosas. Todo salvo el pequeño macuto que contiene la menguada bolsa de cocaína. Eso se lo lleva.

Sale de la estación de autocares y se mete en el meollo de la gran ciudad. Sólo son las seis de la mañana, pero ya hay colegas y hermanos deambulando por las calles, en busca de acción. Rafe no sabe cómo funcionan las cosas allí. No tiene ni idea de lo fácil que es meterse en un lío.

Desde luego, ya no está en Cayo Caulker.

Atravesando el mismo territorio en el que William Wilhelm Hancock vendía paraguas hace cuarenta años, Rafe hace correr la voz entre algunos hermanos de que ha pillado y quiere hacer negocio. Un negro alto y delgado, que no tendrá más de dieciséis o diecisiete años, luce un gran pendiente de oro y calza Air Jordan sin cordones, se acerca a Rafe como quien no quiere la cosa y le pregunta:

—¿Compras o vendes?

—Vendo —responde Rafe.

—Sígueme —le propone el hermano.

Rafe, que sólo piensa en hacerse con unos dólares, sigue al hermano por la Octava Avenida hasta la calle Treinta y Siete. Una valla alta de madera flanquea la acera separándola del gran proyecto de construcción que ocupa toda la manzana: un rascacielos de oficinas para el nuevo milenio.

El negro delgado se agacha y se cuela por un pequeño boquete abieto en la valla. Rafe vacila por un segundo, pero después pasa por el agujero también. Allí detrás todo está desierto. Sólo hay un par de apisonadoras, una excavadora y un enorme pozo en el suelo, al menos de diez metros de profundidad. El fondo parece lodoso y maloliente.

Rafe y el hermano se quedan cerca del borde. Un poco más cerca de lo que, en opinión de Rafe, deberían estar.

—¿Y qué tienes? —le pregunta el hermano.

—Coca.

—¿Cuánta?

—Unos ciento cincuenta gramos.

El hermano señala el macuto.

—¿Ahí?

—Sí. ¿Quieres comprarla? La vendo barata.

—Primero quiero ver la mercancía.

Rafe se inclina y descorre la cremallera de la bolsa.

—Es una mierda excelente —le dice al comprador potencial.

Sin embargo, el comprador no lo oye. Está demasiado ocupado recogiendo un tablón del suelo, con el que a continuación golpea a Rafe en la cabeza. Rafe cae. Directo al suelo, sin un quejido. El hermano vuelve a atizarle. En medio del cráneo. No tiene ningún respeto por la vida humana.

No pierde tiempo. Le quita el macuto a Rafe y después, con la punta del pie, empuja el cuerpo laxo del hombre por el borde del pozo. Rafe va a parar al fondo lodoso.

El hermano echa un vistazo, esboza una sonrisa de satisfacción y se cuela otra vez por el agujero de la valla. Tiene cosas que hacer, lugares adonde ir, gente a la que ver, droga que pasar y que esnifar.

Amanecer

En el otro extremo de la ciudad, la mayoría de los huéspedes del hotel Ambassador está entregada al sueño mientras a Rafe le dan una paliza y lo atracan. Al fin y al cabo, es bastante pronto. Apenas ha amanecido.

Leland y Hillary duermen en la habitación 1466. No hace tanto que se han acostado. Ayer por la noche fueron al teatro, luego a cenar y después al Elbow Room a escuchar jazz. Regresaron al hotel hacia las dos y media, compartieron algo de ese sexo perezoso inducido por el alcohol, hicieron planes para unas vacaciones en Italia con toda la familia y por fin, alrededor de las cuatro, se durmieron.

Justo antes de que el sueño los venciera, Leland se dijo: «Bueno, quizá mi esposa haya tenido una aventura con Hancock, pero si ha sido así, ya no hay remedio. Puedo sobrellevarlo. La quiero. Voy a ser mejor marido. Pasaré más tiempo con ella y con la familia. Beberé menos. Esta vez voy a hacerlo bien.»

Hillary, por su parte, se durmió pensando en ese camarero tan guapo que le había tirado los tejos cuando Leland se había ido al servicio.

¿Lo veis? En realidad da igual que Leland se enmiende o no. Podría convertirse en el mejor marido del mundo y no por eso Hillary dejaría de fijarse en otros ni de tener la catadura moral de un gato de callejón. Lo mejor que podría hacer Leland es salir corriendo, pero, cerca ya de los cincuenta, asustado e inseguro como se siente y con tres divorcios a cuestas, es poco probable que vaya a ninguna parte.

Así, acurrucado contra el trasero de su esposa, sueña que le da una patada en el culo a Hillary y arroja su cuerpo infiel al pasillo. «Mi abogado se pondrá en contacto con el tuyo», le dice, y cierra la puerta.

En ese pasillo, algo más adelante, Dicky *el Loco* duerme también. Lleva horas dormido. Desde antes de medianoche, tras tomarse tres cervezas y otros tantos vasos de whisky de Kentucky. Después de la juerga asesina que se había corrido, estaba exhausto.

Ayer por la noche, tras despedirse de Will Hancock, Dicky estuvo esperando tres o cuatro horas en su habitación. Tantos asesinatos y batidos de chocolate lo habían despabilado. Al final se levantó, bajó a la planta baja y estuvo deambulando por el vestíbulo con los ojos bien abiertos por si volvía a atisbar a Hancock. Alrededor de las once volvió a su habitación para coger la navaja. Después salió al pasillo y llamó a la puerta de la habitación 1476. Dicky tenía la mano en el bolsillo, con los dedos alrededor del arma. Sin embargo, quien respondió a la llamada no fue Hancock sino un tipo gordo, con ciento cuarenta kilos a cuestas. Sin nada encima salvo unos enormes calzoncillos con corazones y rosas estampados, no parecía muy contento de que lo molestasen a esas horas. Sobre todo cuando Dicky preguntó por John Hancock.

—Se equivoca de habitación —farfulló el gordo antes de cerrarle la puerta en las narices.

Dicky, perplejo y enfadado, volvió a su habitación. Al cabo de unos minutos había consumido las tres cervezas y las tres copas de bourbon. Poco después, sin zapatos pero con la ropa puesta, fue tambaleándose a la cama y se durmió como un tronco.

Se ha pasado toda la noche soñando. Sueños tontos, la mayoría. Zelda, su madre, su padre y él en un gran campo de Vermont, jugando al corro de la patata. Zelda y él volando en un globo. Zelda y él cruzando el mar en un gran barco de vela. Zelda y él en sendas mecedoras, envejeciendo juntos. Zelda y él torturando a los hermnos Hancock con aguijadas y navajas de afeitar.

Dicky echa de menos a Zelda. Todos y cada uno de los días. Es verdad, Dicky está loco y es un asesino y un psicópata de mucho cuidado, eso nadie lo pone en duda; pero en el fondo, en muchos aspectos, no se diferencia mucho de cualquier solitario que debe bregar con la soledad a diario.

En la suite 1424, al otro lado del pasillo, Clara duerme. A pierna suelta. No hay sueños que valgan.

A su lado, en cambio, John Hancock está despierto. Ha dormido un rato, pero la mayor parte del tiempo se ha limitado a estar allí tumbado, pensando en Clara. Y en Will. Y en los chicos. Y en el nuevo libro. Y en ese tipo de la habitación 1472 que quiere hacer una película con *El acuerdo*.

John piensa que vale la pena ir a verlo, oír lo que tiene que decir, pero primero desea quitarse el olor del sótano de la piel. Y después desayunar algo. Huevos con beicon. Patatas fritas y tostadas con mantequilla. Zumo y café. El desayuno de rigor, sin dejarse nada. Le ayudará a enterrar en el pasado las exiguas vituallas del búnker.

Echa un vistazo al reloj de la mesilla: las 6.41. Seguramente será mejor no molestar al magnate de Hollywood durante una hora o dos. Aun así, John decide que ya está bien de cama, de dar vueltas a las cosas; le aprieta el muslo a Clara y le da un beso en la mejilla. A continuación, sale despacio de entre las sábanas de seda y se dirige en silencio al lavabo.

Will no tiene lavabo en el búnker. Sólo un viejo orinal de latón en un rincón. Había querido instalar uno, con agua corriente y desagües pero, bueno, nunca llegó a hacerlo. Después, casi por sorpresa, se presentó la hora de la verdad. Ahora, por culpa de su estupidez y negligencia, se encuentra en el lugar que debería ocupar su hermano, y no le hace ninguna ilusión.

No ha pegado ojo en toda la noche. Ha revivido la escena una y otra vez. Casi no puede creer que John se la haya jugado con tanta facilidad, y menos teniendo él la maldita pistola en el bolsillo.

Ahora el arma descansa en la mesa, delante del ordenador. Will ha estado pensando en usarla para volarse los sesos, pero es imposible que lo haga. No tiene ni las agallas ni el estómago necesarios para suicidarse. Además, John va a volver. Pronto. Esta misma mañana, seguramente, o por la tarde. Mañana, como máximo. Con lo santurrón que es no existe la menor posibilidad de que lo deje ahí abajo. Pierde toda la fuerza por la boca. Juega bien sus cartas, pero al final, después de mucho bravuconear, es incapaz de terminar lo que ha empezado. Siempre ha sido igual.

Como lo que ha hecho con la pistola: se ha llevado las balas pero ha dejado el arma. Una torpeza, por su parte, si pensamos que Will tiene otro cargador de seis balas en el bolsillo de la chaqueta de ante.

Will se ha pasado las últimas diez horas diciéndose que John volverá seguro. Sabe que su hermano lo dejará salir. Le devolverá la libertad. Entonces, él pondrá en práctica su plan, que requiere la desaparición de John para poder quedarse con Clara y los niños. De un modo u otro, está seguro de que dará con la manera de salirse con la suya.

Sólo hay un problemilla. Un pequeño detalle no del todo insignificante: Dicky *el Loco* Cosgrove, alias Allen Brown, potentado de Hollywood y ocupante de la habitación 1472 del hotel Ambassador.

Will, dando por supuesto que regresaría a Nueva York con John, le ha hablado a éste de Allen Brown, alto ejecutivo de DreamWorks. Will ha vendido a John. Lo ha enviado directamente a la guarida del león. No obstante, si John se mete en esa guarida y acaba asesinado, ¿quién dejará salir a Will del búnker? Nadie más en el mundo sabe dónde está.

Hace lo posible por no pensar en ello. Durante su larga noche de insomnio, se ha limitado a borrar la posibilidad de su cerebro.

Ahora, hambriento, vuelve a prescindir de toda precaución. Se come la mitad de los cereales de la caja y varias rebanadas de pan. Se bebe a grandes tragos el zumo de naranja directamente del cartón.

A diferencia de su hermano, Will no ve por qué habría de racionar sus escasas provisiones.

El hotel Ambassador

El hotel Ambassador lleva algún tiempo abierto, pero, por lo que la gente recuerda, nadie ha sido nunca asesinado allí. Apalizados, violados o robados, sí, pero asesinados jamás.

En Nueva York, sin embargo, se producen muchos asesinatos. Varios cada día. El desfile de víctimas es interminable. Pero Paquita no es una de ellas.

No hace mucho rato los obreros lo han encontrado en ese agujero lodoso y lo han trasladado al Bellevue a toda prisa. Ingresado como NN, «ningún nombre», pues no llevaba documentación encima y estaba inconsciente, con una conmoción cerebral grave. Pasarán semanas antes de que vuelva en sí y pueda decirle a nadie quién es y qué ha ido a hacer a Nueva York.

Mientras tanto, la nueva amiga de Rafe, Babe Overton, lo está buscando. Lo ha esperado en la cafetería de la terminal principal de autocares durante una hora y media. Después, tras cinco tazas de café, ha recogido las cosas y ha inciciado la búsqueda. No hay rastro de Rafe ni en la estación ni en la Octava Avenida. Al final, Babe piensa que quizás ha ido al Ambassador directamente. Ha preguntado a un poli y se ha enterado de cómo llegar al hotel. Como hace muy buena mañana y lleva varios días sin hacer ejercicio, decide ir andando.

Mientras Babe camina, Clara, Hillary, Leland y Dicky duermen. John come y hojea el *New York Times*. Hoy el periódico no lleva nada que despierte su interés, en realidad. Lo mismo día tras día, año tras año. Hambre y guerra, ganadores y perdedores, nacimientos y muertes. Además, el señor Hancock tiene otras cosas en que pensar esta mañana. Sus propios asuntos personales y los huevos a la Benedict que tiene delante, en un plato.

Está sentado en el Café Ambassador, en un reservado junto a la ventana, con unas bonitas vistas a Central Park. A lo mejor después de desayunar va a dar una vuelta por el parque. A estirar las piernas. O quizá suba directamente a ver a ese tipo de Hollywood que quiere comprar *El acuerdo*. Aún no lo ha decidido. Lo primero es lo primero; coge el tenedor y el cuchillo, corta un trozo de huevo poché bañado en salsa holandesa y se lo lleva a la boca. Delicioso.

Babe entra en el hotel Ambassador por la puerta de la Quinta Avenida cargada con su maleta, su bolso de piel y el otro viejo talego de Rafe. Sin más dilación, se pone a buscarlo. Mira en el vestíbulo, en el Chase y en el pequeño quiosco que vende chicles, cigarrillos y periódicos. Ni rastro de su nuevo amigo.

Le duelen los pies de tanto caminar y los hombros de cargar con los bultos. Decide sentarse en el vestíbulo a descansar.

Entonces tiene una idea. Se acerca al mostrador de recepción y pregunta si podría avisar a alguien por megafonía. El recepcionista, educadamente, responde que no, pero le sugiere que vaya a echar un vistazo al restaurante, el Café Ambassador.

Babe, pensando que Rafe tal vez esté allí charlando con alguien, recorre el pasillo hacia el restaurante. Coge su gran bolso de piel, pero deja la maleta y el talego en el vestíbulo. Esta mañana se encuentra bien, mejor de lo que se ha sentido en mucho tiempo. Y sabe que se sentirá aún mejor cuando encuentre a su nuevo amigo.

Entra en el restaurante.

La camarera le pregunta si quiere una mesa.

—No, gracias —contesta Babe—. Sólo estoy buscando a una persona.

La camarera sonríe y se va a atender a otro cliente.

Babe escudriña el salón. Va mirando a todas las personas que hay sentadas a cada una de las mesas y en cada uno de los reservados. No ve a su amigo. No hay rastro de Rafe por ninguna parte. En realidad, no ve a una sola persona negra. Ve a un hindú. A un par de asiáticos. A muchos caucasianos. La mayoría varones. Con chaqueta y corbata.

Mientras recorre el local con la mirada, su vista topa una y otra vez con un hombre que está sentado justo enfrente, en un compartimiento junto a la ventana. Cada vez que lo mira está más segura de conocerlo. No consigue ubicarlo, pero juraría que lo ha visto antes. En alguna parte.

Avanza por el restaurante para observarlo más de cerca. Desde un ángulo mejor. Quiere verle la cara.

—¡Dios mío! —exclama. Instintivamente, se ha llevado la mano a la boca.

Retrocede. No quiere que la vea. Aún no.

Babe hurga en el bolso buscando la novela en rústica que ha estado leyendo con cierta lentitud desde alguna parte de Nuevo México. Encuentra el libro en el fondo del bolso, al lado de la pistola negra. Saca la novela y mira la foto del autor, que aparece en la solapa interior. Vuelve a mirar al hombre que está sentado en el compartimiento. Contiene el aliento.

Sigue retrocediendo y sale del restaurante al largo y desierto pasillo que conduce al vestíbulo. De repente, está nerviosa, tensa. ¿Qué debería hacer?, se pregunta. ¿Debería entrar de nuevo y decirle que quiero hablar con él?

Respira hondo varias veces. No puede creer que de repente haya sido transportada a ese momento en el tiempo. Allí. En ese hotel. Por las buenas. Después de tantos años.

El corazón le late con fuerza. Nota las pulsaciones en las sienes. Siente que el sudor acude a su frente y a sus axilas. Una vívida imagen de su amante, Frank, el gran Frank Hagstrom, llena su mente.

La pistola, piensa. Necesito la pistola.

John Hancock se termina el desayuno y pide que carguen el importe a la cuenta de su habitación. Se pone en pie, dobla el periódico, se lo mete debajo del brazo y se dirige hacia la salida. Ha decidido dar un corto paseo por el parque, subir a ver a Clara y después pasar por la habitación del mago de Hollywood.

—Buenos días, señor Hancock.

John mira a la mujer pero no la reconoce. Aun así sonríe y le devuelve el saludo. Como escritor de bestséllers y celebridad menor, está acostumbrado a que lo reconozcan en los lugares públicos.

Babe se dice que debe mantener la calma. Respira hondo varias veces, tal como aprendió a hacer en la escuela de teatro. Después, como si de una película de bajo presupuesto se tratara, le dice a John Hancock:

—Tengo una pistola. Haga exactamente lo que le diga.

La sonrisa de John desaparece y es reemplazada al instante por un ceño.

—¿Disculpe?

El ceño se convierte en expresión de miedo cuando atisba la pistola chata que Babe empuña medio escondida detrás del bolso.

—Le digo —repite Babe con su mejor voz de película de cine negro— que tengo una pistola. Haga exactamente lo que le diga.

—¿Quién es usted? —pregunta John—. ¿Qué quiere?

—Soy Babe Overton —responde ella—. No creo que me recuerde.

John vuelve a mirarla y la boca se le abre sola.

—¡Babe Overton! ¡Dios! ¿Cómo me ha encontrado aquí?

—Ha sido el destino —contesta Babe—. Dios me ha enviado.

A John no le gusta cómo suena. Es de la clase de cosas que lo llevan a santiguarse. Recuerda su conversación de hace un par de días con la psiquiatra de Los Ángeles. ¿Cómo se llamaba? Gerdy no-sé-qué. «Potencialmente peligrosa.» ¿No fue eso lo que dijo Gerdy sobre Babe? Sin duda algo así.

—¿Cómo está? —pregunta John intentando conservar la calma pese al arma que le apunta—. Hace tanto tiempo... ¿Qué puedo hacer por usted?

—¿Entonces me recuerda?

—Sí. Por supuesto.

—Quiero hablar con usted —dice Babe—. En privado. Usted y yo solos. ¿Se hospeda aquí? ¿Tiene una habitación?

Como un idiota, sin pensar, John responde:

—Sí, tengo una habitación, pero...

—Vayamos. Ahora.

—¿Por qué?

—Quiero hablar.

—¿Hablar?

Babe asiente. Después, pensando que debería sonar más amenazadora, añade:

—Si coopera, no le dispararé.

—Por favor, Babe, no me dispare —suplica John—. Tengo hijos. Pequeños. Dos chicos. Están empezando a ir a la escuela.

—No le dispararé, se lo prometo. Siempre que haga lo que le indique.

—Podríamos hablar aquí. En el restaurante. Delante de una taza de café.

Babe no quiere más café.

—No, aquí no. En su habitación. También quiero hablar con su hermano.

Dios mío, piensa John, ¿Babe Overton también lo sabe? Parece como si de repente todo el mundo lo supiera. Gerdy no-sé-qué le dijo a John que Babe había perdido el rumbo, y eso salta a la vista. ¿Y qué pasa con la pistola? ¿Será capaz de usarla?

John da media vuelta y Babe lo sigue de cerca. Cruzan el vestíbulo y se acercan a los ascensores. Acude uno y John y Babe entran en la cabina. Las puertas se cierran.

—¿A qué piso? —pregunta Babe.

—¿Por qué no hablamos aquí? Se está bien y nadie nos molestará.

—¿A qué piso? —repite ella.

Ni en sueños piensa John llevarla a la suite 1424 y exponer a su esposa a esa lunática. Podría dispararles a ambos, aparte de que sería capaz de contarle a Clara lo del gran Frank. Que el gran Frank no se suicidó. No es algo que Clara deba oír.

Una luz se enciende en la mente de John. No es una maravilla de idea, pero con tantas prisas no se le ocurre nada más.

—Al catorce —le dice—. Al piso catorce.

Babe aprieta el botón indicado y el ascensor empieza a subir.

—Mire —prosigue John—. Estoy totalmente dispuesto a hablar con usted, sobre lo que quiera, pero creo que sería mejor que guardara esa pistola. Las pistolas me ponen nervioso.

—A mí también me ponen nerviosa —dice Babe—, pero me parece que por el momento no voy a guardarla.

John piensa que con un poco de suerte quizá lograra reducirla, pero en este preciso instante prefiere no arriesgarse. Tiene que pensar en Clara y en los chicos. Y en su hermano encerrado en el búnker. Si le pegan un tiro y lo matan no le servirá de nada a nadie.

El ascensor se para en el decimocuarto piso. Las puertas se abren y John es el primero en salir. No hay nadie en el pasillo. John no gira hacia donde está la suite 1424, sino que se aferra a su plan. Se dirige a la habitación 1472.

Babe, hecha un manojo de nervios y sudando a mares, lo sigue a un par de pasos. No puede creer que esté obligando a un hombre a avanzar a punta de pistola. De repente, le espeta:

—¿Su hermano también está aquí en el hotel?

—Mi hermano está muerto —responde John sin pensar—. Lleva muerto casi veinte años.

—Miente —dice Babe—. Sé que no está muerto.

«Usted y todo el mundo», querría contestar John, pero no lo hace.

—¿Y por qué piensa eso, Babe? —pregunta.

El sonido de su nombre pronunciado en ese pasillo largo y desierto la coge por sorpresa, pero Babe enseguida se rehace y declara:

—Rafe me lo ha dicho.

Esas cinco palabras producen una descarga eléctrica en el cuerpo de John.

—¡Rafe se lo ha dicho! ¡Dios mío! ¿De qué conoce a Rafe?

—Ahora eso no importa. Lo que importa es lo que me ha contado.

A John no le cuesta mucho imaginar qué le ha contado.

Babe advierte que se están acercando al final del pasillo.

—¿Cuál es su habitación?

John se detiene ante la 1472. Vale, se dice, ya está. Tiene que decidirse. ¿Llama a la puerta de Allen Brown o no?

No, decide, llamar a la puerta de ese tipo no sería buena idea. No puede involucrarlo. ¿En qué diablos estaba pensando?

Buscando una alternativa, John se mete la mano en el bolsillo del pantalón como si buscase la tarjeta de su habitación. La supuesta tarjeta.

—¿Qué pasa? —pregunta Babe. Le están cogiendo temblores. Está a punto de perder el control.

—No encuentro la tarjeta de mi habitación.

—¿Qué? ¿Dónde la ha metido? Quiero que abra esa puerta. Tenemos que salir de este pasillo. Tenemos que salir de este pasillo ahora mismo.

John suspira y se da unos golpecitos en la pierna.

—Ya lo sé, Babe, pero no la tengo. Debo de haberla dejado abajo, en el restaurante.

—¿En el restaurante?

Babe piensa que al final tendrá que salir corriendo.

John, muy consciente de que la está contrariando, se encoge de hombros.

—Lo siento. Seguramente la he dejado encima de la mesa. Es una mala costumbre que tengo.

Babe, aturullada y frustrada, da un paso adelante.

—¿No hay nadie en la habitación?

John sacude la cabeza con vehemencia.

—No —insiste, temiendo que la mujer se ponga a aporrear la puerta en cualquier momento—, nadie. Nadie en absoluto.

Sin embargo, en ese mismo instante, la puerta se abre y aparece un hombre vestido con un pantalón caqui arrugado y una ajada camiseta azul. Tiene los ojos empañados, como si acabara de levantarse, la cara un poco abotargada, el pelo de punta.

John y Babe se quedan de piedra.

El hombre, frunciendo el ceño, pregunta:

—¿Qué diablos está pasando ahí? ¿Qué es todo este ruido?

John recuerda que supuestamente conoce a ese caballero tan desaliñado y dice, en el tono más alegre de que es capaz:

—Señor Brown. Buenos días. Soy John Hancock.

Dicky *el Loco* Cosgrove lo oye y también se queda de piedra.

—He pensado —prosigue John— que podríamos

comentar un poco más ese asunto de la venta de los derechos de *El acuerdo*.

Dicky se despabila del todo. No puede creer que Hancock haya vuelto. Que haya acudido él solo a su puerta. Paranoico por naturaleza, se pregunta si será una trampa. ¿Quién es la zorra? ¿Por qué lo acompaña? ¿Es la mujer de Hancock? No lo parece. Además, da igual. Sea quien sea, Dicky también va a rebanarle el pescuezo.

Por el momento, no obstante, se las ingenia para esbozar una sonrisa.

—Sí, claro, *El acuerdo*. Pasen.

Allá va John Hancock. Directo a la guarida del león. Seguido de cerca por Babe Overton.

Reina la penumbra en la habitación. Las pesadas cortinas están corridas.

John busca algún interruptor.

Babe no sabe qué hacer. Si tenía algún control de la situación, lo ha perdido por completo.

Dicky se vuelve y se dirige al otro lado de la cama.

—Voy a coger esos libros para que me los firme.

John no entiende a qué viene eso, pero supone que Will debe de haber accedido a firmarle algunos ejemplares de las novelas.

—Claro —dice—. Muy bien.

Babe cierra la puerta.

Dicky coge la bolsa de plástico que contiene sendos ejemplares de todas y cada una de las novelas de John Hancock. Del suelo, junto a la cama, recoge también la navaja de afeitar. Este objeto en particular se lo guarda en el bolsillo.

John encuentra por fin el interruptor y lo aprieta. Las lamparillas que hay a los lados de la cama se encienden y se hace la luz en la habitación. Sin embargo, aún no ve bien a Dicky, que tiene la cara vuelta.

—Bueno —dice John, deseoso de animar la conversación para tener a Babe distraída—, he estado pensando en esa versión cinematográfica de *El acuerdo*. Haciendo unos sutiles cambios en el argumento, creo que será una magnífica película de acción.

Babe no tiene ni idea de lo que está pasando, ni tampoco posee el carácter necesario para hacerse cargo de una situación cada vez más deteriorada. Incluso le está costando mantener la boca abierta.

Dicky no tiene elección. Ha llegado el momento de volverse. De todos modos, cree que Hancock no lo reconoció ayer por la noche y que no lo ha reconocido cuando abrió la puerta, hace un momento; dentro de un par de minutos, dará igual si Hancock lo reconoce o no, porque dentro de un par de minutos Hancock estará hecho picadillo.

Lástima que Dicky *el Loco* se haya equivocado con las facultades fisonomistas de John. Ayer, en el ascensor, Will lo reconoció en cuanto le puso la vista encima. Ahora, cuando gira sobre sus talones, John lo ve al fin con claridad y una fracción de segundo después abre los ojos como platos. Sólo una palabrita sale de su boca:

—¡Joder!

A diferencia de Will, que ayer por la noche mantuvo la calma en el ascensor, John pierde los papeles de inmediato.

Dicky se pone en acción sin pérdida de tiempo. Saca la navaja y gatea por encima de la cama. Blande el arma ante sí, haciendo que John y Babe se alejen de la puerta y se desplacen hacia el centro de la habitación.

—¡Rápido, Babe! Dame la pistola. ¡Venga! ¡Dámela!

Dicky oye la palabra «pistola» y vacila. Echa un vistazo a la mujer y, para su sorpresa, comprueba que, efectivamente, tiene un arma. De un calibre muy pequeño, pero lo bastante grande para causar daños graves.

La mujer, sin embargo, no le da el arma a Hancock sino que, mientras Dicky lo observa todo cada vez más confuso, lo empuja a un lado sin soltarla.

Puede que Babe no tenga ni idea de lo que está sucediendo, pero ni en sueños va a renunciar a la pistola. Sabe instintivamente que sin ella es del todo impotente.

John, atrapado entre esos dos psicópatas, no puede creer lo que está pasando. Parece una de esas escenas absurdas de sus novelas. Tal vez, piensa, ése sea el quid de la cuestión. Tantas ironías juntas no pueden deberse al azar.

En ese momento lo comprende con claridad: Will lo ha vendido. Lo ha enviado directo a la guarida de Dicky *el Loco*. Todo el rollo del potentado de DreamWorks era mentira. Pura basura. Will me ha vendido, piensa. El muy cabrón me ha vendido. Mi propio hermano.

Dicky se echa hacia adelante, agarra a John por el brazo y lo hace girar.

—Es hora de despedirse, Hancock. —Aprieta el filo de la hoja contra la garganta de John—. Tira la pistola, hermana —añade dirigiéndose a Babe.

—¿Por qué iba a hacerlo? —replica ella.

—Porque si no lo haces le rebanaré el pescuezo a tu novio.

—Ése no es mi novio —dice Babe—. Es John Hancock. O quizá Will Hancock. No lo sé. Pero mató a mi hombre. O él o su hermano.

—¡No digas gilipolleces! —le espeta Dicky—. A quien mataron fue a mi hermana.

Babe sacude la cabeza.

—Me pregunto a cuántos más habrán matado.

John decide que ha llegado la hora de poner en marcha su plan, o al menos de ponerlo en palabras.

—Yo no maté a nadie —dice en voz baja para que su nuez no se mueva demasiado, no vaya a ser que la hoja le corte la yugular—. Lo juro por Dios, yo no he matado a nadie. Ni a Frank ni a Zelda. Los mató mi hermano. Will lo hizo. Está muy enfermo.

Dicky aprieta más la hoja contra la garganta de John.

—Cierra la puta boca, embustero de mierda.

—Lo digo en serio. Will...

—He dicho que cierres la puta boca. —Para demostrar que habla en serio, le hace un pequeño corte en la garganta. No muy profundo, pero lo suficiente para que salga sangre.

Babe, que no soporta la visión de la sangre y detesta la violencia, apunta a la cara de Dicky con la pistola y dice:

—Ya basta. Baja esa navaja.

—Vete a tomar por culo, zorra.

—He dicho —repite Babe— que bajes la navaja. Bájala y suéltalo. No quiero que le hagas daño. Estoy aquí para averiguar qué le pasó a Frank en realidad, no para matar a gente inocente.

—Así se habla, Babe —dice John—. Seamos sensatos.

Por desgracia, Dicky *el Loco* no tiene ni una pizca de sensatez.

—Te faltan agallas para usar esa pistola, así que deja de apuntarme o después de degollar a este hijo de puta te degollaré a ti y te cortaré en trocitos.

Babe no aparta la pistola. Defiende su terreno y apunta directamente a Dicky. Lástima que John esté entre los dos, aunque, en realidad ella está apuntando sobre todo a Hancock.

—Dime dónde está tu hermano y no te mataré —le propone Dicky a John.

Ah, sí, claro, piensa John, y yo conozco la fórmula para convertir el hierro en oro. De todos modos, tiene que ganar tiempo como sea.

—Will está aquí —dice—. En el hotel.

—¿Dónde?

—Aparta la navaja y te lo enseñaré.

Dicky no se lo cree, y para demostrárselo hace otra incisión cerca de la yugular de John. Ésta es más profunda que la anterior. La sangre mana de la herida con profusión. John intenta interrumpir el flujo con la punta de los dedos. De repente se da cuenta de que si Dicky le corta la cabeza con esa navaja, habrá sufrido la misma muerte truculenta que sus padres en la autopista de San Diego.

Entonces se oye la voz de Babe.

—Te he dicho que no hicieras eso.

Para demostrar que ella también habla en serio, decide disparar. A nadie en especial, en realidad, sólo para recalcar sus palabras. De modo que aprieta el gatillo; pero no pasa nada. Sólo se oye un suave chasquido. Aprieta por segunda vez; el mismo chasquido suave.

Dicky se echa a reír.

La risa irrita a Babe, que le apunta con la pistola y aprieta por tercera vez. En esta ocasión el arma funciona y la bala le da en el hombro a John Hancock, que grita de dolor y se libera de la presa de Dicky.

Dicky *el Loco* se echa hacia adelante y hiende el aire con la navaja delante de Babe. Ella sigue apretando el gatillo. Las balas salen ahora automáticamente, una tras otra. Dicky recibe una en el pecho. Otra le roza la mejilla, pero rebota en el hueso y alcanza a Hancock. La última bala le penetra en el cráneo.

A pocas puertas de allí, en la habitación 1466, Leland Fisher está haciendo abdominales, en un vano intento de librarse de algunos michelines, pero en cuanto oye los disparos se pone en pie y corre hacia la puerta.

La abre y asoma la cabeza con cuidado. Mira a un lado y a otro. No ve nada ni oye a nadie en el pasillo. Los disparos han cesado.

De repente, oye gritar a una mujer. Son unos chillidos agudos. Segundos más tarde, se abre una puerta y la mujer que grita sale corriendo al pasillo. Leland piensa en cerrar la puerta y quizá volver a la cama y taparse la cabeza con las mantas.

No obstante, antes de que pueda decidir qué hacer, la mujer corre hacia él. Sigue gritando y agita los brazos, totalmente fuera de sí.

—¡Les he disparado! —chilla—. ¡Les he disparado a los dos!

—Tranquilícese —dice Leland—. ¿A quién? ¿Dónde? ¿Qué ha pasado?

Hillary ya se ha levantado y se está poniendo una bata.

—Leland, ¿qué diablos está pasando? —Se vuelve hacia la mujer histérica—. ¿Quién demonios es usted? Leland, ¿quién es esta mujer?

Leland se encoge de hombros.

La mujer lo coge por el brazo y empieza a arrastrarlo hacia el pasillo.

—¡Dios! —exclama Hillary—. ¿Qué clase de manicomio es éste?

Les basta echar un vistazo a la habitación 1472 para averiguarlo.

En el suelo, cerca de la entrada, está la pistola, ahora sin balas. Encima de la alfombra blanca está la navaja de afeitar, ensangrentada. Sobre la cama yace Dicky *el Loco* Cosgrove, con una bala en el cerebro. Y también está...

—¡Dios mío! ¡Leland, mira! —exclama Hillary—. El que está contra la pared. Es Hancock. ¡John Hancock!

—¡Dios todopoderoso! —grita Leland—. Tienes razón. Es él.

Leland entra en la habitación, mientras que Hillary se queda mirando desde la puerta. En el pasillo, Babe solloza. Otras personas han empezado a unirse al grupo. El corredor se está llenando de curiosos.

Leland pasa por encima de Dicky y se acerca al famoso escritor.

—¿Está muerto? —pregunta Hillary, pensando que si el muy cabrón ha muerto seguramente se lo merecía.

Su marido, bastante aprensivo para estas cosas, musita:

—Lo comprobaré.

Lleva la mano al pecho de Hancock. No logra encontrar el pulso, pero Leland no es médico. Sin embargo, un pensamiento pasa por su cabeza: «Parece que el viejo John no va a beneficiarse más a mi esposa.»

Clara, que ha oído los gritos, también ha salido al pasillo. Ve a la esposa de Leland Fisher. Al principio no consigue recordar el nombre de esa espantosa mujer, pero por fin le viene a la cabeza.

—¡Hillary! Hola. Soy Clara Hancock. ¿Qué está pasando? —grita por encima del barullo creciente de la multitud.

—Es John —le dice Hillary—. Le han disparado.

—¿A John? ¿A mi John?

Hillary asiente.

Clara se abre paso. Llega a la puerta y ve a su marido.

—Creemos que está muerto —anuncia Hillary por encima del alboroto.

—Tonterías —contesta Clara—. John no está muerto.

Pasa por encima del cadáver de Dicky Cosgrove y se inclina sobre su esposo. Sin hacer caso de la sangre que le rezuma del cuello y le cae por el hombro, aplica la oreja contra el pecho de John. Se queda así, inmóvil, al menos durante treinta segundos.

Leland le deja todo el espacio que quiera.

Por fin, Clara levanta la vista y mira a Leland a los ojos.

—Llama a una ambulancia —le ordena—. Y por favor, diles que se den prisa.

Pánico

Hace varios minutos, cuando Dicky le ha hecho el primer corte a John, Will, a muchos kilómetros de distancia, se ha llevado la mano a la garganta instintivamente. Ha sido un movimiento inconsciente por su parte, algo que sin duda se remonta a los días en que los gemelos compartían el útero de Lenore. Will se ha cogido la garganta, se la ha sujetado y ha sabido, sin sombra de duda, que su hermano había muerto. Que Dicky *el Loco* Cosgrove lo había degollado.

Ahora, haciendo gala de una sinceridad brutal consigo mismo, comprende que si John ha muerto él también va a morir. La muerte de su hermano ha sido rápida y relativamente indolora, pero la suya, Will lo sabe, será una larga agonía. Primero se acabará la comida y después el agua. Se desmayará de hambre y después morirá de deshidratación.

Las perspectivas no son nada halagüeñas.

Coge la 38 especial que John se trajo de México. Ha reemplazado la seis balas que su hermano se llevó ayer por la noche.

No, Will no tiene intención de suicidarse. Piensa que a lo mejor puede reventar la cerradura. Salir del búnker a tiros. Buscar una vía de escape a la fuerza.

Se coloca a unos tres metros de la puerta. Apunta con cuidado al gran cerrojo de acero y aprieta el gatillo con suavidad. Un instante después, la primera bala alcanza la puerta y se aloja en la madera, a un par de centímetros del pomo. Las posibilidades de que Will consiga huir no han aumentado en lo más mínimo.

La segunda bala da justo debajo del pomo. Apenas provoca daños. Will vuelve apretar el gatillo; la tercera alcanza el pomo, pero rebota.

—¡Maldita sea! —exclama Will Hancock; son las primeras palabras que pronuncia en voz alta desde que está preso en esa celda subterránea.

Se acerca un poco más a la puerta, a menos de un metro. Levanta la pistola y apunta con cuidado. Con el brazo estirado, el cañón está a pocos centímetros del cerrojo de acero.

Will dispara. La bala da de lleno en el pomo y rebota hacia atrás, abriéndole a Will un agujero en la garganta.

Intenta gritar, de dolor y para pedir socorro, pero de su boca no sale más que un gemido bajo y gutural.

La sangre mana de la herida.

Will deja caer el arma y se tapa el agujero de la bala con el dedo índice. El dolor es terrible.

Tambaleándose, retrocede hacia el sofá y se deja caer sobre los cojines. La sangre le corre por el dedo. Se quita el jersey de algodón y lo parte en dos. El esfuerzo, aunque mínimo, hace que mane aún más sangre.

Will coge el jersey roto y se lo enrolla al cuello en un intento de contener la hemorragia. Se lo ata tan fuerte como puede soportar, tanto que apenas logra respirar.

La hemorragia al fin se detiene, o por lo menos brota menos sangre de la herida.

Will se tiende e intenta relajarse. Tranquilizarse. John volverá en cualquier momento, sin duda. Dentro de unos minutos.

No, no lo hará, se dice, porque está muerto. Tan seguro como si lo hubiera matado yo mismo.

Al final, Will bien lo sabe, los hombres padecen y acaban muriendo por la vida que han llevado.

EPÍLOGO

Final

La bala alcanzó a Will Hancock en la garganta más o menos a las 8.33 del jueves por la mañana. Ahora acaban de dar las 7.30 del viernes por la noche.

Clara conduce el gran sedán BMW. John va sentado a su lado. Lleva el cuello envuelto en gasa, el brazo derecho en cabestrillo y el hombro vendado. Considerando lo feas que han llegado a estar las cosas en la habitación 1472, John se encuentra muy bien.

La ambulancia lo llevó a toda velocidad del hotel al Hospital Presbiteriano de Nueva York. Los médicos pronto descubrieron que las heridas no eran mortales. De todas formas, estuvo una noche en observación.

El mayor problema de John era que no podía hablar. Bueno, podía, pero con mucha dificultad y en susurros. Dicky lo había lastimado con su navaja de afeitar. No obstante, se avisó a un especialista y éste aseguró que al cabo de un par de semanas recuperaría la capacidad del habla sin problemas. Hasta entonces, tendría que usar la voz lo menos posible. No debía hablar a menos que fuera absolutamente necesario.

De modo que ahora John y Clara viajan en silencio. Ella tiene mil preguntas que hacer, un millón, pero plantearlas y aguardar después a que John escriba las respuestas es demasiado engorroso.

Clara, que ha tenido el papel central en esta obra de locos, deberá esperar para conocer las respuestas al resto de sus preguntas. Tendrá que esperar para saber quién era Richard Cosgrove, y quién era Babe Overton, a la que la policía ha arrestado acusada de asesinato e intento de asesinato. Y para saber qué pinta en todo esto el cadáver de Allen Brown, descubierto por el personal de seguridad en el aparcamiento del hotel ayer por la noche. Clara se ha enterado de que ese tal Brown estaba relacionado de algún modo con Richard Cosgrove, quien parecía empeñado en rebanarle el pescuezo a su marido.

Sí, Clara aún deberá esperar para averiguar todo eso. La historia, en conjunto, la ha dejado bastante perpleja e intranquila. No se trata de una situación cómoda para una mujer que se enorgullece de tenerlo todo bajo control.

La verdad es que las cosas van a empeorar mucho antes de que lleguen a tener la mínima posibilidad de mejorar. Clara aún no ha llegado al búnker. No ha visto a Will. Y no sabe lo que se encontrará cuando por fin vuelva a la casa de Beacon Hill. La terrible carnicería todavía está esperando a que alguien la descubra.

Pese a todo, Clara sabe que sus hijos están a salvo. Ha llamado a Linda justo antes de salir de Nueva York para viajar al norte. No le ha contado nada de lo sucedido en el Ambassador, pero se siente mucho mejor al saber que todos están bien allá en las montañas Blancas de New Hampshire.

En este momento Clara y John atraviesan Stockbridge. Han pasado por delante del museo Norman Rockwell y de la posada del León Rojo. Al norte del pueblo.

Es uno de los días más largos del año; aún les queda otra hora de luz antes de que anochezca. Hace una tarde hermosa de principios de verano: cálida, clara y seca. John señala y Clara tuerce. Remontan la colina y por fin bajan por la avenida de grava.

Cuando se acercan a la vieja granja, Clara ve su Mercedes ML320.

—¿Cómo ha llegado aquí? —pregunta.

John se encoge de hombros con dificultad, pone los ojos en blanco y se señala a sí mismo.

—¿Tú lo has traído? —pregunta ella.

John asiente.

Clara aparca el BMW justo detrás del Mercedes. Apaga el motor y mira alrededor, los campos y los jardines.

—Esto es precioso. Es tuyo, ¿verdad? Tuyo y de Will, quiero decir.

Él vuelve a asentir. Es todo lo que puede hacer: asentir, negar y encogerse de hombros.

—A los niños les gustará mucho —añade Clara, y sonríe.

John aún puede sonreír. Asiente y sonríe a su vez. La idea de tener a los niños corriendo por la granja le parece maravillosa.

Clara camina hacia la puerta principal.

—Will debe de estar dentro.

John estira el brazo y sacude la cabeza.

—¿No está dentro? —pregunta ella.

Él vuelve a sacudir la cabeza, toma a Clara de la mano y echa a andar por la hierba.

—¿Cómo sabes que está fuera?

John vuelve a encogerse de hombros.

Se acercan al viejo sótano. John guía a Clara a la parte trasera. Al oeste, el sol, enorme y ensangrentado, se cierne sobre las azules Berkshires.

Hay muchas cosas que John querría decirle a Clara, muchas explicaciones que le gustaría darle, pero lo más urgente ahora es liberar a Will. No puede dejar a su hermano encerrado en ese búnker ni un minuto más.

Después habrá que rendir cuentas. Los tres tendrán que empezar a asumir el pasado y a prepararse para el futuro.

John tira de Clara para que baje por la rampa de asfalto.

—¿Crees que está ahí abajo? —pregunta ella, confusa.

Su marido asiente.

Clara ve los dos grandes cerrojos en el portalón de madera.

—Está encerrado.

Él alarga la mano y descorre el cerrojo superior.

—¿Por qué está encerrado? —Ahora Clara no sólo se siente confusa, sino también un poco asustada—. ¿Will está encerrado ahí abajo?

John suspira y descorre el cerrojo inferior. Se saca la llave del bolsillo y abre la puerta.

Clara está más nerviosa y perdida que nunca. No sabe qué decir. Ni qué pensar. Lo del cadáver en la habitación 1472 ya fue bastante horrible, pero esto tampoco tiene muy buena pinta.

John abre la puerta despacio. Las últimas luces de un día más inundan la prisión subterránea. Entra el primero. Clara lo sigue de cerca. Los ojos de ambos tardan unos segundos en adaptarse a la semipenumbra.

Will está tendido en el sofá. Completamente desnudo. Durante las últimas treinta y seis horas ha usado hasta el último trozo de tela que llevaba encima para tapar el agujero que la bala le produjo en el cuello. Ahora tiene la pernera izquierda del pantalón alrededor de la garganta; la tela está empapada, tan roja como el sol del ocaso.

Desde ayer por la mañana sólo se ha levantado una vez del sofá. En algún momento de la noche pasada se tiró al suelo y se arrastró hasta donde había dejado caer la 38 especial. La cogió y volvió a rastras al sofá, pensando que muy pronto usaría la última bala de la pistola para acabar con su sufrimiento. Varias veces se ha llevado el arma a la sien, pero le ha sido imposible apretar el gatillo. En este momento, se halla oculta entre los cojines, debajo de su codo derecho.

John observa la carnicería. Anonadado por el estado en que ha encontrado a su hermano, es incapaz de moverse.

Clara mira a sus dos maridos alternativamente. Hay sangre por todas partes. Will, muerto o moribundo, yace en el sofá, en medio de un charco de sangre. John está allí de pie, sin hacer nada. John había encerrado a Will ahí abajo. En esa mazmorra. Dios mío, piensa. John debe de haberle disparado. ¡O eso o le ha cortado el cuello!

En estos momentos, Clara es incapaz de sacar algo en claro de toda esta locura.

—¡Haz algo! —grita, más a sí misma que a John.

John sacude la cabeza. No comprende qué puede haber pasado.

—Quité las balas de la pistola —murmura, en voz prácticamente inaudible.

—¡La pistola! —repite Clara—. ¿Qué pistola?

John no contesta. Se acerca a su hermano, se inclina sobre él y le susurra al oído:

—Dios, Will, ¿qué diablos ha pasado?

Will no contesta. No puede.

John se vuelve. Mira a su mujer con desolación. Sacude la cabeza, intenta con todas sus fuerzas decirle que él no ha hecho eso. Jamás en la vida haría algo así. A nadie. Y menos a su hermano. A su hermano gemelo. Pero le resulta imposible convertir en palabras sus pensamientos. De su boca no salen más que gemidos suaves e inútiles.

—¡Le has disparado! —grita Clara—. ¡Le has disparado y después lo has encerrado en este... en este agujero!

John sacude la cabeza con vehemencia. La sangre empieza a empapar la gasa que le protege la garganta.

Vuelve a inclinarse y aplica la oreja derecha contra el pecho de su hermano. El corazón aún late. No mucho, pero todavía conserva cierto ritmo.

—Díselo, Will —susurra al oído de su hermano—. Dile que yo no he sido. Aunque sea lo último que hagas en la vida, por favor, dile a Clara que yo no te he hecho esto.

Will no hace el menor movimiento ni emite sonido alguno.

—Por favor —insiste John—, dile a Clara lo que has hecho. Explícale que fuiste tú y no yo quien empezó todo esto. La quiero, Will. La quiero muchísimo. A ella y a los chicos. Cuidaré de ellos cuando te hayas ido. Nadie en el mundo estará mejor cuidado ni recibirá más amor que Clara, John Jr. y el pequeño Willy. Nadie. Lo prometo. Díselo, por favor. Díselo.

Will sigue sin pronunciar palabra.

—Dios mío. —Clara está llorando, abrumada de repente por todo el peso de esta singular trinidad—. ¿Qué hemos hecho?

John se echa a llorar. Por él. Por su hermano.

—Díselo —sigue suplicando, sacudiendo el cuerpo ensangrentado de Will—. Díselo, por favor.

—¡Déjalo en paz! —grita Clara—. Si aún no ha muerto, permite que muera en paz.

La verdad es que Will no podrá morir en paz a menos que se lleve a su hermano con él.

Así, echando mano de las últimas fuerzas de ese cuerpo casi agotado, mete la mano debajo de los cojines y saca la 38 especial que John se trajo de México hace muchos años.

Antes de que nadie diga o haga nada más, Will aplica la boca del cañón de la pistola contra la sien de su hermano y aprieta el gatillo.

Los hermanos Hancock

Sábado por la tarde, en las montañas Blancas. Los hermanos Hancock ponen gusanos en los anzuelos para pescar truchas en la corriente fría y rápida.

El sol brilla en lo alto.

—¿Podemos ir a nadar? —pregunta John Jr. a tía Linda.

—Sí —dice el pequeño Willy—. Estoy harto de pescar. Quiero ir a nadar.

Linda está sentada junto a ellos en la orilla, leyendo. Cierra el libro, un best-séller escrito por los padres de los chicos.

—¿A nadar? Claro que podéis ir a nadar.

—Métete tú también.

—No —dice Linda—, yo no. El agua está demasiado fría para mi gusto.

—Sólo un momento —suplica John.

—Sí —insiste Willy—, sólo un momento.

Linda deja el libro sobre la hierba y se pone en pie.

—Venga —dice—. Bajaremos al meandro donde está la poza. Allí el agua es más profunda.

Los hermanos Hancock siguen contentos a Linda por el sendero, bajo los viejos robles blancos, hasta la poza. Miran la corriente por un instante y se zambullen sin pensárselo en el agua fría. Linda tiene que tomar más precauciones para entrar. Un centímetro o dos a cada paso. Los chicos chapotean a su alrededor como un par de cachorros.

—Está helada —grita, con el agua casi hasta la cintura.

—¿Queréis jugar al juego del tiburón? —pregunta John Jr.

—Sí —responde el pequeño Willy—. ¡Al juego del tiburón! ¡Al juego del tiburón!

—¿Qué es el juego del tiburón? —quiere saber Linda.

—Nadas por debajo del agua, coges la pierna de alguien y finges que lo muerdes como si fueras un tiburón.

—Suena terrible —dice Linda.

—¡El juego del tiburón! —grita Willy—. ¡El juego del tiburón!

—Papá nos lo enseñó —le explica John Jr. a Linda—. Jugaba con su hermano cuando eran pequeños. —Se sumerge y desaparece bajo las aguas oscuras y frías. Pasan diez o doce segundos.

A Linda no le gusta ese juego. Les va a decir a los niños que no pueden jugar. Les va a decir que tienen que salir del agua. Debe de ser la hora de comer. O casi.

John Jr. sigue sin aparecer.

—¡John! —grita Linda.

—¿Dónde está? —pregunta Willy.

—No lo sé —contesta ella—, pero ojalá saliera a respirar. Esto no me gusta nada.

Algo agarra la pierna de Willy. El pequeño grita.

John Jr. saca la cabeza del agua.

—¡Te pillé! —le grita a su hermano.

Willy le da un puñetazo en el hombro.

Linda suelta un suspiro de alivio.

—Ahora me toca a mí hacer de tiburón —dice Willy.

Sin embargo, antes de que se sumerja, oyen que alguien baja por el sendero bajo las copas de los árboles.

—¡Son mamá y papá! —exclama el pequeño Willy—. ¡Te apuesto un millón de dólares a que son mamá y papá!

Pues no, no son mamá y papá. Sólo es mamá, encorvada por el peso de su pérdida y de su mundo roto.

—¡Mamá! —gritan los niños. Chapotean hasta la orilla, salen del agua y corren junto a su madre.

Clara abraza con fuerza a sus hijos. Los hermanos Hancock.